Boeken van Marilyn French bij Meulenhoff

Ruimte voor vrouwen. Roman
Het bloedend hart. Roman
Het boek als wereld. Een inleiding tot James Joyce's Ulysses
Macht als onmacht. Vrouwen, mannen, moraal. Essay
Haar moeders dochter. Roman
De oorlog tegen vrouwen
Onze vader. Roman
Dagboek van een slavin. Novelle
Een vrouwelijke geschiedenis van de wereld
De minnaar. Verhalen
Mijn zomer met George. Roman
Mijn seizoen in de hel. Een autobiografisch relaas
In naam van de vriendschap. Roman
Kinderen van de liefde. Roman

Marilyn French

Kinderen van de liefde

ROMAN

Vertaald door Auke Leistra en Atty Mensinga

J.M. MEULENHOFF

Oorspronkelijke titel *The Love Children*

Vormgeving omslag Studio Marlies Visser
Schilderij voorzijde omslag Roos Campman, *Sunnyside*, 145 x 115 cm,
eggtempera on canvas 2003
Foto achterzijde omslag Hester Doove
Vormgeving binnenwerk CeevanWee, Amsterdam

Meulenhoff Editie 2159
www.meulenhoff.nl
ISBN 90 290 7705 0 / NUR 302

1

In de tweede klas van de middelbare school lazen we met Engels een verhaal van Ernest Hemingway dat zo begon: 'In de herfst was de oorlog er altijd, maar we gingen er niet meer heen.' Het was een triest verhaal. Die beginzin bleef me bij, misschien omdat hij aanvoelde alsof het mijn eigen waarheid was. In mijn leven was er ook altijd oorlog, hoewel ik er zelf nooit heen ging. Mijn vader wel, voor mijn geboorte, ja, nog voor ik verwekt werd. In de Tweede Wereldoorlog ging hij bij de luchtmacht, hij was toen zeventien. Ik giechelde als hij daarover vertelde – ik was nog een klein meisje – want hij moest een briefje hebben van zijn vader en moeder, net als ik, als ik niet naar school kon. Hij vond het niet leuk dat ik giechelde. Het was een ernstige zaak, zei hij. Hij ging naar de mariniersopleiding en leerde bommenwerpers besturen, maar omdat de oorlog toen al bijna voorbij was, werd hij niet uitgezonden en heeft hij nooit echt aan de oorlog meegedaan. Dat was zijn tragedie. Hij wilde zo graag een held zijn.

Mijn vader was er trots op dat hij een Leighton was, en trots dat de Leightons in alle oorlogen hadden gevochten die dit land ooit had gevoerd. Volgens hem was het land ontstaan ergens vlak na 1620, toen de Leightons voor het eerst voet aan wal zetten. Ze waren in 1623 bij Cambridge aangekomen, niet met de Mayflower maar met een ander schip. In mijn beleving moest Cambridge toen al bestaan hebben, omdat er al indianen woonden, maar mijn vader zei van niet. Hij zei dat het daarvoor een wildernis was. Mijn vader was mijn grote idool en ik koesterde de keren dat ik bij hem mocht zitten. Toen hij mij over zijn tragedie vertelde, zei ik dat het belangrijker was dát hij in de oorlog had gediend, niet waar; en ik wist dat hij ook had meegedaan met de volgende oorlog, die in Korea. Maar hij was verbitterd: hij had de pech, zei hij, dat hij te jong was geweest voor de Tweede Wereldoorlog en te oud voor de oorlog in Korea, want toen hoefde hij alleen maar met transportvliegtuigen met voorraden naar Seoul te vliegen, en met gewonden weer terug naar Californië – als een soort veredelde buschauffeur, zei hij. Waarschijnlijk had hij liever bommen gegooid.

Toen ik op de middelbare school zat waren papa en Hemingway voor mij min of meer één geworden: beiden waren onstuimige piloten met zo'n mooie pet op, in een elegant uniform, en ze stonden allebei aan de bar van martini's te nippen en droge, ironische kwinkslagen ten beste te geven. Zelfverzekerd trotseerden zij de dood. Oorlog was tragisch, maar daaronder toch ook een heel aanlokkelijk verschijnsel. Dat vond ik zelf waarschijnlijk ook.

Naarmate de jaren verstreken sprak hij minder vaak over de oorlog – misschien omdat mijn moeder er andere ideeën op na hield. Pas in mijn tienertijd kwamen ze openlijk voor hun meningsverschil uit, toen oorlog Vietnam betekende, ook een oorlog die al voor mijn geboorte begonnen was. In 1950 zaten er al Amerikaanse soldaten in Vietnam die de Fransen 'adviseerden', en vanaf dat jaar hadden onze presidenten er soldaten heen gestuurd. Ik ben in 1953 geboren, en in mijn jeugd was Vietnam altijd op het journaal. Ik hoorde erover na mijn eigen programma's, Captain Kangaroo en de Mickey Mouse Club. Toen president Kennedy werd vermoord, was ik tien, en hadden we vijftienduizend man in Vietnam. In 1964 nam het Congres de Golf van Tonkin-resolutie aan, en werd de oorlog opgevoerd. Tegen de tijd dat ik twaalf was en ik mijn poppenhuis op de bovenste plank in mijn kast had gezet om plaats te maken voor mijn draagbare typemachine, hadden de Verenigde Staten meer dan honderdtachtigduizend soldaten in Vietnam. De mensen maakten er ruzie over aan tafel, bij diners, waarbij soms zelfs geschreeuwd werd. De ruzies tussen mijn vader en moeder werden akelig van toon. Ik probeerde me voor hun razernij af te schermen, maar de oorlog was nooit niet aanwezig.

Toen het 1967 was geworden, was oorlog naar het centrum van mijn bewustzijn geschoven. Ik was veertien, ik zat in de derde van de middelbare school en de kinderen op school maakten er inmiddels ook ruzie over. De meeste praatten waarschijnlijk hun ouders na, maar aangezien ouders zelf vaak ook van mening verschilden, wisten een heleboel kinderen niet wat ze ervan moesten vinden. Slechts een paar kinderen wisten absoluut zeker waar ze stonden. Ik benijdde hun die sterke overtuiging, maar ik mocht ze niet – ze kwamen op mij zo hatelijk over, ze hadden zo'n hoge dunk van zichzelf, en hadden het zo met zichzelf getroffen; ze wisten het allemaal zo goed: alle weirdo's en rooie rakkers moesten het ontgelden. Het waren dezelfde kinderen die zich vrolijk maakten toen Robert Kennedy werd vermoord, die tegen elkaar lachten en knipoogden en zeiden: 'Zo. Dat was nummer twee, nou de derde nog.'

Als ik al het lef had om in discussie te gaan, dan was het als pacifist; ik was tegen doden, maakte niet uit wie. Misschien had ik dat van mijn moeder, maar die was niet echt pacifistisch; dus misschien was het wel wat ik helemaal zelf vond. Ik was er één voor McCarthy, ik was geschokt door de gebeurtenissen bij de Democratische conventie, en kapot van de moord op Robert Kennedy en Martin Luther King. Ik had het gevoel dat we al onze fatsoenlijke leiders uitmoordden, en de regering van het land overlieten aan onbezonnen gekken en sukkels. Maar ik was jong en had niet bijster veel kennis, alleen maar heel veel emoties.

In 1968, het jaar dat ik naar de vierde klas van de middelbare school ging, hadden we meer dan een half miljoen soldaten in Vietnam. Ze moordden en stierven als vliegen – met biologie hadden we geleerd dat vliegen ongeveer vierentwintig uur leven en iemand had ons verteld dat soldaten die naar Vietnam werden uitgezonden ongeveer dezelfde levensverwachting hadden. Tegen die tijd was oorlog iets voor mij gaan betekenen. Mijn informatie had ik tot dan toe alleen uit films en boeken, zoals *All Quiet on the Western Front*, en *The Red and the Black*, en *The Red Badge of Courage*, maar ik had erover nagedacht. Ik had het gevoel alsof het echt afschuwelijk zou zijn om iemand te doden, bijna net zo erg als zelf te worden gedood. Ik las hoe sergeants jonge jongens afbekten en treiterden en hun leerden de vijand te haten. En van de geschiedenis kreeg ik de indruk dat er met een oorlog nooit echt iets werd bereikt. Misschien dat zo'n oorlog één figuur flink opblies gedurende een aantal jaren, zoals Napoleon en Hitler en Alexander de Grote en Stalin, maar uiteindelijk ging zo iemand altijd dood, en viel zijn rijk altijd weer uiteen. En in de tussentijd waren miljoenen mensen voor hem gestorven. In de helft van de gevallen waren de oorlogvoerende landen twintig jaar later dikke vrienden, zoals de katholieken en de protestanten in Europa – nadat ze honderden jaren elkaars kinderen de buik hadden opengereten, en elkaar op de brandstapel hadden gezet. Tegen de tijd dat ik een tiener was, betekende oorlog voor mij dat heel veel mensen werden vermoord of dood gingen van de honger of door ziekte, en dat huizen en scholen en kerken, of hele steden, tot de grond toe afbrandden. Ik vond dat de man of de groep die zoveel macht wilde dat hij bereid was er een oorlog voor te voeren, dat maar in een afgesloten arena moest doen, en ons erbuiten laten.

Maar meestal dacht ik niet zoveel aan oorlog. Ik ging op in mijn dromen over een gelukkig leven. Toen ik zes was had ik daar al een schilderijtje van gemaakt: een klein meisje met blond haar en blauwe ogen loopt al dansend op een vrouw met bruin haar en een schort af. De vrouw staat met de rug naar de toeschouwer. Het meisje overhandigt de vrouw een guirlande, die ze probeert op te hangen aan een kale tak van een boom, onder de meedogenloze blik van een felle zon. Mijn moeder had dat schilderijtje ingelijst en het in de keuken gehangen.

Waarschijnlijk haalde ik mijn kijk op geluk uit boeken, en dan vooral uit de plaatjes. Misschien ontleende ik mijn idee voor een deel wel aan glimpen die ik thuis had opgevangen op betoverde momenten, zoals wanneer mijn vader met liefde in zijn stem sprak, of mijn moeder een gebaar naar hem maakte waar genegenheid uit sprak. Zulke dingen maakten mij net zo gelukkig als het drinken van een glas chocolademelk. Maar tegen de tijd dat ik negen of tien was, verkeerde mijn vader bijna altijd in een staat van razernij – althans, als hij thuis was. Willa Cather haalde eens een Frans gezegde aan over echtgenoten c.q. vaders die 'een vreugde waren voor de stad, een verdriet voor het gezin'. Dat was mijn vader: altijd beminnelijk in het openbaar maar thuis een verschrikking. Met slechts af en toe een luchthartig moment; het kon zijn dat hij met Kerstmis bijvoorbeeld vol grapjes zat, of na een uitstapje naar New York. Daar dit zelden voorkwam, was het altijd een verrassing, en een opluchting, en liep mijn hart over van dankbaarheid. Zelfs mijn moeder kon dan bijna lichtzinnig van blijdschap worden. Mijn vader kreeg al een gouden medaille als hij alleen maar aardig deed.

Maar meestal galmde zijn stem door het huis als kletterend metaal, en viel hij mijn moeder al lastig over een blik die ze wierp, of iets verkeerds wat ze gezegd had, en verstrikte hij haar in een complex weefsel van ontrouw en verraad. Andere keren was ik de pineut, en ging hij tegen me tekeer vanwege een vreselijke zonde, waarvan ik me niet eens kon herinneren dat ik hem begaan had, bijvoorbeeld dat ik vieze handen op de muur had gemaakt, of dat ik mijn vork verkeerd vasthield. Mijn moeder probeerde hem dan af te leiden, of gewoon de mond te snoeren door terug te schreeuwen, maar het gevolg was dat de hel dan weer losbarstte, en dat het hele huis even later galmde van hun gevloek en getier. Alle muren weerkaatsten hun woede.

Als het weer eens zover was, was ik blij met mijn boeken. Vanaf het moment dat ik kon lezen trok ik me daarin terug, dan lag ik op bed te lezen, verzonken in *The Borrowers* van Mary Norton, over kleine mensjes die onder de planken van een huis woonden, ontroerd door *The Enchanted Castle* van Edith Nesbit, getroost door de helende juweeltjes van Rumer Godden. Ik was vooral in de ban van de boeken van Laura Ingalls Wilder, met hun harmonieuze gezinsleven en heilzame bedrijvigheid. Ik las en herlas alle negen 'Little House'-boeken, en ging er helemaal in op.

Naast boeken had ik vriendinnen. Ik had al een vriendinnetje vanaf de tijd dat ik kon lopen en praten. Ik bepaalde me tot één meisje, en klampte me aan haar vast als aan een reddingsboei op de deinende golven van de kindertijd. Dat was mijn ballast, mijn tegenwicht tegen het trekken en zuigen van mijn vader en moeder. Zij waren van mij en ik van hen en ik wilde ook van hen zijn, maar ik wilde ook van mezelf zijn. En dat was ik niet. Mijn vader en moeder hadden vrienden en schenen altijd te weten wat ze moesten doen en dat konden ze dan ook. En ik was gewoon een stukje van hen, als een ribbel op een jampotje. Als ik echter met mijn vriendinnetje speelde, was ik bijna van mezelf, bijna mezelf, afgezien dan van het feit dat ik niet de straat mocht oversteken, of de hoek om mocht, of ergens naartoe waar het spannend was, zoals een snoepwinkel of een ijssalon. Een vriendinnetje hebben was een soort onafhankelijkheidsverklaring.

Van mijn derde tot mijn zevende wijdde ik me aan Barbara van Heusen; van mijn zevende tot mijn tiende aan Mindy Bloom; tot mijn dertiende was het Bubbles Orvis, die gedichten schreef, net als ik. We lieten ons werk altijd door mijn moeder beoordelen. We konden er van op aan dat zij er iets goeds in zag. In de onderbouw van de middelbare school leerde ik Elizabeth Stark kennen, die, nu ik aan haar denk, een soort voorloper van Sandy was – lang, met een lage stem, en een zekere waardigheid. Maar toen ik Phoebe Marx eenmaal had ontmoet, aan het eind van de onderbouw, was Elizabeth te braaf voor mij. Phoebe was het eerste echt mooie meisje dat ik kende, en een tijd lang was ik helemaal weg van haar.

Hoe dan ook, Elizabeth ging naar het gymnasium in Cambridge, terwijl ik naar Barnes ging. Zo verloren we elkaar uit het oog. Op een dag kwam ik haar echter tegen op Mass Ave, toen zij daar met Steve Jackson liep, die met wiskunde bij haar in de klas zat. Ik besefte toen niet dat zij in hem geïnteresseerd was, maar hij en ik vonden elkaar meteen aardig. Pas maanden later zei hij iets over Elizabeth waardoor ik begreep waarom ze me na die ontmoeting nooit meer gemogen had. Toen we elkaar eenmaal ontmoet hadden, waren Steve en ik altijd samen. Hij wachtte me na schooltijd in de buurt van Barnes op, of anders belde hij en vroeg of ik hem bij het gymnasium wilde opwachten.

Phoebe was het hele eerste jaar in de bovenbouw mijn beste vriendin, tot ik Sandy en Bishop ontmoette. Toen ik hen had ontmoet gingen mijn vriendschappen meer in elkaar overlopen, en was ik nu eens meer met deze, en dan weer met die. Het was een spannende en angstaanjagende periode, ik ontmoette nieuwe mensen, maakte nieuwe vrienden, werd half en half verliefd op ze, en was bang dat zij niet ook verliefd op mij zouden zijn. Het gaf elke nieuwe dag iets betoverends. Ik vond vriendschap een serieuze zaak en geloofde altijd dat mijn vriendin van dat moment voor eeuwig mijn vriendin zou zijn.

Ik was verrukt over elke slag die ik wist te maken naar een vage horizon die ik niet eens kon zien, zo uitgestrekt was de zee waar ik in zwom. Ik stak de straat over, na naar links en naar rechts te hebben gekeken, ik liep naar de ijssalon op Broadway, ik liep alleen naar school, en uiteindelijk ging ik met mijn vriendin naar de bioscoop aan Brattle Street! Ik genoot van elke revolutionaire gebeurtenis, het waren stuk voor stuk belangrijke overgangsrituelen, die mij beetje bij beetje in de toestand brachten waarnaar ik had gehunkerd zolang ik mij kon herinneren: de volwassenheid. Ik vond het vreselijk om een kind te zijn, ik had er een diepe, blijvende weerzin tegen: het was schandalig dat ik, die een uitstekend verstand en een eigen wil had, andere mensen moest gehoorzamen, alleen omdat ik klein was! Het was een vernedering dat ik toestemming moest vragen, of iemands hand vasthouden, alleen om te doen wat ik wilde.

Sandy Lipkin was de eerste vriendin met wie ik helemaal – bijna helemaal – onafhankelijk kon zijn. Tegen de tijd dat we elkaar leerden kennen zaten we allebei in de bovenbouw, waren we vijftien en mochten we zelfs Massachusetts Avenue (door iedereen Mass Ave genoemd) oversteken; we mochten ons eigen geld meenemen, en naar de film gaan. We hadden allebei een rijvergunning en autorijles. De enige stap die nog overbleef was zelf geld verdienen, maar dat zou snel gaan gebeuren. We waren heel trots op onszelf, we kwamen allebei uit een gezin waar veel aandacht aan ons werd besteed. We waren wilde meiden en dat wilden we weten ook. We hadden lang haar en vergaten het te kammen en we droegen nooit iets anders dan een spijkerbroek. We hadden het gevoel dat we waren geboren uit het schuim van de zee, net als de Aphrodite van Botticelli, maar wij waren geen zedige maagden die hun handen gebruikten om hun schaamstreek te bedekken, o nee, wij maakten deel uit van de nieuwe wereld, het wonder van een uitverkoren generatie, wat ons ook tot een wonder maakte. We waren trots op ons schaamhaar. Nou ja, dat wilden we zijn. Nou ja, we wisten dat we dat zouden zijn als we volwassen waren. Sandy was lang, met lichtbruine ogen en donkerblond haar en lange armen en benen; als we naast elkaar liepen, nam zij één stap tegen twee van mij. Ik heb lichtblond haar en blauwe ogen en mensen zeiden altijd dat ik mooi was, maar tot mijn verdriet was ik en ben ik nog steeds klein, en heb ik de neiging tot een rondborstigheid die ik betreur. Ik droeg enorme T-shirts en sweaters om opmerkingen op straat te voorkomen.

Sandy en ik waren pienter genoeg om niet te veel tijd aan ons huiswerk te hoeven besteden, maar Sandy was veel slimmer dan ik. Net als Bishop, onze beste vriend. Bishop was langer dan Sandy en echt vreselijk mager, slungelig eigenlijk, en hij had ogen zo licht als water. Zijn huid glansde als parelmoer, die gaf licht, net als Bishop zelf. Hij was een vlinder, altijd fladderde hij van het een naar het ander – in ieder geval in gedachten. Soms bleef hij even staan, en nipte ergens van, en wat dan bleef hangen was een zweem van zoetigheid. Sandy noemde hem Peter Pan; ik noemde hem Ariel. Hij was met ons allebei bevriend en wij waren allebei verliefd op hem. Geen van ons heeft ooit iets met een van de anderen gehad, maar we dachten er wel aan.

Ik en de meesten van mijn vrienden hadden in Cambridge op een openbare lagere school gezeten, maar daarna werden we naar Barnes gestuurd, een particuliere middelbare school. Barnes was gevestigd in een groot herenhuis dat met klimop was bedekt, in het rijke gedeelte van Cambridge, ten noorden van Brattle Street, binnen loopafstand van Harvard Yard en de Square. We hadden kleine klassen en intelligente leraren, en we hadden een grote voorsprong op de kinderen op openbare scholen, ook al spijbelden we met enige regelmaat. Dat deed onze hele club. De kinderen op de openbare scholen trouwens ook. Dat was toen mode.

In het najaar van 1968, toen ik op Barnes begon, bezetten Harvard-studenten de Yard. Het was sowieso al een jaar vol grote gebeurtenissen, te beginnen met het Tet-offensief, gevolgd door een aanval van de Viet Cong op Saigon en Hue, en in november van dat jaar lazen een paar duizend mensen het artikel van Seymour Hersh in *The New Yorker* waarin een afgrijselijke slachtpartij in een stadje genaamd My Lai werd onthuld. De gebeurtenissen op de campus speelden zich af tegen een achtergrond van kwesties van leven en dood, die er iets gewichtigs en onwezenlijks aan gaven. Het was heel spannend om over de Yard te wandelen, met al die demonstraties, al dat geschreeuw door luidsprekers, sit-ins, en het algehele, overal voelbare protest tegen de oorlog in Vietnam. Hetzelfde gebeurde op andere universiteiten, zoals Columbia in New York. Ik hield het nieuws niet zo heel goed bij, maar dat gold voor de meesten van ons, behalve voor Bishop, die min of meer bezeten van het onderwerp was. Hij kwam uit een streng godsdienstig gezin. Hij was als kind ook strenggelovig geweest; hij wilde toen priester worden, en hij had nog steeds grote bewondering voor de Berrigans. Hij was echt helemaal voor vrede, net als de mannen van de IRA. Als hij over de oorlog sprak verstrakte zijn kaak en kreeg hij een bijna wrede trek om zijn mond. Hij koesterde een absolute, een onwankelbare haat tegen de oorlog. Ik deelde zijn beslistheid noch zijn kennis, maar ik had wel bewondering voor zijn ernst en probeerde net zo hartstochtelijk te zijn als hij. Ik wist dat ik maar een eind weg kletste, zonder al te veel benul van waar ik het over had, iets waar mijn vader mij voortdurend aan hielp herinneren.

Toen onze regering in oktober van dat jaar naar een vredesconferentie in Parijs ging en de onderhandelingen met de Vietnamezen begonnen, waren we er allemaal van overtuigd dat het studentenprotest – onze beweging! – dit had afgedwongen, en dat de oorlog binnen een paar maanden voorbij zou zijn. Wij geloofden dat wij, onze generatie, dit bewerkstelligd had. Het was bedwelmend, een triomfantelijke bevestiging van onze macht. We zouden het echt niet geloofd hebben als ons was verteld dat de oorlog nog vijf, nee, zeven jaar zou duren! Omdat onze opstand succes had gehad, werd protest de mode, en er hing voortdurend een soort spanning, een soort woede in de lucht. Voor mensen die er niet bij waren is het moeilijk zich daar een voorstelling van te maken. Geen van alle oorlogen nadien – en het is ongelooflijk hoeveel oorlogen we gevoerd hebben – in Grenada, Panama, Kosovo, Afghanistan, Irak I, Irak II – heeft ooit zoiets teweeggebracht. Er werd wel tegen de tweede oorlog in Irak geprotesteerd, maar toen die eenmaal een feit was, legde men zich erbij neer. Onze generatie gaf het niet op.

In die dagen kon je overal in Cambridge de weedgeur opsnuiven. Mijn vrienden en ik banjerden urenlang vrolijk over straat. Soms kwam een stel vrienden na afloop van onze omzwervingen nog bij mij thuis. Dan zaten we om de keukentafel te praten en cola te drinken. Ze gingen altijd zo'n beetje naar huis tegen de tijd dat mijn moeder thuiskwam om te koken, en als ze eenmaal weg waren zei ze: 'Tsjonge jonge!' en haalde de veger tevoorschijn om de bergen zand die onze laarzen hadden binnengebracht op te vegen. We droegen in die tijd allemaal laarzen, geen sportschoenen zoals jongeren tegenwoordig dragen. Mijn moeder klaagde nooit over de rotzooi; ze vond het leuk dat we buiten rondhingen en bij ons in de keuken bij elkaar kwamen. Ik hoorde haar een keer tegen Eve, haar vriendin, zeggen dat onze omzwervingen 'een stuk gezonder' waren dan dat gezuip en gecross van de jeugd uit de buitenwijken. De enige avond dat we samen optrokken was zaterdagavond – op de dagen dat we naar school gingen, moesten de meesten van ons thuisblijven – en na het grootste deel van de zaterdag te hebben rondgesjouwd vonden we het heerlijk om bij mij thuis in de keuken te zitten kletsen, of bij Bishop in het souterrain.

Er waren niet veel ouders die zin of ruimte hadden onze hele club thuis te ontvangen – we waren met een stuk of twintig – en ons ook nog eens van frisdrank te voorzien. Eten hoefden we niet; we stonden boven dat soort materialistische dingen. We waren allemaal mager (en daar blij om). We konden altijd naar het huis van Phoebe gaan, een appartement in een mooie flat. Daar was nooit iemand thuis, omdat haar ouders allebei werkten, maar het was donker omdat het op de eerste verdieping was, en behalve water was er nooit iets te drinken, omdat haar moeder arts was en weigerde frisdrank te kopen. We konden ook naar het huis van Sandy gaan, maar die woonde helemaal in Belmont – te ver om te lopen. Sandy ging altijd met de bus naar school, of werd door haar vader of moeder gebracht. Ze woonde in een groot koloniaal huis met enorme ramen. Het licht stroomde alle kamers binnen, dat vond ik geweldig; ons huis was donkerder. Ze hadden overal kamerbreed tapijt liggen, geen rafelige, ouderwetse Perzische en Indiase tapijten, zoals bij mij thuis. Maar de sfeer was zo verfijnd, zo rustig en beschaafd en beige, net als het meubilair, dat we ons daar niet echt op ons gemak voelden. We gingen trouwens ook niet vaak naar Bishop. Zijn ouders hadden voor de kinderen een kamer in het souterrain ingericht, maar daar waren zijn jongere broers er ook de hele tijd bij: die biljartten er, of liepen maar wat te schreeuwen, en maakten zoveel kabaal en waren al met al zo nadrukkelijk aanwezig dat we het daar nou ook weer niet zo geweldig vonden. Ik was enig kind, mijn vader was zelden thuis, en als mijn moeder thuis was, zat ze in haar studeerkamer, dus mijn huis werd ons trefpunt.

Ik zie nu dat de meesten van ons rijk waren; destijds besefte ik dat niet. We werden in onze eigen maatschappij niet als zodanig beschouwd, dus het drong niet tot ons door dat we tot de rijksten van de wereld behoorden. Zelfs onze ouders beseften dat niet. Ik denk niet dat er veel waren, destijds, die begrepen hoe goed we het hadden. Ze maakten zich waarschijnlijk zorgen om hun rekeningen, maar toch konden ze het zich permitteren mensen in te huren om hun huis schoon te maken en hun kleren te wassen en te strijken, hun tuin en gazon te onderhouden, en de catering voor hun feestjes te verzorgen. Ze kochten kleding van goede kwaliteit – de ergste ruzies die Sandy en ik hadden, waren met onze moeders over kleren. Zij kochten altijd van die snoezige jurkjes voor ons bij Jordan Marsh of Saks, en smeekten ons die aan te trekken voor de bruiloft van nicht Lily of de begrafenis van mijn overgrootmoeder, waarop wij de kamer uitstormden en met de deur smeten, luid jammerend dat het lot ons met zulke bekrompen ouders had opgezadeld. We vertikten het – al zouden we het met de dood moeten bekopen – ook maar een beetje water bij de wijn te doen. Principes waren principes.

Ik woonde met mijn ouders in Kirkland Street, een paar straten van Harvard Yard. Ik had er geen flauw benul van dat anderen ons zouden kunnen benijden om hoe wij woonden – in een huis dat aan de kleine kant was, en gênant ouderwets. Een deel ervan stamde uit de achttiende eeuw; in de salon en de eetkamer waren de plafondbalken te zien, en in de keuken had je open planken aan de muren, die ik verafschuwde maar waar mijn moeder dol op was. De openhaard was oud en op de vloer van de benedenverdieping lagen brede planken. Beneden waren drie vertrekken – de woonkamer, de eetkamer en de keuken – maar een of andere voorouder had een portaal aan de zijkant aangebouwd, en er was een grote oude bijkeuken achter de keuken, die mijn moeder gedeeltelijk tot badkamer had laten ombouwen. Boven waren drie slaapkamers, één grote en twee kleine. Mijn moeder had een van die twee als studeerkamer in gebruik. Ons huis was niet chic, zoals het negentiende-eeuwse kasteel aan Garden Street waar Bishop woonde, met zijn hoge plafonds met sierlijsten en suitedeuren van walnotenhout. Bij Bishop hadden ze een galerij langs de hele voorkant en beide zijkanten, en bij elkaar hadden ze negen slaapkamers en twee zitkamers.

Wat leuk was aan ons huis was de achtertuin, die zich uitstrekte tot aan een klein bos. Daar was een garage waar mijn vader eigenhandig een verdieping op had gebouwd, die hij als atelier had ingericht. Het had enorme ramen op het zuiden en oosten, en een mooie houten vloer, bezaaid met verfvlekken. Vroeger, toen het leven hier nog gelukkig was – of althans gelukkiger – werkte hij in zijn atelier en sliep met mama in het tweepersoonsbed in de grote slaapkamer. Ik wist niet wanneer of waarom dat was veranderd; dat was al fluisterend achter mijn rug om bekokstoofd. Ik was dertien en voor het eerst ongesteld toen mijn vader op een avond, onder het eten, meedeelde dat hij hier niet kon schilderen, hij werd gestoord van Cambridge, gestoord van Harvard, hij werd gestoord van de kunstfaculteit van Harvard, en hij was van plan naar Vermont te verhuizen, naar de blokhut in de bergen waar we onze zomervakanties doorbrachten. Het was eigenlijk een krot, er was niet eens sanitair, en het was heel afgelegen, diep in het bos.

Mijn moeder bracht haar handen naar haar hoofd. 'Ik ben net gepromoveerd, Pat,' jankte ze. 'Wat moet ik daarginds als doctor beginnen? Er is daar helemaal niks! Ik heb net een contract op Harvard.'

'Dát stelt niks voor!' brulde hij. 'Verscheur dat gewoon!'

Mijn moeder rechtte haar rug. 'Dat wil ik niet.'

'We gaan lekker primitief leven,' drong hij aan. 'Dat wordt vast leuk.'

'Leuk voor wie?' vroeg mijn moeder uitdagend.

'Leuk voor wie, is dat een grammaticaal verantwoord zinnetje?' lachte mijn vader. 'Ik dacht dat jij net gepromoveerd was!'

Daar ging ze niet op in. '*Ik* zou degene zijn die primitief moet leven. Jij zit in je atelier te schilderen, zoals gewoonlijk. Terwijl *ik* de was doe op een wasbord, de kleren ophang aan een geïmproviseerde waslijn, de po's leeg, de afwas doe in een teiltje, en het manusje-van-alles ben! Ik was niet van plan slaaf te worden!'

'Slaaf! Slaaf! Dat heet huisvrouw! Dat is wat een vrouw geacht wordt te doen.'

'Volgens jouw familie, ja.' Haar gelaatsuitdrukking veranderde. 'Laten we geen ruzie maken waar Jess bij is,' zei ze.

Toen hield hij zijn mond, maar het leek er verdacht veel op of ze allebei liever nog even hadden doorgeruzied.

Na het eten ging ik naar mijn kamer om huiswerk te maken. Toen ik daarmee klaar was, sloop ik mijn kamer uit en ging op de bovenste tree zitten luisteren. Ik kon ze niet goed verstaan. Ze praatten zacht, maar ik kon horen dat ze hartstochtelijke pogingen deden elkaar ergens van te overtuigen. Een paar dagen later, toen mijn vader zijn spullen in de auto laadde, sloeg mijn moeder hem zwijgend gade. Toen hij vertrok gaf hij mij een kus en zei dat we elkaar gauw weer zouden zien. Maar dat was niet zo. Dat duurde maanden.

Ik hield van mijn vader en wist dat hij ook van mij hield. Soms, als hij vond dat ik brutaal of bijdehand was, snauwde hij me af, maar op andere momenten zag ik heus wel dat hij zich zat te verkneukelen, alsof hij me heel grappig vond. Soms keek hij me vriendelijk aan en af en toe omhelsde hij mij. Een kinderhand is gauw gevuld. Niettemin was hij altijd zo weinig aanwezig geweest, dat ik nauwelijks in de gaten had dat hij weg was; het was alleen iets stiller in huis. Heel af en toe kwam hij langs. Hij belde dan nooit van tevoren, hij kwam gewoon, en daar stoorde mijn moeder zich aan. Alsof hij niet het recht had gewoon thuis te komen. Dat zat me niet lekker. Ik hield van mijn moeder, maar ik zou wel willen dat ze wat aardiger tegen mijn vader deed. De voornaamste reden dat ze geïrriteerd was, was natuurlijk dat ze niet genoeg eten in huis had. Maar ze had ook wel door dat hij haar ergens op wilde betrappen.

De blokhut in Vermont was heel klein en bestond uit een zitkamer met een heel smalle slaapkamer en een badkamer aan één kant, met daarboven een zolder, waar ik sliep. In de badkamer was een wastafel en een enorme, prachtige oude badkuip op van die leeuwenpoten, maar geen toilet. Mijn vader weigerde pertinent binnen een wc te plaatsen – we moesten maar naar het privaathuisje dat los van de hut stond. De hele hut werd verwarmd met een houtkachel; ik was dol op die kachel omdat die zo'n gezellige sfeer gaf. En ik was dol op die hut, hij was prachtig. Hij stond midden in het bos, met uitzicht op een meer, en er waren geen buren. Er was een kano, die de vader van mijn vader nog gemaakt had, een roeiboot, een zeilboot en een buitenboordmotor. Een enorme stapel hout lag onder een afdakje tegen het huis opgestapeld, en overal groeiden wilde bloemen. Ik vond het heerlijk om 's avonds buiten in het gras te liggen en naar de hemel te kijken. Het was zo donker, de sterren hingen als een baldakijn van diamanten op fluweel boven het meer. Ik kreeg geheimzinnige associaties met de 'Little House'-boeken die ik gelezen had, met de droom van een Amerika dat werd opgebouwd door hardwerkende, gedisciplineerde, goede mensen, die een leven in de vrije natuur leidden dat geweldig was, zij het keihard.

Toen mijn vader twee of drie weken weg was, belde hij op. Ik zat huiswerk te maken op mijn kamer toen mijn moeder de telefoon opnam. Ze riep naar boven om te zeggen dat papa aan de lijn was, als ik met hem wilde praten moest ik het tweede toestel opnemen. Ik liep snel naar haar slaapkamer en nam de telefoon op; ik hoorde hem nog net zeggen: 'Ik heb de keuken voor je klaargemaakt!'

'Voor mij?' vroeg ze, verbaasd.

'Ja, natuurlijk voor jou. Voor wie anders?'

Er klonk enige opwinding in haar stem door. 'Je bedoelt dat je een vaatwasser hebt aangesloten? Een wasmachine? Een droger?'

'Nee,' zei hij boos. 'Ik heb een gasfornuis geplaatst en een nieuwe gootsteen. Een hele dure gootsteen, van roestvrij staal.' Ik zag zijn verbeten mond voor me. Ik voelde zijn preek over het milieu, over het niet vervuilen van het meer al aankomen.

'Je hebt de houtkachel toch niet weggehaald?' jammerde ik.

'Nee, Jess. Die is er nog,' stelde hij mij gerust.

'En heb je een wc geïnstalleerd?' vroeg mijn moeder snel.

'Nee, dat niet,' zei hij. 'Je weet hoe ik daarover denk.' Hij was principieel tegen wc's.

'En jij weet hoe *ik* daarover denk.'

'Waarom moet je toch zo pietluttig doen?'

'Ik vind het niet pietluttig om het belangrijk te vinden hoe je je eigen leven leidt. Wat je met je eigen leven doet.'

'Je weet verdomde goed dat die dingen schadelijk zijn voor het milieu.'

'Ik ga daar niet wonen, Pat.'

'Wat ben je ook een trut, hè! Stomme trut. Slet, hoer!' schreeuwde hij. Hij sprak het uit als 'oer'.

Ik hing op. Mijn vader noemde mijn moeder zelden bij haar naam; hij noemde haar meestal 'schatje' of 'liefje'. Maar als hij boos was begon hij haar altijd uit te schelden. Ik weet niet waarom. Ik denk dat mijn moeder ook heeft opgehangen.

Een maand lang hoorden we niks van hem. De eerstvolgende keer dat hij belde, nam ik het toestel boven niet op. Zij luisterde naar hem en mompelde iets. Ik weet niet wat er gezegd werd. Toen ze had opgehangen zei ze met een eigenaardige toon in haar stem: 'Hij heeft zijn atelier daar klaar.'

'Maar hij heeft hier zo'n mooi atelier!' klaagde ik. Ik wilde dat hij terugkwam. Ik wilde net zomin in Vermont wonen als mijn moeder. Ik was dol op Barnes, dol op mijn vrienden, ik was dol op Cambridge. Ik wilde niet verhuizen. Als we in Vermont woonden, zou mijn moeder me elke dag naar school moeten brengen en me weer ophalen. Ik zou mijn vrienden nooit zien, als ik die al zou krijgen daar. Maar als mijn vader daar een atelier had gebouwd, was het wel serieus.

Een paar jaar eerder had hij een oude schuur van een boerderij in Rutland gekocht en die naar een weiland vlak bij de hut laten transporteren. Nu had hij er een fundering voor gegraven, een nieuwe vloer gelegd en elektrische verwarming. Hij had de wanden doorgebroken en er enorme ramen in gezet, een met uitzicht op het meer en een met uitzicht op de wei. In gedachten zag ik hoe het licht de schuur binnenstroomde, en ik herinnerde me hoe donker de hut was, weggestopt in de bossen. Met geschiedenis lazen we een boek over het oude Athene, waarin werd beweerd dat de mannen hun dagen doorbrachten op de zonverlichte agora of in lichte, publieke gebouwen die open waren, terwijl de vrouwen opgesloten zaten in donkere, bedompte huizen, waar ze hun werkplaatsen hadden en al het andere werk deden. Ik begreep ongeveer hoe mijn moeder tegen Vermont aankeek.

Zo ongeveer een maand later kwam mijn vader weer naar Cambridge. Toen mijn moeder uit haar werk kwam, trof ze hem en mij aan de keukentafel aan. Mijn vader had een Canadian Club met spuitwater, ik dronk een colaatje. Ze bleef stokstijf staan op de drempel en zei met vlakke stem dat er alleen maar kliekjes waren, net genoeg voor twee. 'Wat ga jij vanavond doen met eten, Pat?'

Hij keek haar loom aan. 'Ik neem wel genoegen met eieren, je weet dat ik niet om eten geef. Heb je nog bacon?'

'Nee.'

Hij haalde zijn schouders op. 'Je mag wel een kaasomelet voor me maken.'

Ze kwam binnen, trok haar jas uit en schonk zichzelf wat te drinken in. Ze zette haar eigen fles naast de fles van mijn vader op het aanrecht. Dat was een vertrouwd gezicht. 'Is het te veel gevraagd om mij in het vervolg van tevoren een seintje te geven als je van plan bent te komen?'

'Wat is er dan, had je andere plannen voor vanavond?'

Mijn moeder ging zelden de deur uit 's avonds, of het moest voor een politieke bijeenkomst zijn. Mijn vader wist dat. Ze trok een grimas.

Ze bakte een omelet voor hem en hij kreeg er dezelfde salade bij die wij ook aten, van Boston-sla, asperges en witte bonen. Ik vond alles wat mijn moeder klaarmaakte lekker, behalve haar aubergine met parmezaanse kaas. Ik had indertijd een hekel aan aubergine – dat prikte zo op mijn tong. Maar daarom maakte ze het ook bijna nooit klaar. Mijn moeder zei altijd dat haar economische prioriteitenlijstje als volgt luidde: huur, eten, medische kosten, onderwijs, en daarna de rest. Maar ze hield nooit genoeg geld over voor die rest.

Het werd een gewoonte, dat als hij thuiskwam, dat ze dan één serieus gesprek hadden. Dat was altijd in de keuken. Mijn moeder kookte, en mijn vader zat op het aanrecht, bij de wasmachine. Hij had een glas in zijn hand, en zei dan dat ze moesten praten. Waarop zij zei: 'Mmmm.' Vervolgens zei mijn vader dat een vrouw in de eerste plaats verplichtingen aan haar man had, op een toon alsof het een officiële mededeling vanuit de hemel betrof. Je zou bijna denken dat er een donderslag op zou volgen. 'Wauw!' zei mijn moeder dan, 'moet je horen! Dat is de grote geest die spreekt!'

Ze bedoelde zijn voorvader. Mijn vader stamde af van een dichter die Coventry Patmore heette en die iets geschreven had dat *The Angel in the House* heette. Dat ging erover dat vrouwen geschapen waren om thuis kleine hemels op aarde te creëren voor de mannen. Ik had het nooit gelezen en ik weet ook niet of mijn vader het wel ooit gelezen heeft. Zijn echte naam was Patmore Leighton, maar hij werd altijd Pat genoemd. Hij was trots op zijn afkomst, omdat zijn familie zich al in 1623 in Massachusetts gevestigd had. Hij zei altijd dat ik me bij de Dochters van de Amerikaanse Revolutie mocht aansluiten, omdat zijn voorouders daarin hadden meegevochten. Als hij dat zei, snauwde mijn moeder altijd dat de DAR een stelletje dwepers waren die nog te onnozel waren om de grote Marian Anderson te laten zingen. Ik wist niet precies waar die strijd om ging, maar ik wist wel dat ik me nooit bij de Dochters moest aansluiten, wat of wie het ook waren. Mijn moeder kwam uit een Litouwse familie die zich op Rhode Island had gevestigd; ze had nog een paar neven in Providence. Ze heette Andrea Paulauskas Leighton. Elke keer als mijn vader zijn dichtende voorouder begon te citeren, zei zij dat een vrouw in de eerste plaats verplichtingen aan zichzelf had, dat ze een vrij mens was, geen bezit. Op dat moment maakte ik altijd dat ik wegkwam: ik kon niet tegen die ruzies. Op zulke avonden aten we altijd laat.

Ze voerden één lang gesprek, en dat was het dan. Hoe lang mijn vader verder ook bleef, het gesprek was dan afgelopen, en daarna deden ze allebei boos, dan liepen ze rond zonder vrijwel nog een woord met elkaar te wisselen tot hij weer verdween. En de afwezigheid van mijn vader maakte hun liefde er niet bepaald sterker op. In de loop der jaren kwamen ze steeds vijandelijker tegenover elkaar te staan, en raakten ze steeds meer overtuigd van de exclusieve juistheid van hun eigen standpunt. Ik vond dat vreselijk, omdat ik van hun vlees en bloed was, en hun ruzies raakten me bijna fysiek, alsof ze elk hun eigen bloedbanen uit mijn lichaam probeerden te trekken. Ik kon niet begrijpen waarom ze niet meer van elkaar hielden.

Mijn moeder was slim en mijn vader had echt talent. Hij schilderde enorme slordige vierkanten, twee of drie op een doek, cerise en grijs en geel, of blauw en cerise, soms met een of twee kronkelige lijntjes die de vierkanten met elkaar verbonden. Jarenlang verdiende hij er geen cent mee en leefden we van hun beider Harvard-salaris. Toen ik volwassen was, legde mijn moeder mij uit dat mijn vader invalkracht was geweest, en zij gewoon kandidaat-assistent, en dat ze samen nauwelijks genoeg verdienden. In mijn jeugd had ik er geen idee van hoe krap we het eigenlijk hadden, we hadden immers dat huis dat mijn vader geërfd had van zijn oudoom, ouderwets als het was, met alle ouderwetse meubelen die erin stonden. En mijn moeder kon een voordelig stuk vlees kopen, zoals lamsborst (jammie, jammie) en daar een compleet feestmaal van maken. Dus wie had het in de gaten?

Maar toen ik acht of negen was werd mijn vader 'ontdekt'. Een invloedrijke kunstrecensent schreef over hem, en daarna werd hij benaderd door galeries en verschenen er allerlei artikelen over hem in kunsttijdschriften. Musea kochten zijn werk aan, en rijke mensen. Ik was trots dat hij beroemd was.

Er was één ding waar we nooit over spraken, Sandy en ik, dat was een soort geheime afspraak tussen ons, en dat was onze trots op onze ouders. Die maakte ons anders dan de anderen in onze groep. Niemand sprak over zijn ouders – dat zou stijlloos zijn geweest. Maar Sandy haalde vaak aan wat haar vader had gezegd en ik haalde voortdurend mijn moeder aan. De vader van Bishop was ook beroemd, die was iets hoogs in Cambridge, adjunct-commissaris van politie of zoiets, en hij kende de gouverneur en Tip O'Neill. Maar Bishop haalde hem nooit aan. Toch wisten we dat hij dol op zijn vader was. Zijn vader was een aardige, goedlachse man, die zelfs thuis altijd in een goede bui was. In die periode sprak Bishop echter nauwelijks met hem, omdat ze het niet eens waren over de oorlog. Zijn ouders steunden die – nou ja, twee van zijn broers zaten ook in het leger.

We wisten weinig over de ouders van de andere kinderen, en wat we wisten was niet best. We wisten bijvoorbeeld dat de vader van Lazlo verantwoordelijk was voor de blauwe plekken die hij af en toe vertoonde, en dat de vader van Dolores iets eigenaardigs had en misschien haar moeder ook wel. We wisten zeker dat de moeder van Elias aan de drank was, omdat we haar een keer dronken hadden gezien. We vonden het heel naar voor Elias, al wilde hij niet dat we medelijden met hem hadden. Tja, wie wilde dat nou wel? Steve, bijvoorbeeld, vertelde aan bijna niemand dat hij niet bij zijn ouders woonde. Hij heeft het mij pas na een hele tijd verteld. Zijn moeder was dood. Hij woonde bij een oude vrouw die hij zijn oma noemde, maar die helemaal geen familie van hem was. Ze had hem als pleegkind in huis genomen voor het geld, vertrouwde hij mijn moeder een keer toe toen hij op een avond was blijven eten. Er woonden drie jongens bij haar in de flat en die sliepen met zijn drieën op één kamer, in een stapelbed. Een keer per week kookte ze een enorme pan spaghetti en zette die op het fornuis, zodat ze de hele week voor zichzelf konden opscheppen. Toen mijn moeder dat hoorde, nodigde ze Steve elke keer dat ze hem zag uit om te blijven eten.

De vader van Steve leefde nog wel, maar die had een nieuwe vrouw en ook een paar nieuwe kinderen. Toen Steve in de eerste klas van de middelbare school zat, bespioneerde hij zijn vader geregeld. Dan stond hij in een portiek tegenover de flat van zijn vader aan Mass Ave, alleen maar te kijken. Hij vond het heerlijk om zijn vader naar buiten te zien snellen in een stralend wit overhemd, dat in zijn strakke zwarte spijkerbroek was gestoken, zijn haar in een enorm afrokapsel, kleingeld rinkelend in zijn zak. Hij ging altijd met de metro. Toen Steve dertien was raapte hij een keer zijn moed bij elkaar en stapte op hem af. Hij stak de straat over, liep regelrecht op de man af en zei: 'Ik ben Steven, je zoon.'

De man bleef staan en nam hem op met kille ogen. 'Nou en,' zei hij, en liep door. Daarna was Steve nog banger voor hem dan voorheen.

Sandy en Bishop vormden de spil van onze groep, één spil. Het was een grote groep, van dertig of meer, en we waren niet altijd met de hele club bij elkaar. Het was net een enorme cel die uit meerdere kernen bestond en voortdurend van vorm veranderde. Sandy en Bishop vormden één kern, de intellectuele kern, denk ik. Maar voor ik hen ontmoette, was Phoebe mijn beste vriendin.

Phoebe was een heel tenger Chinees meisje wier vader, net als die van Sandy, professor was aan Harvard. Mijn moeder was ook professor aan Harvard – althans, dat dacht ik. Ik vermoed dat Phoebe toen ook al wel wist dat mijn moeder maar een assistent was – ze kreeg altijd iets minachtends in haar gelaatsuitdrukking als ik over mijn moeder begon. Haar vader wist dat waarschijnlijk en had het aan haar verteld. Mijn moeder vond Phoebe heel verfijnd, dus ik dacht dat Phoebe haar goedkeuring genoot. In de tweede klas bracht ik de meeste middagen met Phoebe in Cambridge door.

Phoebe hield van winkelen: etalages kijken en proletarisch winkelen waren haar favoriete bezigheden. Mijn moeder vond tijdschriften als *Vogue* en *Mademoiselle* maar niks en wilde mij geen geld geven om die bladen te kopen – die waren veel te duur. Dus stal ik ze. En ik stal lipsticks en nagellak, hoewel ik die nooit gebruikte, en panty's in cellofaanverpakking, die ik evenmin droeg. We pikten ook sigaretten, die we wel gebruikten: we staken de ene met de andere aan.

In die tijd rookte iedereen. Mijn vader had altijd een sigaret tussen zijn lippen bungelen als hij schilderde en als hij dronk – zijn twee favoriete bezigheden. Mijn moeder rookte nog tijdens de afwas; ze zei dat ze zelfs in bad rookte. De moeder van Phoebe, die arts was, was een kettingrookster. Ze was een grappige, kleine vrouw. Ze was knap, met donker haar, ze liep een beetje voorovergebogen en was heel intens. Ze kon absoluut niet koken. Ze zei dat koken niet in haar genen zat. Als ze kookte, zei Phoebe, werd het altijd een soort stoofschotel met limabonen, of een tian, een smakeloze hartige taart van rijst, eieren en courgette. Maar gewoonlijk aten ze kant-en-klaarmaaltijden uit kleine bakjes van aluminiumfolie. Daar was ik dol op – ze smaakten zoutig en ik ben dol op zout. Dus ik was dolblij als dokter Marx me uitnodigde bij Phoebe te blijven eten, als haar ouders zelf uitgingen. Mijn moeder kocht nooit kant-en-klaarmaaltijden, die was daar tegen. Voor mij was het een traktatie. Phoebe was geadopteerd, wat haar bijzonder maakte. Ze zei dat haar ouders tegen haar hadden gezegd dat de meeste mensen gewoon kinderen kregen, maar dat zij gewenst was, wat betekende dat ze echt van haar hielden.

De vader van Phoebe was ook doctor, maar niet op het medische vlak. Hij nam ons weleens mee uit eten. Hij was dol op Chinees eten, hoewel hij geen Chinees was. Er was in die tijd een geweldig Chinees restaurant in Cambridge: Joyce Chen. We waren allemaal verzot op de moo shu rho die ze daar serveerden, stukjes varkensvlees met groenten in een pannenkoekje. Mijn moeder en ik hadden geen geld om uit eten te gaan. Dat begreep ik ook niet, omdat de mensen beweerden dat mijn vader veel geld kreeg voor zijn schilderijen.

Ik maakte mij indertijd niet druk om geld. Ik had geen geld nodig, ik droeg altijd spijkerbroeken, en die paar dure dingen die ik wilde pikte ik gewoon. Maar Phoebe was verzot op geld. Ze had nooit genoeg, ook al kreeg ze tien dollar zakgeld per week van haar vader. De vaders van Phoebe en Sandy hielden echt van hen, en ik voelde altijd iets pijnlijks wat ik niet wilde voelen, als ik zag hoe hun vaders naar hen keken. Mijn vader was er bijna nooit, en als hij er was, zat hij te bekvechten met mijn moeder. Hij deed aardig tegen mij als tot hem doordrong dat ik er ook bij was. Maar als hij zijn armen om me heen sloeg, kreeg hij altijd tranen in zijn ogen, alsof hij gauw dood zou gaan, of ik. Ik begreep dat nooit, en ik voelde me er niet prettig bij.

Phoebe toonde geen enkele interesse voor de jongens in onze

groep, maar ze was wel zeer geïnteresseerd in seks. We gingen een paar keer op vrijdagavond naar de disco in de YMCA, en dan namen we jongens mee naar buiten en gingen daarmee vrijen. We hadden dat een paar keer gedaan en dat was leuk, maar één keer bleef ik iets langer weg dan anders en ging mijn moeder me met de auto zoeken. Ze kon me niet vinden en toen ik om vier uur 's nachts thuiskwam, was ze razend. Ze schreeuwde tegen me en toen ik haar vertelde waar ik was geweest en wat ik had gedaan, begon ze te krijsen. Ze zei dat dat gevaarlijk was, dat je dan vreselijke dingen konden overkomen, maar volgens mij was ze alleen maar racistisch. Onbewust, natuurlijk. Nadien loog ik tegen haar over waar we heen gingen en zorgde ik er wel voor dat ik 's nachts om een uur thuis was.

Phoebe was veel wereldser dan ik. Gewoonlijk liet ik haar het voortouw nemen, want we deden dingen waar ik nooit op zou komen, en die ik zonder haar ook nooit zou doen. Phoebe en ik zijn nooit op winkeldiefstal betrapt, maar mijn moeder ontdekte het op een dag. Ik was net thuis en stond op mijn kamer mijn grote schoudertas uit te pakken toen er zacht werd aangeklopt en de deur openging. Mijn moeder wilde iets zeggen – over het eten, denk ik – maar begon te stotteren toen ze door had waar ze naar keek: naar mij, die doosjes met panty's en beha's stond uit te pakken die ik een halfuur eerder had gestolen. Op heterdaad betrapt, dacht ik, en ik kreeg het er warm van. Ze leek het meteen te snappen. Haar mond stond wagenwijd open als de bek van een stomme vis. Ze was een tijdje sprakeloos, liep toen met grote passen op me af, trok de pakjes uit mijn handen en bestudeerde ze: twee doosjes nylonkousen, extra large, en een beha, 90C, en alles nog in plastic verpakt. Ze wist dat ik kledingmaat 36 droeg en behamaat 75B. De rest kon ze wel raden.

Ze liet zich op het bed zakken. 'Waarom, Jessamin?'

Ik stond daar maar. Ik keek haar aan, zo strak als ik kon. Ik trok een uitdagend gezicht. Ik concentreerde mij erop dat het allemaal door haar kwam, omdat zij me te weinig geld gaf.

'Ik wou ze gewoon hebben!' tierde ik.

'Helemaal niet,' zei ze verdrietig. 'Dat is het 'm nou juist. Dat is het nou precies. Het is gevaarlijk wat jij doet – weet je wel wat er kan gebeuren als je wordt betrapt? Dan word je door de politie opgepakt. En weet je, de politie behandelt kinderen als oud vuil. Ze zouden je misschien wel meenemen naar het politiebureau. En als de eigenaar je dan al eerder had betrapt, zou hij je kunnen vervolgen, en zou je in een jeugdgevangenis terecht kunnen komen. Dat zou jij vreselijk vinden, zoals de politie je zou behandelen, en je zou het heel erg vinden, zoals die winkeleigenaar je zou aanspreken. En de gevangenis zou je nog veel erger vinden. Je zou de dag van je geboorte en je hele leven betreuren. En het zou je eigen schuld zijn, je zou er zelf om gevraagd hebben, helemaal zelf! En waarvoor? Een extra large panty en zo'n enorme beha? Dingen die jij niet eens draagt, niet eens nodig hebt? Waarom?'

Ik staarde haar aan. Ik probeerde mijn uitdagende blik vast te houden.

'Denk daar maar eens over na,' drong ze aan. Ze stond op en liep naar de deur. Toen draaide ze zich om. 'Het zou beter zijn als je eens wat minder met Phoebe omging.'

Hoe wist ze dat het door Phoebe kwam? Ik kon mijn mond niet houden.

'Hoe weet jij dat het door Phoebe komt?'

Ze knikte, alsof ze mij op iets onzichtbaars voor het raam wees. 'Dat is zo duidelijk als wat,' zei ze.

Ik was stomverbaasd, maar goed, mijn moeder had me wel vaker stomverbaasd doen staan. Zoals kleine kinderen denken dat hun moeder ogen in haar achterhoofd heeft, dacht ik vroeger dat mijn moeder me overal kon zien, waar ik ook heen ging. Ik moest bij haar weg.

Ik liet me op bed zakken. Ik dacht na over wat ze gezegd had. Als je het zo bekeek, was het inderdaad nogal stom. Waarom deed ik het eigenlijk?

Als ik nu op mijn leven terugkijk, denk ik dat dat misschien wel het moment is geweest dat ik een besluit nam over iets wat ik niet kon benoemen, maar wat wel belangrijk was, iets wat ik niet zozeer dacht als wel voelde. Over hoe ik wilde leven. Uiteraard besefte ik dat op dat moment niet. Maar ik weet wel dat ik toen min of meer besloten heb niet meer te stelen. Niet dat ik mijn moeder ooit zou laten weten dat zij me beïnvloed had.

Ik zwoer heftig dat ik Phoebe zo vaak zou zien als ik maar wilde, maar het kwam erop neer dat ik er niet zo'n behoefte meer aan had. Telkens als ze naast me kwam lopen en op die stiekeme manier van haar vroeg of ik zin had om met haar op stap te gaan, zei ik dat ik die middag niet kon. Na een paar weken vroeg ze het niet meer en tegen de kerst wisselden we nauwelijks nog een woord.

Dat najaar kreeg ik een bijbaantje, kleren weer netjes terughangen in een dure kledingzaak aan Brattle Street. Daar verdiende ik twintig dollar per week mee, dus ik kon het me voortaan veroorloven mijn eigen tijdschriften en sigaretten te kopen. Ik heb nooit meer gestolen.

2

Grappig, zo diep als die middelbareschooljaren in mijn geheugen gegrift staan. Mijn studietijd is in een flits aan me voorbijgegaan; ik herinner me nauwelijks de naam van de eerste jongen met wie ik naar bed ben geweest, en mijn twintiger jaren vormen een blinde vlek in mijn geheugen. Maar aan die laatste drie jaar op de middelbare school bewaar ik zoveel levendige herinneringen – ze nemen bijna de hele beschikbare ruimte in mijn geheugen in beslag.

Ik heb ook nog herinneringen aan een tijd daarvoor. Volgens mij een gelukkige tijd, ik herinner mij zomerdagen in de hut, zwemmen in het meer, met mijn vader peddelen in de kano. Soms nodigde mijn moeder mijn beste vriendin van dat moment, Barbara of Mindy of Bubbles, uit om een paar weken bij ons te komen logeren. Ik herinner me ook gelukkige tijden in Cambridge, bijvoorbeeld als we op zondagmiddag bezoek hadden. Mijn vader was altijd aardig als er andere mensen over de vloer waren. Hij maakte dan altijd kip of hamburgers klaar op de grill. En mijn moeder maakte ratatouille, aardappelsalade of macaroni met kaas, en diende het eten op in van die papieren wegwerpbordjes, op de patio of op de veranda. Als ze op zaterdagavond bezoek kregen, was mijn moeder altijd twee of drie dagen met de voorbereidingen bezig en werd het een sjiek diner in de eetkamer, met kandelaars op tafel. En dan mocht ik haar helpen.

Annette en Ted Fields werden geregeld uitgenodigd. Die woonden in Newton. Ted werkte bij een elektronicabedrijf aan Route 128. De Fields leken allebei wel filmsterren, zo aantrekkelijk. Annette was lang, had een schitterend figuur, rossig blonde krullen, een romige huid en grote blauwe ogen; ze zag eruit als een danseres. Ted was ook lang, met glanzend zwart haar, stralend blauwe ogen en een heel bleke huid. Zij waren de mooiste volwassenen die ik ooit gezien had.

Maar hun genen pasten niet bij elkaar. Hun kinderen – ze hadden er drie, Lisa, Derek en Marguerite – waren niet knap. Lisa was slim en atletisch, maar bleek, met scheve tanden en ogen die iets te dicht bij elkaar stonden. Maar zij was tenminste gezond van lichaam en geest. Ze was jonger dan ik, maar we tafeltennisten wel samen op de tafel die mijn vader op verzoek van mijn moeder in de garage had neergezet. Of we speelden croquet, als mijn vader of Ted het voor ons klaarzetten in de tuin.

Er was echter iets vreselijk misgegaan met de twee kinderen die daarna kwamen, iets ongeneeslijks en onbegrijpelijks. De Fields spraken er zachtjes over met mijn ouders. Ze zeiden dat ze het niet aandurfden nog meer kinderen te krijgen. Niemand wist waar het door kwam, dus het kon ook niet vermeden worden. Derek was tien, maar hij vermeed elk oogcontact; hij zei geen woord en hij was doof. Hij kon niet goed lopen. Ze moesten hem dragen, maar hij was zo groot en zo zwaar dat dat voor Annette geen doen was. Dus reden ze hem rond in een rode rolstoelachtige wagen. Die zetten ze dan in een hoek van de kamer, met een ingewikkelde legpuzzel op de plaat die ze aan zijn rolstoel hadden vastgemaakt. Hij kon daar urenlang helemaal in opgaan. Hij was superintelligent, hij kon de onmogelijkste puzzels maken. Ze zeiden dat hij een idiot savant was. Marguerite was er nog erger aan toe. Haar ogen puilden uit haar hoofd en keken alle kanten uit, dus als ze liep – of eigenlijk meer slingerde – stortte ze zich eerst naar de ene, en dan naar de andere kant. Ze koerste met een verbazingwekkend doorzettingsvermogen op haar doel af, sloeg onderweg dingen van tafels en probeerde zich overal aan staande te houden. Als ze bij ons kwamen zette mijn moeder alle breekbare spullen op de schoorsteenmantel of in de kast. Marguerite moest nog worden verschoond en gevoed in een kinderstoel, ook al was ze al zeven, en ze maakte afschuwelijke geluiden, een soort gegrom. Annette wist wat al die geluiden betekenden, maar verder niemand. Als ze de jongste kinderen meenamen, probeerden ze Marguerite in haar stoel te houden, maar die krijste dat ze eruit wilde. Dat was ook wel te begrijpen, dus dan haalde Annette haar maar weer uit de stoel en probeerde haar op schoot te nemen, maar Marguerite wriemelde zich altijd los. Als ze rondliep werd je helemaal gek van haar, dus dan gaf Annette haar aan Ted, die zo liefdevol vooroverboog om haar over te nemen, daar kon ik gewoon niet over uit. Die twee wekten nooit een geërgerde of ongeduldige indruk. Het was al moeilijk om die kinderen in hun eigen huis om je heen te hebben, laat staan bij ons thuis. Af en toe huurden ze een oppas in voor de twee jongste kinderen, en dan kwamen ze zonder hen, maar het viel niet mee om een oppas te vinden.

Wat vooral zo schokkend was, was dat die twee de kinderen waren van zulke mooie en intelligente ouders. Ted was ingenieur en Annette was bibliothecaresse. Later is ze weer gaan studeren en ging ze lesgeven aan gehandicapte kinderen. Mijn vader mocht Annette graag, hij schonk haar veel aandacht. Zij mocht hem ook, maar ze werd zo in beslag genomen door haar kinderen dat er verder niets anders was dat lang op haar aandacht kon rekenen. In die tijd kwam er altijd een eigenaardige uitdrukking op haar gezicht als mensen iets tegen haar zeiden, alsof ze zich verbaasde een vreemde taal te horen. Toen ik dat tegen mijn moeder zei, zei ze, ja, maar stel je ook eens voor hoe haar dagen eruitzien. Ze leeft in een volstrekt andere wereld. Je moet altijd aardig tegen haar zijn, wat ze ook doet.

Ted was vriendelijk en innemend. Hij werkte bij een groot bedrijf, maar hij had ook een beetje verstand van kunst. Ted bewonderde mijn vader; hij vond hem een groot kunstenaar en probeerde steevast een gesprek met hem aan te knopen, maar mijn vader deed altijd uit de hoogte tegen hem. Dat hoorde ik aan zijn stem. Ik weet niet of Ted het doorhad. Ted keek zo tegen mijn vader op dat hij het misschien sowieso niet erg zou hebben gevonden, maar ik vond het wel erg. Ted was aardig, en ik had het gevoel dat hij behoefte had aan warmte en hartelijkheid. Stel je eens voor hoe zijn avonden en nachten eruitzagen. Het enige wat mijn vader ooit over Ted zei, was dat hij ingenieur was. Meer niet. Mijn vader had alleen respect voor kunstenaars en ambachtslieden. Net alsof hij van mening was dat je met je handen moest werken om een echt mens te zijn.

Mijn vader had één vriend die niet met zijn handen werkte, dat was Stuart Salk. Stuart had met hem op de middelbare school gezeten en was natuurkundige bij het MIT. Alyssa, zijn vrouw, en mijn moeder werden vriendinnen. Hun zoontje Tim was een paar jaar jonger dan ik en kon ontzettend goed tafeltennissen. Ze kwamen geregeld op zondag bij ons eten, en een enkele keer op zaterdagavond hartenjagen of pokeren. Tim kwam dan altijd mee. Hij had een heel bleke huid, met sproeten, en ik mocht hem wel, omdat hij dol was op tafeltennis en er nog zo goed in was ook, en ook omdat hij net als ik van lezen hield – we vonden het prima om samen op de veranda wat te zitten lezen, elk verdiept in zijn eigen boek. Ik hoefde hem niet te vermaken. Alyssa was een knappe, heel sensuele verschijning, met donker haar. Ze lachte graag. Haar stem huppelde de hele toonladder bij langs als ze praatte, en om de paar zinnen barstte ze in lachen uit. En wat ze ook zei, iedereen lachte mee, behalve Stuart. Zelfs mijn vader vond haar leuk. Stuart gedroeg zich wat stijfjes en superieur, maar niet tegenover mijn vader. Hij mocht mijn vader omdat hij hem al zo lang kende en bewonderde hem omdat hij kunstenaar was. En mijn vader keek tegen Stuart op, omdat hij zo'n intelligente leerling was geweest op de middelbare school, of misschien wel omdat hij zo verwaand deed. Stuart had een lang paardengezicht met een bril, en had altijd een pak aan en een das om. Hij zat altijd achterover geleund in zijn stoel en keek de kamer rond alsof hij iedereen om hem heen beoordeelde; hij zat altijd met zijn benen over elkaar te wiebelen. Daar kon je stapelgek van worden. Soms smeekte Alyssa hem zijn benen stil te houden, en dan hield hij even op, maar nooit langer dan twee minuten. Ik had het gevoel dat Stuart over onze hoofden heen naar het leven keek, dus het verbaasde me niet toen Alyssa een keer, helemaal in tranen, mijn moeder opbelde om te vertellen dat hij bij haar weg wilde en wilde scheiden. Hij ging met een vrouw van zijn werk trouwen, een natuurkundige wier vader een beroemd wetenschapper was en heel rijk, omdat hij een of ander metallisch proces had ontdekt. In die dagen hadden we miljonairs, geen miljardairs, en die waren nog zo zeldzaam dat ze opvielen ook.

Dan hadden we nog de familie Gross, onze buren. John Gross was advocaat, maar hij was heel sympathiek. Hij kwam altijd op een holletje naar buiten om de boodschappen van zijn vrouw over te nemen als ze thuiskwam van de markt. Hij maaide zelf het gras en onderhield zijn eigen tuin (in tegenstelling tot de meeste buren). Mijn vader had een hekel aan grasmaaien en mijn moeder moest hem altijd achter de broek zitten om hem zover te krijgen. Als hij eenmaal bezig was, deed hij de hele tijd chagrijnig (ik ben dat humeur van hem derde versnelling gaan noemen), tot hij zich een tuinman kon permitteren. Gross speelde ook met zijn kinderen, drie jongens die ouder waren dan ik. Ze waren altijd met een baseball in de weer, op straat, of mikten hun basketbal in de basket die bij hen aan de garage hing. Toen ze ouder werden ging hij met zijn drie zoons naar de golfbaan. Mijn vader plaagde hem altijd door te zeggen dat hij zijn eigen golfclubje had gecreëerd. Ik begreep dat mijn vader dit sarcastisch bedoelde, dat hij de buurman maar een konijn vond, een man die zichzelf niet in de hand had, want ik wist wat hij achter zijn rug om over hem zei, maar buurman Gross leek het niet door te hebben en leek zich altijd gestreeld te voelen. Ik vond hem wel lief. Toen ik een jaar of dertien was vond ik de gebroeders Gross wel heel aantrekkelijk. Die waren toen achttien, zeventien en zestien, maar geen van drieën keurde mij een blik waardig. Ze groetten me alsof ik nog een meisje van negen was, en liepen snel door, de straat uit. Een van hen is later omgekomen in Vietnam.

Lenny Gross was een lieve vrouw op wie mijn moeder kon rekenen als ze wat suiker moest lenen en iemand nodig had die een uurtje bij me kwam zitten als ik ziek was en mijn moeder naar de markt moest. Mijn moeder deed hetzelfde voor haar. Buurvrouw Gross was klein en hoekig, met rossige krullen. Als ze een grote pan eten maakte, een stoofpot, bijvoorbeeld, of spaghetti, liet ze ons ook een schaal brengen. Mijn moeder bracht haar altijd een hartige taart of cake als ze iets had gebakken. Als ik uit school kwam trof ik Lenny vaak op de koffie bij mijn moeder. Dan zaten ze met de hoofden bij elkaar gestoken en praatten zachtjes over wat ik begreep dat zeer belangrijke dingen waren. Toen ik klein was zat ik altijd op de vloer in de buurt van de keuken met mijn kleurboek of tekening. Later speelde ik onhoorbaar met mijn papieren poppen en probeerde de serieuze gesprekken af te luisteren. Het ging altijd over familie, de 'hij's' en 'zij's' waren niet van de lucht, maar de werkwoorden spraken ze zachtjes uit, zodat ik nooit begreep wat die hij of zij dan wel gedaan had. Af en toe nam mijn moeder me 's middags bij de hand om bij Lenny een kopje koffie te drinken met een plakje cake. Ik kreeg dan een glas limonade met koekjes, en kroop over de vloer vlak bij de keuken, en luisterde net als ik thuis altijd deed. Die gesprekken gaven mij een intens tevreden gevoel: ik begreep dat deze twee vrouwen het over dingen hadden die er echt toe deden in het leven, en dat zij wisten wat die dingen waren, dat zij er rechtstreeks mee te maken hadden. En ik had het idee dat ik dat later ook zo zou hebben. Door hun gesprekken was ik er bovendien zeker van dat mijn moeder altijd zou weten hoe ze het best voor me kon zorgen.

Soms nodigden mijn ouders de familie Gross ook 's zondags uit voor een barbecue, of voor de zaterdagavond, maar alleen als er ook andere mensen waren. Waarschijnlijk was mijn moeder bang dat mijn vader en John Gross elkaar misschien wel niets te vertellen zouden hebben.

Mijn moeder had een paar vriendinnen met wie zij alleen contact had, zoals Eve Goodman. Eve werkte aan haar proefschrift, net als mijn moeder, maar dan in de psychologie. Ze was lang en dun met een ovaal gezicht en lang steil haar. Ze zag eruit als St. Elizabeth op dat schilderij van Da Vinci van St. Elizabeth en St. Anna. Ik vond het heerlijk om naar haar te kijken, ze zag er zo prachtig uit en ze kleedde zich heel hip, met lange kralenkettingen en strakke topjes en heupbroeken met wijde pijpen, terwijl mijn moeder nog in saaie oude spijkerbroeken liep. Eve nam af en toe een cadeautje voor me mee, meestal een boek met prachtige illustraties (mijn idee van een mooi boek), schitterend getekend, complexe afbeeldingen, geen striptekeningen. Een andere vriendin van mijn moeder nam een keer een exemplaar van 'Sneeuwwitje en de Zeven Dwergen' voor me mee. Ik barstte bijna in tranen uit van teleurstelling. Dat was in mijn ogen geen boek, maar een strip, een nepboek. Ik vond het afschuwelijk.

Eve woonde samen met een man die Daniel LaMariana heette. Hij werkte in Boston als psychiater (al kon ik dat woord toen nog niet uitspreken). Mijn moeder zei dat het een grappige man was, vol humor, een lawaaischopper en een beetje vulgair. Eve haalde vaak aan wat hij had gezegd en daar moest mijn moeder dan om lachen. Maar die grappige dingen fluisterde ze altijd, dus die kon ik nooit verstaan.

Mijn moeder en Eve konden urenlang mensen analyseren, voornamelijk Eve zelf, die een vreselijke jeugd had gehad. Ik zat op de vloer achter de keukendeur te luisteren en begreep dat haar vader zelfmoord had gepleegd toen Eve nog maar klein was, drie of vier of zoiets, en dat haar familie toen had gedaan alsof haar vader nooit had bestaan. Daarna was haar moeder met een of andere bullebak getrouwd, een vent met een pistool die een hekel had aan Eve. Ik werd alleen al bang bij het luisteren naar die verhalen en vroeg me altijd af wat ik gedaan zou hebben als mij dat was overkomen. Als ik 's avonds in bed lag probeerde ik me voor te stellen dat die bruut mij bedreigde met zijn pistool. Ik verzekerde mezelf dat ik niet zoals Eve bang weg zou kruipen: ik zou zo oorverdovend gaan gillen dat hij bang voor me zou worden. Soms stelde ik me voor dat ik de zus van Eve was, en dat ik tegen die bullebak tekeerging en ervoor zorgde dat hij ophield Eve bang te maken. Tegen de tijd dat ik tien was, wou ik wel dat hij nog steeds in leven was, zodat ik hem kon opzoeken en in zijn gezicht kon zeggen hoe ik over hem dacht.

Mijn moeder had één vriendin over wie ze jaren praatte, maar die ik maar één keer had gezien, toen ik zes of zeven was. Dat was Kathy. Ik herinner me haar nog omdat ze een baby bij zich had, en daar was ik helemaal verrukt van. Zij was ook mooi, met sproeten en een mopsneus en bruine krullen en een frivole lach. Ik herinner me nog dat ze het de hele dag over Sean had. Ik dacht natuurlijk dat je dat spelde als 'Shawn', het was Shawn, Shawn, Shawn, ik vroeg me af wie dat was en wat er zo geweldig aan hem was. Mijn moeder had het vaak over Kathy, en een paar keer is ze naar haar toe geweest in South Boston. Er was iets mis met Kathy, maar ik wist niet wat. Mijn moeder maakte zich zorgen om haar en kreeg een verbeten trekje om haar mond als ze het over Sean had.

Toen ik zeven of acht was, was Kathy van de trap gevallen of zoiets. Mijn moeder deed er vaag over, maar ze was heel erg van streek. Mijn moeder is nog zo snel als ze kon naar het ziekenhuis gereden, maar ze was al overleden. Een paar dagen lang had mijn moeder rode ogen. Als ze bij Eileen op bezoek ging, de zus van Kathy, nam ze altijd kleren mee, of een cake of zoiets, voor de kinderen van Kathy. Ik heb nooit gehoord wat er met Sean is gebeurd.

Er waren ook nog wel andere vrienden die kwamen en gingen, ik kan ze me niet allemaal meer herinneren. Maar ik weet nog wel dat toen ik een jaar of negen was, er een man bij ons op bezoek kwam, een hele belangrijke man uit New York. Mijn moeder was gespannen en vroeg mijn vader om een andere broek aan te trekken, want zijn broek zat onder de verf, maar dat vertikte hij. De man ging met mijn vader naar zijn atelier en bleef daar een hele tijd. Daarna ging hij met mijn ouders in de woonkamer zitten en dronken ze wat, maar hij bleef niet eten. Door hem aten we laat. Ik rammelde van de honger. Mijn moeder haalde kaas, crackers en olijven tevoorschijn en ik mocht daar ook wat van hebben, voor het eten, wat ongebruikelijk was.

Het enige waar die man het over had was het werk van mijn vader, en allerlei galerieën. Hij noemde heel veel namen en mijn vader werd stil en nuchter, ook al was hij aan het drinken, en toen de man eindelijk weg was barstte mijn moeder in huilen uit en omhelsde mijn vader, en mijn vader werd dronken. Daarna werd hij beroemd. Die man kwam nog een paar keer terug, soms met een paar andere mensen. Ze besteedden nooit enige aandacht aan mij.

Toen mijn vader eenmaal beroemd was, gaven ze geen etentjes meer. Mijn vader ging veel naar New York zonder mijn moeder. Toen ik dertien was en voor het eerst ongesteld, en mijn moeder een feestje voor me organiseerde, vond mijn vader dat maar niks. Kort daarna ging hij in Vermont wonen en hadden we geen sociaal leven meer, zoals mijn moeder dat noemde. Ze had nog wel contact met Alyssa, Eve, Lenny, Eileen en de Fields. Ze zwoer dat mijn vader niet naar Vermont was gegaan omdat ik ongesteld was geworden, maar ik had het idee van wel.

Ik probeer me die tijd te herinneren. Maar dat is moeilijk. Het is net alsof je in de woonkamer naar een film zit te kijken uit de tijd dat je nog een baby was, en een schaduw valt over het beeld, en opeens brandt de film door. Of je neuriet een of andere passage en er valt een pauze in de melodie van je herinnering. Een mond opent zich voor een lach en blijft open staan, en wat eruit komt is gekrijs. Ik weet niet waarom mijn geheugen zo werkt. Ik denk dat er onder de oppervlakte iets anders gebeurde, iets wat ik kon voelen, maar niet zien of horen, dat het zonlicht belemmert en het lied doet verstommen, iets wat onontkoombaar naar mijn vader in Vermont en ons hier leidde, met een stilte ertussen.

Ik probeer me alleen de gelukkige tijden te herinneren. Ik bouwde mijn eigen leven op met mijn eigen vrienden, en ik wilde gelukkig zijn. Op de middelbare school werd mijn band met Sandy, Bishop en Dolores hechter. Ik zie ons voor me in 1968, Sandy, Bishop, Dolores en ik, dwalend door de straten van Cambridge, onze adem in wolkjes voor ons en het zand knerpend onder onze voeten. Om ons heen explodeert de wereld: in april wordt Martin Luther King vermoord en in de zomer doet iedereen mee aan de presidentsverkiezingen. Wij zijn voor Eugene McCarthy of George McGovern of Robert Kennedy, althans tot hij wordt doodgeschoten. Jongeren worden in de straten van Chicago met traangas bestookt, waar ze naartoe zijn gegaan voor de Democratische conventie. Heel veel mensen zeiden dat ze daarom niet op Humphrey zouden stemmen. Mensen gieten benzine over zich heen en steken zichzelf midden op straat in brand.

We praten over de zin van het leven. Bishop zegt dat het leven helemaal geen zin heeft, het is er gewoon, dat we zo vergankelijk zijn als vlinders, en alleen even wat rondfladderen. God is adem, een warm briesje dat onze gezichten streelt. Terwijl hij dat allemaal zegt springt hij over een brandkraan, trippelt over een trottoirband, vliegt door de lucht bij het zien van een kind met een ballon, slaat zijn armen om de hals van Sandy en strijkt haar haren glad, kust mijn voorhoofd, geeft Dolores een klopje op haar arm (ze heeft er een hekel aan te worden omhelsd of gekust) en haalt vervolgens een reep chocola tevoorschijn en geeft die aan ons door.

Sandy zegt dat het leven wel zin moet hebben, hoe kan lijden nou zinloos zijn? Ze loopt stevig door, staart recht voor zich uit, en spreekt met een zachte, kalme stem. Sandy is altijd rustig en zelfverzekerd. 'Denk maar aan Ivan Karamazov,' zegt ze, 'en zijn boek met krantenknipsels. Hij was ervan overtuigd dat lijden zin moest hebben, dat het wel betere mensen van ons moest maken, waarom zou God het anders hebben geschapen?'

Ze neemt een hap van de reep van Bishop, glimlacht, en zegt 'mmm', waarop wij allemaal glimlachen. Sandy is dol op chocola.

Dolores zegt niks. Ze kijkt naar ons met grote ogen die altijd vol tranen lijken te staan, en ze glimlacht. Zij is onze toehoorder, maar ik weet dat ze helemaal niet in een god gelooft. En ik al evenmin.

Ik zeg dat Ivan Karamazov gek wordt omdat hij beseft dat lijden geen zin heeft. Ik zeg dat het enige goede van lijden volgens mijn moeder is, dat het mensen soms leert om elkaar te geven, maar dat pijn in het algemeen slecht is voor de ziel, en de mensen vaak leert om onaardig te zijn. Ik praat niet langzaam en evenwichtig als Sandy, ook niet luchtig en opgewekt als Bishop, of met een snik in mijn stem, zoals Dolores. De woorden komen als een reeks explosies uit mijn mond, alles wat ik zeg klinkt als een protest, mijn stem is te hard, dat kan ik zelf wel horen. Ik wil niet zo praten, maar ik kan er niks aan doen. Ik vraag (en ik weet dat ik boos klink) waarom Sandy dacht dat een God ook maar iets had geschapen; het leven was veel te ingewikkeld en verscheiden om aan één enkele geest te ontspruiten, het kon niet anders of het had zich geleidelijk ontwikkeld, in opeenvolgende chemische reacties, het ene systeem na het andere. En ik zei: als je beseft wat voor verschrikkelijke dingen er in het verleden zijn gebeurd, wie wil er dan nog een god aanbidden die zulke dingen laat gebeuren?

We vinden onszelf allemaal even briljant. We voelen ons heel diepzinnig, we denken dat verder niemand ter wereld ooit zulke discussies heeft gevoerd. We vragen ons af of we onze ideeën niet zouden moeten opschrijven, ze publiceren, in de schoolkrant bijvoorbeeld. Maar niemand heeft zin om dat te doen. Ik vraag me af of mijn dochter ook zulke gesprekken heeft gehad. Toen ze dertien was kwam ze thuis met een nieuwe druk van Kahlil Gibran – ze wist niet dat ik nog een oud exemplaar op zolder heb liggen, in dezelfde doos als het exemplaar van mijn oma, dat mijn moeder had gevonden toen zij rond de dertien was, en dat toen als háár bijbel fungeerde.

Het is verbazingwekkend dat baby's nog steeds volkomen hulpeloos en onwetend geboren worden. Je zou toch denken dat met alle andere vooruitgang die de mens heeft geboekt, er bij zuigelingen ook wel eens iets zou veranderen, dat ze bij de geboorte inmiddels meteen zouden kunnen lopen en zelf eten, en weten wat ze met een computer aan moeten. Maar ieder van ons moet nog steeds elk van die stapjes zetten, moet nog al die eindeloze stadia door, dezelfde tijdverslindende, saaie ontwikkeling doormaken: leren lopen, dansen, marcheren; van Kahlil Gibran leren houden, om hem vervolgens naar de zolder te verbannen.

Op een novemberdag in 1968 slenter ik met Sandy, Bishop en Dolores wat rond in de buurt van Porter Square. Nixon heeft net de verkiezingen gewonnen en de radicalere jeugd beweert dat er nu wel een revolutie zal komen. Ik geloof dat niet. Ik heb het idee dat er niets gaat veranderen. Het was ijskoud, zo'n dag dat je adem voor je neus in mist wordt omgezet, en we waren platzak. Sandy en ik hadden handschoenen, maar Bishop en Dolores niet, die hadden hun rode handen diep in hun zakken gestoken. Sandy en ik hadden net genoeg geld voor een kop koffie bij Bailey's, maar niet genoeg voor ons vieren; Bishop en Dolores hadden helemaal geen geld. Dolores was er nog slechter aan toe dan anders; dat wisten we, omdat ze zwijgzamer was dan gewoonlijk. We drongen er niet bij haar op aan om te praten, we bleven gewoon bij haar in de buurt. We wilden dolgraag ergens heen waar we konden zitten, en waar het een beetje warm was, maar we wisten niet waar we het zoeken moesten. We waren kilometers bij mijn huis vandaan, en ook bij dat van Bishop. We kwamen langs een winkel die leeg stond. Bishop bleef staan. Maar Bishop bleef wel vaker staan, en anders maakte hij wel een sprongetje. We besteedden er geen aandacht aan tot hij riep: 'Hé!' Hij zwaaide met zijn armen.

'Wedden dat ik ons daar allemaal naar binnen kan krijgen?' zei hij. Hij wees naar het pand.

Het was een gewone winkel, alleen was hij leeg. Ooit waren er lijsten verkocht: het woord 'Galerie' fladderde nog aan de kapotte luifel.

'Denk je dat echt?' vroeg Sandy.

'Laten we omlopen. Langzaam,' beval Bishop, 'alsof er niks aan de hand is.'

Dat deden we. Achter de winkels was een parkeerplaats. We liepen tussen de auto's door naar de achterkant van de galerie. Aan de deur hing een stevig hangslot. Bishop stak een hand in zijn rugzak en haalde er een hamer uit.

Een hamer?

Hij keek steels om zich heen en gaf een tik met de hamer op het slot, precies daar waar de beugel in het slot verdween. Na een paar tikken sprong het hangslot open. Hij haalde het eraf, maakte de grendel open en duwde tegen de deur. Die ging open. We slopen naar binnen. Het was er donker en het hing vol spinnenwebben (jakkes!), maar het was wel twintig graden warmer dan buiten. Bishop vond de lichtschakelaar en de lichten gingen aan! We staarden om ons heen, vol ontzag.

We lieten ons langs de muur zakken en gingen op een rijtje op de grond zitten.

Sandy stond meteen weer op. 'Verderop is een delicatessenwinkel. Ik haal wel even een paar koppen koffie, kunnen we die samen delen.'

'Ik ga mee.'

We kwamen tot de ontdekking dat je voor de prijs van twee koppen koffie bij Bailey's, in de delicatessenwinkel vier koppen koffie en een paar zoete broodjes kon krijgen. Stralend van trots liepen we terug. Bishop en Dolores waren ook blij. We gingen weer zitten om te eten en te drinken, en waren blij dat we zo slim waren geweest.

'Ik wou dat we altijd zoiets als dit hadden,' zei Dolores weemoedig.

'We kunnen het hier toch wel een beetje gaan inrichten?' vroeg Sandy.

'We zouden er een soort honk van kunnen maken,' opperde ik.

'Of een kunstgalerie,' zei Dolores. 'Dat staat al op de luifel.'

'Goed idee! We hebben zelfs elektriciteit! We zouden hier een kachel kunnen installeren,' zei Bishop.

We klapten in onze handen en joelden bij de gedachte, en de volgende dag op school vertelden we het rond. Na school gingen we er met een stel andere jongens en meisjes weer heen met borstels en emmers en allerlei schoonmaakmiddelen. We boenden de muren en ramen. Jim Schapparelli had wat verf uit de winkel van zijn vader meegenomen en met een heel stel schilderden we de ruimte wit. Dolores hing de kunstwerken op die we hadden ingebracht. We stalen kaarsen van thuis, en kussens, en zelfs een paar tapijten van verschillende zolders. Dolores regelde – hoe wisten we niet – een elektrisch kacheltje, dat ze daar liet staan. Ze bracht kussens en een deken mee, en bleef 's nachts slapen. Haar gezicht leefde helemaal op – ze had af en toe last van jeugdpuistjes – en ze zag er weer veel beter uit.

Vlak voor Thanksgiving vierden we de opening. We nodigden zo ongeveer iedereen van onze klas uit, en ook nog een heel stel uit verschillende andere klassen. Iedereen moest zelf eten en drinken meenemen en dat deden ze ook – een sixpack cola of ginger ale, chips, Doritos, Twinkies; een paar jongens hadden bier bij zich. Nou hadden we onze eigen plek om 's middags heen te gaan. We maakten er die hele winter gebruik van. Ik weet niet waar de elektriciteitsrekeningen heen gingen. Uiteindelijk werd de tent door de politie gesloten. De eigenaar had onze spullen gevonden toen hij de ruimte aan een geïnteresseerde huurder liet zien, en toen was het afgelopen. Maar tegen die tijd was het alweer lente, en was het buiten weer warm.

Op een middag na Thanksgiving van dat jaar kwam mijn vader langs. Toen ik om halfzes thuiskwam van mijn werk in de modezaak, trof ik hem aan de keukentafel aan. Hij zat te roken, met een glas whisky en een krantje.

'Hoi, Jess,' zei hij. Hij sloeg één arm om me heen toen ik op hem afliep.

'Ha, papa.' Ik raakte zijn gezicht aan. 'Laat je je baard staan?'

Hij haalde zijn schouders op. 'Nee. Niet bewust. Misschien. Wie zal het zeggen?'

Ik giechelde. 'Je bedoelt dat je gewoon te lui bent om je te scheren.'

'In één keer goed,' zei hij met een glimlach. 'Waar is je moeder?'

'Aan het werk.'

'Ze brengt daar wel heel veel tijd door, voor iemand die maar twee colleges geeft.'

'Ze geeft ook nog individuele begeleiding. Twee studenten. Die werken aan hun scriptie. En ze doet research.'

'*Re*search? Re*search*?' Hij legde een sarcastische klemtoon op de tweede lettergreep. 'Wat een dure woorden. Je mag het wel in je eigen woorden zeggen, hoor.'

'Ze leest boeken,' zei ik.

'Waarom huil je nou verdomme?'

'Je schreeuwt tegen me.'

'Ik schreeuw helemaal niet! Ik wil alleen weten wat dat is voor overdreven gedoe, research!'

Ik pakte een blikje mineraalwater uit de koelkast en liep de keuken uit.

'Jess!'

'Vraag het haar zelf!' riep ik. 'Vraag het aan mama!'

Ik liet de deur achter me dichtvallen. Hij duwde hem open, heel hard, en liep achter me aan naar de trap.

'En hoeveel studenten heeft ze wel niet, tweeëntwintig?'

Ik haatte dat toontje. 'Weet ik niet,' zei ik, zo vlak mogelijk, en liep de trap op naar mijn kamer. Hij was naar Cambridge gekomen om ruzie te maken. Dat was wel duidelijk.

'Jessie!' blafte hij.

Ik bleef staan.

'Het spijt me dat ik zo tegen je schreeuwde. Ik wil alleen weten, wat is verdomme research?'

Ik snoof. 'Ze is boeken aan het lezen, en artikelen. Ze is een boek aan het schrijven.'

'Ze is een boek aan het schrijven?'

'Ja.'

'Waar weet zij zoveel van dat ze er een boek over kan schrijven?'

'Emily Dickinson.'

'Waarom huil je nog steeds, verdomme?'

'Ik kan er niet tegen als je zo tegen me tekeergaat. Alsof je een hekel aan me hebt. Je bent mijn vader. Je zou van me moeten houden.'

Hij wankelde zo plotseling achteruit dat hij tegen een stoel aan knalde, die prompt omviel. Ik gilde van de schrik.

'O, Jezus!' Hij kwam de trap op en sloeg zijn armen om me heen.

Ik kromp ineen; ik dacht dat hij me een duw ging verkopen. Maar hij begon me geruststellende klopjes te geven. Heel hard. 'Het spijt me. Ik ben niet boos op jou. Ik ben boos op je moeder en dat reageer ik op jou af. Het spijt me.'

'Oké,' zei ik flauwtjes. Ik wilde gewoon doorlopen. Hij liet me weer los en ik rende de trap op. Ik wierp me op mijn bed en viel in slaap. Ik had de hele dag op school gezeten en had tot na vijven gewerkt. Het was harder werken dan je zou denken: hele armen vol jurken aan kleerhangers van de kleedkamers terugsjouwen naar het magazijn.

Ik denk dat het wel te begrijpen was dat mijn vader boos was op mijn moeder omdat ze niet bij hem wilde wonen in Vermont. Ik vond het ook raar, dat wij niet bij hem woonden, maar ik vond het wel fijn in Cambridge. Vermont was mooi, maar de hut was primitief, en er was niet veel te doen daar. Mijn moeder zei dat het enige wat zij kon doen in Vermont, werken in een kaaswinkel was. Hij bleef maar uitweiden over wat zij zou moeten doen, alsof hij de regels opdreunde, maar zij kreeg dan zo'n uitdrukking op haar gezicht als van een buldog, en zei dat hij macho deed, wat dat ook mocht betekenen.

Ik was pas even na vijven thuisgekomen. Mijn moeder was er dan meestal al, maar die dag kwam ze later. Ik weet niet hoe laat ze precies thuiskwam, want ik lag te slapen. Ik werd wakker van het gebrul. Ik wilde het niet horen. Ik wilde het niet zien. Ik wilde het niet weten. Maar ze waren in de keuken en ik kon me er niet aan onttrekken. Hij riep: 'Je bent gek als je denkt dat ik geld blijf sturen om aan andere mannen te spenderen!'

'Welke andere mannen, idioot dat je bent!' riep zij. Toen zei ze... en ik kromp ineen, ik wist dat het fataal was, dat moet zij ook hebben geweten, waarom deed ze toch zo stom? 'Geld is het enige dat ons nog bindt. Als jij je dochter niet meer onderhoudt, is er niets meer tussen ons!'

Er viel een doodse stilte. Toen prevelde hij wat dreigende taal en raakte mijn moeder van streek. 'Ga je gang maar!' schreeuwde ze.

'Wat ik van jou krijg is een lachertje! Denk jij dat tweehonderd dollar genoeg is om Jess te onderhouden? In welke tijd leef jij, de jaren vijftig? Alleen haar eten kost al meer. Jij hebt geld altijd al als wapen gebruikt, klootzak!'

Ik zag het voor me, we zouden aan de bedelstaf raken, we zouden arm worden, ik wist het. Ik wilde niet arm zijn. Ik wist wat dat betekende, ik had gezien hoe Steve en zijn vrienden woonden.

Daarna gingen ze zachter praten. Opeens brulde mijn vader: 'Dat doe ik wel!' Mijn hart sloeg over. Ik wist dat ze ruziemaakten over mij.

Ik stormde de trap af en de keuken in, en keek hen woedend aan. Mijn vader zat aan de keukentafel, enigszins rood aangelopen, en mijn moeder stond bij de koelkast, met haar jas nog aan. Toen ze mij zag, trok ze haar jas uit en zette water op voor thee.

'Hoi, Jess,' zei ze.

'Als je van me af wilt, heb ik ook het recht mijn mening te geven,' barstte ik uit. Ik vond het vreselijk dat ze over me praatten alsof ze de buit van een bankroof verdeelden.

'Hoe zou je het vinden om bij mij in Vermont te komen wonen?' vroeg mijn vader. Hij vertrok zijn mond tot een grimas, zoals hij altijd deed als hij iets van me gedaan wilde krijgen.

Mijn moeder keek naar de grond.

Ik keek van de een naar de ander. 'Jullie hebben er geen moeite mee mij in tweeën te scheuren, hè?' zei ik verbitterd.

Ze keken me alle twee beschaamd aan.

'Je vindt het toch leuk in Vermont?' drong mijn vader aan.

'Ik vind het leuker in Cambridge,' zei ik. 'En ik houd van Barnes, en van mijn vrienden. Ik heb mijn hele leven hier gewoond. Ik heb geen zin om uitgerekend dit jaar te verhuizen!'

'Als ik zeg dat je in Vermont gaat wonen, ga jij in Vermont wonen!' donderde hij. 'Ik ben je vader.'

'Dan loop ik gewoon weg,' zei ik zo koel mogelijk.

Moeder keek me aan, een hele tijd. Ik moet het me hebben ingebeeld dat ik heel vaag een glimlach op haar gezicht zag.

Mijn vader barstte in huilen uit. O god.

Ik liep naar hem toe, klopte hem op zijn rug, sloeg mijn armen om hem heen. Mijn moeder, god, die kon ijskoud zijn. Ze wendde gewoon haar hoofd af.

Hij bleef huilen. Ik herinnerde mij andere nachten dat hij gehuild had als hij dronken was, en hield geleidelijk aan op met hem aaien.

'Gaan we vanavond nog eten?' vroeg ik mijn moeder.

'Goed idee,' zei ze. Ze maakte zich los van de koelkastdeur, waar ze tegenaan stond geleund. 'Eten,' zuchtte ze. Ze maakte de koelkast open en haalde er van alles uit. De avond tevoren had ze voor een heel weeshuis gehaktballen gemaakt, en die aten we als restje bij de spaghetti en een salade van Bostonsla en avocado, met dunne plakjes parmezaanse kaas erop. Jammie. Terwijl wij het eten klaarmaakten, ging mijn vader naar de woonkamer en liet zich op de bank vallen. Toen ik hem ging roepen voor het eten, was hij in diepe slaap. Hij was helemaal suf aan tafel, zei geen woord, en na het eten ging hij rechtstreeks naar bed – het bed van mijn moeder. Ik wist dat zij die nacht in haar studeerkamer zou slapen. Samen ruimden we de keuken op.

'Hij kan me toch niet dwingen naar Vermont te verhuizen?' vroeg ik haar.

'Wettelijk heeft hij daar misschien wel het recht toe. Dat weet ik niet zo zeker. In elk geval wel als wij zouden gaan scheiden en hij naar de rechter zou stappen om de voogdij te regelen en hij dat zou winnen – wat zou kunnen gebeuren aangezien hij bakken met geld heeft en ik niks. Ik kan niet eens een advocaat betalen. Maar jij bent bijna zestien, hoor. Jezus. Hij zou je nooit kunnen dwingen daar te blijven. Aan de andere kant, waar zou je van moeten leven als hij je niet zou onderhouden?'

'Ik wil daar niet heen! Ik wil bij mijn vrienden blijven!' Ik schreeuwde het bijna uit.

Ze streelde me. 'Ik denk niet dat het zover zal komen. Hij houdt van jou. Hij wil je niet ongelukkig maken. Hij is gewoon hartstikke pissig vanavond. Je weet dat hij niet te genieten is als hij gedronken heeft. Eigenlijk is hij heel teder. Toch denk ik dat ik er goed aan zou doen om werk te zoeken.'

'Je *hebt* werk.'

'Ik bedoel echt werk.'

'Is jouw werk niet echt?'

'Schat, ik werk parttime. Voor een hongerloon.'

'Zeg tegen Mark dat je fulltime wilt werken.' Mark Delaney was hoofd van haar afdeling.

'Mark kan niets voor me doen. Harvard geeft vrouwen geen fulltime contract.'

'Maar je hebt aan Harvard gestudeerd.'

'Ja. Maar dat was op zich al een concessie. Je hebt toch gelezen over die brief die ze een paar maanden geleden in het kantoor van de decaan hebben gevonden? In de *Globe*? Die waarin de decaan zich beklaagde dat ze dankzij de oorlog zaten opgescheept met "de lammen, de kreupelen en de vrouwen"?'

Ik wist niet waar ze het over had.

Ik was teleurgestelder in haar dan ik kon zeggen. Ik had het gevoel dat het haar schuld was. Zij had me in de steek gelaten. Ik dacht dat ik status had bij mijn vrienden, en nu kwam ik erachter dat het valse schijn was. Ik dacht aan het hatelijke gezichtje van Phoebe. Ik vroeg me af of Sandy het ook wist. Ze deed nooit zo geringschattend over mijn moeder als waar ik Phoebe van verdacht. Maar misschien wist ze het wel, en was ze alleen te aardig om het te laten merken.

Die avond had ik de pest aan allebei mijn ouders.

3

Mijn vader bleef en een tijdlang waren we weer een gezin. Ik bad dat we weer een gezin zouden zijn. Ik zeg dat ik dat bad, maar ik had eigenlijk geen idee wat bidden was. Wat ik deed was mijn ogen dichtknijpen en heel vurig wensen dat hij zou blijven en niet terug zou gaan naar Vermont, en niet meer steeds zo boos zou zijn. Ik weet niet wie naar mijn wensen zou moeten luisteren, en ik weet ook niet waarom ik zo graag wilde dat hij onder die omstandigheden bleef. Omdat zijn boze buien niet verdwenen, werkte hij zelfs niet in zijn atelier; hij zat elke dag in de keuken te drinken. Tegen de tijd dat ik thuiskwam van de kledingzaak, had hij hem al aardig zitten. Mijn moeder bleef elke avond tot zes uur op haar werk, en daar baalde ik ontzettend van. Ik had het gevoel dat ze hem bij mij dumpte. Ik was altijd even over vijven thuis, maar ik hield er niet van om vóór haar thuis te komen, want het maakte hem niet uit of hij mijn moeder uitfoeterde of mij. Daar waren we allebei goed voor – sinds ik voor het eerst ongesteld was geworden, schenen we in zijn ogen een en dezelfde te zijn.

Het was vlak voor mijn menstruatiefeestje dat mijn vader voor het eerst op een akelige manier tegen me praatte. Ik was dertien, bijna veertien; vrijwel al mijn vriendinnen waren al een jaar of langer geregeld ongesteld, en ik begon me ongerust te maken dat er bij mij nog nooit iets was gebeurd. Maar eindelijk kwam het dan toch, en mijn moeder zei dat ik nu een vrouw was en dat we dat gingen vieren. Mijn vader vond dat geen goed idee, en het was ook wel een enigszins eigenaardig feestje: mijn moeder nodigde *haar* vriendinnen uit, niet de mijne. Ze vroeg Alyssa, Annette, Lenny, Eve en Eileen, alsof het goede feeën waren die mij met geschenken kwamen overladen. Ze hadden inderdaad allemaal cadeaus bij zich, hele mooie, prachtige boeken en een leren multomap met drie ringen en een gouden medaillon en een vulpen. Ze had zelfs een taart besteld. Toen ik hem voor het eerst zag, stond ik doodsangsten uit, want er zou vast zoiets op staan als: 'Fijne menstruatie!' of 'Gefeliciteerd met de rode vlag!' Maar er stond gewoon 'Veel geluk Jess' op, en dat was prima. Mijn vader bleef de hele dag weg en heeft er nooit meer met een woord over gerept, niks geen gelukkig dit of gefeliciteerd dat. En niet veel later ging hij weg. Dus wat moest ik daar nou van denken?

En nu zat hij iedere avond in de keuken de krant te lezen, klaar om me naar de keel te vliegen zodra ik binnenkwam. Wat ik ook deed, het was allemaal fout. En hij stonk naar drank en brabbelde, hij was echt walgelijk. Toen hij op een avond na het eten out was gegaan, heb ik mijn moeder voor het blok gezet.

'Ik kan er niet meer tegen. Papa zit altijd tegen me te schreeuwen, hij is altijd bezopen, en hij doet gemeen. Ik ga een tijdje bij Sandy logeren.'

Ik had Sandy al gevraagd of dat mocht. Sandy had niet gevraagd waarom. 'Ik heb twee bedden op mijn kamer,' zei ze. 'Mijn ouders zijn dol op jou. Kom maar.'

Mijn moeder schrok zich echter rot. 'O, lieverd, het spijt me zo. Wat moet ik doen om het beter te maken?'

'Je zou 's middags iets eerder thuis kunnen komen,' zei ik verbolgen.

'Dat zal ik doen. Ik wist niet... Ik zal zorgen dat ik elke middag tegen vijven thuis ben. Dat beloof ik.'

Ik overwoog of ik haar zou vragen een beetje aardiger tegen hem te doen, maar ik was bang dat ik haar zou kwetsen. Ik had zo'n medelijden met mijn vader, ik weet niet waarom – hij leek me zo... gekwetst. Ik wist niet hoe ik hem beter moest maken, maar ik was ervan overtuigd dat mijn moeder dat wel wist. Uiteindelijk flapte ik het eruit. 'Je zou ook wel eens wat liever tegen hem mogen doen.'

'Nou, hij zou anders ook wel wat liever tegen mij mogen doen,' zei ze boos. Ze liep rood aan van woede.

Ik sloot mijn ogen, ik vond het weerzinwekkend. Mijn moeder wendde zich van me af. 'Ik zal het proberen,' prevelde ze.

'Ik heb het gevoel dat hij doodgaat,' zei ik.

'Mja.'

Daar schrok ik van. Dacht zij ook dat hij doodging? Verbaasde het haar niet? 'GAAT HIJ DOOD?' gilde ik.

Ze haalde haar schouders op. 'Jess, het is onze relatie die op sterven ligt. En dat doet pijn. Er is een tijd geweest dat we stapelgek op elkaar waren.'

'Doet het jou pijn?' vroeg ik ongelovig. Dat wist ze dan wel heel goed te verbergen.

Maar haar ogen vulden zich met tranen. Ik walgde ervan. Als ze van elkaar hielden, waar maakten ze dan ruzie om?

'Als ik liever tegen hem zou doen, zou hij denken dat we nog een kans hadden. Maar dat is niet zo. Er is te veel gebeurd.'

'Wat ís er dan gebeurd?'

Ze trok een grimas. 'O, dat zou jij niet begrijpen.'

'Misschien wel.'

Ze stak een sigaret op. 'Ik zal eerder thuiskomen, Jess. Heb je daar iets aan?'

'Ik hoop het. Het wordt wel een vreselijke kerst, als hij zo is.'

'Ik zal met hem praten. Morgen. Voor ik naar mijn werk ga, voor hij begint te drinken. Ik zal hem vertellen hoe overstuur je bent.'

'Je hoeft niet alles bij mij te leggen!'

'Hij moet inzien dat hij jou pijn doet. Hij doet mij ook pijn, maar dat is zijn bedoeling. Maar ik kan me niet indenken dat hij jou ook verdriet wil doen.'

'Oké. Je weet dat het gauw Kerstmis is. Zondag over een week.'

'Weet ik, weet ik.' Ze trok gespannen aan haar sigaret.

'Gaan we het vieren?'

Ze staarde me aan. Voor het eerst zag ik hoe bleek ze was en hoe gespannen haar gezicht stond. Misschien deed het haar ook pijn. Eigenaardig, ik had er nooit bij stilgestaan dat mijn moeder pijn kon hebben. Voor mij was ze een soort heel groot dier, een neushoorn of een olifant, die voor mij stond als een schild. Onaandoenlijk. Ondoordringbaar. Onkwetsbaar.

'Dat zou eigenlijk wel moeten, hè? Wat mensen uitnodigen. Annette en Ted, misschien. Alyssa en Tim, of de familie Gross. Ja? Wou jij Sandy en Bishop uitnodigen?'

Ik begon me wat beter te voelen. Mijn vader speelde niet op waar andere mensen bij waren. Dat druiste tegen zijn gevoel voor etiquette in. Ik had al kerstcadeautjes gekocht voor mijn vader en moeder, en een chanoekacadeau voor Sandy. En ik had iets kleins gekocht voor Bishop, een autootje, bij wijze van grap – ik was bang dat hij er niet aan zou denken iets voor mij te kopen, en ik wilde niet dat hij zich daar lullig onder voelde. Het was leuk om wat geld te hebben en vlakbij de Square te werken, en in de buurt van de Coop en alle andere winkels. Ik denk dat ik mijn belofte aan mezelf verbrak, en ik glimlachte. 'Oké,' zei ik.

Mijn moeder drukte me een tijdje tegen zich aan. Al sinds ik een klein kind was, wurmde ik me uit zulke omhelzingen los. Ik hield er niet van te worden vastgehouden. Maar deze keer liet ik het toe. Ik begon medelijden met haar te krijgen. Een treurig stel, die ouders van mij.

Mijn moeder moet met mijn vader gepraat hebben, want hij was niet dronken toen ik de volgende dag thuiskwam; hij was niet eens thuis. Hij kwam rond zes uur binnen, jubelend over de Monets in het BFA. Toen ik nog klein was sleepten mijn ouders me mee naar allerlei musea, lang geleden, toen ze nog dingen samen deden, dus ik kende het museum in Boston, en ik wist over welke Monets hij het had. Hij kwam heel enthousiast over, maar ik had steeds het gevoel dat hij deed alsof. Het voelde niet echt. Hij was in elk geval niet dronken – hoewel hij meteen een glas whisky on the rocks inschonk. De volgende dag ging hij naar het Isabella Gardner-museum en kwam razend thuis. Alsof hij er nooit eerder geweest was en niet wist wat voor rare toestand het daar was. Ik moest altijd lachen als ik bedacht dat Isabella Gardner in haar testament moest hebben laten vastleggen dat er elke dag een vaas met verse viooltjes voor haar twee godheden moest worden neergezet: voor haar portret van Jezus van Giotto, en voor het portret dat Sargent van haar gemaakt had. Het is verbazingwekkend hoe mensen tegen zichzelf aankijken.

De dag daarop ging hij naar het Fogg en kwam lyrisch over de Rembrandts thuis. Ik bedoel, werkelijk, het lag er zo dik bovenop dat ik me begon af te vragen of hij wel echt naar al die musea was geweest, of dat hij al die dagen in een bar aan Mass Ave had doorgebracht.

Mijn moeder kwam elke dag eerder thuis dan ik en ging dan koken, net als vroeger. Elke middag trof ik haar zo aan, glimlachend, met een schort voor, en zo zag ik haar het liefst: veilig en geborgen in het moederschap. Ik moet om mezelf lachen als ik erop terugkijk. Nu ben ik degene met het schort voor. Nou ja, we aten verrukkelijk, en ze sliepen 's nachts in hetzelfde bed, en ik hoorde ze niet meer ruziemaken. Maar de sfeer was om te snijden thuis, en eigenlijk had ik er spijt van dat ik niet toch naar Sandy was gegaan. Maar ik had het idee dat ik een deal had gesloten met mijn moeder. Ze had zo verdrietig gekeken bij de gedachte dat ik zou vertrekken.

Hoe was het mogelijk dat mijn sterke ouders in zulke tere vogeltjes waren veranderd? Ik vond het akelig, ik voelde me zelf net een grote boze wolf.

Maar Kerstmis was nog best gezellig. De woensdag voor kerst had mijn vader een kerstboom gehaald, en die hadden we samen versierd, net als toen ik klein was. Mijn moeder braadde voor het kerstdiner een verse ham en rosbief, en maakte gegratineerde aardappelen, waar ik dol op ben, met heel veel groenten, en iedereen had desserts meegenomen. Toch hing er een raar sfeertje, omdat het zo'n raar gezelschap was. Annette en Ted kwamen, omdat ze thuis niet echt kerst konden vieren. Een kerstboom of kerstversieringen waren voor hen niet weggelegd, ze hadden alleen sokken. Ze hadden Lisa bij zich. De vrouw die wel vaker bij hen op de twee andere kinderen paste was bereid geweest een paar uur op te passen ook al was het Kerstmis, tegen dubbel tarief.

Alyssa, de vriendin van mijn moeder, kwam ook, met Tim. Alyssa leek van streek en Tim deed een beetje aanstellerig. Op een gegeven moment kwam Alyssa de keuken binnen, waar mijn moeder bezig was het vlees te bedruipen. Ze wist niet dat ik in de voorraadkast stond om de acorn-pompoen, de rode chilipepers en de venkel voor de grill uit te zoeken. Ze vertelde mijn moeder dat Tim de symptomen van leukemie had. Mijn moeder slaakte een kreet en begon te huilen. Ik keek om het hoekje en zag hoe ze met de armen om elkaar heen stonden, en besloot niet tevoorschijn te komen voor Alyssa weer weg was. Ik was totaal overstuur: hoe kon een mens zoveel pech hebben? Haar echtgenoot laat haar in de steek en Tim krijgt leukemie! Ongelooflijk! Tim had een boek meegenomen, maar lag het grootste deel van de tijd op mijn bed te dutten. Ik voelde me vreselijk gemeen en kleingeestig, maar ik was doodsbang dat zijn ziektekiemen in mijn bed zouden achterblijven. Ik schaamde me om het tegen mijn moeder te zeggen, maar ik kon er niets aan doen. Voor ik die avond naar bed ging, waste ik de lakens, dekens en kussenslopen en droogde ze in de droger op de hoogste temperatuur. En hoe koud het ook was buiten, ik hing de beddensprei te luchten op de veranda achter het huis. En zelfs toen aarzelde ik nog om naar bed te gaan.

Mijn moeder had ook de familie van Sandy uitgenodigd – haar ouders, haar twee zusjes en haar broer. Maar Seymour werkte op Princeton, bij het Institute for Advanced Studies, waar hij natuurkundige was, en haar zus Rhoda studeerde aan Berkeley; ze kwamen soms wel thuis voor Rosj Hasjana of Pesach, maar niet voor Kerstmis. De Lipkins vierden geen kerst, waar ik nogal van geschrokken was toen ik ze net leerde kennen. Ik had nog nooit iemand gekend, zelfs geen joodse mensen, die niet aan Kerstmis deden. Sandy, haar ouders en Naomi kwamen wel – Naomi was twaalf en heel leuk. Ik mocht ze allemaal graag. Ze waren allemaal heel lang, het was een grappig gezicht om ze uit hun auto te zien stappen, een Volvo: net clowns in een circus, de ene reus na de andere die uit dat autootje stapte. Ik moest er gewoon om lachen. Uiteraard reden ze in een kleine auto, omdat die minder energie verbruikte; ze waren heel milieubewust. Het waren hele goede mensen. En hun vrienden ook. Ik was 's avonds vaak bij Sandy thuis als ze bezoek hadden en het hele gezelschap zich zat op te winden of er verdrietig van werd hoe militaristisch Israël aan het worden was, en ze zich met zijn allen zaten af te vragen wat daar aan gedaan moest worden. Ze waren er altijd mee bezig, hoe je goed kon doen, en goed kon zijn. Ik had nog nooit eerder mensen zo horen praten. En het wáren ook goede mensen: hun goedheid straalde van hun gezichten af. Ik begreep dat joods zijn daar om draaide, om het goed zijn. Ik was dankbaar dat ik niet joods was. Sandy was niet zo goed als haar ouders, godzijdank. Ze was net als ik, ze had zo af en toe haar slechte neigingen, waar ze tegen moest vechten en waar ze soms aan toegaf.

De vader van Sandy was slank en knap, met een breed voorhoofd en grote donkere ogen; hij ontving patiënten in een praktijk in Cambridge en doceerde ook aan de medische faculteit van Harvard. Hij was heel, heel intelligent. Haar moeder was ook intelligent, en knap en slank, tenminste, ze had een slanke taille, armen en benen, maar een grote boezem en een breed achterwerk. Als ze liep deed ze me denken aan een zwaan die over een vijver glijdt, haar hals uitgerekt, haar lichaam recht en vol waardigheid, haar armen zo'n beetje bewegend als peddels. De hele familie leken net zwanen, ze hielden het hoofd geheven en zagen er statig uit, alsof ze altijd god in het oog hielden. Mijn moeder was onder de indruk van hun ernst en hun waarden.

De Lipkins en de Fields hadden niet zoveel met elkaar, maar ze waren goedgemanierd, dus botsen deden ze ook niet. De middag werd een aaneenschakeling van kleine opwellingen en pogingen tot conversatie die in de lucht bleven hangen, alsof ze stug bleven proberen dat ene lied te vinden dat ze samen konden zingen. Natuurlijk zouden ze heus wel gespreksstof hebben gehad als de Fields de

Lipkins hadden verteld over Derek en Marguerite, maar dat deden ze niet. Of misschien als de Lipkins de Fields hadden verteld hoe erg ze het vonden dat Israël zo militaristisch was, maar dat deden ze ook niet. Of als iemand was begonnen over Vietnam, maar daar hield iedereen zich verre van. Ted en dokter Lipkin praatten over muziek, over componisten waar ik nog nooit van had gehoord, nog van voor Bach; Annette en mevrouw Lipkin praatten over vrijwilligerswerk, wat mevrouw Lipkin veel deed en Annette graag zou doen maar niet kon. Mijn moeder en mevrouw Lipkin praatten over boeken, want mevrouw Lipkin, die van voren Margo heette, las veel. Dokter Lipkin, die Sherman heette, las ook veel, maar van de boeken die hij las had verder niemand van de aanwezigen ooit gehoord; dat waren boeken over natuurkunde, astronomie en wiskunde. Niet dat hij probeerde op te scheppen of pretentieus te doen, absoluut niet. Hij was een heel aardige, milde man. Zelfs mijn vader had geen kwaad woord over hem te zeggen.

En het eten was verrukkelijk, en iedereen had een klein cadeautje meegenomen, voor mijn moeder of voor mij, en mijn moeder had kleine cadeautjes voor alle jongelui, en de volwassenen dronken wijn en raakten lichtelijk aangeschoten, en aan het eind van de middag klonk er wel degelijk een melodie, zo niet een lied, over hoe blij we allemaal waren dat we onszelf konden zijn en konden wonen waar wij woonden, en niet ergens in Oeganda waar je in de drek woonde – niet dat iemand de naam Oeganda had laten vallen. Of de naam van welk Afrikaans land dan ook. Het was wel duidelijk wat ze bedoelden. Goddank, want mijn vader had zoveel op dat zijn manieren wat losser werden. Hij zou zo door het lint kunnen gaan, als een van de mannen per ongeluk een foute blik op mijn moeder wierp of zoiets.

Bishop kwam niet, die was met de kerst thuis, maar hij nodigde mij wel uit voor de mis op kerstavond. Vader en moeder Connolly en vijf van hun zeven zonen gingen er allemaal samen heen, met een paar gasten, onder wie Sandy en ik. We namen een hele kerkbank in beslag. Connolly was een grote, potige vent met wit haar en een rood gezicht; over zijn neus liepen rode lijntjes. Hij zag er veel ouder uit dan mijn vader, nou ja, dat zal hij ook wel geweest zijn: de zus van Bishop, Maggie, was eenendertig, en getrouwd, en had zelf al vier kinderen. Zij was er die avond niet, omdat ze in Arlington woonde en haar kinderen te klein waren om stil te zitten in de kerk, maar ze zou de volgende dag wel bij het kerstdiner zijn. De twee oudste broers van Bishop vochten in Vietnam; Michael zat in het eerste jaar van Holy Cross en Bishop en de anderen kwamen na hem. De Connolly's waren aardig, maar het was niet duidelijk hoe ze over van alles dachten. Mevrouw Connolly zat de hele tijd ergens over in en vroeg telkens aan een van de kinderen of dit of dat al gedaan was. Je kon zien dat ze ooit knap was geweest, maar ze oogde op de een of andere manier opgebrand, en ze miste een paar tanden, waar ik met mijn verstand niet bij kon! Ik had nog nooit iemand met zulke gapende gaten in haar gebit gezien, behalve mezelf als klein kind. Geld hadden ze meer dan genoeg, althans dat dacht ik, dus waarom liet ze haar gebit dan niet herstellen, vroeg ik me af. Een paar tanden ontbraken en een paar waren bijna helemaal zwart. Zoiets had ik nog nooit gezien. De vader van Bishop gedroeg zich, ik weet niet, alsof er een andere wereld in zijn hersenpan kolkte. Als je acht kinderen hebt, zul je daar op de een of andere manier wel aan moeten ontsnappen.

De mis was in de katholieke kerk. De kerk was versierd met allemaal beelden en geborduurde kleden en er waren overal bloemen. Er waren glas-in-loodramen en het was prachtig. Ik kon wel zien waarom mensen daar graag naartoe gingen. Ik was nog nooit eerder naar een mis geweest. Het was wel oké, maar het duurde behoorlijk lang en je moest steeds op de anderen letten om te weten wanneer je moest opstaan, knielen of zitten. Na afloop gingen we naar het huis van Bishop en kregen we chocolademelk met slagroom, en er stond een enorm feestmaal uitgestald op de eettafel, de meeste dingen weet ik niet eens meer, ham, kalkoen, aardappelsalade, dat soort dingen. Veel mensen die bij de mis waren geweest kwamen na afloop ook naar de Bishops, bij elkaar misschien wel honderd mensen. Groot feest! Er waren twee dienstmeisjes en een man in een zwart pak, die drankjes serveerden en alles op tafel bijvulden. En er stonden twee kerstbomen, een hele grote in de voorkamer en een kleinere in de achterkamer, allebei versierd. Na het souper bleven de volwassenen her en der staan met hun glas in de hand, en Sandy moest naar huis. Haar vader kwam haar halen. Bishop nam mij mee naar de kamer van zijn ouders – ze hadden boven hun eigen woonkamer, die in verbinding stond met hun slaapkamer. Daar hadden ze ook hun eigen televisie. Dat was om ruzies te voorkomen, zei Bishop. Want de jongens hadden altijd ruzie over de andere twee toestellen, in de woonkamer en het souterrain. Ik had nog nooit drie tv's in één huis gezien. De oudere broer van Bishop was uit met een stel vrienden, en zijn jongere broers waren naar bed, dus we zaten daar met z'n tweeën. Bishop gaf me een kerstcadeau, een zilveren armbandje, echt heel mooi. Ik schaamde me diep, het enige dat ik voor hem had was die stomme dinky-toy. Maar hij vond hem prachtig, althans dat zei hij, en hij omhelsde me. Ik gaf hem een kus en zei hem dat ik van hem hield, en hij zei dat hij ook van mij hield, en toen hij ging hij naar beneden en kwam terug met cola.

Eigenlijk was het een fantastische kerst, alleen was ik als de dood voor wat komen zou als het voorbij was. Maar toen wás het voorbij, tijd is zoiets eigenaardigs, hij sluipt naderbij en vliegt dan voorbij. Na de kerst ging mijn vader terug naar Vermont, en kwam ons leven weer in rustiger vaarwater.

4

Ik weet niet wanneer het tot mij doordrong dat er nog een oorlog woedde, en wel in ons eigen land. Ik had het kunnen weten in het jaar dat John F. Kennedy werd vermoord, want in datzelfde jaar werd Medgar Evans vermoord, en pleegden blanken een bomaanslag op een kerk in Birmingham, waarbij vier kleine meisjes omkwamen die daar op zondagsschool zaten. Ik had nog moeten weten hoe overstuur mijn moeder was toen Malcolm X werd vermoord in 1965. Maar ik was dom en las geen kranten, zelfs niet na de moord op Martin Luther King, in 1968. Pas toen Steve mij alles uitlegde zag ik het – plotseling, als in één oogopslag. Opeens viel alles op zijn plaats – ik had het mijn hele leven gezien zonder er acht op te slaan. Ik was vijftien, oud genoeg om te weten hoe blanken over zwarten spraken en ze behandelden. Ik had vaak gedacht dat als ik zwart was, ik woedend zou zijn op blanken. Ik was al behoorlijk kwaad op ze, en dan was ik nog niet eens zwart. Het was alleen niet tot me doorgedrongen dat het echt oorlog was.

Steve ging naar een openbare school, maar via mij ging hij bij ons groepje horen – nou ja, min of meer. Sandy en Bishop mochten hem heel graag, maar er waren ook lui op mijn school die niet met hem wilden optrekken. Om hen maakte ik mij niet druk. En Steve ook niet – die had zelf meer dan genoeg vrienden.

We deden niet veel. We hingen wat rond, rookten weed, en we praatten veel. We leenden boeken en muziek van elkaar, en gingen naar allerlei feestjes. Steve had overal vrienden. Hij moest in zijn eigen onderhoud voorzien, hij kreeg geen toelage, en begin 1969, vlak na de jaarwisseling, kreeg hij een baantje in Monaghan's, een winkeltje in Bow Street waar sigaretten, kranten, tijdschriften, en zo ging het gerucht, ook drugs werden verkocht. Misschien wel vanwege die drugs wilde hij niet dat ik hem daar opzocht. Hij zei dat de politie de winkel in de gaten hield en dat het niet goed voor me zou zijn als ik er ook mee werd geassocieerd. Ik werkte nu zelf 's middags, dus tenzij we spijbelden kon ik verder alleen in de weekenden met mijn vrienden optrekken. Phoebe zag ik nauwelijks meer. Elke keer dat we samen waren wilde ze al dan niet proletarisch winkelen; ik had geen zin om te stelen en ik kon me niet permitteren elke keer te winkelen, dus ik kreeg er genoeg van. Ik vroeg me af waarom ze zoveel moest winkelen: volgens mij had ze niet meer kleren nodig – haar kasten puilden al uit. Ik trok voornamelijk op met Steve en met Sandy, Bishop en Dolores. Toen we met de galerie waren begonnen, kwamen daar 's middags en in de weekenden veel lui. Ze kwamen op de gekste tijden binnenvallen. Meestal was het luchtbed in de hoek netjes opgemaakt met lakens en dekens, een teken dat Dolores er weer bivakkeerde. Arme Dolores. We wisten gewoon niet wat we doen moesten om haar te helpen. We wisten niet eens wat er aan de hand was.

Op een regenachtige zaterdag waren Steve en ik er alleen. We zaten tegen de muur te roken, cola te drinken en naar muziek te luisteren, toen Steve zei: 'Wil je iets mafs proberen?'

'Zeker wel.'

Hij trok een plastic zakje met iets bruins erin uit zijn zak. Het leken wel gehakte paddestoelen.

'Dat lijken wel gehakte paddestoelen,' zei ik.

'Zijn het ook. Magische paddestoelen,' grinnikte hij. 'Neem maar een handjevol. Je moet ze opeten.' Hij spoelde ze weg met cola. Ik deed hem na, en kauwde op die smakeloze dingen.

'Nou even wachten.' Hij draaide aan de knoppen van zijn grote draagbare radio, wat ze een *boom box* noemden, of een *gettoblaster*, tot hij een zender vond waar ze de Beatles draaiden. Je kon er altijd wel één vinden: de Beatles waren constant op de radio. Ze draaiden 'Strawberry Fields'.

We zaten dicht tegen elkaar aan, onze benen schommelden op de muziek, en we lieten de paddestoelen hun werk doen. Na een poosje zag ik die aardbeienvelden voor me. De zon scheen en ik liep rond, verrukt over al die rode vruchtjes, diep in het groene gebladerte overal om me heen. Al mijn poriën stonden open naar de zon en van binnen was ik een ketel met vuur.

'Ik ben vuur en lucht!' riep ik. 'Ik heb onsterfelijke verlangens in me!'

We lazen dat jaar met Engels *Antony and Cleopatra*.

'Ik sta open voor het universum!' riep ik. Steve probeerde me te kalmeren. Hij sloeg zijn armen voorzichtig om me heen en zei dat ik rustig moest blijven.

Maar ik trok me los en rende naar buiten. Ik stond helemaal in brand. Ik gooide mijn jas los, ik keek naar de hemel en probeerde de regen te drinken. Het was verbazingwekkend hoe moeilijk het was om de druppels precies in je mond te laten vallen.

'Jess! Jessamin! Stop nou!' riep Steve vanuit de deuropening. 'Straks ziet de politie je nog!'

Ik stond opeens stil. Die opmerking drong door het waas in mijn hoofd heen. Ik keek hem trots aan. 'Ik sta voor alles open!' zei ik, en ik stak mijn polsen uit voor de handboeien.

'Idioot dat je bent,' lachte hij. Hij greep me beet, trok me weer naar binnen en dwong me te gaan zitten. Hij ging naast me zitten en bleef een hele tijd mijn voorhoofd strelen en me kalmerend toespreken.

'Jij moet maar geen paddo's meer gebruiken,' zei hij, maar daarna wilde ik per se alles proberen waar Steve mee kwam. Ik vond het een te gekke ervaring. Eén keer had Bishop fantastische pillen bij zich, god mag weten wat het waren. Toen ik die had genomen zat ik urenlang van alles in mijn notitieboekje neer te krabbelen, het ene na het andere gedicht welde in me op. Soms namen we iets met een stel tegelijk, en gingen we vergelijken wat we zagen en voelden. Alles zag er zo vreemd uit met die pillen, net alsof je het bottenstelsel van het leven zelf zag, het geraamte onder de oppervlakte. De bomen zagen eruit als vingers getekend door Van Gogh, mijn eigen hand was een werelddeel met schepen, en land en uitgestrekte watervlaktes. We lagen in de galerie op de grond en vertelden allemaal wat we zagen. We waren heel liefdevol tegen elkaar, we wisten dat we aanbeden kinderen waren in de schoot der goden.

In die winter en dat voorjaar experimenteerden we regelmatig – zo noemden we dat, we experimenteerden, net als Timothy Leary en Aldous Huxley en al die lui. We gebruikten mescaline en LSD, opium die je het gevoel gaf dat je kon vliegen. Er waren ook mensen die kalmeringsmiddelen namen, gewoon om te zien wat die voor effect hadden. Dat deed ik niet. We rookten wel altijd weed als we dat hadden, en dat was bijna altijd. Daar was makkelijker aan te komen dan aan alcohol. Winkels mochten ons geen alcohol verkopen, maar sommigen van ons konden het altijd wel krijgen. Bishop kon altijd bier en zelfs whisky van vrienden van een van zijn oudere broers krijgen, en zelfs van zijn zwager. Hij kon het thuis uit de drankkast halen als hij wilde. Zijn familie, nou ja, de mannen dan (en het waren hoofdzakelijk mannen), geloofden in alcohol. Voor hen was drinken zo ongeveer het mooiste in dit leven.

Maar de meesten van ons hadden liever drugs. En tot de politie ons uit de galerie schopte hadden we ook echt een fantastische tijd! We lagen er met zijn allen op de grond, in een staat van gelukzalige dadenloosheid. We hadden het idee dat we experimenteerden met andere stemmingen, en dat we van onze experimenten ruimdenkender, toleranter en vrijgeviger werden. Dat was wat het betekende om tot de nieuwe generatie te behoren – wij waren de kinderen van de liefde. Een kind van de liefde had een doel in het leven. Wij waren tegen de oorlog in Vietnam, zeker, maar we waren ook tegen racisme en tegen elke oorlog, alle geweld. We waren ervan overtuigd dat als alle mensen ter wereld drugs gebruikten in plaats van alcohol, en voor vrede waren in plaats van oorlog, het geweld zou opgaan in een waas van welzijn. Ik was doodsbang bij de gedachte dat Bishop of Steve of een van mijn andere vrienden met een geweer naar de jungle van Vietnam zou moeten, om te doden of gedood te worden. Voor een dergelijk lot waren zij niet bestemd, onze jongens. We hielden van ze; het waren goeie zielen, al waren ze soms wat aan de luidruchtige kant.

We dachten dat we een wondergeneratie waren, ter wereld gekomen om een nieuwe manier van zien en voelen te scheppen, een andere moraliteit. We hadden het gevoel dat mensen generaties lang, misschien wel eeuwen lang, hadden gedacht dat oorlog iets geweldigs was, dat doden heldhaftig was, en overheersen bewonderenswaardig. Maar wij wisten dat moorden vreselijk was, overheersen akelig voor overheerste en overheerser, en dat elke oorlog een verschrikking was. Waar het om ging was contact – in contact komen met je gevoelens en met andere mensen, de schoonheid in andere mensen zien, van hen houden. Verbondenheid. Gretig citeerden we E.M. Forster: 'Leg alleen contact.' Het wilde er bij ons niet in dat er misschien wel mensen waren die de waarheid van onze ideeën zouden willen ontkennen. We spraken vol verbazing over de mensen die dat toch deden, de generatie dertigers en veertigers. We konden hun mentaliteit domweg niet begrijpen. Persoonlijk voelde ik me wat ongemakkelijk bij zulke generalisaties. Ik kon mannen in de regering niet begrijpen, zo'n McNamara bijvoorbeeld, maar ik wist dat niet iedereen van boven de dertig het met hen eens was. Mijn moeder was de dertig gepasseerd, maar naar haar mening werd oorlog gebruikt door de elites om hun macht over de rest van de wereld te behouden. Zoiets kon je in die tijd echter niet hardop zeggen. Mijn vader was voor de oorlog, maar niet omdat hij oorlog nou zo geweldig vond. Volgens hem was oorlog onvermijdelijk. Hij schepte op over de Leightons die in alle oorlogen van ons land hadden meegevochten, hij vond dat ze hun leven hadden opgeofferd. Maar ik zag hem nog niet vrijwillig naar Vietnam gaan, en mijn moeder zei dat hij ook niet in Korea had willen vechten. De ouders van Sandy steunden de oorlog ook niet, maar die van Bishop wel. Zelfs toen hun een na oudste zoon in Vietnam was omgekomen, bleven ze ervoor.

Veel mensen vonden onze ideeën maar niks. Als ik nu op die jaren terugkijk, begrijp ik hoe naïef we waren, hoe simplistisch. Tegenwoordig praten mensen over de jaren zestig als een gekke tijd, en zeggen ze dat we onnozel waren, misleid, niet goed bij ons hoofd. Ze denken dat mijn generatie alleen maar blowde, de drugsgeneratie, een generatie van losers. Maar onze experimenten met drugs waren niet meer dan een onderdeel van ons hele bewustzijn, één aspect van onze verlichting. Wij stonden ervoor open om ons innerlijke zelf te ontdekken, wij reden niet met een dronken kop auto's aan barrels, en gingen niet met elkaar op de vuist op straat, zoals eerdere generaties, en maakten elkaar ook niet in overdrachtelijke zin af op de beursvloer. Wij experimenteerden met een andere kijk op het leven en op ons wezen en het moet gezegd: mijn vrienden waren een lief stel, die in de meeste gevallen tot lieve volwassenen zijn uitgegroeid. Wij waren echt het begin van de *brave new world.* Als je dat tegenwoordig tegen iemand zegt, krijg je alleen maar wat gemeesmuil. Maar ik zeg dat het zo is.

Wel zijn er van onze generatie een stuk of wat de weg kwijtgeraakt.

Steve en ik spijbelden vaak. Op een dag in dat voorjaar kwam Steve naar Barnes en trof me in de gang op weg naar mijn Franse les. Hij vroeg of ik zin had om te spijbelen. Ik knikte en we glipten een zijdeur uit, vlak voor de bel ging. Hij had met Jeffrey afgesproken, dus we liepen eerst terug naar zijn school om hem op te halen. Steve zou tussen twee lessen door naar binnen gaan om Jeffrey te zoeken. We stonden aan de overkant op het trottoir te roken, en te wachten op de bel. Daar stonden we voor het huis van een of andere vrouw die ons niet mocht (ze had ons al eerder weggestuurd), toen we een politiemacht met wapenschilden en helmen de straat in zagen stormen. We keken elkaar aan: kwamen die voor ons? Had die vrouw de politie op ons dak gestuurd, zoals ze inderdaad gedreigd had? En kwamen ze ons dan halen met de wapenstok? We begonnen vlug richting centrum te lopen, zonder de indruk te wekken dat we op de loop gingen. Maar we hadden het huis van dat mens al honderd meter achter ons gelaten, en de politie bleef ons achtervolgen, knuppels in de ene hand, wapenschild in de andere. Ze zagen er angstaanjagend uit, als robots uit de Middeleeuwen. Uiteindelijk bleven we verstijfd staan, maar de politie bleef rennen, langs ons heen en verderop de school in. Ze verdwenen en even later kwamen er leerlingen lijkbleek naar buiten gerend. Sommigen huilden. Niemand die we aanspraken leek te weten wat er aan de hand was. Jeffrey zagen we niet.

Steve had met zijn baantje bij Monaghan's genoeg verdiend om een auto te kopen, een rood-witte Chevy, een paar jaar oud, maar glimmend en best mooi. 'Kom,' zei hij, 'gaan we mijn auto halen. Kunnen we er altijd vandoor als dat nodig is.'

We renden naar Bow Street. De auto stond op de parkeerplaats achter Monaghan's. Zo heette hij nog, ook al was de winkel nu inmiddels van Agni Varashimi. We stapten in de auto en kropen op de achterbank. We zaten allebei uit te hijgen en hadden vreselijke dorst, dus Steve sprong weer uit de auto en ging achterom de winkel in. Even later kwam hij naar buiten met twee flessen water en een zakje hasj. We gingen op de vloer voor de achterbank zitten en dronken met grote teugen, waarna Steve een joint begon te draaien. Hij likte aan drie vloeitjes die hij aan elkaar plakte. Vervolgens legde hij de hasj, die eruitzag als gedroogde koeienmest, op het grote vloeitje en draaide hem behendig tot een grote sigaar. Aan de ene kant stak hij er een stukje opgerold karton in en het andere uiteinde draaide hij dicht. Hij stak de joint aan en overhandigde hem aan mij. Ik inhaleerde diep. O, dat was lekker.

Zo lang Steve daar werkte maakte hij al grapjes over Agni, een man met een meisjesnaam, althans zo klonk het, die ook nog eens twee dochters had die Jolly en Jett heetten. Hij lag dubbel van het lachen om Jolly en Jett, die nog klein waren, en ik lachte ook en vertelde hem dat ik iemand kende die een zus had die Brie heette. Ik zei dat die naam mij op ideeën bracht, en dat ik misschien, als ik later een dochter kreeg, haar wel Cheddar zou noemen.

'Of Jarlsberg!' zei hij.

'Of Bleu!' zei ik.

Hij barstte weer in lachen uit: hij had een vriend die Blue heette! Inmiddels moesten we allebei zo hard lachen dat we het bijna in onze broek deden. Hij rende weer de winkel in, en daarna ging ik. Ik wist wel dat we allebei de spanning van daarnet aan het weglachen waren. Heel even hadden we allebei gedacht dat ze het op ons gemunt hadden, in hun soldatenuniformen. Heel even was het door ons heen geflitst dat we zouden worden gearresteerd door die robots met hun plastic helmen op: gearresteerd, tegen de muur gezet, en doodgeschoten. Heel even had dat niet onmogelijk geleken.

We rookten nog een joint en kalmeerden wat. Toen gingen we vrijen, en ik, nou ja, we hadden wel eerder gevreeën, en ik was gek op Steve, ik hield echt van hem, maar tot dusver had ik nog niet eerder het gevoel gehad, nou ja, het was anders deze keer, er wriemelde iets in mijn binnenste, het was net als die keer dat ik die paddo's had gegeten, ik voelde me pijnlijk open, hongerig, en ik liet toe dat hij me aanraakte, en ik raakte hem aan, en hij kwam in mijn hand. Dat had hij nooit eerder gedaan, en ik was helemaal overdonderd, het had iets weerzinwekkends, ik wist niet dat het zo zou zijn. Ik slaakte een kreet en ging rechtop zitten. Hij wendde zich van me af, veegde zich schoon en zei dat het hem speet, maar dat hij er niets aan kon doen. Ik kuste hem en probeerde te doen alsof ik het niet erg vond, maar ik was een beetje misselijk.

Daarna ging ik naar huis. Mijn moeder was al thuis, hoewel het net vier uur was geweest, en ze was verbaasd dat ik niet naar mijn werk was gegaan. Ik vertelde haar niet dat ik ook van Frans en wiskunde had gespijbeld. Mijn moeder zag meteen dat er iets mis was, dus ik vertelde haar over die politie. Ik zei dat ik me niet lekker voelde.

Ze keek me aan zoals ze altijd deed als ik me niet lekker voelde, keek naar mijn ogen, voelde mijn voorhoofd, en ik kreeg opeens de indruk dat ze mijn adem rook. Ik proefde nog steeds die hasj op mijn tong en vroeg me af of ze het kon ruiken, maar ze zei niks. Ze zei dat ik naar bed moest gaan en dat ze me wat kamillethee zou brengen. Na een poosje dommelde ik in. Maar daarna had ik toch het idee dat ze zich een beetje eigenaardig gedroeg. Er zat haar iets dwars. Ik kon het zien aan haar nek. En een paar dagen later zei ze dat ze vond dat ik de zomer bij mijn vader moest doorbrengen. Dat had ze hélemaal alléén besloten! Ze had hem laat op een avond gebeld, ik had het gesprek niet eens gehoord. Ze had hem gevraagd of hij daar een baantje voor me kon regelen. Een paar avonden later had hij teruggebeld om te zeggen dat ik in een of andere bistro van een vriend van hem kon komen werken als serveerster. Samen hadden ze me naar Vermont gemanoeuvreerd zonder dat ik ook maar iets in te brengen had. Ik was des duivels.

Ik geef toe dat het sowieso een eenzame zomer dreigde te worden. Sandy ging naar het zomerkamp in Maine waar ze al jaren achtereen elke zomer naartoe ging, maar dit jaar als betaald begeleidster. Bishop ging naar de vakantieboerderij van zijn oom Terry in Nevada. Hij was daar al eerder geweest, maar altijd met iemand anders – een oudere broer of oom. Dit keer ging hij alleen, als betaalde vakantiehulp. De enigen die tijdens de zomervakantie thuis zouden zijn waren Dolores, en waarschijnlijk Steve. Steve ging fulltime werken, maar hij zou er 's avonds wel zijn en ik zou in de weekenden met hem kunnen optrekken. Ik had dus helemaal geen zin om naar Vermont te gaan. Ik protesteerde heftig. Daar schoot ik weinig mee op. Mijn moeder was vastbesloten. Volgens Steve wist ze wat we in de auto hadden gedaan – ik denk dat hij dacht dat ik het haar verteld had – en wilde ze ons uit elkaar halen. Ik zag niet hoe ze dat zou kunnen weten, maar goed, ik begreep ook niet hoe ze dat van die drugs kon weten. Het leek echter wel duidelijk dat ze íéts wist.

Of misschien had mijn vader al die jaren wel gelijk gehad, en had ze inderdaad een minnaar, en wilde ze niet dat ik haar voor de voeten liep. Die gedachte was al eerder bij me opgekomen. Niet dat ik haar niet vertrouwde – maar mijn vader vertrouwde haar allerminst. Of misschien was het wel omdat ze een nieuwe baan aan het zoeken was. Al sinds mijn vader na de kerst was vertrokken, had ik haar aan de telefoon aan vrienden horen vragen of ze nog iets voor haar wisten. Ze had een cv gemaakt en kopieën naar wel een stuk of honderd universiteiten gestuurd. Meestal deed ze dat soort werkzaamheden in haar studeercel in het Holyoke Center, waar ze nog een elektrische typemachine had staan, want dan wist mijn vader tenminste niet waar ze mee bezig was. Wij wisten nooit wanneer hij langs zou komen, en altijd als hij thuis was, doorzocht hij haar bureau en zelfs haar prullenmand. Hij schaamde zich daar niet in het minst voor, zelfs niet als ik hem daarmee bezig zag. Ik had het haar verteld. Hij had dat altijd al gedaan, ook voor hij naar Vermont ging.

Die zomer vloog ze, terwijl ik weg was, inderdaad voor sollicitatiegesprekken naar Ohio, Florida en South Carolina. Dat baarde mij ernstige zorgen. Stel dat ze een baan kreeg in een of ander rotgat! Dan zouden we moeten verhuizen! Naar zo'n oord als Wisconsin! Daar was ze in het voorjaar met het vliegtuig heen geweest, terwijl ik nog gewoon thuis was. Ik had toen bij Sandy gelogeerd. Dat was hartstikke leuk geweest. Sandy was lief, ik vond het heerlijk bij haar. We kletsten tot diep in de nacht, en dan werd het zo laat dat we de volgende dag bijna niet uit bed konden komen om naar school te gaan. We kregen soms zo de slappe lach dat we moesten plassen, en één keer moesten we allebei zo nodig, dat ik het op de wc deed en Sandy in de wasbak! Haar vader en moeder waren altijd heel lief voor elkaar en heel beleefd. De hele familie at 's avonds samen aan tafel, Sandy en ik, haar vader en moeder en Naomi, en er werd niet geruzied, ze praatten gezellig met elkaar. Dat kende ik eigenlijk niet. Bij Bishop thuis mochten de kleine kinderen tijdens het avondeten niet praten, zodat ze altijd op het randje van hysterie balanceerden, en elk moment de slappe lach konden krijgen. Meneer en mevrouw Connolly probeerden beleefd met elkaar te converseren, maar meestal bleef het bij halve zinnen, over het gezin, waarbij hij altijd wel iets aan te merken had op een van de oudere jongens. Meneer en mevrouw Lipkin waren heel trots op hun kinderen, vooral op Seymour, die aan het Institute for Advanced Studies in

Princeton verbonden was, waar Einstein nog gewerkt had! Hij kon geen kwaad bij hen doen. Aan tafel spraken ze over politiek, boeken, kunst, en dat soort dingen. Heel anders dan bij ons thuis, waar altijd wel iemand een ander naar de keel vloog. En na het eten gingen Sandy en haar zus naar hun kamers en luisterden naar muziek of keken tv – ze hadden allebei hun eigen televisie! Haar vader en moeder gingen in de woonkamer naar muziek zitten luisteren. Haar vader zat altijd met gesloten ogen in een leunstoel, en sloeg af en toe de bladzijden om van een partituur op zijn schoot. Haar moeder zat altijd te lezen. Die las romans in het Frans! Ze waren ontzettend beschaafd. Ik kwam thuis met een hart als een uitgerekt stuk kauwgum, helemaal opgezwollen van verlangen. Het enige was dat het er zo beleefd, zo rustig aan toe ging bij Sandy thuis, dat ik er giechelig van werd, net als de broertjes van Bishop, en dat ik me daar dan weer voor geneerde.

Mijn moeder vond eind juni een baan, vlak voor ik naar Vermont zou vertrekken. Ze was aangenomen bij Moseley in Boston, goddank, en kon in het najaar beginnen. De avond dat ze haar belden met de mededeling dat ze was aangenomen, zaten we samen in de keuken groenten te snijden. Ze droogde haar handen en nam de telefoon op. Ze zei niet veel en toen ze ophing, bleef ze een poosje met haar hoofd voorovergebogen staan, alsof ze aan het bidden was. Toen zei ze: 'Ik heb een baan, Jess.'

'Te gek! Waar?'

'In de buurt.' Ze huilde bijna. 'In Boston. Moseley.'

'Fantastisch!' Ik meende het.

Ze deed haar schort af – ik weet niet waarom. Ze schonk een whisky in. Ze ging aan de tafel zitten. 'Kom bij me zitten, Jess.'

'Ik legde de prei neer.

'Je weet dat ik fulltime wilde werken, met een vaste aanstelling, zodat ik genoeg kon verdienen om met zijn tweetjes van te leven.'

Dat wist ik.

'Ik ga dertienduizend dollar verdienen,' zei ze. 'Daar kunnen wij van leven.'

Geweldig.

'Dat betekent dat ik van je vader kan scheiden.'

'NEE!' schreeuwde ik.

Ze bleef zitten zonder iets te zeggen, terwijl ik mijn hoofd in mijn armen liet zakken en begon te huilen. Mijn hart was gebroken.

'Het spijt me echt, lieverd.'

'Dat overleeft hij niet. Moet dat echt? Moet dat echt?'

'Dat overleeft hij heus wel. Ik kan niet anders. Je weet wel waarom. Die voortdurende razernij van hem... Ik heb gewoon een hekel aan hem gekregen. En met iemand leven aan wie je een hekel hebt is niet gezond. Dan krijg je ook een hekel aan jezelf. Het is niet goed voor mijn gezondheid. En het is voor jou ook niet goed. Ik wil gelukkig zijn. Ik ben achtendertig. Ik heb nog kans op een gelukkig leven.'

'Dat wordt zijn dood!'

'Nee, dat wordt het niet. Dat denkt hij wel, maar dat is niet zo. Hij vindt wel een ander om zijn woede op bot te vieren, dat heeft hij zo voor elkaar.'

'Dan zie ik hem nooit meer!' riep ik.

'We zullen het zo proberen te regelen dat je hem ook nog blijft zien,' zei ze.

Maar ik was ontroostbaar, mijn moeder moest verder alleen koken. Ik ging naar mijn kamer en bleef een tijd op mijn bed liggen. Maar uiteindelijk ging ik toch weer naar beneden. Ik had honger, en we aten kalfsfilet met een puree, bedacht door Alice Waters, een heel goede kok uit Californië, een puree van prei, aardappel, knolselderij en meiraapjes. Ik ben er gek op. En gestoofde tomaten.

Zij maakte van de scheiding nóg een reden om mij naar Vermont te sturen. Ze zei dat ik bij hem moest zijn wanneer het kon. Hij wist niet dat ze van hem ging scheiden. En ik was niet van plan het hem te vertellen: ik had geen zin om voor haar zonden te boeten. Niet alleen dwong ze mij te gaan, ze liet me ook nog eens met de bus gaan!

Eigenlijk was die zomer in Vermont niet eens zo erg. Mijn vader was makkelijker in de omgang als mijn moeder er niet bij was. Hij zat van tien uur 's morgens tot acht of negen uur 's avonds in zijn atelier. Zijn huishoudster bracht hem altijd rond één uur 's middags een broodje, een biertje en wat koekjes, en er stond eten klaar op het fornuis als ze 's middags om drie uur naar huis ging omdat haar kinderen dan uit school kwamen. Hij werd geacht dat eten 's avonds op te warmen, maar dat deed hij nooit, hij at het lauw, zo uit de pan. Maar er was in elk geval eten: ik warmde het op als ik thuiskwam van mijn werk, en dacht dan altijd aan Steve. Het was echter geen spaghetti, zoals die van zijn oma. Mevrouw Thacker maakte altijd sudderlapjes met aardappelpuree en sperzieboontjes; soms liet ze een gehaktbal in aluminiumfolie of gekookte kip met gebakken aardappelen en wortelen gegaard in boter met suiker achter. Het was niet slecht, misschien was het zelfs wel smakelijk, maar opgewarmd eten is nooit echt verrukkelijk en ik was gewend aan verrukkelijk eten. Het was maagvulling, meer niet.

Meer dan maagvulling was het voor mijn vader ook beslist niet. Hij kwam rond negen uur binnensjouwen, schonk zich een flinke borrel in en ging in een stoel zitten. Dan zat hij een tijdje wezenloos voor zich uit te kijken en flink in te nemen, de ene na de andere borrel. Na een poosje kwam er weer glans in zijn ogen en stond hij op om de pan en een vork te pakken. Vervolgens liet hij zich op een keukenstoel zakken en at rechtstreeks uit de pan. Hij sneed enorme hompen vlees af en at die met zijn vingers. Op een avond had ik hem dat door het raam zien doen, toen ik uit de tuin kwam en hij niet doorhad dat ik hem zien kon. Als ik erbij was, at hij met mes en vork. Of de pan nu leeg was of niet, hij liet hem gewoon op het fornuis staan. Als ik niet toevallig keek of er nog wat in de pan zat en eventuele restjes in folie deed om in de koelkast te bewaren, zou het allemaal zo uitdrogen dat mevrouw Thacker het de volgende dag sowieso moest weggooien. Mijn moeder gruwde van een dergelijke verspilling, besefte ik huiverend, maar ik wist dat het geen zin had zoiets tegen mijn vader te zeggen. Hij verkeerde in een andere wereld. Waarschijnlijk omdat hij kunstenaar is. Zoals de vrouw van Blake over Blake zei: hij was altijd in het paradijs. Behalve dan dat ik het gevoel had dat mijn vader niet in zijn eigen paradijs woonde, maar misschien wel in zijn eigen hel. Dat vond ik zo erg voor hem. Alsof het kunstenaarsbestaan een vreselijk noodlot was. Ik vroeg me af hoe hij zich vanbinnen voelde.

Als hij klaar was met eten, schonk hij zich een nieuw glas in. Dan hoorde ik de ijsblokjes in zijn glas tinkelen als hij de woonkamer binnenkwam. Ik keek op van mijn boek of de tv en zei: 'Hoi, pap,' en hij zei: 'Hoi, Jess,' liet zich in zijn leunstoel zakken, zette de tv aan of zette hem op een andere zender, of soms ook niet, en na een tijdje viel hij steevast in slaap. Ik maakte hem altijd wakker voor ik naar bed ging, om te zeggen dat hij naar bed moest gaan. Dat deed hij dan of hij deed het niet. Ik kon niet tegen zijn manier van leven. Maar hij deed nooit vervelend tegen me. Hij sprak altijd vriendelijk tegen me, en leek altijd een beetje verbaasd dat ik daar was.

Mijn baantje in het café, waar ik vreselijk tegenop had gezien, was best leuk. Er kwamen veel studenten uit New York die de zomer in Vermont doorbrachten. Met sommigen raakte ik bevriend en ik werd goeie maatjes met een meisje dat Gail heette en in Manhattan woonde. Gail zat op Brearley. Ze kwam elke dag langs voor een cappuccino en rookte openlijk stickies. Ze deed me enigszins aan Phoebe denken, behalve dat ze niet zo... zo insinuerend deed. Als we elkaar na het werk zagen rookten we altijd een of twee joints, en vaak bleef ik wat met Gail of die andere lui hangen. Verder viel er niks te beleven.

Mijn moeder belde elke week. Eerst had ik geen zin om met haar te praten; ik was zo kwaad dat ze me naar Vermont had gestuurd. Maar na een tijdje werd ik wat milder. Ik begreep dat ze me miste, en treurig was zonder mij. Ik heb mijn vader nooit verteld dat ze een baan had gekregen, of iets gezegd over dat ze wilde scheiden. Sommige dingen zei je gewoon niet tegen mijn vader, dat zou net zoiets zijn als een staaf dynamiet aansteken. Mijn moeder en ik hadden elke week telefonisch contact. Eind augustus belde ze om te zeggen dat ze een paar dagen later naar Mexico zou vliegen om te scheiden. Ik vroeg of mijn vader daarvan wist en ze zei van niet. Ik begreep niet hoe ze kon scheiden zonder dat hij ervan wist, maar zij zei dat hij een volmacht had getekend. Ze vertelde dat toen hij met kerst thuis was geweest, hij een paar dagen lang voor rede vatbaar was geweest en met haar over een scheiding had kunnen praten zonder meteen te ontploffen. Ze had hem zelfs zover gekregen dat hij samen met haar naar een advocaat was geweest. Het had haar nogal wat moeite gekost om een advocaat te vinden, omdat ze geen geld had, maar uiteindelijk had John Gross haar zijn advocaat Leland Levy aangeraden, en die had zich bereid verklaard haar bij te staan. Ze had vijfhonderd dollar van Eve Goodman geleend om hem te betalen. Leland Levy had mijn vader gebeld en hem gevraagd naar zijn kantoor te komen om een scheidingsovereenkomst te tekenen en dat had mijn vader gedaan. Maar als je zag hoe hij reageerde, zal hij wel geen moment hebben geloofd dat mijn moeder de scheiding ook daadwerkelijk zou doorzetten.

Hij was altijd een vat vol tegenstrijdigheden. Hij ging geregeld tegen haar of mij tekeer, en dan maakte hij ons ook uit voor de vreselijkste dingen, zulke woedeaanvallen konden hele weekenden duren, maar als ze over scheiden begon, moest hij lachen. Dan zei hij hoe gelukkig ze samen waren, en dat hij altijd alleen van haar had gehouden. Hij verdacht haar voortdurend van overspel, maar zelfs als hij een woedeaanval had, nam hij aan dat ze aan hem vast zat en hem nooit zou verlaten, hoe verschrikkelijk hij zich ook misdroeg. Maar goed, hij verscheen wel op die afspraak en beloofde haar een royale alimentatie voor mij. Mijn moeder en haar advocaat drongen er bij hem op aan ook een advocaat in de arm te nemen, maar dat weigerde hij: hij wilde het zo. Hij had de papieren getekend en was meteen het kantoor uit gestormd.

Op de een of andere manier voelde ze echter wel aan dat hij zijn financiële verplichting nooit na zou komen. Daarom had ze ook beseft dat ze een betere baan zou moeten zien te krijgen voor ze van hem ging scheiden. Het klopte: na de scheiding stuurde hij haar maar een schijntje om in mijn onderhoud te voorzien. Ik was blij dat ik zelf een baantje had, zodat ik mijn eigen kleren kon kopen en mijn moeder niet om geld hoefde te vragen, want ik wist wel hoe krap zij zat. Het is vreemd om over jezelf en je ouders in termen van geld te denken, vreemd om geld als liefde te beschouwen. Iemand heeft me een keer verteld dat Freud geld niet zo belangrijk vond, maar dat is belachelijk. Geld is liefde, gegeven of onthouden. Maar daardoor vroeg ik me wel af hoeveel mijn vader eigenlijk om mij gaf, dat hij mijn moeder zelfs te weinig geld stuurde om eten voor mij te betalen. Alsof ik degene was die van hem gescheiden was.

Aan het einde van die zomer vloog mijn moeder naar El Paso en stak in een bestelbusje de grens over om een Mexicaanse scheiding te regelen. De avond daarvoor had ze mijn vader long distance vanuit El Paso gebeld, om hem van haar voornemen op de hoogte te stellen. Ik lag te slapen toen de telefoon ging. Hij ging een paar keer over voor ik bij bewustzijn was; ik liep naar de trap, klaar om naar beneden te rennen en de telefoon op te nemen. Mijn vader moet echter in zijn stoel hebben zitten slapen, want hij was me voor. Misschien was hij inderdaad nog in slaap geweest, en reageerde hij daarom zo. Hij begon vreselijk te vloeken en te schelden. Ik rende terug naar mijn kamer, ik wilde het niet horen. Hij bleef een tijdje aan de telefoon; ik kon zijn stem zelfs nog horen toen hij niet meer schreeuwde. Ik vroeg me af of hij nog steeds tegen haar praatte: ik kon me niet voorstellen dat ze aan de telefoon was gebleven om zich zo te laten uitschelden. Toen hoorde ik kabaal – mijn vader ging flink tekeer, het klonk alsof hij met van alles liep te gooien en te smijten. Opeens vloog mijn kamerdeur open en stroomde er licht naar binnen.

'Wist jij hiervan?'

Ik zat rechtop in bed. 'Waarvan?'

'Shit!' schreeuwde hij. Hij liep de kamer weer uit en gooide de deur zo hard dicht dat hij weer open vloog.

De volgende morgen, toen ik net naar mijn werk wilde gaan, gooide hij wat spullen in een tas en verliet het huis, over zijn schouder schreeuwend dat ik het huis niet in de fik moest steken. Hij stapte in zijn truck en reed met gierende banden weg. Toen ik zeker wist dat hij weg was, belde ik mijn moeder om te zien of zij wist wat er gebeurd was. Maar ze nam niet op. Ik dacht na wie ik nog meer zou kunnen bellen, iemand anders die misschien meer zou weten. Ik probeerde Annette, maar die was ook niet thuis.

De avond daarop ging ik net zitten om de warme hap van mevrouw Thacker op te eten, toen mijn vader door de achterdeur kwam binnenstormen.

Hij wierp één blik op mij en schreeuwde: 'Had ze het aan jou verteld?'

'Wat?' vroeg ik. Ik baalde van de trilling in mijn stem.

'De scheiding, kreng!' schreeuwde hij.

Kréng?

Stampvoetend liep hij langs me heen naar de voorraadkast en opende een nieuwe fles Canadian Club. Hij schonk een glas in en liet zich op een keukenstoel zakken.

'Heeft ze zich laten scheiden?' vroeg ik timide.

'Dat heeft ze geprobeerd,' mompelde hij. 'Maar ik heb haar mooi teruggepakt.'

Ik wachtte af, ik durfde niks te vragen. Maar hij kon zich niet inhouden.

'Ze denkt dat ik achterlijk ben. Ze denkt dat ze mijn volmacht wel even kan gebruiken. Maar ik heb haar mooi tuk: ik heb een telegram naar Mexico gestuurd en die volmacht ingetrokken. Ha!'

'Hoe wist je waar dat telegram heen moest? Hoe kwam je aan het adres?'

'Amerikanen laten zich scheiden in Juarez,' zei hij. 'Ze verblijven in El Paso en gaan de grens over in een bestelbusje. Dat is de goedkoopste manier. Dat is zoals zij het zou doen. Leer mij je moeder kennen! Ik heb de rechtbank daar gebeld.'

'En wat is er nu aan de hand dan?'

'Wat er aan de hand is, is dat zij denkt dat ze gescheiden is, maar dat niet is!' grinnikte hij. 'En toen heb ik haar op Logan opgewacht en het haar verteld! Dat ze dat mooi kon vergeten. Vuil kreng!'

'Heb je haar op Logan opgewacht? Hoe wist je welk vliegtuig ze zou nemen?'

'Er is maar één vlucht per dag van El Paso naar Logan. Die moest ze wel nemen.' Er kwam weer zo'n ziekelijke grijns op zijn gezicht en hij goot de whisky in zijn keelgat.

Ik had me nooit gerealiseerd dat mijn vader zo vindingrijk, zo slim kon zijn. Ik wist wel dat hij intelligent was, misschien zelfs wel briljant, maar niet in alledaagse, praktische zin. Ik vond hem altijd ietwat onnozel, een kunstenaar met zijn hoofd in de wolken, die het ook niet kon helpen dat hij in het dagelijks leven wat onbeholpen was. Dat was de reden dat hij dronk; iedereen wist dat kunstenaars en schrijvers dronken omdat het kunstenaarsleven zo zwaar was. Zoals Jackson Pollock bijvoorbeeld, William Faulkner, Ernest Hemingway, Scott Fitzgerald. Je verwachtte niet van hen dat ze zich met het dagelijks leven bezighielden, dat ze geschikt waren om iets aan de waterleiding te repareren, of het gras te maaien. Maar mijn vader kon met zijn handen werken – hij heeft al zijn ateliers zelf gebouwd.

'Wat deed ze?'

'Niks,' hij haalde zijn schouders op, 'wat zou ze moeten doen? Het was een voldongen feit!' Hij glimlachte.

Op de een of andere manier kon ik me niet voorstellen dat mijn moeder dat zomaar over haar kant had laten gaan. Niet dat ik niet ontsteld was dat ze van mijn vader wilde scheiden. Waarom vond ze dat zo nodig? En waarom moest dat zo nodig nu ik bij hem was?

'Ze zal toch wel iets gedaan hebben,' hield ik vol.

'Kreng,' schold hij.

'Noem je *mij* een kreng?'

'Je gedraagt je soms net als zij.'

Dat was de druppel. Ik stond op.

'Wat mankeert jou?' riep hij.

Ik zou het zelf niet weten. Ik rende naar mijn kamer en propte mijn spullen in mijn plunjezak, telde mijn geld. Ik had mijn loon van die zomer opgespaard, en met fooien en zonder verdere onkosten had ik een paar honderd dollar bij elkaar gespaard. Ik had nog nooit eerder zoveel geld gehad, en ik voelde me heel sterk, moet ik zeggen. Aangezien mijn vrienden en ik onze neus ophaalden voor het materialisme en zeker wisten dat wij niet materialistisch waren, wist ik dat ik daar nog eens over zou moeten nadenken, maar dat moest later maar, niet nu. Ik wist in elk geval dat ik genoeg geld had voor een buskaartje naar Cambridge. Toen ik beneden kwam, was de keuken leeg. Mijn vader was verdwenen en had de fles Canadian Club meegenomen. Of hij was naar zijn atelier gegaan, of hij lag in bed. Ik was niet van plan hem te gaan zoeken, en ook niet om hem te vragen mij naar de stad te brengen, niet nadat hij zo tegen me gedaan had: daar was ik te kwaad voor. Ik was ook te kwaad om een briefje voor hem achter te laten. Laat hem maar lekker in de rats zitten. Als het hem al opviel dat ik weg was.

Ik liep naar de weg en liftte naar de stad. Ik moest een paar uur op het busstation wachten, maar ik had *The Golden Notebook* van Doris Lessing bij me. Het duurde uren voor ik in Cambridge was, maar ik kon nog een taxi van het busstation naar huis nemen. Het was tegen middernacht toen ik thuiskwam. Mijn moeder zat nog in de keuken aan de borrel. Ik kreunde, maar ze was niet dronken. Ze zat erbij alsof ze helemaal kapot was. Ik liep op haar toe en omhelsde haar en ze hield me een hele tijd vast. We zeiden geen woord. Ik wilde tegen haar schreeuwen om wat ze gedaan had, maar ze zag er zo aangeslagen uit. Dat zou moeten wachten.

De volgende dag zag ze er beter uit. We waren allebei thuis: het was eind augustus en we hadden geen van beiden verplichtingen. Dus keutelden we 's morgens wat rond, zoals we allebei graag doen in de ochtend. Ik hang graag onderuit in de oude leunstoel die we in de keuken hebben staan, met een boek en een beker koffie. Ik was weg van *The Golden Notebook*. Mijn moeder hield ervan om koffie te zetten en haar kranten te lezen – *The New York Times* en *The Boston Globe*. Ze had 's morgens uren nodig om op gang te komen.

Terwijl we zo wat rondhingen in de keuken, allebei verdiept in onze lectuur, besloot ik erover te beginnen.

'Papa was helemaal overstuur gisteren.'

Ze keek op. 'Ik hoop dat hij dat niet op jou heeft afgereageerd.'

'Natuurlijk deed hij dat. En dat wist je van tevoren!'

Ze legde haar krant neer en keek me aan. 'Het spijt me, Jess.'

'Ja. Hij zei dat hij jou op Logan had gesproken.'

Haar gezicht vertrok. 'Ja.'

'Wat hebben jullie gedaan?'

Ze haalde haar schouders op. 'Het was zo stompzinnig. Hij zei...' Ze zuchtte en zweeg even. 'Ik weet niet hoe ik het moet uitleggen...'

'Ik weet wat hij zei. Hij heeft het mij ook verteld.'

'O. Nou, het was zo stompzinnig. De kans bestaat dat zijn telegram niet op de juiste plek is aangekomen, en in Mexico... Het is daar allemaal toch al zo chaotisch... de kans is klein dat hij zijn volmacht echt heeft kunnen intrekken. Nou ja, volgens mij ben ik echt gescheiden. Ik heb de papieren... Maar ook al is het niet zo, dan maakt het nog niet uit. Ik bedoel, hij begrijpt dat we niet meer bij elkaar horen, als man en vrouw. Dat is het enige wat er voor mij toe doet. Dat we officieel zijn gescheiden is alleen van belang als een van ons opnieuw wil trouwen, en ik trouw nooit meer, ik zou mezelf *nooit* meer in die situatie manoeuvreren. Voor mij was het huwelijk één grote verschrikking. Maar voor hem niet, dus hij zal wel weer trouwen. Als hij het niet goed heeft aangepakt, heeft hij alleen zichzelf te pakken, mij niet. Dat heb ik hem gezegd. Dan is hij de bigamist, niet ik.'

Ze stak een sigaret op, inhaleerde diep, en wierp een blik op mijn beker. 'Wil je nog koffie?' Ze stond op, liep naar het fornuis en schonk zichzelf nog een mok in. Ik stak mijn beker uit en zij vulde hem.

'Hoe kom je er zo bij dat papa wel weer opnieuw zal gaan trouwen?'

'Hij was gelukkig in het huwelijk; hij was niet ongelukkig met mij.'

'Maar jij wel met hem?' Ik kon er niets aan doen dat mijn stem enigszins beschuldigend klonk.

'Natuurlijk. Je kent die woedeaanvallen van hem toch? Hij kon zo tekeergaan... al voor hij aan de drank raakte. Al lang voor hij naar Vermont ging overwoog ik al om te gaan scheiden. Het feit dat hij dáár helemaal woonde heeft ons huwelijk waarschijnlijk een paar jaar gerekt.'

'Hoe kun je nou zeker weten dat je nooit meer zult trouwen?'

Ze glimlachte. 'Dat weet ik gewoon, schat. Dat weet ik heel zeker.'

Ze had gelijk, mijn vader trouwde daarna nog twee keer. Zijn tweede vrouw is ook van hem gescheiden. Hij trouwde nog een keer, maar overleed een paar jaar later, op zijn negenenvijftigste, aan longkanker. En wat haarzelf betrof had ze ook gelijk. Ze is nooit hertrouwd. Ze had een droom die steeds terugkwam, vertelde ze me een hele tijd later, toen ik in de veertig was. In die droom was ze op de een of andere manier weer met mijn vader getrouwd. Als ze daar dan achterkwam schreeuwde ze het uit van verdriet en razernij: 'Hoe heb ik dat kunnen doen? Ik was van hem af, hoe kon ik dat nou laten gebeuren dat ik gewoon weer opnieuw met hem trouwde?' In de droom was ze helemaal in tranen, zo teleurgesteld was ze dat ze haar kans op vrijheid had verspeeld. Ik vind het prettig te denken dat als ze maar lang genoeg had geleefd, ze wel over haar angst voor het huwelijk zou zijn heen gegroeid, dat ze zichzelf dan wel een nieuwe partner zou hebben gegund, maar ze overleed toen ze tweeënzestig was, ook aan kanker. Je zou denken dat ik wel met roken ben gestopt, maar dat is niet zo.

Het hele gedoe, mijn moeder die me naar Vermont stuurde en vervolgens heimelijk een scheiding regelde, mijn vaders landerige leven daar, en zijn houding op het laatst jegens mij, dat alles heeft iets in me teweeggebracht. Het heeft me niet echt vijandig jegens mijn ouders gestemd, maar het veranderde wel iets in mijn houding tegenover hen, alsof een reuzenhand me had opgetild en me op een andere plek op de wereld had neergezet, verder weg van mijn familie, mijn vrienden, mijn vaderland. Ik begon ze te zien, niet zozeer meer als mijn ouders, maar gewoon als mensen. Dat gaf me geen goed gevoel; ik denk dat ik me ontrouw voelde. Maar het gaf me ook een gevoel van, ja, vrijheid, denk ik. Zij waren mij niet, zij bepaalden niet wie en wat ik was, ik was niet zoals hen en wilde dat ook niet zijn.

Het maakte vooral dat ik besloot om, wat er ook gebeurde, niet zoals hen te gaan leven. Ik zou goed uitkijken met wie ik trouwde en ik zou alles in het werk stellen om een gelukkig huwelijk te hebben. Ik zou nooit te veel drinken. Ik zou een ander leven krijgen dan zij. Ik zou een goed leven gaan leiden.

5

Mijn vrienden leken na die zomer ook veranderd, alsof ze iets verder van me af stonden. Hoewel ik misschien wel degene was die op afstand bleef. Maar ik werd wel even flink door elkaar geschud toen ik ze vertelde dat mijn ouders waren gescheiden, en zij alleen wat meevoelend gemompel lieten horen, alsof dat niet zo'n ramp was. Ik wil wedden dat ze het wel een ramp zouden vinden als het hun zelf overkwam. Waarschijnlijk wisten ze gewoon niet wat ze zeggen moesten, maar het was net alsof het hun niks kon schelen, alsof ze mij met een heel klein duwtje uit de reddingsboot duwden, ze haalden alleen maar hun schouders op en vertelden me over allerlei figuren van wie de ouders ook gescheiden waren. Plotseling ging iedereen scheiden, terwijl ze dat eerder nooit hadden gedaan. Het was een complete scheidingsgolf! Ik had nog nóóit van iemand gehoord die ging scheiden, behalve dan Alyssa, de vriendin van mijn moeder, die zich gedroeg alsof haar scheiding een grote tragedie was en er alleen op fluistertoon over sprak.

Maar niemand was echt geïnteresseerd in mijn problemen. Vlak nadat het schooljaar was begonnen werden er in het hele land grote demonstraties voor en tegen de oorlog gehouden: iedereen was er verontwaardigd over. Nixon had een vredesaanbod gedaan, maar wij vonden dat hij niet serieus was. Mensen leken steeds bozer te worden en ons de schuld te geven van alle problemen. Echt waar! Wij vieren – Sandy, Dolores, Bishop en ik – wij hadden allemaal lang haar. Bijna iedereen bij ons op school had lang haar. En overal waar we kwamen, in de winkeltjes aan Mass Ave, of de winkels in de zijstraten, lieten winkeliers, politieagenten, winkelende mannen en vrouwen achter onze rug om van die afkeurende geluidjes horen, vooral naar Bishop. Ze bemoeiden zich met hem alsof zijn haar hún zaak was. Ze hadden ook een hekel aan ons, de meisjes. Zelfs de deftige dames met hoeden en handschoenen die nooit hun stem verhieven, maakten flauwe grapjes over onze vieze spijkerbroeken en ons vieze haar. Misschien werden onze jeans af en toe wat smoezelig, maar onze moeders zaten heus wel achter ons aan, en we wasten ons haar allemaal regelmatig, zelfs Bishop. Hij had alleen uitgesproken vet haar, daar kon hij ook niks aan doen, hij had van dat bleekblonde haar dat alweer donker en vettig werd als hij het een minuut geleden gewassen had. Het was net alsof het land in oorlog was, niet met de Noord-Vietnamezen, maar met het langharig tuig.

Op een dag zaten we samen op een bankje aan de Charles wat te roken en naar de mensen te kijken die over de brug liepen. We praatten wat over de oorlog. Het was warm, ook al was het december, en ik droeg sandalen. Ik wiebelde wat met mijn voeten, en mijn schoenen vielen uit. Op een gegeven moment komt er een enorme smeris aanstormen – nog een geluk dat we geen weed rookten die dag. Hij brulde dat ik ONMIDDELLIJK mijn schoenen aan moest trekken, alsof ik een of andere wet had overtreden. Sandy keek hem boos aan en vroeg: 'Is het verboden geen schoenen aan te hebben?' Hij liet haar niet eens uitpraten. 'De wet schrijft voor dat je bedekt moet zijn, wijsneus,' bulderde hij, 'en nou kop dicht anders arresteer ik je!' Sandy schrok daar zo van dat ze verder haar mond hield. Wij keken elkaar aan, stonden op en liepen naar mijn huis. We voelden ons niet veilig buiten.

Afgezien daarvan werden we ouder, en moesten we over onszelf gaan nadenken. Jarenlang hadden we gediscussieerd over onderwerpen als eindigheid versus oneindigheid, wat er zich buiten het universum bevond, zo daar al iets was, en het bestaan van god en de aard van het kwaad, maar we hadden nooit serieus nagedacht over wat we met de rest van ons leven zouden gaan doen. We namen aan dat zich vanzelf wel iets zou aandienen, maar nu beseften we opeens dat we dat wel konden vergeten.

De meeste jongens die ik kende waren bang. Ze durfden zelfs nauwelijks over hun alternatieven te praten, omdat ze niet wisten wat legaal was en wat niet. Ze dachten dat ze alleen al gearresteerd konden worden als ze over het ontduiken van de dienstplicht prááten, en ze hadden ook volstrekt geen idee of zoiets nou wel of niet gerechtvaardigd was. Was het moreel verantwoord te gaan studeren om de dienstplicht te omzeilen, of naar Canada te gaan? Was dat echt onpatriottisch? Mocht je de samenleving de rug toekeren, of een vinger of een teen afhakken, of beweren dat je gewetensbezwaren had? Moest je in dienst gaan en Vietnamezen vermoorden om een goede Amerikaan te zijn? Want hoe uitdagend ze misschien ook klonken, iedereen wilde eigenlijk een goed mens zijn – het goede doen, zijn vaderland dienen. Maar hoe kon het juist zijn om mensen zonder enige reden te doden? Ze hadden het gevoel dat ze laf zouden zijn als ze probeerden de dienstplicht te ontduiken, en ze wilden niet laf zijn, maar ze wilden ook niet zomaar ergens heen gaan waar ze niks te maken hadden, om daar mensen te doden die, voor zover zij wisten, hen, ons of wie dan ook nog nooit iets hadden misdaan. Onschuldige mensen, kleine, gelige mensen, baby's en oma's en hardwerkende boerenechtparen, die strohoeden droegen en hun hele leven nooit iets anders hadden gedaan dan voedsel verbouwen om zichzelf in leven te houden. En heel veel jongens hadden het gevoel dat ze daar de dood zouden vinden. Was dat dan wel goed? Waren ze geboren en liefdevol door hun ouders opgevoed en groot en sterk geworden om te worden vermoord in een oorlog die nergens op sloeg?

Naar Canada gaan leek bijna net zo erg als naar Vietnam gaan. Dan zouden ze hun familie, hun vrienden, hun omgeving achter moeten laten en misschien wel nooit meer terugzien. Ze zouden in een koud land moeten leven waar ze niemand kenden, een slecht betaalde baan moeten zoeken waar geen opleiding of vergunning voor nodig was, zonder er zeker van te zijn of ze ooit weer naar huis zouden kunnen terugkeren.

Als een drop-out de maatschappij de rug toekeren was het ergste.

Dan zouden ze op de vlucht moeten slaan, als boeven, als een soort criminelen, en ondergedoken moeten leven tot de oorlog voorbij was en misschien zouden ze zelfs dan nog niet eens naar huis kunnen terugkeren, en zouden ze als mensen aan de zelfkant van het leven, letterlijk op straat, moeten leven. Het waren aardige jongens, grootgebracht door ouders die om hen gaven, ze sliepen in comfortabele bedden met schone, gladde lakens en warme dekens en aten elke dag drie gezonde maaltijden, en zij hadden net zomin als ik ook maar enig benul hoe ze in de grote donkere buitenwereld zouden moeten overleven. Alleen omdat ik een meisje was had ik niets te vrezen, maar stel dat ik zou moeten onderduiken, of alleen naar Canada zou moeten, of op de vlucht zou moeten slaan. Ik zou niet weten wat ik zou moeten beginnen.

Een paar schepten op dat ze in dienst gingen, misschien in de hoop dat we hun moed zouden bewonderen. Maar als ze dat aankondigden, klonken hun stemmen hol. Ze wisten niet goed of de anderen hen als helden of als schurken zouden zien. In de ogen van mijn vrienden waren het in ieder geval schurken. Wij hadden de pest aan oorlog en aan soldaten, en we keerden ons van hen af. Als ik er nu op terugkijk, zie ik dat het een klassenkwestie was, en dat wij snobs waren. Die jongens die het goede probeerden te doen waren de echte slachtoffers. Zij gingen naar de oorlog, en ze vonden het vreselijk wat ze deden, en leerden een hekel aan zichzelf te krijgen. Ontzettend veel van hen raakten verslaafd; een aantal kon niet verder leven met de vreselijke dingen die hun geleerd werden. Ze kwamen kapot terug, ze waren zelf kapot en hun leven was ook kapot. En waarvoor? Om de ego's van een paar gasten in Washington nog groter te maken dan ze al waren, gasten die er later spijt van zouden krijgen ook nog. Ik heb daar nooit mee in het reine kunnen komen. Ik ben nu ouder en misschien weet ik wel meer, maar ik begrijp nog steeds niet hoe de wereld wordt geregeerd, door wie en voor wie, en hoe het mogelijk is dat gewone mensen kapot worden gemaakt door de gigantische machine die door een paar uitverkorenen in beweging wordt gezet, zonder ergens acht op te slaan of zich om wie ook te bekommeren.

De mensen begonnen langzamerhand te verwilderen, leek het wel. Iedereen stond op het punt te ontploffen. In New York werd een geweldige schrijfster, Grace Paley, in de gevangenis gezet, omdat ze voor een paard was gaan zitten. Burgers werden tot gevangenisstraf veroordeeld, omdat ze jonge mensen adviseerden over hun dienstplicht; jongemannen werden achter de tralies gezet omdat ze hun oproep voor de militaire dienst hadden verbrand. En mannen en vrouwen gingen op pleinen zitten, goten benzine over zich heen en staken zichzelf in brand, om een vreselijke dood te sterven uit protest tegen de oorlog.

En hoe meer de volwassenen tekeergingen, hoe meer de jongeren zich aan allerlei protesten te buiten gingen – ik weet niet wat het eerst kwam. Op Barnes protesteerden leerlingen tegen het onderwijsprogramma, dat volgens hen niet relevant was. Een paar jaar eerder zou geen haar op hun hoofd daaraan hebben gedacht, zelfs niet bij Engels, toen we een keer maanden bezig waren met het stompzinnig in het hoofd stampen van eindeloze lijsten schrijvers en boeken, van *Beowulf* tot Virginia Woolf. Over irrelevant gesproken! Leerlingen verschenen stoned in de klas. Ik spijbelde veel. Iedereen trouwens.

Ik ging minder met drugs experimenteren. Ik had besloten dat mijn moeder die hasj aan mij geroken had, en dat ze me daarom naar Vermont had gestuurd. Ik durfde haar er nauwelijks naar te vragen, maar op een dag deed ik het toch. 'Mama,' zei ik gewoon, 'waarom heb je mij afgelopen zomer naar papa gestuurd?'

Mijn moeder, die altijd beweerde dat ze eerlijk tegen me was, mompelde en stamelde maar wat. Ze zei dat ze had gedacht dat ik dat leuk zou vinden, ik had het 's zomers altijd heerlijk gevonden in Vermont, en zij wilde dat ik wat meer met mijn vader zou optrekken, ik zag hem niet veel, en ik kon daar zwemmen en kanoën en plezier maken...

Daar werd ik dus weinig wijzer van. Ik vreesde dat ze me er weer heen zou sturen. Maar mijn vader was zo tegen me tekeergegaan dat ik dat absoluut niet wilde. Hij gaf me een heel akelig gevoel, alsof hij een hekel aan me had. Dus ik begon heel goed uit te kijken wat ik deed. Altijd als ik weed rookte, zorgde ik ervoor dat ik daarna iets at of een pepermuntje nam, en ik nam alleen opium als ik wist dat ik de hele avond uit zou zijn. Ik trok nog steeds veel met Sandy en Bishop op, ik was nog steeds dol op hen, maar alles wat er gebeurd was, vooral de scheiding, had ervoor gezorgd dat ik een andere houding aannam tegen alles wat ik tot dusver gekend en gedaan had. Alsof er een schaduw tussen mijn oude en mijn nieuwe zelf was geschoven, die zei: wacht eens even! Je hoeft niet zus te zijn, je hoeft niet zo te doen. Dat is niet wat jij wilt, het is maar een van de opties die je hebt. Niet dat ik wist wat ik dan wél wilde.

Nu mijn moeder een volledige baan had, moest ze meer werken. Ze gaf drie colleges, begeleidde drie studenten, zat in allerlei commissies en werkte de hele dag. Maar de meeste avonden was ze tegen zessen thuis, en ze kookte altijd, en na het eten zei ze altijd: 'Eerst je huiswerk, schat, daarna mag je tv kijken,' en dat deed ik dan, of althans, ik was wat met mijn boeken in de weer, dus er was sprake van een zekere orde in ons leven. Na die ellendige zomer bij mijn vader in Vermont vond ik dat wel prettig.

Ik had mijn baantje bij de modezaak opgezegd toen ik naar Vermont ging. Toen ik terugkwam kon ik een baantje krijgen bij Sonny's, een restaurant aan Mass Ave – ik had nu ervaring als serveerster. Ik werkte door de week 's middags van halfvier tot halfzes, en op zaterdag van acht tot twee. Sonny betaalde mij vrijwel niets, nauwelijks meer dan een paar centen per uur, maar ik verdiende meer in het restaurant dan bij de modezaak, omdat ik fooien kreeg. Het is hard werken in de bediening, en het is vernederend, sommige mensen behandelen serveersters als oud vuil, maar ik had altijd het gevoel dat ik mij op de een of andere manier gewroken had als ik aan het eind van de week met honderd of honderdtwintig dollar thuiskwam. Ik kon boeken, tijdschriften en sigaretten kopen en er nog het grootste deel van sparen ook, en ik had de zaterdagavonden en zondagen voor mezelf. Af en toe wilde mijn moeder dat ik 's zondags met haar naar een museum of galerie ging voor een of andere bijzondere expositie, waarvan ze graag wilde dat ik die zag. Ik had daar geen moeite mee; ik keek graag naar kunst. Mijn hele leven al.

Maar mijn moeder was best eenzaam in die tijd. Mensen nodigen gescheiden vrouwen niet zo gauw uit voor etentjes of feestjes. Lenny en John Gross hadden haar een of twee keer te eten gevraagd. En Annette en Ted waren nog steeds haar vrienden, maar die ontvingen geen mensen meer, en gingen zelf ook nergens heen; de kinderen waren te groot en te zwaar geworden om nog mee te nemen. Mijn moeder zag Eve Goodman wel geregeld, tot het najaar, toen haar vriend, Daniel LaMariana, ALS bleek te hebben. Mijn moeder zei dat amyotrofische laterale sclerose een heel verschrikkelijke ziekte was, en dat zijn hele lichaam binnen een paar jaar helemaal op, helemaal kapot zou zijn. Toen de diagnose eenmaal was gesteld, besloot Eve met hem te trouwen. Mijn moeder huilde toen ze dat hoorde. Ik betrapte haar erop, en ze schaamde zich ervoor, zei ze, omdat ze alleen om zichzelf huilde. Ze zei dat Eve nooit meer tijd voor haar zou hebben, omdat ze nu al haar tijd voor Daniel nodig zou hebben. Hij zou vlug aftakelen, tot Eve echt alles voor hem zou moeten doen. Uiteindelijk zou hij niet eens meer zelf zijn neus kunnen krabben, of zelfs zijn eigen ogen dichtdoen, zei mijn moeder. Ik vroeg me af waarom Eve wilde trouwen met iemand die op het punt stond als kasplantje door het leven te gaan.

'Ze wil hem een veilig gevoel geven,' zei mijn moeder. 'Hem het gevoel geven dat er van hem gehouden wordt.' Ze zei dat Eve helemaal zou worden opgeslokt door het zorgen voor Daniel, maar dat het haar eigen keuze was: ze offerde zichzelf op als een soort heilige. Uit de manier waarop mijn moeder dat zei, kon ik wel opmaken dat zij er zelf geen zin in zou hebben als een heilige door het leven te gaan.

Ze vertelde dat Alyssa ook een heilige was; ze zei dat heel veel vrouwen dat waren. Veel te veel, zei ze. In die periode zag ze Alyssa vrijwel nooit – ze was 's avonds altijd te moe, omdat ze dan al de hele dag bij Tim in het ziekenhuis had gezeten, en dan was ze te depressief om met anderen te praten. Mijn moeder zei dat Tim misschien wel dóód zou gaan. Ik kon me dat niet voorstellen. Ik had nog nooit iemand gekend die was overleden, behalve dan mijn oma, de moeder van mijn vader, en die was toen al heel oud. Mijn beide opa's en mijn andere oma waren al overleden voor ik was geboren. In de zomer en het najaar ging mijn moeder soms met Alyssa naar allerlei artsen en laboratoria om bij haar te zijn, terwijl Tim de ene test na de andere onderging. Soms deed ze boodschappen voor haar of ging ze voor haar naar de bank, maar na de kerst werd Tim voor behandeling in het Sloan-Kettering in New York opgenomen. Alyssa verhuisde naar New York en trok bij haar zus in, die in een groot appartement aan Central Park West woonde. Sindsdien spraken mijn moeder en Alyssa elkaar alleen nog maar over de telefoon, om de paar weken.

Ik vroeg me af of de vriendinnen van mijn moeder gewoon pech hadden, of dat ze mensen uitkoos met een of ander fataal gebrek. Ik had het idee dat sommige mensen immuun waren voor dat soort treurige dingen, dat er mensen waren wier leven makkelijk, gelukkig verliep, voortdurend. Ik wist zeker dat er zulke mensen moesten zijn, en ik wilde een van hen zijn. Ik had het idee dat mijn vrienden en ik het misschien wel waren. Dolores niet, dat wist ik, maar Sandy en Bishop dacht ik van wel. Ik nam zo'n beetje heimelijk het besluit de rest van mijn leven een gelukkig mens te zijn.

Het rooster van mijn moeder was het zwaarst op maandag, woensdag en vrijdag. Op dinsdag en donderdag had ze in de ochtend een college, en als ze geen faculteits- of commissievergadering had en geen afspraak met een student kon ze de rest van de dag in haar studiecel in de bibliotheek zitten, research doen voor haar boek over Emily Dickinson. Mijn moeder was gespecialiseerd in negentiende- en vroeg twintigste-eeuwse Amerikaanse letterkunde; ze gaf werkcolleges over Wallace Stevens en William Carlos Williams. Ze wilden haar geen college laten geven over Emily Dickinson – ze zeiden dat die niet belangrijk genoeg was. Mijn moeder was daar heel boos om, zij vond Dickinson de grootste Amerikaanse dichter aller tijden, maar ze kon niets anders doen dan blijven aandringen. Het zou nog tot 1980 duren voor ze zich eindelijk lieten ompraten, maar ze kreeg haar zin! In 1975 wist ze hen zover te krijgen haar colleges te laten aanbieden over vrouwelijke schrijvers uit die periode – Edith Wharton, Ellen Glasgow, Willa Cather, Kate Chopin en anderen. Ze had altijd college gegeven over de mannen uit die periode, zoals Theodore Dreiser, Sinclair Lewis, Upton Sinclair en William Dean Howells, en daar smokkelde ze altijd wel wat Cather of Glasgow bij. Ik las alle boeken waar mijn moeder college over gaf. Ik vond ze allemaal mooi, nou ja, ik ben ook gek op lezen. Ik vond zelfs Dreiser mooi, wiens boeken dik en deprimerend waren, net als die van Thomas Hardy. Beide schrijvers leken het idee te hebben dat de mens geen schijn van kans had, dat een god of goden of het noodlot, het milieu of seksuele verlangens of weet ik veel wat, dat de mens eigenlijk álles tegen had. Toch glinsterden er stukjes waarheid in hun boeken, en ik vond het leuk om te lezen hoe het leven in vroeger tijden was. Maar sommige van die schrijvers vond ik echt geweldig, zoals Willa Cather. Cather was zo clean en open, en ze hield van het land, het landschap, Amerika, of Canada in *Shadows on the Rock*. In dat opzicht deed ze me wel aan E.M. Forster denken. Ik had het idee dat beiden een soort topografische dichters waren – zoals Forster van het Engelse landschap hield, werd zij geroerd door elke kluit aarde, elke rietstengel en distel, elke beek en heuvel in haar land. Door hen ging ik anders om me heen kijken. Het was heel stimulerend om hen te lezen. O, ik las ze allemaal graag, maar ik liep vooral weg met Emily Dickinson. Als ik Dickinson las, had ik het idee dat ik de ene waarheid na de andere om de oren kreeg met dat zachte stemmetje van haar. Haar waarheden had op de een of andere manier verder nog nooit iemand gevonden, en ze bood ze aan als een boterbloem vol dauw, op een eenvoudig dienblad van sprankelende taal. Mijn moeder wist wat ik van haar vond en elke keer als ze een boek over Dickinson las dat ze echt goed vond (wat niet vaak gebeurde), nam ze het voor me mee naar huis, zodat ik het ook kon lezen.

Op een middag in oktober, een dinsdag, was ik zwaar ongesteld. Ik had echt pijn. Mijn inwendige voelde aan alsof één orgaan zich van de andere aan het lostrekken was. Eigenlijk voelde elke menstruatie zo aan, en als ik erover nadenk is dat waarschijnlijk ook wat er gebeurde: een laagje weefsel trok zich los van de eierstok. Dat stukje weefsel was misschien wel heel miniem, maar een paar atomen bij elkaar, maar van binnen had ik het gevoel alsof een groot stuk schors losliet van een dikke boom. Midol hielp niet die dag, dus ging ik naar huis om erbij te gaan liggen. Ik ging niet naar Frans, en ik bedacht dat ik van huis wel naar het restaurant kon bellen, om te zeggen dat ik ziek was.

Ik was niet alleen ziek, ik was ook van streek. Ik had Steve de middag daarvoor gezien, in het kwartier na school voordat ik bij Sonny moest beginnen. Zijn auto stond achter het restaurant, en we hadden hevig zitten vrijen op de achterbank. Ik vind het vreselijk om zo hard van stapel te lopen, maar mijn lichaam, nou ja, dat deed net als die dag dat we die gewapende agenten zagen – er was iets anders in mij. Ik reageerde op hem op een manier die me bang maakte. Dus ik dacht... nou ja, echt denken kun je het ook weer niet noemen, het was meer een bijgeloof, maar ik had zo'n idee waarvan ik nu denk dat het waarschijnlijk typerend was voor iemand die eigenlijk geen flauw benul van seks had, dat die menstruatiepijnen een straf waren voor die nieuwe vurigheid. Ik wist dat ik langzaam de kant op ging van iets heel groots. Ik voelde begeerte. Het was net of mijn inwendige een enorme, gapende diepte was die ernaar hunkerde gevuld te worden. Dat gevoel maakte me doodsbang en ondanks mijn 'bevrijde' opvoeding voelde ik me zondig, slecht.

Ik draaide de voordeur met een zwaar gemoed van het slot, en schrok toen ik binnen vreemde geluiden hoorde. Mijn hart sloeg over. Mijn moeder kon nog niet thuis zijn. Wie was dat? Een inbreker? Misschien was papa wel thuisgekomen. Dan moest zijn auto op de oprijlaan staan, bij de garage. Dat kon ik vanaf de voordeur niet zien. Ik gluurde in de woonkamer. Mijn hart sprong in mijn keel en mijn wenkbrauwen vlogen omhoog. Daar zat mijn moeder, op de bank, met een vent die ik nooit eerder had gezien. Ze was naakt en ze zat schrijlings op hem, en hij kreunde.

Ik vloog weg. Letterlijk. Ik vloog naar de keuken en gleed onder de tafel, waar ik hijgend op mijn hurken bleef zitten. Mijn binnenste was helemaal verwrongen van pijn, en verder had ik ook overal pijn. Een poosje later kwam mijn moeder eraan, haar kleren zaten scheef. Ze keek onder de tafel. Ik dook in elkaar.

Ze stak haar hand naar me uit. 'Lieve schat,' zei ze, 'kom daar eens onderuit.'

Ik kroop tevoorschijn, mijn hand in de hare. Ik wist niet wat ik daar deed.

'Het spijt me dat ik je zo aan het schrikken heb gemaakt, Jess. Maar kom binnen, dan zal ik je aan Philo voorstellen.'

Ik liep met haar mee. Mijn hart bonkte nog, mijn oogleden fladderden nog, ik voelde me net een maagd die naar de slachtbank werd geleid. Ze nam me mee naar de woonkamer. Een jongeman zat op de bank, met zijn kleren aan. Zijn gezicht was rood en vlekkerig.

'Jess, dit is Philo Milovic. Philo, dit is mijn dochter Jess.'

We zeiden allebei hallo. We waren allebei vernederd. Ik nam hem stiekem op. Hij was bleek, met donker haar, en had het mooiste gezicht dat ik ooit bij een man had gezien. Hij was zelfs nog knapper dan Ted. En hij was heel jong, in de twintig, veel jonger dan mijn moeder. Waarschijnlijk dichter bij mij, qua leeftijd, dan bij haar.

Die avond nodigde mijn moeder Philo uit om te blijven eten. Ze maakte crêpes, gevuld met kip en champignons, een van mijn lievelingsgerechten. Ik had even geslapen en voelde me een stuk beter. Ik snipperde de sjalotjes terwijl zij de saus maakte. We aten er rijst bij, en een tomaat in plakjes van een boerderij, de enige soort die mijn moeder wilde kopen. Er waren nog wat late tomaten over. Philo dekte de tafel en kwam toen in de keuken bij ons zitten. Hij nipte van een glas whisky, kletste wat met mijn moeder over Moseley en vroeg mij naar Barnes. Het voelde prettig aan, net een soort gezin. Mijn moeder had ook iets te drinken, en zij nipte er ook van, ze sloeg het niet achterover zoals wanneer mijn vader erbij was. We praatten en lachten. De televisie in de keuken stond zacht aan, er was nieuws op. Het was zoals ik altijd dacht dat een gezin kon zijn, maar het onze nooit geweest was.

Ik vroeg me af hoe lang ze elkaar al kenden. Ik moest telkens aan de vermoedens van mijn vader denken. Mijn gedachten bleven teruggaan naar die keer vorig jaar, dat mijn vader thuis was gekomen, en mijn moeder dag in dag uit niet eerder dan na zessen thuiskwam, en zo... ik weet niet... zo raar deed. Ik vroeg me onwillekeurig af of ze Philo toen al gekend had. Maar ik besloot uiteindelijk dat ik het niet wilde weten. Zij had recht op een beetje geluk. En om de waarheid te zeggen, Philo gedroeg zich alsof hij mijn moeder helemaal niet zo goed kende. Hij was aardig, hij probeerde niet te doen alsof hij mijn vader was, hij gedroeg zich meer als een broer. En ik heb altijd een broer willen hebben.

Die avond ging Philo naar huis, maar de zaterdag daarna kwam hij weer. Hij bleef eten. Mijn moeder maakte blanquette de veau, een van haar specialiteiten. Heel luxe. Het was heel gezellig aan tafel en de gesprekken waren zo interessant dat ik eigenlijk liever helemaal niet uit had willen gaan, maar ik had afgesproken met Sandy en Bishop naar de film te gaan. Toen ik om één uur thuiskwam, was het donker in huis, maar ik keek even om de hoek en zag dat de auto van Philo – een kastanjebruine Buick cabriolet – nog op de oprijlaan stond. Mijn hart ging als een razende tekeer.

De volgende ochtend was ik als eerste wakker. Ik dekte de tafel en sneed van alles voor een omelet – gekookte ham, een restje gekookte aardappelen, Zwitserse kaas, basilicum, peterselie en bieslook. Ze waren nog steeds niet op, dus maakte ik menukaarten voor het ontbijt. Ik gebruikte het zware grijze typepapier van mijn moeder; ik vouwde het, scheurde het langs een liniaal, zodat er een mooi rafelrandje aan kwam, en schreef er toen in mijn elegantste kalligrafische schrift het menu op. Rondom tekende ik een patroon van bloemetjes. Ik zette het er allemaal zo aantrekkelijk mogelijk op:

Sinaasappel- of tomatensap
Omelet: ham en kaas, fines herbes, ham, ui, aardappel
Kadetjes, wit of bruin geroosterd brood
(meer kon ik niet vinden in de vriezer),
Boter, jam
Koffie, thee.

Ik zette het er allebei op, maar ik wist dat ze koffie wilden. Toen ik het wachten beu was zette ik koffie, in de hoop dat de geur hen zou wekken. Mijn moeder kwam om halfelf beneden, en toen ze zag wat ik gedaan had, trok ze zo'n gezicht – ik dacht dat ze ging huilen. Ze is heel sentimenteel, mijn moeder. Dat is haar Litouwse bloed, daar ben ik van overtuigd. Ik wilde niet zoals zij zijn als ik volwassen was. Philo kwam beneden en vertelde lachend dat hij geen tandenborstel had en zijn tanden met zijn vingers moest poetsen, en toen was het afgelopen met haar tranen. Fantastisch! Je kon wel zien dat hij jong was, hij was zo vrolijk als wat. Het was fijn, om gezelschap te hebben. Ze zeiden allebei dat ze alles in hun omelet wilden, dus ik maakte een enorme omelet van negen eieren met alle ingrediënten en sneed die in punten. De hele omelet werd verorberd en we praatten en lachten de hele tijd.

Ik was in lange tijd niet zo gelukkig geweest.

Toen zei mijn moeder dat het een prachtige dag was voor oktober en dat we naar Walden zouden moeten gaan om een wandeling te maken. Het begon ermee dat mijn moeder met Philo wandelde en ik er zo'n beetje achteraan bungelde; toen liet Philo zich zakken en zei dat ik maar een tijdje met mijn moeder moest lopen, wat ik deed. Dat was fijn. Op de terugweg riep mijn moeder naar ons dat wij maar vast vooruit moesten gaan, zij wilde een of andere heester bekijken(!), dus toen liepen Philo en ik vooruit. Toen mijn moeder weer doorliep bleef ze, met een blad dat ze geplukt had, een eindje achter ons lopen.

Philo praatte met me als een vriend. Hij vroeg welke vakken ik had en wat ik aan het lezen was, en ik vertelde hem over Doris Lessing. Hij had nooit iets van haar gelezen, maar hij wekte de indruk dat het hem interesseerde. Hij zei dat hij zeventiende-eeuwse letterkunde doceerde. Ik vroeg hem wie dat dan waren, en hij zei figuren als Browne, Burton, Herrick en Bacon. Ik kende er niet een van, behalve dan John Milton en Andrew Marvell. Ik had een paar jaar eerder een van de gedichten van Marvell gelezen bij Engels: 'To His Coy Mistress'. Ik had dat heel mooi gevonden dus ik kende er nog wel een paar regels van: 'Hadden wij de wereld aan onszelf, en voldoende tijd, / dan, dame, was die ingetogenheid geen strafbaar feit,' en 'Maar onafgebroken hoor ik, en steeds dichterbij / De vlugge wagen van de tijd, pal achter mij'. Philo was er zeer van onder de indruk dat ik zoveel onthouden had. Hij vertelde me meer over Marvell. Ik wist niet dat hij in dezelfde tijd als Milton had geleefd, van wie ik wel wat indrukwekkende korte gedichten had gelezen, maar *Paradise Lost* niet. Ik had natuurlijk wel van hem gehoord. Marvell was zijn secretaris. Het verbaasde mij dat mannen in die tijd dat soort werk deden. Af en toe kwam je iets ter ore wat eigenlijk heel vreemd was. Net als dat dorpje op een eiland in de Stille Oceaan waar vrouwen visten. Ik had nooit eerder gehoord van vrouwen die visten, ik wist niet eens dat ze dat konden. En er was een dorp in Japan waar vrouwen naar parels doken, wat gevaarlijk werk was. Ik dacht dat alleen vrouwen secretarieel werk deden; secretaresses kende ik genoeg, maar ik had nog nooit in die zin van een secretaris gehoord. Ik was echt heel onwetend.

Philo droeg een ander gedicht van Marvell voor waarvan hij zei dat ik het misschien mooi zou vinden. Het was lang, en hij droeg het niet helemaal voor, maar één couplet trof mij in het bijzonder:

Intussen trekt de geest, in het geluk verkleind,
Zich terug in zijn verrukking;
Die geest, een oceaan waar elke soort
Zonder meer zijn weerga vindt;
Toch schept hij, deze overstijgend,
Volstrekt andere werelden, andere zeeën,
En brengt alles wat geschapen is terug
Tot een groene gedachte in een groene schaduw.

Daar was ik helemaal kapot van. Ik vroeg of hij het nog een keer wilde voordragen. Een groene gedachte in een groene schaduw! Dat was geweldig, net als waar wij waren, in het bos, waar het licht groen werd gekleurd door het bladerdak boven onze hoofden. Alleen de suikerahorns waren al donker, in een spiraal, een kurkentrekker van goud en rood die de lucht de kleur van koper gaf. Ik vond Philo geweldig, dat hij dat gedicht voor mij had voorgedragen.

Hij vertelde meer over Marvell en Milton en de revolutie en Herrick en andere dichters, en al snel voelde ik mij onnozel, echt heel onnozel. Maar opeens brak hij zijn uiteenzetting af en vroeg aan mij wie ik graag las. Ik zei Emily Dickinson en Virginia Woolf, waarop hij zei: 'Virginia Woolf!' Het klonk alsof hij verbaasd was, en hij zei dat hij nog nooit iets van haar gelezen had. Ik was geschokt dat dat kon, dat iemand nog nooit iets van Virginia Woolf gelezen kon hebben, en ik voelde me geweldig opgelucht. Hij kon moeilijk denken dat ik dom was als hij zelf nog niks van Virginia Woolf gelezen had! Hij leek niet eens te beseffen hoe belangrijk ze was!

Het was een mooie dag. Bijna, maar net geen 'kale koren'. Ik herinnerde me nog dat mijn moeder dat gedicht een keer had voorgedragen, jaren eerder, toen we met mijn vader door Walden wandelden, en dat mijn vader toen gekke bekken had getrokken en een grapje had gemaakt dat ze liep op te scheppen. Ze had tranen in haar ogen gekregen – dat bedoel ik nou over haar. Ik was boos geweest op mijn vader. Ik vond het prachtig als mijn moeder gedichten voordroeg, want ik hield van poëzie. En dat sonnet had mij zo getroffen: 'Kale koren, tot voor kort vol vogelzang,' in die bijna bladloze bossen.

De zondag dat ik daar met mijn moeder en Philo liep, was het druk in Walden. De mensen knikten en glimlachten als ze je tegenkwamen, dat was heel prettig. Het gaf mij het gevoel in een wereld te leven van mensen die beleefd tegen elkaar waren, die knikten als ze elkaar tegenkwamen: een beschaafde wereld, wat mijn moeder de 'geciviliseerde samenleving' noemde. We wandelden een paar uur, en op de terugweg naar huis aten we ergens in een restaurant. Mijn moeder probeerde een woord te verzinnen voor die maaltijd – ze opperde *liner* en *dunch*. Philo zei dat het een presouper was; ik zei *Brunch Too*, net als de tweede kopieerwinkel in Cambridge. Maar wat we daar aten was een vroeg diner, en mijn moeder betaalde.

Die avond vroeg ik haar naar Philo en waar ze hem van kende. Ze zei dat hij invalkracht bij de BU was en daar zijn proefschrift afmaakte, over Marvell. Ze zei dat ze hem ontmoet had op een feestje op Harvard, van een docent die ze kende.

'Wanneer?' vroeg ik. Ik had meteen een hekel aan mezelf.

'O,' zei ze, vaag, 'een maand of zoiets geleden.' Ze deed alsof het niet uitmaakte. Ik ging er niet op door. Ik had er geen zin in haar op een leugen tegen mij te betrappen. Eigenlijk gedroegen ze zich ook niet alsof ze elkaar al lang kenden, maar wat maakte het uit als ze mijn vader had bedrogen? Toch wist ik dat ik nooit zoiets zou doen. Nooit.

'Waarom heb jij voor het eten betaald?' vroeg ik. 'Wordt de man niet geacht te betalen? Jij betaalde ook nooit als papa ons mee uitnam.'

'Papa heeft tegenwoordig geld,' zei ze. 'Toen we elkaar leerden kennen was hij finaal platzak. Ik betaalde voortdurend voor van alles en nog wat. Voor jouw geboorte was ik degene die ons onderhield. En Philo verdient niet veel.'

‘Hij heeft wel een mooie auto,’ wierp ik tegen. ‘Mooier dan die van jou.’

‘Ja,’ beaamde ze enigszins verrast. ‘Die zullen zijn ouders wel voor hem gekocht hebben.’ Ze dacht even na. ‘Hoe bedoel je, mooier dan die van mij? Die van mij is een Volvo.’

Ik schoot in de lach. ‘Een honderd jaar oude Volvo, ja.’

‘O, nou ja. Dat zal ook wel.’ Ze was net zo sullig als mijn vader. Besteedde geen enkele aandacht aan dat soort dingen.

De volgende keer dat Philo kwam – hij was meestal bij ons op zaterdagavond – kreeg ik een cadeautje van hem, een klein boekje met gedichten van Marvell. Het was een mooi lavendelblauw bandje en je kon het al lezend in één hand vasthouden. Het was een replica van een oud boek, met oude spelling en al. Ik vond het geweldig, hoewel sommige gedichten in het Latijn waren, en dat kon ik niet lezen. Maar ik las het hele gedicht over de groene gedachte in een groene schaduw. Ik had er wel wat moeite mee om het te begrijpen, maar ik klampte me vast aan wat ik ervan begreep. Ik vond ook nog een ander gedicht, dat ‘The Definition of Love’ heette. Dat begon zo:

Mijn liefde is van afkomst even ongewoon
Als vreemd en hoog van voorwerp;
Wanhoop verwekte haar
Bij onbestaanbaarheid.

Dat gedicht trof mij zeer, al wist ik niet waarom. Het was niet zo dat ik een vergelijkbare liefde voor iemand koesterde, of mij zelfs maar kon voorstellen dat ik dat deed, maar toch had het iets heel vertrouwds, als iets wat ik altijd al geweten had. Het voelde aan alsof het raak was, alsof alle liefde misschien wel zo was. Ik leerde het meteen uit mijn hoofd, en droeg het voor aan mijn moeder, die glimlachte en zei dat ze dat gedicht ook altijd mooi had gevonden.

Soms bleef Philo het hele weekend, maar er waren ook zondagen dat hij naar huis ging om te eten. Zijn familie vierde vaak dingen op zondag – verjaardagen of jubilea. Hij was een Kroaat of zoiets, zijn opa was na de Tweede Wereldoorlog Joegoslavië ontvlucht, zei hij. Ik wist niet precies wat een Joegoslaaf was, ik bedoel, ik wist niet of zoiets echt bestond, zoals een Fransman of een Belg. Waren er Joegoslavische mensen? Ik had in mijn boeken nooit iets over Joegoslaven gelezen, hoewel ik wel Bohemers en Magyaren en zo was tegengekomen. Hoe dan ook, hij verdween vrij geregeld in de schoot van zijn familie. Maar we maakten nooit kennis met hen. Raar.

Ik had afstand gehouden van Steve na die middag dat we in zijn auto hadden zitten vrijen. Ik kon hem nooit opzoeken: of hij wachtte op mij bij Barnes, of ik zag hem gewoon niet. Ik had nooit nagedacht over zijn onbenaderbaarheid tot hij zich niet meer vertoonde. Misschien had ik hem wel kunnen opzoeken op zijn eigen school, maar ik had geen idee welke uitgang hij altijd nam of hoe zijn rooster eruitzag. Hij had me lang geleden gevraagd hem niet thuis op te bellen: zijn oma was oud en moe en hield er niet van de telefoon op te nemen. Hij belde mij ook nooit thuis. Soms dacht ik dat hij bang was dat mijn moeder de telefoon zou opnemen, maar ik kon niet bedenken waarom. Ze was altijd aardig tegen hem en vroeg hem altijd te blijven eten als ze hem zag, en luisterde naar hem als hij praatte en stelde hem vragen. En Steve mocht mijn moeder, dat kon ik wel zien aan hoe hij deed. Maar hij dacht altijd dat ze mij naar Vermont had gestuurd om bij hem weg te zijn en hoe vriendelijk ze ook tegen hem was, hij dacht dat ze hem niet echt in mijn leven wilde hebben. Ik had niet het idee dat dat zo was, maar misschien had hij wel gelijk. En ook al was het niet zo, dan zou ik nog niet weten hoe ik hem moest laten ophouden dat te denken.

De gedachte aan seks, het echt doen, maakte me nerveus. Een heleboel lui deden het, dat wist ik gewoon. Ik kon wel merken dat Dolores er kennis mee had gemaakt – gewoon aan van die dingetjes die ze soms zei – maar ik wist niet hoe het precies zat bij haar. Sandy en Bishop leken er allebei een beetje tegenop te zien. Wij waren intellectuelen en niet heel lichamelijk ingesteld. Ik was inmiddels zeventien – waarschijnlijk oud genoeg om met seks te beginnen. Voor mijn moeder me naar Vermont stuurde had ze gezegd dat als ik wilde, ze met me naar een dokter zou gaan om te zorgen dat ik de pil kreeg. Ik weet niet waarom, maar ik stelde het uit. Ik besloot eens met Sandy te gaan praten.

We zaten bij Bailey's, een colaatje te drinken, en ik zei: 'Mijn moeder heeft een vriend.'

Ze keek geschokt. 'Nee, echt? Hoe is dat?'

Ik haalde mijn schouders op. Haar gelaatsuitdrukking stoorde mij. Alsof ze mijn moeder maar walgelijk vond. Alsof mijn moeder een verschrikkelijk mens was vergeleken met haar keurige beleefde moeder. Maar misschien lag het wel aan mij, misschien dacht ik dat alleen maar. 'Het is wel oké. Hij is best aardig.'

'O ja?' Ze stak een sigaret op. 'Is dat geen raar idee?'

'Nee,' zei ik. Ik ergerde me aan haar. Alsof mijn moeder iets... ik weet niet... iets verkeerds deed, of zo. Ze was gescheiden. Ze had ook recht op een liefdesleven.

Sandy wist dat ze te ver was gegaan. Ze blies de rook uit. 'Nou, wat voor iemand is het?'

'Hij ziet er heel goed uit – hij is tweeëntwintig. En hij is heel intelligent.' Ik wist dat dat bij haar gewicht in de schaal zou leggen. 'We hebben een hele tijd over Andrew Marvell gediscussieerd, de dag dat we naar Walden gingen, en de volgende keer gaf hij me een bundeltje gedichten van Marvell cadeau.'

'O!' Ze was onder de indruk. 'Wat doet hij?'

'Hij geeft les aan de BU. Hij doet promotieonderzoek.'

'O.' Ik kon uit haar toon precies opmaken wat ze dacht. Ik wist dat de BU niet zo sjiek was als Berkeley, waar haar zus studeerde, en absoluut niet kon tippen aan het Institute for Advanced Studies, waar haar broer werkte. Maar het was wel een universiteit, geen garage. Ik bedoel, het had nog wel een beetje cachet. En Sandy vocht net zo tegen haar snobisme als ik dat deed. Ze probeerde echt om een goed mens te zijn. Dus ze glimlachte, en zei: 'Het is vast prettig, om er zo iemand bij te hebben.' Ik vroeg me af of ze dacht: ná je dronken vader. Maar toen besefte ik dat ze niet wist dat mijn vader dronk. Ik had het haar nooit verteld.

'Hoe oud is hij?'

'Tweeëntwintig.'

'Nee! Hoe oud is je moeder?'

'Zevenendertig.'

Ze trok haar wenkbrauwen op. 'Dus hij staat dichter bij jou in leeftijd dan bij haar.'

'Ja.' Ik trok een onverschillig gezicht.

'Is hij leuk?'

'Hij is adembenemend.'

'Jouw moeder pikt ze er wel uit. Je vader is ook al zo'n spetter.'

'Vind je? Hij is wel wat aan de dikke kant. Kwabbig.'

'Nee. Hij ziet er echt goed uit. En hij is charmant.'

'Jouw vader ook,' zei ik.

Ze glimlachte. 'Ja, dat is een schatje, hè? Jouw moeder ziet er ook goed uit. Al is het natuurlijk niet zo'n stuk als jij. Niemand ziet er zo fantastisch uit als jij.'

Dat zei Sandy altijd.

Ik vond het leuk om te horen maar ik wist nooit wat ik erop zeggen moest. Ik wilde niet 'dank je wel' zeggen, want dat zou klinken alsof ik ermee instemde. Ik wilde ook geen 'dat is niet waar' zeggen, want dat zou koket klinken. Ik wist niet wat je geacht werd daarop te zeggen. Ik stak een sigaret op.

'Ik lijk op de oud-oudtante van mijn vader,' zei ik.

'Wauw! Kun jij zo ver teruggaan?'

'Van mijn vaders kant wel, ja. Daar hebben we foto's van. En een geslachtenboek.'

'Cool. Dat hebben wij niet. Wij hebben maar één foto van één grootvader – degene die het overleefd heeft – en één tante – en dat was van toen ze al oud waren, na de bevrijding. Alle andere foto's zijn verloren gegaan.'

'Wat vreselijk.'

De familie van Sandy was omgekomen in de holocaust, en elke keer als ik daaraan dacht, welden de tranen op in mijn keel. Het was niet alleen dat ik het niet kon verdragen dat iemand Sandy zoveel pijn deed, Sandy en haar arme ouders, haar broers en zussen. De gedachte aan de holocaust maakte mij persoonlijk van streek, omdat het door mijn eigen soort gedaan was, de menselijke soort, en dat niet alleen, maar ook nog eens door niet-joden, waar ik ook bij scheen te horen. Het deed mij pijn dat mensen tot zulke dingen in staat waren, dat ze er niet voor terugdeinsden om gruwelijkheden als de holocaust uit te halen. Als je er echt bij stilstaat, wil je helemaal niet meer bij het menselijke ras horen. Dan zou je liever een konijn of een beer zijn. Geen dier zou zoiets doen, dat kunnen alleen mensen. En niemand kon daar iets aan veranderen, het kon niet ongedaan worden gemaakt en niemand kon garanderen dat zoiets niet weer zou gebeuren. Het was allemaal gebeurd voor wij zelfs maar waren geboren. We bewaarden die dingen echter in ons hart als we zaten te roken en ons rot te voelen: het deed ons verdriet, net als de slavernij in Amerika, en Hirosjima, en de oorlog in Vietnam, het zat ook in die zak vol pijn die we overal met ons meezeulden.

Sandy zag me in die sombere stemming vervallen die mij altijd overviel als ik daarover begon te denken, en stapte op een ander onderwerp over.

'Hoe is het met Steve?'

Ik haalde mijn schouders op. 'Volgens mij heeft Steve mij opgegeven. Volgens mij gaat hij nu met Myrna Freeman.'

'Vast niet! Hij is gek op jou!'

'Ja, maar misschien is hij het wachten een beetje beu,' zei ik bedrukt. 'Je weet wel.'

Ze keek me alleen maar aan.

'Ik heb hem niet zoveel meer gezien de laatste tijd. Hij wil dat ik aan de pil ga, maar het lijkt erop of ik er nog niet uit ben.'

'Dat betekent dat je nog niet aan seks toe bent,' zei ze vol overtuiging. 'Dat zegt mijn vader. De zomer dat Rhoda op zomerkamp ging als begeleidster, vroeg hij of ze ook een voorbehoedmiddel wilde. En zij zei van niet. Hij zei dat ze dan waarschijnlijk nog niet aan seks toe was, en dat was prima, niks om je zorgen over te maken. Hij zei dat hij echt trots op haar was, dat ze wist dat je het nog niet moest doen als je er niet klaar voor was. "Want als je het tegen je zin doet, rand je jezelf aan," zei hij. Hij zegt dat je niet trouw aan jezelf bent, als je doet wat je eigenlijk niet wilt. Als je eraan toe bent, dan weet je het wel. Dat heeft ze me verteld toen ik net zestien was, na mijn verjaardagsdiner. Ze vond dat ik moest weten wat hij gezegd had. Ik vond het fantastisch van hem.'

De vader van Sandy was heel knap.

'Maar als ze het wel gewild had, dan was het oké geweest?'

'Ja. Als je eraan toe bent. Hij zegt dat wij de eerste generatie zijn die in seksuele vrijheid is opgevoed. Hij zei dat toen hij jong was, seks taboe was als je nog niet getrouwd was, dat het als vies werd beschouwd. Hij zei dat dat door het puritanisme kwam, dat had hun zo ongeveer gehersenspoeld, hem en mijn moeder. Hij zei dat dat een van de redenen was waarom hij psychoanalyticus was geworden. Hij zei dat zij het wel verwerkt hadden, maar hij wil niet dat ons dat ook gebeurt.'

'Maar hoe weet je nou dat je eraan toe bent?'

'Dat weet ik niet. Hij zei dat ze het wel zou weten, en ik neem aan dat dat zo is, want ik weet zeker dat zij en Roger nu met elkaar naar bed gaan.'

'Hoe oud is Rhoda nu?'

'Vierentwintig. Ze promoveert in juni. Ze is klaar met haar proefschrift. Dat gaat over die hele rare Fransman, die Derrida. Het wordt misschien zelfs wel uitgegeven!'

We praatten over andere dingen, maar het onderwerp Philo interesseerde Sandy echt, ze bleef op hem terugkomen. De volgende keer dat ik haar zag, vroeg ze weer naar hem. En de keer daarna ook.

Ik was nog steeds overstuur van Steve. Ik hield van hem, maar ik had van die rare gevoelens over seks, met hem of met wie dan ook. Ik hield bijvoorbeeld van Bishop: zijn slungelige lijf en eigenzinnige uitstraling trokken me aan als een magneet, maar hij wekte niet de indruk geïnteresseerd te zijn in seks en ik wist ook niet zeker of ik dat wel was. In al die jaren dat ik van Bishop hield had hij me vaak genoeg gekust als hij me zag of als we afscheid namen, maar hij had nooit echt avances gemaakt naar mij of Sandy. We waren allebei verliefd op hem, maar hij was verboden terrein. Bijna alsof hij mijn broer was. Maar als ik erachter was gekomen dat hij geprobeerd had Sandy te versieren, zou mijn hart zijn gebroken, of anders wel weggeteerd van jaloezie.

Die verwarde seksuele gevoelens krioelden als wormen in mijn arme hersenpan. Soms werd ik er bijna ziek van; ik wist niet wat ik met mezelf moest beginnen. Het was een opluchting als Steve er niet was, en ik mijn zaterdagavonden en zondagmiddagen met Sandy, Bishop en Dolores kon doorbrengen. Natuurlijk begon het wel zo te worden dat gewoon maar wat rondhangen en kletsen voor de jongens niet genoeg was – zij wilden altijd meer. En ze wisten altijd hoe ze het krijgen konden ook. Steve had altijd drugs, Bishop had altijd drank. En ook altijd drugs, eigenlijk. We ontmoetten elkaar aan de westkant van de Yard en liepen dan naar de Charles, waar we op een bankje gingen zitten blowen, heel relaxed allemaal. We keken naar de roeiers op de Charles, en soms kwam er een zeilboot voorbij, en er liepen voortdurend mensen over de brug. Ik moest altijd aan T.S. Eliot denken, ik werd gewoon boos op mezelf, 'Ik had niet gedacht dat de dood zo velen had uitgewist.' Waarom dacht ik dat altijd, terwijl die mensen nog in leven waren? Toch was het leuk om ernaar te kijken, tot het te koud werd om buiten te zitten.

Daarna gingen we altijd naar mijn huis of kwamen we bij elkaar in het souterrain bij Bishop. Die kwam uit zo'n groot gezin, daar liepen overal van die hele grote jongens rond. Ze hadden een poolbiljart in hun speelkamer en Bishop leerde het ons. We konden daar niet roken, hasj, bedoel ik, maar wel sigaretten. En we konden cola of bier krijgen of zelfs sterke drank, als we wilden, maar wij meisjes dronken nooit. Wij hielden daar niet van. De vader van Bishop was commissaris van politie en ze waren heel rijk. Zijn moeder bestelde hele kratten cola tegelijk en liet die wekelijks aan huis bezorgen, gelijk met de drank en de wijn en het bier. Ik benijdde ze wel, dat grote katholieke gezin, zo gemoedelijk en geestig, altijd in voor een geintje – net zoals ik Sandy haar gave, verfijnde, wereldwijze joodse ouders benijdde. Zo zie je maar weer, hoe krankzinnig jaloezie is. Wat zeiden de Grieken? Noem geen man gelukkig tot hij dood is en je weet hoe hij aan zijn eind is gekomen. Nou ja, als je iemands einde kende, zou je diegene niet benijden. Nooit.

6

Tegen het einde van het schooljaar, op 1 mei 1970, vielen we Cambodja binnen. Ik kon het niet geloven. Wij waren allemaal aan het demonstreren en protesteren, en roepen: maak een eind aan die oorlog – en de regering besluit hem nog uit te breiden. Een paar dagen later was er een enorme demonstratie, een vredesmars. Mijn vrienden en ik gingen erheen en zelfs een aantal van onze docenten demonstreerde mee. Mijn moeder ging met haar vrienden. Niet al haar vrienden liepen mee, want sommigen van hen gaven les aan de BU en de rector van de BU was heel conservatief, om niet te zeggen reactionair, hij bestrafte mensen die tegen de oorlog waren door ze geen opslag te geven, ook al hadden ze daar wettelijk wel recht op. Sommigen voelden zich al te geïntimideerd om te komen, zei mijn moeder. Maar een heleboel gingen toch. Zoals die ene vent van de faculteit, een geschiedenishoogleraar die mijn moeder kende van haar anti-oorlogsgroep. Mijn moeder zei dat hij echt briljant was en een fantastisch historicus, en dat hij een baanbrekend boek had geschreven, maar hij had nog nooit opslag gekregen, al die tijd dat hij aan de BU werkte, meer dan veertig jaar! Hij had een vaste aanstelling, dus de rector kon hem niet ontslaan, maar zijn straf was vreselijk. De professor en zijn vrouw en al hun kinderen moesten al die jaren van een hongerloontje leven. Zijn vrouw had echter ook werk gezocht, ze leefden heel zuinig, en ze deden van alles: hij liet zich niet door de rector wegsturen! Mijn moeder had grote bewondering voor hem. Hij liep ook mee in de vredesmars. Het was zo gaaf. We liepen met zijn duizenden en voelden ons heel goed over onszelf en elkaar, we dachten allemaal dat we echt een eind aan die oorlog konden maken.

Overal langs de route stonden mannen naar ons te kijken. Daar werd ik zenuwachtig van. Sommigen leken wel van de FBI of de CIA of de DEA of zoiets, met camera's en al, maar er waren er ook die er meer uitzagen als bouwvakkers, en dat waren degenen waar ik bang voor was. Ik stelde me voor dat ze ons misschien wel plotseling te lijf zouden gaan. Onze maatschappij was zo opengebarsten, de woede van de mensen was zo zonneklaar, dat je je zulk soort extreme dingen best kon voorstellen. En een heleboel jongens die in de demonstratie meeliepen, rookten openlijk weed. Weed roken was in die tijd een teken van subversiviteit. We liepen tot we bij het park kwamen, waar we ons over het veld verspreidden. Het was net of we met zijn miljoenen waren, maar iedereen was vredelievend, het was absoluut geen moment beangstigend, die massa. Ik rook de weedgeur die in de lucht hing. Mensen stonden op en staken speeches af tegen de oorlog – het was echt te gek. Maar het mooiste was het gevóél, het besef dat we met elkaar waren, met duizenden mensen, vechtend voor vrede en verdraagzaamheid, en een eind aan de massamoorden. We waren geen demonstrerende meute, we waren een vredelievende massa, een generatie van liefde, hier bijeen om het leven en de vrijheid hoog te houden, niet alleen in ons land, maar ook in Vietnam en Cambodja. Wij waren hier om te laten zien dat het leven niet gewoon maar een strijd om de macht en een graaien naar geld was; dat er andere manieren van leven waren, manieren die mensen gelukkig maakten, niet ellendig. Voor mijn gevoel was het de mooiste dag van mijn leven.

Toen het was afgelopen, ging de massa uiteen. Het was een ontspannen einde, de mensen slenterden over de bruggen, langs Common Wealth Avenue, en naar de metro. Ik kwam uiteindelijk in het huis van een vriend van Bishop terecht, iemand van zijn kerk, ene Walter, wiens ouders in Europa zaten. Ze hadden een groot oud huis aan Brattle Street, en we zaten in de keuken, te roken en van alles te eten wat zijn moeder voor hem in de vriezer had gelegd – hamburgers en hotdogs – met spaghetti en bonen uit blik. Lekker. We discussieerden over de oorlog, althans een aantal van ons, degenen die kranten lazen, zoals Sandy en Bishop en Walter, die wisten wat er gebeurde. We waren zo relaxed aan het eind van de dag, het was bijna een soort verlamming, maar ik ging om een uur of negen naar huis, waar mijn moeder en Philo ook heel relaxed waren. Ik dacht dat het hele leven zo zou kunnen zijn als mensen zichzelf gewoon toestonden van elkaar te houden. Ik ben ervan overtuigd dat ik met een glimlach op mijn gezicht in slaap moet zijn gevallen.

De fijne gevoelens van de vredesmars hingen nog in de lucht toen het volgende gebeurde, en dat zou mij hebben moeten leren hoe het leven is, behalve dat ik er nog niet aan toe was. Het besprong ons op een avond vanaf het televisiescherm, we zagen het net zoals we Jack Ruby Lee Harvey Oswald hadden zien vermoorden, zoals we, jaren later, bommen in de schoorstenen van Iraakse gebouwen zagen vallen, en zoals we een vliegtuig het World Trade Center zagen binnenvliegen, zonder te weten of wat we zagen echt was of een film.

Wat we zagen was een campus van een universiteit in Ohio, groen en vredig, maar bezaaide met bloederige jonge lichamen. De regering zelf, de regering van Ohio, had soldaten gestuurd om die studenten van Kent State neer te schieten omdat ze protesteerden. Iedereen was ontzet – de hele avond en volgende dag zaten we aan de telefoon, Sandy en ik en Bishop en Steve en mijn moeder en haar vrienden. Dagenlang werd nergens anders over gepraat. Het was net als de aanval op de Twin Towers in 2001, iedereen dacht dat de wereld nooit meer hetzelfde zou zijn. Maar de wereld blijft altijd hetzelfde, er verandert nooit iets, alleen wij wilden dat niet weten. Mijn vrienden en ik hadden het idee dat die studenten die waren neergeschoten, dat ons dat ook had kunnen gebeuren. Mijn moeder dacht precies hetzelfde. Het was een grote gebeurtenis omdat heel veel mensen die daarvoor niet tegen de oorlog waren geweest nu op andere gedachten kwamen, zoals onze tandarts, Moroney. Maar het maakte me wel doodsbang, de gedachte dat onze regering echt geen donder om ons gaf, ons alleen maar de mond wilde snoeren – het enige wat we mochten was af en toe juichen, terwijl zij deden wat ze wilden. Ik wilde dat niet geloven want als het waar was, konden ze alles met ons doen – ons belastingen opleggen, ons censureren, ons beperken in onze bewegingsvrijheid, ons dwingen een pasje te dragen, ons niet laten zeggen wat we vonden, ons in de gevangenis gooien om wat we vonden, ons martelen. Ik huiverde iedere keer dat ik een krant inkeek, want ik wist dat een heleboel regeringen op de wereld zo waren, en ik wist dat als ik de kranten las, ik zou weten welke regeringen dat waren. Het ergste was dat Kent State zo vlak na onze vredesmars kwam. Was het een voorbode van wat er in de oorlog ging gebeuren? Zou de regering ons straffen voor het protesteren tegen de oorlog door hem nog langer te laten duren? Of door nog meer studenten neer te schieten?

Niettemin ging het gewone leven door, zoals het altijd doet – daarom houd ik ook zo van dat gedicht van W.H. Auden over dat schilderij dat Brueghel ooit van Icarus maakte, 'Musée des Beaux Arts'. De schilder laat Icarus zien die uit de lucht valt, ergens in de verte, terwijl op de voorgrond een grote, doorgroefde bruine boer een ploeg door de donkere aarde duwt. Hij is moe en bezweet, en schenkt geen aandacht aan het figuurtje dat achter hem naar beneden komt, en Auden zegt: ze hebben altijd gelijk gehad, die oude meesters, want zij wisten dat het leven altijd doorgaat, wat voor vreselijks er ook mag gebeuren. Als mijn generatie alledaagse jongeren zich niet druk maakte om de dienstplicht, maakten ze zich druk over hun toelating tot de universiteit, en welke ze moesten kiezen. Indertijd kwam dat ons voor als een wereldschokkende keuze en velen waren van plan die zomer met hun ouders verschillende universiteiten te bezoeken. De grotemensenwereld kwam steeds dichterbij, en dat was zowel spannend als angstaanjagend – een deur ging open waarvan we hoopten dat hij naar de hemel, en vreesden dat hij naar de hel zou leiden. En dan legden we ook nog eens examens af die ons zouden brandmerken voor wat aanvoelde als de rest van ons leven: we stonden op het punt in categorieën te worden ingedeeld waar we misschien wel nooit meer iets aan zouden kunnen veranderen.

Ik wilde me wel inschrijven voor Simmons in Boston, dus ik ging er een kijkje nemen. Het zag er leuk uit, en ik begon al enige opwinding te voelen. Maar mijn moeder dacht dat het goed zou zijn als ik het huis uit ging, en dat idee stond me ook wel aan. Thuisblijven betekende meer vrijheid, want universiteiten legden meisjes strenge regels op, zoals niet roken op de slaapzalen, geen alcohol, en door de week 's avonds om tien uur binnen zijn, en in het weekend twaalf uur. Zulke regels hadden wij thuis niet, ik dronk niet eens en ik had sowieso de pest aan regels, maar ik was best bereid mij eraan te houden als dat van iedereen gevraagd werd. Wat mij irriteerde was dat jongens zich er niet aan hoefden te houden, alleen meisjes. Alsof de mensen die het voor het zeggen hadden van mening waren dat meisjes te onnozel waren om voor zichzelf te zorgen. Aan de andere kant, als ik in Cambridge bleef terwijl al mijn vrienden ergens anders heen gingen, zou ik me in de steek gelaten voelen. En het idee om weg te gaan was wel spannend. De universiteit van mijn moeder zou de helft van mijn collegegeld betalen en pa had gezegd dat hij de rest voor zijn rekening zou nemen, dus ik hoefde me geen zorgen te maken over geld, zoals Dolores en Steve.

De vader van Dolores wilde niet dat zij ging studeren. Hij wilde haar thuishouden, zodat ze een baantje kon nemen en het huishouden kon blijven doen, want haar moeder was zo ongeveer op en deed niet veel in huis. Maar Dolores kwam in opstand en zei dat ze van huis zou weglopen als hij haar niet liet studeren, dus stemde hij er eindelijk mee in haar collegegeld te betalen, maar meer ook niet. Dus ze moest wel in de buurt blijven. UMass in Boston was het goedkoopst omdat dat een staatsuniversiteit was, en het was nog best een goede ook. Ze huilde bij de gedachte dat ze met het openbaar vervoer naar college zou moeten gaan, maar haar cijfers waren de laatste twee jaar zo enorm gekelderd dat ze nog geluk had dat ze werd toegelaten. Ze was altijd een van de slimsten geweest. Hoe dan ook, het draaide eropuit dat het nog heel lang zou duren voor zij naar de universiteit ging. Maar dat is een ander verhaal.

De vader van Sandy ging met haar naar Smith, Bryn Mawr en

Vassar, en zij vond alle drie geweldig, maar ze besloot uiteindelijk toch naar Smith te gaan, waar Rhoda ook had gestudeerd. Bishop ging naar Wesleyan, Amherst en Yale, maar ik wist allang dat hij voor Yale zou kiezen. Steve werd toegelaten op Harvard, deelde hij met een rare ondertoon in zijn stem mee toen hij op een avond bij ons thuis bleef eten.

Hij had bij Barnes rondgehangen toen ik naar buiten kwam. Ik dacht dat hij me misschien toch gemist had. Toen ik hem bij de zijingang zag rondhangen die wij altijd namen, sloeg mijn hart even over. Dus ik denk dat ik nog steeds van hem hield, ook al ging hij met iemand anders – niet dat ik daar zeker van was, hoor. Maar hij geneerde zich wel een beetje, dus misschien was het wel zo. Toch moet hij nog een beetje van me gehouden hebben, anders zou hij daar niet gestaan hebben. En ik was ook verlegen met de situatie. Ik had het gevoel dat ik hem op de een of andere manier had laten vallen...

Ik moest die middag werken, maar ik nodigde hem uit die avond te komen eten, en hij zei dat hij zou komen. We bleken die avond pasta te eten. Mijn moeder zou dat nooit gepland hebben als ze geweten had dat Steve zou komen, en ze verontschuldigde zich toen ik de tafel dekte. 'Dat heb ik nou eenmaal in huis,' zei ze. 'Wat moet ik anders?'

'Hij zal het vast lekker vinden, mama,' zei ik. Ze liet een tijdje tomaten met knoflook pruttelen en voegde er op het laatst verse basilicumblaadjes aan toe, en haar saus had altijd iets fris. Bovendien aten we er kalfslapjes bij, en een verrukkelijke salade van avocado en rode ui. Steve at met smaak en zei dat de spaghetti heerlijk was, veel lekkerder dan bij zijn oma. Toen veegde hij zijn mond af met zijn servet, legde zijn vork neer, en zei: 'Mevrouw Leighton, ik ben toegelaten op Harvard.'

'O, dat is geweldig, Steve!' riep ze.

'Ja,' zei hij. 'Ze hebben me toegelaten omdat ik zwart ben.'

'Hoe bedoel je?'

'Ik heb allemaal zesjes en zevens. Ik ben toegelaten omdat ik zwart ben.' Hij zei het alsof hij het haar voor de voeten wierp.

Haar gezicht stond bijna boos. 'Daar hoef je niet op af te geven, Steve,' zei ze. 'Jij mag dan vinden dat het niet eerlijk is, maar het is een poging honderden jaren van een ander soort oneerlijkheid goed te maken. Je zou meer respect voor jezelf en voor Harvard moeten hebben: jij bent heel intelligent, en iemand op Harvard heeft dat ingezien. Een heleboel studenten die daar worden toegelaten, jongens met vaders die er gestudeerd hebben, of jongens uit rijke families, zoals de Kennedy's, hebben ook geen geweldige cijfers.'

'En Kennedy heeft de kluit belazerd.'

'Misschien.'

'Denkt u dat echt?'

'Wat, dat hij de kluit heeft belazerd?'

'Nee. Dat iemand daar mij intelligent vond?'

'Natuurlijk!' Ze schreeuwde het bijna. 'Of denk je soms dat iedere zwarte die naar Harvard wil wordt toegelaten?'

Steve dacht daar even over na. 'Nee, dat zal wel niet.'

'Jij laat je waarden bepalen door de argumenten van rancuneuze blanken, die jaloers zijn op alles wat de burgerrechtenbeweging voor elkaar krijgt. Laat je niet door hen in een hoekje drukken. Grijp je kans en maak er wat van!' drong ze aan.

Steve knikte. Ik wist niet of hij haar argumenten helemaal begreep. Ik was er niet eens van overtuigd of ik haar zelf wel kon volgen. Maar Steve had een zekere botheid in zich, iets hards en koppigs dat geen ruimte liet voor zelfrespect. Ik probeerde voortdurend hem een goed gevoel over zichzelf te geven; toen we elkaar net kenden was ik er vast van overtuigd dat ik hem meer zelfvertrouwen zou kunnen geven. Inmiddels wist ik wel beter.

In juni van dat jaar maakten mijn moeder en ik een rondje langs de verschillende universiteiten. We gingen naar Vassar en Mount Holyoke en UMass in Amherst, maar de universiteit waar ik voor viel was Andrews, een kleine universiteit in Noord-Vermont, bekend om zijn kunstzinnige curriculum en de afwezigheid van regelzucht. Andrews was gaaf. De campus was klein en mooi, met her en der groepjes berken en pijnbomen en esdoorns en eiken, en de studentenhuizen waren gemengd! Zoiets had ik nog nooit eerder gehoord. Ze waren hun tijd echt ver vooruit. De meisjes hadden net zoveel vrijheid als de jongens, ze mochten komen en gaan wanneer ze wilden, en ze hadden te gekke docenten – kunstenaars, componisten en schrijvers. Ik had het idee dat ik wel wilde schrijven; ik stelde me voor dat ik dichteres zou worden. Ik schreef zo af en toe gedichten, vooral als ik high was. Clive de Messier gaf les aan Andrews, en Clarence Hopper, en Amos Amici. Je kon bij wijze van scriptie zelfs een roman of lang gedicht schrijven. Er was in die tijd geen enkele andere universiteit waar dat mocht. Ik begon er echt zin in te krijgen.

Eenmaal weer thuis had ik een lang gesprek met Philo over allerlei universiteiten. Hij wilde dat ik naar Barnard ging, of Smith, of Wellesley, of zelfs naar Harvard, al was dat in de buurt, in elk geval naar een 'serieuze, intellectuele' universiteit, zei hij. Ik voelde me gevleid dat hij mij zo zag, maar zo zag ik mezelf niet. Ik zei dat ik daar volgens mij niet intelligent genoeg voor was. Hij hield vol van wel. 'Hoeveel aankomende studenten van jouw leeftijd kennen Emily Dickinson zoals jij haar kent? Of hebben zelfs maar van Marvell gehoord?'

'Mmm,' mompelde ik. Van poëzie houden was één, een bètaknobbel hebben was iets anders. Hij zag mij alsof ik best natuurkundige zou kunnen worden, maar dat kon ik niet. Dat wist ik. Maar ik vond het wel fijn dat hij mij zo intelligent vond. Ik zei dat ik er eens over zou nadenken, maar dat deed ik natuurlijk niet.

Sandy wilde de vooropleiding medicijnen gaan doen en Bishop wilde politicologie gaan studeren. Hij wilde in de politiek gaan, of anders politieke wetenschappen doceren. We voerden lange, naar alle kanten uitwaaierende gesprekken over wat we wilden worden, hele zondagmiddagen in het gras bij de Charles, of in het park bij Brattle Street, of bij ons in de achtertuin, na een potje tafeltennis. We waren allemaal best tevreden met het idee dat we weggingen, we liepen luid lachend door de straten van Cambridge. De wetenschap dat we spoedig uit elkaar zouden gaan gaf ons samenzijn wel een ietwat bittere ondertoon. We waren gek op elkaar en we zeiden dat we elkaar nooit zouden vergeten, wat er ook gebeurde. Eenmaal op de universiteit zouden we lange weekenden bij elkaar op bezoek komen, we zouden gewoon bij elkaar op de kamer op de vloer slapen, en we zouden elkaar geregeld bellen of schrijven.

'We kunnen wel een kettingbrief schrijven,' opperde Bishop. 'Dan begin ik wel, ik stuur hem naar Sandy, die schrijft er iets bij en stuurt hem door naar Jess, die er ook weer iets bij schrijft en hem naar mij terugstuurt. Dan schrijf ik er weer iets bij en stuur hem naar Jess, die er ook weer iets aan toevoegt en hem naar Sandy stuurt. Wat dachten jullie daarvan?'

'Te gek!'

'Als hij te lang wordt, doen we de blaadjes in een map en zo bewaren we de hele boel. Jarenlang!'

'We worden beroemd! Net als Virginia Woolf en Vanessa Bell en Lytton Strachey en T.S. Eliot en Dora Carrington en al die lui!' Sandy was ademloos bij de gedachte alleen al.

Het leek mij niet ondenkbaar. Zij waren zo intelligent. En ik was ook best pienter. Als er ook maar een greintje gerechtigheid in de wereld was, zouden ze later grote werken verrichten en roem verwerven. Sandy zou arts worden en een of andere vreselijke ziekte genezen en de Nobelprijs winnen; Bishop zou president van de Verenigde Staten worden, of op zijn minst gouverneur van Massachusetts, en zeker burgemeester van Boston. Hij was al klassenoudste in de examenklas. En ik zou dichteres worden en een lang, recht gewaad en een enorme hoed dragen, en worden uitgenodigd om te komen voordragen, zoals Denise Levertov die een keer op Barnes had opgetreden. Zou het niet fantastisch zijn om ons eigen wereldje te hebben zoals Vanessa en haar minnaars en Virginia en Leonard en al hun vrienden, mensen als, mijn god, T.S. Eliot, Milton Keynes, E.M. Forster! Dat is waar ik naar verlangde: een leven waarin ik zulke mensen zou kennen, ontwikkelde mensen die verstand hadden van het leven en de literatuur en de kunst en die intelligent en aardig waren, een leven waarin iedereen van elkaar hield.

Philo hoorde er inmiddels helemaal bij, bij ons thuis. Ik vond het prettig, zoals hij zich bij ons genesteld had en onze levens verweven waren. Als we in de weekenden thuis bleven, zat mijn moeder op haar studeerkamer te werken en zat hij in de woonkamer te lezen, of in de eetkamer te werken, kaartjes en boeken voor zich uitgespreid op tafel tot we gingen eten. Ze konden uren achter elkaar doorwerken, zonder elkaar te zien of te spreken, en toch genietend van de wetenschap dat de ander er was. Zo'n man wilde ik later ook hebben, een man met wie ik in een genoeglijke stilte samen kon zijn. Ik dacht aan Steve en Bishop, maar ik wist niet of die wel zo waren. Daarvoor was ik nog nooit ergens lang genoeg met hen alleen geweest.

Als het etenstijd was, kwam mijn moeder beneden om te koken, en pakte Philo zijn spullen bij elkaar en ging naar de keuken om te zien of hij ergens mee kon helpen. Als ik thuis was, ging ik ook naar de keuken. Ik vond het prettig om erbij te horen, met zijn drieën groenten te snijden of zoiets, de tafel te dekken, de risotto of de saus door te roeren. We zetten de televisie aan voor het nieuws, of luisterden naar muziek op de radio, of zetten een plaat op. Philo hield van Mozart en Dvořák, en mijn moeder van Bach, Richard Strauss en Mahler, en ze mochten om de beurt zeggen waar we naar gingen luisteren. Philo zei dat hij bij de muziek van mijn moeder altijd wilde gaan liggen. Zij zei dat Philo niet speciaal van muziek hield, hij hield gewoon van dansen, en het was waar dat hij altijd wat rondsprong als zijn muziek op stond. Hun woordenwisselingen werden geregeld door gelach onderbroken.

Soms gingen we samen naar de film, en één keer, toen Philo goed bij kas zat, nam hij mijn moeder en mij mee uit eten. Ik werd meestal wel betrokken bij wat ze deden, alleen als ik bij Sandy of Bishop at gingen ze nog wel eens samen uit eten of naar een feestje. Philo leerde me ook schaken. Niet dat ik het echt leerde, maar hij probeerde het. En hij gaf me boeken te lezen. Ik had die Marvell, en ook een boek, herinner ik mij, van ene Richard Farina. Dat heette: *Been Down So Long It Looks Like Up to Me*. Ik vond het een heerlijk boek, en ik werd verliefd op de schrijver, maar Philo zei dat hij bij een ongeluk was omgekomen, of op de een of andere manier was doodgegaan, vlak nadat hij dat boek had uitgebracht. Wat zonde. Sandy ontmoette Philo op een avond toen ze bij ons kwam eten, en ze vond hem leuk. Steve mocht hem ook.

Het weekend na Kent State, toen Philo op zaterdagmiddag bij ons kwam, was ik zo blij hem te zien dat ik hem omhelsde. Hij omhelsde mij ook en we babbelden wat. Mijn moeder was naar de markt en ik vroeg hem een en ander over een paar regels in een gedicht van Marvell. Sommige gedichten van Marvell waren echt moeilijk te volgen. Philo kroop in zijn gedaante van hele aardige leraar en legde mij geduldig van alles uit over de woorden en de syntaxis in het bewuste gedicht, en over de filosofie van Marvell. Ik staarde naar zijn knappe gezicht en opeens drong tot mij door dat ik verliefd was op Philo. Hij vertelde over Milton en *The Areopagitica*, dat volgens hem echt fantastisch was. Hij haalde een boek uit zijn koffertje en begon het aan me voor te lezen. Het was verbazingwekkend. Milton had dat stuk geschreven tegen de censuur. Philo las het niet helemaal aan me voor – het was heel lang; hij bladerde wat en las zo hier en daar een passage voor. Maar wat een metaforen! Ik was helemaal ondersteboven van 'vijf imprimaturs staan samen, dialoogsgewijs, op het plein van de titelpagina, elkaar te prijzen en ontwijken met hun eerwaarde tonsuren, in overleg of de auteur, die er perplex bijstaat aan de voet van zijn epistel, de pers of de spons wacht'. Mijn hemel! Hij las die ene beroemde regel voor: 'Een voortvluchtige of gekerkerde deugd kan ik niet prijzen,' althans die was beroemd in mijn jeugd, ik wil wedden dat niemand hem meer kent. Ik was zwaar onder de indruk en vroeg of ik het boek mocht lenen. Hij zei dat hij het de volgende dag nodig had voor een college, maar hij zou wel een exemplaar voor me meenemen als ik het helemaal wilde lezen, en ik zei dat ik dat inderdaad wilde.

Philo en mijn moeder gingen die avond naar een feest van iemand die ze kenden van de Engelse faculteit van Moseley. Ik ging ook uit, met Steve en zijn vrienden Lonny en Beck, naar een feest in Roxbury. Het was een wilde boel, met veel weed en volgens mij zelfs heroïne, te gekke muziek en dansende mensen. Ik danste zelfs ook een paar keer, niet dat ik er goed in ben, of het zelfs maar enigszins kan. Ik ben niet relaxed, Sandy zou zeggen dat ik mijn gevoelens onderdrukte, maar ik kan er niks aan doen. Maar leuk was het wel, ik vond de mensen zo leuk, zo levenslustig allemaal, niet van die fakefiguren zoals mijn vrienden soms konden zijn. De vrienden van Steve waren heel natuurlijk en als ze lachten, wat heel vaak gebeurde, dan kwam die lach helemaal vanuit hun buik. Ik zou er ik weet niet wat voor overhebben om zo te kunnen lachen.

We waren alle drie een beetje katterig de volgende dag, mijn moeder en Philo van de wijn, en ik van de rook en de opwinding en de weed; we hingen in huis rond als een stel zieke honden. 's Middags stond mijn moeder erop dat we gingen wandelen, dus we stapten allemaal in de auto, reden naar de kust en maakten een strandwandeling bij Manchester. We mochten daar eigenlijk niet wandelen: de mensen die in die stadjes woonden hielden het strand voor zichzelf. Manchester was een rijke stad, zoals de meeste kustplaatsen, en de inwoners hadden geen behoefte aan pottenkijkers. Maar mijn moeder zei dat niemand het recht heeft om het strand te bezitten, dat zou voor iedereen moeten zijn. We gingen er dan ook geregeld stiekem naartoe. Het probleem was waar je de auto moest laten, maar mijn moeder zette ons altijd af met al onze spullen en reed dan naar de A & P, waar ze de auto parkeerde om vervolgens terug te lopen naar het strand. We waren niet één keer betrapt, behalve die ene keer dat Steve ook mee was. Eén blik op hem en ze wisten dat wij daar niet woonden, en toen moesten we weg. Maar die zondag waren we met alleen blanken, en bovendien was er verder niemand op het strand. Het was winter, en we liepen in de wind, en het was heerlijk, ik had het gevoel dat de wind me zuiverde. We klampten ons aan elkaar vast om niet omver te worden geblazen, en we praatten en lachten en keken naar de meeuwen en de ribbels in het donkerrode zand en luisterden hoe het zong in de wind.

Het weekend daarop kreeg ik nog zo'n lavendelblauw boek van Philo, veel groter dan die bundel van Marvell. Het was het verzamelde proza van Milton. *The Areopagitica* stond er ook in. Ik las het helemaal. Dat kostte me wel een paar dagen, of eigenlijk een paar weken. Maar ik vond het zo inspirerend! Het was moeilijk om te lezen, er stonden zoveel verwijzingen in naar dingen waar ik geen weet van had, maar de meeste waren van noten voorzien, en de rest kon ik aan mijn moeder of Philo vragen, mijn inwonende deskundigen. Ik raakte geïnteresseerd in censuur en voerde er lange gesprekken over met Philo. Hij legde uit wat censuur inhield. Ik wist natuurlijk wel wat het woord op zich betekende, maar ik begreep niet echt wat er zo belangrijk aan was. Philo zei dat heersers hun macht altijd zoveel mogelijk probeerden te vergroten, door anderen die ook macht hadden, zoals de clerus of de adel, die macht te ontnemen. Nee, niet het gewone volk, want dat had helemaal geen macht. Heersers probeerden het zo te regelen dat de macht permanent bij hen berustte en binnen de familie werd doorgegeven. Om dat voor elkaar te krijgen moesten ze voorkomen dat de mensen wisten waar ze mee bezig waren; als ze de mensen onwetend konden houden, zouden ze nooit protesteren, en alleen het hoofd buigen. Ze lieten de mensen het verhaal vertellen of opschrijven zoals zij het bekend wilden hebben, en dat was vol leugens. Als de mensen al die leugens zat waren en de heersers lieten weten dat ze een stem wilden hebben in hun eigen leven, zoals in de tijd van Milton, en in de Amerikaanse revolutie, weigerden die heersers dat toe te staan en moesten ze in opstand komen. De 'eerwaarde tonsuren' in het essay van Milton waren katholieke priesters, die alle geschriften in Europa censureerden, zodat niemand vraagtekens kon zetten bij de kerk. Milton hield zijn mederevolutionairen voor dat ze geen maatschappij moesten opbouwen als de katholieke kerk, die maar boeken en toneelstukken en zelfs films bleef verbieden, tot in de twintigste eeuw. Ik vroeg hoe het kon dat dit was doorgegaan nadat Milton zijn briljante essay had geschreven, waarop Philo zei dat Milton maar één man met een mening was. Wat mij werkelijk choqueerde was dat Milton, het jaar nadat hij de *Aeropagitica* had geschreven, hoofdcensor van Engeland was geworden! Ik wist niet wat ik daarvan denken moest. Je zou denken dat als iemand zoiets geweldigs als de *Aeropagitica* schreef, er nooit meer censuur zou zijn. Maar Philo vertelde mij dat er zelfs nu, hier, in ons land, censuur was! Ik leerde echt iets van Philo.

Ik deed die zomer zoveel in het huishouden dat ik me zorgen maakte of mijn moeder en Philo het wel zouden redden als ik ging studeren. Mijn moeder had het grootste deel van haar onderzoek gedaan en was nu daadwerkelijk haar boek aan het schrijven. Nu mijn vader niet meer kwam, werkte ze vaak thuis. De tafels in haar studeerkamer lagen bezaaid met papieren en systeemkaarten en tijdschriften die ze had meegenomen uit de bibliotheek. Ze werkte op een IBM Selectric typemachine die ik haar zeer benijdde. Ik moest mijn werk voor school uittikken op de oude draagbare Royal, die ik van haar had geërfd. Ik bleef maar hints geven dat ik wel een typemachine zou willen hebben als cadeau voor mijn eindexamen, maar ik wist dat ze duur waren. Philo deed nog altijd research en maakte notities in gewoon handschrift op kaarten die hij in een grijs metalen kistje bewaarde.

Mijn moeder en ik deden samen de boodschappen, en anders deed ik ze alleen. Ik kon inmiddels rijden, ik had mijn rijbewijs. Dat was een belangrijke stap: ik voelde me zo volwassen, de eerste keer dat ik er zelf met de auto opuit ging. Zowel mijn moeder als ik deden boodschappen met Philo in ons achterhoofd, omdat hij die zomer bijna de hele tijd bij ons was. Hij was ook een gezinslid geworden en dat maakte mij ontzettend gelukkig.

Ik werkte de hele zomer als serveerster om kleren en boeken te kunnen kopen en te sparen voor alle kosten die ik het volgende jaar aan de universiteit zou hebben. Mijn vader had sinds hij hertrouwd was geen alimentatie voor mij meer gestuurd. We wisten eerst niet dat hij hertrouwd was, we wisten alleen dat hij geen geld meer stuurde, tot we een telefoontje kregen van Irene Templer. Mijn moeder kende Irene en Dan Templer al jaren, nog uit de tijd dat wij de zomers in Vermont doorbrachten. Zij woonden daar het hele jaar door; Dan was arts, hij was internist, en ze hadden een groot, oud huis op een heuvel. Mijn moeder vond Dan geweldig, omdat hij nog op huisbezoek ging, zoals huisartsen vroeger ook plachten te doen, vertelde ze. Irene was ook kunstenares. Ze schilderde aquarellen, van die Vermont-achtige plaatjes van oude huizen en schuren en tuinen, die ze verkocht aan toeristen. Dat liep heel lekker. Zij dacht dat Irene en mijn vader wel iets gemeen zouden hebben omdat ze allebei kunstenaar waren, maar uiteraard haalde mijn vader zijn neus voor haar op. In het begin was hij echter ook jaloers op haar, want hij had een keer tegen mijn moeder gezegd: 'Zij verkoopt haar rommel en ik kan de mijne niet kwijt!' Waarop mijn moeder had gezegd: 'Nou, je geeft in elk geval toe dat het rommel is,' waar ze allebei om hadden moeten lachen.

Mijn moeder mocht Irene, maar ze zagen elkaar alleen als wij in Vermont waren. Ze was dan ook verbaasd toen Irene ons op een avond in Cambridge belde. Ze klonk helemaal overstuur. Ze zei dat ze een vrouw kende, Julie, een jonge vrouw die als serveerster in de bistro werkte. Irene de klant en Julie de serveerster waren, nou ja, niet echt vriendinnen geworden, maar ze gingen vriendschappelijk met elkaar om, en de afgelopen week, toen ze op haar sandwich en cola zat te wachten, had Julie haar verteld dat ze ging trouwen.

'Wat geweldig!' zei Irene. 'Neem ik aan,' voegde ze eraan toe. 'Met wie ga je trouwen?'

'Met Pat Leighton,' zei Julie.

Irene kreeg bijna een hartstilstand. 'Jij kunt niet met Pat Leighton trouwen!' voer ze uit. 'Die is al getrouwd, en zijn vrouw is een vriendin van me!'

'O, die zijn gescheiden,' zei Julie vaag.

Was dat mogelijk? Irene wist het niet. Was het waar? Wat vreselijk!

Mijn vader zal wel eenzaam zijn geweest, want dit was wel heel snel. En Julie was pas twintig, en nauwelijks zijn intellectuele of emotionele evenknie – althans dat beweerde Irene. Ze zei dat ze best aardig was, en ze had haar middelbare school afgemaakt, maar vervolgens was ze gaan werken als serveerster. Ze werkte in dezelfde tent waar ik had gewerkt, wat mij wel een beetje een raar gevoel gaf. Hij had nooit gebeld om mij te vertellen dat hij ging trouwen of om me voor zijn bruiloft uit te nodigen. Maar misschien was er ook wel helemaal geen bruiloft geweest.

Mijn moeder grimaste en zei: 'Arm kind, moet ze in een huis zonder toilet wonen.' Maar Irene zei dat hij een toilet ging installeren voor Julie. Toen mijn moeder dat hoorde werd ze razend. Het kon haar geen donder schelen dat hij ging trouwen, zei ze; ze was woest omdat hij een toilet ging installeren voor iemand die hij net had ontmoet, terwijl hij al die jaren had tegengeworpen dat hij meer van mijn moeder hield dan van wie ook, maar dat hij niet van plan was voor haar een toilet te installeren. Ik vroeg haar wat ze gedaan zou hebben als hij dat wel had gedaan, en toen was ze even stil. Denk het je eens in! Als hij dat gedaan had, zou ze zich dan verplicht hebben gevoeld daarheen te verhuizen? Misschien, zei ze. Maar we wisten allebei dat ze dat vreselijk zou hebben gevonden. Dus we besloten dat mijn vader, door geen toilet voor haar te installeren, haar een dienst had bewezen. Ik weet niet of ze het echt geloofde, maar ze moest wel lachen. De liefde, zei mijn moeder, is van nature gemeen.

De arme Irene was gechoqueerd. Ze had niet eens geweten dat mijn ouders gescheiden waren, en daar ging mijn vader opeens trouwen met iemand die vijfentwintig jaar jonger was. Mijn moeder zei dat ze, gezien haar eigen beheptheden, nauwelijks het recht had kritiek te hebben op mijn vader. Ik neem aan dat ze met die beheptheden Philo bedoelde.

Misschien uit een soort schuldgevoel stuurde mijn vader in juli een cheque voor mijn onderhoud. Mijn moeder schreef hem een bedankje. Volgens mij begon ze hem aardig te evenaren in gemeenheid, want ze vroeg of hij wel zeker wist of hij met dat huwelijk van hem geen bigamie pleegde. Maar de echte reden dat ze hem schreef, zei ze, was dat ze hem wilde laten weten dat ik in september aan

Andrews zou gaan studeren. Ik denk dat ze het zo bracht dat hij zou denken dat ik dat deed om dichter bij hem te zijn – wat natuurlijk nergens op sloeg. Ik zei tegen haar: 'Dus het zijn niet alleen regeringen die liegen.' Waarop zij – net als een regering – antwoordde dat het een strategische zet was. In feite lag Noord-Vermont, waar ik ging studeren, nog verder bij hem vandaan dan Cambridge. Maar mijn moeder wilde dat hij meer aandacht aan mij besteedde, dat hij eens wat tijd met mij doorbracht. Ze scheen te denken dat ik dat graag wilde. Of het nodig had. Iedere keer dat hij haar belde om haar te smeken terug te komen, drong ze erop aan dat hij mij ook eens moest bellen of opzoeken – dat wil zeggen, als ze die kans kreeg voor hij haar begon uit te vloeken. Ik kon haar wel horen praten op haar kamer, als ik de trap op liep om huiswerk te gaan maken, of zelfs als ik op mijn kamer zat. En ik wist het altijd als hij aan de lijn was. Dan klonk haar stem gespannen op een manier die ze bij niemand anders had. En het draaide er meestal op uit dat ze de hoorn op de haak smeet. Ik kon wel raden wat hij gezegd had.

Eén keer hoorde ik haar zeggen: 'Ze heeft je nodig. Ze geeft om je. Jij belt of schrijft haar nooit. Dat doet haar pijn.'

Ik beet op mijn tong, ik was zo kwaad. Hoe durfde ze zo over mij te praten met hem! Ik stormde naar haar kamer en duwde de deur, die half open stond, verder open, klaar om te gaan schreeuwen, maar ze hing al op.

'Hoe kon je dat nou zeggen!' krijste ik.

Ze keek me alleen maar aan.

'Hem smeken mij te komen opzoeken! Waar haal je het vandaan?'

'Smeken? O, Jess...' Ze stak haar armen naar me uit, maar ik bleef stokstijf op de drempel staan, armen stevig over elkaar.

'Je zegt het allemaal alsof ik heel zielig ben!'

'Weet je, lieve schat, zo mag het in jouw oren misschien klinken, maar zo klinkt het niet in de zijne. Hij hoort mij niet smeken. Hij is er zo van overtuigd dat jij hem haat, dat ik hem haat... hij is paranoïde, lieve schat, dat weet je. Ik probeerde hem gerust te stellen door te zeggen dat je van hem houdt. Dat doe je toch ook, of niet?'

Ik vond het vreselijk dat mijn ogen zo volliepen dat ik niks meer kon zien. 'Nee, hij heeft gelijk! Ik haat hem!' schreeuwde ik, waarna ik wegrende voor zij het kon zien. Ik stoof naar mijn kamer en liet me in de vensterbank zakken. Ik stak een sigaret op en staarde door de hor. Ik wilde mijn voorhoofd er wel tegenaan leunen, maar ik kon niet tegen dat metalige geurtje. Een jongeman liep beneden op de stoep langs ons huis, helemaal alleen in de avond, en mijn hart kromp ineen van verlangen, alsof hij de broer was die ik zo lang had moeten missen. Ik wist dat ik een broer had, ergens in een andere werkelijkheid. Zijn hakken klakten op het plaveisel, helemaal tot de hoek, waar hij verdween. Toen het geluid wegstierf, voelde ik mijn hart breken.

Mijn vader belde af en toe, maar nooit voor mij. Hij belde mijn moeder, en smeekte haar dan om terug te komen, zei hoeveel hij van haar hield, vertelde haar hoe hij veranderd was, hij was nu heel anders, hij zou nooit meer zoals vroeger zijn. En als zij dan zei dat ze niet van plan was terug te komen, begon hij haar meteen uit te schelden en kwamen al die woorden er weer uit rollen. De laatste keer dat hij belde, wisten we al dat hij weer ging trouwen. Hij belde om mijn moeder te smeken terug te komen. 'Pat!' zei ze. 'Hoe kun je mij dat nou vragen terwijl je gaat hertrouwen!'

'Teef! Slet!' krijste hij. 'Hoer!' En toen smeet hij de hoorn op de haak.

Ik wist dat omdat ik toevallig op hetzelfde moment had opgenomen als mijn moeder, dus ik had het ook gehoord. Het was gruwelijk warm in Cambridge, en ik lag op mijn bed te lezen. Mijn moeder had voor mij ook een toestel gekocht zodat ik vanaf mijn eigen kamer kon bellen, en toen de telefoon ging hadden we gelijk opgenomen. Ik weet niet hoe het kwam maar ik was helemaal van streek. Ik verborg mijn gezicht in mijn handen. Mijn keel zat dichtgesnoerd, alsof ik opgezwollen klieren had. Mijn ogen traanden alsof ik snipverkouden was. Was ik maar verkouden! Ik vroeg me af wat er met mijn vader aan de hand was. Hij deed mij pijn, erger dan kiespijn, erger dan een verrekte spier, in mijn binnenste. Ik zou niet kunnen zeggen wat er pijn deed, mijn hart, mijn buik, of mijn ribben. Ik had het gevoel alsof alles pijn deed.

Ik hees me overeind van het bed, sleepte mezelf de kamer uit en sjokte naar de kamer van mijn moeder. Ze zat in bed, met een boek en een sigaret. Ze wekte op geen enkele manier de indruk overstuur te zijn.

'Mama!'

Mijn moeder keek op, en sperde toen geschrokken haar ogen open. 'Wat is er, Jess?'

'Ik weet niet...'

Ze bleef maar naar me kijken terwijl ik op de rand van haar bed ging zitten. 'Is papa...?'

'Had jij ook opgenomen?'

Ik knikte.

'Ik had al zo'n idee...'

'Wat is er met papa, mama?'

'Ik weet het niet, lieve schat. Weet je, hij heeft een obsessie voor mij. Niet dat hij van me houdt, of me zelfs maar mag... hij is gewoon geobsedeerd. Hij heeft er zelf geen controle over.'

'Is hij gek?'

Ze dacht even na. 'Het is een geïsoleerd stukje gekte. Daar hebben we er waarschijnlijk allemaal wel een of twee van. Iets in onze hersens waar we niet helemaal sporen...'

Ik wilde wel huilen maar ik kon niet. Ik wilde wel schreeuwen maar ik deed het niet.

Mijn moeder begon op kalme, monotone toon te praten. Ze praatte over Andrews en hoe het daar zou zijn, en wat we moesten doen voor ik wegging. Het interesseerde me niet, maar na een poosje begon het me toch een beetje te interesseren toen ze over kleren begon, en ik raakte nog iets geïnteresseerder toen ik erover na begon te denken wat ik voor mijn studie nodig had.

Ik had schoenen nodig, dat wist ik, en een nieuwe tas, op zijn minst. Ik had genoeg gespaard om die te kunnen kopen. Toen begon ze over ondergoed en nachtgoed en een ochtendjas en pantoffels, en toen over sweaters en jasjes, en ik begon nu echt geïnteresseerd te raken, en zij zei dat ik ook een paar lange jurken nodig zou hebben voor bals en formele bijeenkomsten, en niet veel later zaten we een lijst op te stellen.

Na een poosje ging mijn moeder weer verder in haar boek en ik in het mijne. Ik had net Trollope ontdekt, ik had op zolder een doos met boeken van hem gevonden en was er verrukt van. Een paar dagen later kreeg ik een brief van mijn vader, met een cheque voor $500! Voor kleren voor de studie, zei hij. Aanvankelijk was ik woedend. Dacht hij dat mijn liefde te koop was? Maar toen dacht ik, nou ja, mijn moeder toont haar liefde door te koken, mijn vader doet het met geld. Misschien was het wel goed zo. Ergens was ik ontzettend blij met het geld, maar ik vond het toch vooral vreselijk dat ik zo blij was met dat geld en was kwaad op mijn vader dat hij het gestuurd had. Mijn moeder had gelijk, liefde was gemeen.

Mijn vader had een echte brief geschreven. Ik bedoel, er stonden aardig wat zinnen in. Hij had het over Andrews, dat was vlak bij Montpelier, helemaal in het noorden. Het was een lange reis van daar naar Brattleboro, waar mijn vader vlakbij woonde. Maar hij schreef dat hij me ieder weekend dat ik wilde zou komen halen. Hij zei dat hij het huis aan het verbouwen was, maar hij zou afwachten wat ik met mijn kamer wilde. Alsof het een of ander heiligdom was, gewijd aan mij, in plaats van een kale vliering.

Ik begreep wel dat de scheiding hem het gevoel had gegeven dat niet alleen mijn moeder, maar ook ik hem verlaten had. Misschien had hij daarom wel zo gedaan toen hij me zo uitschold. En ik begreep ook wel dat hij best het gevoel kon hebben dat het feit dat wij hem in de steek hadden gelaten, betekende dat wij hem allebei een waardeloze vent vonden. Ik wilde alleen niet dat hij gek was. Ik was doodsbang bij de gedachte dat hij misschien wel gek was, omdat ik net zoveel van hem hield als van mijn moeder, ook al maakte hij me aan het huilen. Mijn moeder maakte me natuurlijk ook wel eens kwaad.

7

Mijn moeder zei dat liefde gemeen was, maar Philo was nooit gemeen. Nooit. Volgens mij heeft hij mijn moeder nooit aan het huilen gemaakt. Zij maakte hem wel aan het huilen, maar niet door gemeen te doen. Daar kwam ik die zomer een keer op een bloedhete avond achter. Het was ontzettend benauwd. We lieten allebei onze slaapkamerdeur openstaan, en de deur naar de veranda beneden, waar horren voor zaten, bleef ook open. Zowel bij mijn moeder als bij mij op de slaapkamer snorden ventilators, maar ik kon mijn moeder en Philo in bed horen praten. Ik las weer Trollope, een ander boek uit die schatkist op zolder. Ik was weg van die kleine oude boeken die je in één hand kon houden, met die bladzijden zo dun als uienschillen die naar bibliotheken roken, naar lijm en papier, en die kreukten als je ze omsloeg en plechtig aanvoelden, een beetje als een bijbel. De stem van mijn moeder murmelde als een doorlopende baspartij, en de stem van Philo, hoger dan de hare, mompelde zo af en toe een vraag. Toen, op een gegeven moment, begon haar stem iets hoger te klinken, en meende ik tranen te horen. Ik spitste mijn oren in een poging op te vangen wat ze allemaal zei. Ik kon niet geloven dat Philo mijn moeder aan het huilen maakte. Maar toen brak ze uit: 'Je trouwt zo jong en leeft zo lang samen, je raakt getraind. Je leert – het is bijna een soort studie – je leert je aan je partner aan te passen. En als je getrouwd bent met iemand die zijn woede niet kan beheersen, train je jezelf erop niet op die woede te reageren, níét te voelen, er níét op in te gaan, om kalm te blijven en altijd je kalmte te bewaren. En dat maakt je kapot, het doodt je ziel! Je wordt gevoelloos! Toen ik jou ontmoette, waren mijn gevoelens dood. Ik kon niets meer voelen. Ik wist niet of ik ooit nog in staat zou zijn weer te voelen! En ik weet het nog steeds niet!'

Ik ging recht overeind zitten. Was dat waar? Toen hoorde ik mijn moeder snikken. Een poosje later werd een ander akkoord hoorbaar, een andere stem die met haar mee snikte, het klonk bijna harmonieus. Philo huilde met haar mee!

Ik zag ze voor me, Philo overdwars op het voeteneind van haar bed, zoals hij wel vaker lag als ze praatten, en zij met haar rug in de kussens, waarbij hij eerst haar voeten tegen zich aan drukte, en dan naast haar kroop om haar in zijn armen te nemen. Ik voelde me zo rot dat ik zelf bijna ook huilde, maar ik was ook geschokt; zei ze dat ze niet van Philo hield? Ik legde mijn boek neer en probeerde rustig na te denken, maar ik kon maar niet bedenken wat ze precies bedoeld had. Ik had zelf ook zin om te huilen, maar toen moest ik lachen, wat een gezin! Het gezin dat samen huilt blijft bij elkaar, zeiden ze dat niet zo?

Wat ik die avond gehoord had bleef me echter wel bij, en naarmate de tijd verstreek drong steeds meer tot me door dat dat precies was wat ik wilde, iemand die met me meevoelde, die mijn verdriet zo met mij zou delen. Ik vroeg me af of Steve dat ook zou doen, of Bishop. Ik vroeg eigenlijk nooit veel van hen. Ik had er weleens aan gedacht om Steve te vragen of hij mij iets geven wilde waar ik behoefte aan had. Ik wist dat ik hem wel gegeven had waar hij behoefte aan had: ik was woedend geworden op ons land toen we het erover hadden wat er met de zwarten hier gebeurd was, al die dingen, vreselijke dingen, zo oneerlijk, die Steve en zijn vrienden waren overkomen. Maar mij was nooit iets vreselijks overkomen, behalve dat mijn ouders gescheiden waren, en ik kon Steve moeilijk vragen om die reden medelijden met mij te hebben, terwijl zijn moeder was overleden toen hij zeven was en zijn vader hem niet eens wilde kennen. Bovendien was ik er inmiddels aan gewend dat mijn ouders gescheiden waren, en om de waarheid te zeggen zat ik daar niet meer zo mee. Waar ik mij nog het rotst onder voelde was mijn vader, hoe hij was. Maar als met mijn vader getrouwd zijn mijn moeder gevoelloos had gemaakt, wat had het dan met mij gedaan, ouders te hebben die de hele tijd tegen elkaar tekeergingen? Misschien voelde ik ook wel niets.

Op een zaterdag was ik aan het werk bij Sonny's, toen Steve om een uur of twee het restaurant binnenkwam. Hij vroeg of ik na mijn werk met hem mee wilde naar zijn huis. Hij zei dat zijn oma bij haar nicht in Roxbury op bezoek ging, en niet thuis zou zijn. Kon ik eindelijk zien waar hij woonde. Ik zei dat ik graag mee wilde, dus bleef hij wachten tot mijn dienst erop zat, officieel om halfdrie, in de praktijk tegen drieën. Ik wilde het niet laten merken, maar ik was helemaal opgewonden – ik had het idee dat dit een serieus teken was dat hij mij vertrouwde. Steve had me nog nooit meegenomen naar zijn flat; hij had me zelfs nooit bij benadering laten zien waar hij woonde.

We reden richting het MIT. Daar staan een hele hoop van die fabrieksachtige gebouwen, technische bedrijven, zeg maar, niet zoiets als Harvard, maar van die kale, lelijke bouwsels. Een daarvan was een flatgebouw van twaalf hoog, van gele baksteen, omringd door een betonnen plein waar een hoog hek van harmonicagaas omheen stond met rollen prikkeldraad erop. Het leek wel de luchtplaats van een gevangenis, zonder bomen, bloemen of zelfs gras. Er speelden wel kinderen, maar ze hadden geen schommels, geen glijbaan, geen wip. Gras groeide er niet, maar het gebouw was bedekt met graffiti. De meeste kreten oogden niet bepaald vriendelijk. We trokken een zware, bruine deur open waar een raam met tralies in zat en waar een grote D op stond, en betraden een hal die ooit beige was geverfd maar waar de wanden ook onder de graffiti zaten. Overal lag afval en er hing een stank van urine en drank en bedorven eten. We stapten in de lift, die zich naar de tiende verdieping hees, waar Steve woonde. Hij hield de hele tijd mijn hand vast, waarschijnlijk begreep hij wel dat ik nerveus was. Ik weet niet waarom, het was gewoon een vreemd gevoel om ergens te zijn waar mensen woonden die de vreselijkste dingen op de muren kladden, op de grond pisten en overal hun rotzooi lieten liggen. Ik had gelezen dat dieren nooit hun eigen nest bevuilden, waarom zouden mensen dat dan wel doen? Ik wist dat een meisje dat in deze zelfde flat woonde vorig jaar een baby had gekregen, die ze in de schoorsteen van de vuilverbrandingsoven had gegooid. Steve had mij dat stukje in de krant laten zien, en gezegd dat dat bij hem in de flat was gebeurd. Ik was geschokt geweest. Alsof die baby een stuk vuil was. Ik stelde me voor dat dat meisje zich ook wel een stuk vuil zou hebben gevoeld. Hadden de mensen die hier woonden zichzelf zo laag? Was dat de reden dat ze dit allemaal deden? Ik kon wel huilen. Wat moest er allemaal wel niet met mensen gebeurd zijn, wilden ze zichzelf als een stuk vuil gaan beschouwen?

De gangen waren van geelbruin geverfd beton, de deuren waren cacaobruin geschilderd en hier boven was minder graffiti. Eenmaal binnen in de flat van zijn oma voelde ik me beter. In de woonkamer, om de televisie heen, stonden een beige bank, twee groene stoelen en een houten schommelstoel met een beige kussen. Naast de bank stond een bijzettafeltje en achter de schommelstoel stond een schemerlamp. Foto's van bloemen, uit tijdschriften geknipt, waren met punaises aan de muur gehangen en voor de ramen hing nylon vitrage. Op de televisie stond een Jezusbeeld, en een schilderij van hem (ik neem aan dat het Jezus was, want hij trok zijn kleren open en toonde zijn naakte hart, dat rood en gezwollen was) hing aan de muur. Het tapijt was van donkergroene bladeren op een lichter groene achtergrond. De muren waren wit. Het was een prettige kleurencombinatie.

'Mooi,' zei ik tegen Steve.

Hij glimlachte wat stijfjes. Ik voelde wel aan dat hij het niet leuk vond dat ik dat zei. Misschien vond hij het wel hooghartig overkomen. Was het hooghartig? Of misschien dacht hij wel dat ik verbaasd opkeek dat het er leuk uitzag. Maar ik had niet geweten wat ik verwachten kon. De eerste keer dat hij bij mij thuiskwam had hij zich luidkeels verbaasd over ons meubilair. Het was nooit bij me opgekomen dat ons meubilair mooi was, alleen dat het ouderwets was. Maar hij kon er maar niet over uit, hij vond het fantastisch.

Geen zwarte die het zich kon veroorloven zulk mooi antiek meubilair te kopen als het onze, zei hij. Ik zei dat er waarschijnlijk best zwarten waren die dat konden, en hoe dan ook, mijn ouders hadden het zelf ook nooit kunnen kopen – ze hadden het geërfd, of althans mijn vader had het geërfd. Nu ik erover nadacht verbaasde ik mij erover dat mijn vader het niet had opgeëist toen ze gingen scheiden. Dat vroeg-Amerikaanse spul zou het vast goed hebben gedaan in zijn blokhut.

De flat van Steve bestond uit een keuken, een woonkamer en twee slaapkamers. In de slaapkamer van zijn oma stonden een tweepersoonsbed met een gehaakte sprei, een oude commode, en een schommelstoel, op de grond lag een oud lappenkleedje en voor de ramen hing ook weer vitrage. Ik vond het prachtig, zo'n rustige, ouderwetse kamer waar de vredigheid vanaf straalde. Een foto van wat ik veronderstelde dat haar ouders waren stond in een zilveren lijstje op de kast; ze zagen er ongelooflijk oud uit, verschrompeld en bijna tandeloos. Ik had nog nooit iemand gezien die er zo oud uitzag. De kamer van de jongens was klein en stond vol, met stapelbedden aan weerskanten tegen de muur. In de smalle ruimte ertussen was een raam, met een kaal nylon gordijn ervoor, en op de grond lag een blauw kleedje van ruwe stof. Onder de onderste bedden hadden ze grote laden voor hun spullen, onder elk twee. Op de bedden lagen donkerblauwe katoenen spreien waarvan ik me voorstelde dat Grandma Josie ze zelf genaaid moest hebben, omdat ze niet van het normale formaat waren, ze waren precies zo gemaakt dat ze op die stapelbedden pasten. Ze had haar best gedaan. Dat kon je zien. Maar het stonk in dat kamertje. Nou ja, er sliepen ook drie jongens, van wie Steve de oudste was, en overal lagen kleren, vuil ondergoed en stinkende sokken en sportschoenen. Boeken, ballen, stripboekjes en speelgoedautootjes lagen her en der op de bedden en op de vloer. De kastdeur stond open, ik zag jassen en broeken en overhemden die soms bijna van de scheve klerenhangers afgleden, en op de bodem van de kast stonden stapels schoolboeken.

'Ze doet de was op zondag, dat is haar vrije dag,' zei Steve, alsof hij zich geneerde. Toen sloeg hij zijn armen om me heen. Ik vlijde me tegen hem aan, maar ik voelde me niet helemaal op mijn gemak in die kamer. Ik kon niet tegen die stank. Maar ik wist dat dat snobisme was, en ik probeerde het van me af te zetten. Ik bedacht hoe geweldig Steve was, echt een te gekke gozer, en hoeveel ik van hem hield. Mijn onbehagen verdween naar de achtergrond.

We gingen op zijn bed liggen, het onderste van het bed rechts. Bij onze voeten stond een laddertje tegen het bovenste bed aan. We staarden naar de plank boven ons, waar de andere matras op lag. Wij lagen ook op zo'n plank, op een dunne matras, dus het bed was heel hard. Zou wel goed zijn voor onze rug, dacht ik.

We draaiden ons naar elkaar toe en begonnen te zoenen, en ik begon aardig in de mood te komen, ik kreeg allerlei gevoelens in mijn onderbuik, opwindend en schrijnend tegelijk, oh, ik hield echt van Steve, hij probeerde mijn sweater uit te trekken, ik moest hem erbij helpen, en toen trokken we zijn sweater uit. Hij had er nog een hemd onder aan en ik had een bh aan, en die moesten ook uit. Er was niet veel ruimte in dat stapelbed. We begonnen te giechelen. Ik sloeg mijn armen om hem heen en zoende hem, hij was zo grappig. Het was wel een heel gedoe met die kleren, maar we moesten nog een broek uittrekken, hij met een riem, en een onderbroek. Hem daaruit helpen was een project op zich, maar we kregen het eindelijk voor elkaar, en toen hadden we alleen nog maar onze sokken aan, maar we namen niet de moeite die ook uit te trekken, we waren zo geil, we drukten ons tegen elkaar aan en onze harten bonkten tegen de kleren aan die er nog lagen en ik kreunde een beetje, ik voelde hem tegen mijn been aan, hard en groot, en hij begon zich op te drukken, om op me te gaan liggen, toen we de voordeur hoorden opengaan en weer dichtslaan.

We lieten ons allebei weer zakken, helemaal verbluft.

Steve keek me aan en bracht een vinger naar zijn lippen. We luisterden. We hoorden geluiden, zacht en langzaam. Niet een van de jongens. Steve slaakte een diepe zucht. Hij trok zijn broek aan en ritste hem dicht. Hij trok zijn sweater ook weer aan. Zijn ondergoed lag verstrengeld met het mijne tussen de lakens. Hij stond stilletjes op en trok zijn schoenen aan. Toen riep hij: 'Gram? Josie?'

Hij liep naar de woonkamer en door naar de keuken.

'Gram? Wat is er gebeurd? Ik dacht dat je bij Eleanor op bezoek ging.'

Ik hoorde een oudevrouwenstem – leek mij – die zei dat Eleanor zich niet zo lekker had gevoeld en geen behoefte had aan gezelschap, daarom was ze maar boodschappen gaan doen. Het klonk alsof ze in de keuken bezig was die boodschappen op te ruimen. Ik hoorde kastdeurtjes open en dicht gaan. Hij bleef een poosje bij haar, met haar praten. Toen moet ze de woonkamer in zijn gelopen. Ik hoorde dat de televisie werd aangezet. Ik hoorde een lichaam dat zich in een stoel liet zakken.

'Eh, er is een meisje in de slaapkamer, Gram,' zei Steve. Ik kon hem beter verstaan, nu ze in de woonkamer waren.

'Een meisje? In de slaapkamer?'

'Ja. Jess. Mijn vriendin van school. Ik liet haar de flat zien, maar ze werd misselijk, dus toen is ze even gaan liggen.'

'O, maar ik kan niet voor haar zorgen, hoor Steve,' zei ze. Ze klonk geschrokken. 'Je kunt haar beter naar huis brengen.'

'Nee, nee, weet ik. Zodra ze zich wat beter voelt breng ik haar naar huis.'

'Is goed, jongen.'

Een spelletjesprogramma nam bezit van de woonkamer. Opeens stond Steve weer in de slaapkamer. Hij glimlachte naar me. 'Hoe voel je je?'

Ik rolde met mijn ogen.

'Beter? Je mag pas opstaan als je je beter voelt, hoor.'

Ik grimaste en zocht op de tast naar mijn ondergoed. Ik kon mijn bh niet vinden.

'Waar is mijn bh?' vroeg ik hem bijna geluidloos fluisterend. Hij sloeg zijn hand voor zijn mond om een lach te onderdrukken en kwam naar het bed om te zoeken. We vonden hem samen, verward in het laken. Hij hielp me hem weer aantrekken. We zochten de rest van mijn kleren ook bij elkaar en ik trok ze zo goed en zo kwaad als dat liggend ging weer aan. Uiteindelijk stond ik op. Ik begon het bed op te maken.

'Hoeft niet,' fluisterde hij.

'Denk je dat een zieke zo een bed achterlaat?' siste ik in zijn oor.

Hij lachte zo hard dat je hem kon horen en zei hardop: 'Ik ben blij dat je je weer beter voelt, Jess.'

We trokken het laken keurig over de matras, trokken de deken recht en spreidden hem uit zoals hij ongeveer gelegen moest hebben.

Toen Steve weer in staat was zijn lachen in te houden gingen we naar de woonkamer. 'Gram, dit is Jess. Jess, dit is mijn Gramma Josie,' zei Steve, met een glimlach.

Josie draaide zich om. Haar hoofd draaide mee, ze staarde me aan en verstijfde helemaal. Je zag haar gezicht veranderen, haar kleur veranderen, haar hele lijf veranderen. Ze keek naar mij, ze keek naar Steve. Toen wendde ze zich af, en haar hoofd draaide weer zo langzaam mee als lava die langs een helling naar beneden glijdt. Ze wendde zich af, maar ik bleef haar gezicht voor me zien, haar oude doorgroefde gezicht, met diepe lijnen van het verdriet, haar ogen leeg gehuild, het leven erin voorgoed gedoofd.

'Ik weet niet waar jij denkt dat je mee bezig bent, jongen,' zei ze, toonloos.

Wij stonden daar, even als aan de grond genageld. Toen nam Steve me bij de hand. Hij nam me zonder een woord te zeggen mee naar buiten, en de lift in, naar zijn auto, en reed me zonder een woord te zeggen naar huis.

Op een zondag in november zaten mijn moeder en Philo in de woonkamer *The New York Times* te lezen en ruzie te maken, nou ja, hartstochtelijk te discussiëren over de oorlog, zoals gewoonlijk. Het was rond het middaguur maar ik zat nog in mijn pyjama op de veranda, met een kop koffie, toen er werd aangebeld. Philo sprong op – hij was de enige die al was aangekleed – en kwam even later terug met Annette en Ted. Mijn moeder en ik keken op en niemand zei een woord, omdat ze er zo raar uitzagen. Ze hadden Lisa bij zich en hun gezichten waren helemaal verwrongen, alsof een beeldhouwer hun hoofden uit klei had geboetseerd en aan hun neuzen en kinnen had zitten trekken. Annette bleef op de drempel staan met haar hand op de arm van Ted en zei met trillende stem: 'Andy, we hebben Marguerite en Derek net naar een school in Maine gebracht. Een kostschool bij de grens met New Hampshire. Daar blijven ze nu. Voorgoed.'

Toen barstte ze in tranen uit.

We sprongen allemaal op, mijn moeder en Philo en ik omhelsden haar, omhelsden Ted, omhelsden Lisa, en we bleven ze maar geruststellende klopjes geven en lieten ze zitten en Philo ging snel iets te drinken voor ze halen. Mijn moeder vroeg aan Lisa of ze misschien wilde tafeltennissen of zoiets, en zij knikte, waarop ik naar boven rende en me snel aankleedde. Toen nam ik haar mee naar de garage, we liepen elk met een glas sodawater. Ik weet niet wat de volwassenen daarna deden, ik wist alleen dat er gehuild werd. Ik moest onwillekeurig denken aan die keer dat ik met Bishop in een kerk was geweest en een bordje had zien hangen waar op stond: *camera lacrimosa*. Ik vroeg Bishop wat dat was waarop hij zei dat dat een huilkamer was. Ik vroeg hem waar die voor diende, waarop hij me aankeek alsof ik gek was. Alsof alles in het leven om huilen draait en ik dat op mijn zeventiende had moeten weten. Maar dat wist ik niet. En ik wist het nog steeds niet. Ik kon mij niet voorstellen dat er speciaal een kamer werd gereserveerd om in te huilen.

Maar ik had echt vreselijk met Annette en Ted te doen. Het waren goede mensen die pech hadden gehad. De meeste mensen zouden Marguerite en Derek als monsters zien, maar in hun ogen waren het geliefde kinderen. Annette en Ted konden alleen niet meer voor ze zorgen: ze waren te groot en onhandelbaar geworden. Ze hadden ze naar een huis moeten brengen waar voor ze gezorgd kon worden. Maar ze zouden ze niet veel meer zien, of misschien wel helemaal niet meer, want de mensen op die school hadden gezegd dat het voor de kinderen beter was hun ouders gewoon te vergeten. Ze waren er helemaal kapot van. Ik wilde er niet aan denken. De lijst met dingen waar ik niet aan moest denken leek langer en langer te worden.

Mijn moeder vroeg of ze wilden blijven eten. Uiteraard wisten ze niet dat we die avond extra feestelijk zouden eten omdat ik de dag daarvoor mijn diploma had gekregen, dus ze zeiden ja. Ze hunkerden naar warmte en troost. Mijn moeder kwam naar de garage en vroeg of ik het erg vond het diner dat ze oorspronkelijk had gepland – lamskoteletjes, mijn lievelingsmaal – te schrappen, zodat zij iets kon maken wat ze als 'troostrijk' beschouwde. Ik vond het prima. Ze vroeg of ik naar Savenor's wilde lopen of rijden om een paar kippen te halen. Ze wilde de maaltijd bereiden die ze altijd maakte als een van ons ziek was, kip in bouillon met prei en linguini. Ik vond dat bijna net zo lekker als lamskoteletjes, en bovendien wist ik dat we die dan de volgende dag zouden krijgen. Lisa wilde mee. Mijn moeder drukte me op het hart extra voorzichtig te rijden. Ik kon wel aan haar gezicht zien dat ze bedoelde: dit is het enige dierbare kind dat ze nog hebben – maar ik rijd sowieso voorzichtig.

We hadden inmiddels drie potjes getafeltennist, waarvan Lisa er twee had gewonnen, dus ze was al aardig opgevrolijkt en lachte weer. Maar één keer, toen ik mij van haar afwendde om een paar preien uit te zoeken, zag ik haar toen ik omkeek wezenloos voor zich uitstaren. Ik wees haar snel op de oude Momma Savenor, die al vijftig jaar achter dezelfde kassa zat, en zei dat het een heel lief oud mensje was – al wist ik niet eens of ze wel zo lief was. Ze was oud, en dat was schijnbaar voldoende om voor lief te worden gehouden. Hoe dan ook, Lisa werd meteen weer vrolijk bij de gedachte dat die oude vrouw en haar kinderen en kleinkinderen allemaal nog in hetzelfde huis woonden en werkten, er goed van leefden en er zich al die jaren thuis hadden gevoeld.

Philo bleef pogingen doen hen te amuseren en de Fields probeerden onder het eten opgewekt te blijven. Het was verrukkelijk, en de Fields bleven ook inderdaad uitroepen hoe verrukkelijk het was – alsof ze anders nooit zo lekker aten. We hadden een heerlijk, helend maal met een chocoladetaart die ik speciaal had gekocht omdat ik wel wist dat mensen er altijd van opkikkerden als ze chocola aten. Toen ze weer weg waren, was ik helemaal overstuur. Ik vroeg aan mijn moeder of ze er ooit bovenop zouden komen. Ze zei dat ze er uiteindelijk wel bovenop zouden komen, maar nooit helemaal, en ik huiverde van angst om ook een van die ongelukkigen te worden.

Maar ze knapten inderdaad zo'n beetje op. Binnen een jaar tijd konden Annette en Ted weer lachen en zich druk maken om kleine dingetjes zonder in tranen uit te barsten, net als gewone mensen, en een paar jaar later kon je niet meer aan ze zien dat ze zoveel verdriet in hun leven hadden gekend, alleen waren ze wel ouder geworden in het gezicht, waar al hun zorgen diepe lijnen in hadden getrokken. Toen de kinderen het huis uit waren stortten ze zich op de anti-oorlogsbeweging en daar bleven ze zich voor inzetten tot de oorlog voorbij was. Annette had kunstgeschiedenis gedaan als hoofdvak, maar toen Lisa ook ging studeren ging zij cursussen volgen om les te leren geven aan gehandicapte kinderen. Toen ze die achter de rug had ging ze werken met kinderen die net als haar eigen kinderen waren, maar dan net iets beter, want ze konden tenminste nog leren. Daar voelde ze zich beter bij. Toen Lisa met de hoogste lof afstudeerde aan Yale, wilde ze bij Buitenlandse Zaken gaan werken: ze wilde diplomaat worden. Maar de anti-oorlogsachtergrond van haar ouders werd haar aangerekend en uiteindelijk ging ze politicologie doceren in Madison, Wisconsin. Aanvankelijk was ze helemaal over haar toeren door de hele geschiedenis, maar uiteindelijk kwam ze er wel overheen. Het was ook geen vreselijk lot, leek mij. Het leven kan een gelukkig einde hebben, ook al heb je veel tegenslag gekend.

Ik dacht veel over dat soort dingen na omdat zoveel vrienden van mijn moeder met allerlei tegenslag te maken hadden. Zoals Kathy, van wie ik uiteindelijk begreep dat ze was doodgeslagen door haar man, haar geliefde Sean; en Alyssa, wier zoon Tim weer beter werd en tweeëntwintig werd, en een goede baan had en getrouwd was, maar die in 1972 opeens weer dezelfde kanker kreeg en daaraan overleed. Daarna nam Alyssa een baan, jurken verkopen bij Bergdorf's. Na haar werk ging ze naar huis en ging in bed zitten met allerlei snacks die ze onderweg naar huis had gekocht, televisiekijken tot ze in slaap sukkelde. Ze had geen ander leven. Mijn moeder zei dat ze een levende dode was, gedood door verdriet.

Eve Goodman verzorgde Dan, die steeds meer hulp nodig had, maar nog bijna tien jaar bleef leven! Een hele tijd, zei mijn moeder, voor iemand met ALS. Ze nam een jonge vrouw in dienst om haar te helpen en hield de weerzin die ze af en toe voelde bij wat er van haar gevergd werd verborgen. En op het eind ging hij nog niet zelf dood, maar moesten ze hem doden. Toen hij nog kon praten had hij tegen Eve gezegd dat ze dat moest doen als het niet meer ging, maar toen het erop aankwam wilde hij niet dood. Raar, hoe we ons aan het leven vastklampen, zelfs als dat ondraaglijk is geworden. Maar uiteindelijk deed hij het, dronk hij het gif, wat het ook maar was – ik moest aan *Tristan en Isolde* denken, maar hij ging eraan dood, en Eve was kapot.

Ze wist niet eens zeker of hij haar afkeer gezien had bij sommige dingen die ze moest doen, maar toen hij eenmaal dood was wist ze het wel, hij had het gezien, en toen werd ze overmand door gevoelens van schuld en verdriet, ze huilde en sloeg zichzelf en krabde haar gezicht helemaal open. Mijn moeder zei dat het treurig en ironisch was, dat iemand die zich als een engel had gedragen zich toch nog schuldig wist te voelen om wat ze misdaan had. Maar ze had ook vreselijk met Eve te doen, ze hield haar vast en wilde voorkomen dat ze zichzelf iets aandeed, maar Eve was helemaal buiten zichzelf. Mijn moeder zei dat het misschien wel kwam doordat ze gemengde gevoelens had over zijn levenseinde, dat de dood van Daniel voor haar zo moeilijk te verwerken was. Het duurde enkele jaren. Maar uiteindelijk kwam ze er weer bovenop, en nog weer een paar jaar later kreeg ze zelfs een nieuwe vriend.

Er waren zoveel mensen die iets vreselijks overkwam, dat het op mij begon over te komen alsof iedereen zijn portie ellende kreeg. Ik werd daar heel zenuwachtig van, ik was doodsbang voor wat mij zou overkomen. Zelfs de lieve familie Gross, onze buren, die zo boordevol geluk en blijdschap zaten met hun drie aardige zoons, werd in de ellende ondergedompeld toen hun oudste zoon sneuvelde in Vietnam. Lenny kwam er nooit meer overheen. Telkens als ze zijn naam noemde, of iemand iets over de oorlog zei, liepen haar ogen vol tranen.

Ik geloof de mensen niet die altijd maar volhouden dat als je je aan de regels van God houdt (hoe kan je nou weten wat de regels van God zijn?), dat je dan niks zal overkomen. Ik bedoel, het waren toch mensen die de Torah schreven, de Evangeliën, de Koran, de wetten van Manu, of niet? Het is gewoon de mening van een mens, net als de *Areopagitica*, waar of niet? En wat kan er nou voor zorgen dat jou niks overkomt in dit leven? De mensen hebben altijd gezocht naar iets magisch om ze een veilig gevoel te geven, maar ze hebben het nog nooit echt gevonden. Het is best te begrijpen dat mensen willen geloven dat er iets of iemand is die hen kan beschermen tegen de vreselijkste gebeurtenissen. Maar zo iets of iemand is er niet, en dat is niet eens waar ik aan denk. Waar ik aan denk is hoe mensen de vreselijke dingen die hun overkomen verwerken. Hoe komt het dat zulke vreselijke dingen niet meteen een eind aan hun leven maken? Soms doen ze dat. Maar wat als dat niet zo is? Ik denk daaraan als ik een angstaanjagende, enge of spannende film zie, en het stel of het gezin of de kinderen aan het eind bij elkaar staan en elkaar in de armen nemen, vol blijdschap, omdat het gevaar geweken is. De prachtige heldin over wie je zo in de rats hebt gezeten omarmt de mooie held om wie je je zo druk hebt gemaakt en het kind klampt zich aan hun benen vast en ze huilen van vreugde, en dan lopen ze gearmd en met opgeheven hoofd weg, een gelukkige toekomst tegemoet. Konden echte mensen dat wel, als ze zoveel angsten en wreedheden hadden doorstaan? Kon je dat vertrouwen weer krijgen, kon je je weer ontspannen in een omarming? Kon je echt geloven dat de toekomst je geluk zou brengen? Zijn de mensen die de holocaust hebben overleefd daar ooit overheen gekomen? En hun kinderen? Konden Annette en Ted, hoe oud ze ook worden, Derek en Marguerite ooit vergeten? Konden ze het ooit vergeten, de dagen van hun geboorte en de langzame ontdekking van hun gebreken, en al die dagen van zorg en glansloze, eindeloze liefde die ze al zorgend voor hen hadden doorgebracht?

Gaat het leven echt door? Hoe dan?

Mijn laatste schooljaar was mijn moeder het grootste deel van de tijd bezig met het uittypen van de tweede versie van haar boek. Ik werkte als serveerster, maar alleen 's morgens en begin van de middag. Sonny wilde voor de avonddienst jongens hebben, dat vond hij sjieker, en daar hadden die jongens natuurlijk geen moeite mee, want na het avondeten kreeg je de meeste fooien. Ik was na drieën altijd vrij en deed dan vaak de boodschappen. Ik probeerde dingen te kopen waarvan ik wist dat Philo ze lekker vond. Mijn moeder en ik vonden zo'n beetje alles wel lekker, maar Philo niet – hij was een ander dieet gewend en was niet zo te porren voor ongewone groenten of vis of salades, dus die aten we de avonden dat hij er niet was. Zijn moeder kon heel lekker koken, zei hij. Zij bereidde de specialiteiten van haar eigen land, een gekruide gehaktbal, bijvoorbeeld, die hij niet nader wist te omschrijven dan dat hij een verrukkelijke smaak had, en paprika's, of kip of kalfsvlees.

'Hmmm,' zei mijn moeder, 'kan ik eens wat recepten krijgen?'

Hij keek haar aarzelend aan.

'Vraag eens aan je moeder. Schrijf ze gewoon op. Ik zou ze graag eens uitproberen.'

Hij zat maar wat met zijn ogen te knipperen.

'Philo! Wat is dat? Is dat zo moeilijk?'

'Ze wil ze niet aan me geven,' wist hij eindelijk uit te brengen.

'Mijn hemel, waarom niet?'

Hij keek haar niet meer aan.

Nu werd ze echt nieuwsgierig. 'Wat is er, Phi?'

'Ze zou mij nooit een recept geven als het voor jou was,' zei hij.

'Waarom niet?'

Hij hield zijn kaken op elkaar geklemd. 'Ze vindt je een slechte vrouw.'

'O.' Ik kon wel zien dat mijn moeder in één keer een heleboel duidelijk werd. Haar gezicht betrok enigszins. Ik vroeg me af of ze zich gekwetst voelde.

Ze begon te tateren. 'De moeder van Pat vond het heerlijk om mij haar recepten te geven. Ze had er maar een paar; ze aten meestal rundvlees, vaak gemarineerd – ûhh – en uitgedroogde gegrilde kip. Kip die drie kwartier geroosterd was! En erwten en bonen uit blik, één lepel per persoon. Ze schepte altijd in de keuken op, zoals ze dat in hun kringen gewend waren. Eén gebakken aardappel, één plakje vlees, een lepel groente uit blik. De rest van de groente ging in de vuilnisbak. Soms hadden ze Waldorfsalade en zo heel af en toe braadde ze een lamsbout. Als daar iets van overbleef sneed ze het vlees van het bot, kookte dat in water, maakte het gebonden en deed dat op geroosterd brood. Hmmm,' zei ze met een wrange glimlach. 'Die wilde ik wel heel graag eens proberen.'

Philo leek verre van gelukkig. 'Het spijt me, Andy. Ze is nogal ouderwets.'

'Dus daarom hebben we je familie nog nooit ontmoet,' zei ze. Haar mond stond strak.

'Ja.'

'Was je van plan mij dit ooit te vertellen?'

'Nee.'

Mijn moeder schoot in de lach en ik haalde opgelucht adem.

Ik had Steve niet meer gezien nadat we bij hem thuis waren geweest. We hadden elkaar niet gesproken en ik had het er ook nog met niemand anders over kunnen hebben – Sandy was op kamp en Bishop was op de vakantieboerderij van zijn oom. Dolores was er wel maar die kwam zo ongelukkig op me over dat ik het niet kon opbrengen haar ook nog eens met mijn eigen treurige verhaal op te zadelen. Maar naarmate de weken voorbijgingen en de universiteit dichterbij kwam, verdween Steve naar de achtergrond. Het was alsof er een deur in mijn hoofd was dichtgedaan. En het drong langzaam tot me door dat degene van wie ik echt hield Philo was. Ik peinsde hierover, en besloot uiteindelijk dat ik iets zou moeten doen.

Ik wachtte tot een avond dat Philo bij zijn moeder was. Mijn moeder en ik aten garnalen met peultjes en rijst. Het was gezellig om samen te zijn; grappig, hoeveel ik ook van Philo hield, het was ook goed als hij er niet was. We zaten samen te roken terwijl buiten de duisternis viel. 'Mama,' begon ik.

'Ja, schat.'

'Ik ben verliefd op Philo.'

'Ik weet dat je van Philo houdt.'

'Nee. Ik ben verliefd op hem.'

Ze draaide zich naar me toe. Ik kon het silhouet van haar hoofd zien, maar niet haar gezicht. Zij kon het mijne ook niet zien.

'Ik vind dat je hem aan mij moet geven.'

Ze was even stil. Uiteindelijk zei ze: 'Hij is geen stuk vlees dat ik zo kan doorgeven.'

'Nee. Maar als jij tegen hem zei dat het goed was, zou hij mij willen. Hij wil mij.'

Ze staarde naar me alsof ze me kon zien. Het duurde een hele tijd voor ze iets zei. 'Dat zou best kunnen.'

'Maar hij zal niets proberen tenzij jij zegt dat het goed is.'

'Nee.'

'Dus ik vind dat je dat moet zeggen.'

Weer een lange stilte. Mijn hart bonsde inmiddels zo dat het wel leek of ik de maat aangaf voor het insectenkoor achter de hor. Maar ik beheerste me. Ik zei verder niks.

Na een hele tijd drukte ze haar sigaret uit en stond op. 'Ik zal erover nadenken, Jess.' Ze stapelde de schalen en borden op een dienblad en ging naar binnen. Ik hielp haar niet. Ik liet de rest van de spullen gewoon op tafel liggen, en bleef zelf zitten. Ik stak nog een sigaret op.

Ik hield mijn moeder nauwlettend in de gaten. Ik was niet van plan haar toe te staan er domweg nooit meer op terug te komen. Ik had de rest van mijn laatste jaar nog voor me. Daarna had het geen zin meer om Philo aan mij door te geven. Ik wilde hem nu; ik wilde dat we in de loop van de volgende maanden een band konden smeden, zodat hij de weekenden naar Andrews zou komen zoals hij nu naar Cambridge kwam voor mijn moeder. Ik had geen idee wat ze dacht, maar ze meende weken te moeten wachten alvorens ergens mee te komen. Ze koos een avond dat Philo er niet was. We hadden net gegeten. 'Jess,' zei ze. 'We moeten praten.'

Ik was een en al oor.

We staken allebei een sigaret op. Grappig, dat je dat deed in die tijd, alsof roken de inleiding van elk persoonlijk drama was. Dat deden ze in de film, als een gordijn dat omhoogging, een ouverture.

'Ik heb nagedacht over wat je zei,' begon ze. 'Aanvankelijk dacht ik dat ik misschien gewoon moest doen wat je zei, Philo op zijn minst de keus geven. Je bent inmiddels zeventien, en oud genoeg om een relatie te hebben. Misschien zou ik een stapje terug moeten doen en Philo laten beslissen wat hij wil.'

Ik zat inmiddels te grinniken.

'Maar toen heb ik er nog eens verder over nagedacht. En ik ben tot de conclusie gekomen dat het geen goed idee is. Ik weet dat Philo van je houdt, dat zie ik ook wel. En dat jij van hem houdt. Maar hij is mijn vriend geweest, en jij bent mijn dochter. En hoe we alle drie ook ons best zouden doen het te vermijden, we zouden toch gaan vergelijken. Je zou hem altijd vragen, of je op zijn minst afvragen, of jij beter was dan ik. Hij zou ons altijd met elkaar vergelijken, daar zou hij niks aan kunnen doen. En hoe hard ik ook zou proberen het niet te doen, als hij jou koos zou ik altijd iets van rancune voelen. En als hij mij koos, zou jij die rancune voelen. Het zou slecht zijn voor onze relatie, tussen jou en mij. Het zou slecht zijn voor Philo en zijn relatie met ons tweeën. Het is geen goed idee, Jess.'

Mijn vrienden vonden mij altijd zo pienter, maar altijd als ik aan mijn jeugd denk, valt het mij vooral op hoe onnozel ik was. Een onnozel kind. Ik zat daar maar en zei: 'Oké.' Oké! Alsof het oké was! Ik werd niet boos, ik ging niet huilen, ik deed niets! Ik zei oké en braaf en zoet als ik was ging ik mijn moeder helpen met afruimen! Ik dacht niet na. Dat is mijn oplossing voor elk probleem – er gewoon niet aan denken. Maar eigenlijk, terwijl ik niet denk, is een deel van mijn hoofd als een gek aan het denken, en aan het plannen, plannen, plannen. Tijdens mijn studie las ik dat Catharina de' Medici een intelligente vrouw was die altijd zei: 'Haat en wacht.' Nou, ik haatte mijn moeder niet. Maar ik wist wel dat ik degene was die de tijd had om te wachten, en dat ik dat kon ook. Ik zou wachten.

8

In het voorjaar van 1971 gebeurden er allerlei vreselijke dingen. In maart kregen we te horen van een bloedbad dat was aangericht in een dorpje dat My Lai heette. Het was al een paar jaar eerder gebeurd, en sommige mensen hadden er ook al eerder van gehoord, maar de meesten hoorden het toen pas. Het leger gaf de schuld aan een soldaat die Calley heette. Ik had met hem te doen: misschien was hij die dag wel een moordenaar geweest, maar daar was hij dan wel voor opgeleid – hij was gewoon maar een jongen die tot wapen was omgesmeed en deed wat zijn superieuren hem opdroegen. Hij was niet zoals Eichmann, een gestudeerd man met connecties die wel zou weten hoe hij zich uit een onhoudbare situatie moest manoeuvreren. Hij was maar een infanterist. Die mensen vermoorden was zeker niet zijn eigen idee geweest. Mijn vrienden en ik vonden dat er een rechtbank moest komen waar de president en de legerleider, wie dat ook mocht zijn, de minister van Defensie en de minister van Buitenlandse Zaken zich zouden moeten verantwoorden. Iedereen walgde van de oorlog en van onze leiders, maar niemand leek het idee te hebben dat we ze iets konden maken.

Nixon gaf opdracht voor een hele reeks bombardementen en in Washington werd geprotesteerd door soldaten die in Vietnam hadden gevochten. Mannen die waren binnengehaald als helden smeten hun medailles op een hoop: ze hadden voor niets gemoord en geleden. De regering haalde langzaam, bijna stilletjes troepen terug uit Vietnam, maar half juni volgde weer een enorme uitbarsting toen *The New York Times* allerlei geheime papieren publiceerde die ze van een voormalige medewerker van het Pentagon hadden gekregen. Daaruit bleek dat de regering al sinds 1954 heimelijk bij Vietnam betrokken was. Er bleek ook uit hoe zinloos de Amerikaanse inspanningen waren geweest – het opofferen van de ledematen dan wel levens van net zulke mannen als in Washington hun medaille hadden weggesmeten. Wij waren er ziek van. We waren er ziek van dat we Amerikanen waren, en verantwoordelijk voor die verschrikkingen.

De *Pentagon Papers* werden in juni gepubliceerd, de maand dat ik mijn diploma kreeg. Dat stelde weinig voor, helemaal in die omstandigheden. Ik bedoel, wij mochten dan de boer zijn die achter de ploeg liep, maar de figuur in de lucht achter ons was niet zo klein en maakte een hoop kabaal. Dat diploma zou mij waarschijnlijk sowieso niet veel gedaan hebben, ook al gebeurde al dat andere niet. De middelbare school afmaken was ooit heel bijzonder, in de tijd dat de meeste kinderen nog niet naar de middelbare school gingen, en degenen die er wel heen gingen ook echt iets leerden. Maar toen je vrijwel niks meer leerde op school en vrijwel iedereen ging studeren, was het gewoon de zoveelste aanleiding voor een feest.

Sommige leerlingen van Barnes hadden een bal in de gymzaal en ontbijt in een hotel in Boston, maar mijn clubje had het niet op dat soort dingen begrepen. Er was wel een ceremonie op school, waar mijn moeder ook heen ging. Na afloop ging ik naar een feest van Bishop, bij hem thuis. Iedereen ging daarheen, zelfs de lui die ook nog naar het bal gingen. Het was een volle bak. Er kwamen mensen van verschillende scholen. Er was een hoop bier en zelfs whisky, er werden pillen doorgegeven en iedereen rookte weed, gewoon in huis! De vader van Bishop was er niet, en zijn moeder bleef boven op haar kamer. Het werd een behoorlijk wild feest. Het zal wel goed zijn geweest. Mijn moeder zou naar beneden zijn gekomen, om de meute enigszins tot rust te manen, maar Bishop leek nergens mee te zitten. Hij had zo'n blik in zijn ogen en zo'n dwaze glimlach om zijn mond. Ik was weg van hem als hij zo was, zo vol liefde voor de hele wereld. Er werd aan een stuk door muziek gedraaid, meest Grateful Dead. Bishop was een Deadhead. Sommige mensen dansten – we waren in het souterrain – maar niemand van ons clubje. Wij waren niet van die dansers.

Ik werkte die zomer zoals gewoonlijk, en mijn vrienden waren weg, zoals gewoonlijk, maar dat jaar zag ik Steve nauwelijks. Het was net alsof die blik van Josie onheil over ons gebracht had. Zo zou het tenminste in mijn sprookjesboeken hebben gestaan. Zij had op de een of andere manier ergens een punt achter gezet in mijn leven, dat weet ik wel. Ik kon de gedachte niet verdragen dat ik haar nog meer leed berokkende, terwijl je aan haar gezicht en haar lijf wel kon zien dat ze haar hele leven al voornamelijk geleden had. En ik denk dat Steve hetzelfde had.

Mijn verjaardag was eind augustus. Toen mijn vrienden weer terugkwamen van kamp en vakantieboerderij, gaf mijn moeder een feestje voor mijn achttiende verjaardag. Het was meteen ook mijn afscheidsfeest. Ze nodigde Sandy en Bishop en Dolores en Steve uit, en nog een heel stel andere vrienden, en we mochten behalve fris ook bier drinken, want we waren inmiddels allemaal achttien. Ze bleef boven, op haar kamer, met de deur dicht. Ze had me beloofd dat ze niet van haar kamer zou komen, tenzij er problemen kwamen. Maar mijn vrienden maakten geen problemen. Roken deden ze wel. Toen ze weg waren moest ik overal de ramen open zetten en met handdoeken wapperen om de geur van weed te verdrijven, maar mijn moeder gaf geen enkel blijk van afkeuring. Ik wist niet eens of ze de geur wel herkend zou hebben.

Ik nam op mijn feestje afscheid van Dolores en Bishop. Dolores was een en al vlekken en tranen, nou ja, dat was ze inmiddels al een paar jaar. Ik ergerde me aan haar omdat ze altijd zo bang was. Ze ging naar UMass, maar daar was ze niet blij mee, helemaal niet. 'Ik moet THUIS wonen!' zei ze, alsof een mens niks ergers kon overkomen. Ik dacht dat ik ook wel een beetje verdrietig zou zijn geweest als ik zo dicht bij huis was gebleven, maar ik zag er tenminste nog een páár voordelen van. Zij helemaal niet. Ik had het gevoel dat ze alles altijd van de schaduwzijde bekeek. Ze was altijd zo briljant. En ze was nog steeds een fantastische kunstenares als ze zich ertoe zette. Maar ze was zo aangekomen dat ze echt dik was, en ze droeg ook veel te veel make-up, en ze flirtte als een waanzinnige, allemaal dingen die je in onze scene echt niet deed. Bovendien huilde ze om het minste of geringste. Op de avond van mijn feest huilde ze, met tussenpozen, de hele avond. Ze zei dat ze ons verschrikkelijk zou missen. Wij zeiden dat ze meteen nieuwe vrienden zou maken, dat iedereen dol op haar zou zijn, waarop zij weer in huilen uitbarstte. Ik denk dat we die avond allemaal een beetje labiel waren, tegelijkertijd blij en verdrietig, opgewonden en bang en ongerust over wat ons te wachten zou staan. Ik had het gevoel dat geen van ons contact zou houden met Dolores, dat we haar min of meer zouden loslaten.

Steve kwam niet op mijn feest. Ik wist niet waar hij was of hoe het met hem ging. Ik kon hem nergens vinden. We hebben hem nooit kunnen bereiken om hem uit te nodigen. Ik durfde hem niet te bellen en hij was al een poosje niet meer bij Barnes geweest, of bij mij thuis. Waarschijnlijk hadden we al afscheid van elkaar genomen.

Maar op een dag, vlak voor ik naar Andrews zou gaan, kwam Steve naar Sonny's en vroeg of ik na mijn werk een eindje met hem wilde rijden. Ik had die dag om halfdrie vrij, dus ik had de hele middag. We reden naar Revere, naar het strand, en gingen daar zitten praten. Ik vroeg hem of hij naar Harvard ging en hij zei dat hij het niet wist. Hij hield mijn hand vast en kuste me op de wang alsof hij afscheid nam. Ik kreeg de tranen in de ogen, hij was zo'n schat, en ik had zo'n voorgevoel dat ik hem veel minder vaak zou zien. Toen reed hij me naar huis.

Vroeg in de ochtend van vrijdag, 3 september 1971, laadden Philo, mijn moeder en ik mijn spullen in de auto. Toen we daarmee klaar waren, stonden Philo en ik elkaar aan te gapen, maar toen greep hij me beet en drukte me tegen zich aan. Hij kuste me op een wang en ik klampte me aan hem vast. Mijn moeder en ik vertrokken naar Andrews. Het was een dag vol blauwe luchten, groene gedachten in een groene schaduw, en een windje zo zacht als een bloemblaadje. Ik zweefde. Ik vond het vreselijk om Philo achter te laten; het deed me pijn om te bedenken dat ik hem een hele tijd niet zou zien, maar ik was zo opgewonden over mijn vertrek dat je zou denken dat ik uit de Sovjet-Unie ontsnapte. We reden uren en spraken weinig. Mijn moeder bood aan om bij mijn vader langs te gaan, zodat ik met hem zou kunnen lunchen. Dan ging zij in de stad wel even een hapje eten. Maar ik wist niet of hij er wel zin in zou hebben om zijn werk neer te leggen voor een lunch met mij; dat had hij ook nooit gedaan toen ik bij hem was. En bovendien, ik wist dat het weer gedonder zou geven als hij wist dat zij in de buurt was, dus we lieten hem links liggen.

We lunchten in een armzalig café ergens aan een zijweg – mijn moeder gaat altijd liever naar een gewoon café, hoe smerig ook, dan naar zo'n fastfood-tent langs de snelweg. We aten elk een bord verrukkelijke chili met niet zo heel erg lekker brood. Mijn moeder zei dat brood in Amerika altijd van matige kwaliteit was. Amerikanen hebben geen verstand van brood, zei ze, wat haar een raadsel was omdat brood toch het basisvoedsel was. Terwijl Europeanen echt wisten wat brood was en je in Europa overal het heerlijkste brood kon kopen. Toen ik dat hoorde wilde ik graag naar Europa.

Na de lunch reden we verder richting Montpelier. In de loop van de middag kwamen we op Andrews aan. Het studentenhuis waar ik in kwam was Lester Hall, een mooi, oud, naar alle kanten uitgebouwd huis met twee verdiepingen en twintig slaapkamers. We sjouwden de ene na de andere lading spullen de trap op naar mijn kamer op de tweede verdieping. Dat waren nogal wat treden voor je er was, maar een van mijn huisgenoten, een meisje dat Sheri heette, en dat haar kamer al had ingericht, hielp ons. Toen alles op mijn kamer stond had ik geen idee wat ik doen moest, dus ik was blij dat mijn moeder er was. Ze pakte een meetlint uit haar tas en begon wat dingen op te meten. Toen reden we weer terug de stad in. Het was een klein stadje, een schattig stadje waar zelfs nog een Woolworth's was – een oud warenhuis waar nog '*Five and ten cents store*' op stond, met een krakende houten vloer. Mijn moeder zei dat het net zo'n warenhuis was als in haar kindertijd, en eenmaal binnen bleef ze maar o! en ah! roepen, en 'God, het ruikt nog precies zo!' Alsof ze het echt geweldig vond. Ik kon me niet voorstellen dat mijn moeder een winkel zo geweldig vond. Ze kocht een hamer, een boor en een schroevendraaier, en zei dat die vast nog wel van pas zouden komen. Ik kon me niet voorstellen waarbij. Ze kocht ook gordijnroeden, kastpapier, een badmat en tandpasta – ik was de mijne vergeten in te pakken.

We reden weer terug naar de campus en zij klom meteen op mijn bureaustoel en boorde gaten in het houtwerk, waarna ze de schroevendraaier pakte om de gordijnroeden mee vast te schroeven. Aha! Daar was dat gereedschap voor. Ze had wat indiaanse doeken meegenomen die ze maanden geleden op de markt gekocht had, grote lappen die je als tafelkleed, sprei, of misschien zelfs als sari zou kunnen gebruiken. Ze had aan een paar ervan brede zomen gemaakt met tape dat je erop vast moest strijken. Ze schoof de doeken met die zomen over de gordijnroeden en kijk eens! Het waren gordijnen! De vijfde doek, zonder zoom, gooide ze op mijn bed als sprei, zodat alles bij elkaar paste. We hadden mijn bed opgemaakt met de dekens die ik had meegenomen. Ik begon mijn boeken in de boekenkast te zetten. Mijn moeder hing mijn kleren netjes in de kast – de enige keer dat hele jaar dat ze daar netjes hingen. Ze zette mijn lamp op het bureau en met een geweldig gevoel van trots zette ik mijn zware nieuwe Selectric (mijn eindexamencadeau van mijn moeder en Philo) erbij. Dat gaf me wel een kick, moet ik zeggen! En de kamer was klaar! In een vloek en een zucht! Het zag er gaaf uit.

Ik deelde een suite met twee meisjes, Sheri en Patsy. Sheri was mollig met koperkleurige krullen. Ze giechelde aan een stuk door. Ik had eerst niet zeker geweten of ik haar überhaupt wel zou kunnen verdragen, hoewel ik haar al was gaan mogen toen ze ons had geholpen met sjouwen. Op Patsy was ik echter dol zodra ze binnenkwam, met haar ouders in haar kielzog, net als wij bepakt en bezakt. Toen we elkaar zo zagen moesten we allemaal lachen. Patsy was lang, met donker haar en een droge humor, net als Sandy. Ik had de eenpersoonskamer toegewezen gekregen, Sheri en Patsy hadden de tweepersoonskamer, en we hadden met zijn drieën één badkamer. Toen mijn moeder hoorde dat er in de suite naast de onze drie jongens zaten, zei ze dat ik mijn deur 's nachts maar op slot moest doen. Ik vond dat ze paranoïde deed, maar toen het bedtijd werd deed ik het toch maar – in elk geval de deur naar de gang. Als je moeder weg is kijk je er heel anders tegenaan dan wanneer ze er nog bij is.

Ik vond dat ik een fijne kamer had. Het grote raam keek uit op het gazon midden op de campus. Daarachter waren de universiteitsgebouwen, die in vierkanten rond grote grasvelden waren gebouwd. Daar weer achter reikten bosjes berken en pijnbomen tot aan de berg die in de verte verrees, een groene berg met gele en roestkleurige vlekken, net een Cezanne. Het uitzicht maakte me vreselijk gelukkig. Dat was de eerste keer dat ik begreep hoe belangrijk een uitzicht kan zijn. Ik had nooit eerder echt uitzicht gehad: mijn kamer in Cambridge keek uit op de straat.

Mijn moeder richtte mijn bureauladen ook in. Ze was eigenlijk een fervent voorstander van orde en netheid, zei ze, net als haar vader. Ik had haar vader nooit gekend, die was overleden toen ik nog klein was. Ze zei dat zijn garage en zijn kelder en zolder eerder aan een archief hadden doen denken. Terwijl zij haar zucht naar orde en netheid uitleefde, dolde ik wat rond met Sheri, een forse meid met een forse lach, over wie ik inmiddels besloten had dat ik haar nog leuker vond dan Patsy.

De inschrijving was vrijdag en zaterdag, de colleges begonnen de maandag daarop. Ik moest mijn eigen curriculum en mijn eigen rooster samenstellen. Het was eigenlijk best beangstigend, allemaal. Ik had nog nooit eerder mijn eigen pakket of mijn eigen rooster mogen samenstellen, het was een vrijheid die mij bang en een beetje hysterisch maakte. Ik denk dat Sheri en Patsy ook bang waren. Ik klampte me aan mijn moeder vast toen ze aanstalten maakte om te vertrekken. Ik kon niet geloven dat ze wegging en mij daar alleen achterliet, en ik vond het vreselijk dat ze helemaal alleen die afgrijselijk lange reis terug naar huis moest maken. Maar toen ze eenmaal weg was, vergat ik haar alsof ze er helemaal nooit geweest was. Ik maak me weleens zorgen dat ik niet echt zo heel aardig ben.

Ze zei nog dat ik mijn vader moest bellen en een keer een weekend bij hem langs moest gaan, ze liet het me echt beloven. Maar toen was ze weg, en ging ik met Sheri en Patsy naar het campuscafé voor een kop koffie. Het was zo leuk! Het is zo spannend om nieuwe vrienden te leren kennen!

Toen ik voor mijn vertrek niks meer van Steve hoorde, had ik mij getroost met de gedachte dat ik met Thanksgiving weer thuis zou zijn, en dat ik hem dan weer zou zien. Maar toen het tegen Thanksgiving liep was ik zo opgegaan in mijn nieuwe leven met nieuwe vrienden dat ik mijn leventje thuis niet eens miste. Ik was verrukt van mijn kamergenoten, en ik had – wat een verrassing! – zelfs een meisje ontmoet met wie ik bevriend was geraakt toen ik in die bistro bij mijn vader werkte. Gail was voor haar tweede jaar naar Andrews overgestapt, we liepen elkaar op de campus tegen het lijf. Ze lag maar één jaar op me voor omdat ze een jaar vrij had genomen om naar Baja California te gaan en haar vader te leren kennen. Ze had hem daarvoor nooit echt gekend. Ze was opgevoed door haar oma, in Queens, New York, omdat haar moeder werkte, als detective nog wel, en haar ouders gescheiden waren. Haar vader woonde in Baja met zijn tweede vrouw. Ze was gek op hem en was het hele jaar bij hem gebleven. Ze vond het geweldig daar, ze zwom elke dag en was heel bruin geworden. Ze zei dat ze heel deskundig was geworden in *dolce far niente*, maar dat er voor haar ook echt helemáál niks te doen was in Baja. Uiteindelijk was ze toch maar weer teruggekomen. Haar moeder wilde dat ze haar studie afmaakte. Haar vader kon het niets schelen, zei ze: dat was een vrolijke Frans die veel dronk en in de zon op zijn banjo speelde. Hij leefde van zijn dividenden, wat dat ook mocht betekenen.

Haar verhaal inspireerde mij om mijn vader te bellen. Hij zou me komen halen om een weekend bij hem te zijn. Hij reed me naar zijn blokhut. Het was een huis geworden sinds de laatste keer dat ik er geweest was, met een echte keuken en een badkamer met een toilet! Ik kon niet nalaten op te merken dat als hij dat allemaal iets eerder had laten installeren, hij mijn moeder misschien gehouden zou hebben. Ik zei het ook al leek het mij niet eens waar; ik denk dat mijn moeder het wel zo'n beetje had gehad toen ze uit elkaar gingen. Hij beet me toe dat ik een wijsneus was, maar dat maakte mij niet uit. Toen hij me in de auto terugreed naar Montpelier, drong tot mij door dat ik altijd bang voor hem was geweest. Maar dat was ik niet meer. Zo onnozel ben ik nou: ik wist niet eens dat ik bang voor hem was tot ik het niet meer was. Ik weet ook niet eens waarom ik bang was geweest. Hij schreeuwde wel, maar hij had me nog nooit geslagen of zoiets. Toch was ik blij dat ik me iets meer op mijn gemak voelde in zijn bijzijn.

Wat tot mij was doorgedrongen was dat mijn vader drie versnellingen had, net als Jekyll/Hyde er twee had. De eerste was zijn gewone gedrag, de houding die hij altijd innam tegen mensen buiten het gezin – een ontzettend aardige vent, beminnelijk en lief, met veel humor en zelfrelativering. Van die man moest je wel houden; hij maakte overal een grapje van. Uit wat mijn moeder erover gezegd had, had ik opgemaakt dat hij degene was met wie mijn moeder getrouwd was.

De tweede kwam niet meteen tevoorschijn, maar liet ook niet lang op zich wachten, zei mijn moeder. Die was explosief, met een rood aangelopen gezicht, ogen die uit zijn hoofd puilden en zo'n bulderende stem dat je oren er pijn van deden. Die vent hoorde niks behalve zijn eigen geschreeuw, en hij maakte zich kwader en kwader in driftbuien die een hele dag, of soms wel een weekend konden duren.

De derde was een zombie. Dat werd mijn vader als hij het gevoel had verslagen te zijn. Dan liep hij als verdoofd rond zonder iets te zeggen, eigenlijk niet eens aanwezig in zijn eigen lichaam. Ook zo kon hij een heel weekend blijven, hoewel deze toestand vaak genoeg alsnog tot explosies leidde. Hij was een zombie geweest in de zomer dat ik bij hem had gewoond in Vermont. Ik dacht dat dat misschien ook wel de reden was geweest dat hij weer getrouwd was. Het moet een vreselijk gevoel geweest zijn om een zombie te zijn.

Maar in welke versnelling hij ook stond, hij was altijd doof. Hij kon niets van buitenaf opnemen. Als hij in de eerste stond, kon je tegen hem praten en denken dat hij je hoorde, maar dat was eigenlijk niet zo. Hij zat opgesloten en het enige wat hij kon was zichzelf herhalen, van versnelling naar versnelling schakelend, soms met een vreselijk geknars. Ik dacht de hele tijd dat er een 'echte papa' was, een man die van mijn moeder en mij hield, die aan ons dacht, maar die heb ik nooit kunnen vinden. Er was wel een man die beweerde dat hij van ons hield en die huilde als hij het erover had, maar die huilde alleen voor zichzelf. Mijn moeder had een keer gezegd dat hij waarschijnlijk werkelijk voor zichzelf moest huilen, maar zich daar zelf nooit bewust van was. Ze zei dat hem iets verschrikkelijks was overkomen toen hij nog klein was – zijn ouders hadden hem verlaten toen zijn zus overleed, en daar was hij nooit overheen gekomen...

Ik dacht op een nacht over dit alles na, in mijn nieuwe bed op de campus, en besloot dat het nergens op sloeg mij gekwetst te voelen als hij boos op me werd of mij voor van alles en nog wat uitmaakte, omdat hij dat eigenlijk niet met opzet deed. Ik was het niet die hij zag, maar een of ander verzinsel dat op mij leek. Ik bestond niet meer echt voor hem – als ik dat al ooit gedaan had. Misschien was wel niemand echt voor hem. Misschien smolten echte mensen wel ineen met, ja, met wie... zijn ouders, misschien, zijn overleden zus, kinderen die hij zelf als kind gekend had, mensen over wie hij gelezen had in boeken of strips of die hij gezien had in films. Het was een beetje alsof hij iedereen verzon. Dus als hij zo tekeerging was dat alleen omdat iets – ik – hem in de weg stond. Alsof hij een tornado was, zonder enige beheersing over zichzelf, en alles wat op zijn pad kwam aan gruzelementen moest.

De Eerste had Julie waarschijnlijk ten huwelijk gevraagd, maar toen ik bij hem op bezoek ging, was hij naar de Derde geschakeld. Ik wist niet of Julie de Tweede al had ontmoet. Ze was best aardig maar ze was een lichtgewicht, en zou vermoedelijk helemaal hysterisch worden als de Tweede opeens uit het donker kwam opdoemen. Ik betwijfelde of ze met de Tweede kon omgaan. Ik zag wel dat ze haar best deed zich aan de Derde aan te passen terwijl ze de Eerste bleef verwachten, maar omdat ze niet begreep wat hij aan het doen was, wist ze ook niet wat ze zelf deed. Ze probeerde altijd inschikkelijk te zijn.

Ik mocht Julie omdat ze niet probeerde de moeder uit te hangen. Ze probeerde mijn vriendin te zijn. Ze was jong en aantrekkelijk en monter en ze beschilderde porselein. Mijn vader nam haar op – als hij al naar haar keek – met een soort geamuseerde verdraagzaamheid, heel anders dan hij met mijn moeder deed, want dan liep hij over van energie en een soort razernij. Hij bouwde een kamer aan de achterkant van het huis zodat Julie haar eigen atelier had, met grote ramen en elektrische verwarming. Daar zat ze hele dagen vogels en bloemen te schilderen op kopjes, schoteltjes en borden. Het was best leuk, dat serviesgoed van haar; een kaaswinkel in de buurt verkocht het voor haar, maar daar zou ze niet van kunnen leven. Het gaf haar iets te doen.

Ze vroeg mij kleuren en stoffen uit te kiezen om mijn kamer opnieuw in te richten: ze wilde het hele huis graag afmaken, met droogbloemen en roze strikken en Laura Ashley-stoffen en beschilderd porselein waar je maar keek, om van te kotsen. Ik was geschokt dat mijn vader dat allemaal kon uitstaan, dat hij daarin kon leven, en toen ik de rest van het huis bekeken had wilde ik mijn kamer al niet eens meer laten doen. Ik was bang dat ze er weer zo'n snoezige kamer van zou maken als in die tijdschriften waar ze haar inspiratie uit haalde, zoals die foto van een keuken die ze op haar prikbord had hangen. Daar hing een kristallen kroonluchter in (moet je je voorstellen – na een maand was elke glazen druppel met een laagje vet bedekt). Ik werd koppig en zei dat ik mijn kamer wit geverfd wilde hebben en dat er verder niks aan mocht gebeuren. Ik had een bruin met oranje Navajotapijt en een antieke lamp met een oranje peertje op mijn bureau, en dat was dat. Julie was enorm teleurgesteld, maar mijn vader vond het wel grappig en brulde tegen haar dat ze mij met rust moest laten. Ik was blij dat hij mij verdedigde, maar vond het wel verdrietig dat zij tranen in haar ogen kreeg. Ik wist niet wat ik moest.

Mijn vader was overdag aan het werk in zijn atelier dus de enige keren dat weekend dat ik hem te zien kreeg was aan tafel. Aan tafel praatten we wel. Op vrijdagavond had Julie een kip helemaal stuk gebraden. Ze bakte er aardappelen bij, en ontdooide wat erwten. Mijn vader at er gulzig van. Na de kookkunst van mijn moeder zou je denken dat hij wel wist dat het niet te eten was, maar dat scheen niet het geval te zijn. Hij vroeg mij wat ik als hoofdvak wilde doen, en toen ik letterkunde zei, trok hij een grimas. Ik zei dat ik dichteres wilde worden, waarop hij zei dat ik dat niet kon menen. Ik zei dat ik het net zo meende als hij het gemeend had dat hij kunstenaar wilde worden.

'Waar wou je dan van leven?' vroeg hij.

'Waar leefde jij van?' kaatste ik terug.

Hij trok een gezicht. 'Je hoeft niet zo eigenwijs te doen. Je weet dat je er niet meer op hoeft te rekenen dat een man je onderhoudt,' baste hij.

'Zoals jij mama onderhield?' zei ik, van binnen ineenkrimpend.

'Ja. Zij kreeg de auto en ik krijg de rekeningen van de garage,' gromde hij. Hij keek alsof hij het maar walgelijk vond en greep naar zijn glas alsof het mijn akelige persoontje was waardoor hij aan de drank was geraakt.

Zaterdagavond nam hij ons mee uit eten. Hij bestelde een enorme steak, een gebakken aardappel met zure room, en heel veel whisky. Hij was nogal rood in die tijd, en ik vroeg me af of dat gezond was of juist niet. Die avond informeerde hij naar mijn studie. Ik formuleerde mijn antwoorden voorzichtig. Ik voelde me schuldig omdat ik de avond daarvoor nogal bijdehand was geweest, en ik had mezelf voorgenomen te proberen die avond wat aardiger te doen. Natuurlijk wist ik nooit waar hij kwaad om kon worden, maar ik probeerde niet al te veel nadruk te leggen op de weinig burgerlijke moraal op de campus. Ik vertelde over de letterenstudies, de grote schrijvers die aan de faculteit verbonden waren, de schoonheid van de campus. Ik stelde me voor dat hij het wel prettig zou vinden dat ik in Vermont studeerde, waar zijn familie tenslotte toch ook banden mee had. Ik probeerde zoveel mogelijk namen te noemen, want ik wist dat hij Andrews meteen een geweldige universiteit zou vinden als iemand die hij kende, hoe vaag ook, er doceerde of studeerde – maar geen enkele naam die ik noemde scheen hem bekend in de oren te klinken. Ik scheen hem vooral te irriteren. Hij dook weer in de fles, net als de avond daarvoor.

Het maakte mij niet uit van die kamer, want ik kwam daar toch niet zo vaak meer. Julie maakte er uiteindelijk toch een poppenhuiskamer van. Nou ja, waarom ook niet? Het was haar huis, en het was vooral haar zus die daar geregeld logeerde. Ik voelde me er een vreemde. Ik kon alleen een bezoek brengen aan het leven dat mijn vader daar leidde; met hemzelf praatte ik vrijwel niet. Mijn vader bleef het grootste deel van de tijd dat hij er met Julie woonde in de zombieversnelling staan. Als hij al eens naar de Tweede schakelde, kreeg ik dat nooit te zien. Maar misschien had hij dat uiteindelijk toch wel gedaan, want een paar jaar later ging Julie bij hem weg. Daarvoor was het eigenlijk vooral Julie bij wie je op bezoek was, als je daar eens kwam. En Julie was niet zo heel interessant.

Hij hield van mij, ik bleef mezelf eraan herinneren. Maar in gedachten was hij voortdurend ergens anders. Niet bij Julie of mijn moeder of mij. Gewoon ergens anders. Misschien wel bij zijn schilderijen. Misschien zag hij allerlei kleuren. Of misschien dacht hij wel aan drank en sigaretten. Ik voelde me net een hand die voor zijn hoofd heen en weer werd gezwaaid, maar die zijn ogen niet oppikten. Wat hij voor mij voelde was als iets wat hij in de tuin van zijn hart had begraven; jaren geleden. Maar voor mij was hij een actieve vulkaan, niet werkzaam maar altijd gloeiend. Elke keer dat ik aan hem dacht, brak mijn hart weer. Telkens weer. Ik vroeg me af hoe vaak je hart kon breken voor het finaal gebroken was. Wat mijn hart brak was niet iets wat hij mij aandeed, zelfs niet iets wat hij zichzelf aandeed – het was gewoon wat hij was. Ik weet niet hoe ik dit moet uitleggen, nu nog niet; ik wist het niet, en had er ook met niemand over kunnen praten, zelfs niet met Sandy, zelfs niet met mijn moeder. Ik had het gevoel dat hij het wandelende restant was van iets dat mooi en edel en goed wilde zijn, en dat aanvankelijk ook geweest was. Maar dat in elkaar was gezakt, gestort, geïmplodeerd, voor het enige omvang kon krijgen.

Toch was het bij dat bezoek dat ik voor het eerst enig benul kreeg van waar hij als schilder mee bezig was. Ik ging 's ochtends vroeg naar zijn atelier, voor hij er met zijn beker koffie heen was gestrompeld, en ik bekeek alle schilderijen in verschillende stadia van voltooiing, en een paar die al klaar waren en die tegen de muur stonden te drogen. Het waren grote doeken, en in die tijd bijna allemaal kersenrood en grijs, met felle paarse dan wel zwarte vegen erdoor, en hier en daar een gele vlek. En opeens werd ik erdoor overweldigd. Ik had het gevoel alsof ze op me af stormden, als een springvloed, als razernij die uit hem tevoorschijn spoot. Wat die doeken uitdrukten was een onbeheersbare energie, ze deden me denken aan een dier op het moment dat het zich van een klif stort. Ik begon te begrijpen waarom mensen zeiden dat hij zo goed was, en bedacht dat hij dat misschien inderdaad wel was, en dat zijn werk, en zijn gave, het voor hem misschien wel waard waren om zijn leven voor te geven.

Dat zou het voor mij niet zijn. Zou dat betekenen dat ik nooit een echte dichter zou worden?

Sandy en Bishop en ik hadden misschien anderhalve brief uitgewisseld toen in november de eerste tekenen erop duidden dat zich een ramp aan het voltrekken was. Ik pikte ze onmiddellijk op omdat ik thuis was voor Thanksgiving, en toevallig naar het nieuws keek. In het begin hield het verhaal, dat al weken bleek te spelen, geen enkel verband met iemand die ik kende: een politieman in Cambridge was beschuldigd van het aannemen van smeergeld. Een man die net tot districtscommandant was benoemd kreeg opdracht te onderzoeken wat er nu feitelijk waar was van de geruchten die al langer de ronde deden, dat bepaalde politiemensen betrokken zouden zijn bij drugshandel. De kersverse commandant was ambitieus en idealistisch, hij voerde zijn opdracht naar eer en geweten uit en werd zo de eerste politieman die voornoemde geruchten serieus onderzocht. Zijn inspanningen leverden hem een bondgenoot op, een journalist die een politieke column schreef voor een krant in Boston. Deze columnist had een heel team van informanten, en begon over het onderzoek te schrijven. Net in de tijd rond Thanksgiving begon hij erop te zinspelen dat er hoge politiemensen uit Cambridge bij die drugshandel betrokken zouden zijn. Ik was niet bijster geïnteresseerd in het plaatselijke nieuws, en eigenlijk ook niet in ander nieuws (ik las zelfs nauwelijks nog iets over de oorlog). Ik las dat artikel alleen omdat mijn moeder er mijn aandacht op vestigde – ze wist dat de vader van Bishop commissaris van politie was. Toen ik terugging naar Andrews vroeg ik mijn moeder het verhaal te volgen en mij knipsels te sturen als er verder nog iets gebeurde.

In de loop van de volgende weken stuurde ze mij een paar knipsels. Een agent werd beschuldigd, of eigenlijk betrapt; om zich eruit te redden stemde hij erin toe informatie te verschaffen over collega's die steekpenningen aannamen van drugsdealers. Als je erover nadacht was het zo duidelijk als wat dat die dingen gebeurden. Hoe kon het anders zo makkelijk zijn om aan drugs te komen in Cambridge? Of waar dan ook? Er moesten netwerken bestaan van mensen die die drugs doorgaven, en elk een deel van de winst opstreken, en het kon niet anders of de politie kneep een oogje toe. In Monaghan's, waar Steve werkte, kon je weed krijgen, paddo's, speed, wat je maar wilde.

Toen ik weer een paar dagen thuiskwam voor de kerst stond mijn moeder me op het busstation op te wachten. Ze vertelde dat de columnist er al een tijdje op zinspeelde dat de commissaris in Cambridge ook bij het zaakje betrokken was – de vader van Bishop! Ze had nog wat krantenknipsels voor me; de kranten stonden vol verhalen over de corrupte politie en de geruchten dat er ook hoge officieren bij betrokken zouden zijn.

Voor het avondeten bereidden mijn moeder en ik die avond een stoofschotel. We stonden samen in de keuken uitjes te pellen en boontjes af te halen. Met het eten bezig zijn, en die geuren opsnuiven terwijl het op het vuur stond te pruttelen, maakte me zo blij dat ik Bishop belde. Hij nam de telefoon op, dezelfde vage, dromerige Bishop als altijd. Pas toen besefte ik dat ik niet wist wat ik zeggen moest. Ik zei gewoon maar dat ik thuis was en vroeg hoe het met hem ging, en had hij Sandy al gezien, hoe was Yale, had hij Steve nog gezien, en had hij zin om iets af te spreken? Ik zei niks over zijn vader. Hij zei dat alles in orde was, ja, hoor, hij had alleen geen tijd gehad om te schrijven, hij had het zo druk. Yale was geweldig, hij had Sandy niet gezien, hij had Steve ook niet gezien, hij wist niet of Steve nou naar Harvard was gegaan of niet, hij ging nooit naar Monaghan's. Zeker moesten we iets afspreken, maar hij had zijn moeder beloofd haar deze week rond te rijden voor de gebruikelijke kerstklusjes – een boom halen, eten bestellen, cadeautjes kopen. Hij zou me bellen als hij tijd had.

Ik hing op met een heel akelig gevoel. Bishop had altijd tijd voor mij.

Altijd.

Ik belde Sandy.

Nee, zij had Bishop niet gebeld, dat vond ze te eng, ze wilde hem niet overstuur maken en wist niet hoe de zaken ervoor stonden. Zeker, ze kon morgen wel met me lunchen, ze had me zoveel te vertellen, Smith was fantastisch! Echt fantastisch! Ze vond het heerlijk en ze had het zo getroffen met haar kamergenoot!

En bajonet van jaloezie drong door mijn hele lijf heen, en dat werd er niet beter op toen ik mezelf hoorde uitroepen: 'O, die van mij zijn ook ontzettend leuk! Echt zo gezellig!' Ik hoorde de korte stilte die viel voor ze reageerde en besefte dat zij hetzelfde gevoel had als ik.

God, wat is het leven moeilijk.

We ontmoetten elkaar bij Bailey's, ons gebruikelijke trefpunt. Drie uur bleven we zitten giechelen en confidenties uitwisselen bij een lunch die uit een kaassandwich en drie koppen koffie bestond. Toen we dat achter de rug hadden lagen alle geheimen van onze arme kamergenoten op tafel, maar we wisten geen van beiden ook maar iets over Bishop of zijn ouders.

De vader van Bishop werd gearresteerd in maart, toen Sandy en ik weer ver van huis waren, dus we waren niet in de buurt om Bishop bij te staan. Onze moeders hielden ons op de hoogte, en we belden hem allebei, eerst op Yale, toen thuis. Op Yale was hij niet, en thuis in Cambridge werd de telefoon niet opgenomen. De kranten stonden vol van de arme meneer Connolly, die ervan beschuldigd werd al vele jaren lang steekpenningen te hebben aangenomen. Hij zei dat hij onschuldig was, maar de koppen schreeuwden over corruptie en er stonden foto's bij van hem bij de rechtbank, met zo'n nepglimlach op zijn gezicht, met aan de ene kant zijn advocaat en aan de andere kant de kleine mevrouw Connolly die zich aan zijn arm vastklampte en glimlachte met haar lippen op elkaar zodat haar slechte gebit niet te zien was, breeduit op de voorpagina van alle kranten in Boston. Ik probeerde de hele week Bishop te bereiken, hoe lastig het ook was om te bellen in mijn studentenhuis (de telefoon hing in de gemeenschappelijke kamer). Tussendoor belde ik met Sandy. Zij kon hem ook niet te pakken krijgen. Begin juni was er een of ander maf apparaat aan de telefoon van de Connolly's gehangen, een nieuwe uitvinding, een apparaat dat telefoontjes beantwoordde! Ik herkende de stem op het apparaat niet, het zal waarschijnlijk Francis, de zwager van Bishop, geweest zijn, die zei dat de Connolly's momenteel niet aan de telefoon konden komen maar dat je een boodschap kon achterlaten en dat ze dan terug zouden bellen. Je moest op een signaal wachten en dan kon je iets zeggen. De eerste keer dat we dat ding ervoor kregen hadden we allebei geschokt opgehangen, maar daarna spraken we onze boodschap in. Bishop belde nooit terug, dus uiteindelijk schreven Sandy en ik hem een brief en stuurden die naar zijn huis in Cambridge.

Sandy noch ik kreeg enige reactie van hem. Hij verdween uit ons leven. Er werd gezegd dat de familie het huis had verkocht, dat mevrouw Connolly en de kleine kinderen in een flat bij Boston woonden, en dat zij een baantje had in een schoolkantine. We wisten niet of dit waar was. Tegen het eind van de zomer zat meneer Connolly in de gevangenis. Hij had ervan afgezien de aanklachten te ontkennen en was tot vijf jaar veroordeeld in een open gevangenis. Het was vreselijk om je de vrolijke meneer Connolly in de gevangenis voor te stellen. Het was vreselijk om je de arme overwerkte mevrouw Connolly voor te stellen met haar slechte gebit en haar gerimpelde voorhoofd, de hele dag staande achter een buffet waar ze eten op borden moest scheppen, waarna ze naar huis ging om eten te maken voor de vier of vijf jongetjes (ik wist niet meer hoeveel het er waren) met wie ze in een klein flatje woonde. Niemand wist waar Bishop uithing.

Toen hoorden we dat Patrick, hun een na oudste zoon, was omgekomen in Vietnam.

Mijn hart deed pijn als ik aan hen dacht, en weer voor me zag hoe ze onze hele club altijd welkom hadden geheten met glimlachen en kwinkslagen. Ze waren altijd zo gul, ze grijnsden breed, spreidden hun armen, zeiden dat we vooral een colaatje moesten nemen, of een pilsje, en er stonden pinda's op tafel... Het was echt een gouden gezin, vol liefde en geluk, en overlopend van genegenheid en gastvrijheid. Het waren de Connolly's waar ik aan dacht toen ik *Oorlog en vrede* las en bij de Rostovs kwam. Het waren de Connolly's die mij hadden gesterkt in de overtuiging dat als mensen maar goed leefden, ze alle dagen van hun leven geluk zouden kunnen smaken.

Nu wist ik opeens niet meer waar ze allemaal gebleven waren, kon ik er niet achter komen waar ze woonden, en hoe. Ik kon ze geen hulp aanbieden, ik kon ze niet eens opzoeken om te zeggen dat ik het zo erg vond wat hun was overkomen. Het was net zo'n gevoel alsof je op een tak zat die van een boom afbrak – we zweefden, maaiend met onze armen, afgesneden van de boom, in de winterse lucht. Of misschien was het wel andersom; misschien zaten Bishop en de Connolly's op die afgezaagde tak en waren wij, de gemeenschap, de boom die nog overeind stond – maar we voelden ons hoe dan ook afgesneden. Sandy en ik klampten ons aan elkaar vast. We belden elkaar en we schreven (toen Sandy die zomer op kamp was) elke week, maar na een paar maanden vergaten we het, of althans ik vergat het, wispelturig wezen dat ik ben – ik vergat het en fladderde even zorgeloos verder als een vlinder.

9

Ik genoot van het studentenleven. Ik was overal even verrukt van: de schoonheid van de Green Mountains, de vrijheid van een leventje zonder moeder of vader in de buurt, de opwindende nieuwe mensen die ik ontmoette, die glansden van de aantrekkingskracht van al wat onbekend is. Bovenal genoot ik van wat ik leerde. Ik kwam in aanraking met boeken van schrijvers van wie ik niet eens had geweten dat ze bestonden – geen oude, zoals Austen en Trollope en Henry James, en ook geen nieuwe, zoals Doris Lessing en Aleksandr Solzjenitsyn, maar daar zo'n beetje tussenin, zoals *Darkness at Noon* van Arthur Koestler, en *Man's Fate* van André Malraux. Die gingen over recente tijden, tijden dat ik al wel geboren was, maar waar ik niks van wist. Ze legden hele nieuwe werelden voor mij open, beangstigende werelden die werkelijk hadden bestaan. Ze voorzagen de oorlog in Vietnam voor mij van een nieuwe context en deden mij beseffen hoe onschuldig – onnozel eigenlijk – mijn protest was geweest. Ik was nog steeds tegen oorlog toen ik die boeken had gelezen, maar niet meer zoals voorheen. Iemand moest de strijd aanbinden met de gruwelen die in die boeken beschreven werden, zoals mijn vader zei. Zelfs mijn moeder was het ermee eens dat Hitler bestreden moest worden. Het was nooit eerder bij me opgekomen dat sommige oorlogen, nou ja, niet echt goed waren, maar noodzakelijk, en andere niet. Ik was in principe tegen oorlog, tegen eeuwen, millennia van pogingen van het ene volk om het andere te overheersen, maar toen ik die schrijvers gelezen had leek het probleem gecompliceerder te liggen dan ik dacht.

Eerstejaars konden geen cursussen creatief schrijven volgen, maar ik sloot me wel aan bij de poëzieclub. Ik wist nooit de moed op te brengen om iets van mezelf voor te lezen, maar ik werd er wel door geprikkeld en mijn dichtader ging stromen: ik schreef gedichten in een koortsachtig tempo. Er waren elke week weer andere studenten maar de kern bestond uit vijf meisjes (onder wie ik) en drie jongens, van wie er een Christopher Hurley heette. De jongens waren tamelijk snobistisch, ze dreven met bijna iedereen de spot en ze keken echt neer op de andere meisjes, wat mij zenuwachtig maakte. Maar ze waren allemaal heel aardig voor mij, om de een of andere reden. Ik vond vooral Christopher leuk. Hij was ouder dan ik, en derdejaars, en hij schreef gedichten over natuurwetenschappen, die hij afspeurde op metaforen, vooral over tijd en plaats. Hij leek mij heel diepzinnig. Ik kende het verhaal: tijd en ruimte waren een continuüm, twee manieren om naar hetzelfde fenomeen te kijken. Maar ik wist niet of ik het wel echt begreep. Toch vond ik het heerlijk om naar hem te luisteren als hij voorlas, en probeerde ik een gesprek met hem aan te knopen als we na de bijeenkomst met zijn allen iets gingen drinken. Maar hij leek mij niet op te merken. Toch geloofde ik dat hij mij mocht zonder het te weten. Hij was heel serieus.

Ik had ook een te gekke literatuurdocent, dr. Stauffer, een dynamische vrouw van mijn moeders leeftijd, die verder ook wel iets van haar had, knap en met een goed figuur en mooie kleren en ze gaf gewoon les in een broek! Ik had altijd een spijkerbroek aan, zoals iedereen, jongens zowel als meisjes, met een sweater en laarzen. Dat was ons uniform. Ruth Stauffer (ze zei dat we haar Ruth moesten noemen!) liet ons *The Man Who Loved Children* van Christina Stead lezen, *The Tin Drum* van Günter Grass en *The Search for Christa T.*, waar ik helemaal van ondersteboven was. We lazen *Four-Gated City* van Doris Lessing, wat geweldig was, en daarna *In Pursuit of the English*, wat een giller was. We hadden zulke levendige discussies met literatuur dat we allemaal kreunden als de bel ging en na afloop van het college vaak nog bleven hangen.

Uiteindelijk begon Ruth met 'Vrijdagmiddag Vier Uur', een wekelijkse informele bijeenkomst om over boeken te discussiëren of van gedachten te wisselen over elk willekeurig gewenst onderwerp. Ze nodigde docenten en studenten uit om te komen vertellen over hun favoriete schrijver of dichter of kunstenaar of waar ze maar in geïnteresseerd waren. Hoogleraren die tijdens het college heel saai waren, kwamen tot leven als ze over hun passie vertelden, wat dat ook was. Er was bijvoorbeeld een biologiedocent die gek was op Gerald Manley Hopkins en die zijn gedichten aan ons voorlas met zijn galmende, fluwelen stem en grote indruk maakte op ons allemaal, niet alleen met Hopkins, maar ook met zichzelf. Een wiskundedocent kwam met dia's van een kunstenaar die Joseph Cornell heette, van wie we nooit gehoord hadden, en liet ons dia's zien van zijn mooie kastjes. Er was een Franse hoogleraar die weg was van George Sand, maar nooit colleges over haar mocht geven – op een middag praatte hij meer dan een uur over haar, en wij hingen aan zijn lippen. Hij vertelde ons over haar betrokkenheid bij de Franse revolutie van 1848 en hoe ze haar man had verlaten en naar Parijs was gegaan en zich in mannenkleren had gehuld zodat ze naar het theater kon gaan en zich vrij kon voelen op straat. En ze nam een hele hoop minnaars zoals Chopin en De Musset en haar werk had invloed in heel Europa en Amerika, op mensen als Marx en Bakoenin en Dostojewski en Walt Whitman en Balzac en Flaubert. Hij zei dat zij de eerste was geweest die óóit over arme mensen had geschreven, en hij las iets voor uit een roman over de armen, *François le Champi*, in het Engels. Ik vond het zo spannend allemaal dat ik meteen naar de boekhandel holde om al haar boeken te kopen. Maar ze hadden niks! Niet één titel! En er stonden maar twee boeken van haar in de bibliotheek. Ik las ze allebei. Ze waren hartstikke leuk.

Zulke middagen waren heel inspirerend, ik had echt het idee dat studeren daar om begonnen was. Na de bijeenkomst ging Ruth altijd rond met sherry en kaas, wat ons zo'n volwassen en beschaafd gevoel gaf dat we bijna spinden van genoegen. De glazen waren heel klein en er waren net zoveel docenten als studenten, dus er werd nooit te veel gedronken.

Ik nam ook politicologie, waarin een overzicht werd gegeven van verschillende regeringsvormen en de bijbehorende theorieën. Helaas was die docent heel saai. Mijn gedachten dwaalden vaak af naar Bishop, die politicologie als hoofdvak wilde volgen. Het college was heel vroeg (negen uur!) dus ik sloeg het vaak over. Er werden geen presentielijsten bijgehouden op Andrews, dus dat maakte niet uit. Ik vroeg me af of Bishop het naar zijn zin had op Yale; ik vroeg me af of hij zich daar op zijn gemak voelde en of hij met politicologie hetzelfde kreeg als ik. Ik zou het heerlijk hebben gevonden hem daar lange brieven over te schrijven, om hem te vragen hoe hij tegen al die theorieën aankeek. Ik begon ook inderdaad aan een brief aan hem, en schreef drie of vier kantjes, maar ik raakte hem kwijt voor ik hem op de post kon doen.

In mijn eerste jaar werd ik om de paar weken verliefd. Mijn houding tegenover seks maakte een serieuze ontwikkeling door, en ik besloot dat ik mijn aarzelingen maar eens aan de kant moest zetten en het gewoon moest doen. Een aantal jongens zat achter me aan; de ijverigste en onvermoeibaarste was Donny Karl. Hij had iets verdorvens over zich; hij had een mager gezicht met ingevallen wangen en koude ogen waarvan ik me voorstelde dat ze glinsterden van verlangen. Hij kwam zo wereldwijs over, dat ik dacht dat hij wel alles van de liefde af zou weten. Ik was niet gek op hem, maar zijn goddeloze voorkomen en zijn verliefdheid op mij leken mij voldoende. Ik waarschuwde mijn kamergenoten wat er ging gebeuren en op een regenachtige zaterdagmiddag deed ik beide deuren op slot en ging met hem naar bed. Na afloop was ik geschokt: was dit nou dat geweldige gebeuren waar iedereen naar snakte?

Toen ik Patsy vertelde dat het allemaal niks voorstelde, zei ze dat als ik teleurgesteld was, Donny niet had geweten waar hij mee bezig was. Ik ontkende dat ik teleurgesteld was; ik hield vol dat ik er gewoon niet van onder de indruk was. Maar haar woorden bleven hangen, en ik begon na te denken over wat Donny precies gedaan had, en besefte dat hij wel wat onhandig en onnozel was geweest. Misschien was zijn uiterlijk misleidend?

'Je weet toch wat een orgasme is, hè?' had ze gezegd. 'Je masturbeert toch?'

'Tuurlijk,' zei ik, maar – masturberen! Zeker niet! Het idee!

Niet dat ik mijn lichaam helemaal niet kende. Maar telkens als ik voelde dat er iets door mijn vlees begon te deinen, als mijn hartslag versnelde en mijn lendenen zich gingen roeren, trok ik terug, omdat ik het gevoel had dat wat ik deed verkeerd was. Maar wat Patsy had gezegd zette me wel aan het denken, en de volgende keer dat het gebeurde liet ik mijn handen doorgaan met waar ze mee bezig waren, bracht zelfs nog wat meer vernuft in het spel, en niet veel later, wham!

Dus daar draaide het allemaal om.

Ik liet Donny verder links liggen en ging op zoek naar partners voor wie ik meer voelde, niet dat je ook maar enigszins kunt voorspellen of de seks met iemand goed zal zijn. Het leek me alleen beter als ik iets voor de jongen voelde, wat met arme Donny niet het geval was geweest. Ik was echter achttien, en leek voor een heleboel jongens wel iets te voelen, zonder te kunnen zeggen welke gevoelens er nou toe deden en welke niet. Iedereen was aantrekkelijk! Ik vroeg me af of mij iets mankeerde. Was ik misschien oversekst? Want ik was ook nog gek op sommige meisjes. Het was op Andrews niet ongebruikelijk dat meisjes ook iets met elkaar hadden. Dat had zelfs wel enig cachet – een meisje kon het ene jaar lesbisch zijn en het volgende hetero. Voor jongens was dat minder acceptabel. Mijn grillige hart zond mij op allerlei omzwervingen zonder me veel rust te gunnen.

Aan het eind van het studiejaar belde mijn vader met de mededeling dat hij me kwam halen, en dat hij mij met mijn spullen naar Cambridge zou brengen. Dat was heel attent, wat zo ongebruikelijk voor hem was dat ik bijna tranen in de ogen kreeg, maar ik zei alleen nonchalant: 'Oké, is goed.' We spraken een dag en een tijd af, en daar was hij, helder en vroeg op een vrijdag achter in mei. Hij was in zijn vrachtwagen, waar mijn spullen makkelijk in konden. Het was verbazingwekkend hoeveel spullen ik had – bijna twee keer zoveel als waar ik mee begonnen was. Ik had niet het idee dat ik nou zoveel gekocht had in de loop van dat eerste studiejaar – wat boeken, wat lipsticks – meer niet, dacht ik, maar ik had wel een nieuwe stereo gekregen met de kerst, en heel veel kleren en boeken, ontzettend veel boeken. Hoe dan ook, hij laadde het allemaal in, ik stapte met hem in de cabine en we reden weg. We waren al enige uren onderweg en ik had best honger, maar hij zat met een grimmige intensiteit achter het stuur en ik durfde niet te opperen om ergens te stoppen. Eindelijk, toen we Marlboro naderden, reed hij de oprit van een restaurantje op. 'Zin om te lunchen?'

'Nou en of!' zei ik gretig.

We stapten uit. Mijn vader rekte zich uit en we gingen naar binnen. Ze kenden hem daar. Dat vond hij prettig. Hij werd graag herkend en begroet, dat was goed voor zijn humeur. En dat was weer goed voor mijn humeur. We aten allebei een reusachtige hamburger met rauwe uiringen op een verrukkelijk broodje. Ik dronk er een cola bij en mijn vader twee manhattans. Daar maakte ik me wel wat ongerust over, maar hij besloot de lunch met koffie. Toch zag ik ertegenop dat hij weer zou gaan rijden, maar hij reed heel rustig weg en leek geen enkele haast te hebben. Hij reed weer ergens een terrein op – het leek mij een autodealer – en ik vroeg me af of er iets met zijn wagen was.

'Uitstappen,' beval hij. Ik haalde mijn schouders op en gehoorzaamde. We liepen het kantoor van de dealer binnen.

'Meneer Leighton!' heette een schallende stem hem welkom.

'Harry!' galmde hij terug.

Ze babbelden als oude vrienden. Ik bleef er gewoon bijstaan tot mijn vader zich naar mij omdraaide. 'En dit is mijn dochter, Jessamin.'

Harry begroette mij met wat hij vermoedelijk zelf als zijn charme zou omschrijven. Het leek wel een verstikkende woestijnwind. Toen ging hij ons voor naar een zijdeur. Daar zei hij iets tegen een jongen in een besmeurde overall, die wegrende. Mijn vader en hij bleven een luidruchtige conversatie voeren terwijl ik erbij stond en probeerde uit te vogelen of mijn vader nu helemaal gek was geworden, of wat er feitelijk aan de hand was. Niet veel later bleef er een rode Fiat cabriolet voor ons staan.

'Daar zul je d'r hebben,' schalde Harry vrolijk.

'Wat een schatje,' grinnikte mijn vader. Hij keek mij aan. 'Instappen, Jess. Hij is voor jou.'

Die dag gloeit nog na in mijn herinnering. Ze zeggen dat geluk niet met geld te koop is, en het is waar dat de auto mij na een paar jaar niets meer deed, maar die dag en nog lang daarna zweefde ik op een roze wolk door het leven. Mijn vader zei dat hij hem gekocht had omdat het zo ontzettend lastig was om iedere keer als ik bij hem was, eerst helemaal naar Andrews te moeten rijden om mij op te halen en me dan ook weer terug te moeten brengen. Terwijl ik maar één keer bij hem geweest was in dat hele jaar. Ik vroeg me af waarom hij zijn gulheid moest bederven door zulke gemene dingen te zeggen. Hij vertelde Harry, en dat had ik hem ook al aan andere mannen horen vertellen, dat ik een blok aan zijn been was, dat ik hem alleen maar tijd en geld kostte met dat meisjesachtige gedoe van me aan de universiteit, en misschien vond hij dat ook wel, maar waarom klonk er dan altijd een zweem van trots in zijn stem door als hij het daarover had? En waarom lachte hij altijd terwijl hij het vertelde? En die mannen lachten en knikten ook altijd. Waren zijn grapjes een dekmantel voor een genegenheid voor mij waar hij zich om de een of andere reden voor schaamde? Was het niet mannelijk om van je dochter te houden? De ideeën van mijn vader leken mij vaak de omgekeerde wereld.

Hij zei dat ik op de grote weg achter hem aan moest rijden, maar soms ging hij ook achter me rijden terwijl we de rest van de weg van Vermont naar Cambridge aflegden. We kwamen eind van de middag aan; mijn moeder was er wel maar Philo niet – ik had haar gebeld om haar te waarschuwen dat mijn vader me thuis zou brengen. Hij nam haar mee naar buiten om de auto te bekijken, en terwijl hij er zelfvoldaan bij stond sloeg mijn moeder de schrik om het hart. 'Hij is zo klein!' hoorde ik haar fluisteren. 'Als ze een ongeluk krijgt overleeft ze dat niet, Pat.'

'Dat komt wel goed,' zei hij.

Ze vroeg hem niet te blijven eten, wat ik niet lief van haar vond, aangezien hij die hele dag zo vriendelijk was geweest, en hij was vast moe, vooral na die manhattans, en nu zou hij helemaal terug moeten rijden naar Marlboro. Ik was ontzet over zoveel ongastvrijheid, tot ik me realiseerde dat als hij was blijven eten, hij dronken en misschien wel heel vervelend zou zijn geworden; en dan zou hij de hele nacht hebben moeten blijven en had zij hem dat wel moeten toestaan, dronken als hij was. Dus misschien had ze wel gelijk. Toch leek het mij treurig dat mijn moeder niet eens een fatsoenlijk medemens voor mijn vader kon zijn. En hij voor haar ook niet, denk ik. Ik klampte me aan hem vast voor hij wegging – hij was zo aardig voor me geweest, hij was nog nooit zo aardig voor me geweest, en ik had het verschrikkelijke voorgevoel dat ik hem nooit weer zou zien. Ik smeekte hem om mij te bellen als hij thuiskwam en hij beloofde dat hij dat zou doen, maar ik bleef heel lang op en hij belde niet. Ik durfde Julie zo laat ook niet meer te bellen, dus belde ik de volgende ochtend. Julie zei dat hij om twee uur thuis was gekomen, in de lorum maar in een goed humeur. Niks aan de hand dus.

Ik kreeg goede cijfers dat eerste jaar – allemaal hoge cijfers, zelfs voor politicologie! Mijn moeder was er blij mee, en ik denk ik ook wel, maar ergens kon het me niks schelen. Wat had ik aan goede cijfers? Ik was niet van plan een postdoctorale studie te volgen. Ik studeerde alleen om over het leven te leren, en dat deed ik. Daar ging het om. Ik dacht aan Aristoteles en zijn leerlingen, die door Athene dwaalden, al pratend en discussiërend, zonder ooit van goede cijfers of enig curriculum te hebben gehoord. Die alleen maar leerden te denken.

De lucht in Cambridge had iets metaligs die zomer, maar de mensen waren blij omdat een stelletje engerds van de campagnestaf van Nixon in het Democratische hoofdkwartier hadden ingebroken om iets te stelen, ik heb nooit begrepen wat, en nou gierden ze van leedvermaak. Ik ging naar Sonny, die vakantiewerk voor me had. Ik was blij met dat baantje, want zelfs met mijn nieuwe auto had ik het idee dat ik aardig eenzaam zou zijn die zomer. Sandy moest weer een kamp leiden en Bishop, Dolores en Steve waren van het toneel verdwenen. Het enige dat ik kon bedenken om de tijd te verdrijven, afgezien van mijn baantje, was met mijn moeder naar de film of een concert gaan, en 's weekends met Philo praten. Ik vond het heerlijk Philo weer te zien, al vond ik het wel treurig dat mijn moeder hem buiten mijn bereik hield.

Maar Sandy belde zodra ze thuis was, ze was boordevol nieuwtjes. We spraken af om te gaan lunchen, maar niet bij Bailey's, want Sandy was vegetariër geworden. We gingen naar Aragon, een Spaans restaurantje waar ze een vegetarisch gerecht op de kaart hadden staan – een zeldzaamheid in die tijd. Aragon had witte tafelkleedjes en zachte gitaarmuziek op de achtergrond. We namen allebei een vegetarische schotel met een glaasje rode wijn erbij, en voelden ons geweldig mondain.

Sandy deelde met veelbetekenend stemgeluid mee dat ze lesbisch was! Ze was stapelverliefd op Sarah, die ook in haar studentenhuis woonde. Sarah kwam uit Marblehead, uit een keurige blanke, protestantse familie die heel rijk was, maar ook excentriek, en lichtelijk alcoholisch (elke dag om zes uur cocktails, wijn bij het eten, cognac na afloop), en die hun geslacht terugvoerden tot de Mayflower. Ze waren niet dol op joden. Sarah dacht daar anders over. Sarah was dapper.

Toen ik dat hoorde riep ik uit dat ik misschien ook wel lesbisch was, want ik was smoor op Melanie! Melanie woonde in hetzelfde huis als ik en kwam uit New Jersey, uit een dorp aan een meer zonder wegen, dat Greenpond heette. Melanie was melancholiek; ze zat vaak uren met haar grote, trieste ogen voor zich uit te staren en praatte met zo'n dun stemmetje dat het klonk alsof ze een dodelijke ziekte had. Maar andere keren giechelde ze zo dat ik niet meer kon van het lachen. Om de een of andere reden keek Melanie tegen me op. Ze scheen te denken dat ik heel goed wist wat ik wilde. Eigenlijk wist ik niet eens of ik verliefd op haar was, maar het voelde op dat moment nou eenmaal modern en gewaagd aan om lesbisch te zijn. Dus als ze problemen had met haar kamergenoot, nodigde ik Melanie uit om bij mij op de kamer te slapen. Ze ging daar altijd gretig op in, waarop ik een vloedgolf voelde opkomen van wat ik voor liefde hield. En het punt was, we kwamen élke keer klaar!

Sandy en ik lieten elkaar foto's van onze nieuwe vriendinnen zien en lachten en grepen elkaar vast van blijdschap om het feit dat we op hetzelfde moment dezelfde ontdekking hadden gedaan. Toen begonnen we over Bishop. Ik vertelde haar hoe onnozel ik me voelde tegenover de Connolly's. Ik zei dat ik me naïef voelde en mijn waarden maar oppervlakkig vond.

'Ik had precies hetzelfde,' zei Sandy. 'Volgens mij was dat niet onnozel. Het was toch een geweldig gezin? Ze hadden een geheim! Waarom zouden ze niet gelukkig zijn geweest. Dat waren ze wél!'

'Ja, maar moet je ze nou zien.'

'Dat wil nog niet zeggen dat ze toen niet gelukkig waren. Dat er iets ergs is gebeurd, wat ze ongelukkig heeft gemaakt, maakt nog niet ongedaan dat ze toen gelukkig waren.'

'Alleen nam zijn vader dus al die tijd steekpenningen aan.'

'Hm.' Ze stak een nieuwe sigaret op. 'Je bedoelt dat meneer Connolly niet gelukkig zal zijn geweest omdat hij iets deed waarvan hij wist dat het fout was? Maar misschien was hij wel gelukkig. Misschien had hij helemaal geen slecht gevoel bij wat hij deed. En de anderen wisten het niet, dus ze waren zo gelukkig als wat.'

'Hij kan er niet gelukkig mee zijn geweest dat hij iets deed wat illegaal was,' voerde ik aan.

Ze dacht daarover na. 'Waarom niet?'

'Dat kan gewoon niet. Dan ben je veel te bang dat je betrapt wordt. Al sta je jezelf niet toe om eraan te denken, dan nog is je lijf de hele tijd bang. Hoe kun je ze nou een gelukkig gezin noemen als hij niet ook gelukkig was?'

Ze nam me op. 'Je bedoelt,' zei ze langzaam, 'dat in een gelukkig gezin iedereen gelukkig moet zijn?'

'Natuurlijk. Anders is het geen gelukkig gezin. Dan zijn het een paar gelukkige personen. Maar geen gelukkig gezin. Zou je ons gezin gelukkig kunnen noemen en het dan alleen over mij hebben? Of over mijn moeder en mij? Of misschien dat wij gelukkig waren als mijn vader er niet was? Dat zou het volkomen inhoudsloos maken. Een holle frase: gelukkig gezin.'

Ze dacht even na en moest toen lachen. 'Nou ja, jij hebt in elk geval een talent voor geluk.'

'O ja? Echt waar? Kon ik dat maar delen met Bishop.'

'Ik heb gehoord dat hij is gekapt met zijn studie aan Yale.'

'O, nee!'

'Nou ja, ze konden het zich waarschijnlijk niet veroorloven hem daar te laten blijven.'

'O?' Daar had ik niet aan gedacht. 'Hm.'

'Ik wou dat hij eens belde. Of schreef. Ons liet weten waar hij zat.'

'Ja.'

We vervielen allebei in somber gepeins.

'Alles kalkt af / Het centrum houdt het niet,' citeerde Sandy.

Eén reden waarom ik altijd gek op Sandy was geweest, was dat zij mijn enige vriendin was die iets van poëzie wist.

'Maar kalkt álles altíjd af?'

'Nee. Niet alles altijd,' stelde ze mij gerust. 'Onze vriendschap niet.'

'Nee, dat mogen we niet laten gebeuren,' drong ik aan. 'Onze vriendschap niet.'

Ze stak haar hand uit en pakte de mijne. 'Doen we ook niet.'

Tranen stroomden over mijn wangen. En ik had nog wel altijd gezegd dat ik niet zoals mijn moeder wilde zijn! 'Met Bishop hadden we dezelfde afspraak,' zei ik.

'Weet ik.'

Een week later waren de plannen van Sandy helemaal omgegooid. Ze had net gehoord dat Sarah voor de zomer een baantje had gevonden in Boston, als stagiair bij Houghton-Mifflin. Sandy kon toch niet weg als Sarah naar Boston kwam? Toch wist ze dat haar ouders het niet goed zouden keuren als ze haar eigen baantje voor die zomer er zomaar aan gaf. Ze waren heel principieel. 'Ze zullen zeggen dat ik het verplicht ben mijn belofte na te komen. En ik vind het inderdaad heel vervelend om de mensen die het kamp runnen in de steek te laten. De Sternbergs. Dat zijn hele goeie mensen, en ze hebben heel veel vrienden met mijn ouders gemeen. Maar Sarah is belangrijker dan de vrienden van mijn ouders, toch? Liefde is toch belangrijker dan een verplichting?'

'Liefde is belangrijker,' zei ik met grote stelligheid.

'Ja, hè?'

Sandy leed er wel onder, maar natuurlijk was het de liefde die won. Ik was er heel blij mee; ik begon te hopen dat ik mij die zomer misschien toch zou gaan vermaken, met Sandy en Sarah. Het gistte en broeide destijds in Cambridge omdat de vrouwenbeweging echt iets begon voor te stellen. Overal in de stad zetten vrouwen nieuwe ondernemingen op; een restaurant dat Bread & Roses heette, met een vegetarisch menu – heerlijke soepen en broden en salades – en extreem lage prijzen; een paar uitstekende vrouwenkranten; en een medische kliniek voor arme vrouwen. Die was opgezet door studentes medicijnen van Harvard en UMass en andere plaatselijke universiteiten en was gevestigd in de Portugese wijk van Cambridge. De kliniek werd op de een of andere manier gesubsidieerd, maar de vrouwen die er werkten kregen heel weinig betaald. Ze behandelden elke vrouw die er kwam tegen een minimaal honorarium, of gratis als ze echt arm waren. Rhoda, de zus van Sandy, had gestudeerd met een van de vrouwen die er nu werkte als arts, en zij had Sandy erover verteld. Sandy had gesolliciteerd naar een baantje als receptioniste, en was aangenomen. Uiteindelijk deed ze veel meer dan alleen de receptie – ze was coördinatrice, verpleegster, secretaresse, oppas: ze deed alles. Ze kreeg hetzelfde betaald als de artsen – iedereen kreeg vijfenzeventig dollar per week. Zo wilden de vrouwen het: iedereen hetzelfde karige loon. Het was liefdewerk, dus Sandy zat er niet mee. Bovendien, toen haar vader erachter kwam wat voor werk ze deed, was hij zo trots op haar dat hij haar toelage verhoogde.

Toen hoorde Sandy iets over de Connolly's. Haar moeder had een nicht die bij Dorchester woonde en daar soms boodschappen deed in de Star Market. Die nicht, Lily, had mevrouw Connolly herkend van een gezamenlijk liefdadigheidsproject tussen haar afdeling van B'nai B'rith en de vrouwen van de katholieke liefdadigheidsvereniging in de parochie van mevrouw Connolly. Mevrouw Connolly was ook als vrijwilligster bij die vereniging betrokken, ze had het woord gevoerd op een paar vergaderingen, dus Lily wist wie ze was. En uiteraard had ze hun verhaal in de kranten gevolgd. Dus toen ze mevrouw Connolly op een dag in de supermarkt zag, had ze dat tegen mevrouw Lipkin gezegd, die haar verteld had dat Sandy graag zou willen weten waar ze woonden. De volgende keer dat Lily mevrouw Connolly in de supermarkt zag, was ze haar naar buiten gevolgd en had ze gekeken welke kant ze uit liep.

Had ik misschien zin om met Sandy mee te gaan om te proberen ze te vinden?

Ik zou wel rijden, zei ik. Toen de vraag: moesten we ook spullen meenemen?

We dachten na. We wilden zoveel meenemen als we konden – eten, kleren, wijn – maar we wilden mevrouw Connolly niet vernederen. We besloten alleen wat speelgoed voor de jongens mee te nemen, een doos snoep, en een fruitmand voor mevrouw Connolly – een magere vergoeding voor alle gastvrijheid die de Connolly's ons in de loop der jaren geboden hadden. We kochten een plattegrond van South Boston en spraken een datum en tijd af. Het was een mooie morgen in juni, een zaterdag, want dan zou mevrouw Connolly volgens ons wel vrij zijn van haar werk op die school. We reden naar South Boston, naar een buurt met armoedige flatjes aan trottoirs vol barsten, vervallen winkels en wat schriele boompjes.

We vonden de Star Market en reden een paar straten in de richting die de vriendin van de nicht van Sandy's moeder had aangegeven. Toen stapten we uit en gingen op zoek. We belden hier en daar aan en vroegen naar de Connolly's. We zeiden overal dat we met Bishop op school hadden gezeten en hem probeerden te vinden. De meeste mensen waren welwillend. De mensen in die buurt stonden vaak op slechte voet met de politie, en zagen de Connolly's als de zoveelste Ierse familie die werd lastiggevallen door de autoriteiten. We wisten dat de mensen hen zouden kennen: ze waren beroemd. Uiteindelijk wees iemand ons het huis aan waar we zijn moesten, een oude flat met vuile, bruine gevelplaten en een voortuin vol onkruid en kapotte fietsonderdelen. We liepen de trap op en vonden hun naambordje.

Misselijk van de zenuwen belden we aan.

Lloyd Connolly deed open. De laatste keer dat we hem gezien hadden was op een kerstfeest toen hij zeven was; hij was flink gegroeid, en had hardere trekken gekregen.

'Hoi,' zei hij, verbaasd, verrast.

'Hoi, Lloyd. Ken je ons nog? Sandy en Jessamin. Wij waren bevriend met Bishop, we zijn heel vaak bij jullie geweest.'

'Ja.' Hij glimlachte zwakjes, tegen wil en dank.

'We kwamen je moeder opzoeken.'

'Eh. O. Nou ja, goed.' Hij liet ons binnen. Hij rende de trap op en wij gingen achter hem aan, naar de tweede verdieping. Op de trap begon hij al te roepen. 'Mama! Bezoek!'

Ze kwam met een verbijsterde uitdrukking op haar gezicht naar de deur van hun flat. Als aan de grond genageld bleven we staan. Ze was oud, vol rimpels, en haar haren waren wit. Ze droeg een vormeloze katoenen jurk en rookte een filtersigaret.

'Mevrouw Connolly!' riep Sandy dweperig uit. 'Wij zijn Jesse en Sandy, weet u nog?'

'Meisjes,' stamelde ze. 'Bishop is er niet...'

'Nee, we zijn hier voor u,' zei ik met een semi-opgewekt stemmetje.

'O, nou, kom binnen, kom binnen, meisjes, toe.'

We hielden onze geschenken als een schild voor ons. Sandy gaf het speelgoed aan Lloyd, die nog steeds achter zijn moeder stond.

'Dit is voor jou en je broertjes,' zei ze. 'Oké!' riep hij, en hij rende meteen weg om Philip te roepen. 'En dit is voor u,' zei ik, terwijl ik mevrouw Connolly het fruit en het snoepgoed overhandigde. We volgden haar naar de voorkamer.

De muren van de flat waren smoezelig wit en zaten vol barsten. De kamer stond vol elegant meubilair uit het oude huis. Het zag er sjofeler uit dan ik mij herinnerde en de kamer puilde er bijna van uit. De tafels waren stoffig, de onderleggertjes wat grijzig, en een enorme televisie uit het oude huis domineerde de benauwde ruimte.

'Hebben jullie zin in een kopje thee, meisjes?' bood mevrouw Connolly aan.

'O, nee, dank u!' zeiden we in koor.

'O, jullie moeten wel thee drinken, hoor! Lloyd!' riep ze, 'zet eens even water op!'

'Hoe is het met u?' vroeg ik, terwijl ik haar onderzoekend aankeek. 'En met uw gezin?'

Ze haalde haar schouders op. 'O, prima hoor. We zijn Patrick wel verloren. Vorig jaar. Jullie hebben hem misschien nauwelijks gekend, maar hij was mijn eerste...' Ze trok een zakdoek uit haar decolleté, wat ons nogal choqueerde, en veegde in haar ogen. Ze bleven roodomrand. 'En Gus is gewond geweest. Aan zijn been. Vreselijke oorlog...! Maar het gaat goed met hem, hij is nu majoor en ze hebben beloofd dat ze hem gauw naar huis zullen sturen. Hij blijft in het leger, en waarom ook niet, hij zit er nu al zo lang in. Hij gaat naar Californië. Gus is een goeie jongen, hij houdt ons uit de problemen. John – mijn man – zal over een paar maanden wel thuiskomen, denken wij. En dan zou het weer goed moeten komen. Met Maggie en Francis en hun kleintjes gaat het allemaal fantastisch, God zij gedankt. Francis werkt voor de thesaurier van Boston College,' zei ze, en ze klonk alsof ze er zelf diep van onder de indruk was. 'Maggie komt hier geregeld, zij is een engel. Michael is net deze maand afgestudeerd aan Holy Cross, God zij gedankt, en hij woont nu in Framingham, hij werkt daar bij een verzekeringsmaatschappij. Billy doet dit jaar eindexamen en Eugene is tweedejaars. Ze hebben allebei een baantje bij de Star Market, ze zijn nu aan het werk. Alleen Lloyd is er nog, die is negen, en Philip, die is zeven. En dat zijn ze. Het gaat prima.'

De hele tijd dat ze dit vertelde had mevrouw Connolly in haar handen zitten wrijven. Haar gezicht droeg een glimlachje – een kleintje, zodat je de gaten in haar gebit niet kon zien – maar haar handen weerspraken die boodschap.

'En hoe is het met Bishop?'

Haar handen bleven opeens bewegingloos. Ze keek naar de muur. 'O, goed hoor,' zei ze.

'Waar is hij? We hebben gebeld en geschreven...' begon Sandy.

'O, ik weet dat jullie trouw zijn geweest. Ik heb hem jullie brieven gegeven, hoor, meisjes, de laatste keer dat ik hem zag. Maar hij heeft het er heel moeilijk mee gehad. Weet je, hij had al problemen met zijn vader, toen de oorlog... nou ja, nog voor onze problemen... en toen, toen... hij had het gevoel dat zijn vader ons in de steek had gelaten, hij heeft zijn gezin verraden, zei hij, o, hij is zo gevoelig...'

'Maar waar woont hij nu dan?' drong Sandy meedogenloos aan.

'Hij woont in een soort van commune. Ergens in Massachusetts. Ver weg in de bergen. Ik ben er nooit geweest, het is heel afgelegen, we moeten zijn post naar een postbus sturen. Ze hebben paarden, en Bishop kan goed met paarden. Stelletje hippies op een boerderij,' besloot ze klaaglijk.

Sandy en ik keken elkaar aan.

'O, dat is mooi,' zei Sandy. 'Dus hij zit in elk geval niet in de problemen.'

'Hij verwaarloost zijn opleiding. Bishop was de slimste van het hele stel. Hij had een beurs, en ze zouden hem zeker nog weer een beurs hebben gegeven.'

'Hij zal waarschijnlijk wel weer teruggaan,' stelde Sandy haar gerust. 'Ooit.'

'Denk je? John had zulke hoge verwachtingen van hem...'

'Ik denk het wel. Hij is te slim om het niet te doen,' hield Sandy vol.

Voor het eerst sinds we er waren leek ze te ontspannen. 'Nou ja, jullie waren zijn beste vriendinnen... Als jullie het denken...' Er trokken wat rimpels weg uit haar voorhoofd.

Lloyd kwam binnen met een zwaar dienblad, waarop een theepot stond, kopjes en schoteltjes, en een bord met vanillewafels. Hij zette het blad voor zijn moeder op de salontafel neer. Haar zilveren lepeltjes hadden plaatsgemaakt voor goedkope roestvrijstalen, maar ze had haar theeservetjes met kantjes nog. De theepot was nog haar mooie pot van Minton porselein, waarschijnlijk omdat er een schilfertje uit het deksel ontbrak en ze hem niet had kunnen verkopen, maar de kop en schotels waren van glas. Ze schonk net zo plechtig thee voor ons in als de decaan van de universiteit van Sandy (die ene keer dat ik bij haar was geweest), vroeg of we suiker en melk wilden en gaf ons dat. Sandy en ik namen elk een koekje en knabbelden er beschaafd aan.

'Nou! En hoe is het met jullie?' vroeg ze, toen ze zich van haar taak had gekweten.

'O, goed hoor,' zei ik. 'Sandy doet de vooropleiding medicijnen aan Smith, en ik zit op Andrews. Het gaat prima, maar we missen Bishop en we hebben ons zorgen over hem gemaakt.'

'Dat zal ik hem zeggen als ik hem weer schrijf. Ze hebben geen telefoonaansluiting daar, maar ik ben niet zo schrijverig. Billy schrijft wel af en toe.'

'We hopen dat uw gezin weer spoedig herenigd zal zijn,' zei Sandy.

Niet voor het eerst bedacht ik hoe tactvol en hoe hoffelijk ze was. Het zou nooit bij mij zijn opgekomen om zoiets te zeggen. Niet dat ik gezegd zou hebben: ik hoop dat de ouwe gauw weer uit de nor komt, of ik hoop dat hij gauw wat aanbevelingsbrieven weet te regelen bij zijn voormalige handlangers, zodat hij een fatsoenlijke baan kan krijgen en jullie uit dit stinkhol kan halen... maar dat dacht ik wel.

We wisselden nog wat beleefdheden uit en toen gingen we weer. We smachtten ernaar om samen over ons bezoek te praten. We renden bijna het hele eind naar waar we de auto hadden laten staan. Missie volbracht! We waren in een triomfantelijke stemming. We hadden actie ondernomen en succes gehad – eindelijk wisten we wat er gebeurd was. Bishop had zijn vader de schuld gegeven van de schande die over het gezin gekomen was, met alle gevolgen van dien – nou ja, en wie had hij het ook anders moeten verwijten? Er was natuurlijk een vreselijke ruzie geweest in dat gezin, en toen was hij weggelopen en naar Massachusetts gelift om zich aan te sluiten bij Brad d'Alessio, over wie hij het al had gehad toen hij hem een paar jaar eerder op die vakantieboerderij had ontmoet. Brad was een idealist, een student filosofie die met zijn studie aan de UCLA was gekapt en een commune was begonnen in de bergen bij Becket, Massachusetts, waar de ouders van zijn moeder een generatie geleden nog gewoond hadden. We herinnerden ons wat Bishop gezegd had, dat het toch een geweldig idee was, zo'n commune, mensen die samenleefden in een egalitaire gemeenschap, in een groot oud huis in de bergen. Daar konden ze de gruwelijke wereld de rug toekeren en een ideale wereld voor zichzelf creëren, waar iedereen gelijk was, waar de natuur werd gerespecteerd, waar de macht van geld en sociale status teniet werd gedaan. De commune van Brad dresseerde paarden voor shows, verzorgde paarden voor rijke mensen in de omgeving, en verhuurde paarden voor ritjes in de omgeving. Ze verbouwden soja en graan. Er was geen elektriciteit en geen telefoon, en ze weigerden belasting te betalen.

Het had ons best aantrekkelijk geleken, destijds, zoals Bishop erover vertelde. En nu leek het ons heel logisch dat hij na die ramp met zijn familie juist daarheen was gevlucht – Bishop was in veiligheid, ergens waar hij thuishoorde, wat zijn moeder er verder ook van vond. We wisten dat we hem ooit weer zouden vinden.

Sandy bleef die zomer in de stad, maar na die dag zag ik haar nauwelijks meer. Ze was altijd aan het werk of met Sarah. Ze gingen zo in elkaar op dat ze er zelden aan dachten mij ook uit te nodigen. Sarah zat op Beacon Hill, in een appartement van haar nicht Polly, die in Engeland was om kunst te bestuderen. Sandy en Sarah hadden het kleine maar luxe appartement van Polly helemaal voor zichzelf. Ze nodigden mij een keer op een zaterdagavond uit om te komen eten, wat wel heel lief van ze was want ze konden geen van beiden koken. Ze haalden eten van Legal Sea Foods en we deden ons tegoed aan een garnalencocktail en mosselen en kreeft met salade.

Ik vond het heerlijk om daar met hen in die geweldige woonkamer van Polly te zitten, die uitkeek op de Common. De ramen waren groot, met vitrages ervoor, en er stond prachtig meubilair dat mij al behoorlijk oud leek. Sandy en Sarah moesten de hele tijd lachen – ze vonden alles even grappig. Ze vertelden dat ze het vorige weekend naar Marblehead waren gereden om naar het strand te gaan, maar het was wel lastig geweest, omdat de ouders van Sarah heel erg op hun hoede waren voor Sandy. Ze deden alsof zij van een heel ander ras was, een heel andere soort zelfs. Ze bleven haar maar vragen of ze dit wel kon eten en of ze dat wel kon eten, maar ze dienden wel kreeft op zonder enige verontschuldiging (en kreeft is niet koosjer). Maar bij Sandy aten ze natuurlijk ook niet koosjer. De moeder van Sarah bleek ervan uit te zijn gegaan dat Sandy een pruik zou dragen; ze haalde werkelijk allerlei sekten en religieuze voorschriften door elkaar.

Sarah hield vol dat toen ze Sandy eenmaal ontmoet hadden, ze met stomheid geslagen waren. Ze zei dat Sandy zo'n dame was, zo statig en keurig, dat haar ouders niet wisten wat ze ervan denken moesten. Sandy keek alsof ze dit betwijfelde. Daarop schoot Sarah in de lach en begon te beschrijven hoe haar ouders gedacht hadden dat een jodin eruitzag en zich gedroeg, maar Sandy begon steeds ongemakkelijker te kijken en uiteindelijk hield Sarah haar mond.

Sarah was net een tweede Sandy: tamelijk lang, slank, met lang, krullend haar en een lang, bleek gezicht. Ze was niet zo deftig en lang zo slim niet, maar ze was schattig en heel grappig, en ze had een diepe, klaterende lach die je meteen voor haar innam. Ze wist niet veel van kunst en literatuur en politiek, zoals Sandy, maar ze was heel atletisch – ze had wel zwemwedstrijden gewonnen, ze kon ontzettend goed tennissen, ze volleybalde en ze golfde. Sandy was heel trots op alle bekers die Sarah al gewonnen had.

Een paar keer kwam Sarah een weekend mee naar Cambridge en logeerde ze bij Sandy, en één keer gingen we met zijn drieën uit. Dat was ontzettend leuk, bijna net zo gezellig als vroeger met Bishop en Dolores. Het behoedde mijn zomer voor de totale misère. Ik vond dat ze een fantastische relatie hadden: Sandy leende Sarah boeken en liet haar prenten zien en ze praatten over die boeken en over kunst; en Sarah leerde Sandy tennissen. Nou ja, Sandy kon wel tennissen, best goed eigenlijk, maar Sarah verfijnde haar spel. Dat leek mij het ideaal – twee mensen die elkaar beter maakten, die elkaar tot bloei brachten. Dat was wat ik ook wilde.

Ik probeerde Dolores ook te pakken te krijgen, maar die was weg. We wisten niet waarheen. Haar familie deed zo raar, daar konden we geen informatie van loskrijgen; toen we belden en haar vader aan de lijn kregen, schreeuwde die dat ze er niet was waarna hij de hoorn op de haak smeet. Haar moeder klonk al even boos, maar die zei dat Dolores 'weg' was. Geen van onze vrienden wist waar Dolores gebleven was, alleen dat ze met haar studie aan UMass was gekapt.

Steve kon ik ook nergens vinden. Hoewel hij het mij ooit verboden had, ging ik naar Monaghan. Het was echt een vreselijke winkel. De jongens die er rondhingen leken mij van die jeugdbendefiguren. De jongen achter de toonbank zei dat Steve daar niet meer werkte, en hij wist ook niet waar hij was of wat hij deed. Weer één die op drift was geraakt! Ik overwoog even om naar de flat te rijden waar Steve had gewoond, om te kijken of zijn oma daar nog woonde – en waarom zou ze daar niet meer wonen? – maar de gedachte aan haar en haar diepbedroefde gezicht was op zich al genoeg om mij daarvan te weerhouden. En ook al trof ik haar, dan zou ze me vast nog niet vertellen waar Steve uithing. Ze wilde mij niet in zijn leven hebben.

Het kwam erop neer dat ik het grootste deel van de tijd alleen was. Ik voelde me aardig eenzaam en wou dat ik weer terug was op Andrews. Maar op een woensdag, eind juli, toen ik naar huis liep van mijn werk – ik ging altijd lopend, want je kon daar nergens parkeren – zag ik iemand – een man – die zich omdraaide voor onze voordeur en weer weg wilde lopen. Hij rekte zich even uit en ik bleef staan. Mijn mond zakte langzaam open. Christopher Hurley! Hij was naar Cambridge gekomen om mij op te zoeken! Dus hij mocht mij toch! Ik was zo opgewonden dat ik nauwelijks een woord kon uitbrengen. Ik nodigde hem uit om te blijven eten en toen mijn moeder thuiskwam – zij gaf in de zomer ook cursussen – stelde ik hem enthousiast voor als de dichter over wie ik haar verteld had. Mijn moeder, die mijn vrienden gewoonlijk wel mocht, had echter meteen een hekel aan hem. Dat kon ik wel zien. Ik weet niet waarom. Ik verdacht haar ervan al te snel met een wel erg burgerlijk oordeel klaar te staan. Hij ging inderdaad niet zo vaak in bad – nou en? Mijn moeder wist ook wel dat dat soort dingen niet belangrijk was; meestal was ze ook niet zo kleingeestig. Ik had haar verteld hoe mooi zijn gedichten waren – je zou toch denken dat dat al genoeg zou zijn om haar voor hem in te nemen. En dat hij helemaal naar Cambridge was gekomen, alleen om mij te zien, leek mij niet onbelangrijk. Maar ze bleef stug bij het oordeel dat ze op grond van die eerste indruk geveld had.

Hij sliep die nacht op de bank, maar mijn moeder zei dat hij niet kon blijven. Ik liet hem de volgende morgen een douche nemen, maar zijn kleren stonken nog steeds. Ik nam hem toch maar mee naar mijn werk, en Sonny besnuffelde hem even, maar gaf hem toch een baantje. Hij moest alleen zijn kleren wassen. Ik was wel boos op Sonny toen bleek dat hij Christopher beter wilde betalen dan mij. Ik beklaagde mij, waarop hij aanvoerde dat Christopher meer nodig had, omdat hij een jongen was.

Ik probeerde hem te begrijpen.

'Luister,' zei Sonny, 'als jij uitgaat met een jongen, wie betaalt er dan?'

'Allebei,' zei ik.

'Poeh!' snauwde hij. 'De man betaalt. Altijd. De man betaalt. Hij heeft meer nodig!'

Discussie gesloten. In gedachten ging het gesprek echter door. Ik zou tegen Sonny willen zeggen dat mijn moeder mij onderhield en dat zij meestal betaalde voor haar en Philo. Maar Sonny kende mijn moeder niet, en bovendien, ik had hem wel eens tekeer zien gaan tegen andere meisjes en ik was een beetje bang voor hem. Daar kwam bij dat Sonny een Griek was, net als Christopher.

We vonden een wasserette en Chris waste wat kleren, maar de kleren die hij aan had gaven nog steeds een geurtje af. Hij vond een bed in een studentenhotel, maar daar kon hij zijn spullen overdag niet laten, dus hij moest alles wat hij had rondsjouwen in een rugzak, een grote, onhandelbare canvas zak op een aluminium frame. Hij kon er niks aan doen dat zijn ondergoed soms vuil was en een beetje meer rook dan gewoonlijk. Ik smokkelde hem af en toe ons huis in als mijn moeder er niet was, en dan liet ik hem een douche nemen en zijn was doen. Ook vroeg ik hem af en toe om te komen eten.

In het hotel mocht ik niet bij hem blijven, dus we konden op geen enkele manier samen zijn, wat we eigenlijk allebei het liefste wilden. Dus op de middagen dat we allebei vrij waren, reed ik met hem naar het strand bij Revere. Het was leuk om daarheen te rijden in mijn schattige rode Fiatje met zijn witte vouwdak. Ik kon wel merken dat Christopher er behoorlijk van onder de indruk was. Ik parkeerde hem onder wat bomen, ver van de andere auto's, en daar gingen Christopher en ik dan vrijen. Het was wel behelpen in dat kleine autootje. Soms spreidden we een deken uit op het gras tussen de auto en de boom, waar we het idee hadden dat niemand ons kon zien.

Die zomer was ik ervan overtuigd dat Chris voor mij de ware was. Hij was knap op zijn ongewassen wijze – lange zwarte krullen, een donkere kin die nooit helemaal gladgeschoren leek. Hij was heel lang en mager en hoewel zijn naam Iers klonk, was het de verengelste vorm van een Griekse naam. Dat gaf hem op het Angelsaksische Andrews een zeker cachet. Zijn handen waren echte El Greco-handen, en hij hield zich altijd wat afzijdig, bekeek het leven van een afstandje. Die terughoudendheid maakte hem aantrekkelijk. De meisjes op Andrews waren weg van hem! Het enige aan hem wat mij niet beviel was dat hij mijn gedichten niet wilde lezen, en als ik ze zelf aan hem voorlas, leek hij niet te luisteren. Elke keer dat dat gebeurde zonk de moed me in de schoenen. Het deed zo'n pijn dat ik het maar niet meer probeerde. Maar ik vond het heerlijk om hem zijn eigen gedichten te horen voorlezen, waar hij voortdurend aan schaafde. Hij vond het leuk ze elke keer aan me voor te lezen als hij weer iets veranderd had, en ik voelde mij vereerd dat hij waarde hechtte aan mijn mening. Ik vond zijn metaforen prachtig.

We hingen elke dag samen rond, omdat Sonny hem aanvankelijk ook overdag liet werken. Als hij lang genoeg bleef, zou Sonny hem ook 's avonds laten werken en dan zouden we elkaar nooit meer zien. Maar daar wilde ik niet aan denken. We dwaalden door Cambridge, net als vroeger met mijn vrienden, of we gingen naar de film, of een eind rijden in mijn auto. Ik stelde hem voor aan Sandy, maar die leek nauwelijks op hem te reageren. Zij had even niks met mannen. Ik begreep wel dat zij met haar hoofd ergens anders was, maar dat was niet het probleem met mijn moeder. Die was alleen maar negatief. Ik vroeg me af of ze jaloers was dat ik een vriend had. Ze had een en ander zoveel fijner kunnen maken als hij bij ons had mogen logeren, maar dat weigerde ze pertinent.

Toch had de zomer nog een hoge vlucht genomen, en ik liet me lekker meevoeren.

Toen, op een dag halverwege augustus, kwam ik om twee uur het restaurant uit, klaar met mijn werk, en zag ik Steve opeens staan. Het was duidelijk dat hij op mij stond te wachten – hij had me vermoedelijk al gezien door de grote ramen aan de voorkant. Ik slaakte een kreet en rende op hem af en we vlogen in elkaars armen.

Ik wilde alles over hem weten, en hij wilde alles over mij weten. Een hele tijd kletsten we erop los, en uiteindelijk zei Steve: 'Hé, als we nou eens even een kop koffie gingen drinken?'

Daar ging ik weer, naar binnen. Sonny had Chris naar de avondploeg verplaatst, hij werkte nu van twee tot tien. Hij had 's avonds het liefst mannen aan het werk, hij vond mannen in de bediening sjieker dan serveersters. Daar waren de meisjes niet blij mee, want er werden 's avonds meer en hogere fooien gegeven, maar ik zat er niet mee. Ik verdiende genoeg. Steve en ik zaten voorin te praten aan een tafeltje voor twee, en vandaar zag ik Chris achterin aan het werk. Ik wenkte hem om er ook even bij te komen. Toen hij er eindelijk aankwam, stelde ik hem en Steve aan elkaar voor. Ik zei tegen Chris dat Steve een oude vriend was, en tegen Steve dat Chris een nieuwe vriend was. Steve glimlachte naar mij met een liefdevolle blik in de ogen. Chris wekte een afwezige indruk, maar hij moest snel weer aan het werk.

Steve zat ergens mee en eindelijk kwam het eruit: hij was toch niet naar Harvard gegaan. Hij wist niet waarom niet. 'Jess, het was te veel voor me, ik durfde het niet aan, dat voelde ik gewoon, ik wist dat ik me er heel ellendig zou voelen.'

Ik had er geen moeite mee dat te begrijpen. Ik had hetzelfde gevoel bij Harvard en Yale en Smith en Vassar. Ik had bewondering voor de lui die daarheen gingen, ik wist dat ik dat niet zou kunnen, dat ik me daar nooit op mijn gemak zou voelen.

'Dat begrijp ik best, ik ben ook zo. Ik ken dat, Steve, ik weet precies wat je bedoelt. Daarom ben ik ook naar Andrews gegaan. Ik heb niet eens geprobeerd me aan die andere universiteiten in te schrijven. Ik wist dat ik het toch niet aan zou durven.'

Het scheen echt belangrijk voor Steve te zijn dat ik het begreep. Hij nam mijn linkerhand (in mijn rechter hield ik een sigaret) in beide handen en zei dat hij me nog net zo lief vond als vroeger.

'Dus ik heb me ingeschreven voor UMass,' voegde hij eraan toe.

'O, wat goed!' riep ik uit. Ik besefte dat ik stiekem een nachtmerrie over Steve had gehad. Ik wist hoe makkelijk het voor hem zou zijn om na zijn werk bij Monaghan's gewoon te gaan dealen; ik wist dat hij zo in een leven kon wegzakken dat uiteindelijk zijn ondergang zou zijn. Ik had mezelf nooit toegestaan het hele scenario op me in te laten werken, maar het sluimerde ergens onder in mijn gemoed, te midden van allerlei andere angsten en dingen waar ik liever niet aan wilde denken.

Maar hij deed het uitstekend aan de universiteit. Hij had in zijn eerste jaar allemaal goede cijfers gehaald, en stond op de lijst van de beste studenten. Hij kon niet meer bij zijn 'oma' wonen, want toen hij achttien was geworden kreeg ze geen geld meer om hem te onderhouden en zonder dat kon ze het zich niet veroorloven. Ze had weer een ander kind in huis moeten nemen. En daar had hij geen goed gevoel bij.

'Ik maak me zorgen om de jongens, weet je. Gram is oud, ze weet niet hoe ze die jongens de baas moet blijven. Toen ik nog bij haar woonde, wist ik altijd wel wat ze in hun schild voerden, en zorgde ik ervoor dat ze zich geen problemen op de hals haalden. Maar nu...'

Hij ging af en toe nog wel eens bij ze langs, en voor zover hij wist was alles in orde.

Steve kreeg nog een kleine toelage van de staat, waar hij een kamer van huurde in Boston, vlak bij de campus. Hij had een baantje in een kopieerwinkel vlakbij de universiteit, zodat hij ook een zakcentje verdiende. En hij had een vriendin, Lila.

'O,' zei ik.

Hij had de indruk gewekt het fijn voor me te vinden toen ik Chris aan hem voorstelde. Waarom kon ik niet blij zijn voor hem dat hij Lila had?

Die zwanger was.

O.

Ze waren van plan een dezer dagen te gaan trouwen.

Mijn stem klonk stroefjes toen ik naar haar informeerde, maar Steve merkte het niet op of gaf er de voorkeur aan het te negeren. Hij zei dat ze twintig was, van zijn leeftijd (Steve was iets ouder dan ik), en mooi, roomkleurig en mager, met van die rijen strakke vlechtjes in het haar. Ze studeerde ook aan de UMass, media. Ze wilde televisieproducent worden. Ik was vol ontzag. Ik kon me niet eens voorstellen dat je zoiets zou willen.

Toen stapte Steve op een ander onderwerp over, een beetje abrupt, vond ik, en informeerde naar mij. Hij luisterde zo aandachtig dat ik onwillekeurig steeds uitvoeriger begon te vertellen. Ik kletste maar door, net als vroeger, over Andrews en Sheri en Patsy en Gail en Donny en Christopher en mijn literatuurlessen en de vrijdagmiddagen en de campus en het tweede huwelijk van mijn vader en Philo die ging promoveren, en het boek van mijn moeder dat gepubliceerd werd en Philo die een artikel ging publiceren over Marvell, in een heel belangrijk academisch tijdschrift, en dat mijn vader een auto voor me had gekocht en...

Ik voelde me net een kraan die werd opengezet nadat hij maanden gesloten is geweest.

Uiteindelijk probeerde ik Steve mee naar huis te krijgen. 'Mijn moeder zal het ontzettend leuk vinden je weer te zien. Ze vraagt altijd waar je uithangt en hoe het met je gaat.'

Hij keek een beetje beschaamd. 'Ach, nee, ik zou me alleen maar generen, Jess.'

'Waarom?'

Hij haalde zijn schouders op. 'Omdat ik niet naar Harvard ben gegaan.'

'Mijn moeder zal het heus wel begrijpen.'

Hij schudde zijn hoofd. 'Vandaag niet. Ik heb nog dingen te doen. Lila verwacht me.'

We stonden op straat voor het restaurant en ik greep hem bij zijn schouders. 'Laten we elkaar nou niet weer uit het oog verliezen, hè? Hou contact!'

Hij lachte en drukte me tegen zich aan. Hij beloofde het. Hij gaf me zijn telefoonnummer. Hij zei dat hij me nog weleens weer zou opzoeken. Toen vertrok hij.

Ik vloog bijna de straat uit, met een idiote glimlach die mijn hele gezicht vertrok. Ik wist dat mijn moeder blij zou zijn te horen dat ik

Steve had gezien, en dat alles goed met hem ging En dat was ook zo. Al mijn boosheid op haar was verdwenen, ik was aan tafel de hele tijd aan het woord. Na het eten keek ik televisie, omdat Chris die avond moest werken. Het was na elven; ik was naar bed gegaan en lag te lezen toen een regen van kleine steentjes tegen mijn raam sloeg. Ik sprong uit bed en keek uit het raam. Daar stond Chris.

Ik rende de trap af met een geweldige glimlach en deed de deur open. Wat een verrassing! Ik voelde me zo bemind! Eerst Steve, en nou Chris! Chris glipte naar binnen, maar mijn moeder had iets gehoord en kwam in haar badjas de trap af. Toen ze zag wie het was, zei ze: 'O, hallo, Chris,' een beetje stug. Het maakte niet uit – hij wist ook wel dat ze hem niet mocht, dat wist hij al een poosje. Ze draaide zich om en ging weer naar boven, maar ze liet haar deur openstaan.

Ik grijnsde nog als een halve gare, ik verwachtte dat Chris me zou omhelzen of zoiets, maar hij bleef stokstijf staan, en bewoog zijn lippen nauwelijks.

'Wie was die gozer!' zei hij op beschuldigende toon.

'Steve? Dat heb ik je toch verteld! Hij was mijn vriendje op de middelbare school. Ik ken hem al jaren. Ik heb hem een heel jaar niet gezien, en hij stond me vandaag op te wachten. Het was zo leuk...'

'Hij kuste je!'

'Natuurlijk kuste hij me. Hij is een oude vriend van me. Ik kuste hem ook.'

'Ongelooflijk, dat jij zoiets doet. Ongelooflijk.'

'Wat???'

Hij staarde me aan, en hij was langer dan ik, dus hij keek ook nog op me neer. Zijn ogen waren ijzig groen. 'Jij bent een slet!' siste hij. 'Ik dacht dat je mijn vriendin was!' Hij draaide zich om en liep de deur uit; hij deed hem niet eens dicht, hij liet hem gewoon wagenwijd openstaan.

Mijn hart bonsde. Waar had hij me voor uitgemaakt? Ik kon het niet geloven. Ik probeerde wanhopig naar woorden te zoeken om mijn verbijstering in te vangen. Ik overwoog achter hem aan te rennen en hem terug te slepen, maar ik was te geschokt. Na een poosje zo te zijn blijven staan ging ik naar boven. Mijn moeder hoorde me op de trap en riep vanuit haar kamer. 'Jess?'

Ik duwde haar deur verder open en bleef op de drempel staan.

'Wat is er?'

'Niks.'

'Is Chris weg?'

'Ja.'

Ze keek me een poosje recht in de ogen. 'Wat is er gebeurd? Waarom kwam hij hier zo laat nog? Het is bijna middernacht.'

'Weet ik. Hij kwam net uit zijn werk. Hij was boos over Steve. Jaloers.'

'O,' zei ze, me nog steeds aankijkend. 'Ben jij ook boos?'

'Nee. Ik ga naar bed.'

'Oké. Welterusten, schat.'

Ik prevelde nauwelijks iets terug. Het was allemaal haar schuld. Zij had hem op afstand gehouden.

10

Toen ik dat najaar terugging naar Andrews had ik het gevoel dat ik een stuk ouder was geworden. Ik voelde me net een soort winkeldochter. Ik reed er alleen heen, pakte alleen uit en richtte mijn kamer weer heel snel in, als een oude rot die het gewend is alles keurig op orde te hebben. Dat semester deelde ik mijn kamer met Melanie. Sheri was overgestapt naar Sarah Lawrence om theaterwetenschappen te studeren, en Patsy zat een jaar in Frankrijk. Ik miste hen, en ik wist niet goed wat ik nou eigenlijk voor Melanie voelde. Voor we in mei uit elkaar waren gegaan, had zij gezegd dat ze liever niet meer wilde dat we met elkaar naar bed gingen. Ze was er niet zeker van of ze wel echt lesbisch was. Nou, dat was ik ook niet, dus ik vond het best. We hadden elkaar die zomer wel gebeld, maar ik had haar niet gezien. Ze was de hele zomer met haar moeder in South Carolina geweest.

Toen ze ook weer terugkwam, was ze nog dezelfde oude Melanie. Ik vond het prima dat we een kamer deelden, maar iets in mij nam afstand, en hield alles binnen wat op werkelijke genegenheid leek. Ik had geen speciale gevoelens voor haar, en voor niemand. Ik kon die scène met Chris maar niet uit mijn hoofd zetten. Er was me eigenlijk nog nooit zoiets vervelends overkomen. Dingen die je overkomen zijn als het voedsel dat je eet – het kost tijd ze te verteren. Je moet ze verwerken, de dingen die je hart aan flarden rijten, iemand van wie je houdt die je verlaat, een geweldige boosheid op je moeder. Ik was boos op Chris omdat hij bij me was weggegaan, en om de manier waarop. Maar ik kwam maar niet verder dan de constatering dat het eigenlijk de schuld van mijn moeder was, en ik was woedend om haar irrationele afkeer van hem. Als ze hem iets gastvrijer had behandeld en hem gewoon bij ons had laten logeren, was hij misschien niet zo jaloers geweest.

Melanie en ik sliepen dat semester elk in een eigen bed. Met Melanie slapen was fijn geweest omdat we elkaar altijd een orgasme bezorgden, maar op de een of andere manier had het voor mij toch ook iets afstotelijks gehad. Ik weet niet waarom. Hoe dan ook, zodra het studiejaar begon, had ze al iets met Luke Burden, een magere student Frans met een ongave huid. Ik bedacht dat ze dan wel niet zo bijster veel om mij gegeven zou hebben, als zo'n waardeloze figuur mij kon vervangen. Ik zag Chris wel op de campus, maar hij wilde niet met me praten. Na een paar pogingen tot vriendelijk zijn gaf ik het op, en hield ik me voor dat hij een neuroot was. Hij overheerste de hele poëzieclub en toen hij weigerde met mij te praten, zeiden de anderen ook geen stom woord meer tegen mij. Dat was heel vervelend, dus ging ik er maar niet meer heen. Maar ik miste het wel, en ik miste Sheri en Patsy ook. En toen Melanie iets met Luke kreeg, miste ik haar ook. En ik miste Chris. Ik had het gevoel dat ik wegzonk in een moeras van misère. Het enige dat ik nog had waren de vrijdagmiddagbijeenkomsten.

Ik zocht een beetje afleiding door me in te schrijven voor een blok aan Winship College, een kleine universiteit een paar kilometer verderop, waar we colleges konden volgen die op Andrews niet werden aangeboden. Ze hadden er een dat De bijbel als literatuur heette, en dat fascineerde mij, want ik had de bijbel nog nooit gelezen en ik was er op de een of andere manier toch wel benieuwd naar. De cursus werd gegeven door een dr. Munford, een protestantse dominee die, leek mij, wel een expert moest zijn.

Ik was vanaf het eerste college in de ban van de bijbel. We gebruikten de King James-vertaling. Ik vond het prachtig, zoals die geschreven was, zo sober en klankrijk. De verhalen waren zo levensecht dat ik me helemaal kon voorstellen dat ik lang geleden leefde in een warm, droog, heuvelachtig land, tussen de herders. Ik vroeg me af hoe de mensen waren die die verhalen geschreven hadden. Het was altijd razend interessant en ik zat constant met mijn hand te zwaaien om vragen te stellen, maar dr. Munford leek er nooit veel zin in te hebben daarop in te gaan. Ik dacht dat hij misschien verlegen was. Ik vond het verbazingwekkende verhalen over Abraham en Isaäk en Jacob en Ezau, en de vrouwen – die nauwelijks genoemd werden, en toch heel levendig overkwamen. Sara lachte, stond er. Dat vond ik prachtig. En ik vond het ook prachtig dat Jacob meende het nageslacht van zijn kudde te kunnen beïnvloeden door twijgen die hij in het drinkwater legde.

Dat najaar hingen overal posters op de campus waarop de oprichting van een nieuwe organisatie werd aangekondigd, 'Andrews van de Verkeerde Kant, voor homoseksuele studenten en studentes'. Hun eerste bijeenkomst, op een zondagochtend (tijdens de kerkdienst!), zou in de Hub worden gehouden, een plaatselijk koffiehuis. Ik miste de poëzieclub en besloot erheen te gaan om mijn solidariteit te betuigen met mensen als Sandy, en omdat ik zelf ook een poosje lesbisch was geweest, en nog steeds dacht dat ik misschien wel lesbisch was.

Toen ik naar de Hub kwam, liep daar een half dozijn vrouwen rond, en twee of drie mannen. Ik had niet het idee dat er maar twee homo's op de campus waren: misschien waren jongens er niet zo tuk op om voor flikker door te gaan. Iedereen staarde me aan alsof ik van een andere planeet kwam, en ik voelde me lichtelijk onbehaaglijk. Om elf uur, toen de bijeenkomst begon, waren er nog vier vrouwen bijgekomen, maar geen mannen. Een lange, slanke, knappe vrouw met lang haar en een handjevol lichte sproeten op haar neus ging voor in de ruimte staan en deelde mee dat de vergadering geopend was. Ze hield een toespraakje, zei hoe ze heette – Liz Reilly – en legde uit waarom zij en haar vriendinnen het nodig vonden deze organisatie in het leven te roepen. Vooroordelen tegen homoseksuelen, zei ze, in het hele land, zeker in de staat, en zelfs aan de universiteit, maakten het domweg noodzakelijk. In het verleden waren meisjes van de universiteit verwijderd voor elk gedrag dat naar genegenheid voor de eigen sekse neigde, en iedereen wist wat er met Oscar Wilde was gebeurd. De groep zou allerlei belangrijke zaken voor homoseksuelen aan de orde stellen, en aan het universiteitsbestuur kenbaar maken hoe er over bepaalde zaken gedacht werd. Ze vroeg of er opmerkingen waren.

Een kleine stevige vrouw stak haar hand op. Liz Reilly knikte naar haar, waarop ze opstond en het vertrek rondkeek. 'Ik ben Frances Maniscalco,' zei ze. 'Volgens mij is het belangrijk dat wij elkaar kennen en van elkaar weten dat we dezelfde waarden hoog houden. We kunnen hier geen verslaggevers van buitenaf of spionnen van het bestuur gebruiken, dus ik vind dat we ons allemaal even moeten voorstellen.'

'Oké,' beaamde Liz. 'Laten we even een rondje maken, mensen.'

Frances kwam naar voren en ging naast Liz staan.

'Laten we op de eerste rij beginnen,' stelde Liz voor.

De aanwezigen gaven hun naam en hun jaar op. Toen ik aan de beurt was deed ik hetzelfde. Frances keek me aan. 'Wie zei je dat je was?'

Ik knipperde met mijn ogen en herhaalde het nog eens. 'Ik ben Jessamin Leighton, tweedejaars. Ik woon in Lester Hall.'

'Waarom ben je hier?' Liz ging iets dichter bij Frances staan.

Ik weet dat ik rood werd. Niemand anders was die vraag gesteld. 'Ik... eh... wilde mijn solidariteit betuigen... ik heb homoseksuele vrienden... en ik...' Ik probeerde te bedenken hoe ik moest uitleggen dat ik iets met Melanie had gehad zonder haar naam te noemen (want dan zou ze zich diep vernederd hebben gevoeld), maar ik hakkelde maar wat.

'Solidariteit? Jij bent lesbisch?' vroeg Liz sarcastisch.

'Misschien... Ik weet het niet.'

'Je weet het niet? Je komt hier en je weet het niet? Ben jij geen schrijfster? Ben jij van plan hier een exposé over te geven?'

'NEE!' protesteerde ik. 'Nou, ja, ik schrijf gedichten, maar ik schrijf niet voor de krant, ik ben dichteres. Hoe dan ook, ik dacht dat je zei dat iedereen die geïnteresseerd was kon komen...'

'Jij bent geïnteresseerd?' Een derde vrouw sloot zich bij hen aan

– het begon op een bende te lijken. 'Jij?' riep ze uit. 'De campuspomp? Die het met iedere man doet, van welke vorm of grootte of welke *kleur* dan ook, volgens Chris Hurley!? Die de hele mannelijke populatie van Andrews al zo'n beetje heeft afgewerkt?!'

Ze keken naar mij met zoveel vijandigheid dat ik bang begon te worden. Ik besefte dat ze elkaar allemaal kenden en meenden mij ook te kennen. Het was een besloten clubje waar ik had geprobeerd in door te dringen. Ik trok mijn jas aan, zei: 'Sorry!' en sloeg op de vlucht.

Ik rende naar mijn kamer en deed de deur op slot en wierp me bevend op bed. Daar bleef ik liggen – ik huilde niet, ik dacht niet na, ik probeerde alleen maar weer op adem te komen, en te begrijpen waarom ze zo'n haat jegens mij koesterden. Wat vertegenwoordigde ik voor hen? Wat zagen ze als ze naar mij keken? Had Chris dat werkelijk over mij gezegd? Met hoeveel jongens dachten ze eigenlijk dat ik naar bed was geweest? Campuspomp! Wat een woord! Nou ja, ik was vorig jaar met een stuk of vijf, zes jongens naar bed geweest. Maar hoe wisten ze dat allemaal? Was Chris boos omdat Steve zwart was?

De pijn bleef. Dagen, nee, weken nadien liep ik een beetje voorovergebogen over de campus, ineengedoken, alsof ik elk moment verwachtte een klap te krijgen, of te worden uitgescholden of afgebekt. Zo liep ik rond, tot ik mezelf zag lopen. Campuspomp! Wat vreselijk! Ik zwoer mijn hele studietijd aan Andrews met niet één jongen meer naar bed te gaan. Ik overwoog zelfs met mijn studie op te houden. Ik wilde naar huis.

Ik zocht Gail op, die nog normaal tegen mij deed, maar ik wilde niet meer naar de Hub, waar zij graag kwam. Ik stortte me op mijn studie, las tot 's avonds laat en werkte hard aan mijn papers. Als ik me aan mijn werk wijdde, kon ik het helemaal van me afzetten. Ik schreef een werkstuk over Sara, over wat ze wel van Abraham gedacht moest hebben toen die Isaäk meenam om hem te offeren, dat kind dat ze op hoge leeftijd nog ter wereld had gebracht, met haar man die op het punt stond hem de keel af te snijden, wat moest er niet door haar heen zijn gegaan? Had hij het wel tegen haar gezegd? Wat vond ze van de god van Abraham, die haar had laten lachen, maar haar man vervolgens zo'n opdracht had gegeven? En waarom werd er in het verhaal niets over haar gevoelens gezegd – deden die er niet toe? Was zij niet belangrijk? Ik bedoel, zij was wel de móéder! Ik schreef met passie, ik zag het voor me zoals ze daar stond, alleen, en hen nakeek, haar man en haar dierbare jongen, die de woestijn in liepen, en dagen onderweg waren naar een bepaalde rots, terwijl de zon boosaardig op hen neer beukte...

Ik leverde mijn paper vlak voor Thanksgiving in, pakte een tas en reed naar mijn vader voor een lang weekend. Ik vond dat ik hem op zijn minst een paar bezoekjes verschuldigd was, nu hij die auto voor mij gekocht had. Julie had wat mensen uitgenodigd voor het Thanksgiving-diner, en ze was dolblij dat ik ook was gekomen. Ik weet niet waarom, maar ze mocht me – dus uiteraard mocht ik haar ook.

Ze was trots op mijn oude kamer, nu de logeerkamer, die ze gezellig had gemaakt met mandjes met roze strikken en droogbloemen en een roze beddensprei met ruches. Ze nam me mee naar boven en smeekte zo ongeveer om mijn goedkeuring. Ik kwam tot de ontdekking dat ik in een machtspositie niet op mijn voordeligst ben. Ik was net mijn vader. Julie probeerde voortdurend mijn vader te sussen, te voorkomen dat hij boos werd, en hoe beter ze haar best deed, des te erger werd mijn vader. Mij probeerde ze het ook naar de zin te maken, en verdraaid, hoe meer zij zich inspande, des te negatiever en weerspanniger ik werd. Ik kon er niks aan doen! Dat weekend deed mij wel met andere ogen naar *Oom Vanja* kijken, dat we met wereldtoneel hadden gelezen. Ik nam me plechtig voor mijzelf nooit in de positie van Julie – en van Vanja – te manoeuvreren. Als je wanhopig naar liefde snakt en je behoeftigheid toont, kun je erop rekenen dat de mensen over je heen lopen. En ik was het type dat over andere mensen heen liep. Dat weekend leerde ik mezelf beter kennen. Ik deed echt moeilijk tegen Julie – over mijn kamer, over de maaltijden die ze van plan was op te dienen, en over haar kookkunst. Een paar keer had ik haar bijna aan het huilen. Zelfs mijn vader zag het allemaal enigszins verbaasd aan. Niet dat hij het zou afkeuren. Misschien hadden de vrouwen op die bijeenkomst wel gelijk gehad, misschien was ik uiteindelijk wel een klerewijf.

Op de terugweg naar Andrews had ik de hele tijd buikpijn. Opnieuw overwoog ik met mijn studie op te houden. Ik voelde me daar niet langer thuis. Ik hield mezelf voor dat ik van een mug een olifant maakte, dat er eigenlijk niks gebeurd was, wat was er nou helemaal aan de hand? Een stuk of tien mensen mochten mij niet, nou en? Ze kenden me niet eens, ze dáchten alleen dat ze me kenden. Maar ik kon niet van het akelige gevoel in mijn buik afkomen. Er waren nog maar drie weken te gaan in dat semester. Tot de kerstvakantie. En dan had ik bijna een hele maand om te besluiten wat ik verder wilde.

Ik was een week terug, en begon weer wat tot rust te komen, toen we onze papers terugkregen van dr. Munford. Ik staarde naar de mijne: ik had een 1!!! Ik had nooit lager dan een 7 gehad voor wat voor werkstuk dan ook. Mijn hart sloeg over. Ik bekeek het nauwlettend. Er was nergens een op- of aanmerking bij gezet. Er stond niet één spelfout in. Alleen maar die 1. Ik staarde wezenloos voor me uit. Op mijn kamer ging ik op bed liggen. Ik las mijn paper verscheidene keren over. Toen pakte ik de telefoon. Ik had mijn moeder niet vaak gebeld, ik was nog steeds boos op haar om Chris, maar nu moest ik haar wel bellen – ik wist niet wat ik anders moest. Ik vertelde haar wat er gebeurd was. Ze was heel meelevend, ze wist wel dat ik geen waardeloze student was. Wat mij vooral pijn deed was dat ik een 1 had gekregen voor een vak waar ik me zo voor interesseerde. Hoe kon dat nou? Ik had nog nooit zo hopeloos gefaald! Ik vroeg haar of ik haar mijn paper mocht voorlezen, en dat vond ze goed, dus dat deed ik.

'Nou?'

'Ik kan horen dat je het zelf razend interessant vindt,' zei ze. 'En ik vind het goed dat je zelf over het onderwerp hebt nagedacht. Alleen dat is al zeldzaam in een werkstuk van een student. Ik zou nooit een 1 geven aan een student die zelfstandig heeft nagedacht. En er staan geen grammaticale fouten in en ik neem aan ook geen spelfouten. Dus er is geen reden om je een 1 te geven.'

'Ja, maar?' Ik hing aan haar lippen, ik durfde nauwelijks adem te halen.

'Maar... je weet niet veel van de bijbel, en het is zo hier en daar wat verwarrend – al ligt dat waarschijnlijk aan je enthousiasme. Als ik zo'n paper moest beoordelen, zou ik er waarschijnlijk een 7 of een 8 voor geven. Geen onvoldoende in elk geval.'

'Zelfs niet als je aan Harvard doceerde?'

'Zelfs dan niet.'

Ik kon weer ademhalen. 'Hoe komt het dan, denk je?'

'Ik zou het zo niet weten. Misschien is die man heel streng gelovig of zoiets...'

'Klink ik dan ongelovig?'

'Nou ja, je zet wel wat vraagtekens bij de bijbel,' zei ze. Het klonk alsof ze glimlachte. 'Misschien kan hij dat niet verdragen.'

Een zekere opluchting maakte zich van mij meester. 'O. Bedankt, mam. Weet je het zeker?'

'Heel zeker. Het is een interessant werkstuk, schat. Ik vind het goed.'

'Bedankt, mam.' Ik zou nooit meer boos op mijn moeder worden. Nooit meer.

De volgende dag ging ik naar Winship, zodra de werkgroep wereldtoneel erop zat. Er ging elk hele uur een bus naar Winship, die op het halve uur weer terugreed. Hij deed er twintig minuten over, dus ik moest veertig minuten in de hal staan wachten tot Munford arriveerde voor zijn spreekuur. Toen hij mij zag zitten, keek hij (althans dat meende ik) geërgerd. Maar ik vermande mij. Ik ging naar binnen en ging zitten zonder dat hij iets gezegd had.

'Meneer Munford, kunt u mij vertellen waarom u mij een 1 hebt gegeven voor mijn paper? Ik heb nooit eerder een 1 gehad en volgens mij was dit geen waardeloos werkstuk. Ik liet me misschien iets te veel meeslepen door het onderwerp...'

'O ja?' zei hij sarcastisch.

'Ja!' zei ik op ferme toon. 'Ik vind de bijbel fascinerend. Daarom was ik ook geschokt over dit cijfer. Ik heb mijn paper voorgelezen aan mijn moeder, die doceert aan Harvard.' Nou ja, dat had ze gedaan. 'En zij zei dat ze er in elk geval geen onvoldoende voor zou hebben gegeven. Dus ik vroeg me af...'

Hij stond zo snel op dat hij wat papieren van zijn bureau schoof. 'Agressieve trut!' riep hij. 'Wegwezen hier!'

Ik staarde hem even aan, sprong op en rende de kamer uit. Mijn hart ging tekeer en ik kon bijna geen adem krijgen. Ik zat te hijgen in de bus, die nog stond te wachten. Van binnen was ik één ziedende massa verhitte gedachten die alle kanten op vlogen. Wat mankeerde mij? Waar was ik mee bezig? Was ik een of ander monsterlijk persoon zonder het zelf te weten? Wat zagen mensen als ze naar mij keken? Was ik zo stom dat ik niet wist hoe er naar mij gekeken werd? Deed ik iets onhebbelijks zonder dat ik er weet van had? Was ik werkelijk zo'n gruwelijk insect dat mensen als dr. Munford en Frances Maniscalco en Liz Reilly mij op een bord wilden prikken en in hun vitrine hangen? Als ik van alles verkeerd begreep, was er iets dat ik daaraan doen kon? En in welke zin begreep ik het dan verkeerd? Was ik daar verantwoordelijk voor? Was het voor mij op de een of andere manier mogelijk iets te veranderen aan hoe ik gezien werd? En zo niet, hoe kon ik dan verder leven in deze wereld?

Tegen de tijd dat ik terug was op Andrews, was het eind van de middag en begon het al donker te worden. Ik ging naar mijn kamer, waar het een enorme rommel was, en ik gaf mezelf ervan langs dat ik zo'n slons was.

Ik moest hier opruimen! Ik begon dingen op te rapen om ze op te bergen, maar ik legde ze niet in laden en op planken, maar in dozen en koffers. Ik bleef daarmee doorgaan, legde alles weg, uit het zicht, ergens in – alles: mijn kleren, boeken, elektrische typemachine, dictaten, radio, krultang. Vervolgens droeg ik de ene na de andere lading de trap af naar mijn auto. Ik kwam niemand tegen die ik kende op al die tripjes naar buiten en weer terug; ik wist dat dat een teken was. Toen ik mijn kamer leeg had, stapte ik in de auto en begon aan de lange reis naar huis.

Het was heel laat in de avond toen ik thuiskwam. Mijn moeder lag te slapen en hoorde me niet binnenkomen. Ik pakte niet uit; ik was uitgeput en het was koud buiten, heel koud voor november. Ik sleepte me naar boven, naar mijn kamer, en liet me zo in mijn broek en sweater en dikke jas op bed vallen. Op een gegeven moment in de nacht moet ik mijn jas hebben uitgetrokken, maar ik werd wakker in mijn kleren. Mijn jas en mijn schoenen lagen naast het bed. De volgende dag, een zaterdag, was mijn moeder thuis. Ze sliep uit. Toen ik naar beneden ging voor een kop koffie was ze in de keuken. Ze schrok om mij daar te zien, en ze schrok nog meer toen ik meteen in huilen uitbarstte. Ze trad op me toe en hield me vast, en ik bleef staan en liet haar begaan. Een hele tijd bleven we zo staan.

Ik voelde me niet al te best, maar ik kon ook niks bedenken waar ik me beter bij zou voelen.

Ik vertelde mijn moeder alles. Het eerste deel van mijn verhaal over die paper kende ze al, maar ik vertelde haar ook over de bijeenkomst voor homo's en lesbo's, en over Christopher. Mijn moeder luisterde naar me, streek over mijn haar en prevelde: 'Mijn arme meisje,' en 'Arm kind,' tot ik er helemaal gek van werd. Toch wilde ik het horen. Ze bezwoer me dat ze niet begreep wat er gebeurd was, ze hield vol dat ik niks raars of belachelijks had gedaan tegen andere mensen, ze zei dat iedereen wel eens zoiets meemaakte, en dat het waarschijnlijk een aaneenschakeling van ongelukjes was, dat ik net voor verscheidene mensen was opgedoemd op het voor hen meest ongeschikte moment. Ik was doodsbang geweest op de terugreis, ik had me voorgesteld dat mijn moeder boos op me zou zijn dat ik zomaar was weggegaan, zonder zelfs het semester af te maken. Maar ze zei dat ze niet boos op me was dat ik daar weg was gegaan, en ze zei zelfs dat ik nooit meer terug moest gaan.

'Als je weer gaat studeren, zou je misschien naar een universiteit moeten gaan die iets beter is dan Andrews. Waar de studenten iets meer van jouw niveau zijn.'

Wat zei ze daar?

'Mensen hebben er moeite mee iemand te accepteren die duidelijk superieur aan hen is,' zei ze. Ze probeerde me moed in te spreken, maar het haalde weinig uit. Ik geloofde niet dat mensen jaloers op me waren. Het lag aan iets wat ik zelf deed...

We dronken koffie, aten er een plak cake bij, rookten een sigaret en praatten wat. Mijn moeder leek me een beetje down. Uiteindelijk vertelde ze dat ze haar relatie met Philo had verbroken.

'Nee! Wat heb je nou gedaan!' krijste ik.

'Ik kon niet anders,' zei ze. 'Het werd tijd.'

'Hoe bedoel je dat?'

Ze dacht even na. 'Het is moeilijk uit te leggen. Hij is zoveel jonger dan ik...'

'Daar heb je anders nooit mee gezeten!'

'Dat heb ik wel, Jess. Ik heb het er alleen nooit met jou over gehad. Ik hield mezelf voor dat hij in de loop der jaren wel zou groeien, maar er was iets met onze relatie – volgens mij belemmerde mijn aanwezigheid hem in zijn groei... Hij ontwikkelde zich niet, hij veranderde niet. Ik weerhield hem daarvan...'

'Lieg niet!' viel ik uit. Ik was niet van plan haar de schuld bij hem te laten leggen!

Ze keek me alleen maar aan. 'Je kunt proberen het te begrijpen. Zo niet, dan wil ik het er niet meer over hebben.'

Ik ging zitten mokken.

Ze stond op en ruimde de ontbijtspullen op. Toen ging ze naar boven om zich aan te kleden. Ik bleef aan de keukentafel zitten roken. Na een poosje begon mijn maag op te spelen. Ik boog me voorover en perste er een paar geweldige snikken uit, ik huilde zoals ik waarschijnlijk niet meer gehuild had sinds ik in de wieg lag. Mijn hart was gebroken.

De weken verstreken. Ik weet niet wat ik deed of dacht of voelde. Ik zal wel wat gelezen hebben. Vermoedelijk televisie gekeken. Misschien heb ik wel wat platen gedraaid. Ik weet dat ik een keer in mijn auto ben gestapt en naar Lexington en Concord ben gereden, maar ik ben daar de auto niet eens uit geweest. Ik speelde patience op mijn kamer. Ik draaide platen van mijn moeder op mijn eigen installatie, de laatste scène van *Der Rosenkavalier* van Richard Strauss, waar ik altijd bij moest huilen. Alsof ik ervan overtuigd was dat liefde altijd op verzaking uitdraaide. Misschien wás ik dat ook wel.

Sandy kwam thuis voor de kerstvakantie maar ik vertelde haar niet wat mij op Andrews en met Chris was overkomen. Ik weet niet waarom niet. Nou ja, ik weet het eigenlijk wel. Ik was vernederd, ik vond het te beschamend om over te praten. Maar het was wel belastend er niet over te praten, haar niet te vragen wat zij ervan vond, de ergste gebeurtenis in mijn leven niet met mijn beste vriendin te delen. Dat ik het niet aan Sandy vertelde schiep afstand tussen ons. Ik vond dat niet leuk maar leek ook niet in staat te zijn daar iets aan te veranderen. Ik voelde die afstand tot haar, tot mijn moeder, tot iedereen. Ook tot mezelf.

Het enige waar ik me echt voor inzette, hoewel Sandy de regie had, was een bezoek aan mevrouw Connolly. Deze keer wilden we iets nuttigs voor haar meenemen. Sandy belde nog wat andere schoolvrienden van Barnes, die ook een bijdrage leverden, waarna we twee elektrische dekens, een kalkoen, en weer wat fruit en snoepgoed kochten. Op de zaterdag voor Kerstmis gingen we erheen.

Deze keer hadden we van tevoren gebeld, mevrouw Connolly stond al op ons te wachten. Ze leek blij ons te zien, en leek het niet erg te vinden die kalkoen en die dekens in ontvangst te moeten nemen, al deed ze er wel wat vaag over. Ze had thee gezet. Ze was vrolijk, uitgelaten: 'John is met de kerst thuis, meisjes! Nog even en het is voorbij!'

Aangezien hij tot vijf jaar was veroordeeld, had het er alle schijn van dat er wat steekpenningen van eigenaar waren verwisseld, of dat iemand zijn spierballen had laten zien om hem eerder vrij te krijgen. Wij vonden het prima. Omkoperij was wel slecht, maar ook weer niet superslecht. En wij wisten dat het doodgewoon was in de grote wereld, dat deel van de wereld waar wij niet aan mee mochten doen. Niet dat we ertegen waren dat hij straf had gekregen, maar we vonden het niet leuk om iemand die we kenden en mochten te zien lijden. We hadden gejuicht toen Spiro Agnew beschaamd zijn ambt als vice-president onder Nixon had moeten neerleggen omdat hij smeergeld had aangenomen, maar Agnew vonden we dan ook een klootzak en een idioot, terwijl we meneer Connolly kenden als een aardige man, genereus en goed voor zijn gezin.

De gedachte aan meneer Connolly blies onze oude discussies over goed en kwaad weer nieuw leven in. Mijn vrienden en ik hadden de neiging daden te beoordelen op grond van wat we van de dader vonden, en niet op principiële gronden. Een keer met maatschappijleer, op de middelbare school, had Carl Hess, een van de slimste jongens van de klas, echt een kei in wis- en natuurkunde, gezegd dat onze manier van denken vulgair was. Hij zei dat een of andere Harvard-professor gezegd had dat mensen van echt goede zeden anderen op grond van hun beginselen beoordeelden. Ik werd daar boos om, ik voerde aan dat wat sommige mensen principes noemden vaak in geen enkel verband met de werkelijkheid stond, dat het vaak alleen maar vooroordelen waren. Ik herinnerde hem eraan dat Hitler joden had vervolgd op grond van het principe, dat indertijd door veel wetenschappers werd aanvaard, dat de rassen elk hun bijzondere kenmerken hadden, en konden worden gerangschikt in een hiërarchie, net zoals die Harvard-professor ons kennelijk wenste te rangschikken op grond van onze morele overtuiging. De wetenschappers uit Hitlers tijd waren ervan overtuigd dat blanken kenmerken hadden die superieur waren aan de kenmerken van zwarten, joden (die niet als blanken werden beschouwd) en vrouwen (die helemaal onderaan stonden in de hiërarchie). Theodore Roosevelt, die onze eigen president was geweest, had er ook van dat soort overtuigingen op na gehouden. Ik had mijn moeder daar wel over gehoord. En toen herinnerde ik mij Milton en de *Areopagitica*, en zijn revolutie, die een koning het leven had gekost, en ik vroeg aan Carl: wat vind je van mensen die geloven in het principe van het goddelijke recht van koningen? Dat iets een principe is, wil nog niet zeggen dat het automatisch goed is. Maar hij zei dat die professor het over mensen als Ghandi had, niet Hitler, en dat ik niet wist waar ik het over had. Ik dacht van wel, maar ik wist het niet zeker dus hield ik mijn mond.

Hoe dan ook, principes in de politiek en in zaken gingen ons begrip net zo ver te boven als het drugsbeleid van de regering. Sandy en Bishop en Dolores en ik konden daar uren over discussiëren. Mensen wilden drugs, en waren bereid ervoor te betalen. Wij vonden een beetje weed ook wel lekker. De mensen zeiden dat drugs heel slecht voor je waren, maar volgens ons was dat niet waar. Wij waren er vrij zeker van dat marihuana helemaal niet schadelijk was, en zeker minder schadelijk dan alcohol; het kon zelfs goed zijn voor mensen die pijn hadden of in de war waren. Misschien was heroïne slecht voor je, maar had Freud niet altijd cocaïne gebruikt? Was heroïne slechter voor je dan uitlaatgassen van auto's? Terwijl auto's legaal waren. Sommige mensen zeiden dat sigaretten heel slecht voor je waren, erger dan weed (ik hoopte het niet!), maar sigaretten waren legaal. Mensen namen wetten aan die het bezit van of de handel in softdrugs strafbaar stelden, maar sigaretten en sterke drank niet. Waarom? Het was allemaal zo kunstmatig als wat – je stelt bij wet vast dat X een misdrijf is, gewoon omdat... ja, waarom? Zo'n wet maakt het verbodene duurder en moeilijker verkrijgbaar, zodat mensen het willen verkopen omdat ze er heel, heel rijk van kunnen worden. Het wordt heel erg de moeite waard om dat spul te verkopen aan zoveel mogelijk mensen, en zelfs aan kinderen, terwijl ze niet al die moeite zouden doen als het legaal was en je het gewoon voor een zacht prijsje bij de drogist kon kopen. De politie en de rechters zetten sommige mensen die drugs produceren en verhandelen achter de tralies, maar meestal zijn dat mensen van het laagste niveau. Zo kon het gebeuren dat de gevangenissen vol zaten met mensen die nauwelijks een rol van belang in de drugshandel speelden, terwijl degenen die het grote geld verdienden vrij rondliepen. Het systeem hield dit in stand omdat die wet nou eenmaal bestond, niet omdat wat die mensen deden noodzakelijkerwijs schadelijk was. Bishop zei altijd dat het met prostitutie net zo ging: mannen gebruikten prostituees, ze wilden dat ze bestonden, en toch stelden ze prostitutie strafbaar en zetten ze hoeren in de gevangenis. Tegelijkertijd namen ze geld aan van prostituees om hen voor gevangenisstraf te behoeden. En wat dacht je van illegalen? De mensen wilden illegalen hebben, omdat die voor lage lonen werkten. Maar ze moesten wel illegaal worden gehouden om ervoor te zorgen dat ze ook inderdaad voor zo'n lage beloning wilden werken. Zo kwamen ze nooit verder dan ongeschoold werk en een leven in angst, terwijl de rijke boeren die van hun diensten gebruik maakten almaar rijker werden. Vicieuze cirkels waren het, dat soort wetten, die alleen leken te bestaan om de rijken rijker te maken en het leven voor de armen moeilijk te houden – zulke wetten leken mij niet gerechtvaardigd, mensen die zich er niet aan hielden kon ik best begrijpen.

Het strafbaar stellen van dingen die mensen geen kwaad doen, heel gewone dingen, maakt van heel gewone mensen criminelen. Neem nou de Sovjet-Unie. De zuster van Sandy kende een man die acteur was geweest in Rusland. Die zat bij een gezelschap dat jarenlang stukken van Shakespeare had gebracht in allerlei wijken in Moskou, tot ze wisten te ontsnappen. Ze hadden niet officieel als acteurs geregistreerd gestaan, ze deden het gewoon zelf omdat ze dat graag wilden. Ze hadden ook nog ander werk. Maar omdat ze niet geregistreerd stonden, konden ze geen decor krijgen, geen kostuums, zelfs geen materiaal en stoffen om het allemaal zelf te maken – voor alles gold dat je het alleen via de staat kon krijgen. Dus moesten ze alles stelen. De huisschilder nam verf mee van zijn werk, de timmerman jatte hout en canvas van zijn werk, de textielarbeiders stalen stoffen uit hun fabriek. In het hele land stal iedereen alles wat hij krijgen kon – verf uit een blik, bijvoorbeeld, dat op de overloop was blijven staan als staatsschilders de flat aan het schilderen waren. Iedereen in die flat kwam dan tevoorschijn en nam een kopje verf uit dat blik, wanneer dat maar enigszins mogelijk was, want je kon niet zomaar verf kopen. Iedereen kocht vlees op de zwarte markt. De wetten hadden de hele bevolking tot dieven gedegradeerd.

In onze adolescente ogen waren dat soort hypocriete dingen volstrekt absurd. Het was net als met bepaalde vakjes bij een bordspel: je geeft mensen een boete omdat ze op een vakje staan waar ze door een worp met de dobbelstenen op beland zijn – waarmee je dus zegt dat het een misdrijf was. Terwijl het in het spel is ingebouwd: je had zeven gegooid, dus je moest wel op dat ene vakje terechtkomen. Wij vroegen altijd of er dingen waren waarvan we vonden dat ze werkelijk immoreel waren, en we waren het er allemaal over eens dat mensen pijn doen en stelen en moorden slecht waren. Maar Bishop zei: 'Mijn broers hebben mensen gedood in Vietnam.' En Sandy zei: 'De staat executeert ook mensen.' Dezelfde tegenstrijdigheden had je met diefstal, en met zo ongeveer alles. Het was een raadsel waar we niet uitkwamen.

Sandy en Dolores en ik wisten dat we nooit deel zouden uitmaken van de wereld die wetten bekrachtigde en instellingen bestuurde, behalve misschien als secretaresse of schoonmaakster of echtgenote. Om die reden hadden wij het gevoel dat we nergens echt een definitief standpunt over hoefden in te nemen, wat wel een opluchting was. In het geval van meneer Connolly stond het ons niet aan dat hij geld had aangenomen om te negeren dat er drugs werden verhandeld. Die drugshandel was op zich niet erg, hij had er alleen geen geld voor moeten aannemen. Maar afgezien daarvan velden wij een oordeel op grond van de overweging of wij dachten dat iemand een goed mens was, die iets betekende voor andere mensen, of niet. Wij vonden dat mensen die andere mensen op de een of andere manier schade toebrachten ergens heen gestuurd zouden moeten worden waar ze konden worden genezen, niet gestraft. Wij hadden niet het idee dat je met straffen – of het nu om een kind ging of om een volwassene – ooit iets bereikte. Naar de gevangenis gestuurd worden leek ons net zo willekeurig als bij Monopoly een kaart krijgen met 'U gaat naar de gevangenis'. We hadden geen hoge dunk van wat meneer Connolly gedaan had, maar wij vonden dat de schande die over hem gekomen was, al die aandacht, en het feit dat hij zijn baan kwijt was, op zich straf genoeg was.

De enige van ons die misschien ooit toegang tot die wereld zou krijgen was Bishop, en je kon wel zien dat hij piekerde over de mogelijkheid dat hij ooit misschien een streep in het zand zou moeten trekken en die verdedigen. Het idee leek hem niet aan te staan. Daarom voelde het ook zo goed dat hij bij die commune was gegaan.

De wereld van zaken en politiek was ons allemaal even vreemd en amoreel, geregeerd als zij werd door regels, zoals in een spel, en niet door natuurlijke zedenwetten. Terwijl ons leven die natuurlijke wetten volgde: als je die overtrad, leed je van binnen. Zoals de natuurlijke wet dat je van je ouders houdt. Als je dat niet doet – ook al heb je daar een goede reden voor – dan doet dat verschrikkelijk pijn. Uiteraard hadden die natuurlijke zedenwetten niet altijd gelijk. Stel dat je opgroeit in een cultuur waar vrouwen geacht worden van die enorme jurken te dragen, die alles bedekken, ik wist toen nog niet hoe ze heetten, maar nu wel, burka's, dan zou je je schamen en generen als je zonder zo'n ding betrapt werd. Wat helemaal niet natuurlijk was. Er waren geen absolute richtlijnen voor een goed leven, besloten wij, alleen aanzetten en pogingen. Maar we waren bijna twintig, voor ons was dat genoeg.

Misschien voelde mevrouw Connolly wel aan dat wij geen oordeel velden; misschien dat ze zich er daarom niet aan stoorde dat wij onze neus in haar zaken staken. Ze zat op haar versleten, elegante Victoriaanse divan in haar elegante oude jurk, met de diamanten broche op haar jurk die haar man haar voor hun vijfentwintigjarig huwelijk gegeven had. De diamanten oorringen die hij haar voor haar vijftigste verjaardag had gegeven glinsterden in haar bleekblauwe haar, dat er professioneel gekapt uitzag. Ze droeg rouge en lipstick en mascara. Als ze haar gebit nou ook nog had laten herstellen, zou ze er ontzettend goed hebben uitgezien. Ze schonk met perfecte manieren de thee in, bood ons citroen en room aan en hield ons dienbladen voor met frambozentaartjes en scones met dikke room, Joost mag weten waar ze die vandaan had. Misschien had ze het wel allemaal zelf gemaakt. Zij zou wel weten hoe dat moest.

Maggie en Francis en de kinderen waren geweldig, zei ze enthousiast, en ze hadden er een kleine bij. Ze hadden net een huis in Auburn gekocht, met een heleboel bomen en een enorme tuin en een garage voor twee auto's en een grote veranda om het hele huis heen. 'Schitterend!' riep ze uit, zonder dat ook maar ergens uit bleek dat ze het verlies van haar eigen mooie huis betreurde. En Gus was terug uit Vietnam, en hinkte alleen maar een heel klein beetje. Hij woonde in Californië, waar hij gestationeerd was. En hij was getrouwd.

Getrouwd? Sandy en ik keken elkaar aan.

'O! Bent u naar de bruiloft geweest?' vroeg Sandy, met een verrukte glimlach.

'O, nee... hij is daar getrouwd,' zei ze vaag.

'In Vietnam?'

'Ja.'

'Hebt u haar ontmoet? Zijn nieuwe vrouw? Hoe heet ze?'

'Nee. Als hij verlof krijgt komt hij haar hier aan ons voorstellen. Als John weer thuis is.'

'Hoe heet ze?' herhaalde ik, meedogenloos.

'Phuket.'

O.

Met de andere jongens was het allemaal goed: Eugene deed dit jaar eindexamen, Lloyd en Billy werkten nog bij de Star Market, en Billy haalde de hoogste cijfers.

Geweldig.

We babbelden over het weer, stelden nog meer vragen over de

acceptabele kinderen, meden de politiek en zeiden alleen op het laatst terloops iets over Bishop. Een schaduw gleed over haar gezicht, maar ze zei niet dat ze hem met de kerst verwachtte. Haar favoriete zoon was er niet meer.

We hadden de auto voor de flat neergezet, en dat kwam goed uit want het was ijskoud die dag. Lloyd en Billy liepen met ons mee. Ze vonden mijn autootje wel heel fascinerend. Toen ik ze vertelde dat de kinderen bij mij in de buurt mijn Fiat waren komen bewonderen en hem meteen al giechelend hadden opgetild, wilden zij dat ook proberen. Maar ze waren maar met z'n tweeën, niet met z'n vieren, ze gleden steeds weg op de sneeuw en uiteindelijk lieten ze zich gierend van het lachen op mijn auto vallen. Ik keek omhoog naar de flat en zag mevrouw Connolly voor het raam staan kijken. Ze glimlachte toen ze mij zag en zwaaide, en ik zwaaide terug, maar ik geneerde me wel. Ik weet niet waarom.

Mijn moeder probeerde de kerstdagen voor mij wat op te vrolijken door verschillende mensen uit te nodigen. Maar toen ze zei dat ze Eve Goodman en Alyssa had uitgenodigd, constateerde ik ontstemd dat Kerstmis dus een soort dag van rouw zou worden: Eve treurde nog om Danny, en Alyssa nog om Tim, die dat jaar was overleden. Ik zei dat ik de kerst dan misschien wel bij mijn vader zou doorbrengen. Ik wierp het haar keihard voor de voeten, alleen maar omdat ik iets gemeens wilde zeggen. Ik had helemaal geen zin om naar mijn vader te gaan en ik weet niet waar ik het idee vandaan haalde dat ik mijn moeder zo moest behandelen. Ik was wel kwaad op haar omdat ze Philo pijn had gedaan.

Ze verbleekte en zei: 'Als jij dan Sandy en de Lipkins eens uitnodigde? En Steve, als je hem te pakken kunt krijgen. Wie je maar wilt.'

Dat nam mijn boosheid een beetje weg, en ik nam me voor er toch nog iets van te maken. Gelukkig hadden de Lipkins geen plannen voor een feest dat ze toch niet vierden. Ze wilden graag komen. Hun aanwezigheid redde de feestdagen voor mij. Steve kon ik niet te pakken krijgen; het nummer dat hij me gegeven had was afgesloten. Maar toen ik naar het huis van Dolores belde kreeg ik haar stomtoevallig aan de lijn! Ze klonk wat ingehouden, alsof ze onder de medicijnen zat, maar ze zei dat ze graag zou komen. Iets zei mij dat ik haar familie niet moest uitnodigen. Mijn moeder nodigde Annette en Ted en Lisa ook nog uit. We zouden met zijn twaalven zijn: mooi voor een kerstdiner.

Mijn moeder en ik planden het menu samen, iets waar we allebei van genoten. We besloten een Franse stoofpot te maken, die we drie dagen op het vuur wilden laten pruttelen. We bestelden een uitgebeende varkenslende en een lamsbout, een Poolse worst en een stuk bacon. In plaats van gans besloten we eend te nemen. We wilden er gesmoorde groenten bij serveren – venkel, rapen, knolselderij en worteltjes. En gewone aardappelen en zoete aardappelen. De Lipkins zeiden dat ze een cake zouden meenemen, Eve een hartige taart, en Alyssa kaas en crackers en olijven als aperitief.

Ik versierde het huis met hulst en dennentakken, die ik ophing aan de schoorsteenmantel en de trapleuning. Ik schikte ook wat takken met kaarsen erin midden op de tafel. We haalden een kleine boom die mijn moeder en ik zelf optuigden. We moesten er wel eerst een stuk afzagen – we hadden geen van beiden ooit eerder een zaag in handen gehad – en het was lastig om hem in de houder te schroeven. Maar het lukte.

Op eerste kerstdag zette ik wat platen van mijn moeder op: Alfred Deller en een koor dat prachtige oude kerstliederen zong, verfrissend onbekend voor mij, en wat liederen van Gesualdo. Het was allemaal even mooi en gezellig, en het straalde uit wat ik wilde overbrengen, dat wij een gelukkig gezin waren, allemaal samen.

De dag verliep goed. Lisa was bijna volwassen, maar nog niet zo volwassen dat ze niet een paar potjes met me wilde tafeltennissen. We holden zonder jas naar de garage en zetten de verwarming aan. Door het geren achter de pingpongtafel warmden we snel op. Lisa was vrolijk genoeg om mij het gevoel te geven dat ik haar niet meer hoefde te laten winnen, maar ze won sowieso, met vier-twee. We waren nog bezig toen de Lipkins arriveerden. Sandy en Naomi kwamen erbij, en we speelden nog een poosje dubbel.

Toen we weer naar binnen gingen, zaten de volwassenen aan de wijn en de whisky. Sandy en ik namen ook een glaasje wijn. Eve en Alyssa waren er ook al. Ik schaamde me dat ik over hen geklaagd had, want Eve was vrolijk en zat vol geestige opmerkingen, zoals mijn moeder ook al gezegd had. Alyssa was wel een beetje treurig, dat was ze altijd, maar ze was ook weer zo lief dat je haar eigenlijk alleen maar zou willen koesteren. Annette en Ted waren vol van Vietnam. Mevrouw Lipkin maakte zich er nu ook druk om, en zelfs dr. Lipkin had er iets over te zeggen. Iedereen was verontwaardigd over My Lai, en dr. Lipkin zei dat er wel meer bloedbaden waren aangericht, zoals in My Khe 4. We praatten over wat er met Calley zou gebeuren. Eve zei dat hij gewoon maar een arme soldaat was die had gedaan wat hem was opgedragen, maar dr. Lipkin zei dat dat nou net was wat Eichmann ook gezegd had. Ik wilde mij ook wel in de discussie mengen, maar ik durfde niet, ik was vol ontzag voor dr. Lipkin. Die was zo intelligent.

De stoofschotel was verrukkelijk, en mevrouw Lipkin zei dat ze zwaar onder de indruk was. Dat vond ik niet zo leuk. Ik vond het maar niks als mensen onder de indruk waren; het was helemaal niet mijn bedoeling om indruk te maken, en ook niet mijn moeders bedoeling. We hadden het klaargemaakt omdat het zo knus was – ik bedoel, varkensvlees en worteltjes, kan het knusser? – en toch iets feestelijks had. Wij wilden dat iedereen zich prettig voelde, en blij, en wij wilden eten opdienen dat bijdroeg aan dat gevoel.

De dag voor Kerstmis, onder het koken, had mijn moeder over Eve en Alyssa gepraat, en over herstel. Ik zei dat Alyssa een jaar had gehad en nog altijd niet over het verlies van Tim heen was.

'Nee,' beaamde ze. 'En daar zal ze waarschijnlijk ook nooit overheen komen. Er is een hoop wilskracht voor nodig om levensgeluk te creëren, en Alyssa is een lieve vrouw, maar sterk is ze niet.'

Ik wist niet wat ik hoorde. 'Hoe bedoel je, het creëren?'

'Nou, wat denk je, dat dat allemaal vanzelf gaat?'

'Natuurlijk. Jij niet?'

'Gaat het bij jou vanzelf?'

Ik dacht even na. 'Vroeger wel. Vroeger was ik meestal wel gelukkig.'

'En waardoor ben je nu dan niet meer gelukkig?'

'Ja, doordat allerlei mensen van alles doen...' zei ik.

'Precies,' beaamde mijn moeder met een zucht.

Een poosje zeiden we niks meer. Er was een symfonie van Mahler op de radio, die mij niet bepaald in de oren klonk als muziek voor gelukkige tijden.

'Maakt die muziek jou gelukkig?' vroeg ik na verloop van tijd.

'Ja.'

'Waarom? Het is zulke treurige muziek.'

'Precies. Die symfonie geeft uiting aan verdriet,' legde ze uit. 'Heel doeltreffend. En heel gewetensvol.'

'Naar verdrietige muziek luisteren maakt jou gelukkig?' riep ik ongelovig uit.

'Het zien of horen hoe op de een of andere manier uitdrukking wordt gegeven aan menselijke emoties is heel bevredigend voor mij, ja. Is dat voor jou niet zo dan?'

Daar moest ik even over nadenken. 'Ja, het zal wel,' zei ik eindelijk.

'Daarom houden wij ook van kunst.'

'Dus kunst creëert levensgeluk?'

'O, ja, lieve schat, zeker! Voel jij je niet opgekikkerd na een mooi concert, een prachtige expositie? Of zelfs na een heerlijke maaltijd? Dat het leven verschrikkelijk is... dat zullen we als een gegeven moeten aanvaarden. Dat het zinloos is, dat er geen ontkomen is aan de pijn, geen rechtvaardiging voor de akelige dingen die gedaan worden... dat is de oorzaak van het menselijk leed. Maar wat jij doet terwijl je dat allemaal weet, en voelt, dat bepaalt wat jij bent. Er iets moois van maken... dat is groots.'

'En hoe creëer je dan levensgeluk?'

Ze gaf bedachtzaam antwoord. 'Ik denk dat het te maken heeft met de wijze waarop je de dingen benadert. Het zoeken naar een perspectief dat geluk mogelijk maakt. Een heleboel mensen kiezen altijd voor een perspectief dat levensgeluk onmogelijk maakt.'

'Dat snap ik niet.'

'Wij zijn een gezin dat in een arm land leeft. Een lid van jouw familie doodt per ongeluk mijn zoon. Wat doe ik dan?'

'Waarschijnlijk je broer erop afsturen om hun zoon te doden,' grimaste ik.

'Ja. Waarmee je elke hoop op levensgeluk voor beide partijen de grond in boort, voor zolang als de vendetta gaat duren.'

'Ja...'

'Maar zeg dat jij je broer stuurt met geschenken, een oprechte verontschuldiging, wat geld. Zeg dat jij om vergeving zou smeken. Zoals mensen in vroege samenlevingen deden, honderdduizenden jaren geleden...'

'Ja. Misschien zouden ze je dan wel vergeven.'

'Ja, misschien. Je zou het op zijn minst een kans geven. En ook al bleven ze jou dat ongeluk aanrekenen, dan zouden ze misschien nog niet per se iets terugdoen. Zoiets zou een harmonieus bestaan – en daarmee levensgeluk – mogelijk maken. Uiteindelijk.'

'Ja. Maar stel nou eens dat mensen het op jou voorzien hebben en jij weet niet waarom.'

'Nou, je zou kunnen proberen met ze in gesprek te blijven. Of je zou ergens anders heen kunnen gaan, en andere mensen opzoeken.'

'Dus wat ik gedaan heb...'

'Was een keuze. Jij probeert geluk te creëren in je leven.'

'O.' Ik weet niet waarom ik mij opeens beter voelde, maar het was wel zo. Zoals mijn moeder het zei klonk het alsof ik redelijk gehandeld had, niet alsof ik als de eerste de beste lafaard op de vlucht was geslagen – zoals ik het zelf eigenlijk steeds gevoeld had.

'Stel,' vervolgde mijn moeder, 'dat Sandy jou op de een of andere manier gekwetst zou hebben.'

'Ja,' zei ik aarzelend. Ik vond dat geen leuk voorbeeld.

'De keuze die jij daarop maakt zal jullie relatie in de toekomst gaan bepalen. En om de juiste keuze te maken, zul je moeten weten wat je wilt. Weet je dat?'

'Nou ja, ik houd van Sandy... ik zou haar niet kwijt willen.'

'Oké, wat voor keuzes heb je dan?'

'Nou?'

'Je kunt kwaad weglopen en nooit meer met haar praten, je kunt als een razende tegen haar tekeergaan, je kunt een week lang gaan zitten mokken...'

'Maar ik houd van Sandy, en ik weet dat ik alleen weer gelukkig zou zijn als wij goed met elkaar waren. Dus in plaats van boos te worden of te tieren of te mokken, zou ik met haar gaan praten, haar zeggen dat ze me gekwetst heeft, en vragen of dat haar bedoeling was...'

'Precies.'

'Dikke kans dat ze me helemaal niet wilde kwetsen, dat het allemaal een misverstand was, en als dat eenmaal uit de wereld was, zou de lucht tussen ons weer zijn opgeklaard.'

Mijn moeder glimlachte triomfantelijk.

'Maar stel dat het wel haar bedoeling was mij te kwetsen. Stel dat ik vijf jaar geleden iets gedaan heb dat zij mij nooit vergeven heeft, en dat zij al die tijd haar kans heeft afgewacht om het mij betaald te zetten. Of stel dat ik iets uit haar verleden heb losgewoeld, en dat zij mij met iets afschuwelijks zou gaan identificeren, en dat ik opeens voor haar ogen zou opdoemen als de incarnatie van haar boze stiefmoeder...?'

'Nou ja, misschien dat als je er met haar over praatte, dat je daar iets aan zou hebben. Maar misschien zou je er ook wel niks aan kunnen doen.'

'En dan?'

'Dan zul je een tijdje niet gelukkig zijn.'

'Dus je kunt je geluk niet zelf creëren!'

'Je kunt het altijd proberen. Dat wil niet zeggen dat je er altijd in zult slagen.'

'Waarom proberen mensen het niet altijd?'

Ze haalde haar schouders op. 'Tja. Ego. Iemand kan denken: dat kan ze mij niet aandoen, wie denkt ze wel dat ze is, ik zal haar wel eens even! En dan gaat het ego het levensgeluk voor de voeten lopen. Of een depressie. Dat ze denkt: Sandy haat mij, iedereen haat mij, ik ga naar huis en blijf daar en ik zal maar niet meer proberen de banden met haar aan te halen... Boosheid kan zo hoog oplaaien dat er geen vriendschap tegen bestand is...'

'Hm,' zei ik. Ik voelde me wat ongemakkelijk. Dat was precies wat ik gedacht had bij die mensen waar ik op Andrews tegenaan was gelopen. Ik wilde daar niet overheen stappen, omdat ik het misschien wel niet kon. Toen ik boos was op mijn moeder, wilde ik boos op haar zijn, en ik wilde ook boos blijven. Betekende dat dan dat ik niet gelukkig wilde zijn?

'Het enige waar ik tegenwoordig aan kan denken,' zei ik, 'is dat ik niet weet hoe ik in het leven moet staan om te krijgen wat ik wil.'

'En wat wil je?'

'Misschien is dat het probleem nou juist wel. Dat weet ik niet,' jammerde ik. 'Ik kom er maar niet uit.'

'Ik kan je wel vertellen wat ik wil. Ik wil goed, interessant werk doen en in een omgeving leven die zo mooi is als ik hem maken kan, en ik wil liefde geven en ontvangen.'

'En daarom gooi je Philo eruit?' jankte ik.

'Ik heb de liefde er niet uitgegooid. Ik houd van jou. Ik houd van Eve en Alyssa en Annette en Ted. En ik houd nog steeds van Philo. Ik wil alleen niet meer bij hem zijn.'

Ik had geen zin daar ruzie over te maken. Ik dacht diep na. 'Maar hoe kunnen mensen nou gelukkig zijn als hun dingen overkomen zoals Annette en Ted, met hun gehandicapte kinderen...'

'Iedereen loopt schade op in het leven, iedereen maakt er wel eens een puinhoop van, niemand ontkomt aan de tragiek van het leven.'

'Maar hoe kan een mens dan gelukkig zijn?'

'Dat is een probleem,' gaf ze toe.

Bedankt.

Die kerst kwam Dolores laat aanzetten, en ze zag er vreemd uit. Bij mijn eindexamenfeest was ze slonzig en dik geweest, met borsten die zwaar over een opzwellende buik hingen, voortdurend betraande ogen en een vlekkerig gezicht. Ze had haar haar geblondeerd en droeg een beetje een hoerige outfit, heel anders dan in onze scene de mode was. Maar nu zag ze er heel anders uit. Ze was afgeslankt en droeg een stijf bruin mantelpakje en bruine schoenen. Sandy en ik hadden een spijkerbroek aan met een sweater en laarzen; wij droegen ons haar nog gewoon lang. Dolores had het hare kortgeknipt en er krullen in gezet, heel ouderwets. Ze leek haar eigen moeder wel. Sandy en ik doken op haar zodra ze binnen was, gaven haar een glas wijn en namen haar mee naar boven, naar mijn kamer, waar we rustig konden praten.

'Waar heb je uitgehangen!' riepen we uit. 'We konden je nergens vinden.'

Ze was heel terneergeslagen. Ze keek ons niet aan. 'Ja, ik ben weg geweest.'

'Waarheen dan, Dolores?' probeerde ik tot haar door te dringen. 'Wat was er dan?'

Toen keek ze op. 'Ik zat in een inrichting.'

Opeens vielen alle stukjes van de puzzel in elkaar.

'Wat voor inrichting?' vroeg Sandy voorzichtig.

'Het St. Katherine's.'

Een psychiatrische inrichting in een buitenwijk. We keken haar vragend aan. Ze liet het hoofd zakken en keek naar haar handen.

'Ik heb geprobeerd mijn vader te doden,' zei ze. 'Ik heb hem met het vleesmes in de borst gestoken. Hij was wel gewond, maar niet dood. Ze hebben me uit huis gehaald en naar de inrichting gebracht. De staat.'

Ze hadden haar niets ten laste gelegd. Dus ze zal wel een goede reden hebben gehad. We gaapten haar aan; toen liep ik naar haar toe en sloeg mijn armen om haar heen. Natuurlijk, ze had in onze galerie geslapen wanneer dat maar kon. We hadden het moeten weten.

Ze begon te huilen, en ik huilde mee. Sandy kwam erbij staan, sloeg haar armen om ons allebei heen, en wreef met haar wang tegen die van Dolores.

'Maar nu ben je er weer uit,' zei ik eindelijk. 'Je bent vrij.' Het was eigenlijk meer een vraag.

'Ja. En ik studeer weer. Ik woon in een huis van de reclassering. Dat hoort bij mijn straf. Ik moet daar blijven wonen. Het was gewoon stom toeval dat ik bij mijn ouders was toen jij belde. Ik was er om de rest van mijn spullen te halen. Ik ga er nooit weer heen, en ik wil ze ook nooit meer zien, geen van beiden.'

'Geen van beiden?' vroeg ik. 'Geen van beiden?'

Ze barstte uit. 'Mijn vader naaide mij en zij was jaloers! Ze maakten de hele tijd ruzie om mij! Zij vertelde hem de vreselijkste dingen over mij, ze zeurde hem aan zijn kop dat hij mij een pak slaag moest geven, en soms deed hij dat ook wel, maar soms dreigde hij haar ook te slaan, maar hij viel mij altijd lastig... O, God! Mijn leven was het leven niet eens waard...'

'O, Dolores!'

Ik kon zien dat ze in gedachten ergens heen ging. Ze ging langzamer ademhalen, ademde heel diep in en heel stevig uit. 'Het gaat nu wel weer,' zei ze. 'Ik woon in een groep. De andere meiden zijn geweldig, je zou hun verhalen moeten horen, ik zweer dat mijn verhaal er niets bij is! Maar het zijn te gekke meiden! Ik begin weer helemaal opnieuw met mijn leven. Ik hoop dat jullie ook deel willen uitmaken van mijn nieuwe leven. Jullie zijn altijd goed voor me geweest. En Bishop ook. Hoe is het met Bishop?'

We vertelden haar over Bishop. We bleven haar maar knuffelen, maar we hadden het gevoel dat we weer naar beneden moesten, naar de anderen. Mijn liefde voor Dolores had mij inmiddels zodanig opgebeurd dat ik het gevoel had dat mijn hart ergens naast mijn hoofd zweefde, alsof het vleugels had gekregen, en ik niet mijn eigen engel had, maar mijn eigen heilige geest.

Na het kerstdiner, toen de tafel was afgeruimd, was iedereen lichtelijk aangeschoten. Tipsy. We zaten in kleine groepjes bijeen, koffie of thee of cognac te drinken. Sandy en Dolores en ik hadden de afwasmachine al leeggehaald en de boel opgeruimd. Nu zaten we in een hoek van de keuken bij elkaar.

'Weten jullie wat je verder in het leven zou willen?' vroeg ik.

'Ik wel,' zei Sandy. 'Ik wil arts worden, ik wil onderzoek doen en een geneesmiddel tegen kanker vinden. Een kanker, in elk geval – er zijn zoveel soorten. Dat is wat ik het liefste wil. En ik wil samenwonen met Sarah – openlijk, in ons eigen huis. En ik weet dat het belachelijk is, maar ik ben vastbesloten om nog lang en gelukkig te leven.' Ze moest lachen. 'Je weet wel.'

'Ja,' zei Dolores. 'Ik ook.'

'Jij zou moeten kunnen krijgen wat je wilt,' zei ik. In mijn oren had het volkomen realistisch geklonken. Sandy vroeg niet veel, had ik het idee.

Ze haalde haar schouders op. 'Dat lijkt mij ook. En jij, Do?'

'Ik wil beter worden en me af en toe goed voelen. Me elke dag goed voelen zelfs! Ik wil een opleiding volgen en andere meisjes helpen die uit net zo'n gezin komen als ik. En dat ga ik doen ook!'

Ik gaapte haar aan. Dat zou ze ook doen, dat zou ze ook doen, daar was ik heel zeker van.

'En jij dan, Jess?' vroeg Dolores.

'Ik weet het niet. Ik weet niet zo goed wat ik wil.'

'Nou.' Sandy moest even lachen. 'Jij wilt in elk geval een man.'

'Hoe bedoel je?'

'De ware. De ware Jakob. Daar ben je altijd naar op zoek.'

'Is dat zo?'

'Ja. Weet je dat zelf niet?'

Ik keek haar aan met grote ogen. 'Denk je zo over mij?'

'Toe nou, Jess. Wij zijn allemaal op zoek naar liefde. Jij doet het alleen... nou ja... met meer vuur dan de meesten van ons. Jij bent gedrevener, denk ik. Hartstochtelijker.'

Ik wist niet of ik het wel zo leuk vond wat ze zei. Maar ik wilde geen ruzie met Sandy.

Onze gasten gingen zo'n beetje naar huis. Ze waren echt tamelijk aangeschoten. Hun stemmen zongen goedenacht en hun afscheidsgroeten bleven in de koude lucht hangen, terwijl wij in de deuropening stonden te kijken hoe ze in hun auto's stapten en wegreden. Iedereen zwaaide, wij vanuit de deuropening, zij vanuit de vertrekkende auto's. De ouders van Sandy gingen ook naar huis, maar Sandy bleef nog, samen met Dolores. Mijn moeder liet ons alleen in de woonkamer en ging naar de keuken om nog wat te redderen (zoals ik dat laatste gerommel van haar altijd noemde). Toen kwam ze weer binnen om welterusten te zeggen. We kregen alle drie een kus van haar. Dat was lief. We bleven nog een hele tijd zitten praten. Dolores en ik dronken cognac, en Sandy Southern Comfort. Om een uur of drie wilden zij ook naar huis. Ik vroeg of ze wilden blijven slapen, maar Dolores zei dat zij wel kon rijden. Toen ze weg waren ging ik ook naar bed, met een glimlach op mijn gezicht, en beneveld door de cognac. Meer had ik niet nodig in mijn leven, bedacht ik, alleen mijn vriendinnen – dan was ik gelukkig.

Ik was net zo'n beetje ingeslapen toen de telefoon ging. Het was bijna vier uur! Ik sprong uit bed en holde uit gewoonte – ik vergat telkens dat ik mijn eigen telefoon had – naar de slaapkamer van mijn moeder. Of misschien wilde ik wel dat mijn moeder eerst opnam. Mijn moeder was in diepe slaap, maar ze had al opgenomen. Ik hoorde haar slaperige stem: 'Huh? Hm? Sandy?'

O God, Sandy! Ze hadden gedronken, ze hadden een ongeluk gehad, het was mijn schuld, ik had ze die drank gegeven, het schoot allemaal door me heen. Ik griste mijn moeder de hoorn uit de hand. Aan de andere kant van de lijn hoorde ik Sandy krijsen en snikken.

'Jess! Mijn vader! Papa! Hij is dood! Hij heeft zelfmoord gepleegd!'

11

Sandy's hele leven stortte die nacht in elkaar. Een beetje aangeschoten, een beetje giechelig, wordt ze door Dolores bij huis afgezet, na een lange avond met haar vriendinnen en met de nodige drank. Er staat een grijns op haar gezicht, ze is nog vol van het lekkere eten en de Southern Comfort. Ze staat voor het mooie, sierlijke koloniale huis waar ze met haar ouders woont. Ze kijkt er even tevreden naar. Het wordt door bomen omlijst en tekent zich fraai af tegen de koude, heldere lucht boven Belmont. Dan ziet ze een wolk voor de garagedeuren hangen.

Het is zo donker als de straatverlichting het toelaat, en zo'n nevel in die grijzige, paarse duisternis, alleen op die ene plek, dat komt haar vreemd voor. Langzaam loopt ze op de garage toe, ze is verbaasd, ze begint te vermoeden dat haar vader de motor heeft laten draaien. Hoe kan dat nou? Haar efficiënte vader! Haar hart begint te bonzen en voor haar hersens uit te razen als ze op de gesloten garagedeuren afloopt en opeens gebrom hoort, een gestaag gonzen, en dan weet ze het zeker, hij heeft de motor laten draaien, hoe heeft hij zo vergeetachtig kunnen zijn? Haar systematische, wetenschappelijke, voorzichtige vader! Haar bedachtzame, kalme, nuchtere vader! Ze zet het op een lopen, komt bij de garagedeur aan. Die zit niet op slot, alleen maar dicht, en ze trekt hem open. De stank van uitlaatgassen is nu heel extreem. Het is een geur die ze lekker vindt, en die ze als klein kind altijd diep insnoof als ze voor de garage stond te wachten tot haar vader achteruit naar buiten was gereden. Dan zoog ze haar longen helemaal vol, ze weet nog dat haar moeder tegen haar zei dat ze dat niet moest doen omdat het giftig was, ze kon wel flauwvallen. Ze houdt haar hand voor haar mond, loopt snel naar binnen en trekt het portier open. Ze ziet een gedaante voorover tegen het stuur hangen, maar weet niet wie het is. Ze steekt haar hand naar binnen en draait het sleuteltje om en godzijdank, het is stil, het is voorbij, ze sluit haar ogen in een schietgebedje. Ze legt haar hand op de schouder van de gedaante om hem wakker te maken, het is voorbij, het is nu voorbij, sta op, maar zijn hoofd valt terug tegen de rugleuning van de autostoel, een trage massa, hoe kan die slanke, elegante, verfijnde man nou zo'n homp levenloos vlees en bloed zijn geworden?

Haar doffe kreet wordt gesmoord door de hand die naar haar mond en neus schiet, ze begint te huilen met diepe, hijgende, stille snikken en weet niet waarom ze huilt want haar vader zal zo wel wakker worden, dat weet ze zeker. Ze rent naar de voordeur om haar moeder te halen, die haar vader wel wakker zal kunnen krijgen ook al kan zij, Sandy, dat niet. Ze rent, haar snikken hebben meer weg van de oprispingen van een maag die van slag is, ze laat haar sleutels vallen, raapt ze op, laat ze weer vallen, weet eindelijk de voordeur open te krijgen en rent de trap op naar de slaapkamer van haar ouders waar haar moeder ligt, diep weggezonken in een vredige, onschuldige slaap. Ik zou haar moeten laten liggen, ze weet het nog niet, haar zo laten liggen, maar ze maakt haar toch wakker, ze stoot haar moeder aan zoals een kalf de koe opport, sta op, sta op, mammie mammie, en mammie staat op, verbijsterd en verblind, Sandy, wat is er?

Sandy pakt haar ochtendjas en pantoffels en doet haar die aan, ze kan geen woord uitbrengen, ze houdt haar mond dicht om het braaksel binnen te houden, trekt aan haar moeders hand, houdt haar snikken in als braaksel, trekt haar de trap af, door de achterdeur naar buiten en over de oprit naar de garage en naar binnen...

Als Margo hem ziet wordt Sandy wakker. Margo hapt naar lucht, slaat een hand voor haar mond, kijkt verwilderd om zich heen, ziet Sandy en grijpt haar, houdt haar vast zodat ze nu allebei kunnen krijsen. Na een poosje ziet Sandy het briefje, een lichtblauw bonnetje van een tankstation dat op de stoel naast hem ligt, er staan een paar woorden opgekrabbeld met zijn fijne Crosspen, 'Ik kan niet verder,' alleen maar dat, verder niets, geen dag, geen liefde, geen hoop. De woorden eindigen, de wereld zou ook moeten eindigen maar dat doet hij niet, voor geen van hen, alleen voor hem. Het zou draaglijk zijn geweest als de wereld was afgelopen, maar nee, ze moeten weer naar binnen, Naomi wekken, en het haar vertellen, en toekijken terwijl zij naar buiten holt, naar de auto, snikkend en krijsend; ze bellen een ambulance, je weet het niet, misschien is er nog hoop, al weten ze het beiden, maar je weet het nooit, misschien...

Ze moeten doorgaan met leven.

Sandy's eerste daad was mij bellen. Mijn eerste daad was huilen in de armen van mijn moeder. Hij was niet mijn vader, maar hij was mijn ideale vader. Mijn echte vader was in zekere zin al dood, dus het was geen onbekend gevoel. Toen het licht was, belde ik Dolores in haar groepswoning. Ik wist dat zij het zou willen weten. Het was verbazingwekkend hoezeer ze van de kaart was. Je zou denken dat de vader van Sandy ook haar vader was. Misschien waren de Lipkins wel de vader en moeder die zij had willen hebben, lieve, zachtaardige, intelligente, tolerante mensen, ideale mensen, beschaafde mensen... Misschien was dr. Lipkin wel een vader voor een heleboel anderen die geen eigen vader hadden, een vader die wij af en toe ook mochten gebruiken.

Dolores en ik reden allebei naar huize Lipkin, en de week daarna namen wij daar verschillende touwtjes in handen. Toen Seymour van Princeton kwam, en Rhoda uit Los Angeles, haalde Dolores hen van het vliegveld. Toen andere familieleden van buiten de stad aankwamen, was het Dolores of ik die hen van het vliegveld haalde. Dr. Lipkin werd begraven zodra Rhoda er was; toen ging de familie sjivve zitten, het huis moest smetteloos schoon zijn en er moest eten klaarstaan. Mevrouw Lipkin lag verdoofd in bed, onder de medicijnen die ze van haar arts had gekregen – de mensen zochten haar daar op. Zij verhief zich dan even uit het kussen om dag te zeggen en zakte dan weer weg in haar verdriet. Sandy en Naomi zaten in de woonkamer, maar waren er met hun hoofd niet bij – het waren net twee schimmen. Ze stonden niet eens op toen Seymour binnenkwam. Seymour en Rhoda moesten honderden gasten begroeten, een rol die hun niet vertrouwd was. Ze waren gespannen, beleefd, bleek.

Vrienden en familie brachten eten mee: schalen vol gerookte zalm en dolma's en humus en pita en olijven en vijgen en stoofschotels met vlees of vis en met noedels en rijst, die wij in de oven zetten. De eerste vijf dagen kwamen er elke middag en avond mensen, en ze aten maar door. We warmden stoofschotels op en zetten schalen op de tafel in de eetkamer, vulden halflege schalen bij, ruimden gebruikte borden op en zetten de afwas in de vaatwasmachine. Het was vermoeiend, maar ik ontdekte dat ik er heel goed in was, heel efficiënt. Ik had wel iets geleerd in al die jaren dat ik mijn moeder in de keuken geholpen had. Er kwam elke dag een werkster die het huis opruimde en de was deed. Zij maakte 's morgens de bedden op en zette voor ze naar huis ging het vuilnis buiten.

Maar toen het voorbij was, moesten ze verder zien te leven met de stilte die volgde. Rhoda en Seymour gingen zo snel als ze konden weer terug naar hun eigen toevluchtsoord. Als je hen zo zag, zou je denken dat het geen gelukkig gezin was geweest. Ze wilden niet bij hun moeder blijven, ze leken zich überhaupt niet met haar te willen bemoeien. Naomi – ze noemden haar Nomi – was de eerste die tot zichzelf kwam. Zij zou na nieuwjaarsdag wel weer naar school, naar Barnes kunnen. Ze sliep en at meteen al bijna normaal, ze werkte aan haar werkstuk voor maatschappijleer dat ze na de vakantie moest inleveren, en ze keek televisie, net als voorheen.

Maar mevrouw Lipkin en Sandy bleven in hun verdriet. Dolores en ik gingen inmiddels alleen 's middags nog maar een paar uur bij hen langs. Dolores deed de boodschappen en ik maakte wat eten voor hen klaar, maar eigenlijk gingen we alleen om ze gezelschap te houden, en te proberen ze wat op te vrolijken. Ze hadden geen van beiden eetlust, ze vielen allebei zienderogen af. Een groot deel van de dag lagen ze te slapen.

Het werd bijna tijd om terug te gaan naar Andrews, als ik al zou gaan. Het zou niet meevallen mijn leven daar weer op te pikken – ik had alle examens voor de kerst gemist. Het nieuwe semester begon in de derde week van januari. Ik bleef de gedachte van me afzetten, alsof ik niet van plan was terug te gaan. Ik denk dat ik dat ook niet echt was: zonder er bewust bij stil te staan had ik mijn hele hebben en houden mee naar huis genomen. Bovendien zat ik vreselijk in de rats over wat er met Sandy ging gebeuren. Ik had het idee dat zij zelf ook op het randje van zelfmoord balanceerde.

Op een grijze middag zette ik thee en nam het blad mee naar haar kamer, waar ze nog lag te slapen. Ik had ook wat salmiakjes op het dienblad gelegd, want ik wist dat ze die lekker vond. Ik klopte aan en ging naar binnen. Ze keek slaperig. Ik vroeg me af of ze dezelfde pillen slikte als haar moeder.

'Hoe gaat ie?'

'Gaat wel,' prevelde ze, terwijl ze rechtop ging zitten. Ze wierp een blik op het dienblad. 'Ah! Salmiakjes! Jammie! Waar is Dolores?'

'Die is naar de Star Market. Boodschappen doen voor het avondeten.'

'Hmm.'

Ik schonk voor ons beiden thee in, trok haar leunstoel bij het bed en ging bij haar zitten. 'Sandy, het wordt zo ongeveer tijd dat je weer naar Smith gaat.' Smith begon eerder dan Andrews, een paar dagen na nieuwjaar.

'Ik weet het.'

'Ik moet ook weer gaan.'

Ze verbleekte. Zelfs haar lippen werden bleek. 'Wanneer?'

'Over een paar weken.'

Ze draaide me de rug toe. 'Ik ga niet terug naar Smith!'

'Sandy!'

'Dat kan niet. Het heeft geen zin. Ik wilde ook arts worden – net als hij.'

'Dat kan nog, hoor. Je oom zei dat hij een hoge levensverzekering had, en lang genoeg om geen problemen te krijgen met de suïcideclausule.'

Ze schudde haar hoofd. 'Het gaat me niet om het geld.'

Ik nipte van mijn thee. Zij nam een hapje van haar cake.

'Ik heb zitten denken... misschien ga ik wel naar die commune waar Bishop ook zit. Voor een tijdje.'

Door het raam, boven de daken, leek de lucht op te klaren.

'O, ja,' zei ik, niet afwijzend.

'Zou jij mee willen?'

'Ja.'

'Ik vind het vreselijk om mijn moeder achter te laten. Maar zij... ze geeft zichzelf natuurlijk de schuld. Dat zou ik ook doen, als ik haar was.'

'Je vader moet depressief zijn geweest...'

'Waarschijnlijk wel. Wie zal het zeggen? We zullen het nooit weten. Hij is gewoon... weg!' Ze barstte in snikken uit. Ik liet haar uithuilen.

'Zoals hij gegaan is. Gewoon weg! Als een licht dat uitgaat. Toen het peertje nog nieuw was hoefde het niet op te branden, maar dat gebeurt gewoon, en dan is het voorbij en kun je niets, niets, niets meer doen om het weer aan te krijgen! Ik kan mijn moeder niet helpen. Net zomin als ik mijn vader heb geholpen. Maar het enige wat ik wilde... het lijkt allemaal zo futiel, zo stom, een hersenschim... Ik wil gewoon ergens ver van hier een rustig leven leiden. Ik wil mijn handen in de aarde steken, natuurlijk leven, deel uitmaken van de kringloop van het leven...'

'Ja,' fluisterde ik, met mijn ogen dicht. Ik zag het voor me.

'Als jij mij brengt, laat ik mijn auto hier voor Nomi. Dan kan zij mijn moeder helpen. Is dat goed?'

'Natuurlijk. We hebben maar één auto nodig.'

'Vind je het niet erg om niet terug te gaan naar Andrews?'

'Ik heb hetzelfde gevoel als jij. Dat het zo futiel is. Zinloos. Ik was sowieso eigenlijk al niet van plan om terug te gaan. Ik wist alleen niet wat ik anders moest.'

'Hartstikke goed. Denk je dat Dolores ook mee wil?'

'Ik denk niet dat zij mee mag. Zij moet voor een bepaalde voorgeschreven periode in dat huis van de reclassering wonen. Maar we kunnen het haar vragen.'

Sandy wierp het dekbed van zich af. Ze was aangekleed, ze had haar spijkerbroek en een sweater aan. Ze stond op, zocht haar laarzen en trok die ook aan.

'Kom. Dan gaan we het haar vragen.'

Ik volgde haar naar beneden met het dienblad met rinkelende kopjes. Dolores was nog niet terug. Ik ging naar de keuken om de boel op te ruimen en de kopjes af te wassen. Het was makkelijker ze af te wassen dan ze in de vaatwasser te zetten, die al bijna vol was. Er was net genoeg ruimte voor de borden van het avondeten, en ik had geen zin hem nu vol te maken en alles er voor het eten weer uit te moeten halen. Ik was het zat om die vaatwasser telkens leeg te halen. Sandy ging aan de keukentafel zitten en stak een sigaret op. Ze zag er bleek en mager uit. Haar haar, meestal levendig en springerig, was sluik en vettig. We spraken niet. Toen ik klaar was met dat beetje afwas, ging ik er ook bij zitten en stak een sigaret op.

Dolores kwam met een paar volle boodschappentassen aanzetten. 'Hé, hoi!' zei ze, verrast Sandy beneden aan te treffen.

'Hoi,' zeiden wij. Dolores zette de tassen op een aanrecht en draaide zich om. 'Zeg het eens.'

Sany keek naar mij. Ik keek haar aan, en wendde mij toen tot Dolores. 'Sandy zit erover te denken een tijdje in een commune te gaan.'

'Die commune van Bishop?'

'Ja.'

Dolores gaapte Sandy aan.

'En ik zit erover te denken met haar mee te gaan.'

Nu gaapte ze mij aan.

'We vroegen ons af of jij ook mee zou willen.'

Er gleed iets over haar gezicht, geen glimlach, maar het leek op een glimlach, een rimpeling van blijdschap die overging in een rimpeling van verdriet. 'O, wat zou ik dat graag willen!' Ze draaide zich om naar het aanrecht en trok een pakje sigaretten uit de zak van haar spijkerbroek. Sinds ze weer met ons optrok droeg ze niet meer die stijve, formele kleren die haar in de inrichting waren opgedrongen, maar gewoon weer een spijkerbroek en laarzen. Ze was weer mager en haar haar, dat nog steeds kort was, was springerig van de krulletjes. Ze was beeldschoon. Ze stak een sigaret op, legde hem op een asbak op het aanrecht, en begon de boodschappen uit te pakken. 'Maar jullie weten dat ik nergens heen kan tot... Ik moet een volle zes maanden blijven waar ik nu zit. Daarna kan ik een fulltime baan nemen en wel de weekenden weggaan, maar dan moet ik er nog wel blijven wonen.' Ze vertrok haar mond. 'Als ik doe wat ze zeggen, krijg ik geen strafblad en kan ik met een schone lei verder. Ik wil niet door het leven gaan als iemand die geprobeerd heeft haar vader te vermoorden.' Ze ging zitten en keek ons aan. 'Maar als jullie daar volgend jaar nog wonen, zou ik weer eigen baas moeten zijn. Als ik de boel niet verkloot tenminste.'

Dolores was grover in haar taalgebruik dan wij in die tijd.

'Dat doe je niet,' stelde Sandy haar gerust.

'O, Sandy!' jammerde ze, en de tranen sprongen haar in de ogen. 'Hoe kun je dat zeggen! Dat kan ik best – dat is zo makkelijk! Iedereen maakt er een klerezooi van!' Ze begon te snikken.

We staarden elkaar aan en keken toen weer naar haar. 'Dolores?'

'O, sorry,' zei ze. Ze snoot haar neus. 'Sorry! Het is alleen... je vader! Jij weet niet wat jouw familie voor mij betekende, gewoon de wetenschap dat hij bestond, dat jullie allemaal bestonden, in die afschuwelijke jaren... Ik vind het onverdraaglijk dat hij...'

Sandy keek naar de grond.

'Voor jou is het natuurlijk ook onverdraaglijk,' gaf Dolores toe, en ze kalmeerde. Ze nam nog een trek van haar sigaret, stond weer op en pakte de rest van de boodschappen uit.

'Ik dacht dat ik vanavond maar eens een groentesoep ging maken voor je moeder,' zei ik, terwijl ik opstond om Dolores te helpen. 'Zou ze dat lekker vinden?'

'Misschien. Ze is niet gek op groenten,' zei Sandy. 'Wie weet? Ze eet niet veel, maar dat wist je al.'

'Natuurlijk niet. Ze is ongelooflijk kwaad,' zei Dolores. 'Ik kon helemaal niet eten toen ik zo kwaad was.'

Ik keek verrast op. Gezien de treurige broosheid van Sandy's moeder deze dagen, leek het woord 'kwaad' me nauwelijks van toepassing.

'Waarom zeg je dat?' Sandy klonk geïrriteerd.

'Omdat ik weet dat ze dat is. Weet je nog toen ik altijd zo huilerig en hulpeloos was? Toen was ik eigenlijk woedend. Op mijn vader, op mijn moeder. Maar ik had niet het idee dat ik iets aan de situatie kon veranderen. Dus huilde ik alleen maar. En als ik at, was het snoep, dingen zonder enige voedingswaarde waar ik me beter bij voelde. Dingen met een hoop calorieën.'

'En jij denkt dat mijn moeder... kwaad is... op wie?' De stem van Sandy klonk ijskoud. Heel even klonk ze net als haar vader.

'Op hem. Dat hij zelfmoord heeft gepleegd. Ben jij dat niet? Ik bedoel, hoe kon hij jullie dat nou aandoen? Verschrikkelijk! En hij heeft niet eens afscheid genomen!'

Sandy staarde Dolores aan. Ze drukte haar sigaret uit en stak een nieuwe op. 'Dus je kunt niet met ons mee, Dolores,' hervatte ze koeltjes ons eerdere gespreksonderwerp.

'Nee, helaas, Sandy, hoe graag ik het ook zou willen.' Dolores scheen zich niet te realiseren dat ze op enigerlei wijze tactloos was geweest. 'Maar ik vind het wel een fantastisch idee. Bishop zal wel helemaal uit zijn dak gaan als hij jullie ziet.'

Ik draaide een paar blikken kippenbouillon open en goot ze leeg in een pan. Toen de bouillon aan de kook was, voegde ik er de twee kippenborsten aan toe die Dolores voor Sandy en haar moeder gekocht had. Ik draaide het vuur laag en liet de bouillon met de kip sudderen terwijl ik de groenten bereidde: worteltjes, uien, sperzieboontjes en raapjes. Na een halfuur haalde ik de kippenborsten uit de pan, sneed het vlees eraf en deed de botjes weer terug. Ik gooide er een paar handenvol gerst in. Ik verzon het recept gewoon al kokend.

Ik had Dolores gevraagd asperges mee te nemen. Die waste en schilde ik. Ik legde de groenten bij elkaar op een schaal: dat was een mooi geheel, en dat was voor mij al de helft van het plezier dat ik in koken had. Alleen al naar die groenten kijken gaf mij een blij gevoel. Ik voelde me altijd prettig als ik kookte. Dolores en Sandy zaten nog te praten, maar ik had me teruggetrokken uit het gesprek toen het een vervelende wending kreeg. Voor mijn gevoel had Dolores wel gelijk over de moeder van Sandy, maar ik wist dat Sandy het niet leuk vond om te horen. Ik wist ook dat ze kwaad was op haar moeder, alsof die schuldig was aan de zelfmoord van haar man. Ik wist dat zij het ook niet kon helpen wat er allemaal door haar heen ging. Als je zo'n verschrikkelijk verdriet hebt, dan zoek je als een gek naar iemand om de schuld in de schoenen te schuiven. Dat deed ik zelf ook. Ik hoopte alleen dat het voorbij zou gaan – voor haar relatie met haar moeder, en ook voor haar moeder zelf. Nu was ze boos op Dolores. Ze was waarschijnlijk heel boos op haar vader, zoals Dolores zei. Maar ik luisterde niet en hoorde ze nauwelijks.

Ik haalde de botjes weer uit de bouillon en deed de groenten erbij. Ik trok een doos diepvrieserwten open en draaide een blik witte bonen open, die ik liet uitlekken. De erwten en de witte bonen zou ik er op het laatst bij doen, met de gekookte kip, die ik in stukjes sneed. Ik proefde de soep, voegde peper en zout toe en een beetje tijm, dragon en basilicum. Het was lekker, niet verrukkelijk. Ik was teleurgesteld. Maar misschien zou ze het eten. Ik voegde nog wat verse tijm en basilicum toe.

Toen mevrouw Lipkin beneden kwam voor het eten, had ik de soep in een terrine gedaan en de tafel gedekt. Knapperig stokbrood, regelrecht uit de oven, lag in een mand op tafel. Ze at een hele kom soep en wat brood. Ik was intens tevreden. Met een blij gevoel ging ik naar huis.

Onderweg naar huis in de auto wapende ik mij al voor wat komen ging. De reactie van mijn moeder op mijn thuiskomst voor de kerstvakantie had mij verrast, maar ik wist zeker dat ze wilde dat ik mijn studie zou hervatten, niet aan Andrews, maar aan een andere universiteit. Moseley misschien. Ze zou willen dat ik die laatste examens aan Andrews nog deed, en dat ik het jaar dan ergens anders af zou maken. Ze zou geschokt zijn als ze hoorde dat ik er helemaal mee wilde kappen.

Maar ik moest met Sandy mee. Ik kon haar op dit moment niet alleen laten. Dat kon niet. Mijn moeder kon niet zien wat ik kon zien, hoe dicht Sandy bij die rand stond – ik wilde er niet eens aan denken.

Ik probeerde de discussie tactisch aan te gaan, maar mijn moeder verraste mij. Ze maakte geen tegenwerpingen. Ze moet iets hebben aangevoeld. 'Lieve schat, ik heb bewondering voor je trouw aan je vriendin. En misschien is dit wel het juiste moment voor een onderbreking.' Ze maakte geen enkele tegenwerping.

Mijn studie leek mij op dat moment verschrikkelijk onbelangrijk. Een soort werkverschaffing, iets wat je verzint om jezelf bezig te houden. Voor Sandy zorgen leek mij urgent. Ik had gezien hoe razend ze was geworden op Dolores, en ik had het idee dat het belangrijk was om te voorkomen dat ze in die razernij bleef hangen. Ik was onder de indruk van Dolores, ze had veel geleerd van haar beproeving. Maar ik wou dat ze ook geleerd had zich een beetje diplomatieker op te stellen.

Oudejaarsavond ging voorbij zonder dat ik er veel van merkte. Op nieuwjaarsdag ging mijn moeder naar een borrel bij een vriendin thuis. Ze vroeg of ik meeging, maar ik ging naar Sandy. We wilden eind van de week vertrekken en Margo vroeg of ik iets speciaals wilde klaarmaken voor Sandy's (en mijn) laatste avond in Cambridge. Nomi was sprakeloos – van woede, neem ik aan – dat Sandy niet alleen haar in de steek liet, maar haar ook nog eens de verantwoordelijkheid liet voor hun zombiemoeder. Mevrouw Lipkin was nog steeds aan de kalmerende middelen en had nauwelijks enig besef van wat er om haar heen gebeurde. Ik zag zelf ook niet goed hoe Sandy zomaar weg kon gaan, maar ik zag ook niet hoe ze zou kunnen blijven. Dat het onmogelijk scheen maakte het alleen maar des te urgenter. Ik had het gevoel alsof ze vluchtte voor haar leven.

Die woensdagavond roosterde ik een lamsbout. Ik deed er gepofte aardappelen en gesauteerde tomaten en paprika's en aubergine bij. Iedereen at naar hartelust. Zelfs mevrouw Zombie at er iets van. Het verbaasde en ergerde mij dat ik zulke hardvochtige gevoelens jegens haar koesterde. Ik had haar altijd zo aardig gevonden. Ze had een zekere zachtaardigheid en sierlijkheid. Ik had ook wel echt met haar te doen, maar na verloop van tijd verwacht je toch dat mensen weer overeind krabbelen en de draad zo langzamerhand weer oppakken, en als ze dat niet doen, dan neem je ze dat kwalijk. Ik zeg niet dat ik gelijk had, alleen dat ik er zo tegenaan keek. Ik dacht: haar dochters hebben haar nodig, en het is haar verantwoordelijkheid, want zij is de moeder. Kennelijk vond ik niet dat moeders het recht hadden om onderuit te gaan, om in te storten, en tekort te schieten tegenover hun kinderen. Vaders trouwens ook niet.

De volgende dag pakte ik mijn plunjezak en reed naar Sandy, die ook een plunjezak had gepakt. En daar gingen we, weer op zoek naar een Connolly op een onbekend adres.

12

Daar reden we dan, begin januari 1973, samen op reis, en op zoek naar Bishop. Ik nam de Mass Pike naar Becket, een lange, lange rit door lege heuvels onder een lege lucht. Het was prachtig daar, maar zo leeg! Als je aan de oostkust opgroeit, besef je niet hoeveel lege ruimte er in dit land is. Toen we eenmaal van de Pike af waren, moesten we op ons gevoel verder. We reden veel te ver, helemaal naar Monterey, een prachtig dorpje met een winkel en een postkantoor. We reden door in noordelijke richting, waar Becket ook lag. Er lagen hoge sneeuwbanken langs de weg, en sneeuw op de takken van bomen en struiken. We kwamen bij een stadje aan, Tyringham, en stapten daar uit om te lunchen in een tentje dat mijn moeder ook zou hebben uitgekozen – een soort winkeltje, leek het wel, geen keten in elk geval, Ginger & Pepper stond erop. Ginger kookte, en voortreffelijk. We aten een verrukkelijke crèmesoep met asperges en een omelet met kaas en spinazie. Ik zei tegen Ginger dat ze heerlijk had gekookt en vroeg naar Pepper. Anderhalf uur later zaten we er nog. Ginger leunde op haar bezem en vertelde honderduit over haar perfect georganiseerde leven, haar vier kinderen, haar man en – het eigenlijke onderwerp van gesprek – haar waardeloze zuster Pepper. Ze had Pepper erbij gehaald om haar moeder een plezier te doen, maar haar zuster had weinig bijgedragen, afgezien van die naam op het raam.

Ik wilde Ginger wel naar de commune vragen, maar toen ik eenmaal haar verhaal had aangehoord betwijfelde ik of zo'n vraag wel in goede aarde zou vallen. Het was beter als Sandy dat vroeg: die was deftig en damesachtig, en Ginger had vast een hogere dunk van haar dan van haar eigen zuster, bedacht ik inwendig lachend. Ik probeerde Sandy duidelijk te maken dat zij het erop moest wagen, maar dat deed ze niet. Uiteindelijk bedacht ik een uitvlucht.

'Weet u, wij zijn op zoek naar een vriend. Een oude vriend van school. Er is een sterfgeval geweest in zijn familie en hij heeft geen contact meer met ze, en wij weten dat hij dit zou willen weten, dus nu zoeken we hem. Hij zit hier ergens in deze omgeving, in een commune. Weet u hier toevallig ergens een te zitten?'

Haar gelaatsuitdrukking veranderde. 'Een commune? Een stelletje hippies?' Ze nam ons iets nauwlettender op.

'Ja, dat is wat wij gehoord hebben. We weten alleen niet waar. Maar we vonden het wel heel belangrijk dat hij ervan hoorde,' zei Sandy met een bedroefde blik.

'O, ja!' Ze dacht na. Ons lange haar en onze spijkerbroeken maakten ons verdacht, maar we waren fris, beschaafd en beleefd. We hadden haar complimenten gegeven voor haar kookkunst en meegeleefd met het verhaal over haar zuster. Ze besloot ons het voordeel van de twijfel te gunnen.

'Nou, er is er wel één richting Becket. Je neemt deze weg tot aan een carrosseriebedrijf en gaat dan rechtsaf. Na een kilometer of drie kom je bij een benzinepomp. Daar kun je linksaf over een onverharde weg. Die neem je tot je bij een boerderij komt met allemaal kippenhokken, kan niet missen. Daar ga je linksaf, ik denk wel, eens kijken, wel weer een paar kilometer, tot er een splitsing in de weg komt. Daar staat een grote eik in een driehoekig grasveldje, en jullie moeten daar naar rechts. Dan rijd je door tot je een rode schuur ziet. Dan moet je de volgende oprijlaan nemen, en daar zitten ze.

Ze komen wel eens in de stad, met eieren voor de kruidenier, die ruilen ze voor groene zeep en weet ik wat nog meer. Ik doe geen zaken met ze. Ze leven in zonde. Jullie moeten daar niet blijven, hoor, vertel die knul maar gewoon wat hij weten moet en dan wegwezen, oké? Ze roken weed en ze leven in zonde, dat is geen leven voor fatsoenlijke meisjes.'

Sandy en ik wierpen elkaar geschrokken blikken toe die haar tevreden leken te stellen, betaalden de rekening en vertrokken.

'Ik denk niet dat we hier nog terug kunnen komen,' zei Sandy toen we buiten stonden. 'Jammer – die soep was verrukkelijk.'

Wat wisten wij van het leven in een commune? We hadden er geen idee van dat lunchen in een restaurant voor ons binnen de kortste keren volstrekt onhaalbare kaart zou zijn.

Het duurde toch nog langer dan we dachten, we raakten nog een keer verdwaald, moesten onze weg weer terug zoeken en nog een keer aan iemand anders de weg vragen, waarna we doodleuk weer verdwaalden. Misschien hadden we de hele commune wel nooit gevonden, als we niet stomtoevallig een koerier van UPS waren tegengekomen. Sandy rende naar hem toe toen hij net weer in zijn auto stapte en vroeg hem bijna in tranen om de weg. Het was een lieve man, hij zei dat hij ons wel voor zou gaan; hij reed zo langzaam dat ik hem goed kon volgen, al had ik moeite met zien, omdat de tranen van frustratie me telkens in de ogen stonden. Hij reed ons er regelrecht heen. Rond vijf uur die middag zwaaiden we ten afscheid naar de koerier en reden een lange, modderige oprijlaan op, naar een bouwvallig huis, met grijze dakspanen, overal torentjes en wat ooit wit lijstwerk moest zijn geweest. Verderop langs het modderpad stond een rode stal, en in een veld liepen enkele paarden.

We bleven een paar minuten in de auto zitten, maar er kwam niemand naar buiten. We stapten uit en liepen de krakende houten trap op. Een deur bood toegang tot een glazen tochtportaal, waar wat sjofel meubilair stond waar oude dekens overheen waren gedrapeerd. We gingen naar binnen. Zo te zien hing er geen bel. We klopten op de voordeur. Geen reactie. Na een poosje probeerden we de deurknop – de deur zat niet op slot. We duwden hem open, bleven in de deuropening staan en riepen: 'Bishop? Is daar iemand? Hallo?'

Rockmuziek – ik herkende de Grateful Dead – schalde uit een radio. We betraden een woonkamer – een kleine kamer met een bank en wat stoelen en een kleine stereo-installatie op een tafel. We liepen door naar een grote keuken waar twee vrouwen aan het fornuis stonden. De ene roerde in een pan, de andere was appels aan het schillen. Ze keken op toen we op de drempel bleven staan. De keuken werd aangenaam verwarmd door een groot houtfornuis dat midden in het vertrek stond.

'Hallo!' zeiden we onzeker. 'Het spijt me dat we zo binnen komen vallen, maar we hadden aangeklopt...'

'O, ja. Geeft niet, hoor,' zei een van de twee. 'Als de radio aanstaat horen we niks.' Ze was ongeveer van mijn leeftijd, negentien of twintig, en ze had een doek om haar hoofd geknoopt. Door die hoofddoek had ze... ik weet niet... iets ouderwets. Iets minderwaardigs. Als een dienstmeid. Ik weet niet hoe dat kwam.

'We zoeken Bishop Connolly. Woont hij hier?'

'Ja. Zijn jullie vriendinnen van Bishop?'

'Ja. Uit Cambridge.'

Er verscheen een glimlach op hun gezicht. 'Zijn jullie misschien Jess en Sandy?'

'Ja!'

'Nou, kom binnen! Wij wisten niet dat jullie zouden komen! Weet Bish het? Wat zal hij blij zijn! Hij heeft het heel vaak over jullie. Doe je jas uit. Het is warm hier. De enige kamer in huis waar het warm is,' lachte ze. 'Ik ben Rebecca, en dit is Bernice.'

We maakten het ons gemakkelijk. De keuken was groot, met een oude ronde tafel waar een verscheidenheid aan stoelen omheen stond. Oude schommelstoelen en versleten armstoelen stonden her en der; tegen een muur stond een oude kast met ook weer een bonte verscheidenheid aan borden en schalen, veel met stukjes eruit of barsten erin. Dit leek mij meer het woonvertrek dan die woonkamer waar we binnen waren gekomen.

Rebecca was klein en mager, met een fijn gezicht, diepgelegen ogen en donkere krulletjes. Bernice was groter, vierkant en blond, met een rond gezicht en blauwe varkensoogjes. Ze zetten koffie voor ons in een grote aluminium percolator, de oudste die ik ooit had gezien, en babbelden er intussen op los, al die tijd gewoon doorwerkend. Ze waren aan het koken – het werd koolsoep, gierst en rode bonen met uien en gehakte bladgroenten. Niet al te veel werk, afgezien van de gierst, maar ze bakten ook nog verschillende taarten. Ik bood aan om te helpen, en even later zat ik appels te schillen en pureren voor de taarten, die ze met margarine bereidden. Mijn moeder zou hebben gekokhalsd.

Ze vertelden ons over de andere bewoners van de commune. Het oudste lid – een van de oprichters, en iemand die we al uit de verhalen van Bishop kenden – was Brad d'Alessio, die Bishop had ontmoet in Nevada, op de vakantieboerderij. Hij had aan de UCLA gestudeerd maar was met zijn studie gekapt. Hij was een vriend van Bernice. Hij was de commune begonnen, samen met Charlotte Kislik en Jerry Matthews, die ook aan de UCLA hadden gestudeerd. Met hun drieën hadden ze hun geld bij elkaar gelegd en dit oude huis voor een habbekrats gekocht omdat er geen elektriciteit was en het niet eens was aangesloten op de waterleiding.

Het verkeerde ook in een erbarmelijke staat: het eerste jaar hadden ze er een nieuw dak op moeten leggen! Maar ze waren handig, ze kregen allerlei baantjes in de stad en maakten het huis stukje bij beetje leefbaar. Ze plaatsten een generator en begonnen het land te beplanten, en leefden in harmonie tot Charlotte en Jerry vertrokken om zich bij radicalere vrienden aan te sluiten, die het land sneller en drastischer wilden veranderen. Ze waren nu ondergedoken, omdat ze een bom hadden laten ontploffen bij Enterprise University in Wisconsin, waarbij een bewaker was omgekomen. Bernice liet vaag doorschemeren dat Brad wist waar ze zaten, en Rebecca vertelde – op een fluistertoon waar afgrijzen in doorklonk – dat de FBI was langs geweest, en hem had ondervraagd. Maar hij beweerde nergens van te weten.

Brad was wel links, maar hij was tegen geweld. Hij had de dienstplicht tot dusver weten te vermijden en was vast van plan om, als hij dan toch werd opgeroepen, te beweren dat hij pacifist was. Bernice benadrukte dat hij nooit had goedgekeurd wat Charlotte en Jerry hadden gedaan. Niet dat wij het zo verschrikkelijk vonden – afgezien van hun onverschilligheid ten aanzien van die bewaker dan. Toen die andere twee waren vertrokken, was Brad alleen achtergebleven, maar hij kon het niet rooien en stond op het punt de hele boel eraan te geven toen Bernice, Becky en Bishop erbij waren gekomen. Hij had hen ontvangen met een wanhopige dankbaarheid, maakte ik uit het relaas van Bernice op. Hij had al wat paarden – hij wist veel van paarden – en was samen met Bishop een manege begonnen waar ze ook paardrijles gaven. Daar konden ze een tijdje van rondkomen.

Bernice was met haar studie gestopt vanwege een stukgelopen verhouding. In haar tweede jaar had haar docent Engels, ene Gregory, avances gemaakt, en na een poosje was ze vreselijk verliefd op hem geworden. Maar na een jaar had hij haar laten vallen voor een andere studente. Ze kon het niet geloven en was niet van plan zich zomaar aan de kant te laten zetten. Ze hing voortdurend bij hem rond, zocht hem op in zijn appartement en was niet weg te slaan bij zijn kamer op de faculteit. Ze had het idee dat hij zich gewoon vergist had, en dat hem wel weer te binnen zou schieten dat hij van haar hield als hij haar maar even goed bekeek.

'Ik kon het niet helpen. Ik had de pest aan mezelf, maar ik bleef me maar vertonen bij zijn kamer, dag in dag uit. Hij zei dat hij de politie ging bellen als ik hem niet met rust liet. Maar dat kon ik niet! Is jullie ooit zoiets overkomen?'

'Het klinkt alsof je echt van hem hield,' zei Sandy diplomatiek.

'O, ik aanbad hem... Aanbad hem. Ik zou voor hem gestorven zijn. Ik kon niet begrijpen waarom hij iemand in de steek wilde laten die van hem hield zoals ik van hem hield...'

Het leek mij dat iedereen wel weg zou willen lopen bij iemand die zo van hem hield. Ik nam Bernice eens goed op, in een poging te zien of de krankzinnigheid ook van haar gezicht was af te lezen, maar dat bleek niet het geval.

'Brad en ik correspondeerden nog altijd. We waren in mijn eerste jaar bevriend geweest, hoewel hij ouder was dan ik. Hij overtuigde mij ervan dat ik Greg alleen terug kon winnen als ik hem ook in de steek liet. Als hij mij niet meer in de buurt had, zou hij naar me gaan verlangen, zei Brad. En ik besloot het erop te wagen. Ik schreef een brief aan Gregory, waarin ik zei dat ik wegging, maar ik gaf hem wel mijn thuisadres. Ik ging terug naar San Diego en wachtte een halfjaar, maar ik hoorde niks van hem. In die tijd werkte ik bij McDonald's, wat echt dodelijk is, ik zweer het je. En mijn moeder... nou ja, die zat de hele tijd druk op me uit te oefenen, dat ik mijn studie weer moest oppakken... Ik wist niet wat ik moest.

Toen kwam Becky bij McDonald's werken – zij was ook met haar studie aan de UCLA gestopt!' Bernice keek naar Rebecca, die de draad van het verhaal oppakte.

'Ja, dat was ongelooflijk! Verwante zielen die Big Macs verkochten! Ik was na mijn tweede jaar door mijn geld heen. Ik werkte om voor het volgende studiejaar te sparen. Maar soms leek het mij allemaal de moeite niet waard. Het was zulk weerzinwekkend werk. Ik kon niets eten in de tijd dat ik daar werkte. Ik viel zeven kilo af. Die vetgeur...'

'Ik vertelde haar over Brad en de commune, en ze was meteen gefascineerd...'

'Het klonk zo ideaal. Ik had altijd al het idee gehad dat er een andere manier van leven moest zijn. Ik wilde niet zoals mijn ouders leven. Mijn vader werkte keihard, dat had hij zijn leven lang al gedaan, hij was advocaat en ik zag hem nooit, hij was altijd aan het werk, en hij was zo gedreven en, nou ja, akelig, eigenlijk... Mijn moeder was ontevreden ook al had ze een groot huis en een mooie auto en dames om mee te golfen en een meid en een hele garderobe...'

'Bij mij waren ze ook rijk,' zei Bernice. 'Mijn vader was heel godsdienstig, wat je noemt een hoeksteen van de episcopaalse kerk. Mijn moeder was nogal teer, maar hij zorgde voor haar, hij droeg haar op handen. Ze waren wel lief, maar het was zo saai, hun leven, altijd maar hetzelfde, zo leeg, vond ik. Ik wilde meer avontuur, meer risico...'

'En ik vond dat er meer gelijkheid in het leven moest zijn, meer zoiets van samen delen...' zei Rebecca. 'Ook al voor... nou ja, voor mijn vader in de problemen kwam. Ik weet niet precies wat hij gedaan had, maar de overheid zat om het een of ander achter hem aan, belastingen, misschien, ze lieten hem niet met rust. Hij betaalde een boete, miljoenen dollars, zijn hele bezit, en toen kreeg hij een hartaanval en was hij dood, en moest mijn moeder van de bijstand leven. Je had haar moeten horen...!'

'O!' riep Sandy vol afgrijzen uit.

'Ja. Er was niet eens genoeg geld meer om mij te laten studeren, dus ik werkte heel hard en kreeg een beurs, maar mijn moeder zat zo krap dat ik na twee jaar ophield met studeren en een baantje nam. Ik woonde bij haar in San Diego, in een flatje, en werkte dus bij McDonald's. Iets anders kon ik niet krijgen. Het was afschuwelijk, ik vond het vreselijk, maar ik betaalde mee aan haar onderhoud.

Zij voelde zich intussen vreselijk schuldig dat ik met mijn studie had moeten ophouden en zulk walgelijk werk deed, dus ze vermande zich en volgde een bijspijkercursus. En ze kreeg een baantje bij een advocatenkantoor – wat ze ook had gedaan voor ze mijn vader ontmoette, als juridisch secretaresse. En wat denk je? Bingo! Ze wist weer een advocaat aan de haak te slaan!' Becky moest lachen.

'Mooi!' fluisterde Sandy.

'Nou-ou,' zei Becky, 'hij was wel getrouwd. Maar hij verliet zijn vrouw voor haar en kocht weer een mooi huis voor haar, zij het niet zo mooi als het huis dat mijn vader voor ons had gekocht, maar ze was er dankbaar voor, ze was gelukkig. Ik denk dat ze het voor mij heeft gedaan. Zodat ik weer kon gaan en staan waar ik wilde. Inmiddels waren Bernice en ik bevriend met elkaar geraakt, en besloten we hierheen te liften om de commune te zien en er eventueel te blijven.'

Bernice pakte de draad weer op. 'Ik durfde het eigenlijk niet, maar met Rebecca was ik minder bang, weet je. We kwamen hierheen en ik vond het geweldig en Brad en ik – nou ja, eerder waren we alleen bevriend geweest – maar de vonk sloeg over toen we elkaar weer ontmoetten, misschien waren we klaar voor elkaar. Dus ik bleef!'

'En ik bleef ook. Bernice en ik deden de boerderij in die tijd, niet dat we veel van het boerenbedrijf af wisten...'

'Nou ja, we hebben het wel geleerd. We hebben een hoop geleerd. Maar sinds Cynthia en Lysanne en Stepan erbij zijn gekomen, zijn wij meer een soort manusjes-van-alles, wij doen van alles en nog wat. We helpen af en toe met de paarden, meest met de boerderij, en we doen vaak het huishoudelijke werk. Zoals nu,' zei ze, terwijl ze lachend een homp pasteideeg ophield.

'Heeft Gregory ooit geschreven?' wilde ik weten.

Bernice schudde somber het hoofd. 'Nooit. En zeg dit niet tegen Brad, maar tot op de dag van vandaag ben ik nog gek op hem. Ik weet niet wat ik moet. Hoe moet je nou van zo'n verliefdheid afkomen?'

Dat was een interessante vraag.

De nieuwkomers waren Step, Cynthia en Lysanne, zeiden ze. Step, voluit Stepan, was een Rus. Hij had op de een of andere manier naar Amerika kunnen komen, had geen verblijfsvergunning en kon niet legaal werken. Als kind in de Sovjet-Unie had hij op een boerderij gewoond, tot ze hem naar een technische school stuurden, dus hij wist wanneer er wat moest gebeuren op een boerderij – planten, water geven, wieden, van alles. Hij deed het boerderijwerk, samen met Lysanne, terwijl Bishop en Brad de paardenranch voor hun rekening namen. Zij zorgden voor de paarden – eten geven, afrijden, stront opruimen en roskammen. Cynthia, die ook met de dieren hielp, had de leiding over de paardrijlessen, omdat zij in Engeland op school had gezeten en een vergunning had. Iedereen in de omgeving mocht lessen komen nemen, ze hadden een stuk of zeven klanten.

'De rijlessen brengen het meeste geld in het laatje,' legde Rebecca uit, 'al is dat niet veel. We rekenen $15 per les, wat erop neerkomt dat we op zo'n honderd dollar per week kunnen rekenen, met de lessen die uitvallen. Dat is niet echt genoeg om in ons onderhoud te voorzien. We eten de groenten die we verbouwen, maar we hebben nog een hele hoop andere dingen nodig – havermeel en gierst en bruine rijst, bijvoorbeeld – en we hebben geld nodig voor dingen als wc-papier en benzine voor de vrachtwagen en brandstof voor de generator. Het valt niet mee. Alleen die generator aan de praat houden is al lastig. Maar we hebben genoeg brandhout om de keuken in elk geval warm te houden; we hakken om de beurten hout. Zelfs ik heb leren houthakken,' lachte ze, en ze liet ons de spieren in haar armen zien, 'en natuurlijk hebben we dan ook allemaal nog andere klusjes te doen.'

De taarten waren bijna klaar, het eten stond op tafel, toen de achterdeur openging en de geur van paardenpoep de keuken binnendrong.

'Fieuw!' riep Bernice.

'Ik weet het, ik weet het!' riep een vrouwenstem terug. 'Ik ga nog even naar buiten.' De deur ging weer open en dicht.

'Dat is Cynthia. Zij ruimt de stallen zelf op, maar soms ligt er paardenpoep op het pad en dat blijft dan aan haar laarzen zitten. Zodra ze dan in de warme lucht komt ruik je dat.'

De deur ging weer open. 'Zo! Is dat beter?' riep de stem.

'Ja!' riepen beide meisjes.

Er klonk geruis van kleren die werden uitgetrokken en een derde vrouw kwam de keuken in. Cynthia was langer dan Bernice, slank en atletisch gebouwd. Ze had lang haar, net als wij, en droeg een spijkerbroek aan haar lange, dunne benen – ze had wel iets van ons. 'Hallo!' zei ze, verbaasd opkijkend.

Rebecca stelde ons voor.

'Vriendinnen van Bishop?' zei ze. 'Wat zal die blij zijn!'

'Waar is hij?'

'Hij komt zo. Hij was met Brad de omheining aan het repareren – er zaten wat rotte planken tussen. Ze waren net zo'n beetje klaar.'

De deur ging nogmaals open en een man en een vrouw kwamen binnen: Step en Lys, vermoedde ik. Step was groot, lang en zwaar, met een rond gezicht en dikke lippen. Zijn ogen waren groot en bleekblauw en hij was knap, met een norse trek om zijn mond die mij aan Marlon Brando deed denken. Lys was klein en heel mager, maar pezig: ze leek me sterk genoeg om het gevecht met een stier te durven aangaan. Ze had felroze wangen en heldere bruine ogen en een opgewekte gelaatsuitdrukking, alsof al die frisse lucht waar ze in werkte haar hele wezen gezuiverd had. Ik mocht haar meteen. Step mocht ik ook. Ik vroeg me af met wie hij iets had. Het zou wel een tijdje duren voor ik de verhoudingen hier een beetje doorhad, vermoedde ik.

Toen ging de achterdeur weer open, en kwam een lange, magere, bleke jongen binnen. Een stille schok van opwinding ging door Sandy en mij heen. Iedereen in de keuken hield op met praten en keek naar zijn gezicht, en wachtte af. Hij keek een beetje verward om zich heen – wat gebeurde hier? – keek nog eens goed, zag ons zitten, registreerde het niet meteen, maar toen drong het tot hem door en brak zijn gezicht open. Eerst een glimlach, terwijl hij op ons af liep, maar meteen daarna begon hij te huilen, en hij viel ons snikkend in de armen. Wij begonnen ook te huilen, maar dat was ten dele van de schrik – we hadden Bishop nog nooit eerder zien huilen. Opeens steeg om ons heen een kabaal op, toen alle anderen ook door elkaar heen begonnen te praten en te lachen en te huilen.

'Hoe hebben jullie me gevonden?'

'Hoe is het met je?'

'Waarom zijn jullie hier?'

'Hoe is het?'

'Waarom heb je niet geschreven?'

'Ik wist wel dat hij helemaal aangedaan zou zijn!'

'Hoe is het met mijn moeder?'

'Wat een schatjes, hè? Hij had het al gezegd.'

'Waarom ben je zo bij ons weggegaan? Wist je dan niet dat we je trouw zouden blijven, wat er ook gebeurde?'

'Weet ik, weet ik. Het spijt me. Ik schaamde me zo...'

'Wat eten we vanavond?'

'Bishop, mijn vader is dood! Mijn vader is dood!'

'Wat zeg je? Je vader? Heeft hij een hartaanval gehad?'

De herrie in de keuken ging door, verschillende mensen gingen aan tafel, en Rebecca, Bernice en Cynthia troffen de laatste voorbereidingen voor het eten. Iedereen praatte, schreeuwde, lachte, bruiste. Wij huilden. Zelfs Sandy huilde. Ik natuurlijk ook. Bishop probeerde het uit te leggen, Sandy probeerde haar verhaal te vertellen en ik zat Bishop alleen maar te aaien, als een grote hond waar ik zielsveel van hield, en hij bleef ons aanraken, mij en Sandy, met tranen die op zijn gezicht glinsterden als berijpte juwelen.

'Hij heeft zelfmoord gepleegd, Bishop. Met de uitlaatgassen van de auto. Hij heeft zichzelf van het leven beroofd. Niet te geloven, toch?'

Zijn mond vertrok. 'Jóúw vader? Jóúw vader?'

Het klonk alsof hij vond dat het zijn eigen vader was die zich van kant had moeten maken.

'Ik kan niet geloven dat jóúw vader dat gedaan heeft. Hij was altijd zo kalm, zo zachtmoedig.'

Sandy begon luider te snikken. Bishop sloeg zijn armen om haar heen. De anderen gaven hun wat ruimte, en praatten toen weer verder. Ik bleef bij Sandy en Bishop zitten.

'Waarom heeft hij het gedaan?'

'Dat weet ik niet!' jammerde ze. 'Dat weet niemand! Hij zei alleen dat hij niet verder kon.'

'Kende hij Beckett?' vroeg Rebecca, die naast Bishop zat. Sandy en ik waren op onze hoede.

'Ja, waarom?'

'O... Nou ja, dat zeggen zijn figuren ook. Dat ze niet verder kunnen. Niet verder. Maar dan zeggen ze dat ze toch weer verder gaan.'

Sandy barstte opnieuw in tranen uit, en ze stond op van de tafel. Bishop ging achter haar aan. We keken elkaar allemaal aan. 'Heb ik iets verkeerds gezegd?' vroeg Rebecca.

Ik schudde mijn hoofd.

Al die tijd was Cynthia bezig de tafel te dekken – nou ja, er van alles op aan het smijten – en waren Rebecca en Bernice een paar schalen aan het volscheppen. Bij alle negen stoelen die inmiddels om de tafel stonden werd een bord neergezet. Het bestek werd ergens bij de borden neergekwakt, en een mand vol katoenen servetten, opgerold in plastic servetringen, elk in een andere kleur, werd midden op tafel gezet. Toen de mand leeg was werd hij weggehaald, en zette Rebecca een paar schalen met groenten en granen op tafel. Vervolgens werd een soepkom vol stomende, geurige koolsoep op ieder bord gezet. Niemand had ons uitgenodigd om mee te eten, maar er was wel voor ons gedekt.

'Moeten we hun borden in de oven zetten?' vroeg Rebecca met een knikje naar waar Bishop en Sandy verdwenen waren.

'Dan droogt het uit,' zei Bernice.

'Maar anders wordt het koud,' zei Rebecca.

Bernice haalde haar schouders op. Rebecca stond op, legde een theedoek over hun borden en zette ze op een niet al te hoge temperatuur in de oven.

We gingen zitten eten. Stepan en Brad schrokten hun eten naar binnen; ik had nog nooit zulke uitgehongerde mensen gezien. Maar de anderen lustten het ook wel. Het eten was oké, de smaak was draaglijk. Ik kon lekkerder koken, dacht ik, maar toen bedacht ik... nee, misschien toch niet, met die ingrediënten. Geen vlees of vis, geen boter of room – niks geen luxe. Misschien zou ik er ook wel niet meer van kunnen maken. Boven de tafel hing een elektrische lamp; een andere lamp hing boven de gootsteen, maar elders in de keuken hingen petroleumlampen. Ik vroeg waarom ze twee soorten lampen hadden.

'We hebben generator,' beantwoordde Stepan mijn vraag. 'Duur om te laten lopen. We proberen te besparen. Dus gebruiken we petroleum. Goedkoper.'

Dus hij was geïnteresseerd in mij, bedacht ik tevreden. Misschien had hij wel geen vriendin hier. Hoewel ik Rebecca wel zag opmerken dat hij degene was die antwoord gaf op mijn vraag.

Als toetje aten we een van de appeltaarten die met margarine waren gebakken. Hij was niet half zo lekker als die van mijn moeder die met boter werden bereid. Niet zo luchtig, en de smaak was minder. Het was maagvulling – veel meer kon je er niet van zeggen. Misschien kon ik toch mijn bijdrage leveren aan deze commune, als ik bleef. Hoewel ze er misschien wel niks om gaven. Misschien zouden ze het verschil niet eens merken.

Na het eten dronken we nog meer koffie – geen erg lekkere koffie, een beetje slap, waarschijnlijk een of ander goedkoop supermarktmerk, waar iets aan was toegevoegd om het nog ergens op te laten lijken. Cichorei?

Sandy en Bishop kwamen weer binnen.

'Sorry, hoor,' zei Sandy.

'Geeft niks,' klonk het geruststellend van verschillende kanten. Ze haalden hun borden uit de oven, gingen zitten en begonnen zwijgend te eten.

Toen ze klaar waren met eten, stond Brad op en nam het woord alsof het een vergadering was. Op formele toon deelde hij mee: 'We zijn heel blij dat Sandy en Jess, de vriendinnen van Bishop, hier vanavond bij ons zijn.' Het klonk alsof hij een soort ceremoniemeester was.

Iedereen stemde daarmee in of glimlachte naar ons. Rebecca klapte in haar handen, evenals Bernice, onze twee bondgenoten omdat we hen nu eenmaal een uur langer kenden dan de rest.

Brad wendde zich tot ons. 'Wat zijn jullie plannen? Zijn jullie hier op bezoek, of wil je blijven?'

Ik weet zeker dat we er heel dom uitzagen.

'Nou ja, ik bedoel, wat... hoe lang waren jullie van plan te blijven?'

Sandy geneerde zich. Zij wilde gewoon blijven, punt. En ik wilde blijven zolang ik het gevoel had dat zij mij nodig had. Maar we hielden allebei een slag om de arm, en zeiden dat we het niet wisten.

'Nou ja, wat jullie ook doen, het is gewoon oké, weet je wel,' zei Brad. Hij keek naar Sandy, en toen naar mij. 'Ik bedoel, je hoeft geen visum te hebben om hier te zijn. Maar het punt is, een commune heeft regels, moet regels hebben. En onze eerste regel is dat iedereen die dat wil, hier gratis één nacht kan komen logeren. Maar als je nog langer wilt blijven moet er gewerkt worden...'

'O, dat willen we ook!' riep ik uit. Ik had mijn baantje al uitgekozen.

'Ja!' beaamde Sandy.

'Oké, goed. Te gek. Blij toe. We hebben drie werkterreinen: de kippen, de paarden, en de boerderij. Voor de paarden hebben we al drie mensen, dus daar zitten we zo'n beetje goed. Ik bedoel, we kunnen altijd wel hulp gebruiken, maar het meeste kunnen we zonder hulp af. Bernice en Rebecca verzorgen de kippen voor het grootste gedeelte – voederen, de stront opruimen, de ren uitvegen, ze water geven, zalf in hun ogen doen, eieren rapen... Er is verder niet zoveel te doen bij de kippen, dus zij doen ook het meeste huishoudelijke werk – koken en schoonmaken, hoewel we allemaal om de beurt afwassen en boodschappen doen en dat soort dingen, en we zijn allemaal verantwoordelijk voor onze eigen kamer – schoonmaken en twee keer in de maand het bed verschonen. We draaien ook allemaal onze diensten in de keuken en met de was, er hangt een rooster aan de muur.' Hij knikte naar het vel papier dat vlak bij de tafel aan de muur hing. 'Step en Lysanne doen het meeste boerderijwerk; Rebecca helpt ook, en soms komen we allemaal helpen, maar op de boerderij hebben we het meeste hulp nodig. Vooral in de lente en de herfst. Dus de meeste nieuwen wordt gevraagd om op de boerderij te helpen. Zouden jullie dat willen?'

Sandy en ik zeiden van wel, hoewel de moed me in de schoenen zonk. Ik wilde eigenlijk het culinaire gedeelte wel voor mijn rekening nemen. Dat leek me leuk en ik had het idee dat ik daar ook echt iets ten goede zou kunnen uitrichten. Dat zou ik tenminste proberen.

'Op dit moment is er op de boerderij natuurlijk niks te doen. Maar in het voorjaar is het keihard werken geblazen. Het volgende punt is slapen. Er zijn zeven slaapkamers en we zijn met zijn zevenen, maar er zijn momenteel een paar die een slaapkamer delen, dus we hebben drie slaapkamers over. Jullie kunnen er één of twee krijgen – wat jullie maar willen.'

Kon het zijn dat de hele keuken de adem inhield in afwachting van onze reactie? Dat kon niet – ik moest het mij verbeelden.

'Dank je,' zei Sandy. Het was de eerste keer sinds ze aan tafel zat dat ze weer iets zei met haar normale stem.

'Nou, en wat wordt het?' vervolgde Brad, ons aanstarend in de gespannen stilte.

'Hè?'

'Hebben jullie één kamer nodig of twee?'

O! Dat was de grote vraag.

Sandy keek me aan. 'Twee, als het kan?'

'Ja,' zei ik. Als ze niet genoeg ruimte hadden, zou ik het niet erg hebben gevonden om een kamer met Sandy te delen, maar eigenlijk hadden we allebei graag privacy. Kon het zijn dat de hele keuken opgelucht ademhaalde? En dat Brad en Stepan met een tevreden blik onderuitzakten?

'Het derde probleem is geld. Toen we de commune begonnen, hebben Charlotte, Jerry en ik elk vijfendertighonderd dollar in de pot gedaan. Dat was genoeg om het huis te kopen – dat was achtduizend dollar – en er een nieuw dak op te leggen, en voor nog wat andere werkzaamheden die nodig waren om het bewoonbaar te maken. Om de paarden te kopen, de stallen en kralen en de kippenren te repareren, en een generator te installeren, moesten we een hypotheek nemen. Toen Jerry en Charl vertrokken hadden we geen geld om hun aandeel af te kopen, dus zij hebben nog steeds geld in dit huis zitten. Aangezien ze hier al een paar jaar gewoond hadden, hebben we besloten dat geld als huur te beschouwen. Maar als het huis ooit verkocht mocht worden, krijgen zij een deel van de opbrengst. Ik weet niet hoeveel. Dat hangt er vanaf hoeveel mensen er in de loop der jaren hoeveel geld in steken voor het verkocht wordt.

Bernice en Rebecca hebben elk tweeduizend dollar in de pot gedaan toen ze hier kwamen. Dat hebben we gebruikt als aanbetaling op een ploeg. Lysanne droeg drieduizend bij toen ze hier kwam, waar we de ploeg mee hebben afbetaald. Stepan had geen cash, maar hij levert wekelijks zijn bijdrage. Dat doen we allemaal trouwens – we moeten elk ons steentje bijdragen voor eten en brandstof en water en het betalen van de hypotheek en allerlei werktuigen, maar Stepan draagt iets meer bij omdat hij er verder geen geld in heeft gestoken.

Hij werkt drie middagen per week op het postkantoor en maakt zes avonden schoon in de supermarkt, die eigenlijk te klein is om echt supermarkt te heten. Verder hebben we allemaal parttime baantjes. Stepan draagt honderd dollar per week af. Samen met de negentig of honderd dollar van de paardrijlessen en de zeshonderd per maand voor het onderbrengen en verzorgen van drie paarden, is dat genoeg voor onze overhead – brandstof voor de generator, de hypotheek, belastingen en onderhoud. Het geld wordt ook gebruikt voor voedsel dat we zelf niet verbouwen. En hoeveel zouden jullie kunnen bijdragen?'

'Ik zou drieduizend dollar kunnen krijgen,' zei Sandy.

'Dat zou te gek zijn!' zei Brad op warme toon. 'We kunnen het goed gebruiken. We moeten eigenlijk een ontvochtigingsapparaat in de kelder hebben en we hebben geld nodig om een lekkage daar te verhelpen. Het kan zijn dat er een hele nieuwe fundering moet komen. En dan hebben we nog een graafmachine en een maaimachine nodig om het hooi binnen te halen.'

'Ik kan wel iets regelen,' zei ik, 'ik weet niet precies hoeveel.' Ik probeerde mij voor te stellen dat ik aan mijn vader vertelde dat ik in een commune ging wonen. Ik zag zijn rode gezicht en grote ogen al voor me; ik hoorde hem al schreeuwen en schelden... Ik vroeg me af of mijn moeder wat contanten zou kunnen regelen. Ik had niet eens aan geld gedacht voor ik hier kwam. Als je aan een commune denkt, denk je aan vrijheid.

'Alles is welkom,' vervolgde Brad. 'We leven van week tot week, en luxe kunnen we ons niet veroorloven. Kapitaal hebben we niet.'

'We verkopen onze eieren één keer per week aan de kruidenier,' deed Lysanne een duit in het zakje.

'De opbrengst zetten ze voor ons op een rekening, die we gebruiken voor de aanschaf van schoonmaakmiddelen en bloem en rijst, dat soort dingen,' zei Rebecca. 'Pindakaas,' voegde ze er giechelend aan toe.

'Maar het is nooit genoeg. We staan altijd bij ze in het krijt. Een paar honderd dollar, wel,' zei Lysanne weer.

Gedurende dit hele gesprek waren ze allemaal een en al aandacht. Dit was kennelijk een belangrijk onderwerp. 'Ik zal mijn moeder vanavond wel bellen,' bood ik aan.

'Dan moet je naar de stad. Er is een telefoon buiten bij het warenhuis,' zei Bernice.

'Ik ga wel met haar mee,' zei Sandy. 'Ik wil wat wijn kopen. Om het te vieren dat we weer herenigd zijn met Bishop en met jullie. Verkopen ze ook wijn in dat warenhuis?'

'Wijn! Wauw!' juichte Bishop, en de anderen klapten in hun handen en slaakten kreten van vreugde. Wijn was een traktatie. 'Ja, dat hebben ze wel. Ik ga met jullie mee, Jess, Sandy... Ik kan jullie de weg wijzen.'

'Oké,' gaf Rebecca haar toestemming. 'Wij maken de keuken wel schoon.'

Een rillinkje gleed over mijn rug. Ging dat zo? Moest je hier overal toestemming voor hebben van de anderen? Was dat het communeleven?

13

Het was in de commune dat mijn volwassen leven eigenlijk begon, niet op de middelbare school, zoals ik gedacht had, en zelfs niet aan de universiteit. Het was nadat ik vertrokken was met Sandy, met tweehonderd dollar op zak en een plunjezak vol boeken, ondergoed, een extra spijkerbroek, een paar sandalen en een half dozijn topjes en sweaters, dat ik volwassen werd. Het is nu vreemd om te bedenken hoe begerenswaardig het mij, mijn hele jeugd lang, geleken had om volwassen te zijn; voor mij stond volwassen zijn gelijk aan vrijheid en besluitvaardigheid, zelfkennis. Maar uiteraard komt dat allemaal niet vanzelf, zoals ik mij had ingebeeld; het één vloeit niet automatisch voort uit het ander. Volwassen zijn betekent dat je verantwoordelijk bent voor jezelf en voor jezelf moet zorgen, wat een hele belasting is, en leuk noch bevrijdend. Toch zou ik voor geen goud meer een kind willen zijn. Ik vraag me af waar dat aan ligt. Volgens mij denken de meeste mensen er zo over.

We vestigden ons op Pax, de naam die de oprichters aan de commune hadden gegeven. Sandy liet zich drieduizend dollar sturen door haar moeder en mijn moeder stuurde mij vijftienhonderd dollar, alles wat ze op de bank had staan, en wij droegen die bedragen helemaal af aan de pot. Met dat geld, stemde de commune – wij – ervoor om de fundering van het huis te laten versterken en die lekkage te repareren. We kochten een paar grote ontvochtigingsapparaten voor de kelder, en brachten nieuwe dakgoten en regenpijpen aan. De schoorsteen lieten we vegen, zodat we de haard in de woonkamer konden gebruiken. Dat was fijn, nu konden we daar zitten op zachte stoelen, bij speciale gelegenheden, en hadden we het lekker warm. We overwogen een oliekachel aan te schaffen, maar dat was veel te duur voor ons. De oude kolenkachel stond ongebruikt in de kelder, we hielden ons warm bij de houtbrander in de keuken en de haard in de woonkamer. In de slaapkamers en de eetkamer (die we nooit gebruikten) was het van oktober tot mei ijskoud.

We kochten ook een hengst, een goede, die ons dekgeld opleverde. De ontvochtigers waren een hele verbetering – het was al wat muf gaan ruiken in huis – maar ook ontzettend lastig: ze moesten nota bene elke dag geleegd worden. Daar hadden we een rooster voor, net als voor de keuken. Dan hadden we nog altijd geld nodig om zaad en een graafmachine te kopen. Zowel Sandy als ik nam een baantje in het dorp. Aangezien we daadwerkelijk bij die perverse commune waren ingetrokken, durfde ik niet naar Ginger toe te gaan, hoewel haar café voor mij de ideale werkplek zou zijn geweest. Sandy zei dat dat jammer was voor haar, maar voor mij was het ook jammer. Ik kreeg parttime werk in de supermarkt, wat mij een minimaal loon en geen fooien opleverde, maar mijn loon was in elk geval genoeg voor mijn bijdrage aan de commune en dan hield ik nog een paar dollar per week voor mezelf over – net genoeg voor tampons en sigaretten. Voor het eerst van mijn leven ging ik naar de bibliotheek voor boeken die ik wilde lezen, in plaats van ze te kopen.

De grote vraag over de slaapkamers, daar kwam ik later achter, was of wij lesbisch waren of niet. Toen we elk een eigen kamer bleken te willen, was iedereen ervan uitgegaan dat we hetero waren. Bishop had niet anders geweten voor zijn vertrek; zelfs Sandy wist het niet voor ze Sarah ontmoette. Misschien had ze het wel vermoed – als je lesbisch bent, bent je dat toch vanaf het allereerste begin? – maar wist ze het niet zeker. Of misschien ook wel niet. Sarah was helemaal niet bij Sandy thuis geweest in de tijd dat ze sjivve zaten, en toen ik Sandy vroeg waarom dat was, deed ze daar heel luchtig over: 'Ach,' zei ze, 'Sarah weet niet eens wat dat is, sjivve zitten.' Ik vermoedde dat ze elkaar een paar keer over de telefoon hadden gesproken, maar zelfs daar was ik niet zeker van. Stiekem vond ik het echt vreselijk dat Sarah Sandy niet gesteund had in die verschrikkelijke tijd, maar dat zei ik natuurlijk niet. Ik wist niet wat er tussen hen gebeurd was. Ik wist niet eens zeker of Sandy Sarah wel schreef vanuit Pax. Ik durfde het niet te vragen, maar ik dacht er wel vaak aan. We spraken er nooit over. Noch spraken we over het feit dat ze Sarah domweg in de steek had gelaten, zonder daar verder bij stil te staan. Ik ging ervan uit dat het maatgevend was voor haar wanhoop en vertwijfeling.

Ik durfde er niet naar te vragen omdat Sandy anders was sinds haar vader was overleden. Ze had zich een beetje teruggetrokken, was wat gesloten geworden, behoorlijk zelfs. Misschien was dat wel omdat je in een commune voortdurend mensen om je heen hebt. Je kunt niet aan ze ontkomen, behalve 's avonds op je eigen kamer. De anderen leken daar geen behoefte aan te hebben – de meesten hadden een partner, dus die hadden zelfs gezelschap in bed, en dat schenen ze prettig te vinden. 's Avonds, als ik alleen op mijn kamer zat, dankbaar voor de stilte, de privacy, kwam Bernice of Rebecca, of soms, en die was altijd welkom, Bishop, bij mij aankloppen, om wat te kletsen, mij een stuk muziek of een nieuw gedicht te laten horen, of een boek van me te lenen. Sandy zei dat ze dat bij haar ook deden. Die anderen wilden altijd bij elkaar zijn. Ik deed daar niet al te moeilijk over, maar het druiste wel tegen mijn hele wezen in. Ik was grootgebracht door twee eenlingen, en ik had mijn eenzaamheid nodig, in elk geval af en toe.

Aan de andere kant was Sandy al anders geweest voor we naar Pax vertrokken – prikkelbaar. Ze had me bij tijd en wijle het gevoel gegeven dat ze zichzelf wel iets kon aandoen. Alsof ze voortdurend op het randje balanceerde.

Sandy en ik hadden de eerste tijd een makkelijk leventje, omdat het nog winter was, en de boerderij stillag. We hielpen met de paarden (voornamelijk mest opruimen), de kippen (idem dito), en met het onderhoud van de omheiningen. We kochten verf en schilderden de kamers beneden, wat de boel aardig opfleurde. We waren in opperbeste stemming omdat Nixon een paar dagen na onze komst, in januari 1973, een eind had gemaakt aan de oorlog! Na tien jaar! Of, als je het anders berekende, na drieëntwintig jaar! Begin april waren al onze soldaten weer terug, allemaal behalve die achtenvijftigduizend die gesneuveld waren, onder wie ene Patrick Connolly. Er zaten nu meer dan driehonderdduizend man in tehuizen en ziekenhuizen, in rolstoelen, op krukken, gewond of verminkt.

Er was in de commune veel over de oorlog gepraat, en iedereen was ertegen geweest. Het was voortdurend 'wij' en 'zij'. Algemeen werd aangenomen dat wij (degenen die hadden gedemonstreerd en geprotesteerd) een eind aan de oorlog hadden gemaakt. Maar ik dacht er anders over. Ik besprak mijn inzichten echter met niemand, ik wist dat mijn ideeën niet op prijs zouden worden gesteld, en ik kon mijn eigen cynisme ook moeilijk verdedigen – ze waren er rotsvast van overtuigd dat wat wij gedaan hadden effect had gehad. Ik had er geen zin in te moeten bekvechten met Brad, die mij wel een beetje angst aanjoeg. Mijn idee was dat er in de hele Amerikaanse geschiedenis geen oorlog was geweest waar zoveel tegen geprotesteerd was. Bishop zei dat er ook tegen andere oorlogen geprotesteerd was – tegen de Burgeroorlog, de Amerikaanse revolutie, en ook andere. Maar daar was nooit zo fel en zo lang tegen geprotesteerd als tegen de oorlog in Vietnam. Toch was dit de langste oorlog geweest die het land ooit gevoerd had! Hij had – als je vanaf 1950 rekende, het jaar waarin Truman de eerste Amerikaanse adviseurs naar Vietnam had gestuurd – drieëntwintig jaar geduurd! Als je vanaf 1954 telde, het jaar dat de regering er heimelijk de eerste soldaten heen had gestuurd, had hij negentien jaar geduurd. Als je vanaf 1960 telde, toen onze aanwezigheid begon te escaleren, was het dertien jaar. En zelfs als je pas telde vanaf 1964, en de neprapporten over de Golf van Tonkin, had hij nog altijd negen jaar geduurd. Veel, veel langer dan de revolutie of de Burgeroorlog of de oorlog van 1812, of de oorlogen met de Fransen en de indianen. In mijn ogen gaf dat aan hoe onze regering over ons dacht. Alsof ze zeggen wilden: toe maar, protesteer maar, we zullen je eens wat laten zien!

Ik had er geen zin in om hier met mijn vrienden beneden over te praten. Dat stond mij tegen. Ik had er geen zin in om een van hen met mij te horen instemmen, en te horen zeggen: ja, omdat wij ertegen protesteerden heeft de regering de oorlog laten voortduren. Domweg om te laten zien wie het voor het zeggen had. Om ons op onze plaats te zetten.

Dat had ik niet kunnen verdragen, om dat te moeten aanhoren. Ik kon de gedachte op zich al nauwelijks verdragen.

De andere communeleden haatten de regering, dat wist ik. Die vonden de regering een elite die de macht naar zich toe trok om hun macht te vergroten, en die zich niets van ons aantrok. Sommigen van hen vonden het zelfs oké dat er installaties van de regering werden aangevallen, zoals nucleaire bases. Alleen Bernice en Cynthia steunden traditionele partijen en beleid. Ik hield mij voornamelijk stil, omdat ik het allemaal niet wist. Maar ik verlangde er wel naar, o, ik hunkerde er gewoon naar om te geloven dat de regering was wat ik gedacht had toen ik klein was, een groep mannen (ik had ze mij altijd voorgesteld als blanke mannen) die gaven om het welzijn van het land als geheel, die zich daarvoor inzetten, hoewel ze soms fouten maakten.

Dus Watergate was een feest – en een beproeving – voor mij. Als er ooit een bewijs was geleverd dat de regering niet in het volk geïnteresseerd was, was dit het wel. Eind januari, nog voor alle troepen waren teruggekeerd uit Vietnam, waren de inbrekers van Watergate veroordeeld, en in de zomer waren de hoorzittingen begonnen. Dat gaf een geweldig tumult en veel verhitte discussies in onze commune, want de meesten vonden dat we absoluut een televisie moesten hebben om ernaar te kunnen kijken. We konden de hoorzittingen wel volgen via de radio, maar we wilden het allemaal *zien*. Dat zou echter betekenen dat we een televisie moesten kopen en dat we moesten bezuinigen op alle andere vormen van energieverbruik, anders zouden we gigantische brandstofrekeningen moeten betalen. Uiteindelijk kochten we een toestel, zetten dat in de keuken, en bleven die hele zomer naar binnen rennen om te kunnen kijken. De boerderij genoot niet onze volledige aandacht dat jaar, maar Watergate maakte ons, maakte mij, blij, ontzettend blij. Het gaf ons het gevoel dat wij er wel degelijk toe deden, dat we toch enige macht hadden, dat de regering ter verantwoording kon worden geroepen. Het was magnifiek.

Eén iemand die ik 's avonds altijd graag bij mij op de kamer had was Sandy, die al meteen de eerste avond bij mij op bezoek kwam (en anders ging ik wel naar haar toe). De eerste maanden hielden we ons vooral bezig met het uitvogelen van de seksuele en sociale psychodynamica: wat mensen van elkaar vonden, wat de verborgen lusten en ressentimenten waren, en vooral wie met wie naar bed ging. Na de eerste week zaten we een paar keer per week samen op haar of mijn kamer, voor een uur of twee – niet te lang, we waren doodop 's avonds. En dan rookten we en bespraken al die dingen.

We wisten dat Brad en Bernice een paar waren maar hadden geen idee wat ze eigenlijk van elkaar vonden. Ze deden heel nonchalant tegen elkaar, bijna kortaf. Na een maand besloot ik dat ze bij elkaar sliepen voor de gezelligheid en niet zozeer om de seks, dat ze oude vrienden waren die zich bij elkaar op hun gemak voelden maar niet zozeer naar elkaar verlangden. Ze leken ook niet zo heel dol op elkaar. Er sloop geregeld iets van minachting in de stem van Brad als hij iets tegen Bernice zei, en Bernice, die ons verteld had dat ze nog steeds verliefd was op Gregory Griggson, was vaak nogal afwezig als Brad in de buurt was. Sandy had een andere kijk op hen. Zij vond Bernice oppervlakkig en dom, terwijl Brad intelligent was en verantwoordelijkheidsgevoel had. Volgens haar was de irritatie van Brad jegens Bernice een reactie op haar onnozelheid, en verdiende Bernice wel enige minachting omdat ze zo dom was. Volgens mij had Bernice echter een goed hart, en was zij de hartelijkste van de hele commune. En voor mij was het zo dat het feit dat Bernice nooit lullig deed tegen Brad, zoals hij tegen haar, mij juist voor haar innam, en niet voor hem. Bij Sandy was dat dus andersom.

Aan de andere kant was Brad dol op Bishop, wat mij weer wel

voor hem innam, evenals Sandy natuurlijk. En Bishop bewonderde Brad, dus dat pleitte ook nog voor hem. Wat Bishop betreft was het zo duidelijk als wat. Bishop was aanbiddelijk en lief en prettig, zoals hij altijd geweest was – iedereen op Pax liep met hem weg.

Stepan en Cynthia brachten hun nachten samen door, maar wisselden overdag zelden een woord. Zij wekte zelfs een bijna hautaine indruk tegenover hem – als hij in de buurt was, waren haar aristocratische houding en accent nog bijtender dan anders. Hij leek haar van onder zijn wenkbrauwen op te nemen, niet hooghartig maar korzelig. Sandy vergeleek Brad en Bernice met professor Higgins en Eliza, terwijl Cynthia en Stepan haar aan een dame en haar huisknecht deden denken.

De grote verrassing was Bishop, die op de middelbare school nooit blijk had gegeven van zoiets als een seksueel bewustzijn, maar die duidelijk verliefd was op Rebecca, die op haar beurt duidelijk verliefd was op hem. Zij waren het enige echte stel: het was leuk om hen samen te zien, hij was teder en speels met haar, en zij liefdevol en moederlijk tegenover hem; ze waren heel zorgzaam voor elkaar en zagen er voortdurend op toe dat de ander goed at, en het niet te koud had, en tevreden was. Bishop en Becky, of Bec, zoals hij haar noemde, waren schattig samen, hij heel lang, zij heel kort, beiden bleek en pienter. Als ze samen buiten liepen, liepen ze hand in hand.

Lysanne bleef hier allemaal buiten, en wekte de indruk er totaal niet mee te zitten dat zij geen partner had. Zij was een hartelijke vrouw met een luide, explosieve lach, een hardwerkende kameraad zonder lange tenen. De hele boerderij draaide om haar, en ze leek het niet erg te vinden dat zij degene was die elke avond alleen naar bed moest. Sandy had het idee dat ze lesbisch was, maar dat dacht ze bijna van iedere vrouw.

Als de groep 's avonds bij elkaar zat, vooral als we wijn hadden, of – beter nog – wat weed, dan was de sfeer liefdevol en harmonieus. Iedereen was relaxt en nam de anderen op vol genegenheid, en intussen werd er met belangstelling en de nodige energie over communedingen gesproken. Bepaalde onderwerpen gaven altijd aanleiding tot geruzie, het schoonmaken van de keuken bijvoorbeeld. De mannen – nou ja, Brad en Stepan – wilden eigenlijk dat de vrouwen al het huishoudelijke werk deden. Zij hadden er een hekel aan en liepen er geregeld de kantjes af of vergaten hun keukenplicht gewoon. Brad voerde aan dat de mannen de meeste onderhoudswerkzaamheden verrichtten, en dat de vrouwen daarom het huishouden moesten doen. Maar Sandy en ik hadden zelf de kamers geschilderd en Rebecca wees erop dat zij samen met Brad en Bishop aan het dak had gewerkt. Bernice deed net zo goed als Stepan allerlei timmerwerk aan de kippenhokken en Lysanne hielp Brad als er iets aan de omheining moest gebeuren. De vrouwen weigerden in te binden, en het conflict draaide altijd op een impasse uit.

Ik besloot iets aan ons eten te doen, dat kon beter, en via de keuken kwam ik bij de tuinbouw terecht. Het eten in de commune was vreselijk, flauw en smakeloos. Aangezien we ons zaken als boter, room, vlees of vis niet konden veroorloven, besloot ik ons dieet van granen en groenten wat op te fleuren met kruiden. We hadden niet veel te doen in de winter, dus bracht ik uren in de bibliotheek door, waar ik van alles las over kruiden en specerijen, en boeken bestudeerde die ik uit andere bibliotheken had aangevraagd. Ik raakte bevriend met het bibliotheekpersoneel. We zochten samen naar boeken en naslagwerken, wat toen nogal tijdrovend was, want het internet bestond nog niet, zelfs van computers was nog geen sprake. Het personeel, allemaal mensen uit de omgeving, kende veel boeren in de buurt, en wist welke mannen of vrouwen verstand hadden van kruiden en bijzondere groenten. Meer dan eens belden ze iemand op om te vragen of ik een keer op een avond langs mocht komen om van alles te vragen.

Zo groeiden er een heleboel brandnetels op onze grond, bij de beek. Brad probeerde ze uit te roeien, maar ze lieten zich niet verdelgen en bleven terugkomen. Stepan zei dat ze nutteloos waren, en hetzelfde zeiden de meeste boeren in Becket die ik sprak. Maar ik had er een ander gevoel bij; in mijn ogen waren het planten, geen onkruid. Uiteindelijk kwam ik een boer tegen die in de Tweede Wereldoorlog als soldaat in Duitsland had gelegen, en er toen soep van had gekookt. Ik vond een traditioneel Duits kookboek – Stepan kon Duits lezen – en daar stond inderdaad een recept in voor brandnetelsoep. Ik haalde meteen brandnetels bij de beek en maakte een soep met munt en peterselie, die ik bond met aardappelen. De hele bende smulde ervan. Hierdoor aangemoedigd maakte ik knoedels die ik vulde met peterselie, bieslook, tijm en gehakte brandnetelblaadjes, en iedereen ging uit zijn dak.

Toen begon ik zelf kruiden te verbouwen.

Stepan en Lysanne hadden verstand van planten. Wat Stepan wist was voornamelijk oude Russische folklore, traditionele weetjes van Russische vrouwen, en agrarische ideeën waar van alles bij kwam kijken wat moderne boeren waren vergeten of nooit geweten hadden. Lysanne had een paar jaar op een agrarische hogeschool in Oklahoma gezeten, en wist van alles over een manier van boeren die toen nog geen naam had, en die wij gewoon 'natuurlijk' noemden. Later werd dat 'biologisch' genoemd.

In die tijd waren Amerikanen die zich voor agricultuur interesseerden vol van de zogenaamde 'groene revolutie', de ontwikkeling van nieuwe zaadjes die resistent waren tegen ziekten dan wel ongedierte. Een nieuwe klasse boeren die rijk genoeg waren om grote leningen los te krijgen bij de bank, bouwde gigantische nieuwe boerderijen, agrarische fabrieken meer. Deze nieuwe soort van landbouw werd bio-industrie genoemd. Het draaide allemaal om kunstmest, antibiotica, genetisch gemanipuleerde zaadjes, en nieuwe technieken in de veeteelt, zoals voorkomen dat dieren zich bewogen: kippen werden in kleine kooitjes gezet, kalfjes kort gehouden. Zo ontwikkelden ze geen spieren en werd hun vlees malser. Ze gaven ze ook hormonen, zodat ze groter werden, veel groter, en antibiotica om te voorkomen dat ze ziek werden. Ze ontwikkelden nieuwe voedselsoorten. Aangezien bij hun zaadjes de ongediertebestrijders al in de genen waren ingebouwd, hoefden ze geen giftige bestrijdingsmiddelen te gebruiken. Al die innovaties werden geacht een eind te maken aan de hongersnood in de wereld. Het kwam bij niemand op dat ze misschien ook wel wat ongelukkige gevolgen zouden kunnen hebben, en het duurde nog een tijdje voor mensen gingen klagen over smakeloosheid, en nog langer voor we de gekkekoeienziekte ontdekten.

Maar andere mensen richtten verenigingen op om dieren te beschermen, sommige nogal gewelddadig; en de boeren die al die vernieuwingen niet vertrouwden begonnen andere dingen te proberen, niet-toxische, niet-genetische manieren om ongedierte te bestrijden, sommige oud, traditioneel, maar vergeten, zoals het bij elkaar planten van bepaalde gewassen, witte geraniums bij rozen bijvoorbeeld, om Japanse kevers af te weren. Stepan kende sommige van die methodes en Lysanne kende weer andere, dus zij vormden een mooi koppel, en zij gaven hun kennis weer aan mij door.

De winter in Berkshire duurde lang: de grond was keihard bevroren tot laat in het voorjaar. Uit angst voor vorst konden we pas in mei gaan planten, maar ik begon met mijn kruiden in april, in ondiepe plastic kistjes die ik bij het afval van de supermarkt had gevonden. Ik vroeg Stepan om met de graafmachine die we kort daarvoor hadden gekocht wat grond op te graven om die kistjes mee te vullen, waarna ik er de zaadjes in plantte die ik in de loop van de winter had verzameld. Ik zette de kistjes op schragentafels langs de stal, op het oosten. Lysanne timmerde een lichtgewicht houten frame waar we een stuk plastic aan vast nietten. Dat legde ik op de kistjes. De losse hoekjes van het plastic bond ik aan de schragen vast, zodat het niet kon wegwaaien. Daar langs de stal stonden de kruiden mooi beschut tegen de wind; op die schragen hadden ze geen last van vorst aan de grond, en dat plastic beschermde ze nog eens tegen de kou. Natuurlijk moest dat frame er elke dag af om de kruiden water te geven, en dat was wel lastig, dus al kwekend bouwde ik in gedachten al een vaste kas. Maar voorlopig ging het zo ook.

In mei, toen mijn angst voor vorst wat afnam (helemaal weg ging hij niet), en de grond zacht genoeg was, haalde ik Bishop en Stepan over om een stuk grond voor me om te ploegen voor het huis, waar de hele morgen de zon scheen. Vervolgens begon ik de zaailingen over te planten. Ik had het bed zorgvuldig ontworpen, en zowel Stepan en Lysanne als de boeken die ik die winter van de bibliotheek had geleend geraadpleegd. Ik gaf de kruiden een plekje op grond van hun verwantschap. Ik maakte patronen van Italiaanse basilicum, dille, dragon, oregano, bieslook, rozemarijn, tijm, koriander, postelein, zuring, bergamot, salie, maggi, komijn, citroentijm en mosterd, en ik vond het er prachtig uitzien. Stepan haalde zijn schouders op, hij zag het romantische van tuinbouw niet in. Maar Bishop vond het fantastisch en zijn enthousiasme was nog even aanstekelijk als vroeger. Ik plantte tomaten tussen de basilicum en zette een grote pot met munt in een hoek van het bed. Langs de randen, om het bed op te fleuren, zette ik laagbloeiende eetbare bloemen, zoals Oost-Indische kers. In elk geval Bishop en de vrouwen waren enthousiast.

Ik had er drie dagen voor nodig om alle zaailingen over te planten, en daarna had ik overal pijn: mijn rug, de achterkant van mijn bovenbenen, mijn knieën, mijn schouders, alles deed zeer. Ik was één brok pijn. Ik had een grote hoed opgehad maar was toch verbrand in mijn nek. Ik zat een hele avond in een badkuip met allerlei badzouten. Ik was nog nooit zo moe geweest, en had ook nog nooit zo'n pijn gehad. Maar tijdens het werk was ik voortdurend verrukt geweest, en ik was gelukkiger dan ik ooit in mijn leven geweest was, of de mensen het nu waardeerden of niet.

Terwijl ik zo in bad zat, met een tevreden glimlach op mijn gezicht, dacht ik na over Sandy. Die had die avond aan tafel wel heel chagrijnig gedaan. Ik vroeg me af of ik zo extatisch was dat ik alle anderen in de schaduw stelde, maar nu realiseerde ik mij dat Sandy al een tijdje down was geweest. Ze was al meer dan een week niet meer bij me op de kamer geweest, en de laatste tijd was het sowieso al minder geweest, maar ik was zo in beslag genomen door mijn tuin dat ik daar niet eens bij had stilgestaan. Ze was al labiel sinds we hier waren... nou ja, al sinds haar vader was overleden... en al maanden had ik haar stemming voor rouw en verdriet gehouden. Maar die avond kwam het bij me op dat het in de loop van de tijd alleen maar erger werd. Ze liep rond met een norse uitdrukking op haar gezicht en iedereen kon een snauw krijgen, zelfs ik. Na mijn bad, opgefrist door mijn vreugde en de pure luxe van een bad (we hadden niet genoeg warm water om geregeld in bad te gaan), ging ik naar haar kamer met wat bonbons die ik op mijn werk had gekregen. Sheila, onze fantastische manager (die eigenlijk veel te goed was voor dat rotsupermarktje) had een paar dagen eerder voor haar verjaardag een doos bonbons gekregen, en daar de hele dag van lopen uitdelen. Elke keer dat ik er een mocht uithalen had ik er een gepakt, maar niet opgegeten, ik had ze allemaal in een tissue verpakt en in mijn schortzak gestopt. Ik had vier bonbons die wachtten op het juiste moment, en nu overhandigde ik ze aan Sandy, met een brede, samenzweerderige glimlach: 'Kijk eens wat ik heb!'

'O!' Ze pakte er meteen een.

'Ze zijn allemaal voor jou,' zei ik.

'O, Jess!' Ze kreeg de tranen in de ogen. Ze was heel wat tekortgekomen sinds we hier waren. Er was geen geld voor chocola. Ze pakte de andere drie ook, maar liet ze in hun tissue zitten, en stopte ze in haar plunjezak... die ze dicht deed! Ik zag het lachend aan.

'Ga je ze niet opeten?'

'Nee, ik bewaar ze voor avonden dat ik me nog neerslachtiger voel. Van chocola word ik vrolijk.'

'Is daar een speciale reden voor? Voor die neerslachtigheid, bedoel ik?'

Ze keek me aan. Haar wenkbrauwen waren gefronst. 'Je bedoelt dat je lang genoeg hebt opgekeken om het op te merken?'

'Wat?'

'Je bent zo druk bezig avances te maken naar Stepan, dat ik niet het idee had dat er nog iets anders tot je doordrong.'

'Wat?'

'Ach, toe nou, Jess. Ga nou niet de onschuldige uithangen.'

'Ik heb helemaal geen avances gemaakt naar Stepan. Hij heeft iets met Cynthia.'

'Die zo ongeveer gaat spugen wanneer ze naar jou kijkt.'

Ik was helemaal onthutst. 'Dat meen je niet.'

'Ik meen het wel. Zie je dan niet wat je doet?'

'Ik heb helemaal niet geprobeerd avances naar Stepan te maken! Ik ben alleen maar heel blij vanwege die kruidentuin.'

'O, Stepan, grote sterke man, zou jij een stukje grond voor me willen omploegen, alsjeblieft, lief lief lief?' zei ze met een heel kinderachtig meisjesstemmetje.

Al mijn bloed steeg naar mijn hoofd. 'Zoiets heb je mij nooit horen zeggen!' riep ik.

'Je glimlach zei het, je houding, je stem,' zei ze, met een kille blik in haar ogen.

Ik barstte in tranen uit. Ze dreef de spot met mij. Ze haatte mij. Sandy. Sandy!

Ze hapte naar adem. 'O, Jess, het spijt me. Ik voel me zo hatelijk! Ik haat het hier! Ik haat het! Maar ik wil niet met de staart tussen de benen naar huis. Vergeef me! Het spijt me!'

'Waarom? Waarom haat je mij?'

'Nee, ik haat jou niet! Het spijt me! Ik houd van je. Echt! Maar je hebt lopen flirten, misschien had je het zelf niet eens door. Je hebt Stepan helemaal hitsig gemaakt. Hij staat klaar om je te bespringen, zie je dat dan niet? Nee, wat ik haat is hier zijn. Vooral met Brad!'

'Brad? Ik dacht dat je Brad juist mocht. De laatste keer dat we het over hem hadden, vond je hem nog leuk!'

'Dat was voor hij me gek begon te maken door me de hele tijd op de huid te zitten,' kreunde ze.

Ik veegde mijn neus af met mijn zakdoek. We moesten hier zakdoeken gebruiken, we konden ons geen papieren zakdoekjes veroorloven. Mijn moeder had op mijn verzoek zakdoeken gestuurd, evenals de flanellen pyjama en de wollen badjas en de pantoffels die ik had verzuimd mee te nemen.

'Dat meen je niet! Wat doet hij dan?'

'Ach, zie je dat dan niet? Hoor je het niet? Ben je doof?' gilde ze woedend. 'Hij zit me constant op de nek, aan een stuk door, altijd als ik in de buurt ben. Ik snap niet dat je dat niet ziet, dat is alleen omdat jij het te druk hebt met Stepan versieren!' Toen was zij degene die in tranen uitbarstte.

Wat een stel.

Ik liet haar huilen, en wachtte tot ze haar neus had gesnoten en wat gekalmeerd was.

'Hij probeert je te versieren,' zei ik.

'Nogal, ja. In het begin zei ik: vergeet het maar, jij hebt iets met Bernice. Maar hij zei dat die er niks mee te maken had. Ik zei dat ze er voor mij alles mee te maken had, en dat ik haar mocht. Waarop hij haar nog lulliger ging behandelen dan hij al deed. Je kon wel zien hoe gekwetst ze zich voelde... ze was helemaal geschokt.'

'Dát was me wel opgevallen. Hoe akelig hij tegen haar deed...'

'Nou ja, zij had het snel allemaal uitgevogeld en sindsdien praat ze eigenlijk niet meer met mij. Ze dacht dat ik hem van haar probeerde af te pakken,' zei ze bitter.

'O god,' treurde ik.

'Ik moet hier weg. Ik kan het niet uitstaan hier.'

'Waarom zeg je niet gewoon tegen hem dat je lesbisch bent?'

'Kun je je voorstellen hoe hij daarop zou reageren? Brad! Dan krijg ik hier geen moment rust meer. En Stepan zou zich van harte bij hem aansluiten. En Cynthia.'

'Ik dacht dat jij dacht dat Cynthia ook lesbisch was.'

'Nou, ik ben van gedachten veranderd. Zij is een man in vrouwengedaante. Zij zou op me spugen, net als die andere twee.'

'Hm.' Ik kon me er iets bij voorstellen.

'Maar hoe moet ik hier nou weg? Door jou zit ik hier vast!'

Ik begon weer te huilen. Ze pakte me bij een arm. 'O, Jess, ik bedoelde dat niet zoals het klonk! Ik doe alleen zo akelig omdat ik zo ongelukkig ben! Wat ik bedoel is dat ik me schuldig voel. Jij bent hierheen gekomen voor mij, dus ik kan jou hier niet zomaar achterlaten. Ik weet niet wat ik moet,' jammerde ze.

'Wat wil je? Als ik hier niet was, wat zou je dan doen?'

'Ik wil hier weg. Het is zo afschuwelijk hier. Ik voel me hier niet op mijn plaats, ik kan wel gaan krijsen. Maar ik heb geen zin om naar huis te gaan. Ik kan de gedachte aan mijn moeder ook niet verdragen. Misschien zou ik in Northampton of South Hadley of ergens anders in de Connecticut Valley een paar vrouwen kunnen vinden die met mij meevoelden. Ik heb gehoord dat daar een heleboel lesbiennes zitten, vanwege al die meisjesuniversiteiten. Mijn zus heeft er vriendinnen. Veel van de meisjes met wie zij op school heeft gezeten hadden het daar zo naar hun zin dat ze zijn gebleven. Ze geven er nu les, of werken op de administratie van Smith of Mount Holyoke of UMass of Amherst... Misschien zou ik een woongroep kunnen vinden waar ze plek voor mij hadden. Ik kan niet terug naar huis...'

'Waarom niet?'

Ze schudde haar hoofd.

'Waarom niet? Je arme moeder...'

'Die mag van mij doodvallen,' zei Sandy bruusk.

'Sandy!'

De trek om haar mond verhardde, en ze staarde uit het raam. 'Iedereen moest altijd maar lief en aardig doen bij ons thuis. En vooral beleefd. Terwijl... wie weet hoe mijn vader zich al die tijd gevoeld heeft? Waarom kon hij het niet tegen haar zeggen? Waarom zag zij het niet? Het is haar schuld! Zij stond erop dat we allemaal beschaafd moesten zijn, dat woord lag haar in de mond bestorven, zij dwong ons... Zij heeft hem vermoord!'

Ik schrok. 'Je oordeelt wel heel hard over haar, San,' zei ik na een poosje op zachte toon. 'Hij was toch psychoanalyticus? Hij was arts. Hij moet geweten hebben dat hij depressief was, of wat het ook maar was. Hij moet er enig idee van hebben gehad wat hem mankeerde. Hij was ook een rustige, beleefde man, zij was niet de enige. Hij had iets kunnen zeggen...'

'Hij wilde haar niet van streek maken! Ze zou helemaal van de kaart zijn geweest!' schreeuwde Sandy zo ongeveer. 'Je hebt toch gezien hoe ze reageert?'

Ik hield mijn mond. Ik liet haar weer huilen, streelde haar alleen over de arm. Toen ze een beetje gekalmeerd was, zei ik: 'Morgen is het zondag. Ik moet het ontbijt maken, maar na halfacht heb ik hier thuis niks meer te doen. Dan werk ik nog van acht tot twaalf in de winkel. Daarna kan ik je naar Northampton rijden en je helpen de mensen op te sporen die je zoekt. Kijken hoe het daar is. Ik heb de hele middag verder vrij.'

'O, Jess!' Ze sloeg haar armen om me heen, maar ik was stijf, en hield afstand. Het leek haar echter niet op te vallen, ze liet me los met een plotselinge glimlach en een ondeugende blik in de ogen. Ze maakte haar plunjezak weer open, haalde een bonbon uit de tissue en gaf die aan mij. 'We delen ze. Morgen, een nieuw begin!'

We vonden Marty Teasdale in een huis in South Hadley, waar ze woonde met drie andere vrouwen. Ze hadden allemaal aan universiteiten in de omgeving gestudeerd en elkaar ontmoet via de lesbische netwerken die overal bleken te bestaan. Voor lesbiennes was de Connecticut Valley een paradijs, waar ze werden geaccepteerd en konden wonen als de fatsoenlijke burgers die ze waren, zonder voortdurend te worden lastiggevallen. Marty was op Smith bevriend geweest met Rhoda, en Rhoda had tegen Sandy gezegd dat ze eens bij haar langs moest gaan. Marty werkte voor een nieuwe feministische krant, een krant die ik fantastisch vond omdat hij vrouwen en de dingen die zij deden serieus namen. Dat was ik niet gewend. De krant had een aardige lezerskring, en de groep die ermee begonnen was, was inmiddels ook begonnen met het uitgeven van feministische boeken.

Toen Sandy die brief van Rhoda gelezen had, een paar weken geleden (ze had al een hele tijd met de gedachte gespeeld om weg te gaan, begreep ik nu), had ze mij er met enige verbazing over verteld: wij hadden geen van beiden ooit gedacht aan zoiets als een feministische krant of uitgeverij. Het was alsof er een nieuwe wereld voor ons openging. Zonder het mij te vertellen had Sandy Marty geschreven, en die had haar uitgenodigd en beloofd dat ze wel ergens een plek voor haar zou weten te vinden.

Om halfdrie die zondagmiddag belden we bij haar aan. Marty was lang en heel mooi, met zwart haar en blauwe ogen. Twee van haar huisgenoten waren thuis die dag, en dronken chocolademelk met ons. Sandy vertelde over Brad, en ze luisterden alle drie aandachtig. Zij hadden soortgelijke ervaringen gehad, zeiden ze. Ze wisten hoe het voelde om te worden achtervolgd door een koppige man die het vertikte een beleefde weigering te accepteren.

Ze zeiden dat ze vriendinnen hadden in een commune in Mount Tom, waar ze vrouwen in nood nooit de deur wezen. De leden waren bij een stuk of vijf, zes ondernemingen betrokken, misschien dat Sandy aan een van hun projecten zou kunnen meewerken. Ze zou alleen wel een auto nodig hebben. Zonder auto kon je daar niet wonen.

'Ik heb een auto,' zei ze angstvallig. 'Ik kan mijn auto ophalen.'

'Mooi. Ik had gedacht er meteen even langs te gaan om je te introduceren,' zei Marty. 'Dan kun je erheen gaan wanneer je er klaar voor bent.'

We namen de auto van Marty – in de mijne pasten geen drie personen en bovendien kende zij de weg. We reden enkele kilometers naar een gehuchtje met oude huizen, en bleven staan voor een hoog Victoriaans huis met een torentje, puntdaken en een balkon. We stapten uit en betraden de veranda. De voordeur zat niet op slot, net als bij ons op Pax, maar verder was dit huis wel zo ongeveer het tegenovergestelde van het huis waar wij woonden. Het was keurig, smetteloos, en er stonden Victoriaanse meubelstukken – stoelen van gebogen hout, bekleed met rood dan wel rood-zilver gestreept fluweel, vitrages, een rood smyrnatapijt, een ronde tafel met een kanten tafelkleed, een rode ballonlamp. We bleven in de hal staan, bij een trap, en gluurden in de woonkamer.

'Wauw!' fluisterde Sandy.

'Laura!' riep Marty. We werden begroet door iemand boven aan de donkere houten trap, die meteen naar beneden kwam. Ze was dik en gedrongen, en droeg een spijkerbroek en een geborduurd hemd;

Ze had kort haar en een helder, open gezicht. Ze begroette ons luidruchtig.

'Hai, Marty, hoe gaat ie? Hallo, Sandy?' Ze kwam op mij af. Ik glimlachte en wees naar Sandy, waarop ze van richting veranderde. 'Ik ben Laura. Ik heb gehoord dat je bij ons wilt komen wonen.'

'Als jullie me willen hebben.'

'Natuurlijk, natuurlijk! In elk geval voor een tijdje. Een permanent lidmaatschap kan ik niet beloven – daar moet plek voor zijn, en daar zullen we over moeten stemmen. Maar je kunt tijdelijk bij ons blijven. Wij nemen elke vrouw op die in de problemen zit. En het klinkt alsof jij wel degelijk in de problemen zit.' Ze wendde zich tot Marty. 'Seksuele intimidatie, hè?'

Wat was seksuele intimidatie?

'Ja,' zei Marty, met een grimas.

'O,' stamelde Sandy. Ik dacht even dat ze ging huilen. 'Ik ben zo moe. Het is zo'n uitputtingsslag geweest. Ik had gehoopt dat ik voorgoed ergens terecht kon. Kan ik misschien ook ergens anders heen?'

Ze was inderdaad een ander mens geworden, dacht ik, sinds haar vader was overleden. Alsof ze al die jaren op haar vader geleund had, en nu opeens met maaiende armen door de lucht viel, in een enorme buiteling. Waar was mijn kalme, zelfverzekerde, waardige, beheerste vriendin gebleven?

'Rustig maar,' zei Laura op moederlijke toon. 'Je kunt een poosje bij ons blijven en als je geen lid kunt worden vinden we wel een ander huis voor je. Wanneer had je bij ons willen komen?'

Sandy glimlachte even van opluchting. 'Echt? O! O, zo gauw ik kan! Ik woon op Pax... een commune bij Becket. Ik ben daarheen gegaan met Jess,' Sandy knikte naar mij, 'op nieuwjaarsdag. Ik moet vandaag wel eerst weer terug om het te regelen. Anders zou ik wel gewoon hier blijven. Ik kan bijna niet wachten tot ik daar weg kan. Maar ik heb er drieduizend dollar in gestoken om er binnen te komen, en ik moet op zijn minst proberen daar iets van terug te krijgen. Moet ik hier ook geld in steken?'

'Nee. Dit is geen formele commune. Dr. Collier is de eigenares van dit huis. Dr. Annette Collier. Ze doceert psychologie op Mount Holyoke en heeft hier een eigen praktijk, in het bijgebouw. Dat staat naast het huis, achteraan. Annette betaalt het onderhoud van het huis. Het huis zelf heeft acht slaapkamers en op dit moment wonen er zes vrouwen. We zijn eigen baas hier, alleen Annette, dr. Collier, beslist over eventuele reparaties en verbouwingen. We hebben allemaal onze klusjes hier, daar hebben we een rooster voor dat we zelf opstellen, en we betalen allemaal maandelijks een kleine som voor eten en onderhoud. Niet veel. Dit is niet bedoeld om winst mee te maken, ze doet dit om vrouwen te helpen die hulp nodig hebben. Als je een baantje neemt, zou je het moeten kunnen opbrengen. We vragen nooit sleutelgeld of iets dergelijks. Als we reparaties moeten uitvoeren of iets opnieuw behangen of zoiets, betalen we dat uit het noodfonds. Van onze maandelijkse bijdrage gaat altijd een beetje in dat fonds. Mensen die hier komen omdat ze onderdak moeten hebben, zoals jij, hoeven niks te betalen. Na een week vragen we een bijdrage voor de pot waar we de boodschappen van doen, maar dat is dan ook alles. Als je wat van dat geld kunt terugkrijgen, zou dat mooi voor jou zijn. Maar reken er niet te vast op. Zeker niet als degene die jou heeft lastiggevallen daar de lakens uitdeelt. Je hebt het in elk geval niet nodig om hier in te trekken.'

'God. Geld is het enige waar ze over praten daar,' zei Sandy. Toen ze dat zei, besefte ik dat ze gelijk had. Maar ik was eraan gewend mijn ouders over financiële problemen te horen praten in de tijd voor mijn vader beroemd werd, dus ik had er nooit mee gezeten. Bij Sandy thuis werd waarschijnlijk nooit over geld gepraat. 'Ze kunnen er geen genoeg van krijgen.' Ze moest een beetje lachen.

Ik vond het toch niet helemaal eerlijk. Afgezien van politiek, was alles waar we over praatten heel alledaags; wij maakten ons zorgen over dingen die kapot of vies waren, die onze aandacht nodig hadden. We maakten ons daar zorgen over omdat we ons niet konden veroorloven er nieuwe voor in de plaats te kopen, dus erover praten was praktisch, en verstandig. Wij praatten over wat we zouden eten, wanneer we weer iets zouden gaan bakken, of het sanitair in orde was (we hadden één toilet en één bad, en daar was wel eens iets mee), hoe het met de paarden ging, en de kippen, en op het land, en over onze rekeningen, vooral die bij de supermarkt. Maar dat was juist een van de dingen die ik zo fijn vond aan Pax: alles was echt, alles was praktisch. Er was geen tijd voor dagdromen, voor fantasie of uiterlijk vertoon. Geen tijd voor ego's, voor zelfvoldaanheid, voor psychologie. Het voelde clean aan, het had bijna iets heiligs. Net als het leven in de 'Little House'-boeken. Er was niks oppervlakkigs aan.

Sandy en Laura maakten wat afspraken, waarna we terugreden naar het huis van Marty. Vandaar reden we in mijn auto weer terug naar ons huis. Ik was wel een beetje beducht voor de reactie van de groep, als ze hoorden dat ik Sandy geholpen had bij haar ontsnapping, en die avond aan tafel was ik heel gespannen toen Sandy vertelde dat ze wegging. Iedereen was stomverbaasd en even zei niemand een woord.

'Echt waar?' zei Bernice eindelijk. Ze probeerde een glimlach te onderdrukken, maar haar mondhoeken beefden. En ik dacht nog wel dat zij Sandy mocht!

'Zo snel al?' vroeg Rebecca ontzet. 'Je bent hier net!' Ze leek het zich persoonlijk aan te trekken.

'Ja.' Sandy's mond verstrakte. 'Ik heb problemen gehad hier. Ik ben lesbisch,' zei ze tegen de vrouwen, en nadrukkelijk niet tegen Brad, 'en ik zou het prettiger vinden ergens te wonen waar ik niet steeds door een man werd lastiggevallen.' Haar stem had niets vriendelijks.

Onmiddellijk begonnen ze allemaal naar mij te kijken, maar ik zei geen boe of bah.

'Waarom heb je dat niet aan ons verteld?' wierp Lysanne tegen.

'Ik wist zeker dat de man die mij lastigviel alleen maar nog vervelender zou worden,' zei Sandy op bittere toon, zonder naar Brad te kijken.

Brad keek woedend naar haar. Opeens stond hij op. Hij duwde zijn stoel zo hard naar achteren dat hij tegen de muur knalde. 'Doe verdomme wat je niet laten kan,' gromde hij. 'Daar zit hier niemand mee!'

'Brad!' riep Rebecca. Ze wendde zich tot Sandy. 'Sandy, het spijt me. Zijn we erg gevoelloos geweest?'

'Jij niet,' zei Sandy.'Maar sommige anderen wel.'

Niemand verroerde zich. Ze moesten het allemaal geweten hebben, gezien wat er gaande was. Allemaal, behalve onnozele ik.

'Het spijt ons, Sandy,' zei Lysanne.

Stepan keek mij doordringend aan. 'Ga jij ook weg?'

'Ik zou liever blijven,' zei ik. Zouden ze dat nog wel willen?

'Natuurlijk blijf jij,' barstte Bishop opeens uit. 'En Sandy ook. Niemand gaat jou van nu af aan nog lastigvallen, Sandy-andy! Als iemand een vinger naar jou uitsteekt, krijgt die met mij te maken, dan sla ik erop, daar sta ik voor in!' Dat was de oude Bishop. Maar die Bishop maakte ons altijd aan het lachen. Dat deed hij deze keer ook... bijna.

Sandy glimlachte naar hem. 'Dank je, Bish. Maar mijn besluit staat vast. Ik zou graag een deel van mijn drieduizend dollar terugkrijgen, als dat kan.'

'Hoe dan? Hoe dan?' Brad kwam weer binnenstormen. Die had zeker aan de andere kant van de deur staan luisteren. 'Dat is al uitgegeven! Dat zit in het huis. Dat nieuwe stuk fundering. Het ontvochtigingsapparaat.'

'Is er nog iets van over?'

'We hebben duizend op de bank staan.'

'Geef dat aan haar,' zei Bishop op gebiedende toon.

'Achthonderd, om precies te zijn,' zei Rebecca. 'En nog wat.'

'Geef dat aan haar!'

'Dan zouden we blut zijn. Dat is het enige wat we hebben,' voerde Brad aan.

'Geef het aan haar,' zei Bishop op een toon die ik nooit eerder van hem gehoord had.

‘Dank je, Bish,’ zei Sandy, ‘maar ik wil jullie niet platzak achterlaten. Geef mij vijfhonderd en de schriftelijke toezegging dat ik nog vijftienhonderd krijg als het huis verkocht wordt. Duizend dollar lijkt me wel genoeg huur voor de vier maanden dat ik hier gewoond heb.’

‘Is mei,’ bracht Stepan in het midden. ‘Jullie komen nieuwjaar.’

‘Vier maanden en nog wat,’ zei Sandy, met een koele blik op Stepan.

Zo werd het afgesproken.

Sandy vertrok de volgende dag, de maandag. Ik moest die hele dag in de supermarkt werken, dus Bishop reed haar in de vrachtwagen naar Pittsfield. Ze nam een bus naar Boston. Ze zou een taxi nemen vanaf het busstation in Belmont, een paar dagen bij haar moeder blijven, en dan met haar eigen auto naar Northampton gaan. Daar voelde ze zich niet schuldig over, zei ze, haar moeder kon het zich wel veroorloven om voor Nomi een nieuwe auto te kopen. Maar ik lag die avond nog lang wakker, met natte wangen. Ik voelde mij eenzamer dan ik ooit geweten had dat een mens zich voelen kon, en eenzamer dan ik me daarna ooit nog gevoeld heb.

Ik bleef op Pax. Ik was boerin geworden.

Toen we plannen maakten voor het planten van nieuwe gewassen, drong ik erop aan dat we onbehandeld zaad zouden gebruiken, en de boel alleen zouden bemesten met onze eigen compost. Stepan onderhield de composthoop, die bestond uit voedselresten, schillen en as. We hadden ook een mulshoop, van ons hooi en de wikke die bij onze vijver groeide. Omdat ik ook een handje toestak konden we onze kruiden- en moestuin verder uitbreiden, en verbouwden we nu ook maïs, sperziebonen, erwten, courgettes, bieten, asperges, kropsla, spinazie, rapen, aardappelen en soja. We gebruikten natuurlijke bestrijdingsmiddelen en water geven deden we met tuinslangen – een hele klus! Maar toen ik die zomer onze spinazie en peultjes geproefd had, was ik voorgoed tot de natuurlijke methode bekeerd.

Nu we er met zijn drieën aan werkten, was onze oogst groot genoeg om er een deel van te verkopen. Bishop en Brad zetten met wat planken een kraampje in elkaar, dat we langs de kant van de weg zetten. Dat najaar verdienden we bijna tweeduizend dollar aan de verkoop van maïs, tomaten, spinazie, sperziebonen, kruiden en appels uit onze eigen boomgaard. Voor het eerst in het bestaan van Pax konden we onze rekening bij de supermarkt voldoen, wat ons het nodige respect opleverde in de plaatselijke gemeenschap. We waren opeens geen vieze, langharige hippies meer, maar integere leden van de samenleving die hun schulden afbetaalden.

Ik heb veel gekookt in de jaren dat ik op Pax woonde. Ik heb van alles laten aanbranden, ik heb soep zo lang laten opstaan dat er alleen nog wat bruine smurrie op de bodem van de pan plakte, ik heb van alles te lang dan wel te kort gekookt, en bereid met te veel en te weinig kruiden, maar ik leerde het wel. Ik kan niet zeggen dat het zo geweldig was – daar hadden we de ingrediënten niet voor. Maar we aten verrukkelijke verse groenten, en onze eieren, altijd vers en altijd bevrucht, waren verrukkelijk en overvloedig. Mijn groenteomeletten, soufflés en roereieren met kruiden en aardappelen waren zalig; mijn soepen waren zo lekker als soep maar zijn kan waar geen bouillon aan te pas is gekomen. Een paar keer per jaar, bij speciale gelegenheden, vroeg ik Bernice een paar kippen te slachten voor het eten. Zij had daar geen moeite mee: ze greep zo'n kip alsof het Gregory Griggson was en hakte de kop er met plezier af. Ergens in dat voorjaar was haar liefde voor Gregory omgeslagen in haat, en wat je verder ook van Bernice kon zeggen, trouw was ze wel. Als we kip aten bewaarde ik ieder botje, waar ik een verrukkelijke soep van trok – genoeg voor minstens twee avonden.

Het duurde niet lang of ze wilden allemaal dat ik iedere avond kookte, omdat ik lekkerder kookte dan de anderen. Ik deed het graag, behalve als ik de hele dag had geplant of gewied, en ik 's avonds te moe was. Dan nam Bish of Bec of Bernice het over. Dat de jongens kreunden als ik niet gekookt had gaf mij zelfvertrouwen, ook al vond ik zelf meer dan eens dat mijn kookkunst tekortschoot.

Een paar dagen nadat Sandy was vertrokken, kwam Stepan naar mijn kamer. Hij vroeg toestemming om binnen te komen. Hij deed stijf en formeel en ging op de rechte stoel zitten die ik als bureaustoel gebruikte. Ik ging op het bed zitten – er waren geen andere stoelen. Hij had zijn handen gevouwen tussen zijn benen en zat naar voren gebogen alsof hij een verzoek kwam indienen, wat vermoedelijk ook het geval was. We staken allebei een sigaret op, wat op Pax een luxe was, geen gewoonte.

Hij zei dat hij me al had willen leren kennen sinds ik daar was komen wonen, maar omdat hij niet precies wist hoe mijn relatie met Sandy was, had hij zich er niet tussen willen dringen. Ik geloofde hem niet. Volgens mij had geen van de mannen ook maar het geringste vermoeden gehad dat Sandy lesbisch was, en toen was gebleken dat we elk een eigen kamer wilden, hadden we in principe allebei versierd kunnen worden. Wel had ik het idee dat hij zich een beetje geïntimideerd had gevoeld door het feit dat Sandy en ik toch op de een of andere manier bij elkaar hoorden, waardoor hij voor zijn gevoel in het nadeel was. Nu ze weg was, en ik alleen, voelde hij zich sterker.

Ik leidde dit af uit zijn houding, en terwijl ik dat deed, kwam het bij me op dat ik nooit met Stepan geflirt kon hebben zoals Sandy zei dat ik gedaan had. Zou hij het niet gemerkt hebben, als het echt zo was geweest? Als hij in mij geïnteresseerd was, waarom was hij dan niet sneller in actie gekomen, als ik zo naar hem had lopen lonken?

Een vreselijke gedachte benam me even de adem.

Kon het zo zijn dat Sandy jaloers was op mijn aantrekkingskracht? Misschien had ze niet gewild dat ik iets met iemand kreeg, omdat zij hier ook niemand had. Net zoals we ons allebei aangetrokken hadden gevoeld tot Bishop, maar daar geen van beiden ooit iets mee gedaan hadden...

Zulke gedachten stonden mij niet aan. Ik had Sandy's bittere aanval op mij nog niet helemaal verwerkt. Ik bedoel, ik was het nog niet vergeten. Ik wist dat het haar speet, maar dat betekende nog niet dat ze er niks van gemeend had. Ik kon het echter niet verdragen om na te denken over wat dat zou kunnen betekenen. Mijn vriendschap met Sandy was het enige volmaakte in mijn leven geweest, de enige relatie zonder duistere elementen, zonder verraderlijke onderstromen. Dat had voor mij bewezen dat een mooie vriendschap mogelijk was. Ik zou nog liever denken dat ik een flirtzieke vlinder was dan de gedachte te moeten toelaten dat Sandy iets tegen mij zou hebben. Maar wat was er dan met Sarah gebeurd?

Ik zette het uit mijn hoofd.

Hoe dan ook, ik vond het fijn iets met Stepan te krijgen; hij was sexy en hartelijk. Zijn stuursheid was die van een kind wiens ouders niet naar hem luisteren; dat maakte dat ik tedere gevoelens voor hem had, zoals ik voor een klein kind zou hebben. En misschien wel omdat hij voor het eerst over mij gehoord had van Bishop, behandelde hij mij met respect.

De laatste maanden, zonder iemand met wie ik vertrouwelijk kon praten, zonder mijn moeder of Steve – ja, zelfs zonder Sandy en Bishop, want de dagen van onze intimiteit leken voorbij – had ik onwillekeurig over een aantal dingen nagedacht. Ik was tot de conclusie gekomen dat Christopher en de andere jongens met wie ik iets had gehad op Andrews, mij niet met respect hadden behandeld. Ik bedoel, toen ik eenmaal met ze naar bed was geweest, hadden ze tamelijk nonchalant tegen me gedaan. Ik klaagde daar niet over maar het gaf me wel een onbehaaglijk gevoel; het was net of ik in hun achting was gedaald. Neem nou Christopher, die botweg geweigerd had naar mijn gedichten te luisteren, die, nu ik erover nadacht, waarschijnlijk echt niet voor de zijne onderdeden. Steve had me gerespecteerd, en Bishop ook, maar met hen was ik niet naar bed geweest. Ik denk dat ik er gewoon van uit was gegaan dat jongens zo deden tegen meisjes met wie ze naar bed gingen – dat ze zich door die intimiteit zo bij je op hun gemak voelden, dat ze tegen je konden praten alsof je hun dienstmeisje was.

Iets anders wat ik mij gerealiseerd had was dat mensen die veel jonger zijn dan jij... nou ja, wel eens wat vermoeiend kunnen zijn. Een jongen die met mij bij de supermarkt werkte, Tarak, was vijftien en heel knap – donkere ogen en haar, bleke huid – en hij was stapel op mij. Hij zat voortdurend achter me aan, en ik mocht hem, hij was schattig en grappig, maar hij lachte om de raarste dingen, of giechelen was het eigenlijk meer, en hij begreep het niet als Sheila zich bijvoorbeeld rot voelde. Sheila had de bons gekregen van de man van wie ze zo ongeveer haar hele leven gehouden had... en Tarak vond haar alleen maar raar. Hoe dan ook, soms werkte hij me op de zenuwen. Ik zeg niet dat Philo in wat voor opzicht dan ook op hem leek, maar hij bracht me wel op de gedachte dat mijn moeder misschien wel een reden had gehad om haar relatie met hem te verbreken. Aangezien ik dat mijn moeder altijd had kwalijk genomen, en dat gevoel al die tijd een eeltplek in mijn hart was geweest, was het een opluchting om min of meer te begrijpen dat ze zich misschien wel helemaal niet als een heks had gedragen. Het was net alsof er een eeltplek van mijn voet werd gesneden, of een kogel uit mijn lichaam verwijderd.

Al die inzichten maakten het voor mij makkelijker die nacht met Stepan door te brengen, en daarna bleven we zo'n beetje samen. Cynthia leek er helemaal niet mee te zitten. Dat had Stepan ook al gezegd. Zij nam een van de kamers die nog vrij waren, maar ik hield mijn eigen kamer. Ik sliep af en toe bij Stepan en hij bij mij. We bleven elk onze eigen kamer houden.

Die zomer kwam ik erachter waarom Cynthia was zoals ze was. Zij en Stepan gingen af en toe met elkaar naar bed, maar dat was voor allebei alleen omdat het vertroosting bood. Ze waren nooit verliefd op elkaar geweest en waren gewoon bij elkaar gekomen uit eenzaamheid. Cynthia was eigenlijk verliefd op een ongeschikte man van wie ze het idee had dat hij onbereikbaar was. Het was de vader van een van haar paardrijleerlingen. Maandenlang hadden ze elkaar verlekkerd lopen opnemen, maar ze moesten elkaar uiteindelijk toch een keer hebben aangesproken, want die zomer zat de deur van de tuigkamer – waar een bank stond – soms dicht, en leek op slot te zitten, en dan stond de auto van Howard op de oprit.

Stepan en ik konden het best vinden samen, het was allemaal heel kalm en lief. We waren allebei vooral met de boerderij bezig, maar we verlangden wel naar elkaar. Voor het eerst was mijn leven in rustig vaarwater gekomen en verliep alles volgens een cyclus van tevredenheid. Ik was bijna eenentwintig, en meende het geheim van een gelukkig leven te hebben gevonden.

14

Niet lang na het vertrek van Sandy kwam er een nieuwe bij ons wonen, Bert Stern. Hij had op school gezeten met Hal Shaw, een neef van Brad uit Alturus in het noorden van Californië. Hij was opgegroeid in een rabiaat patriottisch gezin, in 1969 bij het leger gegaan, en naar Vietnam gestuurd. Hal had aan Brad geschreven dat Bert vreselijke dingen had gezien en meegemaakt. Van de details was hij niet op de hoogte; hij wist alleen dat zijn beste vriend, die bij hetzelfde onderdeel had gezeten, gewond was geraakt, weer genezen, teruggestuurd naar het front en uiteindelijk gesneuveld – samen met al hun andere maats. Bert praatte nooit over Vietnam. Hij was gewond geraakt, hoe wisten we niet, maar in elk geval ernstig genoeg om uit de dienst ontslagen te worden. Die wond had hem kennelijk het leven gered, want de anderen waren allemaal omgekomen bij een incident dat zich voordeed nadat hij naar Tokio was overgevlogen. Na de oorlog leek hij niets te kunnen vinden wat hij graag wilde; hij hing maar wat rond in Alturus, rommelde met drugs, zat in kroegen en raakte bij allerlei vechtpartijen betrokken. Hal had hem over Brad en de commune verteld en Bert had het erop gewaagd: hij was naar de oostkust gelift, in de vage hoop dat hij het bij ons zou kunnen uithouden.

Hij was de eerste die ik ontmoette die in Vietnam was geweest, en hij stelde werkelijk al mijn vooroordelen op de proef. Zodra ik zijn verhaal had gehoord, voelde ik een zekere minachting langs mijn ruggengraat omhoog kruipen. Toen drong het tot mij door dat ik automatisch de houding aannam van mijn middelbareschoolclubje, wat niet eerlijk en nogal onvolwassen was. Ik besloot een open geest te houden, en toen ik zijn gezicht en zijn houding bestudeerde, toen hij bij ons zat met de boodschap dat hij zich graag bij ons wilde aansluiten, werd ik overspoeld door een geweldig medelijden. Want hij was van onze leeftijd, nou ja, in elk geval niet veel ouder, drie, vier jaar ouder dan ik misschien, maar hij leek minstens tien jaar ouder. En zijn gezicht – daar was iets kapot gegaan. Die ogen, zo kil, zo bestudeerd uitdrukkingsloos, en die mond, hard en strak en verbitterd, maar op het randje van een huilbui. En afgezien daarvan, hij had verschrikkingen meegemaakt en ondervonden, hij had mensen zien doden en gedood worden, misschien had hij zelf wel gedood. Ik merkte dat ik hem met een enorm respect zat op te nemen; hij was iemand die had geleden en alles had doorstaan; dat gaf hem gewicht. Ik zou het niet hebben toegegeven, maar in mijn ogen was hij een held.

Hij was anders dan alle andere mensen die ik ooit gekend had. Alleen al zoals hij stond, sloom, maar toch met een rechte rug, en zoals hij om zich heen keek, van onder zijn oogleden als dat mogelijk is, dat alleen al maakte hem anders. Hij was niet slechts op zijn hoede, hij was ronduit achterdochtig, en zijn houding was vijandig. Ik hield mezelf voor – en ik stel me zo voor dat de anderen dat ook deden – dat dit een defensieve houding was die na verloop van tijd wel wat ontspannener zou worden. Hij sprak tussen opeengeklemde tanden, en heel zacht, zodat je je naar voren moest buigen om de woorden van zijn lippen af te lezen. Maar hij sprak zo zelden dat het nooit echt problematisch werd.

Bert vertelde ons dat hij moe was en tot rust moest komen. Hij oogde en klonk moe, vooral zijn ogen, maar zijn gezicht zag er op de een of andere manier uit alsof iemand zijn gelaatstrekken aan een touwtje hield, als de leden van een pop: hun bewegingen waren heftig en rukkerig. De jongens zaten daar allemaal niet mee. Toen Brad en Stepan hoorden dat hij ervaring had met loodgieterswerk en elektriciteit, konden ze hem wel om de hals vliegen. Ze waren zo blij dat hij zich bij ons wilde komen aansluiten, dat ze het felle antioorlogsstandpunt dat Pax jarenlang had ingenomen zorgvuldig verzwegen. En de meisjes, vooral Bernice en Lysanne, wierpen één blik op hem en waren bereid om hun armen te openen en hun borsten te ontbloten. Hij haalde iets moederlijks in hen naar boven; zij hadden ook oog voor de pijn in zijn binnenste. Ik kwam tot de conclusie dat ik niks moederlijks had, omdat ik dat niet had; ik benaderde hem alleen heel omzichtig, alsof hij elk moment in scherven kon vallen.

Er werd dus niet geredetwist toen er over zijn toelating gestemd werd, hoewel het mij niet ontging dat Bishop en Rebecca niet bijster enthousiast waren. Ik denk dat zij wel aanvoelden dat er iets niet helemaal klopte bij hem, iets wat het voor hem moeilijk zou maken om enigszins harmonieus in onze groep op te gaan – en dat was per slot van rekening toch ons criterium. Ik had ook dat gevoel, maar ik vond tevens dat het feit dat hij een oorlogsslachtoffer was, en een gewond man, onze twijfels zou moeten wegnemen. Toen Cynthia aanvoerde dat als we hem aannamen, we ons standpunt ten aanzien van de oorlog zouden verloochenen, bracht ik in het midden dat wij weliswaar fel tegen de oorlog waren geweest, maar dat we de schuld van die oorlog niet moesten leggen bij de arme soldaten die gedwongen waren erin te vechten. Daar was iedereen het mee eens. Bovendien, de oorlog was voorbij, en we praatten er zelden meer over.

Bert was echter meer dan moe, hij was ziek. Hij rookte sigaretten – zoals wij allemaal deden – en weed – zoals wij allemaal deden – maar het leek erop of hij voortdurend stoned was, en die enkele keer dat hij niet stoned was, was hij ontzettend prikkelbaar. Ik had geen idee waar hij het geld voor zoveel weed vandaan haalde, en wist zelfs niet waar hij zijn weed vandaan had. Maar als de jongens hem probeerden uit te horen, hield hij zijn mond stijf dicht, en hij had geld genoeg om te doen waar hij zin in had. Hij kocht zich in voor drieduizend dollar. Bishop dwong Brad om tweeëntwintighonderd daarvan naar Sandy te sturen – hij vond dat we Sandy genaaid hadden. Bert had ook altijd geld op zak, hij had geen baantje nodig. Ik stelde me voor dat hij een uitkering kreeg, wat me in zijn geval niet meer dan terecht leek, al kwam ik er nooit achter hoe hij gewond was geraakt. Zijn post ontving hij in een eigen postbus, dus hem bespioneren was ook al niet mogelijk.

Bert had nooit in een commune moeten gaan, maar dat bleek niet onmiddellijk. Zijn starheid, zijn stijfkoppigheid, zijn behoefte om te domineren creëerden een vervelend sfeertje, en dat was eigenlijk nieuw op Pax. Voor zijn komst kwamen we er altijd wel uit als er een meningsverschil was tussen een paar leden, er werd gewoon een compromis gesloten; ruzies werden bijgelegd om de doodeenvoudige reden dat iedereen dat graag wilde, ons samenzijn had in laatste instantie altijd iets harmonieus. Waarom zou je anders ook bij een commune gaan? Als iemand mij op de zenuwen werkte, dacht ik aan wat mijn moeder altijd zei over de nukken en grillen van haar vriendinnen: probeer je voor te stellen hoe hun leven eruitziet. Als je je in een ander verplaatst, begrijp je al gauw waarom ze de meeste dingen doen die ze doen. Maar hoe ik mij ook inspande, ik kon mij niet voorstellen hoe het zou zijn om Bert te zijn; ik kon niet doorgronden wat er misschien wel allemaal in dat hoofd omging. Zijn uitdrukking maakte me een beetje bang als er zo'n kille hardheid over zijn ongeschoren gezicht lag, vooral als die voor mij bestemd leek. Hij glimlachte vrijwel nooit en ik heb hem nooit horen lachen. Hij deed echter meer dan zijn deel aan werk, en alles met dezelfde grondigheid en hardnekkigheid. En hij maakte indruk op de jongens, vooral op Brad, met zijn volstrekte eenzelvigheid. Hij zei zelden een woord tegen een van de vrouwen en keek zelden iemand aan.

Brad, die meestal nogal koeltjes was, behalve tegen Bishop, accepteerde Bert onmiddellijk. Hij maakte geen avances naar hem, maar knikte altijd als Bert iets zei, ten teken dat hij het ermee eens was. Als Bert bij een project betrokken was, leek Brad daar altijd stilletjes aan mee te werken, en als hij zelf hulp nodig had, ging zijn blik naar Bert. Als Bert knikte, knikte Brad ook. Ze hadden een soort stilzwijgende overeenstemming. Wij, de anderen, voelden wel aan dat hij en Brad op één lijn zaten, en begonnen hem meer en meer te mogen. Maar hij beantwoordde die gevoelens niet.

Bishop had van Brad gehouden vanaf hun eerste ontmoeting in Nevada, en bewonderde hem nog steeds. *L'affaire Sandy* (zoals ik het bij mezelf noemde) had zijn achting voor Brad wel een knauwtje gegeven, maar ze werkten nog steeds samen, en hun vriendschap werd telkens opnieuw bevestigd. Bishop was onder de indruk van Brads kennis van paarden en gereedschappen, zijn expertise in wat Bishop beschouwde als mannelijke vaardigheden, en zijn wijze grote-broerhouding jegens Bishop. Maar Brad behandelde de vrouwen op Pax – zelfs Bernice, zijn vriendin – met enige minachting. Ik besefte dat Bishop zich daarvan bewust was, en het niet leuk vond; Bishop aanbad Rebecca en Sandy en mij; hij bewonderde ons, vond ons slim, en was van mening dat wij respect verdienden. Misschien had Rebecca aanstoot genomen aan de houding van Brad en had ze iets gezegd, en hoe dan ook, ik nam aan dat Sandy in de auto op weg naar Pittsfield wel aan Bishop verteld had hoe Brad haar op de nek had gezeten. En het kon niet anders of hij was boos dat Brad feitelijk een van zijn beste vriendinnen had weggejaagd. Maar hij liet niks merken. Ik vroeg me wel af wat dat nou was; was Bishop een watje? Of nam hij stukje bij beetje afstand van Brad op een wijze die ik dan misschien wel niet kon zien, maar die Brad wel degelijk kon voelen? Ik denk dat dat het was, en dat Brad daardoor ook zo naar Bert toe trok zodra die zich bij ons had gevoegd: hij had een nieuwe bondgenoot nodig. Het was moeilijk er de vinger op te leggen, want het gebeurde allemaal heel snel achter elkaar. Sandy vertrok begin mei en Bert kwam in juni, en in die tijd was Bishop al druk bezig met plannen die ons allemaal aangingen.

Pas aan tafel op een avond in juli – het was 1973 – vertelde Bishop ons wat zijn plannen waren. Hij zei, op zijn eigen eenvoudige wijze, dat hij ons iets te vertellen had. Hij had gewacht, zei hij, tot het meeste werk op de boerderij gedaan was; in de kruidentuin en de moestuin was alles aangeplant, en we waren ontspannen. Ik was op mijn gemak, gelukkig. Ik had wat gratis melk gekregen van de supermarkt (Sheila had het aan mij gegeven omdat de houdbaarheidsdatum bijna verstreken was – ze wist dat wij de eindjes met moeite aan elkaar knoopten, en deed dat wel vaker). Ik had die melk gebruikt om tapiocapudding te maken. We hadden de pudding gegeten met de intense concentratie die we aan heerlijk eten besteedden – pudding was nu eenmaal een traktatie voor ons. We zaten inmiddels lekker onderuit te roken, in die rust die bij een diepe tevredenheid past.

Bishop wierp een blik op Rebecca, die bemoedigend naar hem glimlachte, en ik voelde de angst in mij de kop opsteken. Ze gingen ons verlaten. Ik wist het.

Bishop begon aarzelend. 'Eh, ja, Bec en ik, nou ja, jullie weten wel dat we heel erg van jullie houden, en van Pax, en de boerderij en de paarden... Maar... misschien hebben jullie hetzelfde gevoel, er knaagt iets, als een duim of een teen die zeer doet, het knaagt en wij hebben het er al een tijdje over gehad...'

'Hoe lang al?

'En we zijn gaan denken dat het misschien wel een deel van ons is dat maar niet aan de situatie hier kan wennen. Zoals misschien onze hersens.'

Iedereen barstte in lachen uit. We wisten dat we die allemaal schromelijk verwaarloosden.

'Hoe dan ook, wat we hebben besloten is dat we weer aan de studie zouden moeten.'

Iedereen knikte zelfvoldaan en begripvol, maar ik had wel door dat dit een probleem was waar domweg geen eenvoudige oplossing voor te vinden was. Ik zat met geklemde vuisten op schoot, lippen getuit, in een poging te doen alsof ik glimlachte.

Ze hadden zich ingeschreven op UMass in Amherst, en waren aangenomen voor een parttime studie.

'Hé,' werd her en der geroepen, 'gefeliciteerd!'

Ja ja, dacht ik. UMass is geen parttime universiteit. Het is te ver weg.

Bishop wierp een vluchtige blik op Bec, die verder vertelde. 'We willen op en neer gaan reizen. We gaan 's maandags weg zodra we hier klaar zijn, om een uur of drie, vier, en zijn dan dinsdag tot en met donderdag in de Connecticut Valley.

En het mooiste,' onderbrak ze zichzelf enthousiast, 'is dat we daar een commune hebben gevonden die bereid is ons voor een paar nachten per week onderdak te bieden! We zijn daar maandag-, dinsdag- en woensdagnacht, gaan donderdag naar college en rijden dan meteen weer hierheen. Dan zijn we hier donderdagavond, en verder het hele weekend. De commune daar verhuurt ons een kamer voor tien dollar per week, en we hebben al genoeg geld gespaard om dat een heel jaar te betalen, plus geld voor boeken en dat soort dingen.'

Het was een steen die in de vijver van mijn hart plonsde, en dat gold denk ik voor alle anderen aan tafel. Iedereen zag hoe dit zou aflopen. Iedereen hield van Bishop en Rebecca, die in zekere zin het hart van Pax vormden. We wisten allemaal hoe ver het rijden was naar Amherst, hoe vermoeiend die rit was. Ik was niet de enige die vermoedde dat dit wel het begin van het einde zou zijn voor Bish 'n Bec (zoals we ze noemden) op de commune. We hielden ons echter goed, deden opgewekt en blij dat zij deze belangrijke stap samen hadden genomen. Maar ik was denk ik niet de enige die er kapot van was.

Ik weet niet hoe Brad zich voelde. Een halfjaar eerder zou hij er kapot van zijn geweest als Bishop zijn vertrek had aangekondigd; nu was hij dikker bevriend met Bert, hij trok altijd partij voor hem als er iets was. Brad en Bert reageerden ook anders op het nieuws dan de anderen. Dat Bert nu een bondgenoot had, had hem iets milder gemaakt, iets minder star en koppig. Misschien waren ze wel een beetje opgelucht dat hun nieuwe verbond niet door de aantrekkingskracht van Bishop uit zijn verband zou worden getrokken. Ik had het idee dat Brad het aanhoorde met iets van verbittering, van norsheid, als een afgewezen minnaar. Maar misschien beeldde ik me dat wel in. Bert leek er niet mee te zitten, het kon hem niks schelen. Beiden wendden zich af met een zekere koelheid, terwijl wij onze lievelingen allemaal gelukwensten, inwendig treurend en met elkaar meelevend om dit verlies te kunnen dragen.

Wat Bishop zelf aangaat, ik weet niet of hij zich druk maakte om de band tussen Brad en Bert, maar ik durfde wel te wedden dat hij opgelucht was. Hij en Bec waren zo close, en ze gingen zo liefdevol met elkaar om, dat ze eigenlijk verder voor niemand ruimte hadden. En uiteraard had hij mij nog; ik zou altijd partij kiezen voor Bishop, waar het ook om ging.

Bishop en Rebecca werkten bijzonder hard die zomer, als om aan te tonen dat hun hart nog steeds bij ons lag. Ze meden zorgvuldig elke verwijzing naar hun studieplannen, tot een maandagavond eind augustus, na het eten. Toen gingen ze de tafel rond en vertelden elk van ons hoe bijzonder we waren, waarna ze afscheid namen. De avond daarvoor hadden ze al stilletjes hun spullen gepakt. Ze namen de auto van Rebecca, zodat we één auto minder op de boerderij hadden (dat deed pijn), kusten ons allemaal en beloofden dat ze ons later die week weer zouden zien. We stonden met zijn allen voor het huis, en bij mij en Bernice stroomden de tranen over de wangen.

Bishop ging verder met zijn tweede jaar, Rebecca met haar derde. Ze volgden hun studie in wat als driekwart van de voltijd werd beschouwd, en wilden de dagen dat ze in Amherst waren op de bibliotheek hun onderzoek doen, zodat ze zo weinig mogelijk van de studie mee zouden nemen naar Pax. Ze zouden proberen donderdagavond voor het avondeten hier te zijn, waarna ze zich alleen maar met Pax zouden bezighouden. Hun ambitie was eigenlijk hopeloos natuurlijk, maar ze waren zo discreet over hun studie alsof het een geheime liefde betrof.

Ze deden het allebei dermate goed op UMass dat ze voor het volgende studiejaar, '74-'75, een volledige beurs kregen aangeboden, als ze ook daadwerkelijk fulltime zouden komen studeren. Inmiddels hadden ze de banenmarkt daar verkend en werk gevonden. Ze konden zich aansluiten bij de commune waar ze die kamer hadden gehuurd – uiteraard, daar had die commune ook op gerekend. Bishop en Rebecca waren zulke aanbiddelijke mensen, die wilden ze overal wel hebben. Maar ze zouden dus wel definitief bij ons weggaan.

Bernice en ik en Cynthia en Lysanne huilden, en zelfs Stepan had natte wangen op de zaterdagochtend in augustus 1974 toen Bish en Bec hun spullen in de auto van Rebecca laadden en ons voorgoed verlieten. We waren Rebecca kwijt, ons evenwichtigste, en Bishop, ons liefste lid. Maar in april van datzelfde jaar was een nieuwe vrouw bij ons komen wonen, Lolly Hunt. Ze kwam uit het zuiden van de Verenigde Staten en was heel charmant. Daarbij had ze ook nog enig benul van het agrarische gebeuren – ze had in haar jeugd op een boerderij in Alabama gewoond. Dus we gingen door.

In het jaar dat Bish en Bec parttime in Amherst zaten, kregen we eindelijk telefoon. Dat was ook wel nodig nu zij zo ver weg zaten, om hun dingen te vragen die alleen zij wisten, zoals waar het aanzetijzer was en wat de hengst voor medicijnen moest hebben als hij een aanval had. Het was heerlijk om telefoon te hebben: nu konden mijn moeder en ik zowel praten als schrijven. Ze vond het niet erg dat ik haar telkens liet betalen. Ik belde, liet de telefoon drie keer overgaan, en hing dan op. Dan wist zij dat ik het was en belde me terug, waarna we zo een uur zaten te kletsen. Ik had haar brieven van tien, twaalf kantjes gestuurd sinds ik hier was, maar ik miste haar stem. De eerste zomer dat ik op Pax woonde was ze een keer langsgekomen en had ze een weekend bij ons gelogeerd; bij haar volgende bezoek had ze in een motel in Great Barrington gelogeerd.

In 1974, niet lang na het aftreden van Nixon, kreeg mijn moeder een relatie met ene Moss Halley. Hij was een gescheiden advocaat met een praktijk in Cambridge. Hij had daar een appartement en, zei ze, hij was altijd de opgewektheid zelve. Ik was blij dat ze iemand had in haar leven, maar het was onvermijdelijk dat zijn aanwezigheid ons nog weer een stukje verder uit elkaar dreef. Ik begon mijn moeder weer te vergeten!

Met mijn vader ging het ook zo. Ik hoorde zelden iets van hem, hoewel ik hem wel af en toe schreef. Hij schreef mij één keer, met de mededeling dat hij een retrospectief kreeg in New York, in het Guggenheim nog wel! Dat was een triomf voor hem en zelfs mijn moeder ging erheen. Julie schreef me een lieve brief over niks in het bijzonder. Toen, in 1975, kreeg ik een brief waarin ze zich tegenover mij verontschuldigde dat ze bij mijn vader was weggegaan, alsof ik haar dat kwalijk zou nemen. Ze zei dat ze bij hem weg had gemoeten omdat ze hem niet gelukkig kon maken. Mevrouw Templer vertelde mijn moeder dat ze van hem was gescheiden omdat hij haar misbruikte. Ik wist niet precies wat daarmee bedoeld werd. Inmiddels doken termen als seksueel en huiselijk geweld geregeld in de kranten op, gemeengoed geworden dankzij de vrouwenbeweging. Maar wat het nou allemaal precíés inhield wist ik niet. Bedoelde ze dat mijn vader helemaal door het lint was gegaan en haar had geslagen? Of dat hij gewoon, zoals altijd, had lopen tieren en schreeuwen, en dat hij elke avond in woede was uitgebarsten om een of ander ingebeeld verraad? Of had hij zich slechts dagen achtereen in dat koppige stilzwijgen gehuld? Wat het ook geweest was, ze was al bij hem weg. Ze zat in New York, waar haar zuster woonde, en deed een cursus aan Pratt. Julie was een zorgeloos type, en ik wist dat zij zich overal wel zou weten te redden. Ik wilde haar wel terugschrijven, maar op de een of andere manier kwam het daar nooit van.

Ik stond zo ver buiten de wereld dat ik er geen belangstelling voor kon opbrengen. Ik ging helemaal op in mijn planten en de mensen met wie ik daar woonde, en ik was volkomen tevreden, nou ja, afgezien van een licht knagend schuldgevoel zo af en toe, dat ik maar wat egocentrisch in mijn tuintje liep te schoffelen, en mijn burgerlijke verantwoordelijkheid niet nam, wat dat ook mocht inhouden. De enige spiegel bij ons was het vage spiegeltje boven de wastafel in de badkamer, dus ik keek zelden goed naar mezelf. Maar ik had het gevoel dat ik deugdzaamheid uitstraalde. Ik geloofde dat onze commune een onschuldige, zuivere wereld was. Onze deugdzaamheid school in onze armoe, die vrijwillig was, en in onze dagelijkse toepassing van het democratische gedachtegoed in zijn waarachtigste vorm. We waren zuiver omdat we sober leefden. Mijn handen waren rood en zaten onder het eelt, in lente en zomer was ik voortdurend bruinverbrand (althans mijn gezicht en nek en onderarmen), en misschien zag ik er wel ouder uit dan ik was – of jonger – maar ik was volkomen tevreden. Ik leidde het leven waar ik naar verlangd had toen ik als meisje de boeken over het kleine huis op de prairie las. Ik wist nog goed hoe opgetogen ik geweest was toen ik een keer in de zomer, op een kamp, een latrine had gebouwd. Ons leven verschafte mij diezelfde vreugde. Als noodzaak je leven vormgeeft, heb je geen last van twijfel en ambiguïteit. Dat zijn luxeproblemen waar mensen zonder vrije tijd geen last van hebben. Ik miste ze net zomin als dat ik bont en juwelen miste – die ik nooit gehad noch gewenst had.

Van begin af aan, nog voor ze definitief vertrokken (ik wist dat ze uiteindelijk toch weg zouden gaan), besefte ik dat Bishop en Rebecca het juiste deden. Ze waren te intelligent om hun leven op Pax te slijten. Dat was verspilling van hun intellect. Maar hoe zat het dan met het mijne? Ik was zelfs op Pax gedichten blijven schrijven, maar met toenemende ontevredenheid: ik had het gevoel dat ik er niet genoeg vanaf wist om het goed te doen. Ik besloot er iets over te leren.

In het voorjaar en de vroege zomer had ik nergens tijd voor, maar in de winter had ik tijd zat. Ik had geen zin om helemaal naar Amherst te rijden, dus ik schreef me in voor een blok moderne Amerikaanse poëzie aan een universiteit in Pittsfield, dat maar een halfuur bij ons vandaan lag. Ik ging er verschillende keren heen in het najaar van 1974, maar de cursus stelde niet veel voor. Het niveau was te laag, zelfs voor mij. Dus in het voorjaarssemester ging ik naar Simon's Rock, in Great Barrington, wat verder rijden was maar niet zo ver als Amherst.

Simon's Rock was voor heel jonge studenten, dus op mijn drieentwintigste sprong ik eruit alsof ik twee meter tien was. Maar de colleges waren beter. We lazen Frost en Stevens en Williams en Moore en Lowell en Bishop, dat soort lui. Het was geweldig en ik besloot om door te gaan, en Yeats en Pound en Eliot en al die figuren te bestuderen. Ik deed maar één blok per keer. Het ging mij er niet om een academische graad te behalen.

Het definitieve vertrek van Bishop en Rebecca veranderde de temperatuur op Pax, veranderde de samenstelling, en leek alle onderlinge relaties meteen ook te veranderen. De twee nieuwen, Bert en Lolly, waren zo anders dan het tweetal waar ze voor in de plaats kwamen dat we een heel andere gemeenschap werden. Brad, die het cachet had van een van de oprichters, en derhalve misschien iets meer gezag had dan wij, was altijd ingetoomd door Bishop, wiens goede karakter hem op de een of andere manier ook milder had gestemd. Bert had het tegenovergestelde effect op Brad, en haalde al zijn hardheid en hoekigheid naar boven. De stiltes van Bert wekten veel indruk; hij sprak niet maar hij keek des te meer – en zijn blik had altijd iets argwanends. Het was alsof niets zijn goedkeuring kon wegdragen. Maar als ik goed naar zijn ogen keek, en naar zijn ongave huid (ik wist nooit precies wat daarmee was, maar hij was altijd rood en bobbelig), zag ik een gezicht waar ik niet in zou willen wonen, iemand van wiens persoonlijkheid ik mij geen beeld kon vormen. Alsof hij in de hel verkeerde en ik dat wel kon zien, maar hem niet kon bereiken, zodat ik hem ook niet kon helpen er weer uit te komen.

Bernice en Cynthia, die zelf weinig uitstraling hadden, hadden altijd wel gevaren bij de invloed van Rebecca, alsof Rebecca met haar hersens ook hen verlichtte, en hen met haar gezonde verstand in evenwicht hield. Lolly had geen van beide; zij had jaren gezworven en al spoedig nadat ze bij ons was komen wonen werd duidelijk dat wat zij zocht een man was. Ik vroeg me af of ik ooit zoals zij geweest was – Sandy had daar verscheidene keren op gezinspeeld. Maar waar een man voor mij een richtpunt voor mijn genegenheid betekende – een thuis – betekenden mannen voor Lolly macht, of meer dan dat: overleven. Dat was de enige wijsheid die zij had opgedaan in het leven dat ze tot dusver geleid had, hoe dat er ook uit had gezien. Ze fascineerde mij. Zonder man zou ze verdrinken: dat zag je in haar lege blauwe ogen, de wanhopigheid van haar donkerrood gestifte mond – zelfs op de commune vertoonde ze zich nooit zonder donkerrode lippenstift. Ze zocht geen nader contact met de vrouwen, maar fladderde van de ene man naar de andere. Eerst probeerde ze Bishop, maar dat was voor haar tijdverspilling: hij was niet vatbaar voor geflirt, hij was argeloos als een jochie van drie, en ging helemaal op in zijn liefde voor Rebecca. Vervolgens probeerde ze Stepan, de meest toegankelijke van de andere drie. Stepan voelde zich gevleid, maar was ook op zijn hoede. Hij voelde zich schuldig, en was bang dat ik het niet zou pikken. Ze speelde een poosje met hem, daar kwam het op neer, maar ik liet me niet aan de kant zetten. Toen ze eenmaal doorhad hoe de zaken ervoor stonden richtte ze zich op de harde jongens, die zo te zien de macht hadden – wat voor macht haar krachteloze brein hun ook toedacht. Ze zocht niet rechtstreeks toenadering, ze keek eerst de kat uit de boom. Zij voelden dat aan en voelden zich ook gevleid, maar waren zo gestaald, zo keihard, dat ze niet meteen de moeite konden nemen om te reageren.

Ik had het idee dat ze uiteindelijk wel bij Bert zou uitkomen, maar ik verloor de belangstelling voor de hele soap in de drukte rond mijn poëziecolleges en het aanstaande vertrek van Bishop en Rebecca. Er veranderde trouwens ook niets tot na hun vertrek. Toen begon me op te vallen dat Lolly meer dan haar aandeel in de keukendiensten draaide. Elke keer dat Bert of Brad op het rooster stond leek zij aan te komen zetten. Aanvankelijk ging ik ervan uit dat ze met haar hadden geruild; later kwam ik tot de slotsom dat ze haar betaalden om hun werk te doen (ze hadden de pest aan het keukenwerk). Ze had geen cent gehad toen ze zich bij ons voegde en Brad had voorgesteld dat ze dan maar wekelijks wat meer aan de pot zou moeten bijdragen, in plaats van in één keer de gebruikelijke investering te doen. Brad en Bert hadden altijd meer zakgeld dan de anderen, hoe dat kon was mij nooit duidelijk. Maar als ze haar inderdaad betaalden, ondermijnden ze het principe van een commune, en Bernice en Cynthia en ik riepen een vergadering bijeen om ons beklag te doen.

Lysanne was (zoals altijd) onverschillig, maar de mannen zeiden dat ze het recht hadden met hun geld te doen wat ze wilden, dat Lolly het niet erg vond om dat werk te doen en zij wel, dus dat ze niet van plan waren nog een poot uit te steken in de keuken en daarmee uit.

We konden onze oren niet geloven. 'Brad! Dat uitgerekend jij de beginselen van de commune aan je laars lapt! Iedereen deelt evenredig in werk en beloning, weet je nog?' protesteerde Bernice.

'Marx heeft het al gezegd: van elk naar vermogen, voor elk naar behoefte,' dreunde hij op. '*Kritiek op het programma van Gotha*, 1874. Keukenwerk is niet iets wat binnen mijn vermogen ligt.'

'En timmeren ligt niet binnen mijn vermogen, maar ik doe het wel!' riep Bernice woedend uit.

'Wij doen allemaal alles!' riep Cynthia. 'Altijd al! Nou Bishop weg is denk je zeker dat jij hier je zin kunt doordrijven!'

Brad leunde achterover en deed zijn armen over elkaar. 'Of je het nou leuk vindt of niet, zo staan de zaken ervoor.'

Bert zag het aan met een glimlachje rond zijn mond, Bert, die anders nooit glimlachte. Toen nam hij, de zwijgzame, het woord: 'Wat maakt het jullie uit?' vroeg hij honend. 'Jullie hoeven er niks meer om te doen.'

Iedereen keek naar Lolly, die deze machtsgreep mogelijk had gemaakt. Zij zat er ook bij met een glimlachje, en ze keek als een ondeugend kind. 'Meisjes,' zei ze, met haar kinderstemmetje, 'ik kan er niks aan doen, ik heb geen geld en ik kan niks behalve in de keuken werken. Dit is voor mij de beste manier om mijn bijdrage te leveren. Wees niet boos op me, alsjeblieft.'

Nou, dat waren we wel, maar we konden er geen uiting aan geven. We konden helemaal niks.

De jongens wonnen die slag, maar zonder het te weten hadden ze van alles in beweging gezet, waardoor ze uiteindelijk toch het onderspit zouden delven. Dat gebeurde niet van de ene op de andere dag. Brad genoot van zijn overwinning, en wat die voor hem betekende. Wij (de vrouwen) wisten dat hij het werk in de keuken als vrouwenwerk beschouwde, en dat hij er daarom zo de pest aan had. Nu hij niet meer onderworpen was aan de vernederingen van het corveerooster begon hij zichzelf in een nieuw licht te zien, en geleidelijk begon hij zich ook anders te gedragen. Een halfjaar nadat Bish en Bec waren vertrokken, begin '75, paradeerde Brad rond als een grootgrondbezitter, en Bert was in alles zijn handlanger, degene die zonodig wel zou doordrukken wat de baas doorgedrukt wilde zien. Op vergaderingen trad Brad inmiddels op alsof hij de grote roerganger was, terwijl het hele idee nu juist was dat we allemaal gelijk waren. Maar met de steun van Bert, en zonder enige tegenstand van de slappe Stepan, die in de Sovjet-Unie wel geleerd had om zijn mond te houden en passief te blijven, voelde hij zich op geen enkele manier bedreigd. Hij had geen respect voor vrouwen, en wat we ook zeiden, hij behandelde ons als minderwaardige dienstmaagden, en gaf zich het air van een Arabische sjeik, of een mormoonse pater familias.

Het was niet prettig meer om op Pax te wonen, en wij, vrouwen, deden ons werk in een schaduw die ons leven alle kleur benam. Cynthia vertrok. Howard was van zijn vrouw gescheiden, en was met Cyn naar Californië verhuisd. Hij had daar een ranch gekocht die zij kon bestieren, terwijl hij voor een nieuw soort bedrijf ging werken, iets met computers. Stepan en ik waren nog samen maar voelden ons daar niet gemakkelijk bij. Ik vertrouwde zijn gevoelens voor mij niet, en hij voelde zich ontmand en gaf mij daar de schuld van. De verdeling mannen-vrouwen op Pax was dezelfde als toen ik er was komen wonen: drie mannen, vier vrouwen. Maar nu was een van die vrouwen Lolly.

Het was winter en ik was druk bezig met mijn huiswerk voor Simon's Rock. Ik verdiepte mij in Wallace Stevens en, voor een blok filosofie, in de dialogen van Plato. Ik ging naar school en werkte in de supermarkt en deed mijn werk op Pax, maar ik was net zo begaan met mijn medestudenten en mijn collega's in de supermarkt als met mijn medebewoners op Pax. Daar was mijn vuur gedoofd, en gloeide slechts na. Nog een maand en ik zou weer zaadjes moeten planten voor mijn kruidentuin, maar ik kon me er niet eens toe zetten om catalogi te bekijken. Ik bleef het maar voor me uitschuiven. Het kwam maar zelden voor dat ik 's avonds nog naar Stepan ging, ik lag liever op mijn eigen kamer te roken en te lezen. Als hij in mijn afwezigheid Lolly ontving, was ik mij daar niet bewust van.

Bij onze gebruikelijke wekelijkse vergadering op de laatste vrijdag in maart, zei Brad dat hij een belangrijke mededeling had. We hadden het over allerlei budgettaire kwesties gehad, maar nu zwegen we en gaapten hem aan. De gewichtigheid in zijn stem ontging ons niet.

'Ik zou graag een voorstel willen indienen,' begon hij. Toen las hij ons een lange alinea voor uit een of ander pamflet dat hij ergens had opgeduikeld, waarin de seksuele gewoontes van communes in het verleden werden beschreven. Hij keek op. 'Wat ik dus zou willen voorstellen,' zei hij, 'is dat de vrouwen in Pax voortaan als gemeenschappelijk worden beschouwd.'

Wat hield dat in, wilde Bernice weten.

'Nou, dat lijkt me nogal duidelijk, Bernice,' zei hij sarcastisch. 'Dat alle vrouwen beschikbaar moeten zijn voor elke man.'

'Wat?' Stepan schrok ervan.

'Het echte communisme, Stepan!' gromde Bert. 'Het echte communisme!'

'Het echte communisme!' gilde ik. 'Je bedoelt dat alle bezit gedeeld moet worden? Dus vrouwen zijn bezit?'

Stepan keek verward. Ik verdacht hem ervan, maar had onmiddellijk een hekel aan mezelf omdat dat bij me opkwam, dat hij zich ongerust maakte over de vraag of hij wel als man werd meegeteld. Brad zei dat we erover gingen stemmen. Hij vroeg de mannen eerst. Bert knikte. Stepan zei: 'Njet!', razend van Russische woede. Bernice hield het vaag: 'Lijkt mij niet.' Lysanne sloot zich bij haar aan. Lolly zei dat zij het prima vond, zij vond de mannen allemaal even schattig. Ik stemde met nadruk tegen. Vier tegen drie: het idee was van tafel.

Maar helemaal weg was het niet. Het bleef toch ergens boven onze hoofden hangen, en vergiftigde ons leefmilieu. We wisten dat ze het wilden, en wij – Bernice en ik – wisten eveneens dat zij het wilden, niet zozeer omdat ze ons begeerden, maar omdat ze macht over ons wilden hebben. En toen – wat een schok! Bert begon opeens hardnekkige pogingen te doen om Bernice te versieren, terwijl Brad zijn pijlen op Lysanne richtte. Dat was tactiek, uiteraard, maar het bleef niet zonder succes. Bernice leek wel in katzwijm te vallen, en gaf zich zonder slag of stoot gewonnen. Ze had een erotische gebruiksaanwijzing, dat wisten we, en al die jaren had ze op een meester gewacht. Lysanne was helemaal verrukt dat ze eindelijk in de seksuele carrousel mocht meedraaien, arm kind, ze kroop voor Brad, en keek naar hem op met smeltende ogen. Ik vroeg me af hoe ze zich zouden voelen als de blauwe plekken en dito ogen kwamen, maar bedacht dat ze hun mannen waarschijnlijk wel trouw zouden blijven: zij waren net zo goed onderlegd in de mythe als zij.

De dag dat ik Brad avances naar Lysanne zag maken werd ik zwaar depressief. Die avond ging ik naar Stepan toe. We waren in geen week bij elkaar geweest, en hij was ontzettend blij me te zien. Ik stapte bij hem in bed als een poesje dat warmte zocht, in de hoop dat ik hem in elk geval nog had als bondgenoot in deze oorlog. Hij was liefdevol en hartstochtelijk, en ik was dankbaar en liefdevol voor hem, maar nadat we gevreeën hadden – en hij mij tegemoet was gekomen door mij toe te staan een sigaret op te steken in zijn kamer – vertelde ik hem wat ik gezien had. Hij haalde zijn schouders op. 'Is goed,' zei hij. 'Arme Lysanne nooit liefde krijgt. Ik niet weet waarom. Zij nodig.'

'Liefde?' riep ik. 'Is dat wat jij denkt dat het is?'

Hij keek me verbijsterd en gekwetst aan.

De volgende dag, een ijskoude dag in april, was ik met de graafmachine in het veld, ik moest aarde hebben voor mijn kruidenkistjes. Ik wierp een blik op de stal en de paardenwei en zag Lysanne met haar armen om Brad heen staan. Even bleef ik stomverbaasd zitten, toen liep ik langzaam naar huis.

Bernice kwam net binnen van het kippenhok en stond haar handen te wassen. Ze draaide zich naar me om. Haar gezicht nam een verontschuldigende uitdrukking aan. 'O, Jess,' zei ze klaaglijk. 'Heb alsjeblieft niet het gevoel dat ik je in de steek laat. Maar je weet dat ik Bert niet meteen mocht toen hij bij ons kwam, en ik was heel boos om zijn idee... nou ja, je weet wel. Maar hij is veranderd, hij is zo... zo... dominant geworden. Eerst kon ik hem niet verdragen, maar opeens... Ik kan hem gewoon niet weerstaan! Dat begrijp je toch wel?'

'Natuurlijk wel,' zei ik. 'En je zult het vast niet erg vinden als hij ook met Lolly naar bed gaat. En met Lysanne, als hij het op zijn heupen krijgt.'

'Lysanne!' zei ze, en ze trok haar neus op. Ze draaide zich om en verborg haar gezicht voor mij. Ik liep door naar de hal.

'Wat eten we vanavond?' riep ze.

'Al sla je me dood,' riep ik terug, terwijl ik de trap opliep.

Het was net als de dag dat ik Andrews verliet. Ik dacht niet na, maar had het gevoel alsof ik toch al die tijd had nagedacht zonder het te weten. Ik ging naar mijn kamer en pakte mijn spullen. Het was niet veel. Het enige wat ik de afgelopen tweeënhalf jaar gekocht had waren wat goedkope topjes en onderbroeken en genoeg boeken om een paar dozen te vullen. Die dozen vond ik in de kelder. Ik laadde alles in mijn auto.

Bernice was weer naar buiten; de anderen waren met hun gebruikelijke werk bezig. Ik overwoog of ik nog afscheid zou moeten nemen van Stepan. Zijn gedrag de afgelopen weken had mijn genegenheid voor hem echter geen goed gedaan. Ze zouden wel weten waarom ik vertrokken was. Het deed me goed dat ze die avond laat zouden eten; ze moesten zich maar behelpen met de gierst van Bernice. Lichtheid en harmonie, democratie en deugdzaamheid, het was allemaal verleden tijd op Pax. Ik had wel vaker gehoord dat zulke dingen op communes gebeurden, maar ik had er niet aan gewild: wij waren anders.

Ik wilde niets van hen. Pax was bijna drie jaar lang mijn leven geweest. Ik had gigantisch veel geleerd hier en was gelukkig geweest en had van iedereen gehouden. Maar het experiment was mislukt, zoals gewoonlijk als mensen gaan proberen te overheersen. Ik bedacht dat het wel heel ironisch was dat de zachtaardige Bishop, die nooit boos werd of zijn stem verhief, de meeste invloed had gehad.

Ik trok mijn beste spijkerbroek en sweater aan, mijn minst versleten laarzen, en vertrok naar Cambridge.

15

Het was de tweede keer dat ik onaangekondigd en onverwacht thuis kwam aanzetten, en mijn moeder verraste. Misschien had ze me echt gemist, want ze was dolblij me te zien, ze straalde van vreugde en kon maar niet van me afblijven, ze streek over mijn haar en mijn schouders en bleef maar uitroepen dat ik zo mager was geworden. En haar ogen bleven vollopen. Mijn god, die Litouwse huilerigheid! Maar ik lachte alleen maar, ik was zo blij haar te zien en daar te zijn. Het was zo comfortabel! Dat was ik gewoon vergeten. Ik rustte een week of zo uit, nam lange schuimbaden (op Pax hadden we niet genoeg warm water om geregeld in bad te gaan), las, deed boodschappen en gaf het geld van mijn moeder uit aan vlees en vis en boter en room en heerlijke toetjes. Mijn moeder en ik bereidden samen verrukkelijke gerechten die ik jaren niet gesmaakt had, stoofpotten en blanquettes en sauzen en soepen, getrokken van heuse botten. Ik was zo mager als een insect, mijn heupbenen staken door mijn vel, mijn ellebogen waren puntig, en ik was zo bruin dat Grandma Josie van Steve mij misschien wel alsnog geaccepteerd zou hebben. Ik had niet echt geweten hoe ik eruitzag, wat maar goed was.

Het was een raar gevoel om vrije tijd te hebben. Ik was eraan gewend dat er altijd wel werk te doen was. Het was in Cambridge veel warmer dan in Becket, en ik overwoog een kruidentuintje aan te leggen in de achtertuin van mijn moeder, maar het bleek dat mijn moeder over korte tijd uit Cambridge zou vertrekken. In augustus ging ze naar Frankrijk, naar Lyon, om twee jaar les te geven in het kader van een uitwisselingsprogramma. Een Franse hoogleraar kwam die twee jaar met zijn gezin in ons huis wonen. Ik zou een ander onderkomen moeten zien te vinden.

Ik ontmoette eindelijk ook Moss, de nieuwe vriend van mijn moeder. Moss was een lange slungel, luidruchtig en innemend. Hij liep rond, maakte voortdurend grapjes en was volstrekt nutteloos, zoals hij niet naliet te benadrukken, maar hij nam haar in elk geval af en toe mee uit eten of naar de film. Hij was van plan minstens elke twee maanden naar Frankrijk te vliegen om haar op te zoeken. Ik vroeg me af wat dat was met mijn moeder, dat ze mannen voortdurend voor zich heen en weer wist te laten reizen. Moss had een appartement in de stad, heel modern en zo te zien ook heel duur, maar in mijn ogen was het wat donker en benauwd – het lag op de begane grond. Ik was gewend aan de velden, de open lucht, aan helderheid – zelfs in de winter, zelfs bij grijs weer, was Becket een en al licht. Ik miste dat, en ik miste ook de geweldige tevredenheid waar ik in Pax altijd van genoten had als ik mijn tuin had geplant of iets echt lekkers had gekookt – lekker naar onze maatstaven, bedoel ik. Maar ik was vastbesloten dat gevoel op de een of andere manier weer terug te halen.

Wat mij verbaasde en mij ook wel een steek bezorgde, was dat ik niemand van de commune miste. Wat mankeerde mij?

Op een zondag na mijn thuiskomst nodigde mijn moeder haar oude vrienden uit voor een brunch, zodat we elkaar weer konden zien. Toen ze binnenkwamen, de een na de ander, realiseerde ik mij dat hoewel het haar vrienden waren, zij van mij hielden en ik van hen. Het was een waar genoegen om bij te praten met Alyssa en Eve en Annette en Ted. Het was net als vroeger – hun genegenheid deed me helemaal opleven, ik werd als vanzelf vrolijk en opgewekt; af en toe voelde ik me net weer een klein meisje, een afhankelijk meisje dat hen probeerde te behagen. Maar aan de andere kant was ik ouder, anders, en beschouwde ik hen als gelijken. Het was fijn om wat oudere mensen over politiek te horen discussiëren – op Pax ging iedereen ervan uit dat mensen boven de dertig star en conservatief waren, burgerlijk, zoals dat genoemd werd, en hopeloos. Het was fijn om voor de verandering eens verschillende gezichtspunten te vernemen. Op Pax hadden we de politiek eigenlijk vrijwel opgegeven nadat Eugene McCarthy was verslagen, maar uiteraard hadden we allemaal de pest aan Reagan, en vonden we dat hij het land kapot maakte. Maar Ted zei dat Reagan zo af en toe wel een verfrissende benadering had, vooral tegen de Russen, en Eve riep dat hij Nicaragua en Guatemala kapotmaakte, en de rest van Midden-Amerika erbij, en Annette zei dat hij dakloosheid veroorzaakte. Ik luisterde alleen maar; ik wist niet meer genoeg om mee te praten, ik was overal zo ver buiten gebleven.

Alyssa was helemaal niets veranderd; ze was nog altijd zo lief dat ze ieder hart wist te winnen, maar ze was een wandelende geest, haar leven was één lange treurzang om Tim. Eve was erbovenop gekomen; ze had een grote praktijk en begon naam te verwerven met lezingen over een nieuwe therapeutische invalshoek, waarin ze erop aandrong dat therapeuten van hun oude, stille, neutrale houding moesten afstappen en meer contact moesten zoeken, meer moesten reageren op wat hun ter ore kwam. Het was echt interessant als ze het daarover had, ik bleef een hele tijd met haar zitten praten.

Annette en Ted waren kalm en tevreden. Wat ze er ook van vonden dat ze twee kinderen verloren hadden, op Lisa waren ze geweldig trots. Lisa was inmiddels wetenschappelijk medewerker, en een aantrekkelijke vrouw. Ze lieten me foto's van haar zien – het doorsnee kind was mooi geworden, lang en blond, het haar in een wrong, lange benen in een strakke broek, een mooi figuur in een stijlvol jasje. Ze stond voor een gebouw op haar campus, met een stapel boeken en een glimlach – ze zag eruit als iemand die vrede heeft gesloten met welke duivels het dan ook maar waren die haar ooit het leven zuur hadden gemaakt.

Ted en Annette waren allebei druk met hun werk, en hadden een gezellig nieuw huis – wat eerder niet voor hen was weggelegd. Annette gaf les aan autistische kinderen en deed mee aan bepaalde experimenten. Ze vertelde me daar wat over – misschien wel meer dan ik weten wilde – en zei dat we nu zoveel meer wisten dan toen. Dat zal wel een goede zaak zijn geweest, maar met hun eigen kinderen hadden ze daar niets meer aan gehad. Toen ik naar hen informeerde, zei ze dat ze hen nooit zagen. Ze zuchtte, maar ze huilde pas toen ze vertelde dat Derek en Marguerite haar en Ted vergeten waren, en dat dat beter was voor hen. Het speet me vreselijk dat ik erover begonnen was.

Moss viel goed bij de vrienden van mijn moeder. Hij was in hen geïnteresseerd en wist wat voor vragen hij moest stellen. Hij leek op dezelfde golflengte te zitten, en ze reageerden goed op hem. Hij hielp mijn moeder in de keuken en hielp zelfs met opruimen! Hij wist zelfs belangstelling voor mij op te brengen. Dat was een feest voor mij. Ik besefte dat we weliswaar van elkaar gehouden hadden, maar dat de mannen op de commune geen echte belangstelling voor me hadden gehad. In het begin misschien wel, toen we nog nieuw waren en er nog van alles aan ons ontdekt moest worden, aan Sandy en mij. Maar na een poosje waren we allemaal van hetzelfde oude laken een pak, en was het enige interessante nog wie welke taak op het rooster had. We verloren de belangstelling voor elkaar, we woonden alleen nog maar samen. Ik was me flets gaan voelen, ik was verlept in de ijle lucht van Pax. De benieuwdheid van Eve en van Annette naar mijn doen en laten, naar mijn gevoelens en gedachten, en wat ik van plan was te gaan doen, voelde aan als dauw op een uitgedroogde huid.

Geen van de kleren die ik thuis in de kast had laten hangen paste mij nog, zo was ik afgevallen. Mijn moeder stond erop dat ik nieuwe kleren ging kopen. Ze gaf me geld en zei waar ik heen moest. Ik vroeg haar of ze alsjeblieft mee wilde gaan en vroeg me af hoe het had kunnen gebeuren dat ik al mijn wereldsheid, al mijn zelfvertrouwen was kwijtgeraakt. Ik had haar zelfs nodig om broeken en topjes te helpen uitzoeken: het was zo lang geleden dat ik over kleren had nagedacht of wat nieuws had gekocht, dat ik niet eens wist wat in de mode was of wat mij goed stond. Maar toen ik eenmaal nieuwe kleren had voelde ik me een stuk beter. Ik ging naar de kapper van mijn moeder; ik hield mijn haar lang, maar liet er wat meer model in brengen – het was onverzorgd en zat vol dode puntjes. Ik kocht ook mascara. Toen voelde ik me gereed om de wereld onder ogen te komen.

Ik belde Philo. Ik was altijd aan hem blijven denken, had altijd een toekomst voor ons samen gezien. Altijd als ik mij ergerde aan Stepan, of als we ruzie hadden, stroomde de ruimte die tussen ons was drooggevallen vol met Philo.

Hij was zo blij mijn stem te horen, dat hij een brok in de keel kreeg. Hij had aan me gedacht, zei hij; hij had regelmatig aan me gedacht, hoe ging het met mij? Verdomde goed, pikte ik zijn joviale toon op, hoewel dat natuurlijk niet helemaal waar was. Toen ik Pax was verloren was het hart uit mijn leven gesneden, alleen had ik mezelf niet toegestaan daar ook maar even bij stil te staan. Dat ik daar weg was gegaan was een beroerdere ervaring dan toen mijn vader bij ons wegging, of toen ik zelf van Andrews vertrok. Het voelde alsof mijn leven was verdwenen als een computerbestand, en ik in plaats van een menu met allerlei mogelijkheden een geweldige leegte voor me had. Ik zou weer helemaal opnieuw moeten beginnen, en mijn eigen leven opbouwen. Geluk creëren, zoals mijn moeder het jaren geleden had omschreven. Alsof ik wist hoe dat moest, al waren we zoveel jaar verder. Ik voelde me oud, maar ik was nog maar tweeëntwintig.

Philo was een wortel waar ik op kon gedijen, dacht ik. Ik had iets met hem. We spraken af elkaar die zondag te ontmoeten bij de ingang van Harvard Yard, tegenover de kiosk en de Coop. Mijn moeder was naar een bijeenkomst ergens in Boston, waar een demonstratie tegen kernwapens werd voorbereid. Het was een prachtige dag, achter in mei. Ik kwam tegen het middaguur aanzetten in mijn nieuwe spijkerbroek en een nieuw topje (maar nog op dezelfde versleten laarzen). Ondanks mijn nieuwe kleren en kapsel en de mascara, voelde ik me oud en gebruikt en onaantrekkelijk. Plotseling schoot mij mijn eerst indruk van Bernice en Rebecca te binnen, met hun hoofddoekjes om, en drong tot mij door dat ik ook een communehuisvrouw was geworden. Ik vroeg me af of Philo me wel eens zou herkennen.

Ik zag hem aan komen lopen. Hij was nog niks veranderd, misschien was hij zelfs wel mooier dan voorheen – iets ouder, iets zachter. Zijn middel en heupen waren nog even smal als altijd, zijn armen en schouders waren fraai gespierd. Hij zag mij ook, holde op me af, sloeg zijn armen om me heen en hield me zo een hele tijd vast – we stonden te schommelen alsof we samen in een wiegje lagen. We moesten allebei huilen. Eindelijk duwde hij me van zich af, maar hij hield me bij mijn schouders vast en nam me op.

'Mijn god,' hijgde hij, 'je bent er alleen maar mooier op geworden!'

Ik barstte in tranen uit. Litouwers! 'Jij ook,' zei ik.

We besloten naar de Common te lopen, waar we een grote boom vonden. Daar gingen we onder zitten praten. Eindeloos praten. Hij was er helemaal kapot van geweest toen mijn moeder de relatie met hem verbrak, zei hij; hij had zelfs moeite gehad met aan het werk komen, wat voor hem zeer ongebruikelijk was. Uiteindelijk had hij zijn proefschrift echter voltooid en was hij gepromoveerd, en inmiddels was hij werkzaam als universitair hoofddocent. Hij verdiende nu meer, en kon zich een klein appartement in Boston veroorloven, in Back Bay. Hij werd soms gevraagd om een lezing te houden op een conferentie, dus hij reisde nu ook meer. Hij gaf lezingen over Marvell en Milton en was een boek aan het schrijven over George Herbert, een andere dichter waarvan hij zei dat ik hem vast mooi zou vinden. Ik had nooit iets van Herbert gelezen, maar uiteraard had hij een bundel van hem in zijn rugzak, en hij las me een paar van zijn gedichten voor. Ze leken me moeilijk, maar ook mooi.

'Heb je nog weer een relatie gehad?' wilde ik weten.

Hij grimaste. 'Ja, met een vrouw aan de faculteit van de BU – Alicia Estevez. Onvermoeibaar, net als je moeder.'

'Jouw leeftijd?'

'Nee. Ouder dan ik. Maar jonger dan je moeder.'

'En...?'

'O, ze was geweldig! Ongelooflijk intelligent en ze zegt precies wat ze denkt. Ze heeft artikelen gepubliceerd in de PMLA. De PMLA!' Hij liet zich achterover rollen in het gras en kwam weer overeind. 'Ik zou er ik weet niet wat voor over hebben om daarin te publiceren! Ze werkt aan een stel Fransen – Jacques Derrida, Roland Barthes, en Lacan.'

'Die ken ik, ja. Rhoda, de zuster van Sandy, deed ook iets met Derrida...'

'Hij begint echt naam te maken. Hij maakt deel uit van een beweging die ze het deconstructivisme noemen...'

'Ja. Sandy zei dat het heel moeilijk was.'

'Nou ja, de principes zijn niet zo moeilijk, maar de wijze waarop ze erover schrijven wel,' lachte Philo.

'Dus dat doe jij niet?'

'Ik begin eraan. Je kunt er tegenwoordig niet omheen.'

'En ben je nog steeds met haar?'

'Nee-ee. We zijn uit elkaar gegaan. Eerlijk gezegd vond ze dat ik niet goed met haar kinderen kon omgaan...'

'Wat?!' riep ik verontwaardigd. 'Met mij ging je anders heel goed om!'

Hij haalde zijn schouders op. 'Ik weet het niet. Zij waren kleiner, kleine kinderen nog. Ik vond dat ze moesten doen wat zij zei, wat zij hun opdroeg. Ze waren nogal onstuimig...'

'Ik kan me jou niet streng voorstellen.'

'Dat was ik ook niet. Tenminste dat vond ik zelf niet. Ach, ik weet het niet. Ze waren ontzettend wild, en ik stond erop dat ze deden wat zij zei. Ze was heel fel, maar niet tegen haar kinderen. Eerder fel vóór haar kinderen, heel beschermend. Als ze huilden, gaf ze ze gelijk hun zin. Terwijl het buitenshuis precies andersom was. Op faculteitsvergaderingen kon ze regelrechte woedeaanvallen krijgen. Ze noemden haar La Passionaria,' lachte hij. 'Ze was net zo voor vrede en tegen oorlog als je moeder, alleen zij vond iedereen die er anders over dacht moreel onvolwaardig. En ze ging helemaal door het lint als ze iets seksistisch vond. Er was bijvoorbeeld een collega van haar die erom bekend stond dat hij neerbuigend deed tegen vrouwen, en die zei een keer iets beledigends tegen haar. Hij kleineerde haar of iets wat ze geschreven had, ik weet het niet. In haar gezicht! Op haar eigen kamer! Hij wilde net weer weglopen en lachte nog om wat hij zelf gezegd had, maar zij stond in de deuropening te roken. En weet je wat ze deed? Ze drukte haar sigaret op zijn wang uit. Hij schreeuwen! Hij maakte een geweldige hoop stennis, maar hij was zo impopulair dat ze niet eens een reprimande kreeg.'

'Wauw.'

'Zeg dat.'

'En werd jij toen ook bang dat ze dat bij jou ook weleens zou kunnen doen?'

'Nee! Ik vond het juist heel goed van haar! Wat een lef!'

Ik had daar mijn twijfels over, maar het meeste wat we tegen elkaar zeiden ging vergezeld van stralende ogen, een stralende huid en een stralende glimlach. We raakten elkaar niet aan. Na een uur of zo waren we het eens dat we weleens een hapje konden gaan eten. We liepen terug naar het plein, naar Bailey's, dat er nog steeds was en ook nog niks veranderd was, ondanks de nieuwe bankjes en een nieuwe vloer. Mijn hart schrijnde van alle herinneringen die daar lagen, al die mensen die ik was kwijtgeraakt. Ik vertelde Philo over de commune en Sandy, en Bishop, en Dolores, die ik nog niet had opgezocht. Ik vertelde niet waarom ik uit de commune was gestapt. Hij vroeg er niet naar en ik zei het ook niet. Ik praatte hem bij over Alyssa en Eve en Annette en Ted. En mijn moeder. Hij werd sentimenteel bij al die verhalen over mensen die hij niet meer gezien had sinds hij en mijn moeder uit elkaar waren. Philo was net zo nostalgisch en romantisch als ik, en samen gaven we ons over aan een heerlijk middagje vol weemoed.

Ik raakte zijn hand een paar keer lichtjes aan, en hij deed hetzelfde bij mij. Het was duidelijk aan mij om te bepalen wat er verder ging gebeuren, hij had mij de touwtjes in handen gegeven. Een geweldig gevoel van macht flitste door me heen en mijn hart veerde op bij de gedachte dat Philo en ik eindelijk bij elkaar konden zijn.

Maar er gebeurde niets. Hoeveel genegenheid ik ook voelde, ik kon mezelf er niet toe zetten om toenadering te zoeken. Hij zocht ook geen toenadering. We aten sandwiches en dronken koffie, twee, drie koppen, tot we allebei prikkelbaar werden. We zuchtten en keken elkaar aan. We wisten het.

Philo vroeg om de rekening en betaalde voor mijn lunch, wat ik best vond, want ik was nog steeds blut, ik was van Pax vertrokken met een dollar of vijftien op zak. We stonden op. Ik kon niet geloven dat ik hem liet gaan, Philo, de minnaar van mijn dromen. Maar ik moest wel – ik had bijna het gevoel alsof hij mijn broer was. Langzaam liepen we naar buiten, waar we een paar minuten in de warmte bleven staan. Ik herinnerde mij de laatste keer dat ik zo voor een restaurant had gestaan, dat was met Steve, bij Sonny's, en Christopher had ons zien staan. Philo en ik gaven elkaar nog een keer een hand, toen liep hij naar de metro en ik naar huis.

De hele terugweg naar huis en zelfs nadat ik daar was aangekomen, had ik een neerslachtig gevoel. Ik voelde me bemind, wat ik een hele poos niet gevoeld had. Ik weet niet hoe dat kon: had Stepan niet van me gehouden? Ik had gedacht van wel. Misschien hield ik niet van hem. Hadden de andere communeleden niet van me gehouden? Was dat niet de magie van het leven in een commune, het samenzijn met een groep verwante zielen, verbonden door kameraadschap en positieve gevoelens? Waar waren die positieve gevoelens gebleven? Wat was er misgegaan?

Maar ik voelde me ook hol. Al jaren had ik mezelf laten dromen, of fantaseren, of mij voorstellen, of iets nog veel diepers dan dat, dat ik nog lang en gelukkig zou leven met Philo. Dat ik hem nu had laten lopen gaf me het gevoel dat ik de kans liet lopen op een lang en gelukkig leven. Dat was een bijna onverdraaglijke gedachte. De verleiding was groot het maar van me af te zetten en er niet over na te denken, en ik besloot dat dat ook maar het beste zou zijn. Andere mensen putten misschien kracht uit het onder ogen zien van de feiten. Ik niet. Ik stopte de feiten weg in een holletje.

Onze haard zat in een muur die bijna een meter de kamer in stak; in die muur, bij de grond, als een groot muizenhol, zat een deurtje, en daarachter was een kleine ruimte met een stenen vloer en bepleisterde muren. Die ruimte was bedoeld voor het brooddeeg, daar was het beschermd tegen tocht. In dat warme holletje kon het deeg rijzen tot zijn luchtige volheid. Het leek mij altijd maar het beste om dingen die mij pijn deden of onzeker maakten in het broodholletje van mijn ziel te stoppen, en ze daar te laten rijzen. Ik zag mezelf niet als een lafaard, ik leefde gewoon door en hield die dingen verborgen: die zouden vanzelf rijzen en de kop opsteken als ze eraan toe waren.

De volgende dag ging ik naar Sonny's om te kijken of ik daar weer aan de slag kon als serveerster. Hij was niet verbaasd mij te zien; ik volgde een bekend vrouwelijk patroon. Vrouwen hielden op met serveerwerk als ze klaar waren met hun studie, een echte baan kregen, of gingen trouwen of een kind kregen. Maar een heleboel kwamen weer terug, omdat het allemaal toch weer anders liep – er waren maar weinig banen waar vrouwen fatsoenlijk voor betaald werden en vrouwen moesten hun werk altijd rond de verantwoordelijkheid voor kinderen en mannen plooien. Serveerwerk was daar heel geschikt voor. Althans zo was het toen, in de jaren zeventig; misschien is dat nu anders.

Voor mij was dat baantje gewoon een kwestie van de tijd doorkomen. Ik had geen idee wat ik zou gaan doen als mijn moeder naar Frankrijk vertrok, maar ik zou in ieder geval het huis aan Kirkland Street uit moeten. Ik had vage plannen mij in te schrijven voor UMass in Boston, niet uit een hevig verlangen om te studeren – hoewel ik graag wat poëziecolleges zou hebben gevolgd – maar om de tijd te verdrijven tot ik wist wat ik wilde. Af en toe ging de gedachte door mijn hoofd dat ik misschien ergens een appartement met iemand zou kunnen delen.

Ik besloot Dolores te bellen, maar kon haar niet te pakken krijgen. Op Pax had ze me een paar keer geschreven, en ik had teruggeschreven, althans dat was ik van plan geweest. Maar op de een of andere manier was het contact verwaterd. De mensen die momenteel in dat huis woonden wisten niet waar ze gebleven was; de directeur wist nog wel dat ze er gewoond had en dat ze haar kandidaats had gehaald. Volgens hem was ze daarna ergens verder gaan studeren, maar hij kon zich niet herinneren waar. Hij had haar niet persoonlijk gekend en er woonde ook niemand meer uit haar tijd.

Ik vroeg me af of ik ze ooit weer zou zien – Dolores, Sandy, Bishop of Philo. Nou moest ik de mensen van Pax daar ook bij optellen. Ik had het gevoel alsof mijn leven, alle tweeëntwintig jaar – drieëntwintig bijna, ik was in augustus jarig – waren opgebrand zonder een spoor na te laten. Maar tegen de tijd dat het juni werd stak er toch een aandenken de kop op, of liever: explodeerde pal in mijn gezicht, en maakte alles anders.

Ik kwam tot de ontdekking dat ik zwanger was. Ik weet niet hoe dat gebeurd kon zijn. Ik bedoel, Stepan gebruikte condooms en ik maande hem altijd heel voorzichtig te zijn, meestal tenminste. Maar soms was hij blut en kon hij geen condooms kopen, en soms, als we buiten in het veld aan het werk waren, kregen we zin in elkaar en deden het gewoon ter plekke. Hij had de laatste keer dat we gevreeën hadden geen condoom gebruikt, dat wist ik nog. Dat moest die nacht geweest zijn dat ik naar zijn kamer was gegaan, vlak voor mijn definitieve vertrek; maar misschien was het ook wel die dag geweest dat we elkaar in de armen waren gevallen in de schaduw van de bomen bij de vijver, in het gras: groene daden in een groene schaduw. Als hij geen condoom had, trok hij terug voor hij klaarkwam. Hij zei dat de meeste Russen dat deden, dat dat best betrouwbaar was. Ik had hem nooit moeten geloven. Het was half juni voor ik besefte dat ik in mei niet ongesteld was geweest. Ik begon me meteen zorgen te maken, maar in die tijd deden ze nog heel moeilijk als je erachter wilde komen of je zwanger was. Dat mocht je niet weten! Dan ging je naar een drogist en gaf daar een urinemonster af met het verzoek om een zwangerschapstest, maar die test kon je pas doen als je al twee maanden zwanger was, en bij sommige drogisten moest je ook nog eens zweren dat je getrouwd was, anders kreeg je de uitslag niet eens. Dan moest je een ring om doen, omgedraaid, zodat het net een trouwring was, en erom liegen. Pas begin juli kwam ik erachter dat ik zwanger was.

Mijn moeder was buiten zichzelf. Ze bleef zichzelf vervloeken dat ze ermee had ingestemd naar Lyon te gaan. Ze zei dat ze het allemaal ging afzeggen, en als ze de man die in ons huis kwam wonen niet kon tegenhouden, zou ze voor ons een ander huis huren. Ze zei dat ze me zou helpen, voor me zou zorgen, dat ze al het nodige zou doen om mij hier doorheen te slepen. Tenzij ik natuurlijk een alternatief wilde, voegde ze eraan toe. Ze ging daar niet op door, maar hoe geïsoleerd ik ook geleefd had, ik wist wel dat abortus een paar jaar eerder gelegaliseerd was, en dat er een kliniek was in Cambridge. Ik wist niet wat ik moest.

Ik had geen behoefte een kind te krijgen voor Stepan, als dat voor een vrouw al ooit de beweegreden is. Ik had vaak genoeg toneelstukken en films gezien waarin een vrouw een kind wil voor een man, maar ik was er inmiddels van doordrongen dat die bijna allemaal geschreven waren door mannen die helemaal niks van echte vrouwen af wisten. Ik had nog nooit een vrouw ontmoet die een kind wilde voor een man. Het zal misschien wel kunnen. Maar bij mij was het niet zo.

Wat ik moest beslissen was of *ík* een kind wilde of niet. Mijn nadenken over die kwestie, wat bij mij voor nadenken doorgaat, bestond uit alledaagse beelden van mij, samen met een baby. Aangezien ik er sowieso geen voorstelling van had hoe ik mijn leven verder zou moeten inrichten, kon ik de toekomst in mijn verbeelding invullen zoals ik dat wilde, en dat deed ik dan ook. 's Nachts lag ik in bed en stelde me voor dat ik college liep aan een of andere universiteit, dat mijn moeder mij onderhield en dat ik er op de een of andere manier in slaagde voor die baby te zorgen. Het leek mij een somber leven, hard en ondankbaar. En mijn moeder zou het meeste werk moeten doen, maar hoe zou ze dat nou ooit kunnen?

Haar werk eiste haar helemaal op. Bovendien was het niet eerlijk: zij had mij al opgevoed en grootgebracht. Nu was het mijn beurt.

Ik stelde me voor dat Stepan de commune verliet om een baan te zoeken en mij te onderhouden. Nukkig en razend was hij. Ik stelde me voor dat Stepan en ik samenwoonden in Boston of Cambridge. Dat was niet leuk. Maar dat ik zou terugkeren naar Pax terwijl Bert en Brad daar nog woonden, kon en wilde ik mij niet eens voorstellen.

Daarna probeerde ik mij mezelf voor te stellen zonder baby. Ik zou weer gaan studeren. Ik zou een of ander baantje zoeken. Ik zou Sonny vragen mij aan te nemen als kok. Maar ook die beelden kwamen treurig en leeg op mij over.

Wat voor verhalen ik mezelf ook over mijn toekomst vertelde, in mijn dagdromen was ik realistisch bij het gewetensvolle af. Ik bedoel, ik liet nooit iets denkbeeldigs gebeuren dat in werkelijkheid niet kon gebeuren of onwaarschijnlijk was. Het gevolg was dat mijn visioenen tammer waren dan het echte leven, want in het echte leven gebeuren dingen die eigenlijk niet kunnen – dingen die je nooit had kunnen voorspellen, die al te onwaarschijnlijk waren. Dat was het mooiste van het leven, dat magie werkelijkheid was.

Maar het rare is, toen ik mij eenmaal mijn mogelijke levens mét een baby had voorgesteld, en die baby daaruit wegdacht, voelde ik een schrijnende eenzaamheid, een gat in mijn ziel dat pijn deed als je het aanraakte. Ik wist dat dat gat er in elk geval al geweest moest zijn sinds mijn vader weg was, en misschien al wel langer. Niets had het ooit gevuld, geen enkele vriendin, geen vriend van Andrews, Christopher ook niet, Stepan niet, en zelfs Philo niet. Ik vermoedde dat het misschien wel nooit gevuld zou worden. Meisjes denken dat het ooit gevuld zal worden door een minnaar of echtgenoot; ik weet niet wat jongens denken – misschien verwachten die wel vervulling van avontuur, of een carrière. Maar ik had het gevoel dat niets ooit dat gat bij mij zou vullen, behalve voor korte tijd, zoals toen ik dat essay over de bijbel schreef waar ik zo'n plezier aan had beleefd, of als ik een lekkere maaltijd bereidde – behalve een baby. Het kon alleen gevuld worden door iets waar ik meer om gaf dan om mijn eigen leven – en dat kon alleen een kind zijn. Ik vroeg me af of dat de reden was dat oudere vrouwen wel vaak een tevreden indruk wekten, en mannen niet; en dat zoveel mannen hun leven lang van vrouw naar vrouw gingen. Misschien dat vrouwen die een kind in die lege ruimte hadden gezet die leegte minder voelden, en misschien wisten mannen wel niet dat zij dat ook konden.

Maar een vrouw kon die leegte niet vullen voor een man, net zomin als een man dat kon voor een vrouw. Kinderen maakten die leegte minder leeg, en aanvaardbaar, geliefden niet. Ik wist niet of dat een goede reden was om een kind te nemen, en ook niet of ik wel een fatsoenlijke ouder zou kunnen zijn, ondanks alles wat ik mij in mijn jeugd had voorgenomen. Maar op dat moment kon ik niks beters bedenken.

Ik bedacht wat ik allemaal was kwijtgeraakt door uit de commune te stappen: mijn tuin, het koken voor de commune, en het gevoel dat anderen jou ook belangrijk vonden. Het schrijven van gedichten hoefde ik niet te missen, want waar ik was en wat ik ook deed, ik kon altijd gedichten schrijven, en dat deed ik ook. Hoewel ik meer niet dan wel schreef, had ik op Pax tientallen gedichten geschreven, en ook sinds ik weer bij mijn moeder woonde had ik het een en ander geschreven, waaronder één gedicht dat ik mooi vond:

Papavers

Ik voel me dun,
Dun als de huid
Van de papavers,
Die zich met hun dunne
En bochtige ruggengraat
Van de aarde verheffen,
Hun bloesemkelken
Van crêpepapier
Als oranje handen.

Doorschijnend
Worden zij op
En open gehouden –
Alsof ze erom smeken
Te worden geleegd.

Hier had ik een tijdje aan gewerkt. Ik had aan de laatste regel nog 'compleet' toegevoegd, het weer geschrapt, de woordvolgorde hier en daar veranderd, en witregels tussengevoegd en er weer uitgehaald. Ik werkte aan een ander gedicht met de werktitel 'Anthurium', maar daar was ik nog niet tevreden over. Als ik aan het schrijven was, nam dat mij volledig in beslag, en was ik tevreden; maar ik kon niet elke dag schrijven, daar had ik de energie niet voor, niet de juiste soort energie, ik had die drive niet. Gedichten schrijven was iets wat ik voor mijn plezier deed, niet voor de kost. Terwijl ik ook kookte voor mijn plezier, maar alleen voor mezelf of voor mijn moeder en mij koken, gaf mij niet diezelfde bevrediging. Om die bevrediging uit koken te halen, moest ik voor meerdere mensen koken. Koken was net zoiets als pianospelen of zingen, iets dat je voor een publiek deed. Koken voor de kost was dus ook nog een mogelijkheid.

Maar ik zou niet als kok bij Sonny willen werken, ik had er geen zin in het soort eten klaar te maken dat je bij hem kon bestellen – hamburgers en French fries en kipsalade of sandwiches met spek, sla en tomaat. De soep kwam bij hem uit blik. Daar zou ik niks aan vinden, vooral niet nu ik thuis was en zelf bouillon kon trekken, en ik de heerlijkste aardappelpreisoep kon maken, en champignonragout, selderijragout, bouillon met zelfgemaakte eiervermicelli – geen Chinese, maar zoals ze het in Litouwen maakten.

Toen ik alweer een paar weken als serveerster werkte, en er al zeker van was dat ik zwanger was, belde ik mijn vader op.

Dat was geen onlogische stap. Ik had onderdak nodig, en iemand die om mijn welzijn gaf. Hij was alleen. Hij had land dat ik kon bebouwen. Er waren een heleboel restaurants bij hem in de buurt die ik misschien zou kunnen overhalen mij een kans te geven. En wie zou het zeggen? Misschien zou hij wel blij zijn mij te zien.

Hij was waarschijnlijk licht aangeschoten toen ik belde, want hij klonk alsof hij niet wist wie hij aan de lijn had. Ik vertelde hem dat ik de commune had verlaten en voor een tijdje onderdak zocht. Was hij nog alleen? Zo ja, kon ik dan bij hem komen wonen? Hij werd sarcastisch, zijn toontje was duidelijk: 'Zo, bel je eindelijk je ouwe eens op? Wat is er gebeurd? Heeft je moeder je het huis uit gezet?' Ik zei dat mijn moeder voor twee jaar naar Frankrijk ging. Grote woede: wat voor moeder is dat, die naar Europa gaat en haar kind alleen achterlaat?! Hij was even vergeten dat ik tweeëntwintig was, en tot voor kort in een commune had gewoond.

Ik moest lachen. 'Ik ben al een grote meid, hoor, papa,' zei ik. 'Maar het punt is, ik ben zwanger.'

Dat veranderde de zaak.

'Nou, kom maar, Jess, natuurlijk! Kom zo lang je wilt bij me wonen, beschouw dit als je eigen huis, je weet hoe ik ben, ik eet en slaap hier alleen maar. Je mag hier wonen en doen wat je wilt. Het is jouw huis.'

Het huis van mijn vader oogde onbemind en onverzorgd. Het was wel schoon, daar zorgde mevrouw Thacker voor, maar de droogbloemen en roze strikken hingen er stoffig en vermoeid bij. Het was een huis waar niemand iets om gaf. Zo kunnen huizen eruitzien, net als mensen – schoon en netjes, maar verlaten. Toen mijn vader mij omhelsde had hij tranen in zijn ogen, maar hij was niet dronken. Ik had hem drie jaar niet gezien, want hij was nooit op Pax geweest (hoewel ik hem wel had uitgenodigd) en ik was daar nooit langer dan een paar uur achter elkaar weg geweest. Ik was gearriveerd in de auto die hij jaren eerder voor me gekocht had, en die er inmiddels al heel wat kilometers op had zitten. 'We moeten weer eens een nieuwe auto voor je kopen,' zei hij.

Maar ik was niet teruggekomen om papa's kleine meisje te zijn. 'Als ik er het geld voor heb, pa. Hij doet het nog prima. Ik vind het een heerlijke wagen. Het is al mooi genoeg dat je me hier wilt hebben. Daar ben ik echt heel blij om.'

'Hé, je bent mijn kleine meisje, hoor. Mi casa es su casa. Nou, hoe lang ben je al zwanger?' Hij keek naar mijn buik, maar er was natuurlijk nog niks te zien.

'Nog niet zo lang. Ik denk dat de baby zo eind januari, begin februari zal komen.'

'En wie is de vader?'

'Ene Stepan, hij woont ook op de commune.'

'En wat gaat hij eraan doen?' Hij vroeg het op een toon die geen tegenspraak duldde, de woedende vader van een onschuldig kind dat onrecht is gedaan.

'Hij weet het niet eens.'

Mijn vader deed zijn mond open voor een tirade.

Ik stak mijn hand op als een agent die het verkeer regelt. 'Nee, pa.'

Hij deed zijn mond weer dicht en staarde me aan.

Ik schudde mijn hoofd. 'Niet doen, pa,' zei ik. 'Het is zoals het is.' Ik liep bij hem weg, naar het grote raam dat op het meer uitkeek. 'Jezus, wat is het hier mooi.'

'Jij wou dat kind alleen op de wereld zetten?' vroeg hij op vlakke toon.

'Nee.' Ik draaide me om. 'Met jouw hulp,' zei ik.

Zijn gezicht veranderde, het werd zachter en rozer, misschien zelfs wel jonger. 'Tjonge, die kende ik nog niet! Nou ja, dat zal waarschijnlijk wel gaan. Hoewel het eigenlijk de taak van je moeder is.'

'Zij heeft het voor mij gedaan. Jij doet het voor mijn kind.'

Beeldde ik mij in dat hij zich opblies? Ik liep naar de bank en ging zitten.

Hij boog zich over me heen, maar zei alleen: 'Wou je wat drinken? Drink je nog?'

'Niet veel. Een beetje wijn af en toe. Maar ik wil wel een cola.'

'Komt eraan.' Hij ging naar de keuken. Hij liep sneller dan ik van hem gewend was. Hij kwam terug met een glas whisky met ijs en een cola. Hij ging tegenover me zitten. En hij glimlachte.

Ik glimlachte terug. 'Mis je Julie ook?'

'Nou, eigenlijk niet eens, weet je dat? Ze was heel lief maar ook wel wat vermoeiend. Onnozel. Iets wat ik van je moeder nooit heb kunnen zeggen. Maar veel prettiger dan je moeder.'

'Zal het je niet gaan tegenstaan dat ik hier ook ben? Met een krijsende baby?'

'Jij zal me niet gaan tegenstaan, nee. Van de baby kan ik het niet zeggen, ik heb al zo lang geen baby gezien, al zeker... hoe oud ben je nou?'

'Tweeëntwintig. Over een maand word ik drieëntwintig.'

'Nou, zo lang dus. Maar ik kan me niet herinneren dat ik tweeëntwintig jaar geleden moeite met je had.'

'Ik heb je hulp echt nodig.'

'Ik verkeer tegenwoordig in een veel betere positie om je te helpen dan toen – toen was ik jong, onervaren, platzak, ik wist hoegenaamd niks... Wat heb je nodig?'

'Nou ja, een huis. Ik ga wel een baantje zoeken, dus dat is het, behalve dat ik een deel van je land zou willen bebouwen.'

'Wat?'

'Ja. Een van de weilanden. Ik heb op de commune ook van alles verbouwd, groenten, kruiden. Ik ben er goed in, ik doe het graag en jij zult het vast heel lekker vinden, de organisch-biologische groente die ik kweek...'

'Ik ben niet zo'n groenteman. Een biefstuk en opgebakken aardappelen, dat is mijn menu. Wat is in godsnaam organisch-biologische groente?'

'Een paar jaar geleden zijn een paar boeren begonnen te experimenteren met landbouw zonder gebruik van chemicaliën. Je weet dat Amerikaanse boeren sinds de jaren zestig of daaromtrent genetisch gemanipuleerd zaad gebruiken, en allerlei chemische bestrijdingsmiddelen spuiten tegen ongedierte en bepaalde ziektes. Ze voeren dieren hormonen en antibiotica en zetten ze vast zodat ze zich niet te veel bewegen. Ze beginnen eten te doorstralen...'

Mijn vader werd woest. Maar goed dat ik eraan gewend was en er niet bang van werd.

'Ik weet het, ik weet het!' Ik schoot in de lach. 'Ik ben het met je eens! Dat is het hem nou net. Tegenwoordig hebben ze van die gigantische boerderijen, en heet het geen landbouw meer, maar bio-industrie.'

Hij keek me boos aan.

'En mensen die daar tegen zijn hebben besloten het tegenovergestelde te proberen.'

'Ah.' Hij kalmeerde weer.

'Wij proberen juist groente en fruit te verbouwen zonder gebruik te maken van die methodes. En dat heet nou "organisch-biologische" landbouw. Het is gezond, ook voor de grond, en daar komt bij dat eten dat op die manier verbouwd is ook nog beter smaakt dan die andere troep.'

'Ik heb al sinds ik klein was geen fatsoenlijke tomaat of perzik meer gehad,' bromde mijn vader.

'Klopt. Het is een soort beweging. Een kleine – er zijn maar een paar veilingen waar je die producten kunt kopen. Maar een heleboel mensen praten erover. Er is een vrouw in San Francisco, Alice Waters, die een restaurant is begonnen dat beroemd is geworden, Chez Panisse. Je schijnt daar verrukkelijk te kunnen eten en zij werkt alleen met producten die in de omgeving zijn verbouwd. Zij hamert op wat ze duurzame landbouw noemt. Zij is mijn held.'

Mijn vader keek me aan. 'Goed, Jess,' zei hij eindelijk. 'Heel goed. Natuurlijk kun je een weiland gebruiken. Welk je maar wilt. Er zijn er drie.'

'Dat aan de Beaver Dam Road is het zonnigst. En het best te bewerken met een tractor. Kan ik dat gebruiken?'

'Tuurlijk,' zei mijn opeens welwillende vader. Toen betrok zijn gezicht. 'Je denkt toch niet toevallig dat je van het verbouwen van groente kunt leven, hè?'

'Nee, natuurlijk niet.'

'Het is ontzettend veel werk.'

'Ik weet het. Wat ik wil is wat groenten en kruiden verbouwen en een baantje als kok zoeken, en uiteindelijk misschien een eigen restaurant beginnen. Is dat geen goed idee?'

Hij leunde achterover en knipperde met zijn ogen. 'Jij hebt altijd goed kunnen koken. Net als je moeder.'

'Ja. En ik ben er nog beter in geworden. Ik heb een hoop ervaring opgedaan in de commune.'

'O ja?' Hij leek onder de indruk te zijn. Grappig, want hij wekte nooit de indruk te proeven wat hij at, of in staat te zijn iets goeds van iets vreselijks te onderscheiden. En ik had ook nooit gedacht dat koks nou mensen waren waar hij respect voor had. Ik weet dat hij respect had voor mannen die met hun handen werkten, die dingen bouwden, daken op huizen legden, beton stortten, maar hij deed altijd alsof mijn moeder maar moest kunnen klaarmaken waar hij toevallig zin in had, alsof ze op een soort afstandsbediening werkte. Tenminste, dat was wat ik mij ervan herinnerde. Maar hij had wel altijd toegegeven dat ze lekker kon koken; het was alleen zo dat hij kookkunst op zich niet als iets bijzonders beschouwde. Mijn vader had alleen respect voor mannen – mannen die met hun handen werkten, die met echte dingen werkten, dingen die je kon aanpakken, geen vage ideeën. Hij had de pest aan ideeën, ideeën waren bederfelijk en verderfelijk. Maar ik kon wel voelen, nee, ik wist het gewoon, dat hij opeens respect voor me had gekregen, en dat was omdat ik kon koken.

Het gaf me een fantastisch gevoel.

Ik trok bij hem in. Ik had al mijn spullen meegenomen: nou ja, ik moest mijn kast ontruimen voor die Franse familie. Ik had de kleren meegenomen die me nog pasten, en ook wat kleren die me niet pasten (in de hoop dat ik wat zou aankomen), en de rest had ik aan Goodwill geschonken. Ik had mijn boeken meegenomen, mijn mooiste foto's, die paar sieraden die ik had, en mijn omeletpan. Mijn vader hielp me de auto uit te laden en alles naar boven te sjouwen, waarna hij naar zijn atelier ging. Toen ik mijn spullen had opgeborgen – veel was het niet – liep ik mijn kamer rond, pakte alle nepbloemen en aanstellerige vazen en de enige roze sprei die Julie daar had achtergelaten en propte de hele boel in een vuilniszak. Ik deed het roze bloemetjeskleed dat Julie zelf had gekocht erbij, en haalde mijn bruin-oranje indiaanse kleed uit de kast onder het dak. Ik trok de snoezige gordijnen van het raam en liet alleen het bamboe rolgordijn hangen. De enige heldere kleur in de kamer die overbleef was oranje – in mijn bureaulamp, in mijn Hopikleed en in een klein aboriginalschilderijtje dat mijn vader een keer gekocht had toen ik nog klein was. Het was weer een sobere kamer, eenvoudig. En prachtig. Het verbaasde mij dat ik dat kennelijk belangrijk vond. Misschien dat drie jaar tussen de sjofele Paxmeubeltjes mijn smaak had aangescherpt en uiteindelijk verbeterd.

Toen ik mijn vader de kamer liet zien keek hij alleen maar om zich heen en knikte. 'Grappig, hoe weinig ervoor nodig is om zoveel te veranderen,' zei hij, terwijl hij mijn kamer bewonderde. Ik had het gevoel dat hij precies wist wat was weggehaald en wat ervoor in de plaats was gekomen, ook al zou je, als je hem zo zag, nog denken dat hij niks in de gaten had en dat soort dingen ook niet belangrijk vond. Ik begreep mijn vader niet. Beschouwde hij het als onmannelijk om te zien?! Om dingen op te merken? Misschien negeerde hij alle waarnemingen, behalve de paranoïde. Alleen die verdienden zijn respect.

Of misschien was het wel allemaal inbeelding van mij. Het leek erop dat hij wel degelijk het verschil wist tussen aanstellerige decoratiezucht en goede smaak, en toch had hij Julie geen strobreed in de weg gelegd. Ik vroeg me af wat er nog meer was waar hij in de loop der jaren over gezwegen had, niet alleen tegenover Julie, maar ook tegenover mijn moeder en mij.

Hij was veranderd. Hij was ouder geworden – uiteraard, dat was mijn moeder ook. Maar hij zag er nog goed uit – gezond en levenslustig. Mijn vader had een gelige tint – behalve als hij dronk, dan werd hij zo ongeveer rood – en hij wekte een enigszins broze indruk. Toch was hij pas vijftig. Het leek me dat hij minder dronk, of misschien begon hij wel later op de dag. Hij viel ook eerder in slaap. Misschien dronk hij niet diezelfde hoeveelheden per dag als vroeger. Mijn gevoel zei mij dat hij minder dronken werd. Toen ik nog klein was, dacht ik altijd dat hij dronken wakker werd, alsof de alcohol nooit uit zijn systeem verdween en hij altijd een zekere hoeveelheid alcohol van de dagen daarvoor in zich meedroeg. Er was iets veranderd.

Toen ik mijn kamer opnieuw had ingericht, vroeg ik mijn vader of hij het erg vond als ik het hele huis eens onder handen nam.

'Ga je gang,' zei hij. 'Zoals het nu is, is het net een souvenirwinkel. Waar al in geen jaren een klant is geweest. Het kan alleen maar beter worden.'

Dus ging ik verder het huis rond, en verwijderde systematisch alle snoezigheid die Julie had ingebracht in haar pogingen van dit huis een thuis te maken. Haar bedoelingen waren goed geweest, maar ik kon het niet aanzien. Mijn vader leek het wel leuk te vinden wat ik deed. Hij was tamelijk verwilderd aan komen zetten voor de lunch en zag mij gordijnen naar beneden halen, meubelhoezen weghalen, vazen verbannen, beeldjes, nepbloemen, nepplanten, aquarellen van schattige kinderen, honden, bloemen, boerenschuren en berkenbomen – en een glimlach brak door op zijn gezicht. Toen ik zijn schilderijen aan de muren hing en wat van zijn spullen op de schoorsteenmantel en bijzettafeltjes zette, zwol zijn borst. Het waren spullen die hij met mijn moeder, en later met Julie, had verzameld op allerlei reizen, en die al die tijd in boekenkasten in zijn atelier hadden gestaan. Jaren hadden ze daar stof verzameld: aardewerk en beelden uit Mexico, Venezuela, India, Canada, Afrika. Het waren er maar een stuk of tien, twaalf, maar ze weerspiegelden het oog van mijn vader, en ze waren prachtig.

Maar toen ik Julie helemaal had weggestript, was het huis opeens vreselijk kaal. Ze mocht dan kitscherig zijn geweest, ze liep wel over van liefde en levenslust, en zonder haar en haar spulletjes was alle leven uit het huis verdwenen. Ik had op Julie neergekeken vanwege haar afschuwelijke smaak, maar ze had in elk geval enig benul van woninginrichting gehad, en ik niet. Zelfs met de schilderijen van mijn vader aan de muur, en die kleine verzameling van hem rondom uitgestald, had het nog niets gezelligs. Het was een sjofel huis waar de mensen geen idee hadden hoe ze leven moesten. De hoezen hadden de versleten en hier en daar gescheurde bekleding gecamoufleerd van de oude leunstoelen en de bank, die mijn ouders zelf ook al tweedehands gekocht hadden. Tafels, ontdaan van een wildgroei aan ornamenten, bleken vol krassen te zitten, lampen zonder hun kappen met uitbundige franje waren opeens kaal bij het akelige af. Ik was helemaal van de kaart; ik had echt geen flauw idee wat ik moest doen om de schade te herstellen die ik eigenhandig had aangericht. 'Wat moet ik nou?' jammerde ik.

'Naar New York gaan en nieuw meubilair kopen,' zei hij.

Tja, dat was simpel. Dat zou nooit bij mij zijn opgekomen. Verbazingwekkend, wat een mens allemaal moet leren in dit leven. Hij gaf me wat creditcards en zei dat ik me niet druk moest maken over wat het allemaal kostte. Ik nam ze heel voorzichtig in ontvangst, ik had nog nooit zulke dingen in handen gehad (voor mijn gevoel waren het vervalste documenten in een land dat onder een dictator zuchtte). Creditcards waren altijd taboe geweest voor mij, symbolen van een manier van leven die ik had verworpen. Ze maakten mij tot een spion in mijn eigen land, een verrader.

Met een mengeling van blijdschap en schuldbewustheid reed ik naar New York. En daar begon het deugdzame, antimaterialistische meisje, het ascetische, zuivere communelid, haar principes en haar verleden te verraden, als een afvallige zonder enig besef van schaamte.

Ik had wat voorwerk verricht. Dat wil zeggen, ik had Alyssa gebeld en mocht bij haar logeren. Zij vertelde mij waar ik de winkels kon vinden, en had meteen aangeboden met me mee te gaan, wat het voor mij veel leuker maakte. Ik reed naar de stad als een oprukkend leger, zeker van de overwinning. En of het daar leuk was! Ik logeerde in haar appartement, dat ze van haar zuster had overgenomen (die naar Frankrijk was verhuisd) en dat drie slaapkamers en vijf badkamers telde. Ik stapte zo de voordeur uit, Central Park West op, en zoals ze me al verteld had: binnen enkele seconden kwam er wel een taxi langs. Aanvankelijk kromp ik inwendig ineen toen ik in een winkel zo'n creditcard overhandigde, maar ik vermaakte me uiteindelijk zo goed dat ik helemaal vergat hoe leuk ik het ook had gevonden om mijn kruidentuin te ontwerpen en brandnetelsoep te maken. En het mooiste van alles was dat Alyssa er ook nog door werd opgevrolijkt, zodat ik ook nog eens de illusie had dat ik een goede daad verrichtte.

Het meeste van wat ik kocht was Italiaans. We moesten maanden wachten voor het allemaal uit Milaan was overgekomen. De zitkamer was zo groot dat ik twee banken en drie leunstoelen kocht, en vier tafellampen en één staande lamp. In antiekwinkels die Alyssa kende, verspreid over de hele stad, van 10th Street tot Madison Avenue tot Downtown Broadway en Atlantic Avenue in Brooklyn, kocht ik vijf tafels van verschillende grootte, vorm en nationaliteit.

Tegen de tijd dat alles bezorgd was, had de blokhut van mijn vader in Vermont net zo'n uitstraling als ons huis in Cambridge, zij het moderner. Het had een bijna shakerachtige eenvoud, en ik vond het prachtig. Mijn vader vond het ook.

Maar het had me ook nederig gestemd; ik kon mezelf nooit meer voorhouden dat ik zuiver of onmaterialistisch was. Toen de eerste golf van gedesillusioneerdheid was weggeëbd, leek het mij wel goed dat het zo gelopen was, want ik had mij waarschijnlijk alleen maar op die zuiverheid beroepen om een zekere afgunst te verhullen. Ik was hard op weg om een zelfingenomen hypocriet te worden. Nu zou ik me nooit meer superieur aan iemand kunnen voelen omdat die zo materialistisch was en ik niet (en ik zou waarschijnlijk nooit meer zoveel geld kunnen uitgeven).

Mijn vader was slechts vaag geïnteresseerd in wat ik deed, maar het resultaat stond hem wel degelijk aan. Zijn vroegere koelheid jegens, ja, zeg maar gerust afkeer van mij, leek in het niets te zijn opgelost, alsof het gif dat in hem was uitgezaaid toen ik dertien werd, zich in de jaren dat ik uit zijn leven verdwenen was helemaal door zijn lichaam heen had gewerkt, en nu zijn kracht had verloren. Ik probeerde te bedenken waarom hij veranderd was: misschien was hij wel eenzaam geweest nadat Julie hem verlaten had, en was hij blij met wat gezelschap; misschien had het feit dat zowel mijn moeder als Julie hem verlaten had zijn ego vermorzeld en hem nederig gestemd; misschien had het feit dat twee vrouwen bij hem weg waren gegaan hem wel aan het denken gezet over zijn eigen gedrag. Misschien had de eenzaamheid hem wel dankbaar gemaakt voor aanvaarding door wie dan ook. Misschien werd hij wel ouder, en was hij moe. Misschien, misschien hadden zijn ervaringen in het leven hem geleerd andere mensen te waarderen, liefde te waarderen, op een manier die hem eerder vreemd was geweest. Misschien was hij het geschreeuw en getier ook gewoon wel zat.

Ik wist het niet, maar ik was dankbaar, en mijn oude liefde voor mijn vader begon te stromen als een kraan die lang verstopt is geweest, maar opeens weer doorloopt.

Ik vond werk als kok in een nieuw restaurant, een paar kilometer verderop aan een achterweg. De eigenaar heette Artur, een Russische jood uit Georgië die uit de Sovjet-Unie was ontsnapt. Grootgebracht als hij was in een fel atheïstisch land was hij geen belijdende jood, en zijn restaurant hield zich dan ook niet aan de joodse voedingswetten. Hij wist nauwelijks wat koosjer betekende. Ik wist het alleen omdat Sandy het mij had uitgelegd, hoewel ze bij haar ook niet koosjer waren. Of hoe zei zij dat ook alweer? Niet koosjer áten.

In het begin was ik gefascineerd en vroeg ik Artur van alles over zijn verleden, maar daar hield ik al snel mee op, want hij praatte maar over één ding. Je zou niet zeggen dat hij uit een land kwam waar mensen lukraak, zonder aanleiding, gearresteerd werden, dat een paranoïde dictator had gekend die miljoenen van zijn eigen volk de dood in had gejaagd, een land dat kranten en tijdschriften censureerde, films en literatuur en kunst en zelfs muziek, waar zelfs telefoonboeken verboden waren, een natie die misschien wel de helft van haar bevolking was kwijtgeraakt aan de Eerste Wereldoorlog, een burgeroorlog, de Tweede Wereldoorlog, en de paranoia van die dictator. Het enige waar Artur over kon praten was dat hij nooit schoenen in zijn eigen maat kon krijgen, maar dat hij schoenen moest kopen als hij ze zag, welke maat dan ook, en dan met jan en alleman moest ruilen om een paar schoenen te krijgen dat qua maat dichter in de buurt kwam. Hij vertelde eindeloos, nog altijd gekweld door de herinnering, over rijen, tekorten, geen fruit, geen vlees, geen zeep, geen wasmachines, geen verf, geen maandverband voor zijn moeder en zuster, geen... nou ja, niets, eigenlijk. Hij vertelde over zijn moeder, die in drie rijen had staan wachten om één halve citroen te kunnen kopen, over de lange winters met kool en aardappelen als enige groente, en geen vlees afgezien van de eeuwige worst. Zelfs in het hotel waar hij werkte, kon hij niks krijgen. Tenzij er politieke leiders kwamen eten (dan was opeens alles verkrijgbaar), hadden ze nooit vlees, afgezien van kip of worst, en geen groenten, afgezien van komkommers en aardappelen, en dille, als dat een groente was, dat wist hij niet. Zijn hele leven in de Sovjet-Unie was, als je hem moest geloven, een kwelling, met gebrek als kernprobleem. Hij vertelde dat ze wel gedwongen waren om te stelen en te kopen op de zwarte markt.

Ik neem aan dat het juist die dingen zijn die je het meeste treffen, de dagelijkse ellende die je het leven onmogelijk maakt. Artur had een koksschool gedaan en was chef-kok geworden in een hotel in de hoofdstad Tbilisi, maar enige vooruitgang zat er voor hem niet in en van ontwikkeling kon geen sprake zijn, omdat hij nooit de ingrediënten kon krijgen die hij wilde.

Dat vond ik raar. Ik wist ook wat gebrek was, misschien niet in die mate, maar ik had er op Pax toch mee te maken gehad, en voor mij was dat juist iets geweest waar je mee leerde leven, waar je aan probeerde te ontkomen, ja, dat zelfs als prikkel diende om met inventieve oplossingen te komen. Maar afgezien daarvan, alles wat ik over het leven in vroeger eeuwen in Europa had gelezen wees erop dat het dieet van de meeste mensen niet bijster interessant was geweest, en uit verschillende pappen had bestaan, zoals havermout of bloempap, en verder eigenlijk voornamelijk uit brood. Ze dronken bier, en aten soms een stuk vlees, maar ik durf te wedden niet vaker dan één of twee keer per jaar. Dus waarom was dat nou het ergste wat Artur had meegemaakt? Nou ja, dat is niet helemaal waar, hij had ook wel verteld dat hij soms had gehunkerd naar een nieuw boek of een nieuwe film. Maar niet vaak. Later heb ik meer mensen ontmoet die in die jaren in Rusland of Polen hadden gewoond, en ze klonken allemaal hetzelfde. Toch had ik ook Chinezen ontmoet die jaren op rijst en groente hadden geleefd, en die had ik nooit horen klagen: die waren dankbaar dat ze te eten hadden. Waarom hadden de tekorten in de Sovjet-Unie het volk tegen de regering opgezet? Daar heb ik nooit een antwoord op kunnen vinden.

Artur wist op de een of andere manier uit Rusland weg te komen, dat gold trouwens voor veel joden. Ik denk dat de Russen hen lieten gaan uit antisemitische overwegingen. De zuster van Artur was jaren geleden met een Amerikaan getrouwd en woonde in Brattleboro, maar voor hem was daar geen werk. Toen hij naar de Verenigde Staten was gekomen, had hij tien jaar in New York op de taxi gereden. In die jaren had hij genoeg gespaard om een vervallen restaurant aan een achterweg buiten Brattleboro te kopen. Zijn zuster kwam elke dag langs dat restaurant en wist dat het op zich goed lag, aan een verbindingsweg tussen twee grote, doorgaande wegen. Ze ging er met haar man eten en zag dat keuken en bediening weinig voorstelden. Ze had al zo'n idee dat het niks zou worden. Toen het inderdaad failliet ging, gaf ze haar broer een seintje.

De koop van dat restaurant was het hoogtepunt van Arturs leven. Hij was helemaal in de wolken – de arme immigrant, vastbesloten het te maken, die eindelijk zijn droom krijgt aangereikt. Maar hij had geen kapitaal en merkte dat er van alles bleef liggen, domweg omdat hij geen geld had om het aan te pakken. Hij had het restaurant met de hulp van zijn zwager kunnen kopen, maar de hypotheek was hoog. Niettemin wilde hij het per se in een schitterende,

Russische stijl aankleden, met kristallen kroonluchters, roodfluwelen behang en Victoriaanse stoelen voor de gasten. De ovens, gootstenen, afwasmachine en andere apparatuur van de vorige eigenaar hield hij. Het was allemaal niet het modernste en efficiëntste, maar wist hij veel? Het was beter dan wat hij in Tbilisi gewend was geweest. Wat aan hem knaagde was de wetenschap dat hij niet genoeg kapitaal had om het twee jaar vol te houden als het restaurant niet meteen populair werd. Hij wist dat dat de reden was dat veel restaurants failliet gingen.

Hij woonde bij zijn zuster in. Het was wel de bedoeling dat hij ooit boven het restaurant zou komen wonen, maar de bovenverdieping was verwaarloosd, dus dat werd op de lange baan geschoven. Zijn zuster was lief voor hem en stopte hem zelfs zo nu en dan wat geld toe, als haar man even niet keek. Artur deed zijn uiterste best, maar ondanks dat hij al tien jaar in Amerika woonde had hij geen benul van de Amerikaanse smaak. De restaurants in Brooklyn waar hij in zijn taxitijd wel kwam hadden meestal pizza op het menu staan, of Chinees eten, of hotdogs, dus in al die jaren had hij ook weinig gelegenheid gehad iets over lekker eten op te steken. Wat hij wist kwam uit Tbilisi, waar het tafellinnen glansde in het kaarslicht, en de verrukkelijkste gerechten op het menu stonden, hoewel je er alleen kip, aardappelen en komkommer met dille en azijn kon krijgen.

Hij vond een dankbaar publiek voor zijn gevulde kool, boeuf stroganoff, kalfsgehaktballen en kip Tbilisi, maar dat was niet genoeg. Hij was inmiddels acht maanden open en verwachtte over niet al te lange tijd de deuren te moeten sluiten, toen ik aan kwam zetten, gestuurd door mijn intuïtie. Ik had verscheidene dagen in de omgeving rondgereden op zoek naar een restaurant waar ik misschien zou kunnen werken, en was uiteindelijk bij Artur uitgekomen. Ik joeg hem angst aan. Hij begreep mijn zelfvertrouwen niet, noch wat die ervaring van mij te beduiden had – drie jaar koken in een commune? Wat had dat te betekenen? Ik bestudeerde zijn menu en zei dat hij meer Amerikaanse gerechten op de kaart zou moeten zetten. Hij wist onwillekeurig dat ik gelijk had en nam me onmiddellijk aan. Hij was de wanhoop al nabij. Ik stemde erin toe om een maand te komen werken voor een absoluut minimumloon. Hij wilde meteen duidelijk maken dat hij de baas was, de chef, en ik de souschef, maar hij gaf wel ruiterlijk toe dat hij geen benul had van Amerikaanse gewoontes en voorkeuren, en gaf mij min of meer de vrije hand. Met andere woorden, souschef of niet, ik kon doen wat mij het beste leek.

Ik begreep zijn defensieve houding wel en vergaf hem. Ik begreep inmiddels welke vorm ongerustheid, benauwdheid bij mannen kon aannemen – althans bij mannen als mijn vader, Brad en Stepan. Voor hen, en dat was bij Artur net zo, draaide het allemaal om de schijn. Als ik hem eerst iets gaf, als ik bijvoorbeeld zei dat hij ergens gelijk in had, of hoe verrukkelijk zijn kip wel niet was, kon ik daarna wel met wat omzichtig verwoorde kritiek komen. Ik wees er altijd op dat ik het alleen over de pláátselijke smaak had (in zijn ogen waren de inwoners van Brattleboro allemaal ex-Newyorkers met bakken geld en het bijbehorende snobisme) en kon hem meestal wel zover krijgen om wat ik voorstelde op het menu te zetten. Bovendien, ik moest het klaarmaken, want hij kende al die gerechten niet.

Zijn eigen gerechten deed hij prima. Zijn borsjtsj getuigde van vindingrijkheid en zijn kip was heerlijk: doormidden gesneden op de borst, in een grote braadpan neergelegd, geplet onder een zware steen, en gebraden in eendenvet. Dat was in het hotel in Tbilisi het belangrijkste en meest geserveerde gerecht geweest.

In het begin zette ik basisgerechten op de kaart die Amerikanen nu eenmaal verwachtten: ribkarbonade en lamslende, koteletten van varkens- en kalfsvlees, lamsbout of een verse ham, allerlei soorten steak, een grote hamburger die ik hamburger noemde, want ik weigerde het een Salisbury-steak te noemen, zoals restaurants met pretenties – tafelkleden – in die tijd deden. Vervolgens begon ik specialiteiten toe te voegen, gerechten die we maar een of twee dagen aanboden, en die ik graag klaarmaakte: pot au feu, een stoofpot van lamsvlees, kippenbouillon en champignons; de kip van mijn moeder, met capelli d'angelo; kipgoulash volgens het recept dat Philo zijn moeder ontfutseld had. Dat laatste gerecht werd zo populair dat we opdracht hadden bepaalde klanten te bellen als het op het menu stond. Er werd niet veel vis gegeten in die tijd, en ik wist ook niet veel van vis, maar ik zette wel garnalencocktail en krabburger op het menu als voorgerecht, en tong, snapper, zalm, zwaardvis en heilbot als hoofdgerecht.

Ik probeerde in het begin niet al te avontuurlijk te zijn, het ging er in de eerste plaats om dat we het hoofd boven water moesten zien te houden, en in de commune was niet elk culinair experiment even geslaagd geweest. Maar van lieverlede werd het restaurant populairder. Na een halfjaar speelden we quitte; na een jaar maakten we een bescheiden winst boven op mijn salaris, dat nog altijd minimaal was. Artur onttrok zelf bijna geen geld aan het bedrijf, behalve wat hij nodig had om van te leven. Ik woonde bij mijn vader in en Artur bij zijn zuster, dus we hadden geen van beiden veel nodig. We reden allebei in een oude auto die niet meer zo hard liep. Maar we deden allebei wat we leuk vonden, en we hielden elkaar voor dat dat het belangrijkste was. Artur was echt gelukkig. Hij had waar hij in Tbilisi van gedroomd had.

Na een paar jaar genoot ik een zekere faam in de omgeving. Als mensen horen dat je succes hebt, denken ze dat je het van de ene op de andere dag 'gemaakt' hebt, maar niets gaat snel, het kost tijd, tijd en nog eens tijd, en in die tijd ben je vooral bezig met lijden, je zorgen maken, vrezen dat het misloopt, je ziet alleen maar een lege tent en bent doodsbang dat hij nooit zal vollopen. Sommige avonden gebeurt dat ook niet. En als het wel gebeurt, gaat het zo snel dat je nauwelijks de tijd hebt om adem te halen, je werkt je uit de naad, je schreeuwt tegen het andere personeel over alles wat er moet gebeuren, je maakt je ongerust over het vlees op de grill en dan draai je je om en is iedereen opeens weer weg, en is de tent weer leeg. Wat een vak!

Eind augustus liet ik het weiland van mijn vader maaien en omploegen. In de winter zou er natuurlijk allemaal onkruid opkomen, maar ik wilde het zware ploegwerk niet in het voorjaar hoeven doen, ik wilde kunnen spitten en planten zodra het erop leek dat de vorst niet meer terug zou komen. Ik was eind januari, begin februari uitgeteld en wist dat ik mijn handen in het voorjaar vol zou hebben. Waar mijn vader woonde was het ongeveer net zo koud als in Becket – het lag op dezelfde breedte, zij het minder hoog. Het seizoen was in elk geval niks langer.

De herfst was schitterend dat jaar in Vermont. De bomen waren wel heel fraai, met hun goud en oranje en karmozijn. Op mijn ritjes door de omgeving keek ik, voor het eerst in mijn leven, met plezier, met vreugde naar de wereld, zonder angst, sereen. Ik hoefde niks en ik vreesde niks. Ik wilde zelfs niks. Zelfs mijn aloude verlangen naar een echt goede vriend of vriendin was even weg – misschien kwam dat door mijn zwangerschap. Ik had rust. Het was een andere manier van leven, een manier waar ik mee begonnen was in de commune, maar die ik tot voor kort nooit goed onder de knie had gekregen. Ik maakte me altijd ongerust over mijn tuin, of over wat de anderen van me vonden, of hoe Sandy of Stepan of Brad op mij zou reageren. Mijn vader liet mij gewoon mijn gang gaan, en daar was ik dankbaar voor. Je zo druk maken om wat andere mensen vinden is misschien wel de zwaarste druk die ik ken, de beklemmendste, hoewel je hem nooit op lijsten van opzienbarende klachten ziet staan; het is per slot van rekening ook een druk die wij onszelf opleggen. Goede voornemens om ermee af te rekenen, daar hoor je trouwens ook nooit veel van. De enige over wiens opinie ik mij misschien zorgen zou moeten maken was Artur, maar ik wist hoe ik hem moest aanpakken, en het duurde niet lang of mijn mening woog voor hem even zwaar als de zijne.

Ik vond een gynaecoloog bij wie ik een goed gevoel had. Hij was me aanbevolen door Dan Templer, de oude vriend van mijn vader en moeder. Dr. Bach was nog jong en zeer energiek. Hij liet me maandelijks voor controle komen. Ik werkte 's middags en 's avonds meestal, dus mevrouw Thacker kookte nog voor mijn vader. Ze hield ook nog steeds het huis schoon. Het restaurant was 's maandags gesloten, dat was de enige avond dat ik thuis was. Mevrouw Thacker kreeg die middag vrij van mij, zodat ik iets lekkers voor mijn vader kon klaarmaken, wat ik opdiende in de eetalkoof die hij vlakbij de nieuwe keuken had ingericht. Hij kwam aan tafel als ik hem riep!!! We hadden inmiddels intercom, zodat ik hem vanuit de keuken in zijn atelier kon bellen. En dan was hij nog nuchter ook. Hij at beleefd en complimenteerde mij met het eten – altijd: de oude Leightonmanieren kwamen weer boven. Na het eten schonk hij zijn eerste glas in en ging in de kamer voor de televisie zitten. Het maakte niet uit wat erop was, hij zat gewoon als in een staat van verdoving te kijken. Vervolgens bedronk hij zich. Ik werkte in het atelier van Julie, dat nu dienst deed als mijn kantoor. Op de maandagavond bestudeerde ik tuinbouwcatalogi, las ik nieuwe recepten en artikelen over koken, of deed ik mijn administratie. Die catalogi bestuderen vond ik heerlijk. Ik koos gretig bloemen en kruiden en groenten uit voor het voorjaar, maar bij het bestellen hield ik me in. Ik wist dat ik de kosten en mijn budget in de gaten zou moeten houden, als ik een restaurant winstgevend wilde maken. Ik had in de commune de nodige ervaring opgedaan met zuinig zijn. Tegen de tijd dat ik naar bed ging lag mijn vader meestal in zijn stoel te slapen.

De ochtenden dat ik thuis was, verzorgde ik mijn lichaam. Ik deed oefeningen, nam baden, verzorgde mijn nagels (nog steeds een grote luxe na de commune) en deed allerlei boodschappen. Soms belde ik langdurig met mijn moeder in Frankrijk. Ik had mijn eigen telefoon laten installeren, zodat ik privacy had en mijn vader niet over de rekening kon klagen – niet dat mijn nieuwe pa dat gedaan zou hebben. Hij weigerde mij te laten meebetalen aan wat voor lasten dan ook. Ik had dan ook weinig onkosten. Mijn loon ging voor het grootste deel naar mijn spaarrekening. Ik spaarde voor mijn kind en uiteindelijk voor de aankoop van een eigen restaurant. Als het nieuwe jaar begon, zou ik genoeg gespaard hebben om zaadjes te kopen.

Artur's was alleen 's avonds open, maar ik ging er een paar ochtenden per week heen om de bestellingen te regelen en om Artur te helpen met de administratie. Artur kwam uit een land waar de vrouwen op het land werkten tot de bevalling zich aandiende, dus als ik die herfst kwam binnenwaggelen, kwam het geen moment bij hem op dat ik eens verlof zou moeten nemen. Waarschijnlijk dacht hij dat ik alleen maar lief was en hem van dienst wilde zijn. Misschien dacht hij wel dat ik een suffie was, of dat alle vrouwen suffies waren, die erom vroegen geëxploiteerd te worden. Maar ik deed het omdat ik alle ins en outs van het restaurantwezen wilde kennen: bestellen, kopen, de verschillende soorten werknemers, het inhuren van en omgaan met personeel, problemen met personeel, alles. Ik besefte dat een restaurant niet kon overleven zonder goede budgettering en een verstandig aankoopbeleid.

Toch begon het moeilijker te worden om gewoon door te gaan, want ik begon enorm uit te dijen, hoe mager ik ook geweest was. Een klant zei op een avond tegen mij dat je aan alle kanten kon uitdijen, of alleen naar voren, en bij mij zat het alleen van voren. Volgens haar betekende dat dat het een meisje zou worden. Ik hechtte daar weinig geloof aan. Ik wist dat mijn bekken smal was, want Bach had me gewaarschuwd dat ik mijn zwangerschap misschien niet zou kunnen voldragen als ik zo weinig ruimte had. Maar ik geloofde hem niet; ik weigerde daarover in te zitten. Ik wist zeker dat mijn lichaam zou doen wat het doen moest. Mijn enige zorg was het weer: ik moest er niet aan denken dat mijn vader mij misschien wel midden in de nacht, met een stuk in de kraag, door sneeuw en ijs naar het ziekenhuis zou moeten brengen.

Ik had Stepan niet verteld dat ik zwanger was. Ik wilde niet meer met hem samenwonen en hij kon het kind niet onderhouden, dus ik had besloten het niet aan hem te vertellen. Toen ik tegen mijn moeder zei dat ik zwanger was, had ze daar nog naar gevraagd.

'Nee,' had ik toen gezegd, 'waarom zou ik?'

'Nou ja, misschien vindt hij het wel prettig om te weten dat hij vader is. Dat hij een kind heeft.'

'Misschien wil hij er ook wel aanspraak op maken.'

'En dat wil jij niet?'

'Ik wil mijn kind niet laten opgroeien in een ruzieachtige en vijandige sfeer.'

'Zoals waar jij in bent opgegroeid.'

Ik haalde mijn schouders op.

'Weet je zeker dat hij een vijandige sfeer met zich mee zou brengen?'

'Nee. Maar waarom zou ik het erop wagen? Wat heeft hij toe te voegen?'

'Lijkt het je beter voor het kind om helemaal geen vader te hebben dan een die... ruzie maakt?'

'Ja.'

Ze dacht een poosje na. We zaten in de keuken. Ze stond op en schonk wat te drinken in. 'Als je aan je eigen leven denkt, betreur je het dan dat je vader daar deel van uitmaakte?'

Ik dacht daar een hele tijd over na. Mijn moeder rookte een sigaret. Ik niet. Toen stak ik er ook een op.

Uiteindelijk zei ik: 'Soms. Ach, ik denk het niet echt.'

'Wat heeft hij toegevoegd, behalve problemen?'

'Ik weet het niet. Een gezichtspunt, misschien. Ook al was het een krankzinnig gezichtspunt. Maar ik denk dat ik hem er liever bij heb zoals hij is dan dat hij er helemaal niet bij was geweest.'

'Waarom?'

'Omdat ik van hem hou,' jankte ik.

Ellendige Litouwse genen.

16

Uiteindelijk gebeurde datgene waar ik bang voor was – ik kreeg midden in de nacht de eerste weeën, een ijskoude nacht, begin februari 1978. Ik had geen oog dichtgedaan: ik had de hele tijd beneden lopen ijsberen. Mijn vader kon onmogelijk rijden – hij hing, diep in slaap, onderuitgezakt in zijn stoel. Ik belde een taxi. Ik overwoog even hem gewoon te laten liggen, maar daar voelde ik mij te eenzaam voor. Zodra hij begreep wat er aan de hand was, begon hij te brullen dat hij mij wel kon brengen, zóú brengen, hij stond erop. Ik zei dat hij zijn mond dicht moest houden (en besefte dat ik precies als mijn moeder klonk). Als hij wilde, mocht hij gewoon meegaan. Verfomfaaid, zijn gezicht onder de strepen van het kussen in de stoel, dook hij in zijn jas en holde naar buiten, waar de taxi al stond te wachten. De hele weg naar het ziekenhuis zat hij boeren en winden te laten, te zuchten, te kreunen en te roken. Ik werd misselijk van de rook. Toen we aankwamen wankelde hij het ziekenhuis binnen. Hij hield mij vast en zal wel gedacht hebben dat hij mij overeind hield, maar eigenlijk was het andersom.

Hij wachtte uren tot de baby geboren was en de volgende dag kocht hij sigaren die hij uitdeelde aan iedere man die hij tegenkwam. Ik zei tegen hem dat dat belachelijk was, maar ik vond het ook wel vertederend, zoals alles wat hij deed in die tijd, wat maar weer bewees hoezeer ik veranderd was. Wat hem jaren geleden vals had gemaakt was het gevoel dat hij zijn verantwoordelijkheid zou moeten nemen of het besef dat hij dat verzuimde, of het vermoeden dat iemand anders van hem verwachtte dat hij zijn verantwoordelijkheid nam. Maar een vader en echtgenoot móét echt zijn verantwoordelijkheid nemen, dus de hel waar wij in hadden geleefd was ingebouwd. Omdat ik hem nu niet nodig had, was die cyclus nu echter niet in gang gezet.

De bevalling was geen lolletje. Ik had er geen idee van gehad. Was dit wat iedere vrouw moest doormaken voor elke baby die geboren werd? Verbazingwekkend. Het was een wonder dat het menselijke ras zo lang had voortbestaan. Ik was niet alleen in de verloskamer; er waren die nacht nog vier andere vrouwen die bevielen. Maar ik was uitermate trots op mezelf: ik had niet één keer geschreeuwd. Eigenlijk had ook maar één vrouw geschreeuwd; een ander had wat gekreund. Na alle films die ik gezien had waarin vrouwen zich bij een bevalling de longen uit het lijf krijsten, was ik wel een beetje verbaasd dat niet één van die vrouwen had gekrijst. Zelfs die ene vrouw die wel geschreeuwd had was het grootste deel van de tijd stil geweest; de meesten van ons hadden een of twee keer gegromd, en de pijn stoïcijns verdragen. Ik was trots op hen, trots op onze sekse.

Zodra ik bijkwam, vroeg ik om een telefoon en belde mijn moeder in Lyon, en zij krijste wel – van blijdschap en opwinding. Ze zei dat ze de volgende dag meteen op het vliegtuig zou stappen. Ik protesteerde: dan zou ze bij mijn vader over de vloer moeten komen! Ze zei dat ze wel een auto kon huren en in een motel logeren. Met mijn vader liep het heus wel los, daar hoefde ik me geen zorgen over te maken, maar dat deed ik natuurlijk wel. Mijn maag draaide om, ik kon wel huilen. Ik wilde absoluut, absoluut niet dat mijn kind en ik bij mijn ruziënde en schreeuwende ouders zouden moeten zitten, dat mijn arme kindje met haar roze oortjes, die nog nooit iets gehoord hadden, dat nietige baby'tje dat volmaakt weerloos was en dat nog nooit een ruzie gehoord had, op de eerste dag van haar leven wakker schrok van zo'n dronken scheldkanonnade van mijn vader. Nooit! Maar ik kon mijn moeder niet tegenhouden.

Ik viel in slaap.

De volgende dag, nog in mijn ziekenhuisbed, pakte ik weer de telefoon en belde Stepan. Een vreemde nam de telefoon op, niet iemand die er al geweest was toen ik er nog woonde, maar ja, ik was ook al negen maanden geleden vertrokken, het kon wel ik weet niet wie zijn. 'Ik kan mijn moeder niet tegenhouden! Ze wil per se komen!' meldde ik aan die vreemde, die verbijsterd vroeg wie of wat ik wilde.

'O, ik wil Stepan graag spreken. Ja, het is belangrijk. Maakt niet uit, verdomme! Haal hem dan op!!'

Het was tien uur in de ochtend, ze zouden er niet dood aan gaan als ze hem ergens van de velden moesten plukken. Er ging echter een hele tijd voorbij voor hij aan de telefoon kwam. 'Da?'

Hij dacht zeker dat zich een crisis had voorgedaan aan het Russische thuisfront. 'Stepan. Met Jess. Ik wilde je laten weten dat je een dochter hebt.'

Geschoktheid kan ook zonder woorden worden overgebracht.

Uiteindelijk zei hij: 'Wat?'

'Isabelle,' zei ik. 'Ze heet Isabelle.'

Hij zei dat hij nog diezelfde dag naar Vermont zou komen om mij en de baby te zien. Ik zei dat hij geen moeite hoefde te doen, dat ik hem niet nodig had en ook niets van hem verwachtte. Hij zei dat hij toch kwam. Ik zei kom dan niet vandaag. Ik lag nog in het ziekenhuis. Ik zei dat hij tot het weekend moest wachten, als ik thuis zou zijn. Ik legde hem uit hoe hij bij het huis van mijn vader moest komen.

Een paar dagen nadat Isabelle was geboren verliet ik het ziekenhuis en ging ik naar huis, met een buik die niet meer gevuld was met baby, maar met een wee gevoel van afgrijzen. Ik droeg een klein wezentje, gehuld in een deken ter grootte van een badmat, dat verzorgd moest worden al had ik geen flauw idee hoe. Mijn vader, die me was komen halen, was een en al krachtdadigheid (als hij me niet náár het ziekenhuis kon brengen, kon hij mij verdomme in elk geval ophalen, ook al had hij wat gedronken, ook al was het pas tien uur in de morgen). Hij fladderde achter me rond, alsof hij verwachtte dat ik zou struikelen en de baby zou laten vallen – alsof ik iets aan hem zou hebben wanneer dat gebeurde. Aan mijn andere kant, zonder tegen hem te praten maar naar mij kijkend alsof ik een dreumes was die nog niet goed kon lopen, liep mijn moeder, die mij en de baby niet alleen zou opvangen als ik viel, maar die ook meteen een verpleegster zou opsnorren, en die mijn vader zou vernederen en een uitbarsting zou uitlokken die minstens een maand zou duren. Ze was net overgekomen uit Frankrijk, ze had nog een jetlag en het duizelde haar van blijdschap, ze kon niet van me afblijven, ik voelde haar handen op mijn gezicht, mijn rug, mijn armen, op de baby. En in de pas heringerichte blokhut van mijn vader in Vermont zaten ook nog mijn werkgever, die aan het begin van de avond regelmatig een zenuwinzinking nabij was, dus Joost mocht weten hoe hij híér mee om zou gaan, en de vader van de baby, die tot drie dagen geleden niet geweten had dat hij ook maar iets verwekt had, die onvrijwillig en vol wantrouwen afscheid van me had genomen, en die geen reden had wat voor positieve gevoelens dan ook te koesteren jegens mij of mijn kind.

Dit kwartet was mijn hele familie, al was geen van hen door banden van het bloed dan wel wettige banden met een van de anderen verbonden (behalve met mij) en kon geen van hen amicaal met een van de anderen omgaan. Ik herinnerde mij dat ik in mijn jeugd zeker had geweten dat ik, in tegenstelling tot mijn ouders, wel een gelukkig gezin zou stichten. Wat ik gekregen had was dit gruwelijke gezelschap.

Toch moest ik het er maar mee doen, er zat niks anders op.

Artur had een cadeau meegenomen, een mooie, keurige kinderwagen, wat ze in die tijd een Engelse kinderwagen noemden. Ik zou hem vast nooit gebruiken – hij was ontworpen voor stedelijke trottoirs en wij woonden in de bossen – maar hij was heel elegant. Artur had ook nog zijn grote zorg meegenomen, namelijk wanneer ik weer aan het werk zou gaan. Nachtmerrie compleet.

O God.

Het tafereel voelde aan als een droom, letterlijk. In mijn hoofd zoemde het, alsof ik een kalmerend middel had genomen. Ik zag mezelf door mijn rol lopen, ik kneep mezelf af en toe in de arm om me eraan te herinneren dat ik blijdschap moest uitstralen bij het zien van mijn moeder en vader, en vreugde bij het zien van Stepan en Artur, en dat ik de indruk moest wekken voor de baby te zorgen, terwijl ik eigenlijk voortdurend het gevoel had buiten mijn lichaam te staan en ook geen enkele voeling met het kind had, en ik eigenlijk geen flauw idee had waar ik mee bezig was. Ik denk dat mijn moeder dit op de een of andere manier moet hebben aangevoeld, want toen we het huis van mijn vader binnengingen en in zijn grote woonkamer stonden, nam ze Isabelle van me over en legde haar in de wieg, een prachtige mandwieg op wieltjes, bekleed met mousseline en bekroond met een roze satijnen strik. Ze was naar Cambridge gegaan, was pardoes bij die Fransen binnengewandeld die daar nu woonden (en die verrukt waren toen ze vernamen waarom mijn moeder daar was) en had de wieg van de zolder gehaald, waarna ze hem in haar huurauto had meegenomen naar Vermont. De wieg was al generaties in de familie van mijn vader: ik had er ook in gelegen en wel onder hetzelfde dekentje, vertelde mijn moeder, dat zij met de hand had gebreid van witte wol, doorstikt met roze lint. Mijn moeder reed het wiegje mijn kantoor in en liet de deur open staan, zodat we Isabelle zouden horen als ze wakker werd. Ik volgde haar met mijn ogen, liggend op de bank waar mijn vader mij min of meer had neergelegd. Ik verroerde me nauwelijks. Iedereen zat achter een glas, dat had mijn vader hun zeker opgedrongen, zelfs ik had een whisky met ijs, waarom dacht hij dat ik dat dronk? En op dat uur van de morgen? Was dat een manier om voor de baby te zorgen? Je bedrinken? Maar hij zal mijn voorkeur wel goed hebben ingeschat, want ik dronk het wel op.

Mijn moeder kwam terug en ging zitten en stelde Stepan wat beleefde vragen over Pax, terwijl mijn vader hem opnam met ogen waar de woede vanaf spatte en mijn moeder totaal negeerde. Stepan kon nauwelijks een woord uitbrengen, zo benauwd was hij. In Artur herkende hij een landgenoot, dus hij keek de hele tijd naar hem, alsof hij hulp verwachtte, hoewel hij had moeten weten dat hij uit die hoek geen hulp hoefde te verwachten, want hij was een Oekraïner en Artur een joodse Georgiër. Artur zat op zijn beurt de hele tijd verontwaardigd naar mij te kijken: een Oekraïner, een man van het volk dat zijn soort het fanatiekste vervolgde, die het waagde hem om hulp te smeken!

Alles bij elkaar was het onverdraaglijk. Ik viel in slaap.

Ik werd wakker met het idee dat ik in slaap was gevallen onder een film over radicalen die plannen smeedden voor de Russische revolutie. Arbeid, hoorde ik. Nu even niet...

'De basis van elke economie, elk politiek systeem, waarschijnlijk elke religie,' voerde een norse, koppige, trage stem aan. 'Ik weet vanaf mijn jeugd,' vervolgde de stem, moeilijk verstaanbaar. 'Altijd ik weet. Natuurlijk Marx weet ook, staat in zijn geschriften, maar is toch groot geheim, onuitgesproken feit dat iedereen weet. Daarom, toen ik naar dit land kom, ik zeg ik ga in commune leven, niet om geld te verdienen, niet om op de Amerikaanse manier te slagen, nee, maar om te proberen waar Gramsci over schrijft, om politieke en burgerlijke samenleving aaneen te smeden, en arbeid en intellect...'

'Nee! De slimmen horen de leiding te hebben, zoals Plato zei,' zei een scherpere, meer metalen stem. 'In mijn godsdienst begrijpen we dat. Wij koesteren geleerden, wij zorgen zij niet hoeven te werken, wij werken, onderhouden hen, zij lezen Torah, Talmoed...'

Hoe heette die film ook alweer? *Ninotchka*! Greta Garbo...

'Intellectuelen beweren altijd een elite te zijn,' bracht een smalende stem in het midden. 'Eerst grijpen ze de macht als priestervorst, bepalen de wet en leggen die dwingend aan iedereen op, kijk maar naar de Hebreeërs, die hadden eerst niet eens een koning. Kijk naar Soemerië: één man, nou ja, een man met een machtige familie, een bevelhebber, een militair, een moordenaar, trekt alle bezit naar zich toe en maakt van alle anderen slaven en vrouwen. De lugash eigende zich alles toe en had het voor het zeggen in kerk en staat. De priesters van Soemerië waren de mannen die de prostitutie hebben uitgevonden...' Sinds wanneer was mijn vader historisch onderlegd?

'Ja,' werd hij onderbroken door een vrouwenstem. Die klonk vaag als mijn moeder. Wat deed mijn moeder daar? 'Alleen waren het niet in de eerste plaats intellectuelen, maar mánnen. Of het nu de priesters waren, die wel de intellectuelen zullen zijn geweest, zoals in Israël, of de soldaten, zoals in Soemerië, ze wilden dat de mannen een elite vormden die recht konden doen gelden op de vrouwen; ze dwongen vrouwen in de bedienende klasse, en maakten hen uiteindelijk tot bezit... Mannen in de elite zullen alles doen om maar niet met hun handen te hoeven werken...'

'Nee, dame!' gilde Artur. 'Intellectuelen staan dicht bij G-d, zij moeten voorkomen dat ze vuile handen krijgen! Zij moeten wijden aan leren en ons voorgaan! In de Middeleeuwen wist iedereen dat! Ze hadden een glijdende schaal! Engelen, aartsengelen, G-d!'

'Wie is G-d nou weer?' beet de vrouwenstem terug.

'Andere god, Artur,' zei Stepan op uitdagende toon. 'Middeleeuwse god niet jouw god, mijn god. Of wat mijn god geweest zou zijn, als ik een had. Maar Marx en Lenin geloofden dat iedereen bij productieproces betrokken zou moeten zijn, iedereen zou het zware werk moeten doen, de intellectuelen zowel als de boeren...'

'Marx! De dochters van Marx maakten zijn haard schoon en maakten iedere dag het vuur voor hem aan, ze zetten thee voor hem, en zijn vrouw bereidde het eten voor hem terwijl hij wat rondlummelde tussen zijn boeken en peinsde als een joodse geleerde. De vrouwen deden verdomme zijn was, en maakten verdomme zijn kamer schoon. Gelijkheid! Laat me niet lachen!'

Ik was inmiddels rechtop gaan zitten en keek de kamer rond. Ik zag Artur verbleken toen hij mijn moeder zo hoorde praten. Ik keek er zelf ook verbaasd van op, eerlijk gezegd. Zulke taal sloeg ze anders nooit uit.

Stepan ging ook weer tot de aanval over. 'Welk land elitairder dan Rusland, towaritsj? Zelfs speciale rijbaan op snelweg, alleen voor intelligentsia, voor nomenklatura! Dat hebben ze zelfs niet in Engeland, waar ze koningin hebben.'

'Reken maar. Een kleine groep maakt aanspraak op allerlei voorrechten en dringt iedereen zijn eigen ideeën op, en een systeem dat altijd afgrijselijk is, onmenselijk, kwaadaardig, fout, maar niemand kan ze tegenhouden als ze eenmaal bezig zijn. Hier hebben ze het racisme uitgevonden om de slavernij te rechtvaardigen! De Arabische landen ook! Ze zochten een rechtvaardiging om moslimslaven te houden! En kijk wat ze met jouw land gedaan hebben, Stephen, Marx en Engels en Lenin! Ze hebben er een nachtmerrie van gemaakt! Wie wil daar nou wonen?! Stephen heeft gelijk, iedereen zou met zijn handen moeten werken, iedereen? Hè, Stephen?'

Mijn vader, die over ideeën discussieerde! Mijn vader, die vriendelijk deed tegen Stepan! Hoewel hij zijn naam wel verkeerd uitsprak.

Mijn moeder sprak laag en snel. 'Wat jullie allemaal weigeren in te zien is dat het basisparadigma mannelijk/vrouwelijk is. Zo is het begonnen, en jullie hebben al aangestipt waarom het is begonnen. Niemand wil het smerige werk doen, dus zeiden een paar mannen dat ze van de goden afstamden en superieur waren aan andere mannen, en dat zij niet hoefden te werken, maar toen de andere mannen gingen klagen zeiden ze, nou ja, jullie ook natuurlijk, jullie zijn wel niet zo goed als wij, maar jullie zijn superieur aan de vrouwen, kijk maar eens, die werken of ze willen of niet, dat zit er gewoon ingebakken, zij baren de kinderen... Waarom geven jullie niet toe dat dat de werkelijke reden is om te discrimineren? Kijk eens naar jezelf!' riep mijn moeder, terwijl ze opstond om de baby te gaan halen, die in het aangrenzende vertrek lag te dreinen.

Ze besteedden geen aandacht aan haar. Ze zetten hun verhitte discussie gewoon voort. Ik stond ook op en volgde haar naar mijn kamer, en zag hoe ze de baby uit de wieg tilde en haar luier inspecteerde. Ze spreidde wat doeken uit op mijn bureau, maakte de vochtige luier van Isabelle los en haalde hem weg.

'Kun je wat warm water voor me halen, Jess?'

Ik ging naar de keuken en vond een kan. Ik moest wel een poosje wachten – het duurt in dit huis een paar minuten voor er warm water uit de kraan komt. Ik liep terug met de kan, goot wat water op een washandje, wreef daar zeep op en gaf het aan mijn moeder. Isabelle staarde naar het plafond. Het was mij niet duidelijk of ze ons zag. Als haar blik mij of mijn moeder vond, staarde ze even, met iets verwonderds, en al die tijd bleef ze maar trappelen en met haar armpjes zwaaien. Ik kon wel zien dat ze ons nog niet kende. Ik vroeg me af of het fijn voor haar was om eindelijk te kunnen bewegen, na al die maanden van opsluiting in een baarmoeder. Hoewel ze in de baarmoeder ook genoeg trappelde, mijn god. Ik vond haar er wel blij uitzien. Ik hield mezelf voor dat ze misschien wel glimlachte.

Mijn moeder maakte haar bibsje schoon, waarna ze, met de andere kant van het washandje, de zeep eraf veegde. Ze depte hem voorzichtig droog met een zachte handdoek, strooide er wat babypoeder op en gaf haar toen een schone luier. Isabelle besteedde geen aandacht aan wat mijn moeder allemaal deed. Ze keek voornamelijk om zich heen, en bestudeerde haar wereld. Ze leek het niet erg te vinden wat mijn moeder deed, maar ze bleef mekkerende geluidjes maken. Net een klein lammetje.

'Zou ze honger hebben?' vroeg ik.

'Waarschijnlijk wel. Hoe lang is het geleden? Drie uur?'

Ik knikte. 'Je zou het kunnen proberen,' zei ze. Ze tilde de baby op en drukte haar tegen zich aan, haar hand stevig tegen de nek van Isabelle, vingers gespreid om haar achterhoofdje te beschermen. Ze liep terug naar de woonkamer.

'Ik blijf hier wel,' zei ik, wat ongemakkelijk.

Mijn moeder hief haar hoofd op. 'Jij blijft helemaal niet hier! Je hoeft je niet te verstoppen! Jij maakt ook deel uit van de beschaafde samenleving!'

We liepen terug naar de woonkamer en gingen weer op de bank zitten. Met een belabberd gevoel knoopte ik mijn blouse los, liet de cup van mijn beha zakken en begon Isabelle de borst te geven. Ze had inderdaad honger, ze zoog begerig. Haar handjes werden tot vuistjes gebald en liepen blauw aan, haar teentjes friemelden en ze ging helemaal op in het gezuig, ze was in extase. De borst krijgen was de diepgaandste ervaring in haar leventje, de belangrijkste, en toch zou ze zich hier niks van herinneren. Dat deed niemand. Maar betekent dat ook dat er helemaal niets van blijft hangen?

De mannen besteedden geen enkele aandacht aan mij. Artur was boos, hij verdedigde de vrome geleerden van de joodse gemeenschap, en de gebruiken die hun positie in stand hielden. Stepan was nu eens nukkig en stil, om dan weer uit te barsten in de verontwaardiging van iemand die weet dat hij gelijk heeft en die denkt dat de anderen dat ook wel weten maar het weigeren te erkennen. Mijn vader zat stevig te drinken, en de argumenten van Artur weg te honen: hij was het eens met Stepan maar keurde hem tegelijkertijd af. Hij trok zich liever terug in zijn gebruikelijke beneveldheid. Geen van de mannen had zelfs maar geluisterd naar wat mijn moeder had aangevoerd. De beschaafde samenleving: wie hield ze eigenlijk voor de gek?

Ik keek naar mijn moeder en trok mijn wenkbrauwen op. Ze haalde haar schouders op. Wij namen geen deel aan dit gesprek, ook al had zij geprobeerd er het hare aan bij te dragen. 'Ik denk dat ik maar eens met het eten ga beginnen,' zei ze. Het was pas halfvier. Ze moest zich wel echt vervelen.

'Wat eten we dan,' vroeg ik sarcastisch, 'een kalkoen van twintig kilo?'

'Ik zal wel iets tijdrovends bedenken,' zei ze. 'Ik heb een naborst gekocht. Ik ga pot au feu maken.'

'O,' zei ik. Dat klonk heerlijk. Dat had ik al niet meer gehad sinds ik op Pax was gaan wonen. 'Hebben we wortelen en uien? Oké, als zij genoeg heeft, gaan we koken,' zei ik.

Als er een baby is geboren wordt dat verondersteld een gelukkige tijd te zijn. Alle boeken die ik had gelezen om me erop voor te bereiden legden daar de nadruk op, en alle verslagen die ik erover las beschreven het ook zo. Maar ik vond het een tijd van grote zorg, en angst. Niet alleen zat mijn familie ongemakkelijk bij elkaar als een stel hoge ambtenaren na een rampzalig lek, elkaars gezichten afspeurend op tekenen van schuldbewustheid, maar er was ook nog eens een... mensje... bijgekomen, dat haar longetjes uit haar lijf schreeuwde, dat van mij verwachtte dat ik iets aan haar onbehagen deed, terwijl ik niet eens begreep wat ze zeggen wilde. Mijn vriendin Amy zei dat een baby hebben net zoiets was als verliefd zijn op iemand die je nauwelijks kende. Ja, ik hield absoluut van dit mensje, maar ik kende haar helemáál niet.

Wat nog erger was, was dat dit leventje, dit kindje wier hoofdje nauwelijks de kromming van mijn elleboog vulde, afgrijselijk kwetsbaar was. Baby's gingen dood in hun slaap; niemand wist hoe dat kon. De bovenkant van haar schedel was nog zacht, als ze daarmee ergens tegenaan stootte, of zich sneed, kon ze wel doodgaan, of ernstige verwondingen oplopen. Haar nek was zo zwak dat ze zelf haar hoofdje niet kon ophouden, en als je haar niet zorgvuldig ondersteunde kon ze haar nekje wel breken. En ze kon helemaal niks! Dieren kunnen bij de geboorte tenminste lopen; zij niet. Dieren weten waar ze hun voeding moeten halen; zij niet. Ze leek het wel te weten als ze honger had, en ze kon pissen en schijten, maar zelf boeren laten werd al moeilijker. Ik had geen idee wat er in haar omging, en toch hing haar leventje van mij af! Ze kon huilen en dan dacht ik dat ze honger had, en dan gaf ik haar de borst en begon ze te zuigen alsof ze uitgehongerd was, maar na vijf minuten liet ze alweer los en begon ze om zich heen te kijken, zwaaiend met armpjes en beentjes, of ze viel weer in slaap. Tien minuten later had ze weer honger. Dan huilde ze en huilde ze tot ik haar weer aanlegde. Dan begon ze te zuigen, maar wendde zich snel weer af en zette het op een bloedstollend krijsen. Ik wist niet wat ik moest. Mijn moeder zei dat ze misschien een boertje moest laten, dus dan hield ik haar tegen mijn borst, klopte op haar rug en wiegde haar een beetje, maar ze bleef gewoon huilen. O, god.

Eerst huilde ze een beetje dreinend, als een poesje of lammetje, maar naarmate ze groeide begon haar geblèr luider en veeleisender te klinken. Soms klonk ze vol razernij, zoals mijn vader op zijn ergst – sterker nog, ze deed me aan hem denken. Maar andere keren sprak er zo'n verdriet uit haar huilen dat ik me afvroeg wat ze toch kon voelen, want ze had nog maar zo weinig meegemaakt. Wat wist ze? De stuwing van de geboorte, het ongemak van honger en vochtigheid, het bevredigende van voeding, van poepen en plassen, het genot van twee armen die haar wiegden. De geboorte was dan misschien geen lolletje voor haar geweest, maar had ze daar zoveel verdriet om? Was ze gegriefd omdat ze mijn warme, kloppende buik had moeten verlaten? Haar gejammer klonk net zo heftig als dat van Andromache, Hecuba, Niobe. Hoe kon ze het verdriet van de verslagene kennen? Had ze alles verloren dat ze liefhad toen ze de baarmoeder verliet? Kon je nog betwijfelen of ze werkelijk treurde, als je die geluiden hoorde? Ik hield haar dicht tegen me aan en probeerde haar te kalmeren met mijn mond zacht tegen haar voorhoofd of haar slaap of haar schedel, maar niets voldeed. Het was tragisch. Ik kon wel met haar meehuilen.

Ik had veel aan mijn moeder. Zij kalmeerde me als ik er gek van werd, en leerde mij van alles wat ik niet wist. Toen het – of misschien ik – na de eerste paar weken een beetje tot bedaren kwam, en ik een beetje kon aanzien wat ik tot dusver genegeerd had (zoals mijn vader die naar mijn moeder keek alsof ze de slang in het paradijs was, of naar Stepan alsof die hem beroofd had, of Stepan zelf die met afgrijzen maar toch ook gefascineerd naar mijn materialistische, krijgslustige, elitaire, kapitalistische ouders keek, of Artur die naar mij keek alsof ik de graan-en-olie-godin was die hem grote gunsten kon bewijzen maar het botweg vertikte), besloot ik mij weer terug te trekken in mijn bedwelming. Ik kon er absoluut niet mee omgaan, ik had mijn handen vol aan de baby, die mij meer dan wie ook hinderde omdat ze nauwelijks naar me keek.

Op de een of andere manier verliep het allemaal zonder uitbarstingen. Ik weet niet hoe mijn moeder mijn vader buiten gevecht stelde; hij zat elke avond aan tafel als een getuchtigd jongetje, had weinig te melden en keek haar nooit aan. En elke avond, nadat ze voor ons allemaal gekookt en met ons gegeten had, en ze de keuken had opgeruimd, gaf ze me een kus op mijn voorhoofd en ging terug naar haar motel. Daarna ontspande mijn vader zich met zijn derde glas van de avond, en verviel in zijn gebruikelijke staat van verdoving voor de televisie.

Mijn vader stond zichzelf toe om Stepan een klein beetje te mogen, omdat hij ook in werken met zijn handen geloofde, en zich daarmee in leven hield, maar hij haatte hem omdat hij geen verantwoordelijkheid nam voor mij en Isabelle, wat een man behoorde te doen, vond mijn vader, hoe koppig hij het zelf ook geweigerd had. Stepan, die om vijf uur opstond, zelfs nu hij niet op Pax was, ging 's avonds altijd regelrecht van tafel naar mijn kantoor, waar hij zijn slaapzak uitrolde en in coma viel. Artur, die erin geslaagd was zowel mijn vader als Stepan tegen zich in het harnas te jagen, was goddank niet elke dag bij ons.

Overdag was het beter. Mijn vader was de hele dag in zijn atelier. Mijn moeder hielp me met het in bad doen van Isabelle en het verwarmen van haar eten tot de juiste temperatuur en leerde me hoe ik haar in mijn arm kon voeden – ze was te zwak en te klein voor een kinderstoel. Ze was zo klein! Ik kon er maar niet over uit! Met van die piepkleine vingertjes! En dan dat kleine mondje dat openging! Mijn moeder liet me zien hoe ik de flesjes kon uitkoken die ik af en toe gebruikte, en de luiers trouwens ook – de nieuwe papieren luiers waren voor mijn gevoel ecologisch niet verantwoord, dus die wilde ik niet hebben. Ze paste ook op Isabelle in die korte poosjes dat ik dagelijks even weg was. Ik ging een halfuur per dag naar buiten, voor een wandeling langs het meer, om niet helemaal mijn bezinning te verliezen. Het was nog te koud buiten om te kanoën, en soms stond er een akelige wind.

Toen Isabelle ruim een week was, waagde ik het er voor het eerst op om haar mee naar buiten te nemen. Ik stopte haar in een draagzak die voor mijn borst hing, waarna mijn moeder en ik naar de stad gingen. Mijn moeder kocht voor een heel jaar babykleertjes (mijn vader betaalde – ze moest dus toch met hem gesproken hebben). Het kost een fortuin om één zo'n klein mensje in de kleren te steken. Ik vroeg me af hoe arme mensen dat deden. Mijn moeder kocht een winterpakje voor Isabelle voor de volgende winter (deze winter volstond de insteekzak), ze kocht jurkjes en schoentjes, zomerpakjes, een badpakje, pyjama's en luierhemdjes in drie verschillende maten. Ik vroeg me af hoe snel ze dacht dat Isabelle ging groeien (en was geschokt toen ik ontdekte hoe snel dat inderdaad ging). Ze kocht ook een autostoeltje, een kinderbedje, een box, een kinderstoel, een wandelwagentje, een loopstoeltje, een grammofoon en wat platen: kinderrijmpjes, *Peter en de Wolf*, *Een kijkje in de orkestbak*, wat symfonieën van Haydn en speciale uitvoeringen voor kinderen van pianomuziek van Bartok en Debussy. Draai die maar als je haar in bad doet, of aankleedt, zei ze, of wat je ook doet. Dacht ze dat ik de tijd had om platen op te zetten als ik haar in bad deed of aankleedde? Was ze niet goed bij haar hoofd?

Toch deed ik het. En de muziek had een kalmerende uitwerking op míj.

Stepan bleef maar een week. Hij wilde betrokken zijn bij het kind, dat kon je wel zien, maar Isabelle intimideerde hem nog meer dan mij, hij had geen flauw idee wat hij voor haar betekenen kon. Hij hield haar wel vast als ik dat toeliet, maar zodra ze begon te huilen sloeg de schrik hem om het hart en gaf hij haar snel weer aan mij. Het grootste deel van de tijd hing hij maar wat rond. Uiteraard moest hij wel in het huis van mijn vader logeren, hij had geen geld voor een motel, en uiteraard behandelde mijn vader hem als een parasiet ook al koesterde hij – je kon het aan zijn ogen zien – wel enige sympathie voor deze afvallige communist. Er was, naast de wieg van Isabelle, in mijn kamer geen ruimte voor Stepan, en bovendien had ik geen zin om met hem te slapen. Er zat voor hem niks anders op dan zijn slaapzak uit te rollen op de grond in mijn kantoortje. Daar lag hij mijn vader in elk geval niet in de weg, maar ik stel me voor dat hij hem wel om drie of vier uur 's nachts kon horen opstaan uit zijn stoel om met zijn dronken hoofd naar zijn slaapkamer te strompelen. Ik zat er niet mee. Ik had Stepan zijn houding na de machtsgreep van Brad en Bert op Pax niet vergeven, en dat zou ik nooit doen ook. Ik zou het althans nooit vergeten. Of zelfs als ik het vergat, dan nog stond zijn karakter onuitwisbaar in mijn geheugen gegrift.

Maar ik was wel nieuwsgierig naar Pax. Een paar dagen nadat ik uit het ziekenhuis was ontslagen, toen ik al weer zo half en half mezelf was, vroeg ik hem ernaar aan de lunch, toen hij er niet omheen kon. Mijn vader was aan het werk in zijn atelier en mevrouw Thacker was al naar huis. Ik had Isabelle al gevoed en in de wieg gelegd voor nog een slaapje. We zaten erwtensoep te eten met spek en macaroni.

'En hoe is het op Pax, Step?'

'O, wel goed.'

'Is er nog nieuws?'

'Bernice is weg.'

'Bernice weg? Echt waar? Is ze bij Brad weg?'

'Bert. Brad. Weet ik veel. Ze is weg.'

'Waarom?'

Hij haalde zijn schouders op. Ik herinnerde mij weer hoe het was een gesprek te voeren met Stepan.

'Waarom zei ze dat ze wegging?'

'Ze zei ze was ziek van het gecommandeer van twee klootzakken en van alle stinkklusjes die ze moest doen.'

Na een hele reeks vragen en het nodige gehengel kwam ik erachter dat Bernice terug was gegaan naar Californië. Ze was weer bij haar moeder gaan wonen. Haar moeder had, toen Bernice in de commune woonde, haar makelaarsdiploma gehaald en in haar vrije tijd hielp Bernice haar nu onroerend goed verkopen in Orange County. Ze wilde zelf ook een makelaarsdiploma zien te halen, ze was vast van plan bakken met geld te gaan verdienen. Ze had Lysanne in een brief gevraagd aan die hufter van een Bert te vertellen dat ze in een Thunderbird reed. Stepan had geen idee wat dat zeggen wilde, maar had kennelijk geen zin gehad dat aan Bert en Brad te laten merken.

'Wat is dat voor auto, Jessamin?'

Wat mij herinnerde aan één reden dat ik van Stepan had gehouden: zelfs na tien jaar in de Verenigde Staten had hij nog geen flauw benul van de zegeningen van het kapitalisme.

En Brad en Bert? Waren die er nog? En sliepen die nog met Lolly en Lysanne?

'Nee.'

Moeizaam en omslachtig kwam het eruit. Brad had in de stad een keer een meisje ontmoet en haar mee terug genomen naar de boerderij. Eunice was weggelopen van een vader die haar – althans dat namen ze aan – misbruikt had. Ze kon nergens heen, en ze was doodsbang. Kennelijk haalde ze het beste in Brad naar boven. Hij was heel zacht voor haar. Bert vond haar weerloosheid opwindend, maar Brad stond niet toe dat hij ook maar een vinger naar haar uitstak. Zelf raakte hij haar ook niet aan. Dat had geleid tot een uitbarsting en Bert was in opstand gekomen. Uiteindelijk was hij vertrokken, en hij had Lolly meegenomen. Sindsdien was het bestaan op de boerderij een stuk vrediger geworden. Stepan was naar volle tevredenheid aan Lysanne gekoppeld, en Brad aan Eunice. Er was ook nog een ander stel bij hen komen wonen, zij paardenmens, hij boer, met twee kinderen. Dus ze waren nu met zijn achten, en dik tevreden. De mensen in de stad schenen hen tegenwoordig als fatsoenlijke leden van de plaatselijke gemeenschap te beschouwen, en noemden hun boerderij de Pax Farm. Ze overwogen geiten te kopen en een kaasboerderij te beginnen.

Deze afloop klonk me als muziek in de oren. Als het tenminste de afloop was, zoals ik hoopte, en niet gewoon een tussenstand. Het klonk in elk geval alsof ze daar nog lang en gelukkig zouden leven. Wel vroeg ik me af hoe het met Bert zou zijn. Hoezeer ik ook de pest aan hem had, in mijn ogen was hij een tragisch slachtoffer, iemand die kapot was gemaakt door machten die hem te boven gingen, door een onverdedigbare oorlog.

Stepan had de Paxwagen geleend, dus hij kon niet lang blijven. Ik zag wel dat hij het naar vond om te vertrekken, maar blijven was voor hem ook geen optie. Hij wilde deel uitmaken van het leven van het kind. Maar ik wilde niet dat hij deel uitmaakte van mijn leven, en dat wilde hij trouwens ook niet. Het was een onmogelijke situatie. Ik zei dat hij haar in de zomer weer kon komen opzoeken, en dat ik in het najaar zou proberen een keer met haar op de boerderij langs te komen. Daar moest hij het maar mee doen. Dat was de eerste – en enige – keer in mijn leven dat het verschil in behandeling van de geslachten in het voordeel van de vrouw – mijn voordeel – uitviel.

Ik kan niet ontkennen dat mijn moeder me geweldig hielp, maar haar aanwezigheid maakte me ook heel onrustig. Mijn vader probeerde zijn gevoel helemaal uit te schakelen, maar zijn intense betrokkenheid bij haar bleef en ik was verraderlijk opgelucht toen ze na een maand liet weten dat ze weer terug moest naar Frankrijk. Ze deed die mededeling op een donderdag, nam die avond afscheid en ging terug naar haar motel. Op vrijdagochtend pakte ze haar spullen, reed naar Boston, leverde haar huurwagen in en stapte op het vliegtuig naar Parijs. Ik moet haar die dag zo ongeveer ieder uur aan de lijn hebben gehad. Ze vond het vreselijk om bij me weg te gaan, en ik vond het ergens ook wel ellendig.

Maar ik voelde ook opluchting, en een zekere rust. Wispelturig wezen.

Ik denk dat Isabelle wel merkte dat ze weg was, al zou ik het niet met zekerheid kunnen zeggen. Maar toen ik eenmaal verlost was van de nervositeit waar ik altijd last van had als mijn moeder en vader onder één dak verkeerden, voelde ik me vreselijk verlaten. Zonder haar hulp had ik de hele dag, dag na dag, niets anders te doen dan voor de baby zorgen! Dat was geen leven! Met mijn moeder erbij deden we wat gedaan moest worden, waarna we gingen zitten met een kop koffie en een sigaret, en we een intelligent gesprek konden voeren. We konden gaan winkelen of naar de markt gaan of in de woonkamer gaan zitten lezen, en als de baby huilde keken we elkaar even aan, om zonder woorden tot de conclusie te komen wat dat voor huiltje was. Nu had ik niemand om op terug te vallen. Mijn vader was aandoenlijk bereid mij te helpen, maar hij had er echt geen benul van hoe je een baby moest verzorgen. Hij had nog nooit van zijn leven een baby verschoond of gevoed. Ik vroeg hem een keer Isabelle een schone luier te geven omdat ik naar de markt moest; het regende en ik had geen zin haar in dat vochtige, kille weer mee naar buiten te nemen. Toen ik terugkwam lag ze te huilen en waren haar billen rauw en rood. Mijn vader was nog wel in huis, niet in zijn atelier, maar hij zat naar een of andere sportwedstrijd op de televisie te kijken. Hij keek me beschaamd aan, maar er gleed ook een lachje over zijn gezicht. 'Ik kreeg het niet voor elkaar, lieve schat,' zei hij. 'Echt niet.'

De volgende drie maanden waren zonder enige twijfel de zwaarste van mijn leven. Ik was niet ongelukkig, ik bestond gewoon niet. Ik had geen leven, ik was slechts een dienstmaagd, een slaaf van die baby. Ik ploeterde in een tredmolen van voedingen om twee uur 's nachts, zes en tien uur 's morgens, twee en zes uur 's middags en tien uur 's avonds, waarna ik haar in bed legde. Dat vond ik al beroerd; ik wist nog niet dat ik een paar maanden later twee keer per dag pap voor haar zou moeten koken, en niet veel later een ei bij de ene maaltijd, en vlak daarna een aardappel voor haar voeding van twee uur. Niet lang daarna moest ik elke dag vlees en groente pureren met een blender, want ik wilde haar geen babyvoer uit potjes geven, dat was een en al zout en suiker. Na een poosje hoefde ze de voeding van twee uur 's nachts niet meer en zat ze op een schema van zes uur: zes uur, twaalf uur, zes uur, met nog een flesje om middernacht. Het ergste hadden we gehad.

Tussen de voedingen door steriliseerde ik flesjes, die ik haar gaf als ik naar de markt moest, en meenam als ik met haar naar de dokter ging voor de maandelijkse controle. Elke dag deed ik haar was – een verbazingwekkende hoeveelheid, vanwege al dat gespuug en gemors en geknoei met eten en drinken. Elke drie dagen kookte ik haar luiers uit. Ik deed haar ook elke dag in bad, wat een genoegen was, dat moet ik zeggen. Ik zeepte haar verrukkelijke glanzende huidje in, smeerde haar in met olie, poederde haar, en trok haar schone kleertjes aan. Ik liet haar boertjes laten, troostte haar, hield haar in mijn armen en liep met haar rond als ze huilde, wat vaak gebeurde. Ik verbaasde me over mijn uithoudingsvermogen, mijn geduld en standvastigheid. Ik had iets van een robot gekregen. Als ze eindeloos krijste en ik maar niet kon ontdekken wat er was, hield ik haar gewoon vast in stom verdriet, en overwoog hoe makkelijk het zou zijn om haar te smoren. Ik voelde me niet schuldig over die negatieve impulsen, aangezien ik mij er nooit door liet leiden. Volgens mij was dat gewoon menselijk, en uiteraard bleef ik gewoon voorzichtig haar broze nekje steunen, en haar weerloze schedeltje behoeden voor zware en scherpe voorwerpen. Zelfs als ik het gekrijs niet meer kon aanhoren, zelfs als ik uitgeput was, zelfs als mijn leven slechts onderworpenheid leek, voelde ik dat ik meer van haar hield dan van mezelf, dat haar vingertjes mij dierbaarder waren dan mijn eigen armen of benen, of dan wat ook ter wereld.

Zo krijgen ze ons klein, dacht ik. Ze weten wat wij voelen en ze weten dat we alles voor die kleine mensjes over hebben.

Ik werd volledig in beslag genomen door dingen die ik niet uit eigen vrije wil deed, maar omdat ik nu eenmaal geen keus had. De momenten die ik voor mezelf had waren zo vluchtig dat ik ze nergens voor kon gebruiken. Ik probeerde wel te lezen, maar raakte voortdurend de draad kwijt. Ik kon me op geen enkel boek concentreren, tot ik op een dag bij de drogist een detective meenam. Het was bij me opgekomen dat ik zoiets nog wel bij vlagen zou kunnen lezen – en zo kon je de boeken van Adrienne Rich, Günter Grass of Doris Lessing, die op mijn nachtkastje lagen, niet lezen. Het kostte maar een paar dollar, wat ik zonder problemen met mijn budget kon neertellen. En het werkte, ik kon er een halfuur in lezen, het neerleggen, en als ik dan acht of twaalf uur later verder wilde lezen hoefde ik maar even terug te bladeren om te kijken waar ik ook alweer was. Voortaan had ik altijd een spannend boek bij de hand, voor als ik eens een halfuurtje voor mezelf had. Ik wist dat ik mijn hersens eraan verspilde, maar ik vermaakte me er in elk geval mee.

In mei begon mijn leven weer kleur te krijgen toen ik in mijn tuintje aan het werk ging. Het stuk grond dat mijn vader me gegeven had was groot, bijna net zo groot als op Pax, dus ik had er wel hulp bij nodig. Ik hing een briefje op in het postkantoor en een vrouw bood haar diensten aan. Kathleen Martinelli, die niet ver bij ons vandaan woonde, was getrouwd met een tandarts; ze had drie kinderen in de tienerleeftijd, en een groot huis met een eigen tuin, maar ze verveelde zich. Ze miste de boerderij in Georgia waar ze was opgegroeid. Ze was perfect voor mij. Ik huurde Randy Hogg weer in om de grond nog eens om te ploegen, waarna Kathleen en ik het zaad met de hand pootten, rij na rij. Ik liet een automatisch sproeisysteem installeren. Daarna was ik blut, of liever gezegd: stond ik rood. Er moest nog wel gewied worden, maar we hadden overal muls op gelegd, dus een paar uur per dag met zijn tweeën wieden was genoeg om het onder controle te houden.

Ik zette Isabelle in haar wandelwagentje, waar een kleine overhuiving op zat. Dat zette ik onder een boom, met een flesje water eraan vastgebonden. Ze sloeg er geregeld tegenaan, waarna ze er niet meer bij kon, en begon dan te huilen, waarna Kathleen of ik er weer naartoe rende om het flesje binnen handbereik te brengen. Ook haar longetjes kregen de nodige beweging, met al dat gehuil, maar ze was meestal tevreden, en zat belangstellend vanuit de schaduw toe te kijken hoe wij onkruid uit de grond trokken, met haar armpjes en beentjes zwaaiend en wat brabbelend tegen de wind.

De wintermaanden, januari en februari, waren de slappe tijd voor het restaurant, dus Artur was maar een beetje van streek dat ik er niet was. Een beetje van streek wilde in het geval van Artur zeggen een lichte hysterie: haren uittrekken, aan zijn hoofd frunniken, een ondertoon van wrevel in zijn stem. Het restaurant draaide niet half zo goed nu ik er niet was, en aangezien de lente eraan kwam begon zijn hysterie al toe te nemen, met alle klachten van dien. Maar ik had vaker met dit bijltje gehakt en kon het afdoen met een schouderophalen. Ik werd niet eens boos op hem. Na iedere woedeaanval werd hij overweldigd door schuldgevoelens, en dat werkte in mijn voordeel: hoe vaker dat gebeurde, hoe schuldiger hij zich jegens mij voelde. Toch jeukten mijn handen na drie maanden om weer aan het werk te gaan. Isabelle was echter nog te veeleisend: ze at vijf keer per dag. En ik kon haar niet eens een paar uur onder de hoede van mijn vader achterlaten.

Stepan kwam eind mei weer. Deze keer kon hij een beetje met haar spelen. Ze was inmiddels vier maanden, en kende ons allemaal. Ze kon kiekeboe spelen en ze vond het fijn om te worden opgetild en rondgezwaaid. Ik liet Stepan haar ook eten geven. Hij zette haar op zijn linkerarm en voedde haar met zijn rechter, net als ik dat deed, maar daarbij kwamen wel zijn morele tekortkomingen aan het licht. Stepan was geschokt door de zekerheid waarmee Isabelle leek te weten wat ze wel en wat ze niet wilde eten. Hij keurde dat ten zeerste af. Misschien had hij in zijn jeugd wel zo vaak honger geleden dat hij bereid was alles op te eten wat hem werd voorgeschoteld, en vond hij dat zij diezelfde bereidheid zou moeten tonen. Maar Isabelle had nooit lang honger gekend; haar gekrijs mocht dan soms klinken alsof ze doodging van de honger, ze kreeg altijd binnen twintig minuten nadat ze was begonnen te brullen haar eten. Ze mocht dan vaag zijn op de meeste punten, dat gold niet voor haar smaak. Rode bieten en lever spuugde ze vol overtuiging uit. Ze was gek op limabonen, sperziebonen, allerlei soorten bonen in gepureerde vorm. Ze smulde elke dag van haar gekookte ei, ze genoot van haar sinaasappelsap en ze was dol op stukjes spek op haar tong. Maar ze had de pest aan erwten en kon gebakken aardappelen en pap maar net verdragen. Pietluttig, dat was ze. Hij probeerde daar iets aan te doen, en propte de erwten in haar mondje. Ze bleef ze gewoon uitspugen. Met die strijd, zoals dat meestal met een dergelijke strijd tussen ouder en kind gaat, verspilde hij niet alleen zijn energie, hij leerde haar ook dingen als razernij, haat en opstandigheid. Ik hield hem voor dat ouders zo'n machtsstrijd met hun kleine kinderen altijd verloren, misschien dan wel niet meteen, maar in elk geval op de lange duur. Maar daar schoot ik niks mee op. Dus toen zei ik maar dat als hij daar niet mee ophield, hij haar geen eten meer zou mogen geven.

Eind mei zat Isabelle op vier maaltijden per dag – melk om zes uur 's morgens, een ei, sinaasappelsap en pap om tien uur, een gebakken aardappel en groente om twee uur 's middags en vervolgens om zes uur een hele maaltijd – vlees, groente en fruit. 's Nachts sliep ze door. Hoera!

Ik begon plannen te maken om weer aan het werk te gaan. Ik zou stoppen met de voedingen; ik trof voorbereidingen om haar te kunnen meenemen. Ik zou om een uur of drie naar mijn werk gaan, na haar lunch. Dan hoefde ik haar onder mijn werk maar één keer te eten te geven, om zes uur. Ik kon de blender van het restaurant gebruiken voor het pureren; die was veel beter dan de mijne, dus dat spaarde tijd uit. Bovendien zou ik meer keuze hebben aan verse producten, en het keukenpersoneel kon me toch ook helpen.

Achter het restaurant was een onverwarmd kamertje waar voornamelijk rommel stond. Op een maandag toen het restaurant gesloten was haalde ik al die rommel eruit en maakte ik het kamertje schoon. De volgende dag ging ik er vroeg heen en boende muren, plafond en vloer, alvorens weer aan de slag te gaan in de keuken. De maandag en dinsdag van de week daarop schilderde Artur het kamertje wit en kocht hij er een elektrisch kacheltje voor. Ik kocht een gestreept rolgordijn en vitrage, en zette er een oude boekenkast uit ons eigen huis in. Die schilderde Artur ook, waarna ik er de spulletjes voor Isabelle in kwijt kon: babyolie, poeder, luiers, luiercrème, veiligheidsspelden en dergelijke. Ik kocht een prullenbak met een deksel voor de vieze luiers.

Ik kocht ook nog een kinderstoeltje, zo'n canvas wipstoeltje, dat ik voor haar in de keuken neerzette. Ze was verrukt van alle bedrijvigheid en alle mensen om haar heen. Het personeel was natuurlijk dol op haar, ze konden nooit zomaar langs haar heen lopen, en al gauw vond ze iedereen die daar werkte even leuk. Als ze iemand in de gaten kreeg begon ze meteen te roepen en smeet ze in de lucht wat ze op dat moment maar in haar handje hield. Ze hielpen me van alles voor haar te pureren, en zij at alles als een culinair journalist. Ze proefde ananas en walnoten, mango, beekforel, kapoen, en wat er verder maar voorradig was. In die maanden werd ze een gourmand met buitengewoon verfijnde voorkeuren. En dat is ze eigenlijk altijd gebleven.

Toen ik weer aan het werk ging, ging ik eerst 's ochtends, en liet Isabelle een uur met mijn vader alleen (een uur kon ze nog wel zonder verschoning). Dan stelde ik het menu op en plaatste bestellingen. Vervolgens ging ik naar huis en verzorgde haar, en gaf haar haar lunch. Dan verschoonde ik haar, trok haar andere kleertjes aan en reed weer met haar naar het restaurant, waar ik haar in haar wipstoeltje zette en ging koken. Ze vond het fantastisch, ze werd vermaakt door zes personeelsleden plus Artur, en soms kwam er ook nog een gast binnen om bij haar te kijken.

Het personeel hielp me haar eten klaar te maken, en ze gaven haar om beurten te eten. Ze vochten om dat voorrecht. Daarna speelde ze een poosje, waarna ik een halfuurtje vrij nam. Dan nam ik haar mee naar ons kamertje, verschoonde haar, en legde haar in de kinderwagen die ik van Artur had gekregen, met een fles warme melk om haar gezelschap te houden. Die kinderwagen was solide en er zat een rem op; hij was zo hoog dat ik niet mijn rug brak als ik me eroverheen boog om haar erin te leggen of eruit te halen, wat bij het autostoeltje en dat wipstoeltje veel lastiger was. Ze lag altijd lekker onder haar dekentje, verrukt over haar flesje, en deed snel haar oogjes dicht. Het was kil in dat kamertje, zelfs in juni, dus meestal zette ik het kacheltje aan. Ik kleedde haar warm. Ze leek weg te smelten van gelukzaligheid. Ze sliep daar beter dan thuis.

Voor ik elke dag van huis ging, maakte ik een batterij flesjes klaar. Ik kookte ze in het restaurant uit, maar ik vulde ze thuis. Ik had zowel thuis als op mijn werk altijd flesjes in de koelkast klaarstaan. Als ze ging slapen, overdag of 's avonds, duwde ik een flesje in het houdertje naast haar. Ik maakte me zorgen dat ze mijn borst misschien zou missen en daar doodongelukkig onder zou zijn, maar ze leek zich er niet druk om te maken en deed eigenlijk alleen moeilijk als ze haar flesje kwijt was. Ze at en dronk goed en viel na afloop altijd tevreden in slaap. En met al die mensen om haar heen, was er altijd wel iemand die haar hoorde als ze zich roerde.

Het enige wat ze vervelend vond was als ik haar 's avonds, na mijn werk, nog dikker inpakte om haar naar de auto te dragen; ze werd altijd woedend wakker, hapte naar adem en begon te huilen. Maar zodra we buiten kwamen en de koele lucht in haar longen stroomde viel ze weer in slaap – waar ik altijd om moest lachen, waarna ik mezelf altijd weer een vreselijk mens vond. Hoe dan ook, in juni was het ook weer niet zo koud, zelfs niet in de bergen.

Artur was dankbaar dat ik in juni weer aan de slag ging, bij het kruiperige af. In de zomer draaide het restaurant altijd beter, dat was zijn beste periode. Van alle kanten kwamen mensen naar Vermont, naar hun vakantiehuisje of voor een lang weekend in een plaatselijke bed & breakfast. Het drukke seizoen duurde tot eind oktober, tot er geen mensen meer op de herfstkleuren afkwamen, dus ik kon in september onmogelijk met Isabelle naar Pax, zoals ik Stepan beloofd had. Ik belde hem om me te verontschuldigen. Hij deed niet moeilijk, hij had het ook druk, met de oogst en met snoeien, en kwam zelf in november bij ons, mijn vaders minachting trotserend om haar te kunnen zien. Ik had daar respect voor. Na verloop van tijd durfde ik haar echt aan hem toe te vertrouwen – hij was ermee opgehouden allerlei machtsstrijden met haar te voeren. Hij gaf haar lief te eten, probeerde haar niks op te dringen en werd niet boos als ze langzaam at – en als ik zeg langzaam bedoel ik ook écht langzaam. Vaak zat ze maar wat te neuriën en om zich heen te kijken als je haar te eten gaf, en nam ze alle tijd om het eten met haar tandeloze mondje te vermalen, een en al oog voor het plafond en de muren en de pannen die boven het fornuis hingen, en de schilderijen aan de muur. Hij verschoonde haar prompt en goed, compleet met olie en poeder, zodat ze altijd lekker rook, en hij pakte haar op zodra ze begon te huilen. Dus die week dat hij bij ons was, liet ik haar bij Stepan thuis en ging alleen naar mijn werk.

Als ik zo aan het werk was zonder haar in de buurt, besefte ik pas wat voor spanning haar aanwezigheid voor mij met zich meebracht. Met haar erbij was ik minder geconcentreerd en was wat ik klaarmaakte ontegenzeggelijk minder lekker dan anders. Maar daar zat ik niet echt mee. Het is belangrijker om voor je kind te zorgen dan een perfecte maaltijd te bereiden. Mijn volgende gedachte was: daarom wekken mannen ook de indruk meer toegewijd te zijn dan vrouwen. Aan hun kunst of aan weet ik wat. Mannen laten zich in hun concentratie niet storen door een baby, ze laten hem liever blèren. Of in de stront zitten. Zoals mijn vader. Hun kunst of hun werk – of gewoon de televisie – gaat voor. Ik wilde niet zo zijn. Wat er ook gebeurde, voor mij zou de baby altijd op de eerste plaats komen. Toen Stepan vertrok, nam ik Isabelle weer gewoon mee naar mijn werk.

17

God, wat groeide ze snel. Ik kon wel huilen dat ze zo snel groeide, als ik er nog aan terugdacht hoe aanbiddelijk ze was toen ze nog rondkroop, en de wereld ontdekte van tapijt en stoelpoot, schoengespen en pakjes sigaretten, vooral het cellofaan. Opeens kon ze staan, en rende ze triomfantelijk naar onze uitgestrekte armen, zo trots op zichzelf dat ze aan één stuk door grijnsde, terwijl ze onderzoek verrichtte op tafeltjes en allerlei voorwerpen bij elkaar graaide om mee op die tafeltjes te rammen. Ze waggelde door de kamers, steviger op haar beentjes dan Marguerite, maar toch moest ik aan haar denken, en opeens begreep ik hoe het kon dat Annette en Ted zo van dat beschadigde hoopje mens gehouden hadden. Isabelle lanceerde zichzelf vanaf de plek waar ze stond te leunen tegen een tafel of stoel en rende dan met strompelende pasjes zo ver als ze kon, waarna ze viel of erin slaagde ergens anders steun te vinden, meestal ook weer een tafel of stoel waar ze dan triomfantelijk op begon te roffelen als een kleine Tarzan. De keuken vond ze geweldig, zodra het kon ging ze er op onderzoek uit. Dan trok ze een kastje open en haalde wat erin stond eruit, pan voor pan. En elke pan die ze eruit haalde droeg ze door de kamer naar mij om hem aan mij te geven, waarna ze terugging voor de volgende, alles met diezelfde ernst en wonderlijke doelbewustheid. Als een kastje leeg was, begon ze aan het volgende; als ze allemaal leeg waren, zette ze alle pannen weer terug. Dat gebeurde echter zo wanordelijk dat ze er niet meer in pasten. Dan moest ik het over doen, maar daar wachtte ik altijd mee tot ze lag te slapen. En al die tijd dat ze met die pannen aan het slepen was babbelde ze erop los. Op een gegeven moment begon het gebrabbel meer op praten te lijken, en kwamen er verschillende woordjes uit, maar zelfs toen zou ik nog niet kunnen zeggen wat ze precies bedoelde. Zelf straalde ze echter van tevredenheid over die woordjes die ze wist uit te brengen. Zelf wist ze in elk geval wat ze zei.

Tegen de tijd dat ze een jaar was, kon ik haar begrijpen. Herkenbare woordjes – 'nee', 'pappap' (voor mijn vader), 'weg' (meestal ook voor mijn vader), 'auto'. Nog geen 'mama', dat duurde nog een hele tijd. Maar toen ze die lettergrepen eenmaal onder de knie had, ging het snel, en stroomden de zinnetjes uit haar mond. Ze was een hartstochtelijk kind, vurig zowel in haar blijdschap als in de ontstellende tragedies die de kindertijd kenmerken. Wat dat voor tragedies waren herinnerde ik mij van mezelf niet – een gevoel van verlatenheid, misschien, het gevoel onbemind te zijn. Ik probeerde het te begrijpen. Ik kwam haar zoveel mogelijk tegemoet, al was het nooit genoeg. En ze werd een mooi kind, een goed kind – nou ja, alle kinderen zijn goed – dat bemind wilde worden, en goedkeuring zocht, en moeiteloos kon afwisselen tussen toppen van vreugde en peilloze diepten van verdriet.

In 1979 was het restaurant in ons deel van Vermont inmiddels razend populair. De meeste zomeravonden zaten we helemaal vol, en zelfs in de winter draaiden we nog winst. Artur was in extase: succes was goed voor hem. Het maakte hem royaal met loftuitingen en minder vatbaar voor paniek. Succes deed met hem wat het geacht wordt te doen, al doet het dat niet altijd, het maakte hem ontspannener, hartelijker. Nu kon ik tegen hem zeggen dat ik graag partner in de zaak wilde worden zonder bang te hoeven zijn voor een uitbarsting van hysterie. Hij wist dat ik weg kon gaan als ik niet tevreden was, dat mijn vader mij wel zou helpen voor mezelf te beginnen als ik hem dat vroeg. Bovendien was hij inmiddels gek op zowel mij als Isabelle, wij waren zijn familie geworden; hij kon niet zonder ons. Ik kookte niet alleen, ik was ook co-manager van het restaurant; ik runde de keuken en met hulp van Kathleen leverde ik ook verse biologische groenten en kruiden, althans in de nazomer en het begin van de herfst. Dus hij stemde ermee in, maar vroeg wel of ik dan wat contanten in de zaak wilde steken. Het restaurant moest nodig opnieuw worden aangekleed. Ik had het grootste deel van mijn loon van de afgelopen vier jaar gespaard, dus dat kon ik wel doen.

Het restaurant oogde echt een beetje verwaarloosd. Restaurant Artur kon bogen op twee kristallen kroonluchters, rood bloemetjestapijt en zware, roodfluwelen draperieën met gouden embrasses. De Victoriaanse stoelen waren bekleed met karmijnrood fluweel.

Ik wist dat ik zijn hart zou breken als ik de hele boel er domweg uitgooide. Na enig denkwerk besloot ik hem over te halen de bovenverdieping onder handen te nemen, zodat hij daar eindelijk zijn intrek zou kunnen nemen en hij niet meer in het vochtige, donkere, muffe souterrain van zijn zuster hoefde te wonen. Ik tekende een ontwerp en maakte van vijf slaapkamertjes en een antieke badkamer één woonkamer en één slaapkamer met een grote, weelderige badkamer. Toen hij mijn tekening van die badkamer zag, trok hij zijn wenkbrauwen op en liet ze niet meer zakken. Ik kon aan zijn gezicht zien dat hij bedacht dat hij met een dergelijke badkamer zelfs logees zou kunnen hebben, een idee dat nooit eerder bij hem was opgekomen. Hij staarde me enige tijd aan; ik bleef terugkijken zonder iets te laten blijken. Toen hij weer bij zijn positieven kwam, stak ik van wal met mijn ingestudeerde verkooppraatje: hij zou geen keuken of eetkamer nodig hebben omdat hij het restaurant kon gebruiken, maar misschien zou hij het wel leuk vinden om een tafel en een paar stoelen in zijn woonkamer te zetten, voor het geval hij eens een maaltijd wilde opdienen voor privé-gasten. Privé-gasten!

Ik denk dat de arme Artur elke hoop op een privé-leven helemaal had opgegeven. Hij had al zijn eenenveertig levensjaren zoveel moeten ontberen dat alleen goed eten voor hem al een luxe was. Dat was het waarschijnlijk ook wel, als je het mondiaal bekeek, maar het mooie van Artur was dat hij er ook dagelijks dankbaar voor was. Zijn andere vreugde in het leven was door de gasten die zijn restaurant frequenteerden begroet te worden als een belangrijk iemand, en complimenten in ontvangst te nemen voor het eten. Nu leek er in zijn brein echter iets nieuws te gaan gisten.

In 1979 gingen we voor de hele maand januari dicht. In die maand werd de verbouwing uitgevoerd door een stel niet al te dure jongens die mijn vader had ontmoet toen hij zijn atelier had gebouwd en zijn huis uitgebouwd. Ik bracht de kroonluchters, de Victoriaanse stoelen en de stoffige gordijnen naar boven. Artur was diep onder de indruk. Hij kwam in een paleis te wonen. Hij hing de kroonluchters en de gordijnen in zijn woonkamer, zette enkele stoelen om zijn nieuwe, ronde eettafel (de rest ging naar een handelaar in nepantiek) en legde de mooiste stukken tapijt van beneden op zijn vloer. Hij bestudeerde allerlei catalogi met badkamers en koos met mijn hulp voor een moderne inrichting en een jacuzzi. Toen de badkamer klaar was viel hij bijna flauw van blijdschap.

Het duurde al met al maanden, het werk moest naast het dagelijkse werk in het restaurant gebeuren, maar hij had geen haast, want hij was net zo bang voor het nieuwe leven dat hem voor ogen stond als dat hij zich erop verheugde. Hij begon te lonken naar een vrouw uit New York die af en toe bij ons kwam eten met haar broer en schoonzus uit Brattleboro, bij wie ze vaak logeerde. Ze had roodgeverfd haar en een goed gevuld en gevormd figuur, en ze was weduwe. Mildred Hildrein was boekhoudster bij een importeur van zijdebloemen. Ze genoot het vertrouwen van haar baas en verdiende een goed salaris, maar misschien was ze wel eenzaam, en bang om alleen oud te worden. Ik had al lang gezien dat ze Artur aantrekkelijk vond, en wist dat hij zich ook tot haar aangetrokken voelde. Artur was knap, op een forse, Russische wijze, wat zwaar rond de kin en met een ronde buik, maar hij had beschaafde manieren. Hij was hoffelijk op zijn Europees, iets waar Amerikaanse vrouwen naar hunkeren. De meeste vrouwelijke gasten waren dol op hem. Ik glimlachte, keek, en wachtte af.

Het geld dat ik had geïnvesteerd was genoeg voor de renovatie, waar ik zelf het ontwerp voor had gemaakt. Ik liet de schilders het bloemetjesbehang eraf stomen en de muren schilderen in een warme, zachte cacaokleur. De lijsten rond de wandpanelen werden beige. Midden in elk paneel hing ik een koperen muurlamp. Het tapijt werd ook cacaokleurig, met een wafelpatroon om eventueel vuil te maskeren. De tafelkleden waren beige, de servetten en kaarsen op de tafels chocoladebruin. Ik hing beige linnen rolgordijnen voor de ramen en kocht stoelen van gebogen, donker hout met beige bekleding. Het zag er deftig uit.

Het voorgaande jaar had ik Isabelle een of twee keer per maand in de auto gezet – ze vond autorijden heerlijk, dan zat ze te babbelen in haar stoeltje, met een fles water en wat speeltjes onder handbereik, en een paar koekjes in een zakje van waspapier – om in Vermont, Massachusetts of het noorden van de staat New York een rondrit te maken langs kleine boeren.

De technologische revolutie had ons tomaten gebracht met zo'n dikke schil dat ze bestand waren tegen duizenden kilometers vervoer over land. Fruit en groenten bleven langer goed na de oogst, en maakten het mogelijk producten uit het warme Californië naar het kille Maine te transporteren, zodat iedereen in de winter aardbeien en in de zomer sinaasappels kon eten. Er werden varkens gefokt met minder vet, omdat de mensen op dieet waren, allerlei vee kreeg hormonen en antibiotica, zodat ze gezonder bleven en er minder verloren ging, en de dieren bovendien reusachtig groot konden worden. Deze revolutie werd geacht van de Verenigde Staten het best gevoede land ter wereld te maken, met het goedkoopste eten. Dat had het waarschijnlijk ook.

Maar varkensboerderijen met tienduizend varkens stonken een uur in de wind en produceerden zoveel mest dat de verwerking een probleem werd. En zonder vet was varkensvlees taai en smaakloos. Ook de nieuwe groenten en fruit hadden geen smaak. Mensen zoals ik hielden op met het kopen van varkensvlees en lamsvlees, en tomaten die van ver kwamen. Wij deden het met voedsel dat verbouwd was door de paar boeren die de omgeving nog telde. Daardoor moesten we ons in de winter beperken tot aardappelen, verschillende koolsoorten en rapen. Plaatselijk verbouwd voedsel smaakte echter veel beter dan al dat andere spul, en er ontstond een tegenbeweging. Die had eerst geen naam, maar uiteindelijk kregen de producten het predikaat 'biologisch'.

In 1979 waren er misschien een stuk of vijftien, twintig biologische boerderijen in de omgeving die ik op een middag per auto kon bereizen. (Nu zijn het er honderden.) Al een jaar of daaromtrent had ik rondgereden op zoek naar boerderijen die producten verbouwden die ik in mijn restaurant zou willen serveren. Een stel in Monterey, Massachusetts, was een geitenboerderij met kaasmakerij begonnen. Het was allemaal zo verantwoord en hygiënisch dat hun boerderij model stond voor aspirant-kaasmakers in het hele land. Ik wilde graag bij hen kopen. Begin jaren tachtig aten niet veel mensen geitenkaas, maar het begon te komen. Ik imiteerde Griekse salades, waar altijd feta doorheen zat, en introduceerde de geitenkaas in ons restaurant in een salade van jonge bladsla (toen ook nog ongebruikelijk). De mensen vonden het lekker, waarop ik geitenkaas serveerde met bosuitjes en peterselie in een risotto, die ook populair werd. Alice Waters bedacht een salade met een gebakken geitenkaasje die verrukkelijk was.

Toen hoorde ik over een kippenboer in Rhode Island die zich verre hield van de antibiotica die andere kippenboeren gebruikten, en er ook voor paste om zijn kippen kip te voeren (wat gebruikelijk was, en wat later natuurlijk tot de gekkekoeienziekte zou leiden). In plaats daarvan gaf hij ze goed, natuurlijk voer. Zijn kippen smaakten zoveel beter dat ik alleen nog maar kip van hem op het menu zette. In Vermont waren dat dingen die telden: veel van de mensen die er woonden of hun vakantie doorbrachten vonden zulke dingen belangrijk. De tent bleef dus lekker lopen, en ik bleef op zoek naar betere producenten.

Mijn grootste overwinning was dat ik Artur had overgehaald om achter het restaurant, bij de keuken, een kas te bouwen, waar ik de hele winter kruiden en specerijen en sla zou kunnen verbouwen. Hij stelde dit project uit tot 1979, maar in dezelfde tijd dat de bovenverdieping werd verbouwd kreeg ik eindelijk mijn kas. Toen kon ik ophouden op dat stuk weiland van mijn vader, waar ik te veel werk van had. Voor een steeds veeleisender Isabelle zorgen, in combinatie met het zoeken naar producenten en het uitproberen van nieuwe recepten, was al werk genoeg. Kathleen betaalde mijn vader een symbolisch huurbedrag en hield onze groentetuin aan. Het jaar daarop huurde ze ergens anders ook nog een veldje, en begon ze haar eigen biologische bedrijfje. Ze was zo blij met haar project dat haar huwelijk er een stuk beter van werd. Ze liet me weten dat ik haar leven had veranderd.

Artur en ik konden het goed vinden samen. We hadden zelden ruzie, en elke dag samenwerken in het restaurant was echt een genot. Dankzij mijn ervaring in de commune verstond ik de kunst om het op diplomatieke wijze met hem oneens te zijn, en hem voor gezichtsverlies te behoeden als ik geen andere mogelijkheid zag dan al zijn bezwaren terzijde te schuiven. Hij had geleerd om niet meteen te gaan schreeuwen als hij mij iets duidelijk wilde maken wat voor hem van groot belang was – wat niet vaak voorkwam. En als iets voor mij van groot belang was – wat wel vaker voorkwam – wist ik hoe ik zijn toestemming moest vragen zonder door het stof te gaan, waarop hij mij meestal een klopje op de rug gaf en zei: ‘Tuurlijk, tuurlijk, Jess.’ Hij was verzot op Isabelle, en dat bleef zo toen ze kon praten. Als kleine kinderen eenmaal kunnen praten gaan ze dingen zeggen die volwassenen niet leuk vinden, dan gaan ze op hoge toon vragen om wat ze hebben willen, en gaan ze zeuren als ze het niet krijgen. In die periode verliezen kinderen soms hun grootste bewonderaars. Isabelle bleef echter verzekerd van de bewondering van Artur, die haar, als ik hem daar niet van had weerhouden, zou hebben vetgemest als een hangbuikzwijntje, door haar voortdurend stukjes spek, avocado en chocola toe te stoppen.

De jaren tachtig kwamen eraan en de mensen werden welvarender. Ons restaurant deed het geweldig, en ik had zo’n goede souschef dat ik in de winter een vakantie kon nemen (dat zat er ’s zomers niet in). Ik ging niet verder dan Cambridge, naar mijn moeder, waar ik drie weken logeerde. Na haar terugkeer uit Frankrijk had ze me wel opgezocht in Vermont, maar ze logeerde dan in een motel en meed het huis van mijn vader. We zagen haar veel te weinig. Ik wilde dat Isabelle haar beter leerde kennen, dus in februari gingen we bij haar logeren. Met zijn drieën gingen we naar musea en speeltuinen (waar er toen nog niet zoveel van waren), en naar het park in Boston met zijn zwanenboten, die Isabelle net zo in verrukking brachten als mij een generatie eerder. We aten bijna elke avond buiten de deur – het wemelde in Cambridge inmiddels van de restaurantjes met de meest uiteenlopende etnische achtergronden. Mijn moeder leerde haar kleindochter eindelijk goed kennen.

In het voorjaar van 1979 begon ik weer aan mijn jaarlijkse ronde langs biologische boerenbedrijven. De meeste vond ik via mond-tot-mondreclame; ze stonden nog nergens officieel als zodanig te boek of op een lijst. Ik bezocht een kleine varkensboerderij in Connecticut waar ze varkensvlees produceerden met een beetje vet en een beetje smaak, en sloot een contract voor de levering van karbonades, braadstukken en bacon. Vervolgens verdeed ik mijn tijd aan een teleurstellende reeks boeren wier bewering dat ze biologische groente zouden verbouwen sterk overdreven was. Ik vond een paar potentiële leveranciers die ik in de nazomer nog eens zou moeten opzoeken, een die biologische maïs verbouwde, en een die aardbeien zou hebben. De aardbeienboer vertelde me over een biologische paddestoelenkwekerij in Vermont, in de buurt van Springfield. Paddestoelenkwekerijen had je in die tijd nog niet zo in de Verenigde Staten. Om te beginnen kunnen niet alle paddestoelen gekweekt worden. Bovendien had ik nog nooit zo'n kwekerij gezien, dus ik was bijzonder benieuwd, ook al waren paddestoelen nou niet wat je noemt populair. Veel mensen vonden ze flauw en smaakloos, maar ik las alles over eten wat los en vast zat, en ik had meer dan eens een artikel gelezen waarin paddestoelen werden bejubeld die ik helemaal niet kende, zoals shiitakes, kastanjechampignons en eekhoorntjesbrood. Ik wist dat het voor iemand die zich zo in eten had gespecialiseerd als ik een groot nadeel was om nooit in

Europa te zijn geweest, maar ik had geen idee wanneer ik daar nu nog heen zou moeten. Die biologische boerderij in Vermont zou vele soorten paddestoelen kweken. Ik besloot er een kijkje te gaan nemen.

Springfield ligt op de noord-zuidas ongeveer midden in Vermont, en is nog kouder dan het gebied rond Brattleboro, waar wij woonden. Het was er waarschijnlijk net zo koud als in Becket, wat zuidelijker ligt, maar op een grotere hoogte, en zelfs in mei, toen ik erheen reed, waren de velden er nog bruin, met slechts hier en daar een zweem van jong groen. Ik was Springfield bijna voorbij toen ik een bordje zag waarop stond: 'Champignons Jacquet'. Het bordje wees naar een oprijlaan. Aan weerskanten stond een lange rij bomen die nog niet waren uitgelopen. Het laantje kwam uit bij een eenvoudig, Victoriaans huis.

Ik stapte uit de auto en maakte de gordels van Isabelles stoeltje los. Ze was inmiddels drie, en begon al zwaar te worden, maar altijd als ik haar oppakte gooide ze haar armen om mijn nek en omklemde me met haar beentjes. Dat deed mijn liefde voor haar altijd weer oplaaien, en met Isabelle dicht tegen me aan gedrukt liep ik naar de deur. Een grote man met een lang, bleek gezicht, een breed voorhoofd en donker haar deed open. Hij had zo'n knap uiterlijk dat altijd de aandacht trekt, maar ik hield mijn gezicht in de plooi.

'Meneer Jacquet? Ik ben Jess Leighton. Ik heb een afspraak?'

Ik vond het vreselijk dat ik gewone verklaringen vaak vragend bracht, maar ik leek maar niet met die gewoonte te kunnen breken.

'Hallo, kom binnen.' Ik zette Isabelle neer en nam haar aan de hand mee naar binnen. De voorkamer was een kantoor, met een bureau, een typemachine, een telefoon en een rolodex, twee staande archiefkasten en wat grafieken die aan de muur waren gehangen. Ik herkende die grafieken, die had ik zelf op Pax ook gemaakt, voor het poten en planten. Er stonden ook een paar sjofele leunstoelen, maar hij nodigde me niet uit om te gaan zitten.

'Van Artur's, hè?' vroeg hij.

Ik knikte.

'Jullie beginnen beroemd te worden. Het restaurant en u.' Hij glimlachte en keek naar Isabelle. 'Maar deze jongedame ken ik nog niet,' zei hij glimlachend.

Isabelle zette haar stekels op. Ze vond het vreselijk om jongedame genoemd te worden. Ze wist dat daar altijd bepaalde verwachtingen aan gekoppeld werden ten aanzien van haar gedrag.

Ik legde mijn hand op haar schouder. 'Dit is Isabelle.'

Hij boog zich naar haar toe. 'Hoi, Isabelle.'

Ze begroef haar gezicht in mijn spijkerbroek. 'Anders zou Isabelle wel hebben teruggegroet, maar ze heeft even haar gezicht verstopt.' Ik woelde wat door haar haar.

Hij rechtte zijn rug weer. 'Ze is een mooi kind. Uw man boft.'

'Ik heb geen man,' zei ik met ijzige stem. Mijn schelp sloot zich boven mijn hoofd.

Hij liep rood aan. 'Sorry. Stom van mij.'

Ik bleef koeltjes zwijgend voor hem staan. Het compliment dat hij kennelijk bedoeld had stond me niet aan. Het klonk alsof hij een of andere man complimenteerde met zo'n fraai bezit als Isabel en mij. Ik zei hem dat.

Hij verschoot weer van kleur en werd wit. 'Het spijt me vreselijk.' Maar zijn stem klonk ook koel.

Ik knikte.

In die tijd sloegen de meeste mannen dicht als je ze op een of andere seksistische uitspraak betrapte. Hij zou zich nu verder gedeisd hebben moeten houden, maar hij bleef het proberen. Misschien was hij bang een klant mis te lopen. 'Altijd als ik... ja, hoffelijk... probeer te zijn... klink ik hufterig.'

Ik glimlachte onwillekeurig.

'Wat ik wou zeggen... eigenlijk... ik kreeg opeens een steek van afgunst jegens de man in jullie leven. Dat van u en Isabelle.'

'Zo erg was het nou ook weer niet,' zei ik, iets minder ijzig.

'Alleen een beetje erg?' Nu was het zijn stem die vragend klonk.

'Laten we het gewoon vergeten en opnieuw beginnen,' zei ik.

'Dat kan ik niet... Ik heb echt die behoefte mezelf te verdedigen.

Ik moet met alle geweld duidelijk maken wat ik probeerde te zeggen, en het komt hierop neer: jullie tweeën zo zien verschaft een man genoegen. Deze man in elk geval.'

'Oké,' zei ik aarzelend. 'Dat is wat anders, toch? Bedankt,' voegde ik eraan toe, waarop ik moest lachen. 'Voor het compliment.'

Hij moest ook een beetje lachen. Hij stond met zijn handen in zijn zij tussen mij en de deur, en even had ik het gevoel alsof ik in de val was gelopen, alsof ik samen met hem in de val zat. Hij was groot, veel langer dan ik, en stevig. En ik had Isabelle. Maar hij deed een stapje opzij, gebaarde dat ik voor mocht gaan, en ik ontspande weer.

'Zullen we gaan kijken?' zei hij.

Ik probeerde luchtig te klinken. 'Ik moet u wel waarschuwen, ik heb totaal geen verstand van paddestoelen. Maar ik wil er graag meer van weten,' voegde ik eraan toe.

'De meeste Amerikanen hebben geen sjoege van paddestoelen,' zei hij. 'We hebben nog altijd een wildwest-verhemelte, dat ergens in de crisisjaren is blijven steken. We eten cornflakes en biefstukken, fabrieksbrood en dito kaas. We hebben geen benul van wijn, kaas, vis, kruiden of groenten. Maar ik heb begrepen dat u een kruidenkenner bent en heerlijke groenten serveert. Daar staat u om bekend.'

'O.' Mijn gezicht werd warm en ik was bang dat ik bloosde. Maar ik vond het wel heel erg leuk om te horen dat ik überhaupt ergens bekend om stond, dat mensen het kennelijk over mij hadden – en zo positief nog wel.

We gingen naar buiten en liepen om het huis heen naar een paar grote schuren. Er stonden er een stuk of zes. Eromheen lag open land – ruimte voor uitbreiding, bedacht ik. Rondom lagen diepe wouden, voornamelijk dennenbomen die hun schaduw over een groot deel van het terrein wierpen, en de schuren koel hielpen houden.

Hij sprak met een pedant ondertoontje. 'De meeste Amerikanen hebben geen sjoege van paddestoelen,' zei hij nog een keer. 'Maar ik heb in mijn jonge jaren een paar jaar in Frankrijk gewoond, bij mijn opa en oma. Ze woonden in de Périgord en gingen bijna elk weekend wandelen en wilde paddestoelen plukken. Er ging een fles wijn mee, een baguette en wat saucisson, fruit, hoeden, en een wandelstok voor mijn oma. Onderweg kwamen we geregeld mensen tegen die hetzelfde deden, en dan wisselden we ervaringen uit. Iedereen is daar heel beleefd. Ze maken een buiging naar elkaar en zeggen: "Bonjour, monsieur, madame." De Fransen zijn beleefd en formeel. Daar voelt een mens zich prettig bij, het geeft je het gevoel dat je beschaafd bent. Dat is uiteraard een illusie, maar wel een aangename illusie.

Mijn opa en oma kenden elke paddestoel die we tegenkwamen, inclusief de giftige, en ze droegen hun kennis over op mij. Dat was heel leuk. Het was anders dan leren op school, het was gewoon al kletsend, begrijpt u? Na afloop gingen we naar huis en dan maakten we paddestoelcrêpes en paddestoelomeletten en paddestoelsoep, of we sauteerden ze gewoon. Verrukkelijk! Dat aten we dan 's zondags met heerlijk Frans brood en een stevige rode wijn, en dat was altijd weer een feestmaal. Het was een heerlijke tijd.'

'Dus toen hebt u besloten ze zelf te gaan kweken,' zei ik.

'Nog niet meteen. Ik heb na mijn studie een tijd bij een groot bedrijf gewerkt.'

Aha. Ook een drop-out.

'En dat bedrijvige beviel u niet?'

'Ik heb geen overwegende bezwaren tegen bedrijvigheid,' zei hij. Ik vroeg me af of hij altijd van die uitspraken deed. 'Maar ik heb wel bezwaren tegen grote bedrijven. Ze zeggen dat het efficiënter is, maar voor mij is het alleen maar benauwender, trager, verre van efficiënt. Trager dan kleine bedrijven, in elk geval. En waar ik ook bezwaar tegen maak is dat kleine bedrijven in dit land langzaam kapot worden gemaakt. In een klein bedrijf ken je je klanten en kennen zij jou, en is de handel een eerlijke uitwisseling. Maar zoals het bedrijfsleven zich nu ontwikkeld heeft, moet je het wel groot aanpakken, anders overleef je het niet.' Hij lachte een beetje, maar zonder vreugde. 'De grote vis slokt de kleintjes op, of verdrinkt ze.'

'Ja, ik weet wat u bedoelt,' zei ik. 'Ik heb zelf ook een stukje grond gehad, een kwekerij kon je het niet noemen, daar was het te klein voor. Ik verbouwde groenten en kruiden. Niet genoeg om te verkopen, maar net genoeg om het restaurant een paar maanden per jaar van verse producten te voorzien. Maar het kostte me uiteindelijk te veel om dat allemaal bij te houden.'

'U verbouwt groenten én u kookt in het restaurant?'

'Nou ja,' gaf ik berouwvol toe, 'ik had wel een betaalde hulp die meehielp met planten, wieden en water geven. Dat was een deel van het probleem. Ik kon het niet allemaal alleen doen. Te veel werk, en daar stond geen beloning tegenover. Ik moest het helaas opgeven.'

'Het zou nooit al die moeite waard zijn geweest als u het restaurant niet had,' polste hij. 'U had uw eigen distributienetwerk.'

'Ja, dat is zo,' lachte ik – 'distributienetwerk' was wel een heel groot woord voor mijn onderneminkje. 'Artur en ik vinden het allebei heerlijk wat we doen, maar we verdienen nauwelijks genoeg om van te leven. Ik verdien waarschijnlijk helemáál niet genoeg: ik woon bij mijn vader dus ik heb bijna geen kosten.'

'Pappap,' deed Isabelle een duit in het zakje.

Mijn gids leek op te fleuren. Hij boog zich een beetje naar me toe, alsof hij een intieme verklaring aflegde. 'Ik begrijp het. Als ik met mijn bedrijf wil overleven, zal ik moeten uitbreiden.'

'Ja, dat zal wel.' Ik begreep dat hij me iets vertelde dat hij belangrijk vond. Voor míj.

Isabelle keek om zich heen met een waakzame en belangstellende blik. Ze zei zelden een woord op die uitjes maar ze merkte wel veel op, en zei daar dan later van alles over. Dan zei ze: 'Man had gekke ogen, mammie,' over iemand wiens luie oog ik nauwelijks had opgemerkt, of 'Dame dik, mama,' over een zwangere vrouw.

We kwamen bij de eerste betonnen schuur aan. Ik hoorde een enorme ventilator gonzen. Die moest ergens om de hoek aan de buitenkant van het gebouw zitten. Toen we naar binnen gingen draaide vlak boven ons hoofd een andere ventilator. Ik keek Jacquet vragend aan.

'De schuur moet luchtdicht zijn. Die grote ventilator stuwt lucht naar binnen, en deze naar buiten, dus er komt altijd te veel lucht binnen. Als die lucht eruit wordt geperst, wordt het gebouw verzegeld. Ik kan hier geen insecten of andere besmettingsbronnen gebruiken. Paddestoelen zijn heel veeleisend. Een hoop soorten kun je niet eens kweken, die groeien alleen in het wild – eekhoorntjesbrood, bijvoorbeeld, en cantharellen. Ze moeten licht hebben,' hij wees naar de TL-buizen die aan het plafond hingen. 'De temperatuur moet constant zo'n twintig, eenentwintig graden zijn en de luchtvochtigheid 90%. In de zomer moet de lucht gekoeld worden en in de winter moet de verwarming aan. Ze zijn ontzettend lastig,' lachte hij, 'maar ik ben gek op mijn paddestoelen. Net zoals je gek kunt zijn op kinderen, denk ik,' voegde hij er een tikkeltje weemoedig aan toe.

Ik glimlachte naar hem. Zijn gelaatsuitdrukking was lief, bescheiden, bijna té bescheiden. Vriendelijk.

'Dit zijn portobello's en kastanjechampignons. Die groeien op compost en aarde. Ik maak de compost zelf van paardenmest en fijngehakt stro.'

Ik zag kisten vol paddestoelen, lange rijen brede, platte, bruinachtige paddestoelen en daarachter kleine goudkleurige, ook weer rijen achter elkaar. De schuur leek me minstens vijfentwintig meter lang.

Hij brak zo'n bruinachtige paddestoel af, veegde hem schoon met een vochtige doek die hij bij zich had en gaf hem aan mij. 'Portobello.'

Ik brak er een stukje af en proefde het. Isabelle nam me op met dat geweldige afgrijzen dat kinderen hebben van eten dat ze niet kennen. Als je zo'n driejarige ziet, zou je niet zeggen dat ze nog geen jaar eerder zo ongeveer alles wat ze tegenkwam in haar mond had gestopt. 'Verrukkelijk,' zei ik, en bood haar een stukje aan; ze deinsde achteruit.

‘Mijn voorspelling is dat die heel populair gaan worden – ooit,’ zei Jacquet.

Hij liep door het lange middenpad naar de andere soort. Ik liep achter hem aan, ik wilde die ook wel van dichtbij zien. Ze hadden de vorm van gewone champignons, maar ze waren goudkleurig. ‘Dit zijn kastanjechampignons,’ legde hij uit, en hij pakte zijn doekje weer.

Ik proefde. ‘Lekker. Veel smakelijker dan gewone champignons, sappiger, en met meer smaak.’

Hij glimlachte blij.

Isabelle nam me behoedzaam op. Deze keer bood ik haar geen stukje aan. Volgens mij keek ze een beetje verstoord. Ik lachte bij mezelf. We zijn zo pervers, dacht ik. Van kinds af aan.

‘Wilt u meer zien?’

‘Natuurlijk!’ Ik was enthousiast geworden. O, wat ik niet met die portobello’s zou kunnen doen! Ze smaakten net als een steak, stevig van consistentie, sappig, vlezig. Een hele paddestoel zou een kleine maaltijd vormen. Een voorgerecht. Gesauteerd met boter en misschien wat sjalotjes en koriander, op geroosterd brood, met die sappen die in het brood sijpelden... Dat werd een sensatie!

We gingen weer naar buiten en liepen naar de schuur ernaast. Het dak van die schuur stond op palen, muren ontbraken. Onder het dak lagen tientallen boomstammen kruisgewijs opgestapeld, en uit het hout groeiden paddestoelen.

‘Ik maak gaten in het hout – die boomstammen moeten elke twee jaar vervangen worden,’ legde Jacquet uit. ‘En dan plant ik sporenpaddestoelen in de gaten. Dit zijn oesterzwammen,’ wees hij, ‘en dat daar zijn de shiitakes. De oesterzwam is in vier weken volgroeid, maar de shiitake heeft achttien maanden nodig!’

We proefden weer, en ik werd weer getroffen door die smaken. Ze waren allemaal net even anders, en zouden zich lenen voor verschillende recepten, bedacht ik. Interessant!

De volgende schuur was ook open, en stond vol plastic zakken van ruim een halve meter hoog. De zakken waren volgepropt met stro, en uit kleine gaatjes in de zakken groeiden de paddestoelen. Hier had hij nog meer oesterchampignons, van iets mindere kwaliteit, zei hij, en pioppino's, die hij in beperkte hoeveelheden kweekte.

In de laatste schuur had hij zijn gewone champignons, die hij het meest verkocht. Hij brak er een af en nu bood hij hem aan Isabelle aan. Ze verborg haar gezicht in mijn broekspijp, dus stak hij hem zelf in de mond, plukte er nog een en gaf die aan mij. Hij smaakte niet slecht – maar het was maar een champignon. Een beetje een afknapper na die heerlijke andere soorten.

'Verkoopt u hier veel van?'

'Dit zijn de enige die de meeste afnemers willen. Ze verkopen goed, vooral sinds ik er een nieuw marketingfoefje op heb losgelaten. Ik maak ze schoon en verkoop ze stralend wit, verpakt in plastic. Niets is zo erg als plastic voor een champignon. Daar bederven ze heel snel van. Maar de mensen vreten ervan, van die witte champignons in plastic, het is niet te geloven. Amerikanen hebben hun eten graag schoon.' Hij moest lachen. 'Hoe het smaakt vinden ze minder belangrijk.'

Ik vertelde hem maar niet dat ik champignons ook in plastic bewaarde.

Naarmate de middag voortduurde was Isabelle drenzeriger en klitteriger geworden, echt lastig. Dat was verre van gewoon voor haar. Uiteindelijk begon ze te huilen en moest ik haar per se dragen.

Ik besefte dat ze meteen had begrepen dat ze tegen een concurrent was aangelopen. Ik pakte haar op en fluisterde in haar oor dat ik moest werken, en dat als ze niet rustig werd, ik haar in de auto zou zetten. Het was warm genoeg om in de auto te zitten en ik had wat speeltjes voor haar meegenomen, een thermoskan met haar beker, en een bandje met muziek die ze graag hoorde, dus het was geen Siberië. Maar voor haar was elke scheiding van mij in die tijd een soort Siberië, dus ze hield zich stil en liet mij doorgaan met wat ik vastbesloten was te doen. Want mijn besluit stond vast.

'Nou, meneer Jacquet...' begon ik, 'zullen we het eens over hoeveelheden en prijzen gaan hebben?'

'Graag.' Hij glimlachte voor het eerst. Ik vroeg me af of hij zenuwachtig was geweest. 'Zullen we dan maar weer naar binnen gaan? Dat praat wat makkelijker. Ik heet trouwens Philip. Mijn vrienden noemen me Philo.'

Mijn hart sloeg over. Philo. Ongelooflijk. 'Een goede vriend van mij heet ook Philo.'

'O ja?' Hij leek me nauwelijks te geloven, hij keek een beetje verward. 'Dat is geen gewone naam.'

'Nee.'

'Kom, dan zet ik wat koffie. Misschien wil Isabelle ook wel iets drinken, en even televisie kijken?'

Voor het eerst keek Isabelle op vanuit haar schuilplaats op mijn schouder. Ze bekeek hem eens goed.

Hij keek haar aan met een lichte glimlach. 'En als je moeder het goed vindt, weet ik misschien zelfs nog wel een koekje te vinden,' zei hij. Ze staarde, op haar hoede maar niet ongevoelig voor de verleiding.

'Denk je dat je kunt lopen, Isabelle?' Ik was moe van het gesjouw met Isabelle op mijn arm. Ze was er ook wel wat groot voor, maar ik ging er nog altijd van uit dat zij beter wist wat ze nodig had dan ik.

Ze knikte, nog altijd zonder iets te zeggen, en ik zette haar op de grond. Samen volgden we Philip – Philo! – naar buiten, terug naar het huis. We liepen door het kantoor, en nu zag ik pas dat het de voormalige veranda was, die bij het huis was getrokken. Philo duwde een eikenhouten schuifdeur open, en we betraden een zitkamer met een open haard. Hij nodigde ons uit om te gaan zitten en vroeg of ik thee of koffie wilde, en wat hij aan Isabelle kon geven. Ik gaf mijn fiat aan melk en koekjes voor Isabelle, waarop hij de televisie in de hoek aanzette. Hij zocht tot hij een dierenprogramma had gevonden. Toen verdween hij door een zwaaideur; daar was zeker de keuken.

Isabelle liet zich zakken en ging in de lotushouding voor de televisie zitten (zoals haar gewoonte was). Ik nam de kamer in me op. Het meubilair was oud en gevarieerd, gerieflijk. Ik zag niks schreeuwend lelijks, niks snoezigs (wat op vrouwelijke bewoning zou kunnen wijzen) of macho's (wat op egoproblemen zou wijzen). Terwijl hij in de keuken bezig was, zette ik een en ander op een rijtje. Aan de schaduwkant stonden zijn seksistische aannames. Daar kon wel iets aan gedaan worden, en misschien waren ze ook weer niet zo erg. Zijn pedantheid kon door de zenuwen versterkt zijn. Het kon een hardnekkig trekje zijn, maar daar zou ik waarschijnlijk nog wel mee kunnen leven, zij het met voortdurende kritiek. Afgezet tegen de stroom die ik uit hem voelde komen en de reactie daarop in mijn eigen lichaam, de intense warmte die ik uit zijn grote, muskusachtige lijf voelde komen, en de reactie bij mij, waren dat kleine bezwaren. Ik moest er eerst maar eens achter zien te komen of dat seksisme incidenteel was geweest, en of er inderdaad iets aan gedaan kon worden.

Ik bleef de kamer rondkijken. In een boekenkast stonden honderd of meer boeken, veel over mycologie, maar ook wel over geschiedenis en politiek – geen romans of dichtbundels. Jammer, en misschien niet te verhelpen. Op de planken stonden verder een paar sculpturen die ik als Inuit herkende. Uitstekend. Aan de muren hingen prenten, meest zorgvuldige afbeeldingen van paddestoelen, in gedempte pastelkleuren. Mooi, zij het niet geweldig. Maar mooi – enige artistieke smaak. Ik bedoel, je kon ook niet alles hebben, of wel? Maar ik wist dat ik niet op mijn waakzaamst was: mijn hart klopte te snel, te hard, mijn oren en mijn hersenen gonsden ervan.

Philo kwam terug met een dienblad. Hij had het duidelijk vaker gedaan, misschien deed hij dit bij al zijn klanten. Hij was nu op zijn gemak, zelfs met Isabelle, en van de pedanterie was niets meer over. Ze keek hem aan toen hij haar een koekje gaf en zei zelfs, met een dun stemmetje: 'Dank u wel.' Ik zag al helemaal hoe ze bij hem zou zijn: koppig en moeilijk te verleiden, maar niet hopeloos; en als hij haar eenmaal voor zich gewonnen had, zou ze zich helemaal aan hem vastklampen, en net zo bezitterig jegens hem zijn als jegens mij. Ik glimlachte bij mezelf. Ze was zo pervers. Net haar moeder.

'Nou,' begon ik, toen hij tegenover me had plaatsgenomen, 'hoe lang hebt u deze kwekerij al?'

'Hij draait nu drie jaar, plus nog een jaar om de boel op te starten. De zwaarste vier jaar van mijn leven. Ik heb nog nooit zo hard gewerkt, maar ik heb van elke dag genoten.'

'Hebt u dit allemaal alleen gedaan?'

'Ja,' zuchtte hij. 'Ik ben begonnen samen met mijn vriendin...'

Mijn hart zonk.

'Debbie. We hebben elkaar ontmoet in de tijd dat we allebei nog bij Crumper Strauss in Washington werkten, na onze rechtenstudie. Debbie was naar Yale geweest, ik naar Penn. Crumper Strauss – ik weet niet of die naam u iets zegt – is een gigantisch advocatenkantoor, waar honderden mensen werken. Wij deden testamenten en nalatenschappen. Mijn god, wat hadden we daar de pest aan! Zo stomvervelend. De drie jaar dat ik daar gewerkt heb waren de akeligste van mijn leven. En van het hare. We begonnen wat te dagdromen – ik over paddestoelen, zij over het theater. Maar op de een of andere manier leken paddestoelen meer kansen te bieden dan het theater, een paddestoelenkwekerij was tastbaarder... Ze had wel toneelgespeeld tijdens haar studie, maar ze was geen professioneel actrice. Ze wist niet eens zeker of acteren wel was wat ze wilde. Ik denk dat ze zich een beetje heeft laten meeslepen door mijn mycologische tic...'

Hij nipte af en toe van zijn koffie, en ik hing aan zijn lippen. Het verbaasde mij, wat hij vertelde, maar ook weer niet echt. Hij vertelde mij al die persoonlijke dingen alsof ik het recht had ze te horen, alsof hij wist dat het mij zou interesseren, en hij graag wilde dat ik het allemaal hoorde. Ik vond het ook interessant, ik wilde het ook allemaal horen, maar hoe wist hij dat? Bij welke uitwisseling van blikken was dat vastgesteld?

'We verdienden een enorm salaris met dat geestdodende werk, maar we zijn allebei al heel snel gaan sparen. We wisten allebei dat we dat werk nooit ons hele leven zouden volhouden. En inderdaad, na drie jaar hebben we allebei onze baan opgezegd en zijn we naar

Frankrijk gegaan, naar Parijs. De Sorbonne. Ik sprak aardig Frans, maar haar Frans was nogal zwak. Ik schreef me in voor een blok mycologie; Debbie wilde eerst goed Frans leren, en zich onderdompelen in de Franse cultuur.

In het jaar dat we daar waren, overleed mijn oma – mijn opa was enige jaren eerder overleden. Ze liet mij haar huis na. Onroerend goed is in Frankrijk bijna niks waard, maar het was een heerlijk oud huis in een streek waar het toerisme begon op te komen, dus ik kon het voor een goede prijs verkopen aan een groep die er een hotel wilde beginnen. Ik had het zelf nooit kunnen aanhouden; het onderhoud zou te duur zijn geweest, en ik dacht dat mijn oma het wel leuk zou hebben gevonden als ze wist dat ik de opbrengst zou gebruiken om een paddestoelenkwekerij te beginnen.

Ik ging terug naar de Verenigde Staten, Debbie bleef nog een poosje in Parijs. Nou heb ik een neef in Vermont, in Rutland, en die zei dat ik eens in deze omgeving moest gaan kijken. Onroerend goed is hier relatief goedkoop, en de grond is rijk aan voedingsstoffen. Het is hier zo rotsachtig dat er nooit veel boeren gezeten hebben, dus de grond is ook niet uitgeput... Bovendien ging ik het toch zeven, om het in kistjes te kunnen doen, dus dat het rotsachtig was maakte ook niet uit... Hoe dan ook, uiteindelijk kocht ik dit huis en de grond eromheen en bouwde die schuren. Ik maakte nogal wat kosten – de zaadjes en sporen, het automatische bevochtigingssysteem, die ventilatoren, de verwarming – en mijn erfenis en spaargeld waren niet genoeg, dus ik moest ook nog geld lenen van de bank. Dat ben ik nog altijd aan het afbetalen.

Debbie kwam terug toen ik hier begon te draaien. Ik weet niet wat zij zich bij het kweken van paddestoelen had voorgesteld, ik weet niet eens wat ik me er zelf bij had voorgesteld,' lachte hij. 'We wisten dat het anders zou zijn dan een gewone boerderij. Als boer ben je volkomen afhankelijk van het weer, en boeren is ook loodzwaar werk... Dit leek me op de een of andere manier safer, beschermder... Maar keihard werken was het wel, planten, oogsten... dat is veel werk, maar dat weet je...' Hij lachte een beetje wrang.

'Debbie had er weinig mee op. Ze vond Vermont wel mooi, de bomen, het groen, het is ook prachtig hier. Maar ik was druk met het bouwen van de schuren en planten en me druk aan het maken om grond en voeding en water en luchtvochtigheid, en zij vond dat allemaal vreselijk, en wilde er niks mee te maken hebben. Ik kon haar geen ongelijk geven, ze had ook nooit gezegd dat ze een bedrijf als dit wilde hebben. En toen de winter begon... tja, de winters zijn koud hier, dat weet jij ook wel. Ze begon er echt een hekel aan te krijgen.

Nou had ze in Parijs een paar mensen ontmoet, homoseksuele Amerikanen die bij het nationale theater betrokken waren en in Washington zaten, en daar kon ze het heel goed mee vinden. Ze heeft die lui gebeld en gevraagd of ze misschien een of ander baantje voor haar wisten. Ze hadden haar ook gemogen en ze had indruk gemaakt – ze is heel geestig en intelligent – dus ze zeiden dat ze maar gewoon moest komen, dat ze wel iets voor haar zouden vinden. Toen is ze vertrokken. Ze zei dat ze om het weekend terug zou komen, maar ik voelde wel aan...

Nou ja, hoe dan ook... inmiddels... het is heel raar, ik weet niet of jij dat ook kent, maar... als je genoeg van iemand verschilt, dan kun je nog zo van diegene houden, maar dan is het toch niet erg om uit elkaar te gaan – alsof je er genoeg van hebt, ondanks alle liefde... maar misschien ben ik ook wel alleen maar een hele koele kikker.' Hij keek me indringend aan. 'Wat denk je?'

'Tja,' zei ik aarzelend. Ik moest aan Stepan denken. 'Persoonlijke verschillen kunnen wel een zware wissel op de liefde trekken. Dat is mij ook eens overkomen. Ik dacht altijd dat ik wispelturig was...'

'Precies!' riep hij uit, alsof ik een probleem voor hem had opgelost. 'Zo voel je je ook! Hoe dan ook, ze liet haar meeste spullen hier, en vloog naar Washington met niet meer dan een weekendtas. Ze vonden een baan voor haar bij het Nationale Fonds voor de Kunsten als assistent van de een of andere leidinggevende. Binnen een halfjaar had ze zelf de leiding over een afdeling. Ze is wel een paar keer terug geweest, maar toen heeft ze haar spullen gepakt en heeft ze afscheid genomen. We zijn nog wel vrienden maar meer ook niet. Zo af en toe bellen we elkaar. Ze heeft succes in haar werk en ze vindt het heerlijk om te doen. Ze werkt nu bij het Lincoln Center.'

Eindelijk kon ik opgelucht ademhalen.

Hij bood me een sigaret aan en stak er zelf ook een op. Even zaten we zwijgend te roken. Ik rook niet meer, maar ik mis het wel. Ik vond het altijd prettig met iemand een sigaretje te roken zonder te hoeven praten, en dat je dan toch het gevoel had dat je iets deed.

'Hoe lang ben jij alleen geweest?' waagde hij het te vragen.

'Vier jaar.'

'En hoe oud is Isabelle?'

'Drie.'

Zijn wenkbrauwen gingen omhoog. Ik schoot in de lach.

'Het was geen onbevlekte ontvangenis, hoor. Ik ben bij haar vader weggegaan voor ik wist dat ik zwanger was. We woonden in een commune.'

'O ja?' Nu waren het zijn wenkbrauwen die omhoog gingen. 'Dat heb ik altijd al gewild! Hoe vond je dat?'

'Ik vond het geweldig tot... dat soort dingen gaat goed tot één iemand gaat domineren.'

'O. Ja,' zei hij, alsof hij er alles van wist. Was dat ook zo?

Ik vroeg me af hoe oud hij was. Kon ik dat vragen? 'Ik ben zesentwintig,' zei ik. 'Hoe oud ben jij?'

'Drieëndertig,' zei hij.

Geboren in '46. Begonnen met studeren in '64. 'En dankzij je studie hoefde je niet in dienst,' raadde ik.

'Dankzij mijn studie. En een hoog nummer.'

'Heb je ook gedemonstreerd?'

'Natuurlijk. En jij?'

'Ik ook.'

Toen, alsof hij ergens op voortborduurde, vroeg hij: 'Dus je woont bij je vader...?'

'Ja. Sinds ik uit de commune ben gestapt. Dat was in Becket. De vader van Isabelle woont er nog.'

'Hoe heet hij?'

'Stepan. Stepan Andropowitsj. Hij kwam uit de Oekraïne.'

'En hij heeft geen belang bij het vaderschap?'

'Eigenlijk zou hij Isabelle wel graag vaker willen zien.' Isabelle draaide zich om toen ze haar naam hoorde. Hoe ze ook opging in de luipaardjonkies waar ze naar zat te kijken, ze hield me in de gaten. 'Hij houdt van haar. Maar we willen niet meer bij elkaar zijn, en hij wil niet uit de commune weg, en ik wil daar niet meer wonen, dus...'

Hij knikte alsof hij het werkelijk begreep. En ik wist dat alles was zoals ik had gedacht: het hoefde niet allemaal met zoveel woorden te worden gezegd.

Maar we moesten nog wel over zaken praten. Philo en ik spraken af dat hij elk weekend een half dozijn kistjes paddestoelen zou bezorgen. Zijn prijzen waren redelijk en ik begon al opgewonden te raken bij de gedachte aan de gerechten die ik zou kunnen bereiden. Toen ik daarover begon, zocht hij in een la en overhandigde me een stapeltje fotokopieën. 'Deze zul jij vast niet nodig hebben, maar ik bied ze aan al mijn klanten aan – wat paddestoelenrecepten van mijn oma. Ik weet dat jij een inventieve kok bent. Als je er niks aan hebt mag je ze wel weggooien,' voegde hij er op verontschuldigende toon aan toe.

'O, maar ik vind recepten juist fascinerend!' riep ik uit. 'Die lees ik voor mijn genoegen. En dan nog wel van je oma! Dat is geweldig!' Ik keek hem innig aan, op het punt de cruciale vraag te stellen. 'Heb je een bezorger?'

'Nee, dat doe ik zelf. Donderdags en vrijdags doe ik zelf de bezorgingen.'

Ik leunde tevreden achterover. Het was tijd om te gaan. Het begon al laat te worden, als ik niet snel vertrok zou ik in het donker naar huis moeten rijden. Maar ik bleef maar zitten, niet in staat me te verroeren.

'Hoe ben jij eigenlijk kok geworden?' vroeg hij, alsof hij het echt wilde weten. 'Ik bedoel, je ziet er niet uit als een kok.'

'Hoe ziet een kok eruit dan?'

'O, dat weet ik niet. Maar niet zoals jij. Jij ziet er meer uit als een model, of een actrice – afgezien van het feit dat je geen make-up draagt. In de eerste plaats ben je niet dik genoeg voor een kok!' Hij lachte. 'Koks lijken meer op mij.' Hij klopte op zijn buik.

'Ik wilde eigenlijk dichteres worden. Maar ik heb altijd van koken gehouden. En toen ik in de commune ging... het eten was zo beroerd daar, het waren vegetariërs en ze konden zich geen boter of room, of zelfs vis veroorloven... maar hun eten was zo slap en zo saai, ik moest er gewoon iets aan doen!' Ik lachte. 'Ik vertel het nog wel eens als je in Brattleboro bent,' zei ik. 'Ik moet dit meisje naar huis brengen, want ze is heel moe.' Isabelle probeerde boos te kijken. Ik dwong mezelf om op te staan.

Hij stond ook op en trad op me toe. Hij stak zijn beide armen uit alsof hij me wilde omhelzen. Mijn hart sloeg even over, maar ik pakte zijn handen en ontweek de omhelzing.

'Ik ben zo blij dat we elkaar ontmoet hebben,' zei hij.

Isabelle ging ook staan. Ze zette keurig haar glas op een tafeltje, servetje ernaast, en kwam toen aanhollen om mij weer op te eisen. Ik moest de hand van Philo loslaten om de hare te pakken.

'Tot over twee weken dan,' zei hij.

'Ja. Bel maar even op welke dag je komt.'

Ik liep met Isabelle naar de auto en zette haar in het autostoeltje – dat gebruikte ik nog steeds, al was ze al drie. Dat deed niemand meer in die tijd, maar het gaf mij een veiliger gevoel. Ik deed alles wat ik anders ook deed terwijl ik haar installeerde, ik praatte lief tegen mijn kindje, maar de hele tijd gonsde het in mijn hoofd, en joegen de gedachten achter elkaar aan: als hij op een donderdag of vrijdag komt, zal ik een heel lekker hoofdgerecht op het menu zetten – krokant gebakken eend, misschien, met mijn verrukkelijke champignonsoep, of een blanquette de veau met paddestoelen. Ik zal erop staan dat hij blijft eten, misschien kan ik zelfs samen met hem eten als ik de tijd kan vrijmaken, zetten we een tafeltje op de veranda achter. Of misschien kan ik hem zover krijgen dat hij tot een uur of halftien blijft hangen, als de meeste klanten weg zijn, en dat we dan samen gaan eten. Of misschien kan ik hem overhalen op een maandag te komen, als we gesloten zijn. Dan zou ik alleen voor hem een maaltijd kunnen klaarmaken. Dan zou ik Isabelle thuis kunnen laten, bij mijn vader.

Ik nam Isabelle nog altijd mee naar mijn werk omdat ze niet voor een uur of zeven moe werd, en ik vertrok al om een uur of drie 's middags. Ik wilde haar niet bij mijn vader achterlaten, want die werkte tot negen uur. Ze deed het heel goed, ze rende niet door het restaurant, ze bleef achterin of in de tuin, en het hele personeel hield een oogje in het zeil. Ze had genoeg speelgoed en haar eigen beker en bord en kinderstoel, en ik had een ledikantje gekocht voor in het kamertje in het restaurant. Om een uur of zeven legde ik haar daarin en dan sliep ze heerlijk, want ze was het zo gewend. Om een uur of half elf, elf uur haalde ik haar er dan weer uit om naar huis te gaan. Dan werd ze wel even wakker, maar ze sliep meteen weer in.

Ik wilde Philo nog niet thuis ontvangen. Ik wilde nog niet dat hij mijn vader ontmoette.

Isabelle stelde de hele terugweg verongelijkte vragen over 'die man'. Ze koesterde vreselijke verdenkingen jegens hem, die allemaal raak waren: hij stond op het punt haar wereldje kapot te maken. Als het allemaal liep zoals ik hoopte, zou hij haar degraderen van eerste en enige naar eerste tussen gelijken. Ze zou op leven en dood vechten om het te voorkomen, dat wist ik, maar ze was gedoemd. Ze kon er geen idee van hebben dat 'die man' ook haar leven zou verrijken, hoewel ik geen idee heb waar ik dat idee vandaan haalde, gezien mijn ervaring met vaders. Tenzij met 'verrijken' gewoon hetzelfde werd bedoeld als 'gecompliceerder maken'.

Het was maandag. Ik hoefde die avond niet te werken, en ik reed de oprijlaan naar het huis van mijn vader op, vervuld van een heimelijke vreugde.

18

Philo belde een week later om te zeggen dat hij zijn bezorgschema had veranderd. Er waren klanten die het vrijdags een stuk drukker begonnen te krijgen, en die wilden hun paddestoelen graag eerder in de week hebben, zodat ze hun menu voor vrijdag konden plannen. Hij bezorgde nu op woensdag en donderdag, dus kon hij mijn paddestoelen woensdagavond komen brengen? Zou ik het erg vinden als ik zijn laatste adres voor die dag werd? Want gezien zijn reisroute, eerst naar het oosten, naar het zuiden, en dan weer terug naar het noorden, lag Brattleboro precies op het laatste stuk terug naar huis. Was dat goed?

Het was perfect. Dinsdag en woensdag waren onze rustigste dagen; misschien dat ik dan ook wat tijd voor hem zou hebben. En de laatste bezorging van de dag, hoe laat was dat ongeveer? O, een uur of halfacht, acht uur. Iets later misschien?

Mooi. Als hij nou eens meteen bleef eten?

Graag.

Hij klonk niet verrast.

Ik had al een populair hoofdgerecht voor die avond gepland, linguini met scungilli, garnalen, sint-jakobsschelpen, calamaris en oesterzwammen in een saus van olijfolie, visbouillon en saffraan. Ik zou hem dit voorzetten met een salade van sla, rode ui en avocado, met limoen en olijfolie, simpel en eenvoudig. De eenvoudige keuken, dat is mijn keuken, daar houd ik van. Als dessert zouden we crêpes nemen met partjes sinaasappel, sinaasappelmarmelade en vanille-ijs. Er werkte een jongen bij ons die een opleiding had gedaan voor banketbakker, en die gespecialiseerd was in dat soort dingen.

Het was verbazingwekkend hoeveel er kwam kijken bij dit eenvoudige hoofdgerecht, op die speciale dag. Ik moest beslist naar de kapper, ik was al drie jaar niet meer naar de kapper geweest en dat was te zien: mijn kapsel was bij het rafelige af, met gespleten haarpuntjes. Ik besefte ook opeens dat het wel wat kleur kon gebruiken. Een paar blonde lokken. Mijn huid was droog en schilferig, ik had grote behoefte aan een gezichtsbehandeling, hoe had ik het toch zover laten komen?! En ik moest fatsoenlijke kleren hebben; ik had niks om aan te trekken! Ik moest nieuwe schoenen hebben! En ik had geen tijd!

Isabelle koos die week uit om te zieken en te zeuren, en dat deed ze anders bijna nooit! O, ze wist het, ze wist het, die kleine lastpost.

Zaterdagochtend was altijd het drukste dagdeel van de week. Dan ging ik vroeg naar het restaurant om de bezorgingen te inspecteren en mij ervan te vergewissen dat vlees en vis en verse producten allemaal tiptop in orde waren. Deze keer was ik nog iets vroeger, en zodra ik klaar was rende ik de stad in om een nieuwe outfit te kopen. Mijn kleren waren een ramp, ik had er in geen jaren enige aandacht aan besteed en ik wilde het, o, ik wilde het zo graag, en ik vond een heel leuk zwart topje, met kruiselings aan de voorkant bevestigde, geknoopte banden en lange mouwen die niet te strak waren, zodat ik nog met al die zware pannen kon worstelen zonder dat de mouwen gingen kwellen, een ietsiepietsie laag uitgesneden, een heel mooie, heel strakke zwarte broek, mooie zwarte schoenen met een gesp erop, en zilveren oorringen. Alles bij elkaar was ik er heel blij mee en wist ik op de een of andere manier de zaterdag en de zondag door te komen. We hadden makkelijke dagschotels, gebakken zalm en ribstuk, over dat soort gerechten hoef je je niet druk te maken, dus ik werd niet al te moe, zodat ik maandag weer rustig naar de stad kon om naar de kapper te gaan en een gezichtsbehandeling te nemen. Ik kocht ook make-up. Ik had alles nodig: de supermarktlippenstift die ik de afgelopen drie jaar had gebruikt was de enige make-up die ik had. Ik kocht mascara en rouge en eyeliner en een glanzende, metallic lipgloss, en toen ik dat allemaal had aangebracht, ik moet zeggen, toen vond ik... tja, ik wist eigenlijk niet eens wie dat was in de spiegel. Een actrice of model, had hij gezegd. Yes!

Maar toen ik mij die woensdag had aangekleed en opgemaakt en ik klaar stond om naar mijn werk te gaan, en ik aan mijn vader vroeg hoe ik eruitzag, keek hij op van zijn krant – hij kwam tegenwoordig altijd binnen om te lunchen, en dan at hij aan tafel met mes en vork en een lepel en een servet, als een beschaafd mens, onderwijl de krant lezend – en zei: 'Je ziet eruit zoals je er altijd uitziet. Prima.' Er was hem niks opgevallen!

Isabelle had het echter wel gezien en haar stond het niet aan. 'Je hebt spul op je gezicht, mama!' protesteerde ze. Ze probeerde bij me op te klimmen – ik had net mijn nieuwe kleren aan! – en ik omarmde haar en kuste haar – nou ja, ik was zo blij – en zij begon te huilen, en mevrouw Thacker, die goede, lieve mevrouw Thacker, zei: 'Maar Isabelle! Ik dacht dat jij zo'n grote meid was!' want uiteraard begreep zij het niet. Het enige gevolg was dat Isabelle nog harder ging huilen. Ik moest inwendig lachen, maar ik sloot haar in mijn armen en droeg haar naar buiten, naar de auto, en ik zei tegen haar dat ik altijd, altijd van haar zou blijven houden, wat er ook gebeurde. Het was een groot drama, maar alleen zij en ik wisten dat het zich aan het voltrekken was en zelfs zij wist het niet echt, ze voelde zich alleen maar onbehaaglijk.

Arm kind.

Ze voelde dat ze mij voor altijd ging verliezen, alleen dat was niet zo, het voelde alleen zo – voor ons allebei. Mijn vader stond helemaal perplex. Hij nam Isabelle verbijsterd en wanhopig op en ging schouderophalend terug naar zijn atelier – wat mankeerde dat kind in vredesnaam? In zijn atelier zou dit alles in spetters op het doek een uitweg vinden, verfspetters als een waaier van hels vuurwerk, al zou hij niet weten wat hij gedaan had, hij zou het alleen ergens, op de een of andere manier, voelen.

Isabelle en ik reden weg, en toen we eenmaal bij het restaurant waren en alles was zoals het altijd was, werd ze weer wat rustiger en fleurde ze op. Ze rende op Artur af en sprong in zijn armen.

En ik werkte en wachtte.

Werkte en wachtte.

Toen het tegen zessen liep, begonnen de mensen binnen te komen. Rond zeven uur hadden we vier bestellingen ribstuk, zes keer linguini met zeevruchten, een krabsalade en een osso buco, een geroosterde kip en een steak, en toen werd het acht uur en was hij er nog niet. Het restaurant begon vol te lopen en ik vergat hem, de klootzak.

Het was negen uur voor ik de rust kon opbrengen om even een blik op de klok te werpen. De moed was me in de schoenen gezonken. Mijn make-up was verdwenen, ik had vlekken op mijn blouse, mijn voeten deden zeer in die mooie schoenen met gespen die ik had aangetrokken in plaats van de hardloopschoenen die ik anders altijd droeg, mijn haar was vochtig en deed pogingen aan mijn muts te ontglippen, en de meeste zeevruchten waren op, er was geen ribstuk meer, en de achterdeur werd opengeduwd door een grote man die een paar platte kistjes meezeulde.

Met paddestoelen.

Ik draaide me om en glimlachte, al kon ik nauwelijks een glimlach opbrengen – ik ben altijd heel ingespannen bezig als ik kook, een en al concentratie. Maar hij leek niets van me te verwachten, hij stond wat te kletsen met Eberly, een van de assistenten, die de paddestoelen van hem aannam en ze in de koelcel zette en de bestelling controleerde aan de hand van de lijst die wij hadden, en aan Artur vroeg hem te betalen, waarop Artur erbij kwam en ook een gesprekje met hem aanknoopte. Uiteraard had ik Artur alles over Philo en zijn paddestoelen verteld. Toen ik eindelijk ook even een kleine pauze kon nemen, ging ik ook een babbeltje met Philo maken. Ik zei dat hij wel kon blijven eten. Wist ik dat zeker, vroeg hij. Hij wilde me niet tot last zijn. Maar ik stond erop. We dekten de personeelstafel in de alkoof en ik vroeg Eberly iets te drinken voor hem in te schenken. Hij nam een bourbon, een Jack Daniels on the rocks.

Isabelle lag diep in slaap in haar ledikantje en het begon rustiger te worden – er waren misschien nog een stuk of tien gasten. De mensen in de provincie eten vroeg. Om een uur of zes loopt het vol, en meestal is het om tien uur weer voorbij. Het meeste personeel at om vijf uur, maar Artur en Lou, van die verrukkelijke desserts, als hij er nog was tenminste, en ik aten meestal om een uur of tien. Daar waren we eerder op de avond te nerveus voor. Ik had Manuel gevraagd ervoor te zorgen dat er twee porties pasta met zeevruchten voor Philo en mij overbleven. Artur ging bij Philo zitten met een wodka, aangelengd met water, maar hij bleef van tafel opspringen om afscheid te nemen van vaste gasten, en dat waren bijna alle aanwezigen die avond. Maar hij, Eberly en ik hielden Philo om de beurt gezelschap. Hij zag er doodop uit en gaf ook toe dat het bezorgen hem vermoeide; hij was blij even te kunnen ontspannen met een paar borrels. Rond kwart voor tien kwamen er geen nieuwe gasten meer binnen en was het personeel bezig met schoonmaken.

Ik ging bij Philo zitten met een Glenlivet met water en een glimlach. Hij glimlachte terug en vroeg hoe het met Isabelle ging. Mijn hart sprong op van vreugde omdat hij naar haar vroeg, omdat hij zich haar herinnerde, omdat hij naar haar informeerde omdat hij wel wist dat zij het belangrijkste in mijn leven was.

Toen de laatste gasten waren vertrokken, legde Manuel de laatste hand aan de schoonmaakwerkzaamheden. Artur kwam binnen en ging met een enorme zucht zitten. Ik gebaarde naar Eberly dat hij het eten kon opdienen. Vlak voor ik ging zitten had ik de linguini gekookt. Eberly schepte de zeevruchten erop en zette de borden voor ons neer. Hij schonk wijn in, een Pinot Grigio, en bereidde de salade, zodat die klaar was toen we de zeevruchten op hadden. Toen zei ik dat hij wel naar huis mocht gaan. Lou was al weg. Hij had drie porties sinaasappelcrêpes klaargezet, minus het ijs.

Artur was in een enthousiast gesprek verwikkeld met Philo. Die paddestoelen fascineerden hem – uiteraard, Russen zijn dol op paddestoelen. Die twee konden het met elkaar vinden alsof ze vrienden voor het leven waren. Maar Artur had zijn ogen niet in zijn zak zitten, net zomin als Isabelle. Zodra het eten op was ging hij zich bezighouden met wat ik het vervolmaken van de schoonmaak noemde, en kreeg ik opdracht te blijven zitten en met Philo te praten en een sigaretje te roken: ik mocht hem niet helpen. Het was halfelf, het overige personeel was vertrokken. Artur ging naar de eetzaal om te kijken of daar alles in orde was. Die werd de volgende morgen gestofzuigd en schoongemaakt. Toen hij terugkwam gaapte hij – nogal theatraal, vond ik – en vroeg of ik het erg vond om af te sluiten, hij was moe. Ik stemde ermee in en deed alsof het normaal was, hoewel ik nog nooit eerder had afgesloten. Dat deed Artur altijd.

'Leuk je ontmoet te hebben, Philo.' Hij sprak het uit met een langgerekte i: Phiii-lo. 'We hebben het nog wel eens over paddestoelen...'

'Ja, ook leuk je te ontmoeten, Artur,' zei Philo. Hij stond op en gaf hem een hand. 'Tot ziens.'

'Je gaat nu terug naar kwekerij? Is het ver?'

'Ja. Nee, het is niet ver. Nog geen uur rijden.'

'Oké,' zei Artur, alsof hij ergens zijn goedkeuring aan gaf. Waarop hij zich omdraaide en naar boven ging. Ik wist heel goed dat hij zou wachten tot ik weg was, en dat hij dan weer beneden zou komen om te kijken of alles goed op slot zat, maar ik kon mezelf er nog niet toe zetten om te gaan.

We waren allebei moe, maar ook heerlijk ontspannen. Philo vertelde over zijn studietijd, de Périgord, Parijs en de Sorbonne. Ik vertelde over de commune en Sandy en Bishop. Uiteindelijk, uit pure vermoeidheid, kwamen we tot de treurige slotsom dat we moesten gaan. Hij bleef bij me staan terwijl ik de boel afsloot, waarna hij nog meeliep naar de auto. Daar bleven we staan. Hij nam mijn hand in de zijne.

'Zie ik je volgende week weer,' zei hij.

Toen ik mezelf die avond in de badkamerspiegel bekeek, schoot ik in de lach. Al mijn plannetjes, al mijn gedoe ten spijt zag ik er net zo verfomfaaid en bezweet uit als willekeurig welke avond. Op mijn nieuwe blouse zaten vlekken – de frambozensaus had de plekjes die niet door mijn schort waren bedekt feilloos weten te vinden. Op mijn nieuwe schoenen zaten vetvlekken. Mijn haar was slap en vettig van het zweet en ik had helemaal geen make-up meer op, ondanks de hoeveelheid waar ik mee begonnen was – genoeg in elk geval om de aandacht van Isabelle te trekken. Maar dat maakte allemaal niet uit. We hadden een speciale avond gehad, we hadden elkaar ergens geraakt. Ik was hoopvol gestemd.

Zo ging het daarna. Philo kwam elke week uit Springfield over met vier dozen paddestoelen. Na verloop van tijd werden het er zes, en toen ik geleerd had ze in een bruine papieren zak te bewaren in de koude kamer waar Isabelle lag te slapen werden het er acht. Mijn champignonsoep (gebonden met een puree van champignonsteeltjes en afgemaakt met room), al beroemd onder mijn klanten, werd een soort standaard waarop ik begon te variëren met allerlei verschillende paddestoelen. Artur begon pioppino's te gebruiken in een boeuf stroganoff waar hij in Rusland alleen maar van had kunnen dromen. Ik zette paddestoelomeletten op het menu als voorgerecht, voegde paddestoelen aan allerlei salades toe, en bedacht recepten voor salades en warme groenten waar ik op allerlei manieren paddestoelen in verwerkte. Voor ik Philo leerde kennen, stond ik al bekend om mijn champignonsoep. Voor die soep sauteerde ik sjalotjes in boter, en voegde daar champignons aan toe. Als het mengsel vloeibaar genoeg was, voegde ik er nog kippenbouillon en wat peper en zout aan toe en liet het geheel sudderen. Na een minuut of veertig pureerde ik alles in kleine hoeveelheden in de blender – dit was nog voor de keukenmachine. Dat was de basis. Als iemand het bestelde, verhitte ik een kleine hoeveelheid, voegde een schepje room toe – het was een heel dikke soep – en strooide er wat rauwe champignonhoedjes en bieslook overheen. Soms maakte ik croutons van stevig witbrood dat ik in veel boter gebakken had. De mensen vonden dat er heerlijk bij. En als ze op dieet waren en geen room wilden, schrapte ik de room en de croutons, en verdunde de soep met magere melk. We vermeldden op de kaart dat onze champignons afkomstig waren van 'Champignons

Jacquet' in Springfield, Vermont, zodat de kwekerij van Philo ook enige naam kreeg.

Het bleef ontspannen tussen ons. Hij was nooit meer stijf of seksistisch, zoals op die eerste dag, hoewel zijn ideeën soms wel enige... nou ja, verlichting behoefden. Een beetje. We praatten over onze familie, scholen, onze oude vrienden. Philo had een jongere broer gehad die William heette, en die al op zijn twaalfde aan een hartaanval was overleden, toen Philo vijftien was; en een oudere broer, Paul, die in Californië woonde en in de computerbusiness zat. Paul was zeer geslaagd; hij verdiende tonnen en woonde in een huis met veertien kamers en een zwembad. Zijn ouders waren trots op hem. Hij was getrouwd, en had een zoon en een dochter. Hij had alles goed gedaan, zei Philo, met een mengeling van treurnis en ergernis.

De ouders van Philo woonden in Florida; zijn vader was gepensioneerd en golfde de hele dag. Zijn moeder golfde ook, maar niet zoveel als zijn vader; zij ging vaker zwemmen. Beiden speelden bridge en waren het hele jaar door bruin. Hij ging één keer per jaar bij hen op bezoek, met de kerst.

Ik vertelde hem over mijn moeder en mijn vader, die hem fascineerden. Hij zei dat ze als echte mensen klonken, en dat hij het gevoel had dat zijn ouders dat niet waren. Het was nooit bij me opgekomen dat ik misschien wel geluk had met mijn ouders, gezien de ellende bij ons thuis in mijn jeugd. Maar als ik nog aan de thuissituatie van Sandy dacht, waar ik jaloers op was geweest, maar waar ik me nooit echt op mijn gemak had gevoeld... Als ik daar was moest ik altijd giechelen, en struikelde ik over mijn benen of morste van alles en nog wat. Ik bedacht dat huiselijke rust misschien wel niet eens het grootste goed was. Maar ik wilde het toch, voor mezelf en voor Isabelle.

Ik vertelde Philo over mijn oude vrienden, met wie ik af en toe contact had. Sandy woonde nog steeds in Northampton, en werkte daar in een kliniek. We schreven elkaar een paar keer per jaar, en ik wist dat ze samenwoonde met Louisa, haar partner, zoals dat tegenwoordig heette. Louisa gaf scheikunde aan Smith en kon net als Sarah ontzettend goed tennissen. Sandy had het in materiële zin niet zo goed als haar ouders, maar ze voelde zich veel gelukkiger. Zij en Louisa hadden een heerlijk leven in de Connecticut Valley, ze hadden daar alles: veel vriendinnen, tennis, zwemmen, strijkkwartetten – de beste vriendin van Louisa was violiste. Ze voelden zich nuttig.

Bishop en Rebecca waren teruggegaan naar Cambridge, waar Becky medicijnen studeerde. Ze wilde kinderarts worden. Ze zat in haar klinische opleidingsperiode in een ziekenhuis in Boston waar voornamelijk zwarte patiënten kwamen, en ze waren bezig een huis te kopen aan de rand van Roxbury, de zwarte wijk, waar Bishop een kinderboekwinkel had geopend. Om te overleven verkocht hij ook speelgoed – goed, educatief speelgoed – en hij was helemaal in zijn element, in de wolken: een volwassen Peter Pan. Het was duidelijk dat zij al evenmin rijk waren, maar voor armoede hoefden ze ook niet te vrezen. En ook zij waren gelukkig met hun leven. Bec wilde graag zwanger worden als ze haar opleidingsperiode achter de rug had. Ik wist niet of Bishop zijn vader en moeder ooit nog zag, ik was altijd wel van plan ernaar te vragen, maar omdat we elkaar alleen telefonisch spraken was ik de hele tijd bang dat ik daarmee misschien een vervelend onderwerp ter sprake zou brengen, en liet ik het erbij.

Dolores – die eindelijk naar mijn moeder had geschreven, want we waren elkaar uit het oog verloren – zat in New York en studeerde aan de NYU. Ze wilde therapeute worden, gespecialiseerd in incestgevallen. Ze had er al een paper over geschreven dat gepubliceerd was. Daar was ze helemaal verrukt over.

Philo – mijn Philo, niet de Philo van mijn moeder – hoorde zelden van Debbie, en belde haar nooit, waar hij zich schuldig onder voelde. Ik probeerde met hem mee te voelen, maar eerlijk gezegd was ik er blij om. Ik sprak Stepan zelden; we belden elkaar misschien twee keer per jaar, en als hij langskwam, was dat om Isabelle te zien. Hij had inmiddels een relatie met Elissa, die ook op Pax woonde en ook uit Rusland kwam, zij het niet uit de Oekraïne. Waarschijnlijk voor het eerst in zijn leven was Stepan door hartstocht overweldigd, en hij overwoog zelfs te gaan trouwen. Dat vond ik prima, en zelfs Isabelle was niet jaloers toen hij een keer kwam en Elissa meenam. Ze hadden een tent meegenomen en sliepen in de bossen. Mijn vader had daar respect voor, en hield op met op Stepan af te geven.

Het probleem was dat Stepan had besloten dat hij de zorg voor Isabelle ook voor een deel op zich wilde nemen, hij had het er zelfs over dat hij naar de rechter wilde stappen om dat voor elkaar te krijgen. Ik was kwaad, en woedend op mezelf dat ik hem ooit over haar verteld had. Ik was bereid er een gevecht op leven of dood van te maken, maar Philo overtuigde mij rustig, heel lief, dat het nog niet eens zo slecht zou zijn. Het was toch niet zo dat Stepan haar om het weekend wilde hebben of zo? Hij wilde haar zo af en toe een weekend hebben, en 's zomers een maand. Philo zei dat het misschien wel goed voor haar was om 's zomers een maand op een boerderij te wonen, en ik moest toegeven dat hij gelijk had. Bovendien, Isabelle mocht Stepan. Hij was lief voor haar. De eerste keer dat ze bij hem ging logeren – Philo en ik brachten haar erheen – was ze vijf. Ze wierp één blik op de boerderij en holde met gespreide armen het paradijs binnen. Ze hadden inmiddels, naast hun paarden en kippen, ook een stel honden en katten – muizenvangers – en Isabelle voelde zich er gauw thuis. Ze was dol op de dieren, en op de geur van hooi, en op alle mensen die daar rondliepen, en ook op de twee oudere kinderen, die ze voortdurend gezelschap hield als ze hun klusjes deden.

Toen we elkaar een paar maanden kenden, nodigde ik Philo een keer op een maandagavond thuis uit, zodat hij mijn vader kon ontmoeten en Isabelle weer eens zien. Isabelle was inmiddels gewend aan zijn naam, want ik vertelde het haar iedere keer als ik hem gezien had. Ik wilde dat ze besefte dat ik er nog was, ook al was hij in mijn leven gekomen. Ze lette goed op. Ik bereidde een alledaags soort maaltijd, bewust; ik wilde niet dat mijn vader leuke opmerkingen ging zitten maken over die artisjokken die hij verdomme moest eten omdat we bezoek hadden, of dat Isabelle ging huilen en het vertikte de rog of brasem te eten waar ze niet aan gewend was. Ik maakte een schotel waarvan ik wist dat zowel mijn vader als Isabelle er met smaak van zouden eten, de eenvoudigst denkbare maaltijd, één waar voor mij allerlei herinneringen aan vast zaten, spaghetti bolognese – pasta met rundergehakt, tomaten, knoflook en basilicum, en de salade van mijn moeder: kropsla, avocado en rode ui met een vinaigrette. Alles kwam uit de tuin van Kathleen, behalve de pasta, het vlees, en de olie en azijn.

Philo kwam precies op tijd aanzetten, zeven uur. Isabelle rende naar de deur toen er werd aangebeld, en keek hem aan toen hij binnenkwam. Ze zei zelfs hallo. We gingen buiten op de veranda zitten, met uitzicht op het meer. Mijn vader bood hem een gin-tonic aan. Het was warm, maar er stond een briesje dat van het meer kwam, dat er heel mooi bij lag, door pijnbomen omlijst. Mijn vader vertelde over de gruwelen van Harvard; Philo vertelde over de gruwelen van Penn. Ik begon niet eens over Andrews.

Isabelle zat op de grond te kleuren, en keek af en toe op naar mij of naar Philo. Ik weet dat ik vaker naar hem keek dan naar haar of mijn vader. Na een poosje stond ze op en klom bij mijn vader op schoot, wat zelden gebeurde. Mijn vader vond het geweldig, hij sloeg zijn armen om haar heen en knuffelde haar, en zij ging tegen hem aan liggen alsof ze in coma lag, zuigend op haar duim. Ik werd er nerveus van, ik verwachtte dat ze zou gaan opspelen, maar er gebeurde niets. Ik vertelde een en ander over de tuin, wat Philo interesseerde. Toen hij over paddestoelen begon, spitste mijn vader zijn oren en begon hij hem van alles te vragen. Zodra hij zich tot Philo richtte liet Isabelle zich echter van zijn schoot glijden en liep weg. Die voelde zich natuurlijk verraden, bedacht ik. Toen ik haar riep reageerde ze inderdaad niet. Ik stond op en ging achter haar aan. 'Wil je meehelpen het eten klaarmaken, Isabelle?'

Die gedachte bracht haar meteen in verrukking; ze vond het

heerlijk om haar moeder te helpen. 'Ja, ja, mama!' riep ze. Ze was alweer vergeten dat ze boos was. Ik bond haar haar schortje voor, trok mijn eigen schort aan en begon met het eten. Het was niet veel werk – de saus had ik al eerder gemaakt, ik had de sla al gewassen en de tafel gedekt. Ik hoefde alleen de pasta maar te koken en de salade verder af te maken. Ik gaf Isabelle ook een paar opdrachten – ik was vergeten servetjes bij de borden te leggen, er moest nog zout komen, en zij legde de uiringen op de salade, zeer geconcentreerd en zorgvuldig.

Het eten verwarmde ons, zoals het altijd doet, maakte ons gelukkig, en liefdevol. We begonnen allemaal te kletsen. Ik schonk meer wijn in. Isabelle kreeg ook een druppeltje, met water. Ik zei dat het een speciale gelegenheid was. Ze was vereerd en haar stemming werd nog beter. Tegen de tijd dat het etentje voorbij was, was ze niet te beroerd Philo aan te kijken, en toen ik haar naar bed bracht omhelsde ze haar opa en liet ze zich door Philo een kusje op de wang geven. Behoedzaam.

Succes.

Philo en ik trouwden het jaar daarop. Philo wilde graag een kind hebben, en het leek ons beter om dan getrouwd te zijn, voor het kind. We begonnen eerst in zijn huis in Springfield. We hadden een logeerkamer voor mijn vader, maar die bleef nooit slapen. Hij kwam wel af en toe bij ons eten, maar daarna ging hij snel weer naar huis. Mijn moeder kwam wel geregeld logeren. Het jaar daarop kreeg ik mijn tweede kind, een jongetje, dat we William noemden, naar de overleden broer van Philo. Tegen die tijd was Isabelle vijf en ging ze naar de kleuterschool. Ik had drie maanden vrij genomen van mijn werk, maar ik had het zo getimed dat William in januari werd geboren, zodat ik alleen in de rustige wintermaanden weg was.

Isabelle hield Philo zo lang mogelijk op afstand, maar tegen de tijd dat we gingen trouwen had ze het opgegeven en was ze aan hem gehecht als zijn schaduw. Ze streed met mij om zijn aandacht. We gaven haar de nieuwe baby alsof het haar speeltje was, en zij nam hem over als een huisdier, en knuffelde hem en speelde met hem zoals de hond met haar speelde. Uiteraard aanbad Philo haar inmiddels, terwijl zijn eigen zoon hem angst inboezemde, het eerste jaar althans. Ik moest hem leren geen machtsstrijd uit te lokken met William, en hij moest mij leren hem zijn eigen relatie met William te laten hebben; en allebei moesten we – zo af en toe – zien om te gaan met de jaloezie van de kinderen jegens elkaar. Jaloezie ontbreekt nooit. Geen mens blijft ervan verschoond. We waren, met andere woorden, een betrekkelijk gelukkig gezin. En dat was gebeurd zonder dat ik ook maar iets had gedaan! Niet bewust, althans.

Misschien miste mijn vader mij of de regelmaat van ons leven samen, want al vrij snel nadat Philo en ik getrouwd waren, ging hij naar New York voor een vernissage, ontmoette daar een rijke vrouw uit de kunstwereld, en trouwde met haar. Hij verhuisde naar een loft in New York en ging op in de Newyorkse kunstscene. Ik zag hem nooit meer. Ik las alleen nog over hem in krantencolumns en artikelen over de kunstwereld. De blokhut bleef leegstaan. Mijn vader zei dat hij er 's zomers wel zou zijn. Waarschijnlijk zal hij er zo af en toe ook wel geweest zijn, maar hij belde mij dan nooit. Mevrouw Thacker ging er nog steeds wekelijks heen om schoon te maken en te zien of alles in orde was. Philo en de kinderen en ik gingen er nu en dan heen om in het meer te zwemmen en te kanoën. We wasten ons in de buitendouche en zaten op stoelen op de veranda, en zetten ons drinken in de koelkast, maar binnen lieten we alles zoals het was.

We waren in grote lijnen gelukkig. Philo deed zijn aandeel in het huishouden. Dat ging automatisch: hij was dat gewend, want hij had lang alleen gewoond. Soms was ik wel teleurgesteld dat hij er moeite mee had belangstelling op te brengen voor iets anders dan paddestoelen; hij had weinig conversatie en ik hunkerde daar vaak naar. En met andere vrouwen kon ik niet praten, want het restaurant, de kinderen en het huishouden lieten mij geen tijd voor vriendinnen. Pas toen de kinderen ouder werden kreeg ik tijd om vriendschap te sluiten met intelligente vrouwen in de buurt, met wie ik prettige gesprekken kon voeren.

Na een aantal jaren vreeën we niet meer zo hartstochtelijk, maar ik was toen ook al niet meer zo heet als voorheen, en het verlangen naar meer was zeldzaam. Ik denk dat Philo hetzelfde had, wat mij natuurlijk een rotgevoel gaf. Maar zo heel af en toe verlangden we intens naar elkaar, en die keren maakten veel goed. Op een avond in het restaurant, het meeste werk was gedaan en Mildred logeerde bij Artur, kwam ze net de keuken in toen wij klaar waren met schoonmaken, en zag ze Philo en mij naar elkaar kijken. Dat was alles, we stonden elkaar gewoon aan te kijken over de keukentafel, allebei moe na een zware avond, ik van het koken, Philo van het bezorgen – en te bedenken wat we over een uur of zo zouden doen. Toen Mildred eraan kwam was de betovering verbroken, en ging Philo het afval buiten zetten. Maar Mildred kwam naar me toe en fluisterde: 'Niets is zo sexy als een rijpe man en vrouw, en nog wel zulke stukken als jij en Philo, die elkaar met van die broeierige blikken staan aan te kijken.' Ze liep weer door met een geheimzinnig lachje, pakte Artur bij een arm toen die langs haar heen liep met een of andere paté die in de koeling moest, en hij bleef staan en kuste haar.

Toch zijn de kinderen mijn diepste bron van voldoening. Wat hield ik veel van ze! En nog steeds! Als ik naar ze kijk, doet mijn hart zeer omdat ik weet dat ik ze zal kwijtraken, dat ik ze niet voor altijd bij me zal kunnen houden. Ze zijn inmiddels zo ongeveer volwassen en behandelen mij meestal goed, en ik weet dat ze van me houden, al ben ik er soms niet eens van overtuigd dat Isabelle me zelfs maar aardig vindt, en doet William soms alsof ik een raar oud vrouwtje ben op sportschoenen – wat ik natuurlijk ook ben.

We hadden een prettig leven zonder rijk te worden. We verwierven allebei enige roem in de culinaire gemeenschap. Ik werd voortdurend in één adem genoemd met Alice Waters en Chez Panisse in San Francisco, dat ze in 1972 was begonnen, zeven jaar voor ik bij Artur kwam werken. Ik werd voor panels gevraagd en er werd over mij geschreven, en ik schreef artikelen over wat inmiddels biologisch eten was gaan heten, en biologische boeren en markten. Philo behoorde tot dezelfde groep en was beroemd om zijn paddestoelen. Hij had inmiddels een enorme kwekerij en verscheidene mensen in dienst; zijn bezorgingen werden gedaan door FedEx, niet meer met zijn eigen wagen, en hij had een gigantische omzet. Maar niets van al dat geld leverde ons persoonlijk nou zoveel op. We hadden genoeg om te leven zonder ons zorgen te hoeven maken, en dat was dat. Maar dat is ook genoeg. Ik was er ten diepste van overtuigd dat helemaal geen geld hebben – honger moeten lijden – het ergste lot in het leven is, maar het op één na ergst is te veel geld hebben. Dat verpest je kinderen en bederft je voor het leven. De kinderen groeiden op, ons huis was comfortabel, we hielden van ons werk, en in onze ogen kon een mens niet veel meer van het leven verlangen. Het was genoeg.

Het is nog steeds genoeg. Ik ben nu eenenvijftig, ik kook nog steeds bij Artur's, waar ik nu de eigenaar van ben, want de arme Artur is een paar jaar terug aan longkanker bezweken. Dat zal ook wel te verwachten zijn geweest – hij rookte als een Rus, net als mijn vader. En Artur is tenminste nog achter in de zestig geworden. Mijn vader overleed op zijn negenenvijftigste, aan dezelfde ziekte. Hij is in '85 overleden, vlak nadat hij bij de vrouw was weggegaan met wie hij een jaar eerder getrouwd was. Het grootste deel van zijn geld en zijn schilderijen liet hij aan die vrouw na, die alles al had, maar mijn moeder was degene met het meeste verdriet op zijn begrafenis, hoewel ze zich schuilhield en behalve ik niemand wist dat ze er was. Ze huilde maar door – ook al had ze hem gehaat toen hij nog leefde.

Ik voelde me ook vreselijk. Ik voelde me beroerd, niet omdat ik hem miste, omdat ik hem zelden meer gezien had, maar omdat ik het gevoel had dat hij nooit zijn eigen leven geleid had, nooit het leven had gehad dat hij wilde. Alsof hij een tennisbal was die zijn leven lang heen en weer was gemept, niet door een racket, maar door innerlijke krachten waar hij geen controle over had. Een heleboel mensen kwamen op zijn begrafenis, maar eigenlijk was daar niemand bij die hem werkelijk gekend had. Alleen zijn familie wist hoe hij was. Ik weet niet eens zeker of hij zelf wel wist wat voor iemand hij was.

Het huis in Vermont liet hij aan mij na, met alles wat erin was, de drie weilanden, de zeilboot en de roeiboot. Philo en ik bouwden verscheidene kamers aan, zodat we vier slaapkamers en badkamers hadden, een eetkamer en twee kantoren, voor elk één – de oude blokhut was er nauwelijks meer in te herkennen. Er zat een enorme, schitterende keuken in, en er was een kas bij gebouwd. De schilderijen van mijn vader en zijn pre-columbiaanse en andere beeldjes namen overal in huis ereplaatsen in.

Mijn moeder overleed ook aan kanker, in 1992. Ik had daar wel verdriet om, maar ik had in elk geval het gevoel dat zij een vol leven had gehad, dat ze had gedaan wat ze wilde, en was geworden wie ze wilde zijn. Toen ze ziek werd, hield ik op met roken, en haalde Philo ook over om te stoppen. Ik probeerde Artur ook zover te krijgen, maar hij kreeg het niet voor elkaar. Misschien had het ook wel geen verschil gemaakt – je schijnt het jaren later nog te kunnen krijgen. Artur overleed in 1997 en ik miste hem – ik zag hem per slot van rekening elke dag. Een heleboel vaste gasten kwamen op zijn begrafenis, wat aardig was, en iets waar hij heel gelukkig mee zou zijn geweest. Zijn zuster en haar kinderen waren de enige familie die hij had. Hij was nooit met Mildred getrouwd, hoewel ze jaren een relatie hadden gehad. Ze kwam vaak een lang weekend bij hem logeren, in zijn appartement boven het restaurant, wekelijks bijna. Hij aanbad haar, en behandelde haar altijd als een hoveling een koningin. Je zou kunnen zeggen dat hun lat-relatie hun liefde in leven had gehouden. Elke winter maakten ze samen een cruise naar warme contreien waar Frans werd gesproken. Artur zei altijd dat de laatste twintig jaar van zijn leven de eerste vijftig meer dan goed hadden gemaakt. Mildred huilde aan zijn graf, net als Philo en ik en Isabelle, en de oude Loren Rosenberg uit de stad, met wie hij op maandagavond altijd schaakte.

Rond kerst 2000 kreeg ik een brief van Dolores. Ze zei dat ze rond de kerstdagen altijd aan me dacht. Haar praktijk schonk haar veel bevrediging, schreef ze. Ze had het gevoel dat ze heel veel meisjes werkelijk hielp. Ze was een boek aan het schrijven over meisjes die door een familielid waren verkracht, en wat ze nodig hadden om erbovenop te komen. Ze had het gevoel dat ze zich nuttig maakte in het leven. Misschien is dat wel het enige dat telt.

Al die terugblikken grepen me helemaal bij de strot in 2002, toen ik te horen kreeg dat Sandy was overleden – het eerste sterfgeval in mijn generatie. Ze was overleden aan borstkanker. Haar moeder was daar een paar jaar na de zelfmoord van haar vader ook aan overleden; Rhoda was eraan overleden, en Naomi werd ervoor behandeld. Het was een ware slachting in haar familie, alle vrouwen werden erdoor weggevaagd, als Kosovaren of Tutsi's in een burgeroorlog. Ik kon mij niet aan het gevoel onttrekken dat ze was opgeofferd, al kon ik maar niet expliciet bedenken door wie of waaraan. Vagelijk legde ik de schuld bij de regering, die niet genoeg onderzoek had gedaan naar borstkanker, en al even vaag was mijn gevoel dat haar vader medeschuldig was. Sandy had de zelfmoord van haar vader nooit verwerkt. Ik begreep nooit precies waarom niet – die zelfmoord had zo ongeveer alles in haar jonge leven onderuitgehaald en voorgoed ondermijnd. Ze scheen het idee te hebben dat het feit dat hij zichzelf van kant had gemaakt hun leven samen als gezin van elke inhoud had beroofd.

Ik was echt gedeprimeerd toen ik dat van Sandy had gehoord. 11 september 2001 was een verschrikkelijke schok voor iedereen geweest en hoewel ik ver van de plaats des onheils was geweest, galmde het allemaal nog na in mijn binnenste, het zien van al die mensen die geroosterd werden als op een reusachtige barbecue, de gedachte aan hun pijn en hun doodsangst. Nu voegde Sandy zich in mijn gedachten bij hen, midden in haar leven van de aarde weggerukt, een heilige die zich gewijd had aan het helpen van haar medemens, aan het bestrijden van armoe en het verrichten van goede werken – als een middeleeuwse christen. Het idee dat ze een joodse heilige was zou haar vast niet hebben aangestaan, maar hadden joden wel heiligen? Alleen mannen, waarschijnlijk.

Philo probeerde mij op te fleuren. Hij zette sterke thee voor me, deed er whisky en suiker door en liet mij dat opdrinken. Hij bood aan om te gaan kijken of hij ergens wat weed voor me kon kopen. Ik zei dat hij geen moeite hoefde te doen. Ik huilde. De kinderen waren er niet, dus dat kon. Isabelle zat in Engeland, voor haar biologiestudie, en William zat in Amherst. Philo en ik waren weer alleen na al die jaren, en overwogen een kookboek te schrijven. Maar niet die avond. Toen was ik niet voor rede vatbaar.

'Het was die oorlog die ons gedoemd heeft,' riep ik. 'Mijn generatie is die oorlog nooit te boven gekomen – de protesten ertegen, de woede waar de demonstranten tegenaan liepen, de angst voor een herhaling...'

'Ik vind onze generatie juist geweldig,' zei Philo. 'Beter dan die van onze vaders.' Iemand had een boek geschreven over de generatie van mijn vader, en het een grote generatie genoemd, maar Philo had daar de spot mee gedreven en het de alcoholische generatie genoemd, de zwaar rokende, zwaar drinkende bozemannengeneratie.

'Wat is er dan zo geweldig aan onze generatie?'

'Nou, moet je kijken wat ze gedaan hebben. Sandy heeft haar hele leven arme vrouwen aan medische bijstand geholpen. Ze heeft niet eens geprobeerd beroemd of rijk te worden; ze heeft goed gedaan, echt goed. Het is moeilijk om goed te doen. Weet je dat? Eerst wil je graag goed doen, maar op een gegeven moment ga je onwillekeurig toch dromen van iets waar je winst mee kunt maken, iets dat aan andere ambities beantwoordt... Maar zij heeft haar hele leven in dienst gesteld van vrouwen die haar hulp heel goed konden gebruiken – en dat heeft ze gedaan terwijl ze ook nog zoveel anders had kunnen doen. Ze had voor een conventioneel leven kunnen kiezen, ze had ervoor kunnen kiezen veel geld te verdienen en status te verwerven, of een wild leven te leiden vol drugs en dolle pret, of kunstenares te worden, of... weet ik veel wat!

En kijk eens naar Bishop en Rebecca. Zij is kinderarts in een arme buurt. Dat is geweldig! Kindergeneeskunde is geen branche in de medicijnen waar je nou zo rijk van wordt, zoals chirurgie of dermatologie of oncologie. Het is vooral góéd. En hij – wat kan nou beter zijn dan boeken verkopen voor kinderen! Dat is toch ook geweldig! Dat zijn pas goede mensen.

En kijk eens naar Dolores! Die doet alles om meisjes te helpen die mishandeld en misbruikt zijn. Dat is echt hartverscheurend werk, denk je eens in wat die allemaal te verstouwen krijgt. En daar verdien je echt het grote geld niet mee.

En kijk eens wat je zelf doet, jij geeft mensen een goed gevoel door ze eten voor te zetten waarvan jij met de hand op je hart kunt verklaren dat het het gezondste is dat je krijgen kon. Je verdient net genoeg om van te leven, maar jij bouwt mee aan een ecologisch gezonde wereld. Ik doe dat ook, op mijn manier.

Dat zijn de dingen waar onze generatie voor gekozen heeft. Een hele hoop van mijn studievrienden die hun loopbaan begonnen zijn bij grote ondernemingen, net als ik, zijn daar uit gestapt, vooral de vrouwen. En ze zijn dingen gaan doen die niet in de eerste plaats goed betalen, maar waar ze andere mensen mee helpen, die het léven beter maken.

Al die dingen die we toen riepen, *make love, not war*, over vrede en broederschap, of zusterschap, al die dingen, die meenden we.'

Ik ging rechtop zitten. Philo praatte nooit zoveel, dit was voor hem een ware spraakwaterval. Hij verbaasde mij.

'Dus wij hebben een generatie van heiligen voortgebracht? Hoe komt het dan dat er meer ellende in de wereld is dan ooit tevoren?'

Ik liet me weer onderuit zakken en nipte van de thee die hij gemaakt had. Het was lekker en ik voelde me inderdaad al iets beter. Ik vond het heerlijk wat hij allemaal zei over Sandy en Bishop en Dolores – en over mij. Ik vond het fijn om zo tegen ons oude clubje aan te kijken. Wij hadden geprobeerd iets goeds te doen met ons leven. Zelfs ik, gewoon door te koken. Tegenwoordig werd er in artikelen in dure kookbladen over mij gesproken alsof ik een soort profeet was die weer gezondheid op de kaart had gezet. Maar het enige wat we gedaan hadden was wat we met liefde deden; we kookten wat we zelf graag aten. Uiteindelijk was het toch egocentrisch.

De wereld is nog net zo vreselijk als altijd. Misschien wel erger dan hij ooit geweest is.

De beroemdste van de mensen die ik kende was nog altijd mijn vader, die nooit ook maar gedacht heeft aan goed doen, of iets voor een ander doen, en die, arme, kapotte ziel, zelfs nauwelijks iets voor zijn eigen genoegen deed, laat staan ten eigen bate – voor zover ik dat beoordelen kon. Hij is nu zo beroemd dat erover gesproken wordt speciaal voor zijn werk een museum te bouwen. De schilderijen van hem die in mijn bezit zijn geven me een geweldig gevoel van veiligheid – ik weet dat ik me op mijn oude dag geen zorgen zal hoeven maken, omdat ik ze altijd kan verkopen als de nood aan de man komt, voor mij dan wel voor Isabelle of William. Als kok heb ik geen pensioen opgebouwd, ik heb alleen mijn spaargeld, en daar blijft niet veel van over met twee studerende kinderen. Maar ik heb een stuk of twaalf doeken van mijn vader.

En uiteraard zijn we weer in een oorlog verwikkeld, en zitten we muurvast in een land waar we niks te maken hebben, zonder duidelijke uitweg. Alweer!!! En deze keer hebben ze ons land in een oorlog gestort ná massaal protest. Dus ze wisten van tevoren hoe we erover dachten, hun onverschilligheid jegens ons was één dikke opgestoken middelvinger. Die protesten waren geïnspireerd op de protesten van mijn generatie, maar er zat minder drang achter omdat er geen dienstplicht meer bestaat. Toch protesteren jonge mensen tegenwoordig op het internet; er zijn een heleboel bewegingen actief. De foto's van de anti-oorlogsdemonstraties vorig jaar in Londen en Berlijn en andere steden, overal ter wereld eigenlijk, waren de meest inspirerende foto's die ik ooit gezien heb. Ik vraag me af of dat betekent dat deze oorlog ook jaren en jaren zal gaan duren.

Jonge mensen protesteren ook tegen de mondialisering en tegen het beleid van multinationals, namens miljoenen hongerenden op onze aarde. Dus misschien is het allemaal wel degelijk van belang. Misschien kun je dat van zo dichtbij wel niet zien.

Ik ben nooit zeker van mijn zaak, ik weet nooit helemaal zeker of ik wel gelijk heb. Waarschijnlijk omdat ik altijd omringd ben geweest door zulke intelligente mensen, kán ik daar ook nooit zeker van zijn. Dat is een nadeel in het huidige tijdsgewricht, houdt Philo mij voor, een wereld waarin de leiders zo goed weten wie er gelijk heeft en wie niet. Maar misschien is het gewoon een kwestie van gezond verstand.

Ik denk aan de miljoenen mensen die omkomen van de honger, die werken voor een hongerloontje, of die sterven aan aids, ver hier vandaan; ik denk aan de miljoenen mensen in mijn eigen land die hard werken maar geen huis hebben om te wonen, geen ziektekostenverzekering, of die hun hele leven ziek zijn van de zorgen. En dan denk ik aan mijn vrienden en mij, en Philo, en de arme overleden Sandy, en Bishop en Bec en Dolores, en hoe wij een manier vonden om voldoening te scheppen in ons leven, om dat ene deelachtig te worden waar ik als kind zo naar verlangd had: een gelukkig leven. En dan denk ik weer: maakt het iets uit? Is het belangrijk, tegen de achtergrond van het hele bestaan en de hele wereld, dat een paar mensen erin slagen een gelukkig leven te leiden? Maakt dat het anders voor de rest? Is dat een voorbeeld waar anderen iets aan hebben? Dat weet ik ook niet. Ik weet alleen dat ik het wil, mijn eigen gelukkige leven, ik wil het houden, ik wil het meer dan wat ook. En ik weet ook dat als ik een nieuw leven zou krijgen, vijftig nieuwe levens, dat ik dat elke keer zou willen. En volgens mij is dat het waar andere mensen ook naar verlangen. Waar ook ter wereld. Weet je, het meest onderdrukte, meest overwerkte Chinese meisje, als zij een dag vrij heeft en de stad ingaat met haar vriendinnetjes van de fabriek, dan grijpt ze haar blijdschap met beide handen aan, dan geniet ze met volle teugen van het lekkere weer, van de vrijheid, van het samenzijn met haar vriendinnen, en dan schalt haar lach door de lucht als een vogel in zijn vlucht. En de vreugde van die dag zal haar altijd bijblijven.

Sommige mensen hebben wel degelijk een gelukkig leven – mijn moeder, bijvoorbeeld, na haar scheiding, in elk geval tot ze ziek werd; en haar vrienden Annette en Ted, ondanks hun pech, en Eve, voor Danny overleed en zelfs daarna, en Lenny en John Gross, ondanks hun zorgen. Alyssa niet, die heeft het verlies van Tim nooit kunnen verwerken, Kathy is te jong overleden, en mijn arme vader, tja, die stikte in zijn demonen... Maar het is niet alleen een kwestie van geluk. Je kunt er van alles aan doen. Mijn moeder zei een keer tegen mij dat het er allemaal van afhing hoe je tegen de dingen aankeek. Ik heb al mijn jonge jaren geprobeerd erachter te komen hoe ik een gelukkig leven kon leiden, en dikke kans dat ik de rest van mijn leven hetzelfde zal doen. Als ik er ooit achter kom, beloof ik dat ik de regels zal opschrijven, zodat iedereen ter wereld opgelucht onderuit kan zakken en met een glimlach kan zeggen: ja, zo wil ik leven, dat is het leven dat ik wil, zo ga ik het ook doen. En dat dat dan nog lukt ook.